EDGAR WALLACE

Das indische Tuch
Geheimagent Nr. 6
Der Diamantenfluß

Buch

Das indische Tuch

Mr. Briggs hörte einen furchtbaren Schrei. Kurz danach sah er im Mondlicht einen Mann, der eilig näher kam. Aber der hatte offenbar nichts gehört. Dann entdeckte er im Gebüsch einen Toten. Höchste Zeit für Briggs, sich aus dem Staub zu machen! Er war zwar unschuldig am Tod dieses Fremden – aber in seiner Tasche hatte er Falschgeld – bündelweise ...!

Geheimagent Nr. 6

Cäsar Valentine ist reich, berühmt und sieht blendend aus. Aber einige seiner Geschäftspartner, hatten das Pech, plötzlich zu sterben ... Darum schickt Scotland Yard seinen Geheimagenten Nr. 6 mit einem Sonderauftrag nach Paris. Er soll Cäsar Valentine genau unter die Lupe nehmen ...

Der Diamantenfluß

Francis Sutton war, wie zuvor sein Vater, in Afrika verschwunden – auf der Suche nach Diamanten. In London versucht seine Schwester Cynthia, das Geheimnis aufzuklären. Ein gewisser Amber hilft ihr dabei, ein zwielichtiger Mann, der Gefängnisse nicht nur von außen kennt. Da taucht plötzlich eine genaue Karte des Diamantenflusses auf ...

Autor

Geboren wurde Edgar Wallace 1875 als unehelicher Sohn eines Schauspielers. Er wuchs in armen Verhältnissen auf, blieb ohne Schulabschluss und hielt sich mit Gelegenheitsjobs wie Milchhändler, Maurergehilfe oder Zeitungsverkäufer über Wasser. Schließlich begann er kleine Artikel für die Zeitung zu schreiben. Mit Erfolg: Er arbeitete sich hoch bis zum Chefredakteur. Später lebte er als freier Schriftsteller und schrieb Sachbücher, Lyrik und Theaterstücke, 1904 schließlich seinen ersten Krimi (»Die vier Gerechten«) – das Debüt einer beispiellosen Karriere. Edgar Wallace verfasste 175 Romane, 24 Theaterstücke, eine große Anzahl von Kurzgeschichten, Essays, Zeitungs- und Zeitschriftenartikeln und Drehbüchern. Die Filme, die nach seinen Vorlagen gedreht wurden, sind kaum zu zählen. Edgar Wallace verstarb hoch verschuldet 1932 in Hollywood.

Von Edgar Wallace außerdem bei Goldmann lieferbar:

Der Hexer. Roman (5292) · Der Zinker. Roman (5372) · Der Frosch mit der Maske/Das Gasthaus an der Themse/Der grüne Bogenschütze. Drei Romane in einem Band (5538/55503) · Der Hexer/Die blaue Hand/Das Geheimnis der gelben Narzissen. Drei Romane in einem Band (55502) · Der schwarze Abt/Die seltsame Gräfin/Die toten Augen von London. Drei Romane in einem Band (55504) · Die gelbe Schlange/Der Engel des Schreckens/Bei den 3 Eichen. Drei Romane in einem Band (55505) · Die Tür mit den sieben Schlössern/Die Bande des Schreckens/Der Doppelgänger. Drei Romane in einem Band (55506) · Das geheimnisvolle Haus/Der Safe mit dem Rätselschloß/Die Abenteuerin. Drei Romane in einem Band (55507) · Der unheimliche Mönch/Die gebogene Kerze/Die drei Gerechten. Drei Romane in einem Band (55508) · Die Gräfin von Ascot/Das Geheimnis der Stecknadel/Der viereckige Smaragd. Drei Romane in einem Band (55509)

EDGAR
WALLACE

DAS INDISCHE TUCH

GEHEIMAGENT NR. 6

DER DIAMANTENFLUSS

Drei Romane in einem Band

PORTOBELLO

Die Originalausgabe von »Das indische Tuch« erschien unter dem Titel »The frightened Lady«, die Originalausgabe von »Geheimagent Nr. 6« erschien unter dem Titel »Number Six« und die Originalausgabe von »Der Diamantenfluß« erschien unter dem Titel »The River of Stars«.

Umwelthinweis:
Alle bedruckten Materialien dieses Taschenbuchs
sind chlorfrei und umweltschonend.

Portobello Taschenbücher erscheinen im Goldmann Verlag,
einem Unternehmen der Verlagsgruppe Random House GmbH.

Einmalige Sonderausgabe Februar 2007

Umschlaggestaltung: Design Team München
Umschlagfoto: Hanka Steidle
Druck: GGP Media GmbH, Pößneck
NG · Herstellung: we
Printed in Germany
ISBN 978-3-442-55510-9
www.portobello-verlag.de

10 9 8 7 6 5 4 3 2 1

EDGAR
WALLACE

DAS INDISCHE TUCH

Roman

Aus dem Englischen
von Hans Herdegen

1

Ein amerikanischer Diener ist an sich ein Widerspruch. Selbst Brooks gab das dem Butler Kelver gegenüber zu, obwohl er dadurch seine eigene Existenzberechtigung verneinte. Seine große, kräftige Gestalt kam in der schmucken Livree gut zur Geltung; sein Haar war grau und dünn. Aus seiner Westentasche schaute stets ein angebrochenes Paket Kaugummi hervor.

Auch sein Kollege Gilder paßte nicht zu dem Haushalt des Schlosses Marks Priory. Die beiden waren für ihren Beruf nicht besonders begabt und lernten anscheinend auch nichts dazu. Trotzdem waren sie nette Leute und benahmen sich den anderen Dienstboten gegenüber immer sehr höflich.

Man hatte sie im allgemeinen gern, wenn man Gilder auch ein wenig fürchtete. Seine hagere Erscheinung mit dem eingefallenen, durchfurchten Gesicht wirkte etwas düster, außerdem besaß er unheimliche Körperkräfte.

John Tilling, einer der Parkwächter, bekam das zu spüren. Auch er war groß und stattlich, aber rotblond und von jähzornigem Temperament. Wilde Eifersucht beherrschte ihn, denn seine hübsche junge Frau ging gern ihre eigenen Wege.

Mrs. Tilling hatte zum Beispiel einen Pferdeknecht aus dem Dorf kennengelernt, der ein rotes, grobes Gesicht hatte, nach Stall und Bier roch und sie auf seine plumpe Art liebte. Aber in ihrer Phantasie wurde er zu einem verwunschenen Prinzen und sie zu einer befreiten Prinzessin. Das war jedoch ein alter Skandal. Später entwickelte sie größeren Ehrgeiz und ließ sich mit höhergestellten Leuten ein; allerdings wußte ihr Mann nichts von alledem.

Eines Nachmittags hielt er Gilder an, der gerade von dem alten Klosterfeld herüberkam.

»Entschuldigen Sie!« sagte Tilling höflich, aber mit einem drohenden Unterton in seiner Stimme. »Sie sind in letzter Zeit einige Male in meinem Haus gewesen, während ich unterwegs in Horseham war.«

Er fragte nicht, er stellte eine Tatsache fest.

»Gewiß«, erwiderte der Amerikaner langsam. »Mylady gab mir den Auftrag, wegen der letzten Eiersendung nachzufragen, die ihr in Rechnung gestellt wurde. Sie waren damals nicht zu Hause, deshalb kam ich am nächsten Tag noch einmal.«

»Und da war ich wieder nicht da«, entgegnete Tilling, dessen Gesicht sich rötete.

Gilder sah ihn nur lächelnd an. Er ahnte nichts von den Liebesabenteuern der Mrs. Tilling, denn der Dorfklatsch interessierte ihn nicht.

»Das stimmt. Sie waren irgendwo im Wald.«

»Aber meine Frau haben Sie getroffen und mit ihr Tee getrunken!«

Gilder wurde ärgerlich. Er lächelte jetzt nicht mehr, und sein Blick wurde hart.

»Worauf wollen Sie hinaus?«

Plötzlich packte ihn der Parkwächter am Rock.

»Bleiben Sie von meinem Haus fort –«

Weiter kam Tilling nicht, denn der amerikanische Diener nahm ihn behutsam am Handgelenk, drehte seine Hand und machte sich frei.

Wäre Tilling ein schwaches Kind gewesen, so hätte er nicht weniger Widerstand leisten können.

»Tun Sie das nicht wieder. Ja, ich habe Ihre Frau gesehen und habe auch Tee mit ihr getrunken. Für Sie mag sie eine schöne Frau sein, aber für mich besteht sie nur aus zwei hübschen Augen und einer Nase. Merken Sie sich das!«

Er bog Tillings Unterarm mit einem Jiu-Jitsu-Griff leicht nach hinten.

Der Parkwächter taumelte zurück, und es machte ihm große Mühe, sich auf den Beinen zu halten. Er war ein langsam denkender Mann, den unmöglich zwei Gemütsbewegungen zu gleicher Zeit beherrschen konnten. Deshalb zeigte er sich in diesem Augenblick nur erstaunt.

»Sie kennen Ihre Frau besser als ich«, erklärte Gilder, während er sich zu seiner vollen Größe aufrichtete. »Vielleicht beurteilen Sie ihren Charakter richtig, aber wenn Sie Verdacht auf mich haben, dann täuschen Sie sich gewaltig.«

Als er nach einer Besorgung beim Apotheker vom Dorf zurückkam, fand er Tilling beinahe an derselben Stelle, an der er ihn vorher verlassen hatte.

Der Parkwächter war nicht mehr aufsässig und machte Gilder keine weiteren Vorwürfe, in gewisser Weise versuchte er sogar, sich bei dem Amerikaner zu entschuldigen. Man sagte Gilder nach, daß er Einfluß auf die Schloßherrin hätte.

»Es wäre mir lieb, Mr. Gilder, wenn Sie die Geschichte vergessen wollten. Ich habe eine kleine Auseinandersetzung mit meiner Frau gehabt und bin sehr aufgeregt. Es kommen so viele Leute in mein Haus, aber ich glaube, daß Sie als verheirateter Mann –«

»Das stimmt schon wieder nicht. Ich bin nicht verheiratet, aber ich bin häuslich veranlagt. Und jetzt wollen wir nicht mehr über die Sache reden.«

Später erzählte er Brooks den Vorfall, und der korpulente Mann hörte ruhig zu, während er seinen Kaugummi bearbeitete.

»Haben Sie schon einmal von Messalina gehört, Gilder?« fragte er dann. »Sie war eine Italienerin, die Frau von Julius Cäsar oder so einem ähnlichen Kerl.«

Brooks las viel, und er hatte auch ein Gedächtnis für Namen.

2

Der Herrensitz Marks Priory war schon zur Zeit der Sachsen gegründet worden, und der Westturm hatte ein hohes Alter. Die anderen Teile des Gebäudes stammten aus den verschiedensten Zeiten. Lord Willie Lebanon, der Herr von Marks Priory, ärgerte sich über das Haus, obwohl ihn der Aufenthalt hier in gewisser Weise beruhigte. Dr. Amersham hielt es für ein Gefängnis, in dem er eine unangenehme Pflicht zu erfüllen hatte, und nur Lady Lebanon sah darin den Stammsitz ihres uralten Geschlechts.

Lady Lebanon war schlank und nicht allzu groß, aber ihre tadellose Figur wirkte weder klein noch unbedeutend. Das reiche, schwarze Haar, das dem feingeschnittenen Gesicht einen reizvollen Rahmen gab, trug sie in der Mitte gescheitelt. Von Zeit zu Zeit leuchteten ihre dunklen Augen auf und verrieten einen fanatischen Charakter, obwohl sie sonst in ihrem Wesen fest, kühl und klar war. Immer schien sie sich bewußt zu sein, daß sie als Aristokratin die Pflicht hatte, zu repräsentieren; der Geist der neuen Zeit hatte sie nicht berührt. Sie hatte einen Vetter geheiratet und war erfüllt von der Bedeutung des alten Geschlechts der Lebanon.

Ihr Sohn Willie fand wenig Freude an dem Leben, das er auf Marks Priory führen mußte, und langweilte sich. Obwohl er verhältnismäßig schwächlich war, hatte er mit Erfolg die Militärakademie in Sandhurst besucht. Darauf tat er als Leutnant zwei Jahre Dienst in Indien, was einen sehr guten Einfluß auf seinen Gesundheitszustand hatte. Schließlich bekam er jedoch einen schweren Fieberanfall und wurde dadurch etwas nervös und unruhig. Lady Lebanon erzählte das ihren Gästen, wenn sie sich überhaupt zu einer Erklärung herbeiließ. Unvoreingenommene Beobachter hätten vielleicht einen anderen Grund für die Nervosität des Lords finden können.

Langsam stieg er eben die große Wendeltreppe in dem runden Turm von Marks Priory hinunter, die in die große Halle führte. Er war fest entschlossen, endlich mit seiner Mutter ins reine zu kommen. Schon oft hatte er diesen Entschluß gefaßt, aber bisher niemals den Mut und die Energie aufgebracht, seine Absicht tatsächlich auszuführen.

Sie saß gerade an ihrem Schreibtisch und las ihre Briefe. Als er in die Halle trat, sah sie ihn lange und durchdringend an und brachte ihn allein dadurch schon in Verlegenheit.

»Guten Morgen, Willie.«

Ihre Stimme klang angenehm, aber es lag eine gewisse Härte darin, die auf den jungen Lord einen unangenehmen Eindruck machte.

»Kann ich einmal mit dir sprechen?« fragte er schließlich.

Er versuchte, sich zu vergegenwärtigen, was er ihr sagen wollte. Er war das Haupt der Familie . . . er war der Herr von Marks Priory in der Grafschaft Sussex . . . er hatte zu befehlen und anzuordnen!

»Ja, was wünschst du, Willie?«

Sie lehnte sich in ihren Sessel zurück und faltete die schöngeformten Hände.

»Ich habe Gilder entlassen«, erwiderte er unsicher. »Er benimmt sich geradezu unverschämt . . . es ist überhaupt lächerlich, daß man Amerikaner im Schloß duldet, die nicht wissen, wie sie sich zu betragen haben. Es gibt doch genug englische Dienstboten, die du engagieren könntest. Brooks ist mindestens ebenso schlimm . . .«

Hier ging ihm der Atem aus, aber sie wartete geduldig. Wenn sie doch nur etwas gesagt hätte oder ärgerlich geworden wäre! Er war doch tatsächlich Herr im Hause! Unglaublich, daß er nicht einmal einen Dienstboten entlassen konnte, wenn er wollte. Er hatte doch eine ganze Schwadron kommandiert, allerdings nur in Vertretung des Rittmeisters, der auf Urlaub war. Aber der Regimentskommandeur hatte lobend anerkannt, daß Willie trotz seiner Jugend seine Aufgabe ausgezeichnet durchgeführt hatte und mit den Leuten fertig geworden war.

Der junge Lord räusperte sich.

»Es macht mich doch vor den Leuten lächerlich«, fuhr er fort. »Ich meine, die Lage, in der ich mich hier befinde. Im Wirtshaus reden die Bauern darüber, und man hat mir gesagt, daß im Dorf alle darüber sprechen.«

»Wer hat dir das gesagt?«

Seine Mutter sprach sehr energisch, und bei dem metallischen Klang ihrer Stimme fuhr er erschrocken zusammen.

»Nun, die Leute erzählen, daß ich mich wie ein kleiner Junge benehme, der immer an der Schürze seiner Mutter hängt, und so weiter.«

»Wer hat das gesagt?« fragte sie wieder. »Etwa Studd?«

Er wurde rot, denn sie hatte das Richtige getroffen. Aber er mußte dem Chauffeur gegenüber sein Wort halten und durfte ihn nicht verraten.

»Studd? Um Himmels willen, nein! Ich würde doch dergleichen nicht mit einem Angestellten besprechen. Nein, ich habe es hintenherum gehört, und auf jeden Fall habe ich Gilder entlassen.«

»Es tut mir leid, daß ich ohne Gilder nicht auskommen kann. Außerdem ist es nicht angebracht, daß du einen Dienstboten entläßt, ohne dich vorher mit mir in Verbindung zu setzen.«

Er zog einen Sessel an die andere Seite des Schreibtisches und ließ sich ihr gegenüber nieder. Dann machte er einen energischen Versuch, ihr in die Augen zu schauen, aber er starrte doch nur den silbernen Leuchter an, der etwas seitwärts in gleicher Höhe mit ihrem Kopf stand.

»Allen Leuten ist es aufgefallen, wie sich diese beiden benehmen«, sagte er hartnäckig. »Sie denken gar nicht daran, mich mit Mylord anzureden. Daran liegt mir allerdings auch nicht viel, denn wir leben in einer demokratischen Zeit. Aber sie tun nichts im Hause, sie sind vollkommen unnütz und stehen nur herum. Ich habe doch recht, Mutter!«

Sie lehnte sich etwas vor.

»Du hast unrecht, Willie. Ich brauche die beiden hier, und du hast keine Ursache, voreingenommen gegen sie zu sein, nur weil sie Amerikaner sind.«

»Ich habe keine Vorurteile gegen sie –«

»Bitte, unterbrich mich nicht, wenn ich spreche, mein lieber Junge. Du mußt nicht auf die Geschichten hören, die Studd dir erzählt. Er ist ein netter, umgänglicher Mensch, aber ich weiß nicht, ob er der richtige Chauffeur für Marks Priory ist.«

»Du willst ihn doch nicht etwa entlassen?« protestierte er. »Verdammt noch mal, ich habe drei gute Kammerdiener gehabt, und jedesmal sagtest du, sie wären nicht die richtigen Leute für mich, obwohl ich sehr gut mit ihnen auskam!« Er nahm allen Mut zusammen. »Ich glaube, daß sie nur Amersham nicht paßten!«

Sie warf den Kopf leicht zurück.

»Ich richte mich nie nach Dr. Amershams Ansicht, ich frage ihn nicht um Rat und lasse mich auch nicht durch ihn leiten«, erwiderte sie scharf.

Er gab sich die größte Mühe, ihren Blick auszuhalten.

»Was macht der Doktor überhaupt im Schloß?« fragte er. »Er lebt hier in Marks Priory, obwohl er mir unausstehlich ist. Wenn ich dir erzählte, was ich alles von ihm gehört habe –«

Er brach plötzlich ab, denn die beiden abgezirkelten, roten Flecke auf ihren Wangen waren ein Sturmsignal, das er nur zu gut kannte.

Zu seiner größten Erleichterung kam Isla Crane in die Halle. Sie hielt einige Briefe in der Hand, als sie aber Mutter und Sohn im Gespräch sah, zögerte sie. Dann wollte sie sich schnell zurückziehen, aber Lady Lebanon rief sie herbei.

Isla war vierundzwanzig Jahre alt. Sie hatte dunkle Haare, dunkle Augen und eine schlanke, anmutige Gestalt.

Willie Lebanon grüßte sie mit einem Lächeln, denn Isla gefiel ihm. Einmal hatte er über sie mit seiner Mutter gesprochen, und zu seinem größten Erstaunen hatte sie ihm keine Vorhaltungen gemacht. Isla war eine entfernte Kusine von ihm und arbeitete als Sekretärin bei Lady Lebanon. Auch auf Dr. Amersham machte sie tiefen Eindruck. Aber davon wußte Lady Lebanon nichts.

Isla legte die Briefe auf den Tisch und war zufrieden, als Mylady sie nicht zurückhielt.

»Findest du nicht, daß sie sehr schön ist?« fragte Lady Lebanon, als die Sekretärin gegangen war.

Eine sonderbare Frage, denn seine Mutter lobte nur selten andere Menschen. Er glaubte daher, daß sie der Unterhaltung eine andere Wendung geben wollte, und das war ihm nur recht, da sein Mut und seine Energie erschöpft waren.

»Ja, sie ist fabelhaft«, entgegnete er nicht sehr begeistert, war aber gespannt, was sie nun sagen würde.

»Es ist mein Wunsch, daß du sie heiratest«, erklärte sie ganz ruhig.

Er starrte sie an.

»Warum soll ich denn Isla heiraten?« fragte er bestürzt.

»Sie ist doch ein Mitglied unserer Familie. Ihr Urgroßvater war der jüngere Bruder deines Urgroßvaters.«

»Aber ich will doch gar nicht heiraten –«

»Rede nicht so albern, Willie. Du mußt heiraten, und Isla ist in jeder Beziehung eine gute Partie. Geld hat sie zwar nicht, aber darauf kommt es auch nicht an. Sie ist aus guter Familie, das ist die Hauptsache.«

Er sah sie immer noch entsetzt an.

»Heiraten? Ich habe doch nie daran gedacht. Nein, der Gedanke ist mir schrecklich. Sie ist zwar sehr nett, aber –«

»Ich wünsche, daß du deinen eigenen Haushalt führst.«

Er dachte bei sich, daß er das schon längst tun würde, wenn sie ihn nur schalten und walten ließe.

»Wenn die Leute darüber reden, daß du dich an die Schürze deiner Mutter hängst, muß dir dieser Vorschlag doch willkommen sein. Ich möchte nicht deinetwegen mein ganzes Leben hier in Marks Priory verbringen.«

Das war allerdings eine verlockende Aussicht. Willie Lebanon atmete tief auf, dann erhob er sich.

»Natürlich muß ich einmal heiraten, aber es ist furchtbar schwer . . .« Er zögerte, bevor er weitersprach. Wie würde sie sein Geständnis aufnehmen? »Ich habe versucht, mich ein wenig mit ihr anzufreunden – ja, ich habe sie vor etwa vier Wochen sogar einmal geküßt, aber sie war entsetzlich widerspenstig!«

»Das war auch nicht recht von dir, sie einfach zu küssen!«

Gilder kam in Sicht, und Willie war froh, daß die Unterhaltung unterbrochen wurde.

Gilders Livree war von einem guten Londoner Schneider angefertigt worden, aber der Amerikaner hatte eine unglückliche Figur.

Lord Lebanon wartete auf die Vorwürfe seiner Mutter, die seiner Erfahrung nach nicht ausbleiben konnten, aber sie sagte nichts über das vernachlässigte Aussehen des Dieners, sie fragte nicht einmal, wie er dazu käme, sie ohne weiteres zu stören.

»Wünschen Sie etwas, Mylady?« erkundigte sich Gilder.

Als sie den Kopf schüttelte, verließ er langsam die Halle.

»Wenn du ihn nur gefragt hättest, was, zum Teufel, er eigentlich wollte –«

»Denke an das, was ich dir über Isla gesagt habe«, unterbrach sie ihn, ohne sich um seinen Protest zu kümmern. »Sie ist entzückend – und sie stammt aus unserer Familie. Ich werde ihr mitteilen, daß ich eine Heirat zwischen euch beiden wünsche!«

Er schaute sie verblüfft an.

»Weiß sie denn noch nichts davon?«

»Und was nun Studd angeht –«, sie runzelte die Stirn.

»Du wirst ihn doch nicht entlassen? Er ist wirklich ein sehr guter Kerl, und er hat mir auch gar nichts erzählt.«

Später traf Lord Lebanon den Chauffeur in der Garage.

»Ich fürchte, daß ich Ihnen keinen guten Dienst erwiesen habe«, erklärte er schuldbewußt. »Ich sagte heute zu meiner Mutter, daß die Leute über mich klatschen ...«

Studd richtete sich grinsend auf.

»Ach, darauf kommt es mir nicht an, Mylord.«

Der etwa fünfunddreißigjährige Mann hatte ein frisches, gesundes Aussehen. Früher war er Soldat gewesen und hatte in Indien gedient.

»Ich gebe die Stellung hier nicht gern auf, aber ich glaube nicht, daß ich noch lange bleiben kann. Gegen Mylady habe ich nichts, sie ist immer sehr höflich und wohlwollend zu mir. Dagegen werden Sie wie ein Sklave von ihr behandelt. Ich gehe nur wegen dieses gemeinen Kerls.«

Lord Lebanon seufzte. Er brauchte nicht erst zu fragen, wer dieser gemeine Kerl wäre.

»Wenn Mylady ebensoviel von ihm wüßte wie ich«, sagte Studd geheimnisvoll, »dann würde sie ihm das Haus verbieten!«

»Was wissen Sie denn?« erwiderte Lebanon neugierig.

Er hatte diese Frage schon früher gestellt, aber nie eine genaue Antwort darauf erhalten.

»Wenn die Zeit kommt, werde ich auch ein paar Worte zu reden haben. Er war doch in Indien?«

»Selbstverständlich. Er fuhr hin, um mich nach Hause zu bringen, und in früheren Jahren war er drüben Regierungsarzt. Wissen Sie etwas über ihn – ich meine über seine Affären in Indien?«

»Im rechten Augenblick melde ich mich schon und sage, was ich über ihn denke«, erwiderte Studd düster.

Er zeigte auf einen Anbau an der Garage. Dort stand ein neuer Wagen, den Willie noch nie gesehen hatte.

»Die Karre gehört ihm. Wo kriegt er nur das Geld her, daß er sich so einen Wagen anschaffen kann? Der kostet doch ein paar tausend Pfund. Und als ich den Mann damals kannte, war er pleite. Ich möchte nur wissen, woher er das Geld nimmt.«

Willie Lebanon hatte seiner Mutter schon oft dieselbe Frage vorgelegt, ohne eine Antwort darauf zu erhalten.

Der junge Lord haßte Dr. Amersham; alle Leute mit Ausnahme seiner Mutter und der beiden amerikanischen Diener haßten den kleinen, energischen Herrn, der sich etwas zu auffällig kleidete und zuviel Parfüm gebrauchte. Überall versuchte Dr. Amersham sich Geltung zu verschaffen, und wenn man dem Dorfklatsch trauen konnte, war er auch ein Schürzenjäger. Aus unbekannten Gründen flossen ihm plötzlich reichliche Mittel zu; er besaß eine schöne Wohnung in der Devonshire Street in London, hatte drei Rennpferde und lebte auch sonst auf großem Fuß. Häufig war er in Marks Priory; er kam zu jeder Tageszeit mit seinem Auto von London und brachte dann ein bis zwei Stunden im Herrenhause zu. Und sobald er erschien, war es, als ob er nur zu befehlen hätte.

Der Arzt stieg die Treppe herunter, auf der er schon einige Zeit gestanden und gelauscht hatte. Eine Sekunde, nachdem Willie gegangen war, kam er näher und zog einen Stuhl an den Schreibtisch, an dem Lady Lebanon saß. Er nahm eine Zigarette aus seinem goldenen Etui und steckte sie an, ohne um Erlaubnis zu fragen.

Dr. Amersham blies einen Rauchring in die Luft und sah Lady Lebanon an.

»Was ist das für eine neue Idee, daß Willie Isla heiraten soll?«

»Sie haben wohl auf der Treppe gelauscht?«

»Ja. Da ich nichts erfahre, muß ich alles selbst herausfinden. Isla soll also den Jungen heiraten?«

»Warum nicht?« fragte sie scharf.

Seine Augen waren rot und entzündet, und seine Hand zitterte, als er die Zigarette aus dem Mund nahm. Er hatte eine Gesellschaft in seiner Wohnung gegeben und nur wenig geschlafen.

»Haben Sie mich deshalb gerufen? Beinahe wäre ich überhaupt nicht gekommen. Ich hatte eine schlaflose Nacht, ein Patient –«

»Sie haben keinen Patienten gehabt«, erklärte sie ruhig. »Ich bezweifle, daß jemand in London so unvernünftig ist, Sie als Arzt zu nehmen!«

Er lächelte.

»Sie selbst haben mich doch engagiert – das genügt vollkommen. Einen so guten Patienten findet man so bald nicht wieder.«

Er lachte über diesen Scherz, aber Lady Lebanons Gesichtsausdruck blieb starr.

»Ihr Chauffeur ist wirklich nicht viel wert. Der Kerl ist ziemlich unverschämt; er hatte doch die Frechheit, mich zu fragen, warum ich mir nicht meinen eigenen Chauffeur mitbringe! Außerdem steht er auch auf etwas zu vertrautem Fuß mit Willie!«

»Wer hat Ihnen das gesagt?« fragte sie schnell.

»Das habe ich gehört. Es gibt genug Leute in der Nähe, die mir mitteilen, was hier passiert.« Er lächelte befriedigt, denn er hatte wirklich zwei sehr gute Freunde in Marks Priory; außerdem war da die hübsche Mrs. Tilling. Andererseits verehrte die Frau des Parkwächters auch den Chauffeur Studd, was Dr. Amersham zu seinem größten Mißvergnügen entdeckt hatte.

»Und was sagt Isla zu der Heirat?«

»Ich habe noch nicht mit ihr gesprochen.«

»Keine schlechte Idee. Merkwürdigerweise ist mir der Gedanke noch nie gekommen. Isla . . . ja, eine außerordentlich gute Idee.«

Wenn sie über seine Worte erstaunt war, so zeigte sie es jedenfalls nicht.

»Außerdem ist sie eine Blutsverwandte der Lebanons. Ist es nicht schon einmal in der Geschichte der Familie vorgekommen, daß Vetter und Kusine einander unter ähnlichen Umständen geheiratet haben?« Er sah zu den dunklen Bildern auf, die an den hohen Wänden hingen. »Ich habe ein gutes Gedächtnis und kenne die Geschichte der Lebanons fast ebensogut wie Sie.« Umständlich zog er seine Uhr heraus. »Ich wollte bald wieder zurückfahren nach London –«

»Ich möchte aber, daß Sie bleiben«, erklärte sie kurz.

»Ich habe eine Konferenz heute nachmittag –«

»Trotzdem bleiben Sie. Ich habe ein Zimmer für Sie richten lassen. Studd muß natürlich entlassen werden; er hat Willie von dem Dorfklatsch erzählt.«

Er richtete sich plötzlich auf. Hatte am Ende Mrs. Tilling etwas gesagt?

»War es etwas über mich?« fragte er schnell.

»Was sollten die Leute im Dorf denn über Sie reden?«

Er lachte ein wenig verwirrt.

Sie wußte, daß seine Heiterkeit nur vorgetäuscht war, aber sie machte keine Bemerkung darüber.

Dr. Amersham fügte sich. Er murrte zwar noch etwas, fand aber keine weitere Ausrede.

Er hatte auch gar nicht die Absicht, zur Stadt zurückzukehren; er wollte die Nacht in einem kleinen Haus in der Nähe verbringen, das er sich von einem jungen Londoner Innenarchitekten hatte ausstatten lassen. Dort hatte er eine Verabredung. Aber von alledem ahnte Lady Lebanon natürlich nichts.

»Haben Sie übrigens Studd einmal in Indien getroffen?« fragte sie unvermittelt, als er sich zum Gehen wandte. »Er hat in Puna gedient.«

Er drehte sich rasch um; sein Gesichtsausdruck hatte sich vollständig verändert.

»In Puna?« fragte er scharf. »Wann war das?«

»Das weiß ich nicht. Aber er hat anderen Leuten erzählt, daß er Sie dort kannte. Das wäre eine weitere Veranlassung, ihm zu kündigen.«

Dr. Amersham wollte Studd noch aus einem anderen Grund von Marks Priory entfernen, aber darüber schwieg er selbstverständlich.

3

Mr. Kelver, der Butler von Marks Priory, verbrachte abends gern eine Stunde vor dem Nebeneingang und betrachtete von dort aus die Gegend. Wie schon oft überlegte er gerade wieder, ob es mit seiner Würde vereinbar wäre, jeden Abend schon um neun Uhr von seiner Herrschaft getrennt zu werden. Genau um diese Stunde schloß Lady nebenan nämlich die große Eichentür zu, die den Nordostflügel des Herrenhauses von den anderen Räumen abgrenzte.

Die Quartiere der Dienerschaft waren sehr geräumig und behaglich eingerichtet, und mit Erlaubnis Mr. Kelvers konnten die Angestellten ein- und ausgehen, wann und wie sie wollten. Sie benutzten dann den Fußweg, der am Wald entlang zum Dorf hinunterführte. Aber er empfand es doch als starke Zurücksetzung, fast als Beleidigung, daß er selbst, der in hochadligen Häusern gedient hatte, auch mit den anderen Dienstboten vom Herrenhaus ausgeschlossen wurde.

Die Tür, vor der er stand, lag im Nordostflügel und war in gewisser Weise ein Privateingang für ihn selbst. Die anderen Angestellten gingen wie die Kaufleute und Lieferanten durch die kleine Eingangshalle.

Studd gegenüber sprach er sich manchmal aus, wenn er auch diesem höflichen und erfahrenen Mann niemals sein volles Vertrauen schenkte.

Der Chauffeur war gerade auf dem Weg zur Garage, bog um einen der beiden großen Ecktürme des Schlosses und blieb bei Kelver stehen. Da er etwas erhitzt aussah, dachte Kelver zuerst, Studd hätte zuviel getrunken.

»Ich habe diesem Dr. Amersham endlich einmal die Meinung gesagt«, begann Studd und zeigte mit dem Daumen über die Schulter. »Das will nun ein großer Herr und ein Doktor sein! Wenn Mylady wüßte, was ich weiß, bliebe der Kerl keine fünf Minuten länger im Haus! Der war bei der indischen Armee! Na, ich könnte etwas erzählen, wenn man mich fragte!«

»Um was handelt es sich denn?« erkundigte sich Mr. Kelver höflich. Er tat immer so, als ob er Klatsch nicht hören wollte, obwohl er sehr begierig darauf war, das Neueste zu erfahren.

»Es ist merkwürdig. Ich habe im Dorf einen komischen Mann getroffen, der mir erzählte, daß er früher in Indien gewesen wäre. Darauf lud ich ihn zu einem Glas Bier ins Wirtshaus ein. Bei der Unterhaltung habe ich nicht viel gesagt, sondern nur zugehört, aber es ist ganz klar, daß er tatsächlich dort war.«

Kelver hob den ergrauten Kopf und sah den kleinen Chauffeur von oben herab an.

»Hat Dr. Amersham sich über etwas beklagt?« fragte er.

Studd wurde dadurch wieder an seinen Ärger erinnert.

»Es ist etwas an seiner Karre passiert, und ich sollte die Sache in fünf Minuten reparieren. Dazu braucht man aber mindestens zwei Tage. Er meint, er hätte hier alles zu sagen, aber wir wissen doch genau, daß er nicht der Herr im Schloß ist. Was meinen Sie?«

Der Butler lachte geheimnisvoll.

»Es gibt allerhand Leute auf der Welt«, entgegnete er.

»Ich weiß nicht, ob man mit einer so flauen Ansicht durchkommt«, erwiderte der Chauffeur etwas unsicher. »Dieser Herrensitz gehört Lord Lebanon – darüber sind wir uns doch wenigstens einig?« Er hob die Hand und zählte an den Fingern ab. »Nun hören Sie einmal zu, wer hier etwas zu sagen hat: Zuerst dieser blöde Dr. Amersham, der alles kontrollieren will. Zweitens Lady Lebanon. Drittens« – er zögerte – »nennen wir einmal Miss Crane. Aber gegen die habe ich nicht das mindeste. Und als letzter kommt Lord Lebanon!«

»Mylord ist noch jung«, erklärte Mr. Kelver höflich.

Er hatte dieselbe Meinung wie Studd, aber seine Stellung legte ihm Pflichten auf, an die er sich gebunden fühlte. Mr. Kelver hatte bei dem Herzog von Colbrooke gedient, und schon seit vielen Generationen hatten seine Vorfahren große Herren betreut. Daher wußte er genau, daß es ihm nicht zustand, seine Herrschaft zu kritisieren.

Plötzlich hörten die beiden schnelle Schritte auf dem Kiesweg, und gleich darauf erschien Dr. Amersham.

»Nun, Studd, haben Sie meinen Wagen fertiggemacht?«

Der Doktor hatte eine scharfe, unangenehme Stimme, und sein ganzes Auftreten reizte zum Widerspruch.

»Nein«, entgegnete der Chauffeur heftig. »Und ich mache ihn auch nicht fertig – ich gehe heute abend aus!«

Amersham wurde bleich vor Ärger.

»Wer hat Ihnen die Erlaubnis dazu gegeben?«

»Der einzige, der mir hier im Haus die Erlaubnis geben kann«, erwiderte Studd laut. »Lord Lebanon selbst.«

»Sie können sich eine andere Stelle suchen«, erklärte der Doktor wild.

»So, ich soll mir eine andere Stelle suchen?« fragte Studd wütend. »Meinen Sie vielleicht, ich würde anderer Leute Namen unter Schecks schreiben?« Dr. Amersham sah plötzlich verstört aus. »Wenn ich mir eine andere Stelle suche, wird es jedenfalls eine ehrliche Beschäftigung sein! Auf keinen Fall bestehle ich einen Kameraden – merken Sie sich das, Doktor! Und was ich auch unternehme, ich werde nicht abgefaßt und verhaftet, ich komme nicht vor Gericht, und mich stößt man auch nicht aus der Armee aus!«

Studd hatte drohend gesprochen, und der Arzt konnte den Blick des Mannes nicht ertragen. Er wollte ihm hart entgegnen, aber was er vorbrachte, war eigentlich keine Erwiderung auf die schweren Anklagen.

»Sie wissen zuviel!«

Amersham wandte sich rasch ab und entfernte sich.

Mr. Kelver hörte die Worte, konnte aber den Zusammenhang nicht verstehen. Er war bestürzt über das Benehmen Studds und fragte sich, ob er nicht hätte vermitteln sollen. Aber fast schien es ihm, als ob Dr. Amersham seine Anwesenheit gar nicht bemerkt hätte.

»So, dem habe ich es ordentlich gegeben«, erklärte Studd triumphierend. »Haben Sie gesehen, wie er sich verfärbte? Dabei behauptet der Kerl, er wird mich entlassen!«

»Ich hätte aber doch nicht in diesem Ton mit ihm geredet, Studd«, sagte der Butler mit leisem Vorwurf.

Aber der Chauffeur war jetzt in Fahrt und achtete nicht auf Kelvers Mahnung.

»Jetzt hat er wenigstens begriffen, daß ich ihn von früher her genau kenne. Ach, ich hätte ihm noch ganz andere Dinge an den Kopf werfen können!«

Am Abend fand im Dorf ein Maskenball zu irgendeinem wohltätigen Zweck statt, und als die Dämmerung hereingebrochen war, fuhr vom Herrenhaus ein Wagen mit einem Pierrot, einer Pierrette, einer Zigeunerin und einem Inder zu dem Fest hinunter. Das farbenprächtige indische Kostüm hatte Studd gewählt, dem Mr. Kelver vor der Abfahrt noch einen väterlichen Rat gab.

»An Ihrer Stelle würde ich morgen früh mit Dr. Amersham sprechen und mich entschuldigen. Wenn Sie im Recht sind, können Sie großzügig sein, und im anderen Fall ist es selbstverständlich, daß Sie sich entschuldigen.«

Dann ging Kelver in die Halle und machte noch einen letzten Rundgang, bevor er sich in den Teil des Hauses zurückzog, den die Angestellten bewohnten. Hier und dort rückte er ein Kissen zurecht; er nahm auch das leere Glas fort, das allem Anschein nach Dr. Amersham auf Myladys Schreibtisch hatte stehenlassen.

Später sah er ihn in einer der großen Fensternischen des Hauptganges bei den amerikanischen Dienern Brooks und Gilder. Sie sprachen leise miteinander und hatten die Köpfe gesenkt. Aber nicht nur Kelver sah sie, sondern auch Lord Lebanon, der in der offenen Tür seines Zimmers lehnte. Er sagte Kelver gute Nacht, als dieser vorbeiging, aber kurz darauf rief er ihn zurück.

»Steht da unten nicht der Doktor?« fragte er, da er ein wenig kurzsichtig war.

»Ja, Mylord. Er unterhält sich mit Gilder und Brooks.«

»Zum Teufel, worüber haben die soviel miteinander zu reden? Kelver, sind Sie nicht auch der Meinung, daß dies ein sonderbares Haus ist?«

Kelver war zu höflich und kannte seine Stellung zu gut, um diese Frage zu bejahen. In Wirklichkeit hielt er den ganzen Haushalt für sonderbar genug, vor allem die beiden amerikanischen Diener. Von Anfang an war ihm klargemacht worden, daß er ihnen nichts zu sagen hätte. Außerdem brauchten die beiden nach neun Uhr nicht die Wohnräume der Herrschaft zu verlassen, sondern konnten sich frei im ganzen Haus bewegen.

»Ich sage ja immer, daß es alle möglichen Leute auf der Welt gibt.«

Willie Lebanon lächelte.

»Das stimmt, Mr. Kelver«, erwiderte er liebenswürdig und klopfte dem alten Mann auf die Schulter.

Der Butler wurde ein wenig verlegen, denn so vertraulich hatte sich der Lord ihm gegenüber noch nie benommen.

4

Ein gewisser Zibriski hatte sich den etwas hochtrabenden Namen Mont Morency zugelegt. Im allgemeinen gaben ihm die Leute weniger gutklingende Namen, wenn sie plötzlich Geldscheine besaßen, die in einer Geheimdruckerei dieses Hochstaplers hergestellt wurden. Da die Banknoten außerordentlich gut und täuschend nachgeahmt waren, machte er ein ausgezeichnetes Geschäft.

Er selbst verteilte die gefälschten Scheine nicht, er betrieb das Geschäft nur im großen. Mehrere Druckereien arbeiteten für ihn, eine in Luxemburg, eine andere in den Hintergebäuden eines kleinen Hotels in Ostende.

Mr. Briggs, einer der Agenten Zibriskis, war schon oft verurteilt worden, weil er glaubte, man könnte sich durch unehrliche Handlungen ein sorgenfreies Leben verschaffen. Seit einer Woche hatte er sich in dem Gasthaus des Dorfes Marks Thornton einquartiert und wartete darauf, daß Zibriski mit seinem schnittigen Wagen vorfahren und ihm vier Pakete Banknoten übergeben würde. Er zahlte dafür in barem Geld und verteilte dann die Scheine an andere Leute, wobei er mehr als hundert Prozent verdiente. Hätte er den Mut gehabt, das Papiergeld direkt unters Publikum zu bringen, so hätte sich sein Gewinn vervierfacht.

Zur selben Zeit, als er nach Marks Thornton kam, erschienen in einem Nachbardorf zwei unauffällig aussehende Fremde, die sich weniger für Briggs als für Zibriski interessierten.

»Ich bin ihm bis nach Marks Thornton gefolgt«, erklärte Detektivsergeant Totty. »Meiner Meinung nach wird dort aber nichts geschehen.«

»Ihre Meinung«, entgegnete Chefinspektor Tanner, »ist so unwichtig und nebensächlich, daß ich sie kaum höre. Außerdem habe ich das schon selbst gesagt, Sie reden es mir nur nach.«

»Warum verhaften wir Briggs nicht?«

Totty war verhältnismäßig klein, hielt aber viel von sich und war auch mutig und tüchtig. Tanner, ein außergewöhnlich stattlicher und großer Mann, schaute seinen Assistenten mit einem Seufzer an.

»Welche Anklage sollen wir denn gegen ihn erheben?« fragte er. »Nicht einmal nach dem Gesetz zur Verhütung von Verbrechen könnten wir ihn in Schutzhaft nehmen. Außerdem liegt mir an Briggs gar nichts – ich will Zibriski fassen. Sooft ich ihn in den Zeitungen abgebildet sehe, wie er in Nizza schönen Frauen Rosen verehrt, bekomme ich Leibschmerzen. Er ist fast allen Polizeidirektionen der Welt als einer der größten Falschgeldhändler bekannt, und trotzdem ist er nicht ein einziges Mal verurteilt worden. Heute abend wollen wir einmal auf Erkundigung ausgehen, Totty.«

»Marks Thornton ist ein ganz nettes Dorf. Beinahe hätte ich ein Zimmer im Gasthaus dort genommen. Ein großes, altes Schloß liegt auch in der Nähe.«

Tanner nickte.

»Marks Priory – Lord Lebanon wohnt dort.«

»Sieht sehr altmodisch aus.«

»Das ist nicht weiter verwunderlich.«

Ihre Erkundungen führen nicht zum Ziel. In keinem der Dörfer, die sie besuchten, fanden sie eine Spur von Zibriski. Auch am nächsten und übernächsten Tag kam der Mann nicht, und am Ende der Woche kehrte der Chefinspektor nach London zurück. Er erhielt Nachrichten über den Verbleib der einzelnen Verbrecher und erfuhr, daß Zibriski von der Anwesenheit der Beamten auf dem Land erfahren und deshalb seinen Plan geändert hätte. Aber das war nicht richtig.

Gerade an dem Abend des Kostümballes traf Zibriski ein und erschien in dem Zimmer seines Agenten. In kürzester Zeit war der Handel abgeschlossen. Briggs verpackte die falschen Banknoten in seinem Koffer und ging dann noch aus.

Von dem Tanzvergnügen hatte er erfahren, und er hörte auch die Musik. Er stieg den Hügel hinauf, setzte sich an einem Zaundurchgang nieder, stopfte seine Pfeife und dachte vergnügt an das gute Geschäft, das er mit den Banknoten machen würde. Zibriski-Noten waren ein begehrter Artikel.

Plötzlich sah er einen Mann die Straße heraufkommen, der ein weites Gewand und einen Turban trug. Der Mond war inzwischen aufgegangen. Briggs stand auf und sah neugierig zu dem Fremden hinüber. Ein Inder! Was machte der denn hier? Aber dann erinnerte sich Briggs an den Maskenball.

Der Fremde sagte guten Abend, als er vorbeikam, und schlug dann den schmalen Pfad ein, der quer durch das Feld nach dem Herrenhaus führte. Briggs setzte sich wieder.

Nach einiger Zeit hörte der Agent einen furchtbaren Schrei, der sofort erstickt wurde. Entsetzt drehte er sich um und versuchte, das Halbdunkel mit den Blicken zu durchdringen, aber er konnte nichts sehen. Verstört zog er das Taschentuch und wischte sich die feuchte Stirn.

Kurz darauf kam jemand eilig näher, und in dem schwachen Mondlicht erkannte Briggs einen Mann mit einem braunen Spitzbart.

»Wer sind Sie?« fragte er heiser.

»Es ist alles in Ordnung! Ich bin Dr. Amersham«, erwiderte der andere kurz.

»Wer hat denn eben geschrien?«

»Niemand – höchstens eine Eule.«

Der Arzt wandte sich ab und verschwand im Dunkeln.

Briggs war zwar erschrocken, hätte aber doch gern gewußt, was vorgefallen sein mochte. Neugierde trieb ihn vorwärts. Er ging den Feldpfad entlang und leuchtete mit einer Taschenlampe den Weg ab.

Schon wollte er wieder umkehren, als er seitlich am Weg etwas glitzern sah. Er zögerte einen Augenblick, aber dann biß er die Zähne zusammen und ging weiter.

Er fand den Mann, der kurz vorher in dem indischen Kostüm an ihm vorübergekommen war. Nun lag der Fremde still und bewegungslos hier, und um seinen Hals war ein rotseidenes Tuch geschlungen . . . Er war tot . . . erwürgt!

Obwohl die Züge furchtbar verzerrt waren, erkannte Briggs den Chauffeur aus dem Schloß, mit dem er im Wirtshaus bekannt geworden war.

Er fühlte den Puls und legte die Hand auf das Herz des Mannes. Dann erhob er sich und eilte zurück. Die letzte Strecke des Weges bis zum Gasthaus ging er langsam und zwang sich zur Ruhe. Das war eine Sache, die nichts mit ihm zu tun hatte. Mochte die Polizei zusehen, wie sie den Fall aufklärte, er wollte nicht in die Geschichte verwickelt werden. Und er hatte auch allen Grund, vorsichtig zu sein.

Am nächsten Morgen verließ er das Dorf in aller Frühe; eine Stunde später wurde Studd aufgefunden.

5

Briggs fühlte sich ziemlich sicher, als er den Victoria-Bahnhof in London erreichte, und hoffte, in der Menge untertauchen zu können. Aber als er die Sperre passierte, traten vier Herren auf ihn zu. Er wußte sofort, was das zu bedeuten hatte.

Sie nahmen ihn mit zur Polizeistation in der Bow Street und durchsuchten seinen Koffer. Kein Mensch kümmerte sich um die Behauptung, daß das Gepäckstück nicht ihm, sondern einem Unbekannten gehörte, einem gewissen Smith, für den er es nur mitgenommen hätte. Natürlich fand man die vier Päckchen gefälschter Banknoten.

»Ich habe die Scheine vorher nie gesehen«, schwor Briggs.

Später wurde er von Chefinspektor Tanner verhört.

»Daß Sie im Besitz von Falschgeld sind, ist noch das wenigste«, meinte der Beamte. »Sie waren in der vergangenen Nacht im Dorf Marks Thornton, wo ein Mord verübt wurde. Was wissen Sie davon?«

Briggs behauptete, daß er davon keine Ahnung habe. Er wäre erstaunt, daß in dieser friedlichen Gegend jemand ermordet werden könnte, erklärte er, und fragte dann, ob man eine Waffe gefunden hätte.

»Das klingt fast, als ob Sie wüßten, daß der Mann erwürgt worden ist.«

Der Chefinspektor hatte nicht den geringsten Zweifel, daß Briggs an dem Verbrechen unbeteiligt war. Aus den Akten ging hervor, daß sich der Mann nur mit Falschgeld befaßte. Da es sich hier um einen alten Sträfling handelte, konnte man seinen Charakter genau beurteilen.

Tanner ahnte natürlich nicht, daß Briggs den ermordeten Chauffeur mit eigenen Augen gesehen hatte, und er trieb das Verhör auch nicht auf die Spitze. Aber unter dem Mordverdacht gestand Briggs alles ein, was das Falschgeld betraf, und sagte auch, was er von Zibriski wußte. Der Hochstapler konnte daher noch am selben Abend verhaftet werden, als er gerade den Dampfer nach Le Havre betreten wollte.

Tanner kehrte nach Scotland Yard zurück, suchte seinen Vorgesetzten auf und erkundigte sich, ob man über den Mord in Marks Thornton etwas Neues erfahren hätte.

»Nein, die Polizei dort hat nicht um unsere Hilfe gebeten. Die Leute rufen uns natürlich erst, wenn alle Spuren so verwischt sind, daß man nichts mehr finden kann. Es scheint aber ein ziemlich gewöhnliches Verbrechen zu sein; die Polizei hält es für einen Racheakt. Studd hat anscheinend ein paar üble Bekanntschaften gemacht, wirkliche Feinde hatte er wohl nicht.« Im Lauf des Abends hörte der Chefinspektor noch weitere Einzelheiten, die ihn jedoch nicht besonders interessierten. Studd sollte einen Streit mit dem eifersüchtigen Parkwächter Tilling gehabt haben, aber dieser Verdacht stellte sich bald als unbegründet heraus.

Niemand erwähnte den Namen Dr. Amershams; auch in den Berichten, die Scotland Yard erhielt, erschien er nicht. Erst eine Woche später, als sich die Lokalbehörden entschlossen, die Hilfe von Scotland Yard in Anspruch zu nehmen, hörte man etwas von dem Arzt. Tanner und Totty waren nach Marks Thornton gefahren, um den Fall genauer zu untersuchen.

Der Chefinspektor machte einen Besuch im Herrenhaus, wurde aber kühl und mit Abwehr empfangen. Beiläufig erwähnte er Lady Lebanon gegenüber Dr. Amersham.

»Er kommt manchmal hierher«, erklärte sie, »aber er war an jenem Unglücksabend nicht lange hier. Soviel ich weiß, fuhr er um zehn Uhr fort.«

Der kurze Einblick in das Leben auf Marks Priory sagte Tanner nichts. Die große Eingangshalle wurde gerade repariert; Gerüste waren an den Wänden aufgestellt, und Kelver zeigte ihm die einzelnen Steintafeln, auf denen die Familienwappen der Lebanons und ihrer Gemahlinnen eingemeißelt waren.

»Mylady ist eine Autorität auf dem Gebiet der Heraldik«, erklärte der Butler. »Sie kann die Bedeutung eines Wappens lesen, als ob es eine gewöhnliche Buchseite wäre. In diesen Dingen hat sie wirklich erstaunliche Kenntnisse. Wie Sie wissen, führt die Familie Lebanon ihren Stammbaum auf die ältesten Zeiten zurück. Der erste Lebanon wurde von König Richard I. geadelt.«

»Interessant«, entgegnete der Chefinspektor, der darin wenig bewandert war. »Was können Sie mir nun von Studd erzählen?«

Kelver schüttelte den Kopf.

»Wegen dieses Verbrechens habe ich nächtelang nicht schlafen können. Studd war ein wirklich liebenswürdiger und freundlicher Charakter.«

Wenn man Kelvers Worten trauen konnte, hatte er nichts gesehen und gehört und erst von dem Tod des Chauffeurs erfahren, als ein Polizist den Mord im Schlosse meldete. Er lobte den Toten in jeder Weise und sagte, daß der Mann unmöglich einen Feind gehabt haben könnte.

Sergeant Totty hatte inzwischen die anderen Dienstboten vernommen, von ihnen aber nur dasselbe gehört.

Der Mord war bereits vor sechs Tagen geschehen, und es war schwer, neue Anhaltspunkte zu finden.

Tanner betrachtete die Fotografie Studds, dann untersuchte er das rotseidene Tuch, mit dem der Mann erwürgt worden war, und nahm es später mit nach Scotland Yard. In der einen Ecke des Gewebes war eine winzige Zinnplatte eingenäht, auf der einige Worte in Hindostani standen. Die Übersetzung ergab, daß es sich um den Namen des Fabrikanten handelte.

Der Chefinspektor sprach mit dem jungen Lord und stellte mehrere Fragen an ihn; aber Willie konnte ihm auch keine Erklärung geben. Er hatte Studd geschätzt und gern um sich gehabt, aber das hatte Tanner bereits von dem Butler erfahren. Der Tod des Chauffeurs schien Willie Lebanon sehr nahegegangen zu sein.

Die dritte wichtige Person traf Tanner, als er quer über die Felder nach dem Dorf ging und Isla Crane ihm mit schnellen Schritten entgegenkam. Sie wäre an ihm vorübergeeilt, wenn er sie nicht angehalten hätte.

»Verzeihung, Sie sind doch Miss Crane. Ich bin Chefinspektor Tanner von Scotland Yard.«

Zu seinem größten Erstaunen wurde sie bleich und sah ihn entsetzt an. In seiner Praxis war ihm dies schon öfters begegnet. Leute, die unerwartet mit der Polizei in Berührung kommen, benehmen sich sonderbar, ganz gleich, ob sie unschuldig oder schuldig sind. Aber er hatte nicht vermutet, daß eine junge, vornehme Dame in solche Erregung geraten würde.

»Ach ja, mir hat jemand gesagt, daß Sie von der Polizei sind.

Sie wollen hier Nachforschungen über Studds Tod anstellen? Der arme Mann tut mir wirklich leid.«

»Sie wissen wahrscheinlich nichts über den Mord?«

»Nein.«

»Können Sie mir sonst irgendeine Aufklärung geben?«

Sie schüttelte den Kopf, noch bevor er ausgesprochen hatte, und ging schnell an ihm vorbei.

Sergeant Totty beobachtete sie, bis sie außer Sicht war, dann wandte er sich an seinen Vorgesetzten.

»Merkwürdig, was?«

»Das kann ich nicht finden. Ich habe schon viele Menschen gesehen, die sich in solchen Fällen ähnlich benommen haben. Für Leute ihres Standes muß es eine große Enttäuschung bedeuten, plötzlich mit einem Mord zu tun zu haben.«

Trotzdem war Tanner sehr nachdenklich, als er weiterging.

In der großen Säulenhalle vor dem Haupteingang von Marks Priory traf Isla Gilder, der auf einem Stuhl saß und Zeitung las. Er stand sofort auf, als sie näher kam, und sah sie prüfend an.

»Haben Sie den Polizeibeamten gesehen?« fragte er streng.

»Meinen Sie den Detektiv?«

»Ja. Hat er Sie ausgehorcht?«

Sie verstand nicht gleich, was er wollte.

»Hat er Fragen an Sie gerichtet, Miss?«

Seine tiefe Stimme beunruhigte sie.

»Ja, er fragte mich, ob ich etwas von dem Mord wüßte. Das war alles.«

Sie wandte sich rasch um und ging ins Haus. Lady Lebanon saß in der großen Halle an ihrem Schreibtisch. Ganze Tage brachte sie damit zu, alte heraldische Inschriften zu studieren. Im Lateinischen war sie glänzend bewandert, und das Altenglische beherrschte sie vollendet wie wenige andere.

Als sie Isla sah, schloß sie das Buch, in dem sie gelesen hatte.

»Was gibt es denn?« fragte sie.

Isla zitterte am ganzen Körper und konnte zuerst keine Worte finden.

»Er hat mich verschiedenes gefragt«, sagte sie schließlich. »Ich meine Mr. Tanner.«

»Ach so, der Polizeibeamte. Was denn? Hat er über Amersham gesprochen?«

Isla schüttelte den Kopf.

»Was geht denn eigentlich hier im Schloß vor?«

»Manchmal kann ich dich überhaupt nicht verstehen, Isla«, erwiderte Lady Lebanon etwas scharf. »Was soll denn hier vorgehen?«

»Wenn sie es nun herausbringen?«

Lady Lebanon richtete sich in ihrem Sessel auf.

»Ich weiß wirklich nicht, was du meinst, Isla. Was soll das heißen: ›Wenn sie es nun herausbringen?‹ Ich wünschte, du würdest dich nicht um Dinge kümmern, die dich nichts angehen.«

Isla Crane ging an diesem Abend früh zur Ruhe. Sie schlief in einem großen Prachtgemach, das bekannt war als das »Zimmer des alten Lords«. Es war ein großer, etwas düsterer Raum mit einem mächtigen Pfostenbett.

»Zum Kuckuck, warum hat sie sich so früh zurückgezogen?«

»Mach doch nicht solchen Lärm, Willie«, entgegnete seine Mutter. »Wozu sollte sie auch länger aufbleiben? Sie hat doch nichts zu tun.« Sie sah auf ihre brillantengeschmückte Armbanduhr. »Es wäre übrigens auch für dich an der Zeit, Liebling. Hast du mit Isla gesprochen?«

»Nein, ich hatte noch nicht die geringste Gelegenheit dazu, seitdem dieser schreckliche Mord passierte.« Er senkte den Kopf und lauschte. »Da kommt ein Auto – ist das Amersham?«

»Ja.«

»Er war doch auch in der Mordnacht hier?«

Sie sah schnell auf.

»Nein. Er ist damals sehr früh fortgefahren – es muß ungefähr zehn Uhr gewesen sein.«

Er lächelte.

»Aber Mutter, ich habe doch gesehen, wie sein Wagen morgens um sieben abfuhr. Ich schaute gerade aus dem Fenster. Mir hat schon jemand erzählt, daß er noch am selben Abend fortgefahren wäre.«

»Hast du den Leuten gesagt, daß das nicht richtig ist?« fragte sie scharf.

»Nein – warum sollte ich das tun?« Er sah zu dem Gewölbe der Halle empor und seufzte. »Das ist ein verteufelt düsteres Haus. Es graut mir bei dem Gedanken, daß ich mein ganzes Leben hier verbringen soll. Amersham will ich nicht sehen, ich gehe auf mein Zimmer.«

Die Tür öffnete sich, aber nicht Amersham trat ein, sondern Gilder, der ein Tablett mit Whisky, einem Siphon und einem Glas trug. Er goß eine geringe Menge Whisky ein und füllte das Glas mit Sodawasser, während der Lord argwöhnisch zusah.

Dann nahm Willie das Glas aus der Hand des Mannes und trank daraus. Aber erst als er es ganz geleert hatte, bemerkte er den bitteren Nachgeschmack.

»Ein merkwürdiger Whisky«, sagte er.

Das war die letzte Bemerkung, auf die er sich besinnen konnte. Vier Stunden später erwachte er mit ziemlichen Kopfschmerzen, machte Licht und sah, daß er sich in seinem eigenen Zimmer befand. Er trug seinen Schlafanzug und lag im Bett. Stöhnend richtete er sich auf, aber es drehte sich alles um ihn. Mr. Gilder hatte etwas zuviel von dem Betäubungsmittel ins Glas geschüttet.

6

Lord Lebanon erhob sich, ging mit unsicheren Schritten zur Tür und versuchte, sie zu öffnen, entdeckte aber, daß sie verschlossen war. Er tastete nach dem Schlüssel, fand ihn jedoch nicht. Nur mühsam konnte er seine Gedanken ordnen. Als er wieder zu sich gekommen war, drückte er auf die Klingel neben dem Bett und wartete. Es dauerte ziemlich lange, bis Gilder die Tür aufschloß und endlich eintrat.

Dem Amerikaner mußte etwas zugestoßen sein. Sein eines Auge war blutunterlaufen und blau, der Kragen seines Rockes hatte gelitten, die Weste war zerrissen. Gilder sah Willie mit düsterem Blick an.

»Wünschen Sie etwas, Mylord?« fragte er schließlich.

Lebanon wußte, daß es den Diener große Überwindung kostete, ihn so höflich anzureden.

»Wer hat meine Tür verschlossen?«

»Ich«, entgegnete Gilder kühl und gelassen. »Ein Mann, der gestern abend ins Schloß kam, fing eine Schlägerei an, und ich wollte verhüten, daß Sie in die Sache verwickelt würden.«

Lord Lebanon schaute ihn groß an.

»Wer war es denn?«

»Sie kennen ihn nicht, Mylord«, erwiderte Gilder kurz. »Kann ich etwas für Sie tun?«

»Geben Sie mir etwas Kühles zu trinken, was den Durst stillt. Der Whisky gestern abend taugte nichts.«

Wenn der Diener auch den Argwohn des Lords spürte, gab er es doch nicht zu erkennen.

»Das sagte der andere Herr auch. Ich glaube, der Whisky hier in der Gegend ist überhaupt nicht besonders gut. Ich werde Mylady bitten, aus der Stadt welchen kommen zu lassen.«

»Wo ist meine Mutter?« fragte Willie Lebanon schnell. »War sie zugegen, als –«

»Nein, sie war in ihrem Zimmer.«

»Was ist denn passiert?« forschte der junge Mann weiter.

Gilder schaute ihn mit einem grimmigen Lächeln an.

»Vielleicht wollen Sie es sich selbst ansehen?«

Lord Lebanon schlüpfte in seine Pantoffeln und folgte ihm den Gang entlang, dann die breite Treppe hinunter, die zur Halle führte.

Unten bemerkte er Brooks, der in Hemdsärmeln war und allem Anschein nach versuchte, wieder Ordnung zu schaffen. Ein Tisch war umgestoßen, die eine Ecke des Empire-Sofas zertrümmert; eine kleine Porzellanuhr lag in Scherben auf dem Boden, und vier elektrische Kerzen in dem großen Kronleuchter hingen beschädigt zur Seite. Willie sah sich erstaunt um.

»Wer hat das getan?« fragte er, indem er sich bemühte, Haltung anzunehmen und den Hausherrn zu spielen.

»Ein Freund von Dr. Amersham«, erwiderte Gilder gehässig, aber Willie achtete nicht darauf.

Überall lagen Glasscherben verstreut; vermutlich war die Whiskyflasche zu Boden gestürzt und zerbrochen. Auch eins der starken Eichenpaneele war zertrümmert.

»Es sieht aus, als ob ein Wahnsinniger hier losgelassen worden wäre.«

Gilder fuhr auf, denn diese Worte erschreckten ihn.

»Ja, der Mann benahm sich so – ich meine, der Freund von Dr. Amersham.«

Es war halb vier Uhr, und im Osten graute bereits der Morgen, als sich der Lord wieder hinlegte.

Willie wußte, daß man ein Betäubungsmittel in den Whisky gemischt hatte, aber er fühlte sich so erschöpft, daß er keiner weiteren Nachforschungen fähig war.

7

Obwohl Chefinspektor Tanner in seinem Beruf praktisch und nüchtern dachte und handelte, hatte er sich den Sinn für Romantik bewahrt.

Im Augenblick beschäftigte er sich mit dem Kartenindex in der Registratur von Scotland Yard. Alle gewohnheitsmäßigen Verbrecher und Spezialisten blieben sich in ihren Arbeitsmethoden ziemlich gleich, so daß man sie in einem Index zusammenfassen konnte. Und in dieser Kartei suchte Mr. Tanner nun nach den Namen der Leute, die seit Gründung dieses Indexes andere erstickt oder erwürgt hatten oder wenigstens bei einem Versuch, das zu tun, ertappt worden waren. Die meisten dieser Menschen hatte man später durch den Strang hingerichtet. Einige, die ihre Mordabsichten nicht voll hatten ausführen können, saßen noch in den Gefängnissen. Aber Mr. Tanner konnte kein Verbrechen auffinden, das dem von Marks Priory ähnlich war. Es gab eine Anzahl von Männern und auch Frauen, die andere Leute mit einem Strick oder einer Schnur hatten erwürgen wollen, aber obwohl er einen nach dem anderen genauer ins Auge faßte, konnte er doch keinen Namen entdecken, der sich mit dem Verbrechen von Marks Priory irgendwie in Zusammenhang bringen ließ.

Er ging in sein Büro hinunter und fand dort Sergeant Totty, der gemütlich auf dem Stuhl seines Chefs saß.

Sergeant Totty konnte genial lügen, wenn es galt, seine eigenen Heldentaten ins rechte Licht zu setzen, und er hatte ein Vorurteil gegen gebildete Vorgesetzte, die einen gewissen Grad von Kenntnissen voraussetzten, ehe sie andere Beamte zur Beförderung zuließen.

Totty ging zum Fenster und blickte auf das belebte Themseufer hinaus. In der letzten Woche hatte es wenig Abwechslung im Dienst gegeben.

»Wer ist Amersham?« fragte Tanner plötzlich.

»Wie?« erwiderte Totty überrascht. »Amersham ist eine Stadt in Kent.«

»Amersham«, entgegnete Inspektor Tanner geduldig, »ist eine Stadt in Buckinghamshire, aber ich rede nicht über die Stadt, sondern über Dr. Amersham.«

Totty verzog den Mund.

»Ach, Sie meinen den Kerl in Marks Priory? Der ist ein Arzt.«

»Auch das weiß man nicht genau. Er führt zwar den Doktortitel, aber es ist nicht sicher, ob er ein Doktor der Philosophie oder der Medizin ist.«

Tanner nahm sein Notizbuch aus der Tasche und blätterte darin, bis er die Eintragung fand, die er suchte.

»Dr. Amersham hat eine Wohnung in der Devonshire Street, in einem großen Haus mit vielen Einzelappartements. Die Gegend ist sehr teuer und für einen Doktor reichlich vornehm, außerdem hält der Mann auch ein paar Rennpferde. Er war in Indien, und deshalb nehme ich an, daß er Doktor der Medizin ist. Ich möchte gern wissen, was er eigentlich in Marks Priory zu tun hat, und in welcher Beziehung er zu der Familie Lebanon steht.«

»Ist es nicht möglich, daß er den Mord begangen hat?«

»Ebensogut könnten Sie und eine Menge anderer Leute das Verbrechen verübt haben.«

»Ich muß Ihnen noch sagen, was ich mir aufgeschrieben habe, als ich dort war.« Totty sprach jetzt dienstlich, und sein Chef horchte auf. »Die haben einen Parkwächter – einen gewissen Tilling –, der macht immer ein böses, brummiges Gesicht. Ich habe ihn dort im Gasthaus getroffen. Er hatte die Hände auf den

Schanktisch gelegt; so große, harte Hände habe ich noch nie gesehen. Ich sprach mit dem Wirt darüber, und der erzählte mir, daß Tilling einmal einen Hund nur mit den bloßen Händen getötet hat.«

»Donnerwetter, das ist allerdings ein starkes Stück!«

Totty lächelte und freute sich über den Eindruck, den seine Worte hervorgerufen hatten.

»Ja, ich halte die Ohren offen. Sie denken zwar manchmal, ich wäre nicht besonders tüchtig, aber wenn etwas im Gang ist –«

»Also, Sie sagten, der Mann hätte einen Hund erwürgt? Warum haben Sie mir das nicht schon früher mitgeteilt?«

»Ich habe leider nicht daran gedacht. Übrigens hat er auch eine Frau, die sehr hübsch sein soll. Man sagt im Dorf, daß sie zuviel nach den jungen Leuten schaut. Zwei oder drei ihrer Liebesaffären sind bekannt. Ach, da fällt mir eben etwas ein: Studd gehörte auch zu ihren Liebhabern.«

»Was haben Sie sonst noch gehört? Diesen Tilling habe ich übrigens gesehen. Er ist ein großer, düsterer Mensch, ich kann mich genau auf ihn besinnen.«

Totty sah zur Decke auf, als ob er dort etwas erfahren könnte. »Das ist alles, was ich darüber weiß. Nur noch eins: Tilling war in der Mordnacht in London. Mit dem Sohn des Gasthauswirtes war er in der Hauptstadt. Deshalb habe ich der Sache auch keine weitere Bedeutung beigelegt und mich nicht eingehender danach erkundigt.«

»Das können wir ja leicht nachprüfen. Ich werde einmal nach Thornton fahren und mich ein wenig mit der Frau unterhalten. Aber vorher möchte ich diesen Dr. Amersham sprechen.«

Er sah nach der Uhr, es war halb fünf.

»Soll ich Sie begleiten?« fragte Totty.

»Ich glaube nicht, daß das notwendig ist. Bleiben Sie ruhig hier, und überlegen Sie sich, was Sie sonst noch alles zu berichten vergessen haben. Sie wissen doch, wohin Tilling und der Sohn des Gastwirtes gegangen sind, als sie in London waren?«

Totty klopfte langsam mit einem Finger gegen die Stirn, dann lächelte er.

»Ja, ich weiß es. Alles steht in meinem Kopf. Mein Gehirn ist so gut wie eine Kartei, ich vergesse nie etwas! Die beiden besuchten den Bruder des Gasthauswirts, der auch eine Wirtschaft in London hat. Er feierte seinen Geburtstag oder sonst eine Gelegenheit. Der junge Tom fuhr mit Tilling zur Stadt, und sie brachten die Nacht dort zu.«

»Stellen Sie fest, ob das stimmt«, erwiderte Tanner kurz.

Eine halbe Stunde später suchte er Ferrington Court auf, wo sich die Wohnung Dr. Amershams befand. Es war ein modernes, großes Gebäude.

»Dr. Amersham zu Hause?« fragte er den Portier.

»Jawohl, er ist in seiner Wohnung. Erwartet er Sie?«

»Hoffentlich nicht«, entgegnete Tanner lächelnd.

Er war gerade in den Lift getreten, als ein Mann zur Haustür hereinstürzte und quer durch die Halle auf den Fahrstuhl zueilte. Er trug die Kleidung eines Geistlichen und hatte ein etwas bleiches Gesicht, das von vielem Studieren zeugte. Er lächelte dem Portier wohlwollend zu und grüßte Bill Tanner höflich durch Kopfnicken.

Sie fuhren beide bis zum dritten Stock, und als sich die Tür öffnete, folgte Tanner dem Geistlichen auf den Korridor hinaus. Dort sah er, daß dieser auf die Tür der Wohnung Nr. 16 zuging, die auch er aufsuchen wollte.

Ein junger Diener öffnete. Allem Anschein nach war der Geistliche hier kein Unbekannter. Der Angestellte glaubte, daß Mr. Tanner in dessen Begleitung gekommen wäre.

»Ich werde dem Doktor sagen, daß Sie hier sind, Mr. Hastings«, erklärte er und ließ sie dann allein.

»Ich habe es nicht sehr eilig«, sagte der Geistliche freundlich. »Ich bin der Vikar von Petersfield. Wenn es also bei Ihnen nicht zu lange dauert, will ich gern warten – mein Name ist John Hastings. Kennen Sie Petersfield?«

»Ja, ich habe davon gehört«, entgegnete Tanner liebenswürdig.

Der Vikar beugte sich zu dem Beamten vor und sprach vertraulich mit ihm.

»Ich fürchte, daß ich unserem Freund Amersham mit der Zeit auf die Nerven falle. Diesmal handelt es sich um den neuen Gemeindesaal für unseren Ort. Es ist schrecklich für mich – sieben Jahre bauen wir schon daran und haben ihn noch nicht fertigstellen können. Der Doktor war sehr freundlich –«

Er räusperte sich, denn die Tür öffnete sich, und Dr. Amersham trat herein. Das Lächeln, mit dem er den Vikar begrüßte, schwand, als er den Chefinspektor sah.

»Guten Abend, Mr. Tanner. Sie sind es doch?«

»Das ist mein Name. Sie haben ein gutes Gedächtnis.«

»Ja, geradezu fabelhaft«, stimmte Mr. Hastings bei. »Ich erhielt einen glänzenden Beweis dafür, als der Doktor einmal nach Petersfield kam, um eine, wenn ich so sagen darf, wichtige Sache zu erledigen –«

»Ich kann mich eine Viertelstunde mit Ihnen unterhalten, Mr. Tanner. Wollen Sie so liebenswürdig sein und ins Wohnzimmer kommen?«

Amersham hatte den Geistlichen rücksichtslos unterbrochen.

»Sie verzeihen einen Augenblick«, wandte er sich nachträglich an ihn.

Dann ging er schnell durch die offene Tür, und als der Chefinspektor eingetreten war, schloß er sie.

»Nun, Mr. Tanner, hat man in dieser unangenehmen Angelegenheit etwas Neues entdeckt?«

»Nichts Wichtiges. Ich wollte Sie fragen, ob Sie mir irgendwie helfen könnten.«

Dr. Amersham sah ihn nachdenklich an, verzog den Mund und schüttelte den Kopf.

»Ich glaube nicht, daß Sie von mir etwas erfahren können. Es war schrecklich für mich und auch für Lady Lebanon – geradezu furchtbar. Dabei war Studd nicht einmal ein besonders angenehmer Mensch. Ich hatte einige Meinungsverschiedenheiten mit ihm, weil er sich sehr unverschämt benahm. Er war auch kein guter Chauffeur.«

Studd war in Wirklichkeit ein ausgezeichneter Chauffeur gewesen, aber Amersham konnte es sich nicht versagen, in diesem Augenblick schlecht über ihn zu sprechen.

»War er nicht auch ein Schürzenjäger?«

Der Doktor starrte ihn an.

»Ich weiß nicht, worauf Sie hinauswollen. Von seinem Privatleben wußte ich wenig. Spielte eine Frau dabei eine Rolle?«

Tanner lachte und schüttelte den Kopf.

»Ich weiß nicht viel mehr als Sie, aber ich habe gehört, daß er ein Verhältnis mit der Frau des Parkwächters gehabt haben soll, einer Mrs. . . .« Er machte eine Pause, als ob er sich auf den Namen besinnen müßte. »Einer Mrs. Tilling – kann das stimmen?«

Der Doktor warf den Kopf zurück. Diese Andeutung verletzte seine Eitelkeit.

»Das ist unmöglich!« entgegnete er schnell. »Mrs. Tilling ist eine durchaus anständige Frau. Geradezu lächerlich, daß die ein Verhältnis mit Studd gehabt haben soll!«

»Sie ist wohl sehr hübsch?«

»Ja, ich glaube«, entgegnete Amersham kurz. »Aber Sie irren sich, wenn Sie annehmen, daß Studd in Beziehungen zu Mrs. Tilling gestanden hat. Sie ist sehr zurückhaltend. Wer hat Ihnen denn eigentlich dieses Märchen aufgebunden?«

Der Inspektor zuckte die breiten Schultern.

»Es ist ein Gerede, das man gelegentlich hört und sich merkt«, erwiderte er gut gelaunt. »Soviel ich weiß, ist ihr Mann sehr eifersüchtig. Ist Ihnen das auch bekannt?«

»Ihr Mann ist ein unmöglicher Mensch«, erwiderte Amersham ärgerlich. »Unvernünftig und brutal. Schon oft hat er seine Frau bedroht.«

Er fühlte, daß Tanner ihn interessiert ansah.

»Ich kenne sie natürlich nicht sehr genau«, fuhr er hastig fort. »Nur als Arzt bin ich bei ihr gewesen. Selbstverständlich hört man im Dorf allerlei, aber ich kümmere mich nicht um Klatsch.«

Tanner wußte, daß er hier den Hebel anzusetzen hatte. Darüber mußte er weitere Auskunft haben. Aber Amersham war bestrebt, das Gespräch auf ein anderes Thema zu bringen.

»Ich dachte, Sie kennen sie besonders gut«, sagte Tanner in aller Unschuld, »sonst hätte ich die Frau gar nicht erwähnt.«

»Warum sollte ich sie denn genauer kennen?« fragte Amersham kalt. »Für mich ist sie die Frau eines Angestellten der Lady Lebanon – weiter nichts. Ich interessiere mich für die Angestellten – selbstverständlich nur als Arzt.«

»Gewiß«, pflichtete der Beamte bei. »Ihrer Meinung nach ist also das Gerede über – sagen wir einmal die Freundschaft zwischen Studd und Mrs. Tilling nicht am Platze.«

»Durchaus nicht«, erklärte der Arzt mit Nachdruck. »In einem so kleinen Dorf haben die Leute natürlich weiter nichts zu tun als zu klatschen und böse Bemerkungen über ihre Mitmenschen zu machen.«

Er zwang sich zu einem Lächeln.

»Eigentlich hatte ich erwartet, daß Sie mir eine Menge Neuigkeiten über den Fall erzählen könnten. In Scotland Yard weiß man doch sonst immer so gut Bescheid.«

»Sensationen erleben wir im allgemeinen nicht«, erwiderte der Inspektor leichthin, »denn unsere Behörde ist nur eine ganz gewöhnliche Regierungsstelle. Wenn Sie von aufregenden Abenteuern hören wollen, müssen Sie zum Geheimdienst oder zur politischen Abteilung des Auswärtigen Amtes gehen. Aber ich möchte Sie jetzt nicht länger aufhalten. Ihr Freund wartet.«

Er reichte dem Arzt die Hand.

»Meinen Sie Mr. Hastings? Kennen Sie ihn?«

Amersham stellte die Frage ziemlich gleichgültig, aber Tanner hörte doch die Nervosität aus dem Ton heraus. Als der Beamte den Kopf schüttelte, atmete der Doktor erleichtert auf.

»Ein interessanter Landgeistlicher«, sagte Amersham. »Ich habe ihn manchmal unterstützt, wenn er Geld für die Gemeinde brauchte. Ist es übrigens wahr, Mr. Tanner, daß sich in der Mordnacht ein bekannter Verbrecher in Marks Thornton aufhielt? Ich habe davon gehört und dachte mir gleich, daß Sie dort eine wichtige Spur gefunden hätten.«

»Ich möchte Briggs nicht gerade einen bekannten Verbrecher nennen. Er ist allerdings wiederholt verurteilt worden, aber wegen anderer Dinge. Als Mörder kommt der Mann nicht in Betracht; er ist ein Fälscher. Vielleicht haben Sie ihn in Indien getroffen? Soviel ich weiß, waren Sie auch einige Zeit dort?«

Der Doktor hatte seine Gesichtsmuskeln in der Gewalt, aber er konnte doch nicht verhindern, daß er rot wurde.

»Nein, ich habe ihn niemals getroffen«, entgegnete der Arzt

langsam. »Ich habe nicht einmal von ihm gehört. In Indien war ich wohl, aber das ist schon fünf oder sechs Jahre her. Damals stand ich in Regierungsdiensten, aber die Stellung war undankbar, und ich nahm meinen Abschied ... die dauernde Kursänderung der Rupie ... und dann die entsetzlichen Verhältnisse, unter denen man dort arbeiten mußte ...«

Das Sprechen fiel ihm schwer, und er wußte kaum, wie er fortfahren sollte. Aber gleich darauf hatte er sich wieder in der Gewalt und zeigte lächelnd seine weißen Zähne.

»Wenn Sie glauben, daß ich Ihnen noch irgendwie behilflich sein kann, rufen Sie mich doch bitte an, Mr. Tanner. Gewöhnlich bin ich hier in London, aber zwei bis drei Tage in der Woche halte ich mich in Marks Priory auf. Lady Lebanon und ich schreiben zusammen ein Buch über Heraldik. Das muß zunächst noch geheimgehalten werden, und ich hoffe, daß Sie nicht darüber sprechen, besonders nicht zu ihr, da sie sich sonst ärgern würde. Ich bin auf diesem Spezialgebiet eine Kapazität.«

Als Tanner die Wohnung verließ, dachte er über verschiedene Probleme nach. Der Portier saß in seiner Loge, lächelte ihn an und versuchte, die Aufmerksamkeit des Beamten auf sich zu lenken. Aber Tanner war zu sehr mit seinen Gedanken beschäftigt. Der Vikar hatte ihm erzählt, daß Amersham bei einer wichtigen Gelegenheit zu der Dorfkirche gekommen wäre; diesen Anhaltspunkt mußte man verfolgen. Warum hatte sich der Doktor verfärbt, als Briggs erwähnt wurde? In welchen Beziehungen stand er zu diesem Verbrecher, der den größten Teil seines Lebens wegen Betrugs und Falschmünzerei im Gefängnis zugebracht hatte? Und warum hatte er mit solchem Nachdruck eine Bekanntschaft mit Mrs. Tilling abgelehnt?

Die Erklärung für die letzte Frage war ziemlich einfach; wahrscheinlich hatten die beiden, wie der Dorfklatsch behauptete, tatsächlich ein Verhältnis miteinander.

Tanner trat auf die Devonshire Street hinaus und hielt nach einem Taxi Ausschau. Im gleichen Augenblick drehte sich ein Mann, der auf der anderen Seite der Straße gestanden hatte, plötzlich um und betrachtete in einem Schaufenster interessiert die medizinischen Instrumente. Da er sich aber nicht schnell genug umgewandt hatte, konnte Tanner ihn erkennen. Es war niemand anders als Tilling, und Tanner war davon überzeugt, daß der Parkwächter die Wohnung Dr. Amershams beobachtete.

8

Der Chefinspektor wollte gerade die Straße überqueren und sich Tilling nähern, als dieser davonrannte. Der Mann mußte den Beamten in der Spiegelung des Schaufensters gesehen haben, denn er bog rasch in eine Seitengasse ab. Tanner folgte ihm, aber als er die Straße entlangschaute, konnte er den Parkwächter nicht mehr entdecken. Er bemerkte nur ein Taxi, das sich dem Ende der Straße näherte, und vermutete, daß Tilling in dem Wagen saß.

Als er nach Scotland Yard zurückkehrte, war sein Interesse an dem Mord von Marks Priory aufs neue erwacht. Während er noch in seinem Büro saß, kam Totty zurück.

»Ich habe diese Angaben nachgeprüft. Sie stimmen. Tilling hat die Nacht über in dem Gasthaus in New Cut geschlafen –«

»Sie hatten aber gar nicht Zeit genug, nach New Cut zu gehen«, entgegnete Tanner.

»So altmodisch bin ich auch nicht. Wozu gibt es denn Telefon?«

»Telefonische Anfragen sind bei polizeilichen Erkundigungen dieser Art absolut nicht am Platz«, entgegnete der Vorgesetzte streng.

»Ich kenne den Wirt persönlich sehr gut. Tilling hat dort in dem Gasthaus geschlafen und ist am nächsten Morgen zurückgefahren. Er ist übrigens ein großer Freund des jungen Tom.«

»Totty, ich gebe Ihnen jetzt einen Auftrag, wie Sie sich ihn nicht besser wünschen können. Gehen Sie nach Ferrington Court und beobachten Sie Dr. Amersham. Stellen Sie fest, ob er zu Hause ist, wann er ausgeht, wer ihn besucht und so weiter. Biedern Sie sich mit seinem Diener an – er hat einen jungen Menschen in der Wohnung. Vielleicht können Sie auch von dem Portier und den Kaufleuten brauchbare Nachrichten erhalten.«

Totty stöhnte.

»Das ist aber kaum eine Aufgabe für einen Sergeanten –«

»Sie haben wie immer unrecht, Totty. Ich würde keinen anderen damit beauftragen als Sie. Es wäre möglich, daß der Fall in Marks Priory eine ganz neue Wendung nimmt, und Sie sollen dabeisein. Aber wenn es Ihnen nicht paßt, kann ich Ferraby senden, den hält niemand für einen Detektiv –«

»Mich hält auch keiner dafür«, entgegnete Totty etwas lauter als notwendig. »Ich will nichts gegen Sergeant Ferraby oder einen jüngeren Beamten sagen, aber wenn Sie mir den Auftrag geben, werde ich ihn auch ausführen.«

Sergeant Ferraby war Totty ein Dorn im Auge, denn er hatte eine gute Schulbildung genossen. Außerdem konnte er sich tadellos benehmen, und alle Leute hatten ihn gern. Er hatte seine Begabung gezeigt; infolgedessen war er schnell befördert worden. Im geheimen bewunderte Totty ihn jedoch und versuchte sogar, ihn nachzuahmen.

Als er in die Halle des großen Wohnblocks Ferrington Court trat, hatte er nicht die geringste Hoffnung, schnell mit dem Portier oder einem der Hausangestellten bekannt zu werden.

Besonders der Portier machte in seiner Uniform mit den vielen Goldtressen einen unnahbaren Eindruck.

Hätte Tanner schärfer beobachtet, so hätte er in dem Mann mit der glänzenden Livree einen früheren Polizeibeamten erkannt, einen gewissen Bould. Totty sah das auf den ersten Blick und begrüßte Bould herzlich als einen alten Freund.

»Es ist doch merkwürdig, daß Tanner mich nicht wiedererkannt hat, als er heute nachmittag hier war«, meinte der Portier. »Worauf ist er denn aus? Doch nicht auf diesen Amersham?«

»Warum nicht? Aber wie kommen Sie denn hierher? Sie sehen aus wie ein Kinoportier.«

Bould betrachtete düster seine goldbetreßten Ärmel.

»Ich weiß nicht, warum sie in einem so vornehmen, ruhigen Haus den Portier ausputzen wie einen Weihnachtsmann. Tanner ließ sich heute zur Wohnung von Amersham hinauffahren. Ich glaube, das hat mit dem Mord zu tun, der neulich auf dem Land passiert ist.«

»Was ist denn dieser Amersham eigentlich für ein Kerl?«

Bould schüttelte den Kopf.

»Er behandelt seine Dienstboten, als ob Sie Hunde wären. Ein hochnäsiger Patron! Ich könnte ein paar Dinge erzählen, wenn ich wollte«, fügte er geheimnisvoll hinzu.

Bould hatte einen kleinen Aufenthaltsraum, nahm Totty dorthin mit und bot ihm einen Stuhl an.

»Wenn Sie sich hier in die Ecke setzen, kann Sie keiner sehen, der hereinkommt. Amersham hat hier eine Gesellschaft gegeben – vor etwa zwei Monaten. Alle anderen Hausbewohner haben sich beschwert ... na, ich sage Ihnen: Weiber ... Sekt ...«

»Das glaube ich«, pflichtete Totty bei und fragte dann begierig nach weiteren Einzelheiten. Aber die interessanten Dinge waren alle hinter verschlossenen Türen passiert; Mr. Bould konnte nur erzählen, was er von dem Nachtportier erfahren hatte.

»Ist Amersham zu Hause?«

»Nein. Vor einer halben Stunde ist er ausgegangen. Aber er ist bald wieder hier – er hat eine Verabredung. Eine junge Dame will ihn besuchen. Er hat mir ausdrücklich gesagt, ich soll sie ins Wartezimmer führen, wenn sie früher kommt als er. Wir haben einen wunderbaren Raum dafür – haben Sie ihn schon gesehen?«

»Nein, der interessiert mich auch nicht«, entgegnete Totty. »Wo ist denn der Diener? Heißt er nicht Joe?«

Mr. Bould zwinkerte dem Sergeanten zu. »Der ist auch ausgegangen, Amersham hat ihn heute abend schon frühzeitig weggeschickt. Ein Angestellter stört doch nur bei solchen Besuchen. Ist Tanner hinter dem Doktor her? Hat der Kerl etwas ausgefressen? Ich würde mich nicht wundern, wenn er verschiedenes auf dem Kerbholz hätte. Verdächtig ist er mir schon immer vorgekommen ... Erstens hat er unglaublich viel Geld – das muß er von jemand auf dem Land bekommen, soviel ich erfahren habe. Außerdem schläft er nur etwa drei Nächte in der Woche hier in der Wohnung. Er gibt Gesellschaften, geht ins Theater und verjubelt Zeit und Geld.«

»Das kann ich mir vorstellen«, meinte Totty und nickte.

Plötzlich warf er dem Portier einen warnenden Blick zu und

drückte sich in die Ecke. Schnelle Schritte ertönten auf dem Marmorboden der Vorhalle. Bould drehte das Licht aus und verließ seinen Raum. Im nächsten Augenblick sah Totty, daß Dr. Amersham vorüberging. Der Arzt fragte Bould etwas, dann wurde eine Tür zugeschlagen, und der Lift fuhr in die Höhe.

Gleich darauf hörte Totty andere Schritte, lugte vorsichtig um die Ecke und bemerkte eine junge Dame. Zu seinem höchsten Erstaunen erkannte er Isla Crane, die er in Marks Priory kennengelernt hatte.

Sie trug einen langen Mantel und einen kleinen schwarzen Hut, den sie tief ins Gesicht gezogen hatte. Aber Totty vergaß kaum einen Menschen, den er einmal gesehen hatte. Sie war ein wenig bleich und machte einen nervösen Eindruck.

Sie schaute nach links und nach rechts und ging schon auf die Tür der Portierloge zu, aber gerade noch rechtzeitig kam der Fahrstuhl herunter, und Bould trat auf sie zu.

»Sie wünschen doch Dr. Amersham zu sprechen?«

»Ja, bitte«, erwiderte sie leise.

Totty wartete, bis Bould zurückkehrte.

»Das ist sie«, sagte der Portier. »Sie sieht gut aus, nicht wahr? Aber alle Mädels, die herkommen, haben ein hübsches Gesicht. Wenn das meine Tochter wäre –«

Er machte ein grimmiges Gesicht. Totty entgegnete nichts darauf, denn Islas Besuch bei Dr. Amersham erschien ihm nicht so sonderbar. Sie war die Sekretärin Lady Lebanons und brachte dem Arzt vielleicht eine Botschaft von ihrer Herrin. Ihr bleiches Gesicht und ihr nervöses Verhalten paßten allerdings wenig zu dieser Theorie.

»Ist es nicht möglich, daß ich in die Wohnung schauen könnte?« fragte Totty plötzlich.

Mr. Bould wurde ernst.

Als alter Polizist fand er es selbstverständlich, daß der Sergeant mit einem Nachschlüssel in die Wohnung eindringen oder sich wenigstens in der leeren Wohnung neben den Räumen von Dr. Amersham aufhalten durfte. Von dort aus konnte Totty auf den gemeinsamen Balkon hinaustreten, der auch an der Wohnung des Arztes entlangführte. Nur ein eisernes Gitter, über das man leicht hinüberklettern konnte, trennte den Balkon in zwei Abteilungen.

Aber jetzt war Bould hier Portier und hatte über die Hausbewohner zu wachen. Dafür erhielt er doch sein Gehalt. Er konnte seine Stellung verlieren, wenn er sich etwas zuschulden kommen ließ.

»Ich weiß nicht recht, Sergeant, ob das geht«, sagte er und kratzte sich das Kinn.

Totty redete jedoch einige Zeit auf ihn ein, und schließlich fuhren sie beide mit dem Fahrstuhl hinauf.

Kaum hatte Isla Crane geklingelt, als sich die Wohnungstür des Doktors auch schon öffnete.

»Ach, treten Sie doch näher, Miss Crane.«

Dr. Amersham war in der besten Laune, sprach väterlich zu ihr und war viel freundlicher, als er sich jemals in Gegenwart von Lady Lebanon gezeigt hatte.

»Es ist außerordentlich liebenswürdig, daß Sie gekommen sind. Wollen Sie nicht ablegen?«

Aber Isla war nicht gekommen, um sich unterhalten zu lassen.

»Nein, danke. Ich kann nur ein paar Minuten bleiben. Woher wußten Sie eigentlich, daß ich in der Stadt bin?«

Amersham lächelte, als er sie ins Wohnzimmer führte.

»Ich habe mit Mylady telefoniert, und sie sagte mir, daß Sie in London wären. Sie haben doch den Abend noch frei? Hoffentlich habe ich Ihr Programm nicht verdorben. Es ist überhaupt unverantwortlich, daß Sie soviel Zeit in dem düsteren Herrenhaus von Marks Priory zubringen müssen.«

»Ich fahre morgen früh nach Stevenage, um meine Mutter zu besuchen«, entgegnete sie kurz.

Er schob ihr einen Sessel hin, aber sie setzte sich nicht.

»Lady Lebanon nannte mir das Hotel, in dem Sie logieren, und es war ein glücklicher Zufall, daß ich Sie traf, bevor Sie ausgingen.«

»Was wollen Sie denn von mir?«

Der Ton ihrer Stimme klang durchaus nicht liebenswürdig.

»Ich wollte hier keinen Freundschaftsbesuch machen«, erklärte sie kühl, als er sich vorwurfsvoll über ihr ablehnendes Wesen äußerte. »Wenn Sie mir nicht gesagt hätten, Sie wollten mich dringend wegen Lady Lebanon sprechen, wäre ich überhaupt nicht gekommen.«

»Aber Isla, wie kann man nur so abweisend und kalt sein! Darf ich Ihnen jetzt Ihren Mantel abnehmen?«

Sie trat einen Schritt zurück.

»Warum wollten Sie mich sprechen?«

Es fiel ihm außerordentlich schwer, eine Unterhaltung mit ihr zu beginnen.

»Willie Lebanon will Sie heiraten, ist Ihnen das bekannt?«

Sie antwortete nicht darauf.

»Was sagen Sie denn dazu? Sie werden Gräfin Lebanon werden und haben dann den Vortritt vor allen Baroninnen und Angehörigen des niederen Adels. Übrigens brauchen Sie Mylady nicht zu erzählen, daß ich Sie zu mir gebeten habe.«

Sie warf ihm einen schnellen Blick zu.

»Warum denn nicht, wenn es sie doch angeht?«

»Es geht sie und mich etwas an – Ihre voraussichtliche Heirat. Es wäre wirklich sehr gut für Sie, Isla. Der junge Lord wird Ihnen sofort einen Teil seines Vermögens überschreiben, vielmehr Lady Lebanon wird das tun. Ihnen scheint aber der Plan nicht zu gefallen?«

»Lady Lebanon hat mir das auch angedeutet, aber ich möchte mich nicht verheiraten. Das habe ich ihr auch klar gesagt.«

Er lachte.

»Ich glaube aber, sie hat sich aus Ihrer Absage nicht viel gemacht. Lady Lebanon ist eine Natur, die sich überall durchsetzt. Man kann sich ihr kaum entgegenstellen, wenn sie ihren Willen durchführen will.«

Er war enttäuscht, daß sie nicht antwortete, und wurde nervös. »Warum ziehen Sie nur Ihren Mantel nicht aus? Wir beide sollten doch zusammenhalten. Lady Lebanon betrachtet uns wie ein paar bessere Dienstboten. Wir bekommen unser Gehalt und müssen unsere wahren Gefühle verbergen –«

»Haben Sie mir sonst noch etwas zu sagen?« fragte sie eisig. »Wenn nicht, dann gehe ich jetzt.«

Sie wandte sich halb um, aber bevor sie ahnte, was geschehen würde, riß er sie an sich. Er hielt sie so fest, daß sie sich nicht wehren konnte. Sie fühlte seinen Schnurrbart an ihrer Wange, und seine Augen blitzten so unheimlich, daß sie erschrak.

»Isla, niemand in der Welt kann sich mit dir vergleichen«, stieß er atemlos hervor. »Ich möchte dein Freund sein, ich will dir helfen.«

»Lassen Sie mich einen Augenblick los«, sagte sie mit erzwungener Ruhe.

Er ließ sich täuschen. Kaum hatte er den Griff etwas gelockert, als sie sich plötzlich von ihm frei machte, zu der Wand eilte und den Daumen auf einen kleinen Knopf legte, der unauffällig an der Wand angebracht war.

»Machen Sie bitte die Tür auf und gehen Sie dann in das andere Zimmer.«

Amersham atmete schnell. Er sagte nichts; er wußte, daß er im Augenblick geschlagen war. Wütend riß er die Zimmertür auf, trat in den Vorraum und schloß die Wohnungstür auf.

»Sie können gehen. Es war töricht von mir, daß ich Ihnen helfen wollte.«

Sie zeigte auf die andere Tür am Ende des Wohnzimmers.

»Aber machen Sie doch nicht solche Geschichten. Sie sind vollkommen sicher –«

»Ich bin so lange sicher, wie ich den Daumen auf dem Knopf für Feueralarm habe«, entgegnete sie ruhig. »Und Sie wollen sich doch wohl nicht blamieren? Sie würden eine lächerliche Figur machen, wenn die Feuerwehr hierherkommt!«

Auf dem Balkon stand Sergeant Totty im Dunkeln und nickte befriedigt.

Er sah, daß sich die Wohnungstür hinter Isla schloß, und beobachtete dann die Rückkehr des Doktors in das Wohnzimmer.

»Großartig«, murmelte Sergeant Totty beifällig.

Einige Zeit ging Amersham nervös auf und ab. Dann hörte Totty, daß das Telefon klingelte. Amersham ging zum Apparat und nahm den Hörer ab. Gleich darauf runzelte er ärgerlich die Stirn, sagte etwas, was Totty nicht verstehen konnte, drehte das Licht aus und ging ins Schlafzimmer.

Totty schlich sich auf dem Balkon entlang; die Vorhänge waren von innen vorgezogen, aber es gelang ihm doch, durch einen Spalt an der Seite zu sehen. Auf diese Weise konnte er den Bewegungen Amershams folgen, der eine Schublade aufzog, einen Gegenstand herausnahm und in die Tasche steckte. Was es war, konnte Totty nicht erkennen, aber er vermutete, daß es sich um einen Browning handelte.

Im Schlafzimmer befand sich auch ein Telefonapparat. Der Doktor benützte ihn und sprach etwa zwei Minuten lang. Allem Anschein nach war es ein Haustelefon.

Der Arzt nahm seinen Mantel aus dem Kleiderschrank und legte ein weißes Seidentuch um den Hals, während Totty zu der leeren Wohnung zurückschlich. Der Sergeant war schon in der Eingangshalle, als Amersham herunterkam.

»Der Doktor geht aus«, sagte Bould. »Eben hat er mit seinem Chauffeur telefoniert. Der Wagen steht auch schon draußen. Warten Sie einen Augenblick!«

Bould ging hinaus und sprach mit dem Chauffeur.

»Amersham fährt nach Marks Priory«, flüsterte der Portier dem Sergeanten zu, als er zurückkam. »Sie sollten einmal mit dem Chauffeur sprechen – was der nicht alles von seinem Herrn erzählt! Dabei hat er den Posten noch nicht lange. Er ist in diesem Monat schon der zweite.«

Die Klingel vom Fahrstuhl unterbrach ihn. Er eilte hin und kam bald darauf mit Dr. Amersham zurück, der schnell auf die Straße trat.

Erst als das Auto abfuhr, kam Sergeant Totty aus seinem Versteck heraus.

»Ein merkwürdiger Kerl.«

»Haben Sie etwas gesehen?« fragte Bould neugierig.

»Ja, allerhand«, entgegnete Totty geheimnisvoll.

Er ging zur nächsten Telefonzelle, um seinem Chef zu berichten.

»Ich möchte nur wissen, warum er nach Marks Priory gefahren ist«, sagte Tanner nachdenklich. »Allem Anschein nach hatte er vorher nicht diese Absicht. Wo wohnt die junge Dame?«

Totty seufzte.

»Ich kann doch nicht alles wissen«, erwiderte er dann vorwurfsvoll.

»Ein trauriges Eingeständnis«, sagte Tanner und hängte ein.

Die Telefonzelle war kaum hundert Meter von Ferrington Court entfernt. Als Totty hinaustrat, sah er einen Mann, der ihn aufmerksam beobachtete. Zuerst dachte er an einen Geheimpolizisten, aber dann erkannte er ihn plötzlich. Der Mann schien mit ihm sprechen zu wollen, denn er kam auf ihn zu.

»Sie sind doch Tilling?« fragte Totty.

»Ja, so heiße ich«, entgegnete der Parkwächter mit tiefer Stimme. »Sind Sie nicht eben aus dem Haus dort gekommen?« Er zeigte auf Ferrington Court. »Haben Sie Dr. Amersham besucht?«

»Hören Sie mal«, erwiderte der Sergeant mit ausgesuchter Höflichkeit, »Sie wissen doch, daß ich ein Beamter der Geheimpolizei bin. Was soll das heißen, daß Sie derartige Fragen an mich richten?«

»Wer war denn die junge Dame, die ins Haus ging? Haben Sie sie gesehen?«

»Ja.«

»Und erkannt? Haben Sie sie auch in Marks Priory bemerkt? Sie ist doch nicht mit ihm fortgegangen? Ich habe nicht gesehen, wie sie das Haus verließ. Ich wollte vor allem auf den Doktor aufpassen.«

»Wer sollte denn Ihrer Meinung nach die Dame gewesen sein?« fragte Totty diplomatisch.

»Sie kann es auf keinen Fall gewesen sein, sie ist nicht so groß, und außerdem kleidet sie sich anders. Wer war es denn?«

»Meine Tante«, entgegnete Totty kurz. »Wer soll es sonst gewesen sein?«

Plötzlich wurde Totty klar, warum Tilling all diese Fragen an ihn richtete.

»Ich werde Ihnen sagen, wer es nicht war, wenn Sie es durchaus wissen wollen – es war nicht Ihre Frau.«

»Wer hat behauptet, daß sie es gewesen sein soll? Meine Frau ist in Marks Thornton. Wohin ist er denn gefahren?«

»Meinen Sie Dr. Amersham? Nach Marks Thornton. – Jetzt

erklären Sie mir aber, mein Freund, was das alles zu bedeuten hat. Warum spionieren Sie Dr. Amersham nach?«

»Kümmern Sie sich um Ihre eigenen Angelegenheiten«, fuhr ihn Tilling an.

Als er sich abwandte, packte ihn Totty am Arm und drehte ihn um.

»Höflich können Sie wenigstens zu mir sein, das kostet nichts.«

Tilling war allem Anschein nach erstaunt über die Stärke des Sergeanten, der einen Kopf kleiner war als er selbst.

»Ich bitte um Verzeihung«, lenkte er ein, »aber ich habe häusliche Sorgen und Ärger.«

»Wer hätte das nicht«, sagte Totty großzügig und ließ ihn gehen.

Er beobachtete den Parkwächter, bis er außer Sicht kam, dann ging er zu seinem Freund Bould zurück.

»Haben Sie eigentlich eine Ahnung, wohin die junge Dame gefahren ist?«

»Nach Treen's Hotel am Tavistock Square«, entgegnete der Portier. »Wenigstens hat sie dem Chauffeur diese Adresse genannt.«

Totty hatte eigentlich nicht den Wunsch, Isla Crane aufzusuchen und auszufragen, aber er hatte weiter nichts zu tun. So ging er die Straße entlang, bis er einen Autobus fand, der ihn in die Nähe von Tavistock Square brachte. Treen's Hotel war ein preiswertes, aber achtbares Haus in einer ruhigen Gegend.

Er erfuhr, daß sich Isla noch nicht zurückgezogen hatte. Sie saß im Schreibzimmer, das zugleich als Empfangssalon diente. Als Totty eintrat, schrieb sie gerade einen Brief.

»Es tut mir leid, daß ich Sie störe, Miss Crane, aber vielleicht können Sie sich auf mich besinnen. Mein Name ist Totty, ich war kürzlich in Marks Priory tätig.«

Sie sah sich nach ihm um und zuckte zusammen.

»Ach ja, ich erinnere mich«, erwiderte sie verstört. »Wollen Sie mich aus einem bestimmten Grund sprechen?«

Totty lächelte schwach, setzte sich auf einen Stuhl und legte seinen steifen Hut auf das Knie.

»Ich sah Sie zufällig, als Sie aus einem Wagen ausstiegen,

glaubte dann aber, ich hätte mich getäuscht. Es kam mir merkwürdig vor, daß Sie sich in London aufhalten sollten.«

Während sie ihm zuhörte, beruhigte sie sich etwas.

»Wie geht es denn jetzt in Marks Priory?«

»Immer noch wie früher.«

»Und was macht Dr. Amersham?« fragte er kühn.

Sie holte tief Atem.

»Den habe ich seit langer Zeit nicht mehr gesehen.«

Er lächelte sie wohlwollend an.

»Das ist aber komisch. Ich hätte einen Eid darauf leisten mögen, daß ich Sie heute aus Ferrington Court kommen sah.«

Sie richtete sich plötzlich auf.

»Ja, ich habe ihn heute abend getroffen, aber ich dachte nicht, daß Sie das etwas anginge, Mr. Totty. Haben Sie mich beobachtet?«

Er nickte.

»Ich habe Sie ins Haus und auch wieder herauskommen sehen. Soweit ich es beurteilen kann, ist Dr. Amersham seinem Charakter nach kein Mann, den man nach dem Abendessen noch aufsucht, besonders wenn er alle seine Diener fortgeschickt hat.«

Sie sah ihn bestürzt an.

»Ich danke Ihnen, Sergeant Totty. Sie haben also heute gleichsam den Schutzengel gespielt?«

Er grinste vergnügt.

»Dafür bin ich bekannt. Auch wenn Sie nicht den Feueralarm gefunden hätten, so hätte ich doch dafür gesorgt, daß Ihnen nichts geschehen wäre.«

Sie sah ihn verwundert an.

»Ich stand nämlich draußen auf dem Balkon vor dem Fenster«, erklärte er. »Wissen Sie Näheres über Dr. Amersham?«

Sie zögerte und schüttelte dann den Kopf; aber er fühlte, daß sie ihm doch Auskunft hätte geben können.

»Nein, ich kann Ihnen nichts Besonderes erzählen – höchstens, daß er mit Lady Lebanon eng befreundet ist.«

»Ist er nicht ein bißchen vergnügungssüchtig? Man spricht so allerhand über ihn in Marks Thornton – da ist doch die Frau des Parkwächters –«

Er beobachtete sie genau. Allem Anschein nach war aber dieser Klatsch noch nicht zu ihren Ohren gekommen, denn sie schaute ihn ehrlich erstaunt an.

»Sie meinen doch nicht etwa Mrs. Tilling ...? Nein, das ist unmöglich!«

Wieviel Totty von ihrer Unterhaltung mit Amersham hatte belauschen können, hätte sie zu gern gewußt. Hatte der Doktor so laut gesprochen, daß der Sergeant auch die Bemerkung über ihre Heirat gehört hatte? Jedenfalls ließ sich Totty nichts merken.

»Der Doktor ist heute abend nach Marks Priory gefahren«, sagte er schließlich nach einer anscheinend harmlosen Unterhaltung.

Sie war offenbar erstaunt. Unschlüssig warf sie einen Blick auf den Brief, den sie halb beendet hatte.

Totty verabschiedete sich und ging nach Scotland Yard zurück. Zu seiner Überraschung hörte er von dem Polizeibeamten am Eingang, daß Tanner noch in seinem Büro wäre und nach ihm gefragt hätte.

»Schlafen Sie denn nie?« erkundigte er sich, als er ohne weiteres in das Zimmer seines Vorgesetzten eintrat.

»Nun, was haben Sie herausbekommen? Setzen Sie sich dorthin, nehmen Sie Ihren Hut ab, lassen Sie die Hände von dem Zigarrenkasten und berichten Sie möglichst nur Tatsachen ohne Ausschmückungen.«

»Wir haben Glück, denn Bould ist drüben als Portier angestellt.«

»Ich kann mich noch auf ihn besinnen«, meinte Tanner, nachdem der Sergeant seinen Bericht beendet hatte. »Er mag uns in Zukunft vielleicht nützlich sein. Sie haben allerdings kaum etwas entdeckt, was ich nicht schon gewußt hätte, mit Ausnahme der geplanten Hochzeit, die aber weder Sie noch mich interessiert. Tilling war also vor dem Haus? Ich habe ihn heute nachmittag auch gesehen.«

»Der Kerl ist eifersüchtig.«

»Er hat auch allen Grund dazu. Ich glaube, wir müssen den Doktor warnen. Setzen Sie sich doch mit Bould in Verbindung und bitten Sie ihn, mir mitzuteilen, wann Amersham zurückkehrt. Ich will den Mann dann aufsuchen und mit ihm sprechen. Er muß wissen, daß er von dem eifersüchtigen Tilling bewacht wird. Der Mann soll einmal einen Hund mit den bloßen Händen erwürgt haben.«

»Er hat auch Studd erwürgt«, ergänzte Totty, aber Tanner schüttelte den Kopf.

»Das bezweifle ich. Studd wurde mit einem Tuch erwürgt, das aus Indien stammte. Wäre Tilling der Mörder gewesen, so hätte er die Tat mit seinen Händen vollbracht. Nein, unsere Untersuchungen haben uns auf eine andere Spur geführt, und zwar auf Amersham, der in Indien gelebt hat.«

Der Chefinspektor klingelte.

»Was wünschen Sie? Kann ich es für Sie besorgen?« fragte Totty.

»Ich möchte Sergeant Ferraby sprechen. Er muß noch im Hause sein.«

»Was wollen Sie denn von ihm?« sagte Totty vorwurfsvoll.

»Er soll Miss Crane beobachten. Wenn Sie die Sache machen wollen, können Sie es meinetwegen auch tun. Ferraby kann ihr nach Marks Thornton folgen und sehen, was er dabei beobachtet. Gleichzeitig kann er auch auf Mr. und Mrs. Tilling achten.«

Ferraby kam kurz darauf ins Zimmer. Er war groß und immer in guter Stimmung. Als er hörte, welche Aufgabe man ihm zugedacht hatte, freute er sich darüber.

»Kennen Sie denn die junge Dame?« fragte Tanner überrascht.

»Ich sah sie das letztemal, als wir in Marks Priory waren«, erklärte der Sergeant und wurde rot. »Sie ist außerordentlich hübsch.«

Totty schüttelte vorwurfsvoll den Kopf.

»Ihre Gedanken sind nicht bei der Arbeit, mein Junge.« Das stimmte mehr, als er ahnte, denn Sergeant Ferraby hatte sich heute in seinen Gedanken ausschließlich mit Isla Crane beschäftigt. Er war jung, und auch Detektive sind Menschen.

9

Zwei Tage später begleitete Ferraby seine Schutzbefohlene nach Marks Thornton, und nur widerwillig trennte er sich an dem Parktor von ihr. Sie hatte natürlich keine Ahnung, daß sie bewacht und beschützt wurde; nicht einen Augenblick vermutete sie, daß sich ein Beamter von Scotland Yard in ihrer Nähe befand und jeder ihrer Bewegungen scharf beobachtete.

Ferrabys Aufgabe war schwierig, weil Isla ihn bereits kannte und schon mit ihm gesprochen hatte. Er wartete, bis ihr Auto außer Sicht kam; erst dann fuhr er zu dem Dorfgasthaus zurück und entließ den Wagen, den er vom Bahnhof aus benützt hatte.

Als er eintrat, sah er in der sonst leeren Gaststube einen jungen Mann hinter dem Schanktisch und benützte diese gute Gelegenheit, um Tottys Bericht nachzuprüfen. Er nahm an, daß er Tom, den Sohn des Gastwirts, vor sich hatte. Aber als er ihn vorsichtig auszufragen begann, unterbrach ihn dieser plötzlich.

»Sind Sie nicht ein Beamter von Scotland Yard? Sie kamen doch mit Mr. Tanner hierher? Haben Sie inzwischen etwas Neues über den Mordfall Studd herausgebracht?«

»Nein«, erwiderte Ferraby kurz; er ärgerte sich, daß man ihn wiedererkannte.

Tom wischte mit einem Tuch mechanisch die Tischplatte ab.

»An dem Abend war ich nicht hier – ich fuhr zum Geburtstag meines Onkels nach London und blieb die Nacht dort.«

»Tilling hat Sie doch begleitet?«

Der junge Mann grinste.

»So, das wissen Sie? Ja, wir sind zusammen zur Stadt gefahren, aber Tilling ist früher zurückgekommen.«

»Er ist die Nacht nicht im Gasthaus Ihres Onkels geblieben?«

»Nein. Es war kein Platz für ihn da, und außerdem ist er immer ungemütlich, wenn er getrunken hat. Mit dem letzten Zug ist er nach Hause gefahren. Der hat zuviel nachzudenken; in der letzten Zeit hat er überhaupt kein freundliches Wort für andere Leute übrig. Heute abend war er hier, aber ich konnte nichts aus ihm herausbringen. Er brummte nur mürrisch vor sich hin. Haben Sie neue Anhaltspunkte, Mr. Ferraby?«

Der Sergeant lächelte.

»Es tut mir leid, daß ich Sie enttäuschen muß. Außerdem bin ich nicht beruflich nach Marks Thornton gekommen. Ich möchte mich etwas erholen.«

Tom sah ihn argwöhnisch von der Seite an. Es erschien ihm unglaubwürdig, daß ein Detektiv von Scotland Yard seinen Urlaub in Marks Thornton verbringen wollte.

»Dann sind Sie vielleicht wegen der anderen Geschichte hier – ich meine die Sache mit den gefälschten Banknoten. Wie hieß der Kerl doch gleich? Wenn ich mich nicht sehr irre, war es Briggs. Der wohnte hier, als der Mord begangen wurde. In derselben Nacht hat er hier logiert. Vater und ich haben uns oft darüber unterhalten, ob er vielleicht etwas mit der Geschichte zu tun haben könnte. Er sah allerdings nicht sehr gefährlich aus. Aber wenn man die Bilder der Schwerverbrecher in der Zeitung sieht, unterscheiden sie sich eigentlich gar nicht so sehr von anderen Leuten.«

Ferraby grinste.

»Ich glaube, wir müssen Sie nächstens noch als Detektiv anstellen«, erwiderte er und fragte dann vorsichtig, warum Tilling denn so schlechter Laune wäre.

»Die Frau würde jeden Mann zum Trinken bringen«, erklärte Tom mit Nachdruck. »Ich kann dem armen Kerl wirklich keinen Vorwurf machen; er muß ein schreckliches Leben haben! Die Frau ist sehr hübsch. Sie war Zofe, als Tilling sie kennenlernte. Natürlich laufen ihr die Männer nach. Man sagt auch, daß der Doktor –«

Er hielt inne.

»Meinen Sie Dr. Amersham?«

Tom schnitt ein Gesicht und machte sich wieder mit großem Eifer daran, den Schanktisch abzuwischen.

»Namen nenne ich nicht. Welchen Zweck hat es auch, all den Klatsch aufzuwärmen? Die Leute in Marks Thornton haben ein böses Mundwerk.«

Am Abend berichtete der Sergeant an Chefinspektor Tanner, und am nächsten Morgen machte er einen weiten Spaziergang, der ihn in die Nähe des Tillingschen Hauses führte.

In etwa hundert Meter Entfernung hielt er an, setzte sich auf einen niedrigen Zaun und rauchte seine Pfeife. Nachdem er ungefähr eine Stunde gewartet hatte, wurde seine Geduld belohnt. Eine Frau verließ das Haus, ging den Fußpfad entlang und trat dann auf die Straße hinaus.

Sie trug einen kleinen Korb und wollte allem Anschein nach ins Dorf gehen, um dort einzukaufen. Als sie an Ferraby vorbeikam, warf sie ihm einen schnellen Blick zu. Auf jeden Fall war sie sehr hübsch; sie kleidete sich gut und vorteilhaft, trug elegante Schuhe, seidene Strümpfe und einen entzückenden Hut. Ferraby bemerkte sogar eine kleine diamantenbesetzte Uhr an ihrem Handgelenk.

»Ach, entschuldigen Sie«, sprach er sie an. »Ist das große Gebäude dort drüben Marks Priory?«

Sie drehte sich sofort um, und Ferraby hatte den Eindruck, daß sie bestimmt erwartet hatte, von ihm angesprochen zu werden.

»Ja, das ist Marks Priory.«

Ihre Stimme klang etwas gewöhnlich, aber ihre Augen waren schön und leuchteten.

»Das ist aber nicht der Haupteingang«, sagte sie und wies mit dem Kopf auf das Tor. »Der liegt in der Nähe des Dorfes. Soll ich Ihnen den Weg zeigen?«

Sie sah ihn halb furchtsam von der Seite an.

»Das würde mir das größte Vergnügen machen.«

Er fühlte, daß er durch Höflichkeit hier viel erreichen konnte, ging neben ihr her und unterhielt sich zuvorkommend und freundlich mit ihr.

Ein- oder zweimal sah sie sich um, als ob sie erwartete, daß ihr jemand folgte. Beim zweitenmal wandte sich auch Ferraby um.

»Hat jemand gerufen?« fragte er.

»Ach nein«, erwiderte sie und zog die linke Schulter hoch. »Es ist nur wegen meinem Mann – ich dachte, es könnte ihm einfallen, hinter mir herzukommen. Kennen Sie das Schloß schon?«

»O ja, ich kenne dort zwei Leute.«

»Etwa Mylady?«

Sie schaute ihn argwöhnisch an, denn sie konnte sich eine Bekanntschaft zwischen einem Mann und einer Frau nicht anders vorstellen, als daß Liebe oder Zuneigung eine Rolle dabei spielten. Sosehr Lady Lebanon von allen andern Bewohnern im Dorf geachtet wurde, für Mrs. Tilling war sie auch nur eine Frau.

»Ja, ich habe Mylady getroffen.«

»Kennen Sie den jungen Lord auch?«

»Heute morgen sah ich ihn den Fahrweg entlanggehen.«

Sie warf ihm einen sonderbaren Blick zu. »Wenn Sie die Zufahrtsstraße kennen, warum fragen Sie dann nach dem Weg?«

Ferraby machte nun einen kühnen Schachzug.

»Sie wissen ganz genau, daß man einen Vorwand sucht, um eine Dame anzusprechen, die man gern kennenlernen möchte.«

Er hatte seinen Zweck vollkommen erreicht, denn sie lachte leise vor sich hin.

»Ich hatte mir das auch schon gedacht. Aber Sie bringen mich in schlechten Ruf. Die Leute reden zwar schon so viel über mich, daß es nicht mehr darauf ankommt. Kennen Sie eigentlich Dr. Amersham?« fragte sie gleichgültig, aber er merkte sofort die Absicht und ließ sich nicht täuschen.

»Ich habe ihn einmal flüchtig gesehen.«

»Er ist ein sehr liebenswürdiger Herr und außerordentlich klug. Ich bewundere solche Leute.«

Sie sprach schnell, und obwohl sie allgemeine Redensarten gebrauchte, klangen sie aus ihrem Mund doch originell.

»Klugheit und Verstand machen immer großen Eindruck auf mich«, fuhr sie fort. »Mir liegt mehr daran, daß ein Mann einen klugen Kopf hat, als daß er gut aussieht. Was Dr. Amersham nicht alles weiß ... Ich bin immer wieder erstaunt darüber. Er ist auch viel im Ausland gewesen, und ein Arzt weiß sowieso mehr als andere Leute. Meinen Sie nicht auch, Mr. –?«

»Mein Name ist Ferraby. Ist Ihr Mann denn nicht auch klug?«

»Ach, der!« erwiderte sie verächtlich. »Er ist ganz nett, aber er fällt mir auf die Nerven.«

Sie sprach rückhaltlos, und es war leicht zu erkennen, wie sie auf Personen und Ereignisse reagierte. Nach einer Weile blieb sie stehen.

»Hier ist der Fahrweg zum Herrenhaus, aber ich glaube, das wissen Sie ebensogut wie ich. Bleiben Sie lange hier?«

Ferraby, eine schlanke, große Erscheinung, war ausgesprochen ihr Typ, wenn er es auch nicht wußte.

»Ein oder zwei Tage«, erwiderte er und wurde plötzlich rot.

Isla Crane kam den Weg herunter. Als sie vorüberkam, warf sie ihm einen schnellen, erstaunten Blick zu und ging weiter, ohne zu grüßen. Dieser Blick sagte ihm zweierlei: erstens, daß sie sich an ihn erinnerte; zweitens, daß sie überrascht war, ihn in einer Unterhaltung mit der Frau des Parkwächters zu finden. Am liebsten wäre er ihr nachgeeilt und hätte ihr alles erklärt. Aber was hätte sie wohl zu einer solchen Unverschämtheit gesagt?

»Das ist Miss Crane«, erklärte Mrs. Tilling, die seine Verlegenheit nicht bemerkte, »die Sekretärin von Mylady. Sie ist furchtbar hochnäsig, und dabei sagen die Leute, daß sie kein Vermögen hat und nur von dem lebt, was sie hier auf dem Schloß verdient. Wenn man sie so daherkommen sieht, könnte man glauben, sie wäre eine Königin.«

Mrs. Tilling hatte so hart und böse gesprochen, daß sich Ferraby wunderte.

Plötzlich reichte sie ihm ihre kleine Hand, die in einem eleganten Handschuh steckte, und verabschiedete sich.

Er hatte die Empfindung, daß jemand am Fenster des Wirtshauses stand und sie beobachtete. Sicher war es Tom, denn als er ins Gasthaus eintrat, begrüßte ihn der junge Mann grinsend.

»Die hat sich also auch schon an Sie herangemacht? Wie die es bloß immer anstellt, daß sie sofort mit allen Leuten bekannt wird! Ich halte mich von ihr fern; ich bin verlobt, und mit meiner Braut ist in der Beziehung nicht zu spaßen.«

Tom trat hinter den Schanktisch.

»Ist es Ihnen noch zu früh für ein Glas Bier?«

»Nein, ich trinke immer ganz gern ein Glas«, log Ferraby.

Plötzlich hörte er Schritte hinter sich, und eine schwere Hand legte sich auf seine Schulter.

»Kennen Sie meine Frau?« fragte jemand.

Ferraby drehte sich gelassen um und schaute in das dunkle Gesicht des Parkwächters, dessen Augen zornig aufblitzten.

»Wenn Sie noch einmal Ihre Hand auf meine Schulter legen«, sagte er mit Nachdruck, »dann schlage ich Ihnen mit der Faust unters Kinn. Ich kenne Ihre Frau nicht – wenn Sie Mr. Tilling sind. Ich bin nur mit ihr die Straße zum Dorf entlanggegangen. Wenn Sie sonst noch etwas wissen wollen, dann fragen Sie schnell, bevor ich Sie hier hinauswerfe.«

»Ich habe ein Recht zu fragen, oder wollen Sie das bestreiten? Es soll nicht jeder Fremde meine Frau anquatschen –«

»Ich bin hier kein Fremder.« Ferraby nahm die Sache nicht mehr tragisch. »Ich bin ein Detektiv von Scotland Yard und habe ein Interesse daran, mich mit allen Leuten gutzustellen.«

Tilling erschrak und sah den jungen Beamten von der Seite an.

»Von Scotland Yard?« stotterte er. »Das wußte ich nicht. Was wollten Sie denn von meiner Frau wissen?«

10

Aber noch ehe Ferraby antworten konnte, wandte sich Tilling um und verließ das Gasthaus.

»Ist das nicht ein netter Kerl?« fragte Tom ironisch. »Aber daran ist nur die Frau schuld. Was halten Sie von ihr, Mr. Ferraby?«

»Ach, sie ist reizend und wirklich sehr schön.«

Tom nickte.

»Die macht ihren Mann noch verrückt. Passen Sie auf, der stellt nächstens noch Dummheiten an. Aber dafür kann man ihn dann nicht zur Verantwortung ziehen.«

Ferraby trank nicht gern Bier am frühen Vormittag, aber vom Gastzimmer aus konnte er die Gegend ruhig beobachten. Er sah auf die Dorfstraße hinaus und hoffte, daß Isla Crane auf diesem Weg nach Hause zurückkehren würde.

Nach einer Weile bemerkte er sie auch. Hastig setzte er sein Glas nieder, trat möglichst gleichgültig auf die Straße hinaus und grüßte sie.

»Erinnern Sie sich noch an mich, Miss Crane?«

Sie lachte ein wenig.

»Ja. Sie sind Mr. Ferraby. Haben wir uns nicht eben schon gesehen, als Sie mit – Mrs. Tilling sprachen?« fragte sie mit leichter Ironie. »Forschen Sie wieder die Leute aus, Mr. Ferraby? Warum sind Sie überhaupt hier?«

»Ich muß eine Menge von Angaben nachprüfen. Es handelt sich diesmal um einen Mann, der hier im Gasthaus wohnte und den man verhaftete, weil er gefälschte Banknoten unter die Leute brachte.«

»Ach so!« Allem Anschein nach fühlte sie sich erleichtert. Es fiel ihm aber auf, daß sie ebenso begierig war, ihn auszufragen, wie er sie. Er begleitete sie noch ein Stück Weges, aber hundert Meter vor dem Hausportal blieb sie stehen.

»Es ist besser, wenn Sie nicht weiter mitkommen, Mr. Ferraby. Sonst könnte man glauben, Sie wären nicht wegen des Mannes mit dem Falschgeld hier, sondern um den Mord in Marks Priory aufzuklären. Und das würde wahrscheinlich Mylady in große Aufregung versetzen.«

Plötzlich wandte sie sich um und sah den Fahrweg entlang. Sie besaß ein besseres Gehör als Ferraby und hatte die Schritte auf dem Kiesweg längst gehört. Gleich darauf kam ein junger Mann in Sicht, der einen leichten Flanellanzug trug und ohne Hut ging.

»Kennen Sie Lord Lebanon?« fragte sie leise.

»Ich bin ihm schon begegnet, aber ich glaube nicht, daß er sich meiner erinnert.«

»Guten Morgen, Isla.« Der junge Mann sah ihren Begleiter neugierig und fragend an. »Ach, ich kenne Sie«, sagte er dann plötzlich und kniff die Augen zusammen, als ob er scharf nachdächte. »Sie kamen mit Mr. Tanner her. Ich weiß auch Ihren Namen: Ferret ... Ferraby, sehen Sie, ich habe es doch.«

»Ein glänzendes Gedächtnis, Mylord«, entgegnete der Detektiv.

»Das ist aber auch das einzig Gute an mir! Und selbst diese Fähigkeit macht in Marks Priory keinen Eindruck. Aber was tun Sie hier? Haben Sie die arme Isla im Verhör?« Er grinste. »Mich hat niemand ausgefragt, weder Tanner noch der merkwürdige kleine Kerl, der immer bei ihm ist – dieser Sergeant

Totty. Ich muß wohl sehr dumm aussehen – hast du übrigens Amersham getroffen?« fragte er Isla.

»Ich wußte nicht, daß der hier ist.«

»Oh, der ist im Schloß. Wir müßten eigentlich immer eine Flagge hissen, wenn er ankommt. Am besten wäre ein grüner Schädel mit zwei gekreuzten Knochen auf gelbem Feld.«

»Willie!« sagte sie leise und vorwurfsvoll.

Er lachte nur darüber.

»Kennen Sie eigentlich unseren Freund Amersham?« wandte er sich an Ferraby.

»Oberflächlich.«

»Das genügt auch. Es wäre selbst für einen Polizisten überraschend, wenn er ihn durch und durch kennenlernen würde. Uns fällt er hier so auf die Nerven, daß wir es kaum aushalten können.« Er sah nachdenklich auf den Detektiv. »Warum sind Sie eigentlich hier? Wegen dieser verdammten Mordgeschichte?«

»Mr. Ferraby hat mir vorhin erzählt, daß er damit nichts zu tun hat. Es handelt sich um den Mann mit den gefälschten Banknoten, der hier im Dorf war –«

»Ach ja, ich besinne mich auf ihn. Wo wohnen Sie denn, Mr. Ferraby – unten im Gasthaus? Sie hätten doch zum Schloß kommen sollen. Ich bin sicher, daß Mylady nichts dagegen hätte einwenden können. Und ich –«

Isla sah ihn scharf an, und er brach plötzlich ab.

»Ich glaube, daß es im Gasthaus sehr ungemütlich ist. Das ist direkt ein Schweinestall!«

»Aber Willie, es ist doch ein sehr anständiges Gasthaus«, sagte Isla mit Nachdruck.

»Und ich habe das beste Zimmer«, entgegnete Ferraby lächelnd. »Außerdem wunderbar gesunde Beine, auf denen ich schnell das Lokal verlassen kann, wenn es mir nicht mehr passen sollte.«

Der junge Lord lachte herzlich.

»Sie schlafwandeln doch nicht etwa?« Plötzlich wandte er sich verlegen an Isla. »Es tut mir leid, daß ich das gesagt habe.«

Ferraby sah zu seinem Erstaunen, daß sie dunkelrot geworden war.

»Sind Sie auf dem Weg zum Herrenhaus, Mr. Ferraby? Dann begleite ich Sie.«

»Nein, Mr. Ferraby ist nur mit mir gekommen und geht jetzt zum Dorf zurück.«

»Dann begleite ich Sie dorthin.«

Isla ging fort, ohne sich zu verabschieden.

»Isla, wenn du an Gilder vorbeikommst, der sich hinter den Büschen dort versteckt«, rief Lord Lebanon ihr nach, »dann sage ihm, daß ich es weiß. Er kann ruhig herauskommen und braucht sich nicht abzumühen. Ich glaube, das Gras ist sehr feucht.«

Als sie fortgingen, drehte sich Ferraby noch einmal um und sah zu seiner Verwunderung, daß Isla tatsächlich vor den Sträuchern stehengeblieben war, auf die Lebanon gezeigt hatte, und mit jemand sprach, den man nicht sehen konnte.

»Ich wußte doch, daß er dort steckt«, sagte Lord Lebanon und lachte. Dann nahm er Ferraby am Arm und ging mit ihm zusammen den Fahrweg hinunter. Da er nicht besonders groß war, reichte sein Kopf kaum an Ferrabys Schulter.

»Es gibt zwei Redensarten über einen Lord. Entweder sagt man: ›so betrunken wie ein Lord‹ oder ›so glücklich wie ein Lord‹. Betrunken bin ich noch nie gewesen, und es ist schon sehr lange her, daß ich einmal glücklich war, so lange, daß ich es beinahe vergessen habe. Sie haben wohl viel zu beobachten, Mr. Ferraby? Sie müssen den Leuten nachgehen und aufpassen, was sie tun und reden? Wenn Sie nun aber selbst einmal beobachtet würden? Ach, ich kann Ihnen sagen, das ist eine langweilige Geschichte.«

»Haben Sie denn schon einmal unter Beobachtung gestanden?« fragte Ferraby erstaunt.

Lebanon nickte heftig.

»Obwohl Isla ihn gewarnt hat, folgt er mir«, entgegnete er ruhig.

Ferraby wandte sich um und entdeckte einen großen Mann, der langsam hinter ihnen den Fahrweg entlangging. Er erkannte einen der beiden Diener von Marks Priory.

»Es ist eine sonderbare Erfahrung, aber man gewöhnt sich mit der Zeit daran. Ich muß Ihnen etwas gestehen.« Er nahm seinen

Arm aus dem Ferrabys und sah zu seinem Begleiter auf. »Wissen Sie, warum ich fragte, ob Sie mit mir ins Schloß kommen wollten? Ich wollte nur den Mann ärgern, der hinter uns hergeht. Und wenn ich sage: ärgern, dann meine ich: ihm Furcht einjagen. Wenn ich mich nicht sehr irre, hat er Sie erkannt und weiß, daß Sie ein Beamter von Scotland Yard sind. Und davor ist ihm doch etwas bang. Warum, weiß ich auch nicht. Aber man braucht im Schloß nur von Scotland Yard zu reden, dann ist es gleich so, als ob man sich in der Schreckenskammer befindet. Wo liegt eigentlich Scotland Yard?« fragte er plötzlich.

Ferraby erklärte es ihm.

»Ach so, in der Nähe des Parlaments. Ich glaube, ich kenne das Gebäude. Wenn ich in den nächsten Tagen in die Stadt komme, werde ich mich einmal ausführlich mit Ihnen und dem Beamten unterhalten, der die Untersuchung des Falles leitet; wie heißt er doch gleich – ach so, Tanner! Ich könnte ihm Dinge erzählen, die ihm geradezu Spaß machen würden.«

Sie gingen quer über die Straße zu dem Gasthaus.

»Nachdem ich nun getan habe, worüber sich alle ärgern, werde ich Sie verlassen«, sagte der Lord.

»Worüber ärgern sich denn die anderen?«

»Daß ich mich mit einem Polizeibeamten so eingehend und ernst unterhalte. Ich habe eine Ahnung, daß Gilder besonders dazu angestellt ist, das zu verhindern. Wenn er nun heute nacht unruhig schläft, freue ich mich wenigstens!«

Ferraby stand in der Tür des Gasthauses und sah Lebanon nach. Gilder folgte seinem jungen Herrn in respektvoller Entfernung.

11

Die Abende in Marks Priory schlichen meist in qualvoller Eintönigkeit dahin. Amersham war nach London zurückgekehrt, so daß Willie nicht einmal einen Menschen hatte, mit dem er sich zanken konnte. In Wirklichkeit hatte er doch ein wenig Furcht vor dem Doktor; aber manchmal konnte er ihn durch irgendeine anscheinend unschuldige Bemerkung nervös und ärgerlich machen.

Nachdem er das einmal erlebt hatte, ließ er keine Gelegenheit ungenützt, es zu wiederholen.

Isla hatte sich bereits zur Ruhe gelegt, und Lady Lebanon war unheimlich schweigsam. Der junge Lord fühlte, daß seine Mutter mit ihm sprechen wollte und daß die Unterredung nicht sehr angenehm für ihn werden würde. Diese Stille bedeutete meist nichts Gutes.

»Wer war der Herr, mit dem du dich heute so lange unterhalten hast, Willie?« begann sie schließlich.

Darauf wollte sie also hinaus!

»Ach, das ist – den Namen habe ich leider vergessen. Ich habe ihn unten im Dorf getroffen.«

»Ein Polizeibeamter?«

»Ja, ich glaube«, sagte Willie äußerst gleichgültig und griff nach einer Zeitung.

»Was hast du ihm gesagt?«

»Nichts. Ich habe mir nur die Zeit vertrieben! Er wohnt in dem Gasthaus – wirklich ein netter Kerl. Er kommt von London und stellt Nachforschungen wegen des Geldfälschers an. Wenigstens hat er mir das gesagt.«

Sie biß sich auf die Unterlippe und sah ihn lange an.

»Er ist hier, um den Mord aufzuklären. Er wurde auch beobachtet, wie er mit Mrs. Tilling sprach und sie ausfragte. Hoffentlich hast du nichts verraten, Willie?«

Der junge Lord lachte laut auf.

»Ich, etwas verraten! Was sollte ich denn verraten? Ich weiß doch nicht, wer den armen Studd umgebracht hat. Vielleicht habe ich eine Ahnung, aber genau weiß ich es nicht. Und wenn ich wirklich wüßte, wer es getan hat, würde ich dem Kerl eine Kugel durch die Rippen jagen – besonders wenn es der Mann ist, den ich für den Mörder halte.«

Sie sah ihn an; ihr Blick war scharf, fast hypnotisch.

»Du sprichst sehr leichtsinnig über diese Dinge, Willie. Aber hoffentlich begreifst du, wie schwerwiegend ein solcher Verdacht ist. Selbst wenn die Beamten nichts beweisen können, tragen sie vielleicht so viel Material zusammen, daß ein vollkommen Unschuldiger ins Gefängnis gesteckt wird.«

»Der Schuldige aber auch«, entgegnete Willie rücksichtslos. »Aber ich weiß gar nicht, Mutter, warum du dir darüber Sorgen machst. Man sollte fast annehmen, du wolltest verhindern, daß der Mörder Studds verhaftet wird!«

Sie richtete sich hoch auf, aber dann seufzte sie.

»Was hast du dem Detektiv gesagt?« fragte sie aufs neue.

»Nichts.«

Er stand schnell auf und warf die Zeitung auf den Tisch.

»Der Mann hat mich lange nicht soviel gefragt wie du. Ich gehe jetzt zu Bett!«

Als er sich zur Treppe wandte, sah er Gilder auf der unteren Stufe.

»Warten Sie einen Augenblick, Mylord. Ich möchte wirklich wissen, was Sie dem Polizeibeamten gesagt haben.«

»Gilder«, rief Lady Lebanon hart, »lassen Sie den Lord vorbeigehen.«

Lebanon konnte vor Zorn und Ärger nicht sprechen. Er eilte an dem Diener vorbei die Treppe hinauf.

»Gilder, das hätten Sie nicht tun sollen.«

»Es tut mir leid, Mylady«, erwiderte der Mann nicht gerade unterwürfig. »Aber dieser Detektiv von Scotland Yard hat mich außerordentlich beunruhigt. Ich dachte, die Untersuchung wäre zu Ende. Ich möchte nur wissen, warum sie die Sache wieder aufgegriffen haben. Es war einer von Tanners Leuten.«

Sie nickte.

»Er wohnt unten im Gasthaus. Glauben Sie, daß die Geschichte wahr ist – ich meine, daß er Nachforschungen wegen des Geldfälschers hier anstellen will? Immerhin wäre es möglich. Er muß nicht unbedingt hergekommen sein, um den Mord aufzuklären.«

Gilder schaute sie zweifelnd an.

»Ich weiß es nicht, er ist nur ein Sergeant. Wenn etwas Wichtiges im Gange wäre, würden wir sicher den Chefinspektor selbst hier sehen. Die niederen Beamten werden doch nur mit geringeren Aufgaben betraut. Ich glaube nicht, daß er sich den Kopf über Studd zerbricht.«

»Ich möchte doch erfahren, was dieser Sergeant hier in der

Gegend macht. Berichten Sie mir auf jeden Fall, wann er wieder abfährt.«

Sie nahm eine Kassette aus einer Schublade ihres Schreibtisches und ging die Treppe hinauf. Sie führte ein sehr regelmäßiges Leben, dessen Verlauf nur unterbrochen wurde, wenn unangenehme Leute wie Dr. Amersham die Ruhe ihres Daseins störten.

Ferraby machte am Abend noch einen Spaziergang. Er folgte dem Weg, den er am Morgen zurückgelegt hatte, und kam schließlich wieder zu Mr. Tillings Haus. In einem Fenster brannte noch Licht, und in der Nähe der Gartentür bemerkte er eine Frau, die einen dunklen Schal um die Schultern gelegt hatte und eine Zigarette rauchte.

»Ich dachte schon, daß Sie es wären«, sagte sie leise, als ob sie fürchtete, daß man sie hören könnte. »Ist es nicht furchtbar hier im Dorf? Sie müssen sich doch hier zu Tode langweilen.«

»Ach, es ist nicht so schlimm. Übrigens habe ich heute morgen Ihren Mann getroffen – er war sehr ärgerlich auf mich.«

Sie zuckte die Schultern.

»Das ist nichts Neues. Er ist immer auf einen böse. Heute nacht hat er Dienst auf der Nordseite des Parks, dort sind Wilddiebe gesehen worden. Wenn er tatsächlich in seinem Revier ist, dann ist er eine Dreiviertelstunde von hier entfernt.«

Plötzlich legte sie ihre Hand auf die seine.

»Es tut mir leid, daß ich Sie nicht ins Haus bitten kann. Aber würden Sie einen Spaziergang über die Felder mit mir machen?«

Er sah sie betroffen an.

»Nein, ich mache jetzt einen Spaziergang nach dem Gasthaus, und dann gehe ich zu Bett.«

Sie lachte spöttisch.

»Johnny wird Ihnen kein Haar krümmen.«

Er vermutete, daß sie mit Johnny Mr. Tilling meinte.

»Ich gehe gewöhnlich abends ein wenig spazieren. Solange ich in Sehweite vom Haus bleibe, ist es auch nicht gefährlich.«

Unvermutet änderte sich ihr Benehmen wieder.

»Wer hat Studd ermordet?« fragte sie mit harter Stimme. »Dieser gemeine Schuft!« Es klang fast wie unterdrücktes Schluchzen. »Aber ich werde ihn finden, Mr. Ferraby – eher als die Beamten von der Polizei.«

»Studd muß ein guter Freund von Ihnen gewesen sein.«

»Er war mein Geliebter«, erklärte sie trotzig. »Ich sage Ihnen die Wahrheit. Er war der einzige auf der Welt –«

Erst nach einer Weile konnte sie weitersprechen.

»Ich wollte mich von meinem Mann scheiden lassen, denn er ist wirklich nicht höflich und anständig. Dann wollte ich Studd heiraten. Bei ihm wäre ich auch ganz anders geworden, wenn er mich von diesem schrecklichen Dorf fortgebracht hätte.«

Wieder dauerte es einige Zeit, bis sie sich gefaßt hatte.

»Ich wollte Ihnen das eigentlich schon heute morgen sagen, aber ich konnte nicht. Wenn ich jemals herausbringe, wer es getan hat, dann werde ich nicht eher ruhen, als bis ich den Mörder an den Galgen gebracht habe, ganz gleich, wer er ist.«

Es klangen unverhohlene Feindschaft und wilder Haß aus ihren Worten.

»Deshalb hatte ich gehofft, Sie würden einen Spaziergang mit mir machen; deshalb habe ich aufs sehnlichste gewünscht, daß Sie heute abend vorbeikommen möchten. Ich habe schon zwei Stunden hier gewartet. Sie haben wohl geglaubt, ich wollte ein wenig mit Ihnen flirten? Nein, die Absicht hatte ich nicht. Ich wollte nur wissen, was Sie herausgebracht haben. Ich glaubte, das wäre leicht, aber jetzt weiß ich, daß Sie es mir doch nicht sagen, selbst wenn Sie es wissen.

Er war gerade auf dem Weg zu mir, als sie ihn umbrachten«, fuhr sie ruhiger fort. »Ich hätte ja auch zu dem Maskenball gehen können, aber ich wollte nicht, daß die Leute wieder etwas zu reden hätten, besonders da Johnny an dem Abend in London war.«

»Der kam aber mit dem letzten Zug zurück. Haben Sie das nicht gewußt?«

Sie starrte ihn ungläubig an.

»Mein Mann kam erst am nächsten Morgen. In dem Punkt irren Sie sich.«

»Er fuhr am selben Abend zurück, und zwar mit dem letzten Zug.«

»Ist das wahr?« fragte sie langsam. »Das ist mir allerdings nicht bekannt. Nun haben Sie mir wenigstens etwas gesagt. Gute Nacht, Mr. Ferraby.«

Bevor er etwas erwidern konnte, war sie im Garten verschwunden. Er sah noch, wie sie die Haustür öffnete, dann ging er zu dem Gasthaus zurück. Ihr Verhalten gab ihm neue Rätsel auf, und in Gedanken suchte er eifrig nach einer Lösung.

Er hatte nicht übertrieben, als er sein gemütliches Zimmer im Gasthaus lobte. Es war ein großer, niedriger Raum mit behaglichen Möbeln. Ein breitausladendes Bett mit vier hohen Pfosten lud zur Ruhe ein.

Ferraby kleidete sich gemächlich aus, las noch eine halbe Stunde, öffnete dann den einen Fensterflügel und zog die Vorhänge vor.

Er war noch in dem Alter, in dem man tief und ruhig schläft, und im allgemeinen war er zwei Minuten, nachdem er sich niedergelegt hatte, bereits entschlummert. Aber in dieser Nacht wälzte er sich lange von einer Seite zur anderen, ehe er schließlich einnickte. Seine letzte Erinnerung war, daß die Dorfuhr Mitternacht schlug.

Häßliche Vorstellungen quälten ihn in seinen Träumen. Er ging auf dem Fahrweg und sprach mit Isla Crane, aber es kam jemand hinter ihm her und warf ihm etwas um den Hals.

»Machen Sie doch keinen Unsinn«, sagte er und hob die Hände, um Luft zu bekommen.

Aber es wurde enger und drückender. Er rang nach Atem, und sein Kopf schien zu schwellen und immer größer zu werden. Verzweifelt wehrte er sich, wachte auf und fand, daß es kein Traum war, sondern daß es um Leben und Tod ging. Eine Schlinge war um seinen Hals geknüpft und zog sich immer fester zu.

Er riß daran und fiel dabei aus dem Bett. Verzweifelt zerrte er an dem Tuch, aber es rückte und rührte sich nicht. Er war schon nahe daran, das Bewußtsein zu verlieren, als er mit einer letzten Anstrengung seine Weste packte, die er über den Stuhl gehängt hatte. Hastig suchte er darin nach seinem Taschenmesser, fand es und öffnete es. Im Augenblick höchster Not gelang es ihm auf diese Weise noch, das Tuch durchzuschneiden.

Aber es war so fest geknotet, daß er große Mühe hatte, es

ganz zu entfernen. Es sauste und brauste in seinen Ohren, und er wußte kaum, was er tat. Endlich hatte er sich befreit. Eine Weile lag er auf dem Boden und atmete schwer, aber die Nachtluft brachte ihn wieder zu sich.

Er hörte, daß jemand schnell den Gang entlanglief; gleich darauf wurde die Tür geöffnet, und Tom beugte sich über ihn.

»Ist hier etwas passiert?« fragte er besorgt, knipste rasch das Licht an und stützte Ferraby. »Was ist denn geschehen?«

Gleich darauf kam auch der Gastwirt herein, und die beiden schleppten Ferraby zum offenen Fenster, so daß er sich erholen konnte.

Das Bett war fast bis zur Mitte des Zimmers gezogen worden.

Nach einigen Minuten erhob sich der Sergeant, aber seine Knie zitterten, und sein Kopf war noch ganz benommen.

»Heben Sie das für mich auf«, bat er und zeigte auf die Fetzen des roten Seidentuches. Obwohl er sich noch sehr schwach fühlte, kam ihm doch zum Bewußtsein, daß Studd mit einem ganz ähnlichen Tuch ermordet worden war. In der einen Ecke glänzte das kleine Metallschild.

Nach einer Viertelstunde hatte er sich so weit erholt, daß er eine genaue Durchsuchung des Zimmers vornehmen konnte. Das Tuch war um seinen Hals geknotet und außerdem an dem Bettpfosten befestigt gewesen. Nur ein Mann, der über außerordentliche Kräfte verfügte, konnte das fertiggebracht haben ...

Er mußte durch das Fenster eingestiegen sein; die Vorhänge waren zur Seite geschlagen, und auf dem feuchten Fensterbrett fand Ferraby den Abdruck eines Schuhs. Bei weiteren Nachforschungen entdeckte man eine Leiter an dem kleinen Stallgebäude, dessen Dach sich an das Haupthaus anlehnte. Nach einiger Zeit kam auch der Dorfpolizist und notierte alles.

Bei Tageslicht durchsuchte Ferraby das Zimmer noch einmal, aber der Einbrecher hatte keine weiteren Spuren hinterlassen, und der Fußabdruck war so undeutlich, daß er nichts nützen konnte.

Der Sergeant rief Scotland Yard an und berichtete Tanner kurz, was geschehen war.

»Eigenartig«, sagte er halb entschuldigend, »daß ich nach dem

Verbrecher Ausschau hielt, während er mich die ganze Zeit verfolgte.«

»Der Mann hat also mehr Erfolg gehabt als Sie«, entgegnete der Chef trocken. Dann fragte er, ob er Dr. Amersham gesehen hätte.

»Nein, der ist nicht hier. Gestern abend ist er fortgefahren.«

»Zur Stadt ist er nicht zurückgekehrt. Ich glaube, Sie können feststellen, daß er irgendwo in der Nähe von Marks Thornton war. Forschen Sie weiter nach und kommen Sie dann hierher. Und bringen Sie vor allem die Reste des Tuches mit. Natürlich darf über den Zwischenfall nicht geredet werden; sorgen Sie dafür, daß der Wirt den Mund hält. Je weniger von der Sache bekannt wird, desto besser.«

Ferraby hatte von dem Gastwirt bereits das Versprechen erhalten, daß der Mann nichts weitersagen wollte. Der Dorfpolizist war schwieriger zu behandeln; Ferraby mußte erst den Vorgesetzten anrufen, um zum Ziel zu kommen.

Als er in der Nacht nach London zurückkehrte, erfuhr er, daß Tanner aufs Land gefahren war.

12

Der Chefinspektor hatte am Nachmittag ein hübsches Dorf in Berkshire besucht. Er hätte sich sofort aufs Pfarramt in Petersfield begeben und sich bei dem liebenswürdigen Pastor John Hastings erkundigen können, aber er ging längere Zeit spazieren, besichtigte die Ruinen aus der Sachsenzeit, die den Ort berühmt gemacht hatten, sah sich auch das halbvollendete Gemeindehaus an und ließ sich dann von dem Küster die Kirche zeigen. Er erhielt sogar die Erlaubnis, die Krypta und verschiedene Andenken an die grausame Durchführung der Reformation sehen zu dürfen. Dann mußte er die Kirchenbücher besichtigen, die bis in das Jahr vierzehnhundert zurückreichten. Inspektor Tanner brachte einen sehr interessanten Nachmittag damit zu.

Als er nach London zurückkam, hörte er, daß Ferraby vergeblich nach ihm gefragt hatte. Die Erlebnisse der vergangenen

Nacht hatten den jungen Sergeanten ein wenig mitgenommen, aber er hatte einen klaren, übersichtlichen Bericht geschrieben.

Tanner öffnete das Päckchen, das die einzelnen Stücke des rotseidenen Halstuches enthielt. In jeder Beziehung glich es dem Seidentuch, mit dem Studd ermordet worden war.

Obwohl Ferraby eine Skizze von dem Schlafzimmer mit angrenzenden Korridoren und Räumen gemacht hatte, konnte der Chefinspektor doch nur wenig Wertvolles daraus entnehmen. Aber auf der Rückseite des Berichtes fand er eine Bemerkung, die ihn sehr interessierte:

Sie hatten recht. Amersham brachte die Nacht in Cranleigh zu, das ungefähr acht Kilometer von Marks Thornton entfernt liegt. Er wohnte dort in dem Gasthaus, wo er auch sein Auto untergestellt hatte. Die meiste Zeit des Abends brachte er jedoch anderswo zu. Einzelheiten darüber berichte ich noch.

Tanner schloß den Bericht in eine Schublade ein. Der Fall von Marks Priory hatte plötzlich wieder neue Bedeutung erlangt.

Obwohl Ferraby nichts davon wußte, war ein zweiter Beamter nach Marks Thornton geschickt worden, der einen anderen Punkt aufklären sollte. Es handelte sich dabei um den verstorbenen Lord Lebanon, den unter geheimnisvollen Umständen ein plötzlicher Tod ereilt hatte, während Willie Lebanon in Indien weilte.

Es wurde auch gemeldet, daß Dr. Amersham in seine Wohnung zurückgekehrt wäre. Ein anderer Detektiv war nach Petersfield gefahren, um die Nachforschungen des Chefinspektors Tanner fortzusetzen. Außerdem wurden eingehende Untersuchungen auf dem amerikanischen Konsulat angestellt. Um sieben Uhr abends lief in Scotland Yard die Nachricht ein, daß Dr. Amersham seine Wohnung in Ferrington Court wieder verlassen hätte, um nach Marks Priory zu fahren. Den Chauffeur hatte er zu Hause gelassen und den Wagen selbst gesteuert. Kaum hatte Chefinspektor Tanner dies erfahren, als er sich sofort mit den Überwachungsstellen der Landpolizei in Verbindung setzte. Gegen acht Uhr erhielt er die Bestätigung, daß der Doktor in südlicher Richtung davongefahren wäre. Daraufhin fuhr er sofort in einem Taxi zu Amershams Wohnung.

Diesmal hatte er einen Durchsuchungsbefehl in der Tasche. Er unterhielt sich mit Bould und zeigte ihm das Schriftstück.

»Das muß ich aber dem Doktor berichten, wenn er morgen zurückkommt.«

»Wenn Sie es diesmal vergessen wollten, täten Sie mir einen großen Gefallen. Ich verspreche Ihnen auch, alles genau wieder so zu ordnen, wie ich es vorfinde.«

Totty begleitete ihn.

Als sie erst einmal in den Räumen waren, begannen sie eine systematische, sorgfältige Durchsuchung. Viele Beweise sprachen dafür, daß der Doktor gerade kein Einsiedler und Lebensverächter war; die luxuriös ausgestattete Wohnung war mit Kunstwerken aus Indien dekoriert. Totty öffnete mit einem Dietrich den Schreibtisch, aber sie entdeckten nur wenig, was sie interessierte.

Das Bankbuch, das sie suchten, war nicht in der Wohnung. Sie fanden allerdings eine Bankabrechnung, aus der hervorging, daß der Doktor ein Konto von achttausend Pfund auf der Bank hatte. Allem Anschein nach war er auch beruflich tätig, denn in seinem Schlafzimmer fanden sie eine Ledertasche mit ärztlichen Instrumenten.

Der Inspektor machte nach einer Weile eine wichtige Entdeckung. Er hatte alle Schubladen des Schreibtisches herausgezogen und ihren Inhalt durchsucht. Dabei bemerkte er, daß zwei der Schubladen bedeutend kürzer waren als die anderen. Er fühlte in die Vertiefungen, und als er an die Rückseite des Schrankes klopfte, klang es hohl. Bald darauf gelang es ihm auch, ein Brett zurückzuschieben. Er steckte die Hand in die Öffnung, fühlte etwas Weiches und holte ein Stück Zeug heraus. Als er es betrachtete, schrak er zusammen.

Es war ein rotseidenes Halstuch von derselben Größe und demselben Muster wie das Seidentuch, mit dem Studd ermordet worden war!

Er rief Totty zu sich, und auch der Sergeant stand sprachlos, als er es sah. Auch die kleine Metallplatte, die den Namen der Firma trug, fehlte nicht. Allem Anschein nach war das Tuch noch nicht benützt worden.

Die beiden Beamten schauten einander an.

»Morgen werde ich eine Frage an Dr. Amersham stellen«, sagte Tanner, »und ich glaube, es wird ihm nicht leicht werden, eine Antwort darauf zu finden.«

Zwei Angestellte in Marks Priory haßten einander. Mr. Kelver, der Butler, war allerdings viel zu vornehm, seine Abneigung gegen die Zofe der Lady Lebanon zuzugeben. Miss Jackson dagegen machte aus ihrer Verachtung für den alten, würdevollen Mann kein Hehl.

Der Streit hatte schon vor langer Zeit begonnen. Miss Jackson hatte geglaubt, dem Butler einen großen Dienst zu erweisen, wenn sie ihm eine lange, skandalöse Geschichte über Lady Lebanon erzählte. Mr. Kelver hatte schweigend zugehört und schließlich gesagt:

»Miss Jackson, erzählen Sie mir bitte solche Geschichten nicht. Ich interessiere mich nicht für das Privatleben meiner Herrschaft. Angehörige der Aristokratie haben gewisse Vorrechte, die Leuten in niederer Stellung gewöhnlich sonderbar vorkommen.«

»Wenn Sie mich zu den niederen Ständen rechnen, Mr. Kelver –«, hatte die Zofe hitzig erwidert.

Der Butler hatte sie nur durch eine Handbewegung zum Schweigen gebracht, aber gerade diese Geste hatte Miss Jackson tief gekränkt. Von da ab waren die beiden Feinde. Er sagte nichts darüber, aber sie ließ keine Gelegenheit vorübergehen, ihm etwas anzuhängen. Sie gehörte zu den bevorzugten Dienstboten, denn sie hatte noch Zutritt zu den herrschaftlichen Räumen, wenn alle anderen Angestellten bereits ausgeschlossen waren.

Bevor sich Lady Lebanon abends um elf Uhr zurückzog, entließ sie ihre Zofe durch die Tür, die zu dem Flügel der Dienerschaft führte, und schloß diese Tür selbst hinter ihr ab.

Die Leute in Marks Priory hatten deshalb den Eindruck, daß Miss Jackson in manche Geheimnisse eingeweiht war, von denen andere nichts wußten. Sie besaß außerdem das Vertrauen ihrer Herrin und wurde daher mit dem größten Respekt von den anderen behandelt. Nur Kelver hielt sie für niederträchtig.

An dem Abend, an dem Tanner die wichtige Entdeckung machte, saß der Butler in seinem Zimmer und las Scott. Plötzlich klopfte es, und zu seinem größten Erstaunen kam Miss Jackson zur Tür herein. Auf den ersten Blick sah er, daß sie sich aufgeregt hatte; sie war nervös und im Gegensatz zu ihrer sonst so unliebenswürdigen Art geradezu unterwürfig zu ihm. Allein die Tatsache, daß sie sein Zimmer betrat, war der beste Beweis hierfür.

»Entschuldigen Sie, Mr. Kelver, daß ich Sie störe. Wir wollen Vergangenes vergessen sein lassen, denn wenn jemals ein junges Mädchen einen Freund brauchte, dann bin ich es. Und ich weiß, daß ein vornehmer Charakter wie Sie einem jungen Ding nichts nachträgt . . .«

Mr. Kelver lächelte innerlich über das »junge Mädchen«, aber er machte keine Bemerkung. Sie berichtete ihm nun mit einem unglaublichen Wortschwall, was ihr zugestoßen war, und er hörte ihr freundlich zu.

Sie erzählte, daß Lady Lebanon sehr aufgeregt gewesen wäre und ihr gekündigt hätte. Ja, sie hätte sie sogar geschlagen! Kelver nahm diese Nachricht mit der größten inneren Befriedigung auf, denn eine solche Behandlung hatte er der Zofe schon öfter gewünscht. Aber er ließ sich nichts merken, zog nur die Augenbrauen hoch und nickte ernst.

»Mylady war den ganzen Tag so unvernünftig, ich konnte ihr nichts recht machen, und ich hätte ihr selbst gekündigt, wenn sie mir nicht zuvorgekommen wäre. Ich habe genug von diesem verdammten Haus –«

»Aber Miss Jackson!« erwiderte Kelver entsetzt.

»Es ist doch wirklich ein verdammtes Haus – hier spukt es! Ich habe Dinge gesehen, die Sie kaum glauben würden! Aber wenn ich gehe, werde ich den Leuten schon alles erzählen, darauf können Sie sich verlassen!«

»Aber meine liebe junge Freundin«, sagte Mr. Kelver würdevoll und herablassend, »je weniger man darüber redet, desto schneller kommt die Sache in Ordnung. In dieser Welt gibt es die verschiedenartigsten Charaktere. Wenn wir alle gleich dächten und handelten, wäre es ja auch todlangweilig. Ich habe selbst bemerkt, daß Mylady heute in nicht gerade guter Stimmung ist. Sicher ist sie durch irgendeinen unangenehmen Vorfall aus der Fassung gebracht worden. Sie müssen den Herrschaften eben manches nachsehen.«

»Das tue ich aber nicht!«

Mr. Kelver sah die Nutzlosigkeit ein, die Zofe zu besänftigen. Er warf einen Blick auf die Uhr; es war noch nicht zehn.

»Heute abend sind Sie aber frühzeitig mit dem Dienst fertig.«

»Ich muß wieder zurück. Amersham ist bei ihr, und die beiden haben sich in den Haaren. Sie hat gesagt, daß sie nach mir klingeln würde, wenn sie mich brauchte.«

»Wollen Sie nicht eine Tasse Tee trinken, Miss Jackson? Das wäre gut zur Beruhigung Ihrer Nerven.«

»Ich würde lieber einen Whisky-Soda nehmen.«

Mr. Kelver fiel es schwer, aber schließlich holte er doch eine frische Flasche aus seinem Schrank hervor.

Es gab an diesem Abend wirklich Auseinandersetzungen in Marks Priory. Dr. Amersham war um neun gekommen und nicht in der Stimmung, sich Vorwürfe machen zu lassen. Im Gegenteil, er kam in übelster Laune.

»Mylady, ich wünschte, Sie würden es sich früher überlegen, wenn Sie mich dringend sprechen wollen. Ich hatte heute abend eine wichtige Verabredung.«

»Unsere Unterhaltung ist wichtiger als alles andere.«

Lady Lebanon saß steif in ihrem Sessel in der großen Halle. Ihre bleichen Züge waren undurchdringlich, und ihre dunklen Augen blitzten drohend.

»Wenn Sie etwas Wichtigeres haben, möchte ich das doch gern erfahren.«

Einen Augenblick schien er die Fassung zu verlieren, aber er beherrschte sich.

»Sie wollten mich wegen dieses Detektivs sprechen? Wenn er so dumm und einfältig war, daß er beinahe erwürgt wurde –«

»Wer hat Ihnen das gesagt?«

»Ich habe davon gehört.«

»Von wem?«

»Gilder telefonierte mich an.«

Sie sah ihn eine Weile an, ohne ein Wort zu sprechen.

»Ich wollte Sie nicht wegen des Detektivs sprechen, sondern wegen einer Angelegenheit, die Sie selbst angeht.«

Sie nahm ein Blatt Papier, das vor ihr lag.

»Heute kam eine Frau zu mir – die Kellnerin unten aus dem Dorf.«

Sein Gesichtsausdruck änderte sich.

»Ja, und was soll das?« fragte er trotzig.

»Ist es wahr, daß Sie – sich mit ihr eingelassen haben?«

Er gab keine direkte Antwort.

»Was für ein Klatsch! Mylady, wenn Sie auf die Leute unten im Dorf hören –«

»Ich frage, ob das wahr ist? War sie eng mit Ihnen befreundet? – Ich möchte keine stärkeren Ausdrücke gebrauchen.«

»Ich lasse mich nicht von Ihnen verhören.«

»Ich habe auch verschiedene Geschichten über Tillings Frau erfahren.«

Er lachte laut auf, aber es klang nicht überzeugend.

»Sie können den ganzen Tag zuhören, wenn Sie sich um Klatschgeschichten kümmern. Aber nun im Ernst, Sie haben mich doch nicht den weiten Weg von London hergeholt, um mir Vorhaltungen zu machen, als ob ich ein kleiner Schuljunge wäre?«

Sie sah ihn wieder einige Zeit an, dann senkte sie den Blick.

»Es stimmt also, es ist alles wahr. Das ist tatsächlich häßlich und gemein. So darf es nicht weitergehen.«

Er nahm einen Stuhl und steckte sich eine Zigarre an.

»Das habe ich mir auch schon gedacht, daß es nicht so weitergeht«, entgegnete er kühl. »Ich habe mir vorgenommen, England zu verlassen und in Italien zu leben. Lange genug habe ich hier die schmutzige Arbeit für Sie getan –«

Sie warf den Kopf zurück und sah ihn haßerfüllt an. Sein gewöhnliches Benehmen war unerträglich.

»Dafür sind Sie aber auch reichlich bezahlt worden.«

Er lachte.

»Ihre Ansichten über gute Bezahlung weichen sehr stark von den meinen ab. Aber wir wollen nicht mehr darüber sprechen. Ich schlage vor, daß ich Ende des Jahres von England fortgehe.

Ich werde mir eine Villa in Florenz kaufen und kann dann hoffentlich vergessen, daß es ein Marks Priory auf der Welt gibt.«

»Hoffentlich vergessen Sie auch, daß ich ein Scheckbuch besitze. Das wäre eine große Wohltat für mich.«

Er lächelte ironisch.

»Das Bankkonto haben nicht Sie, sondern Willie. Und er ist so schwach, daß er alle Schecks abzeichnet, die man ihm vorlegt. Nein, das werde ich nicht vergessen. Im Gegenteil, von diesem glücklichen Umstand lebe ich ja.«

Die Atmosphäre war elektrisch geladen. Lady Lebanon antwortete nicht, sondern klingelte.

»Wir können die Sache morgen früh weiter besprechen«, sagte sie schließlich. »Keiner von uns beiden ist im Augenblick ruhig genug, um auf die Gründe des anderen zu hören. Amersham, Sie müssen vor allem diese Liebeleien lassen. Diese Geschichten bringen mich in schiefes Licht – alle Leute wissen, daß Sie hier auf dem Schloß verkehren –, und Sie selbst machen sich dadurch direkt lächerlich. Sie sind doch auch kein junger Mann mehr.«

Diese Worte verletzten seine Eitelkeit.

»Wie alt ich bin, ist wohl gleichgültig. Übrigens bleibe ich die Nacht nicht hier, ich fahre direkt zur Stadt zurück.«

»Sie bleiben hier, sonst bekommen Sie morgen kein Geld.«

Er sah sie düster an. Als einem Mann, der eine gute Erziehung genossen hatte, waren ihm derartig peinliche Auftritte zuwider. Er nahm wohl Geld von einer Frau, aber er wollte sich das nicht ins Gesicht sagen lassen.

Ungerührt ließ sie seine scharfen Vorwürfe über sich ergehen.

»Ich habe nicht gewußt, daß Sie so gemein sein können«, erklärte sie ruhig.

»Sie werden auch noch andere Dinge einsehen lernen. Bis jetzt hat die Polizei das Schloß ja noch nicht durchsucht. Wenn es erst einmal dazu kommen sollte, geht das Feuerwerk los. Sie sind mir doch ganz und gar ausgeliefert ... Wenn Sie daran denken, werden Sie sicher wieder vernünftig. Ich gehe jetzt. Vielleicht könnte ich Inspektor Tanner manches erzählen.«

»Das glaube ich nicht. Und niemand würde Ihnen glauben, wenn Sie es erzählen. Versuchen Sie es doch einmal. Sie werden sehen, daß es unmöglich ist. Und vergessen sie eins nicht, Amersham: Sie sind ebensogut in die Affäre verwickelt wie jeder andere. Sie haben immer die Absicht gehabt, die Verwaltung von Willies Vermögen an sich zu reißen. Diesen gemeinen Plan habe ich bisher vereitelt, und ich werde Ihnen auch in Zukunft stets entgegentreten.«

Er starrte sie so wild an, daß sie glaubte, er wolle auf sie zuspringen und sie schlagen.

»Es ist gut«, erwiderte er schließlich heiser. »Alles Weitere wird sich zeigen. Ich komme nicht wieder!«

Die Tür fiel hinter ihm ins Schloß.

Bewegungslos saß Lady Lebanon in ihrem Sessel, bis sie hörte, daß er in seinem Wagen davonfuhr.

»Kann ich irgendwie behilflich sein, Mylady?«

Die Zofe stand auf der Treppe. Lady Lebanon fiel ein, daß sie nach ihr geklingelt hatte. Wie lange mochte Miss Jackson schon dort stehen, und wieviel von der Unterredung hatte sie gehört?

»Ich habe oben gewartet, bis die Haustür zugeschlagen wurde«, fuhr die Zofe fort, als ob sie die Gedanken ihrer Herrin erraten hätte.

»Es ist gut, in ein paar Minuten komme ich auf mein Zimmer.«

Plötzlich näherten sich schnelle Schritte, und Isla trat in die Halle.

»Was willst du denn hier?« fragte Lady Lebanon scharf.

»Ach – nichts.«

Isla sprach die Wahrheit; sie sah aus, als ob sie einen Schrekken erlebt hätte.

Mit einer Handbewegung wurde die Zofe entlassen.

»Nun, was gibt es?« Lady Lebanon zeigte auf den Tisch, auf dem eine Karaffe mit Wein stand.

»Danke, ich möchte nichts trinken – wo ist Gilder?«

»Ich weiß es nicht – vermutlich in seinem Zimmer.«

»Er ist ausgegangen«, erwiderte Isla nervös und ängstlich. »Und Brooks ist auch fort. Ich sah von meinem Fenster aus, daß sie zusammen weggingen. Um Himmels willen, es wird doch nicht wieder etwas passieren!«

Sie brach zusammen. Lady Lebanon achtete nicht auf sie, sondern ging schnell zur Haustür, öffnete und starrte in die dunkle Nacht hinaus. Ein paar Augenblicke später hörte sie einen Schrei, der sofort erstickt wurde. Dann herrschte wieder tiefes Schweigen wie vorher. Hochaufgerichtet blieb sie stehen, aber es war ihr, als ob sich eine eisige Hand auf ihr Herz legte. Sie ahnte, was geschehen war.

13

Briggs hatte an Tanner geschrieben, daß er wichtige Aussagen über den Mord in Marks Priory machen könnte, und der Chefinspektor hatte sich entschlossen, ihn von der Polizeistation Cannon Row nach Scotland Yard kommen zu lassen.

Mit Totty wartete er nun in seinem Büro auf die Ankunft des Mannes.

Briggs sah etwas wohler aus als bei seiner Verurteilung, machte aber ein melancholisches Gesicht. Man schloß seine Handschellen auf, außerdem durfte er auf einem Stuhl Platz nehmen und eine Zigarette rauchen. Dann sagte er, daß er sich schwach fühle, und bat um einen Kognak.

»Was die Kerle alles dabei herausschlagen!« meinte Totty bewundernd. »Von denen kann man noch etwas lernen.«

»Also, Briggs«, begann Tanner kurz und geschäftlich, »Sie waren in der Mordnacht im Dorf Marks Thornton?«

»Jawohl.« Briggs' Stimme klang kläglich, als ob er schwer leidend wäre. »Das habe ich ja schon geschrieben. Leider kann ich der Polizei nicht in dem Maß helfen, wie ich gern möchte, denn ich bin durch meineidige Zeugen verurteilt worden, Sie mögen es mir glauben oder nicht, Mr. Tanner. Ich bin so unschuldig wie ein neugeborenes Kind.«

»Davon bin ich vollkommen überzeugt«, unterbrach ihn der Chefinspektor. »Erzählen Sie uns jetzt, was Sie noch über die Sache wissen.«

Briggs wollte seinen Aufenthalt in Scotland Yard mindestens so lange hinziehen, daß er während der Zeit drei Zigaretten rauchen konnte. Er erzählte also umständlich, daß er auf dem Zaun saß, der die Felder von Marks Priory einschloß, berichtete dann, daß der Chauffeur Studd eilig an ihm vorüberkam und daß er später einen Schrei hörte . . .

»Gleich darauf sah ich einen Mann auf mich zukommen. Er lief und war ganz außer Atem. ›Wer ist da?‹ rief ich. ›Es ist alles in Ordnung‹, antwortete der Mann. ›Ich bin Dr. Amersham.‹«

»Stimmt das auch?« fragte Tanner und machte sich eine Notiz. »Davon haben Sie doch in Ihrem Brief nichts geschrieben?«

»Nein, ich habe nur angedeutet, worum es sich handelte. Wenn ich ganz offen sein soll: Ich sagte mir, wenn ich alles genau schreibe, wollen Sie mich nachher nicht mehr sprechen.«

»Ach so, Sie wollten einen Tag vom Gefängnis fort. Nun gut, also was passierte dann?«

Tanner wußte rein gefühlsmäßig, ob ein Verbrecher die Wahrheit sagte oder nicht. Und Briggs' Worte entsprachen wohl den Tatsachen.

Der Mann stand auf und ging zum Schreibtisch. Er wollte seine Aussage möglichst dramatisch gestalten, besonders, da er jetzt zu einem gewissen Höhepunkt kam.

»Mr. Tanner«, sagte er langsam, »ich habe ein unheimliches Gedächtnis für Stimmen, und als ich ihn reden hörte, erkannte ich ihn wieder!«

»Was, Sie hatten ihn schon vorher getroffen?« fragte der Chefinspektor überrascht. »Wo war denn das?«

»Im Gefängnis in Puna, als uns beiden der Prozeß gemacht wurde. Damals war er Offizier, und man hatte ihn verhaftet, weil er den Namen eines Kameraden unter einem Scheck gefälscht hatte. Es war allerdings ein merkwürdiges Zusammentreffen, daß wir zu gleicher Zeit im Gefängnis sein mußten. Ich hatte mich wegen einer ähnlichen Sache zu verantworten. Er ist aber so davongekommen; man hat die Sache damals vertuscht, um einen Skandal zu vermeiden.«

Tanner sah ihn ungläubig an. Sollte Dr. Amersham tatsächlich ein Fälscher sein? Entweder verwechselte Briggs den Mann mit einem anderen, oder –

»Das haben Sie wohl alles erfunden?«

»Durchaus nicht, es ist vollkommen wahr. Sie können ja nach Indien telegrafieren. Ich kann Ihnen sogar das genaue Datum geben.«

»Aber Dr. Amersham ist doch ein Mann von Bildung, und er war damals Offizier –«

»Stimmt alles«, erklärte Briggs zornig. »Aber er hat trotzdem den Namen eines Kameraden gefälscht. Der Mann hieß Willoughby – Sie können das auch in den Akten feststellen. Ich weiß ganz genau Bescheid. Dr. Amersham wurde aus der Armee ausgestoßen. Was später aus ihm wurde, weiß ich nicht. Ich hörte nur noch, daß er unten in Madras ein Mischlingsmädchen geheiratet hätte. Auf jeden Fall war er wegen Betrugs und Fälschung angeklagt, das weiß ich genau. Er heißt Leicester Charles Amersham. Ich habe ihn sofort an der Stimme wiedererkannt.«

Die Vornamen stimmten, also konnte man Briggs' Angaben nicht ohne weiteres ablehnen.

Noch lange, nachdem der Mann wieder abgeführt worden war, saß der Chefinspektor und stützte den Kopf in die Hände. Auch auf Totty hatte der Bericht großen Eindruck gemacht.

»Jetzt muß ich mir diesen Amersham doch einmal persönlich vornehmen«, sagte Tanner schließlich. »Das wird eine ernste Unterredung geben. Von vier verschiedenen Seiten kommen wir immer wieder auf Amersham. Ich möchte nur wissen, was er eigentlich vorhat.«

»Das kann ich Ihnen genau sagen«, erklärte Totty. »Er will den jungen Lord Lebanon umbringen.«

»Lord Lebanon? Das wäre möglich. Daß mit Amersham etwas nicht stimmt, war mir längst klar, aber ich ahnte nicht, daß er ein derartiges Vorleben hat.«

»Und warum haben die Leute auf dem Schloß amerikanische Diener?« fragte Totty. »Das ist doch sonst nirgends Sitte. Übrigens wäre es gar nicht schwer, den jungen Lord aus dem Weg zu schaffen, denn der ist nicht sehr schlau. Das wäre der reinste Kindermord zu Bethlehem.«

In dem Augenblick trat Ferraby schnell ins Büro.

»Nun, was gibt es?«

»Wollen Sie Lord Lebanon sprechen?«

Tanner sah den Sergeanten groß an.

»Was, ist er persönlich nach Scotland Yard gekommen? Das ist allerdings merkwürdig! Bringen Sie ihn herein.«

Lebanon sah sich neugierig in dem Zimmer um, als er hereingeführt wurde, legte dann Hut, Handschuhe und Stock auf einen leeren Sessel und sah von Totty zu Tanner, als ob er unschlüssig wäre, an wen er sich zu wenden hätte.

»Sie bearbeiten doch diesen Fall?« wandte er sich schließlich an Totty.

Der Sergeant hätte das zu gern zugegeben, aber Tanner gab sofort eine eindeutige Erklärung.

Lord Lebanon schien der Anfang nicht leichtzufallen. Ängstlich schaute er nach der Tür, durch die er hereingekommen war. Ferraby hatte sich inzwischen auf einen Wink des Chefinspektors wieder entfernt.

»Ja, ich kann mich auf Sie besinnen, Mr. Tanner, und auch auf Ihren Assistenten.«

Sergeant Totty richtete sich zu voller Höhe auf und wurde dem Lord vorgestellt.

»Totty? Das ist doch ein alter Name.«

»Ich stamme aus einer altitalienischen Familie«, erklärte der Sergeant.

Tanner warf ihm einen wütenden Blick zu.

Der Lord sah sich wieder unruhig um.

»Würden Sie nicht einmal nachsehen, ob draußen vielleicht jemand lauscht?«

Der Chefinspektor lächelte.

»In all den Jahren, die ich schon hier Dienst tue, habe ich viele Unterredungen in diesem Raum geführt, aber auf eine solche Vermutung ist noch niemand gekommen. Das gibt es in Scotland Yard nicht.«

Tanner hätte nie gedacht, daß der Lord tatsächlich im Polizeipräsidium erscheinen würde. Ferraby hatte ihm allerdings von der Unterredung berichtet, in der der Lord seinen Besuch angekündigt hatte.

»Ich weiß nicht viel von Scotland Yard, aber ich habe gehört, daß es eine Art Gefängnis sein soll?«

Totty lächelte nachsichtig.

»Jedenfalls mußte ich herkommen. Das habe ich ja schon Mr. Ferraby angedeutet. Gestern abend habe ich den festen Entschluß gefaßt.«

Tanner kam plötzlich ein Gedanke.

»Haben Sie zu Hause die Erfahrung gemacht, daß Leute an Ihren Türen lauschen, Lord Lebanon?«

Willie zögerte; die Frage schien ihm peinlich zu sein.

»Nun – es ist gerade nichts Außergewöhnliches, daß ich zu Hause belauscht werde. Es wäre aber auch möglich, daß es hier passiert. Ist Mr. Ferraby übrigens ein Detektiv?«

Tanner nickte.

»Ich will ganz offen mit Ihnen sprechen, Mylord«, entgegnete der Chefinspektor. »Obwohl Ferraby erklärte, Sie würden kommen, habe ich Sie nicht erwartet. Da Sie nun aber einmal hier sind, hoffe ich, Sie sagen mir verschiedenes, das den einen oder anderen fraglichen Punkt des Rätsels aufklärt. Natürlich habe ich nicht das Recht, Fragen an Sie zu stellen. Aber da Sie freiwillig erschienen sind, werden Sie mir sicher helfen wollen. In Marks Priory stehen mehrere Personen in Verdacht, darunter –« Tanner machte absichtlich eine Pause.

»Meinen Sie meine Mutter?« fragte der Lord ruhig.

Tanner nickte.

»In gewisser Weise. Sie muß natürlich bedeutend mehr wissen, als sie uns gesagt hat. Aber ich dachte eigentlich noch mehr an einen anderen – an Dr. Amersham.«

Lebanon lächelte bitter.

»Mir ist dieser Mann immer rätselhaft gewesen, und ich wundere mich nicht, daß er verdächtigt wird. Was meine Mutter angeht –« Er zögerte, weil er nach Worten suchte, um ihre Stellung richtig zu kennzeichnen. »Sie sollen alles erfahren, was ich weiß«, fuhr er schließlich fort. »Ich will es Ihnen von Anfang an erzählen. Sie sollen auch wissen, daß ich Amersham nicht ausstehen kann. Ich bin gegen ihn voreingenommen, das gebe ich gern zu.«

Der Lord setzte sich. Er sprach langsam und machte öfters Pausen, um die geeigneten Worte zu wählen.

14

»Ich will mit der Zeit beginnen, als ich noch zur Schule ging. Sehr stark bin ich niemals gewesen, und ich habe Eton auch nur zwei Jahre lang besucht. Dann wurde ich aus der Schule genommen und bekam einen Hauslehrer. Wie Sie vielleicht wissen, war mein Vater krank und schloß sich von der Außenwelt ziemlich ab. Er verbrachte sein ganzes Leben, mit Ausnahme eines Winters in Südfrankreich, auf seinem Landsitz in Marks Priory. Aber selbst wenn ich in den Ferien zu Hause war, habe ich ihn nur selten gesehen.

Unter uns kann ich ja ruhig sagen, daß keine große Zuneigung zwischen uns bestand. Gewiß hatte ich großen Respekt vor ihm, aber das war auch alles.

Marks Priory selbst hat mir nie gefallen; schon in meinen jungen Jahren bin ich sehr ungern hingegangen. Sehen Sie, Mr. Tanner, ich besitze nicht den Familienstolz, den meine Eltern haben. Für die war jeder Stein des Schlosses heilig und die Tradition wichtiger als die Heilige Schrift.

Nachdem ich die Schule verlassen hatte, brachte ich den größten Teil meiner Zeit mit meinem Lehrer in der Schweiz zu. Wir gingen auch nach Südfrankreich und Deutschland und besuchten gelegentlich englische Seebäder, zum Beispiel Torquay. Mein Vater hatte in der Armee gedient – es ist bei uns Familientradition, daß immer einer im Kavallerieregiment dient –, und so kam auch ich nach Sandhurst. Es gelang mir, die Prüfungen zu bestehen. Hervorragend waren meine Leistungen allerdings nicht, aber doch etwas über dem Durchschnitt.

Bis dahin hatte ich nur wenig von Dr. Amersham gesehen, obwohl er als Hausarzt meines Vaters regelmäßig ins Schloß kam. Ich wußte, daß er einige Jahre in Indien gelebt hatte, aber ich hatte keine Ahnung, daß er die Armee aus besonderen Gründen verlassen mußte. Ich meine damit, daß die Sache nicht ganz klar lag. Der Grund war wohl in einer häßlichen Handlungsweise seinerseits zu suchen.

Er war mir immer unsympathisch. Ich kann mich darauf besinnen, daß er sich damals meinen Eltern gegenüber ziemlich unterwürfig benahm. Aber allmählich änderten sich sein Verhalten und seine Stellung. Er tat so, als ob er alles zu sagen hätte, und mischte sich in Dinge ein, die ihn nichts angingen.

Mein Regiment wurde bald nach Indien geschickt, nachdem ich als Offizier eingetreten war, und ich freute mich, daß ich von England fortkam. Mein Vater war damals schon hoffnungslos krank. Als ich später von seinem Tod erfuhr, tat es mir leid, aber nur um meiner Mutter willen. Ihn selbst habe ich eigentlich nie beklagt – ich will in diesem Punkt offen sein und mich nicht besser machen, als ich in Wirklichkeit bin.

Als das geschah, war ich in Indien, wo es mir verhältnismäßig gut ging. Die gesellschaftlichen Verpflichtungen waren etwas langweilig, aber schließlich auszuhalten. Nur schoß ich unglücklicherweise einmal auf der Jagd einen meiner Treiber an, er kam in die Schußlinie, als ich gerade auf einen Tiger anlegte. Das war ein böser Zufall.

Vielleicht wäre alles noch gut abgelaufen, so daß ich nicht nach England hätte zurückkehren müssen. Meine Mutter ist eine sehr tüchtige Frau; sie konnte die Verwaltung der Güter selbst leiten. Die Schriftstücke, die ich unterzeichnen mußte, wurden mir nach Indien gesandt. Ich hätte meine Dienstzeit dort auch beenden können, aber kurz nachdem ich den Treiber angeschossen hatte, packte mich ein böses Fieber. Ich habe dann ziemlich lange gelegen – wie lange weiß ich nicht mehr. Es muß aber wohl eine ernste Krankheit gewesen sein, denn meine Mutter schickte Dr. Amersham, damit er mich nach Hause zurückbringen sollte.

Ich merkte gleich, mit was für einem Mann ich es zu tun hatte. Er verkehrte mit niemand und verließ das Haus kaum. Ich staunte auch darüber, daß er sich auf der Reise nach Indien einen Bart hatte wachsen lassen. Es wurde wohl über ihn geklatscht, aber ich hatte nie darauf geachtet. Eine unangenehme Geschichte mit einem Mischlingsmädchen spielte dabei eine Rolle – darüber werde ich Ihnen später genauer berichten.

Ich hatte den Eindruck, daß er sich fürchtete, mit Leuten zusammenzukommen, die er von früher her kannte. Er ging auch erst nach Einbruch der Dunkelheit aus dem Haus.

Als ich dann nach England zurückkehrte, fand ich eine merkwürdige Lage vor. Amersham war der eigentliche Herr von Marks Priory, und die beiden amerikanischen Diener waren inzwischen eingestellt worden. Sonderbarerweise kannte ich sie schon von früher her. Entweder hatten sie in Amershams Diensten gestanden, oder sie waren bei meiner Mutter gewesen, bevor ich nach Sandhurst ging. Damals hatte ich nicht darauf geachtet; man merkte auch nicht viel von ihrer Anwesenheit. Aber nun waren sie Hauptpersonen geworden.

Meine Mutter hatte sich kaum verändert, aber ich fand eine neue Hausgenossin auf dem Schloß vor – Isla, die Tochter eines Vetters meiner Mutter. Eine charmante junge Dame, sehr ruhig und zurückhaltend, dabei aber gescheit und klug. Sie ist die Sekretärin meiner Mutter, nimmt aber eine viel bedeutendere Stellung ein, da meine Mutter sie sehr gern hat.« Lord Lebanon zögerte einen Augenblick. »Ich werde sie heiraten. Ich selbst habe zwar keine besondere Lust dazu, aber meine Mutter wünscht es.

Es herrschte eine eigenartige Spannung zu Hause: Amersham dirigierte alles. Die beiden amerikanischen Diener schienen ganz unabhängig zu sein, sie kümmerten sich jedenfalls kaum um andere Leute und traten unverschämt auf, allerdings niemals mir gegenüber. Sie taten, was sie wollten, und versahen ihren Dienst so schlecht, daß ein junger Mann, der bei uns im Pferdestall angestellt war, mehr geleistet hätte als die beiden.

Es stimmte also etwas nicht; es mußte ein Geheimnis geben, das mir verschwiegen wurde. Ich hatte früher keine Ahnung, daß meine Rückkehr jemand unangenehm werden könnte, aber nun merkte ich, daß ich bei jeder Gelegenheit beobachtet wurde.

Meine Krankheit und meine Rückkehr schienen gewisse Pläne umgestoßen zu haben. Was man im Schilde führte, wußte ich allerdings nicht. Man fürchtete wohl, daß ich vielleicht später dahinterkommen würde. Selbst meine Mutter schien ängstlich geworden zu sein. Auch ich wurde schließlich unruhig, aber nach einiger Zeit gewöhnte ich mich daran.

Als ich Gilder wegen Unfähigkeit entließ, bekam ich einen Schock, als er am Ende der Woche immer noch in Marks Priory war. Zuerst war ich wütend darüber, ging zu meiner Mutter und bestand darauf, daß der Mann das Haus verlassen sollte.«

Der Lord lachte leise.

»Aber meiner Aufforderung wurde keine Folge geleistet. Ich hätte ebensogut verlangen können, daß das ganze Schloß dem Erdboden gleichgemacht werden sollte! Nach zwei weiteren vergeblichen Versuchen fand ich mich mit meiner Lage ab. Die beiden Amerikaner waren meine Diener, und ich zahlte für sie, aber ich hatte ihnen nichts zu sagen. Es war ja in der Tat nicht so schwer, mit ihnen auszukommen. In gewisser Weise benahmen sie sich auch nett, und ich habe eigentlich wenig über sie zu klagen.

Mit Dr. Amersham dagegen ist es anders. Er tritt öffentlich so auf, als ob er Herr in meinem Hause wäre. Er hat viel Geld, hält sich ein teures Auto und Rennpferde – aber das wissen Sie wahrscheinlich alles selbst. Wenn Gilder und Brooks auch sonst sehr großspurig tun, vor dem Doktor haben sie großen Respekt. Er behandelt die beiden aber auch, als ob sie seinesgleichen wären. Meiner Mutter gefällt das gar nicht, aber sie sagt nichts dazu und hat auch niemals etwas gegen diese Zustände unternommen.

Der Mann, den Amersham am meisten haßte, war mein Diener Studd, der arme Kerl, den sie ermordet haben. Wenn die beiden irgendwie zusammenkamen, gab es Krach, und wenn es so weitergegangen wäre, hätte er Studd auch entlassen. Ich weiß nicht, was Amersham gegen ihn hatte – vielleicht wußte Studd zuviel über ihn. Aber was es auch immer sein mochte, Amersham war sein Feind. Übrigens hatte Studd früher auch in der indischen Armee gedient.

In einem der ersten Gespräche, die ich nach meiner Rückkehr von Indien mit meiner Mutter hatte, erwähnte sie ihren dringenden Wunsch, daß ich Isla heiraten sollte. Ich muß natürlich irgend jemand heiraten, das erwartet man von mir. Aber man möchte doch wenigstens selbst wählen. Sie wissen ja, daß Isla eine äußerst schöne und liebenswürdige junge Dame ist. Sie war auch vollkommen normal – bis zu Studds Tod.«

Tanner richtete sich interessiert auf.

»Was passierte denn dann?«

»Von da ab ging eine Änderung mit ihr vor. Sie fürchtet sich entsetzlich, ist vollkommen verängstigt und zuckt zusammen, wenn man sie unerwartet anspricht. Und immer hat man den Eindruck, daß sie darauf gefaßt ist, schreckliche Dinge zu erleben. Außerdem schlafwandelt sie.

Ich hatte schon früher gehört, daß manche Leute an diesem Übel leiden, aber ich hatte noch niemand in diesem Zustand gesehen. Ich saß gerade in der Halle und trank noch einen Whisky-Soda vor dem Schlafengehen, als Isla im Nachthemd die Treppe herunterkam. Ich war zuerst überrascht, und da ich nicht wußte, was das bedeuten sollte, sprach ich sie an.

Dann packte mich das Grauen – ich weiß nicht, ob Sie schon einmal einen Schlafwandler beobachtet haben? Es ist furchtbar. Als ich sie anredete, antwortete sie nicht. Aber sie kam in die Halle und ging umher, als ob sie etwas suchte. Schließlich stieg sie wieder langsam die Treppe hinauf. Ich trat nahe an sie heran und sah in ihr Gesicht. Ihre Augen waren weit geöffnet, und sie sprach leise mit sich selbst. Was sie sagte, mag der Himmel wissen; ich konnte kein Wort verstehen.

Soviel ich weiß, hat sich das zweimal ereignet. Es war mir bekannt, daß man solche Leute nicht aufwecken soll. Ich ging so bald wie möglich zu meiner Mutter und berichtete ihr, was ich erlebt hatte. Das zweitemal hat meine Mutter sie selbst gesehen und zu ihrem Zimmer zurückgeführt.

Das hat großen Eindruck auf die alte Dame gemacht. Sie war sehr aufgeregt, was man nur selten bei ihr erlebt. Ich kann mich übrigens nicht darauf besinnen, daß meine Mutter mich jemals geküßt hätte.

Die Tatsache, daß Isla eine Schlafwandlerin ist, macht die Aussicht auf eine Ehe mit ihr gerade nicht sehr angenehm. Man will doch schließlich nicht mitten in der Nacht das ganze Haus durchsuchen, um seine Frau zu finden!«

»Weiß Dr. Amersham etwas davon?« fragte Tanner nachdenklich.

Lord Lebanon nickte.

»Natürlich«, erwiderte er bitter. »Es kann in unserem Haus nichts passieren, ohne daß er davon Kenntnis erhält. Er hat ihr ein Schlafmittel verschrieben, aber ich bezweifle, daß sie es nimmt.«

»Wovor fürchtet sie sich denn?«

»Vor allem! Wenn irgendein Brett kracht, fährt sie vom Stuhl auf. Im Dunkeln will sie nicht in den Park gehen, und sie schließt sich in ihrem Zimmer ein. Sie ist die einzige im Schloß, die das tut.«

Tanner dachte einige Zeit nach. Was er eben gehört hatte, machte den eigentlich schon schwierigen Fall noch komplizierter.

»Sie sprachen vorhin über einen Mischling in Verbindung mit Dr. Amersham. Können Sie mir die Geschichte genauer erzählen?«

»Gewiß. Sie war ein sehr schönes Mädchen, und Sie müssen die Sache natürlich erfahren. Es passierte, als er mich damals nach England bringen sollte. Sie wurde in seinem Haus aufgefunden – erdrosselt!«

Tanner sprang erregt auf.

»Was?« rief er ungläubig.

Wenn das stimmte, war das Geheimnis von Marks Priory gelöst.

»Ist das auch richtig?«

Lord Lebanon nickte und lächelte triumphierend. Er war noch jung genug, sich über die Sensation zu freuen, die seine Worte hervorgerufen hatten.

»Ja. Ein wirklich sehr schönes Mädchen – sie gehörte allerdings nicht den besten Klassen an, obwohl ihre Familie sehr reich war. Man fand sie damals erdrosselt auf der Veranda des Bungalows, den der Doktor allein bewohnte. Die Sache wirbelte viel Staub auf, aber man konnte ihm die Tat nicht nachweisen. Man fand jedoch Anzeichen dafür, daß auf der Veranda ein Kampf stattgefunden hatte. Die Zeitungen behaupteten, es müßte ein Eingeborener gewesen sein, der das Mädchen mit seinem Haß verfolgt hatte. Und es war auch ein rotes Tuch um ihren Hals geschlungen, genau wie bei Studd.«

»Das war mir neu«, sagte Tanner, nachdem er sich von seinem Erstaunen erholt hatte. »Weiß Ihre Mutter davon?«

Der junge Lord zögerte.

»Es ist schwer zu erfahren, was sie weiß, und was sie nicht weiß. Hoffentlich hat sie keine Ahnung davon. Aber nun möchte ich Sie um Ihren Rat bitten, Mr. Tanner. Was soll ich unter diesen Umständen tun? Sie werden mir wahrscheinlich erklären, daß es doch sehr einfach ist, Dr. Amersham das Haus zu verbieten. Vom juristischen Standpunkt aus ist das auch richtig. Aber meine Mutter hat ihren eigenen Willen, und ich kann mich ihr gegenüber unmöglich durchsetzen. Würden Sie so liebenswürdig sein, einmal als mein Gast ein Wochenende in Marks Priory zu verbringen?«

Tanner lächelte.

»Was würde Ihre Mutter dazu sagen?«

Lord Lebanon machte ein langes Gesicht.

»Das ist natürlich eine andere Frage. Nein, so einfach geht es wirklich nicht, es könnte furchtbar unangenehm werden.«

»Aber wie wäre es, wenn Sie selbst einmal eine Erholungsreise machten? Gehen Sie doch auf ein paar Jahre außer Landes.«

»Das scheint mir eine gute Lösung zu sein, aber Sie vergessen ganz, daß ich mit meiner Mutter und Dr. Amersham rechnen muß. Es kommt zwar nicht darauf an, was er dazu sagt, aber gegen den Willen meiner Mutter kann ich nichts tun. Ich habe ja schon früher erklärt, daß ich gern nach Amerika gehen würde, um mir dort eine Farm zu kaufen. Ich will unter diesen Umständen ganz auf den Titel verzichten. Meinetwegen mag mein nächster Verwandter die Erbschaft antreten.«

Er lachte, als er das sagte.

»Wer ist denn der nächste Erbe?«

»Ist es nicht merkwürdig? Der Mann lebt auch in Amerika und ist Kellner. Nein, ich scherze nicht. Die erste Erbin ist übrigens Isla! Das habe ich erst neulich von meiner Mutter erfahren. Ja, es wäre eine großartige Idee, wenn ich nach Kanada ginge und einmal für kurze Zeit vergessen könnte, daß es überhaupt ein Marks Priory gibt. Das habe ich meiner Mutter mindestens ein dutzendmal gesagt, aber sie behauptet immer, ich müßte hierbleiben.«

Er stand auf und trat an den Tisch. Jetzt lächelte er nicht mehr; sein Gesichtsausdruck war mitleiderregend.

»Chefinspektor, ich bin nun einmal ein Schwächling. Es gibt ja Hunderttausende solcher Leute auf der Welt. Ja, ich sage sogar offen, die Mehrzahl aller Leute gehört dazu. Starke, schweigsame Menschen scheint es nur in Scotland Yard zu geben.

Ich bin vollkommen in der Hand meiner Mutter, und, um ganz offen zu sein, ich habe nicht die Energie, es auf eine Auseinandersetzung mit ihr ankommen zu lassen.«

Plötzlich wandte er sich um.

»Es ist jemand an der Tür«, sagte er leise.

»Aber, mein lieber Lord Lebanon, ich versichere Ihnen ...«

»Haben Sie etwas dagegen, wenn ich einmal nachsehe?«

»Öffnen Sie die Tür, Totty.«

Der Sergeant kam der Aufforderung nach und schrak zusammen. Draußen stand ein Mann, der den Kopf gesenkt hatte, als ob er lauschte. Als das Licht auf ihn fiel, erkannten sie Gilder, den amerikanischen Diener.

»Entschuldigen Sie vielmals«, sagte Gilder und trat ruhig ins Zimmer. »Lord Lebanon hat sein Zigarettenetui zu Hause liegenlassen, und ich bin hergekommen, um es ihm zu bringen.«

»Warum haben Sie an der Tür gelauscht?« fragte Tanner streng.

»Ich habe nicht gelauscht, ich wußte nur nicht genau, welches Zimmer Ihr Büro ist. Und um sicherzugehen, horchte ich, ob ich nicht die Stimme von Lord Lebanon erkennen könnte, bevor ich anklopfte.«

»Wer hat Ihnen gesagt, daß Sie heraufgehen sollen?«

»Der Polizeibeamte am Haupttor«, erklärte Gilder, der in keiner Weise verlegen wurde.

Er zog ein Zigarettenetui aus der Tasche und reichte es dem Lord. Mit einer freundlichen Verbeugung entfernte er sich dann wieder. Tanner sah ihm nach, bis der Mann die Tür geschlossen hatte, dann gab er Totty ein Zeichen.

»Folgen Sie ihm und passen Sie auf, wohin er geht.«

Der Chefinspektor war erstaunt über die Kühnheit Gilders. Wie lange hatte er nun schon hinter der Tür gestanden, und was hatte er alles gehört? Die Unverschämtheit einer solchen Spionage innerhalb von Scotland Yard machte ihn sprachlos.

»Ich habe also doch recht gehabt«, meinte Lord Lebanon. »Ich dachte, ich wäre heute morgen unbemerkt von Marks Priory fortgegangen, aber Gilder hält sehr scharf Wache, dem kann man nicht so leicht entkommen.«

»Seit welcher Zeit werden Sie so scharf beobachtet?«

»Seit meiner Rückkehr von Indien. Vielleicht auch schon vorher, aber das ist mir nicht aufgefallen.«

»Ist Ihre Mutter davon unterrichtet?«

Der junge Lord zuckte die Schultern.

»Ich kann mir kaum das Gegenteil vorstellen. Auf jeden Fall weiß Amersham davon.«

»Wo ist er jetzt?«

»Gestern abend war er in Marks Priory, aber er fuhr zur Stadt zurück. Meine Mutter erwähnte es heute morgen beim Frühstück, sonst hätte ich überhaupt nichts davon erfahren, daß er bei uns war.«

Tanner machte sich verschiedene Notizen.

»Können Sie mir sagen, wann dieses junge Mädchen in Indien ermordet wurde?«

»Kommen Sie doch nach Marks Priory. Ich kann alle diese Tatsachen dort aus meinen Papieren feststellen. Ich werde Ihnen auch mein Tagebuch zeigen.« Lord Lebanon nahm Hut und Stock auf. »Sie können Amersham mitteilen, was ich Ihnen erzählt habe, aber natürlich wäre es mir lieber, wenn Sie es nicht täten, da er sonst zu Hause sicher einen furchtbaren Krach macht. Das beste wäre, wenn Sie ein Wochenende auf dem Schloß zubrächten. Ich könnte Ihnen noch viele interessante Dinge erzählen. Kennen Sie Petersfield? Es ist ein kleines Dorf in Berkshire.«

Tanner sah ihn scharf an, denn diese Frage hatte er nicht erwartet. Lord Lebanon war also doch nicht so unbegabt, wie es den Anschein hatte, und er kannte auch das Geheimnis seiner Mutter.

Der Chefinspektor begleitete ihn bis zum Hauptportal von Scotland Yard. Auf dem Rückweg zu seinem Büro wurde er von Sergeant Totty eingeholt.

»Ich habe ihn bis auf die andere Seite des Ufers gebracht. Wie wäre es gewesen, wenn wir den Mann wegen Umherlungerns verhaftet hätten?«

»Meinen Sie Gilder? Nein, das geht nicht gut. Er kann ja auch nicht viel Schaden anrichten ... Ich möchte nur wissen, ob er etwas gehört hat?«

»Sie meinen wegen Miss Isla Crane?« fragte Totty. »Oder wegen des Mischlings? Die Beweise gegen Amersham häufen sich mehr und mehr. Meiner Meinung nach haben wir doch jetzt Material genug, um Amersham zu verhaften.«

»Wenn Sie erst einmal einigermaßen gelernt haben, was die Polizei zu tun hat – und das wird vielleicht in fünfzig Jahren der Fall sein –, dann werden Sie auch endlich begreifen, daß man sehr leicht Leute verhaften, aber sehr schwer so viele Beweise beischaffen kann, um sie zur Verurteilung zu bringen.«

Als er wieder in sein Büro kam, sah er eine Reihe von jüngeren Beamten, denen er eine Instruktionsstunde geben mußte. Er seufzte, denn er haßte diese Vorlesungen. Viel lieber wäre er fortgefahren und hätte Amersham aufgesucht, um ihm ein paar wichtige Fragen vorzulegen.

»Gehen Sie nachher zur Wohnung von Dr. Amersham«, wandte er sich an Totty, »und sagen Sie ihm, daß ich ihn in Scotland Yard sprechen möchte. Natürlich braucht er nicht zu kommen, wenn er nicht will. Aber es wird die ganze Angelegenheit vereinfachen, wenn er sich in meinem Büro einfindet. Warnen Sie ihn auch wie üblich; am Ende hat er hohe Bekannte, die nachher einen furchtbaren Skandal machen, weil die Vorschriften nicht genau eingehalten worden sind.«

»Und wenn er nicht kommen will, soll ich ihn dann verhaften?« fragte Totty erwartungsvoll.

Tanner schüttelte den Kopf.

»Nein, soweit sind wir noch nicht.«

Ein Bote kam herein und brachte ein Telegramm. Totty nahm es in Empfang, öffnete es und reichte es seinem Vorgesetzten. Tanner las:

Äußerst dringend. Leiche Dr. Amershams heute vormittag 11.07 im Park von Marks Priory hinter Gebüsch gefunden, das fünfzig Meter südlich vom westlichen Flügel liegt. Der Tote wurde erdrosselt, aber man fand weder ein Tuch noch einen Strick. Kommen Sie sofort.

15

Ein Gärtner, der im Dorf gewesen war, kehrte durch den Park nach den Gewächshäusern zurück. Unterwegs sah er etwas im Schatten eines Rhododendronstrauches liegen und dachte zuerst, es wären alte Kleider, die jemand fortgeworfen hatte. Er ging darauf zu, um sich zu vergewissern, und fand Dr. Amersham tot auf. Der Arzt hatte die Hände krampfhaft erhoben, als ob er sich vor einem unsichtbaren Feind wehren wollte. Ein Tuch mußte um seinen Hals geschlungen gewesen sein; man konnte die Spuren der Erdrosselung noch deutlich sehen. Aber der Mörder hatte es anscheinend mitgenommen.

Der Dorfarzt wurde gerufen, aber er konnte nur feststellen, daß Amersham schon seit vielen Stunden tot war.

Lady Lebanon war in ihrem Zimmer, als sie die Nachricht erfuhr, und zeigte sich erstaunlich ruhig.

»Benachrichtigen Sie die Polizei«, sagte sie. »Und schicken Sie auch ein Telegramm nach Scotland Yard. Wie hieß doch der Beamte? Ach so, Tanner!«

Was möglich war, wurde sofort getan. Die Leiche war aber noch nicht fortgeschafft, als schon ein Polizeiauto durch das Dorf raste und vor dem Herrenhaus hielt. Tanner und vier andere Beamte stiegen aus. Der Polizeiarzt und der Doktor aus dem Dorf waren anwesend, als der Chefinspektor die Kleider des Toten durchsuchte. Er fand jedoch nichts, was auf den ersten Blick als Anhaltspunkt hätte dienen können. In einer Tasche entdeckte er drei Banknoten im Wert von je hundert Pfund, in einer anderen einen Paß.

Fotos waren schon gemacht worden, bevor die Beamten erschienen. Nachdem Tanner die Umgebung genau abgesucht hatte, ließ er Amersham fortbringen. Er hatte nicht die geringsten Anzeichen eines Kampfes entdecken können, aber auf dem kiesbestreuten Zufahrtsweg zeigten sich Spuren eines Autos, das vom Weg auf den Rasen gefahren war. Nach einiger Zeit führten die Spuren wieder auf den Hauptweg zurück und von dort direkt nach dem Dorf Marks Thornton.

Daraus konnte er viel entnehmen. Fünfzig Meter von der

Stelle entfernt, an der der Wagen zum zweitenmal die Fahrstraße verlassen hatte, fand Totty Ollachen und zwei verbrannte Streichhölzer. Eins war angesteckt worden, aber sofort ausgegangen, das andere war halb abgebrannt.

Mit Ferrabys Hilfe untersuchte er den Grasboden in der Nähe sorgfältig, und gleich darauf entdeckten sie auch eine Zigarette, die vom Tau vollständig durchnäßt war. Sie war nicht in Brand gesetzt worden, aber in der Mitte durchgebrochen. Totty brachte sie seinem Vorgesetzten, und Tanner las die Aufschrift auf dem Zigarettenpapier.

»Eine Chesterfield. Rein amerikanische Marke, wenn sie auch ab und zu hier geraucht wird. Verwahren Sie sie gut, ebenso das Streichholz. Kommen Sie jetzt mit mir die Fahrstraße entlang und sehen Sie einmal nach, ob Sie Fußspuren finden können, die vom Gras auf den Fahrweg führen. Sie müßten direkt in der Nähe der Stelle sein, an der das Auto vom Weg abwich.«

In der vergangenen Nacht hatte es eine Stunde lang geregnet, und es lag noch Feuchtigkeit in der Luft, so daß die Straßen nicht getrocknet waren. Man konnte daher die Wagenspuren deutlich erkennen.

»Wo ist denn das Auto?« fragte Ferraby.

»Die Polizei hat es drei bis vier Kilometer entfernt auf einem Nebenweg gefunden. Die Leute sind bereits unterwegs damit und bringen es hierher.«

Bei den Worten sah er sich um.

»Dort kommen sie schon. Sagen Sie doch dem Chauffeur, er soll dort halten. Die Spuren dürfen nicht weiter verwischt werden. Und dann sehen Sie sich einmal auf dem Weg um, wieweit diese Spuren mit denen des Wagens übereinstimmen.«

Kurze Zeit später kam Totty zurück.

»Es handelt sich um denselben Wagen«, erklärte er.

»Haben Sie denn in dem Auto selbst einige Fußabdrücke gefunden?«

Sie hatten nur eine tiefe Schramme entdeckt, die als Anhaltspunkt nicht zu gebrauchen war.

»Ich glaube, ich kann Ihnen erzählen, wie der Mord begangen wurde«, sagte Tanner. »Jemand sprang von hinten auf den offenen Wagen. Dem Doktor wurde hier das Tuch um den Hals geworfen, denn an dieser Stelle bog der Wagen von der Fahrstraße ab, und sein Weg ist ziemlich unregelmäßig, bis er an der Stelle im Gras hielt, an der Sie die vielen Ölspuren gesehen haben. Dort muß er eine Stunde lang gestanden haben, bis jemand kam und ihn wegbrachte. Der Betreffende steckte sich eine Zigarette an, bevor er einstieg. Er öffnete ein neues Päckchen Chesterfield – Ferraby hat die Banderole der Packung gefunden. Als der Mann die erste Zigarette herauszog, brach sie mitten durch, und er warf sie fort. Erst die zweite konnte er anzünden, aber auch erst nach zwei Versuchen. Dann fuhr er den Wagen zu dem Platz, an dem er später aufgefunden wurde. Ein Polizist sah das Auto um halb drei vorüberfahren, aber das Verdeck war hochgeklappt, so daß er den Mann am Steuer nicht erkennen konnte. Daraus ergibt sich klar, wann der Mord begangen wurde. Amersham verließ Marks Priory kurz nach elf, zwei Minuten später wurde er erdrosselt. Darauf schleifte man den Toten bis zu der Stelle, an der er später aufgefunden wurde. Der Mörder kam dann ruhig zurück und brachte den Wagen fort. Vielleicht ist er sogar zum Herrenhaus gegangen. Auf keinen Fall wird er sich draußen noch länger herumgetrieben haben. Der Wärter im Torhaus erinnert sich, daß er nachts einen Wagen vorüberfahren hörte, aber die Zeit kann er nicht genau angeben. Nun fragt sich: Warum ließ der Mörder den Toten im Park und in der Nähe des Herrenhauses, obwohl er die Möglichkeit hatte, ihn im Auto wegzuschaffen?«

Später nahm der Chefinspektor eine genaue Untersuchung des Autos selbst vor. Die Uhr am Armaturenbrett war zertrümmert, und an der Tür entdeckte er Kratzer.

»Das hat Amersham gemacht, als ihm das Tuch um die Kehle geschlungen und er nach rückwärts gezogen wurde. Er suchte mit dem Fuß einen Halt, trat dabei gegen die Uhr und kam mit den Schuhsohlen auch an die Tür.«

Tanner betrachtete den Boden und fand eine tiefe Spur, als ob jemand etwas Schweres über den Gummibelag fortgezogen hätte.

»Sehen Sie, hier ist Amersham aus dem Wagen und dann quer über das Gras geschleift worden. Wir haben eine klare Spur von der Öllache bis zu dem Rhododendrongebüsch. Ich werde alle Dienstboten verhören. Mit Lady Lebanon und den beiden amerikanischen Dienern muß ich auch sprechen. Ist übrigens der Lord nach Hause zurückgekehrt?«

»Er ist eine Viertelstunde vor uns eingetroffen«, erklärte Ferraby. »Ist er nicht dort drüben?«

»Gehen Sie hin und unterhalten Sie sich mit ihm. Ich bin augenblicklich nicht in der Stimmung, mit ihm zu reden, ich habe wichtigere Dinge zu tun.«

Tanner ging den Fahrweg hinauf bis zum Haus und trat dann in die große Halle. Lady Lebanon war in ihrem Zimmer, wie der Butler erklärte, aber Miss Jackson wartete auf ihn. Sie hatte viel zu berichten, und was Tanner von ihr erfuhr, war so interessant, daß er die Zofe in den Park mitnahm. Eine halbe Stunde fragte er sie aus und verglich ihre Angaben dann mit dem, was ihm bisher bekannt war.

»Haben Sie Lady Lebanon heute morgen gesehen?«

»Nein. Ich bin zu ihrem Zimmer gegangen, aber sie wollte mich nicht hineinlassen. Sie sagte mir nur, ich sollte machen, daß ich so schnell wie möglich aus dem Haus käme. Sie bestellte sogar einen Wagen aus dem Dorf, der mich zum Bahnhof bringen sollte.«

»Wann war das?«

»Heute morgen um neun. Ein volles Monatsgehalt habe ich bekommen, aber sie war so darauf bedacht, mich loszuwerden, daß ich es für besser hielt, bis zur Ankunft der Polizei zu bleiben.« Sie lächelte triumphierend. »Ich weiß wohl, wann die Leute mich brauchen können und wann sie mich fortschicken wollen.«

»War das vor Entdeckung der Leiche?«

»Ja. Sie ist sonst so genau mit ihren Löhnen, daß es mir gleich auffiel. Es kam mir merkwürdig vor, daß sie sich soviel Mühe gab, mich mit dem Zehnuhrzug fortzuschaffen. Deshalb versäumte ich ihn absichtlich.«

»Haben Sie in ihr Zimmer hineingesehen?«

»Nein. Aber ich weiß, daß sie sich die ganze Nacht nicht zur Ruhe gelegt hat. Ihre Schuhe, die sie gestern abend trug, sind vollständig durchnäßt. Ich fand sie in ihrem Ankleidezimmer. Ihr Abendkleid war auch beschmutzt. Mr. Kelver brachte ihr Kaffee und erzählte mir nachher, daß ihr Bett noch in Ordnung wäre. Sie können ihn ja selbst danach fragen.«

»Das werde ich auch tun«, sagte Tanner brummig. »Haben Sie etwas von dem Mord gehört, bevor die Leiche dann gefunden worden ist?«

Die Frage verneinte sie.

Er ging zu Totty zurück.

»Suchen Sie einmal in dem Gebüsch, in dem der Tote gefunden wurde, nach Spuren von einem Frauenschuh mit hohen Absätzen. Sehen Sie auch dort nach, wo der Wagen gestanden hat, und untersuchen Sie noch einmal die Fahrstraße weiter unten.«

Der Chefinspektor ging darauf ins Haus, um Kelver auszufragen, der in der großen Halle auf ihn wartete. Der Mann gab gern die nötigen Informationen; selbst dieses furchtbare Verbrechen änderte nichts an seinem würdevollen Auftreten. Trotzdem war er zu einem Entschluß gekommen und wartete nur auf einen günstigen Augenblick, um mit Lady Lebanon zu sprechen.

»Dies ist der frühere Eingang«, erklärte er. »Vor einigen Jahren hat ihn der verstorbene Lord Lebanon so umbauen lassen. Die Arbeiten haben mehrere tausend Pfund gekostet.«

In dem nüchternen Morgenlicht sah die Halle etwas trostlos aus. Den sauber aufgeräumten Schreibtisch der Lady Lebanon kannte Tanner zur Genüge. Die beiden Diener standen an dem kleinen Anthrazitofen, der in der einen Ecke des Raumes aufgestellt worden war. Tanner sah, daß sie jede seiner Bewegungen beobachteten, und er war auch davon überzeugt, daß sie sich bereits ihre Antworten zurechtgelegt hatten und ihm eine Geschichte erzählen würden, gegen die er nichts ausrichten konnte.

»Also Sie sind Mr. Gilder?« sprach er den größeren der beiden an.

»Jawohl«, entgegnete der Amerikaner freundlich, aber selbstbewußt. »Ich habe Sie heute morgen schon gesehen. Kurz vor Ihnen kam ich ins Herrenhaus zurück.«

Tanner kümmerte sich nicht um diese Worte, die ein Alibi bedeuten konnten.

»Wie lange sind Sie schon in Diensten der Familie?«

»Acht Jahre.«

Tanner nickte.

»Dann waren Sie auch schon hier, als der alte Lord Lebanon noch lebte?«

»Jawohl.«

Gilder lächelte, während er das sagte.

»Und Sie sind hier Diener?«

»Ja.«

»Scotland Yard hat Erkundigungen über Sie eingezogen, und ich habe die ersten Resultate erfahren. Sie haben ein Konto bei der London & Provincial Bank in London. Stimmt das?«

»Die Polizei ist sehr tüchtig, daß sie das herausgefunden hat. Ja, ich habe dort ein Konto.«

»Es ist aber außergewöhnlich, daß ein Diener ein Konto bei einer Londoner Bank unterhält.«

»Es gibt auch sparsame Leute, die nicht alles Geld ausgeben.«

»Sie haben aber eine ziemlich große Summe auf der Bank.«

»Etwa viertausend Pfund. Ich habe mein Geld gut angelegt und auch erfolgreich spekuliert.«

Tanner hatte erwartet, daß der andere wenigstens etwas in Verlegenheit kommen würde, aber Gilder blieb ruhig und unerschütterlich. Er war ein gefährlicher Mann, und Tanner unterschätzte ihn in keiner Weise. Aber wenn jemand in Amerika ein Verhör im dritten Grad durchgemacht hat, kann er wohl kaum noch durch die weit milderen Methoden von Scotland Yard aus der Fassung gebracht werden.

Tanner rief den zweiten Diener zu sich, und Brooks kam mit den Händen in den Taschen auf ihn zu.

»Sind Sie auch aus Amerika?«

»Ja, aber ich habe kein Konto auf der Bank. Sie wissen ja auch, daß in letzter Zeit manche Leute drüben viel Geld verloren haben.«

»Sind Sie schon lange hier in Stellung?«

»Sechs Jahre.«

»Warum nehmen Sie einen solchen Posten als Diener an?«

»Weil mir das zusagt.«

Tanner hatte den Eindruck, daß sich der Mann im geheimen über ihn lustig machte. Brooks war ebenso selbstbewußt und unzugänglich wie Gilder und sah hart und zäh aus. Tanner entdeckte eine alte Narbe in dem Gesicht des Amerikaners.

»Die habe ich vor einigen Jahren bekommen«, entgegnete Brooks, als der Chefinspektor eine Bemerkung darüber machte. »Bei einer Schlägerei. Ein Mann warf mir einen Aschenbecher ins Gesicht.«

»Waren Sie damals auch schon Diener?« fragte Tanner ironisch.

»Ja.«

Der Inspektor wandte sich wieder an Gilder.

»Kennen Sie dieses Haus sehr genau? Lady Lebanon hat mir gesagt, ich könnte das ganze Gebäude durchsuchen. Vielleicht führen Sie mich einmal herum?«

»Selbstverständlich.«

Tanner entließ die beiden und wandte sich an den Butler.

»Was haben die zwei Leute hier im Haus zu tun?«

»Sie bedienen Mylady, den jungen Lord und Miss Crane.«

»Wo ist die Miss?« fragte Tanner schnell.

»Draußen auf dem Rasen. Leider ist sie sehr aufgeregt über alles, was sich ereignet hat.«

Tanner fragte nicht genauer nach den Gründen, und Kelver schien ein wenig enttäuscht zu sein.

In diesem Augenblick trat Ferraby in die Halle, und Tanner nahm ihn beiseite.

»Suchen Sie doch Miss Crane auf, unterhalten Sie sich eingehend mit ihr und sehen Sie zu, daß Sie etwas aus ihr herausbringen. Wahrscheinlich weiß sie mehr, als sie anfänglich zugeben wollte.«

»Haben Sie vorige Nacht nichts gehört?« fragte er Kelver, als der Sergeant gegangen war.

Der Butler schüttelte den Kopf.

»Auch keinen Schrei, Ruf und dergleichen?«

»Nein.«

Tanner war davon nicht überzeugt.

»Sie entsinnen sich doch noch der Nacht, in der Studd ermordet wurde? Haben Sie damals auch nichts gehört?«

»Nein, Sie haben mich ja seinerzeit schon danach gefragt.«

Tanner nickte.

»Hat nicht einer der Dienstboten Ihnen gesagt, daß gestern abend sehr spät noch jemand kam?«

»Nein. Aber verzeihen Sie eine Bemerkung. Ich sah, daß Sie vorhin mit der Zofe von Mylady sprachen.« Kelver machte eine Pause, schaute sich um und dämpfte dann die Stimme. »Sie wurde heute morgen entlassen; vielleicht erzählt sie Ihnen allerhand. Sie hat Zutritt zu diesem Teil des Hauses. Natürlich ist sie durch ihre Entlassung verärgert, und ihre Angaben sind infolgedessen vielleicht nicht ganz zuverlässig, aber wahrscheinlich kann sie Ihnen wichtige Dinge berichten.«

»Ich danke Ihnen für den Wink, aber ich habe schon mit ihr gesprochen.«

Kelver stand während der Unterredung am Fußende der Treppe, und als er zufällig einen Blick nach oben warf, bemerkte er Lady Lebanon, die der Inspektor nicht sehen konnte.

Sie kam die Treppe herunter, ruhig und selbstsicher. Die dunklen Schatten unter ihren Augen bestätigten allerdings in gewisser Weise die Angaben ihrer Zofe. Aber wenn sie auch die ganze Nacht nicht ausgeruht hatte, klang doch ihre Stimme so fest und gelassen, als ob nichts die Ruhe und den Frieden dieses Hauses gestört hätte.

»Haben Sie alles, was Sie brauchen, Mr. Tanner? Kelver, sorgen Sie dafür, daß der Chefinspektor alle Dienstboten fragen kann, und unterstützen Sie ihn so gut wie nur möglich. Bringen Sie übrigens Ihre Untersuchung heute noch zum Abschluß?«

Sie stellte diese Frage anscheinend gleichgültig, während sie zu ihrem Schreibtisch ging und die Briefe durchsah, die mit der Post angekommen waren.

»Das glaube ich kaum«, entgegnete der Inspektor.

Er beobachtete sie scharf. Sie war ein Typ, den er noch nicht kennengelernt hatte. Drohungen machten keinen Eindruck auf sie, und sicher ließ sie sich ebensowenig durch Versprechungen beeinflussen.

»Ich habe Zimmer für Sie im Gasthof bestellt, es ist ein sauberes, gutes Haus. Allerdings habe ich von dem Dorfpolizisten gehört, daß einer Ihrer Beamten dort ein recht gefährliches Erlebnis hatte.«

Er nickte.

»Sie haben mir doch die Erlaubnis gegeben, das ganze Haus zu durchsuchen?«

»Gewiß. Brooks wird Sie herumführen.« Sie stand nachdenklich an ihrem Schreibtisch. »Der Mann scheint im Park ermordet worden zu sein.«

Tanner sah sie erstaunt an.

»Der Mann?« wiederholte er fragend.

Sie wandte ungeduldig den Kopf zu ihm.

»Ja, Mr. Amersham.«

Dies war allerdings eine Frau, die nicht wie andere behandelt werden konnte. Für sie war Amersham eben nur »der Mann«.

»Ja, er wurde im Park ermordet«, pflichtete Tanner bei, als er sich von seiner Verwunderung erholt hatte. »Das ist sehr wahrscheinlich, da hier im Haus niemand etwas davon gehört hat.«

Sie nickte langsam.

»Es wäre interessant, wenn Sie das herausfinden würden.«

Sie drückte auf eine Klingel, und gleich darauf trat Brooks ein.

»Zeigen Sie Mr. Tanner das Haus.«

16

»Wann werden die Polizeibeamten wohl das Haus wieder verlassen?« fragte Lady Lebanon den Butler, als sie allein waren.

»Ich habe den Eindruck, daß sie ziemlich lange bleiben«, entgegnete er. Als sie Miene machte, nach oben zu gehen, fügte er schnell hinzu: »Mylady werden verzeihen, aber ich muß noch über eine unangenehme Sache sprechen. Wirklich, es tut mir aufrichtig leid, daß ich es sagen muß. Morgen haben wir Ende des Monats, und ich möchte mit allem nötigen Respekt meinen Dienst kündigen.«

Sie zog die Augenbrauen hoch, obwohl sie erwartet und gefürchtet hatte, daß das kommen würde.

»Mylady wissen ja selbst, welche merkwürdigen Dinge hier passiert sind«, fuhr er nervös fort. »Dadurch ist Marks Priory der Öffentlichkeit leider aufgefallen.«

Merkwürdigerweise konnte sie seine Aufregung und seine Gründe verstehen.

»Aber eigentlich berührt die Sache Sie doch wenig«, erwiderte sie liebenswürdig.

»Verzeihen Sie, Mylady. Ich verstehe wohl, daß vor allem Mylady und der junge Lord empfindlich betroffen werden, aber in gewisser Weise habe auch ich darunter zu leiden. Während meiner langen Dienstzeit bin ich noch nie mit solchen Affären in Berührung gekommen.«

»Nun gut, Kelver. Es wird schwer sein, einen Ersatz für Sie zu finden, und ich lasse Sie ungern gehen.«

Er senkte leicht den Kopf. Er war von ihren Worten überzeugt und in gewisser Weise dankbar, daß sie seine Dienste offen anerkannte.

»Wo ist Lord Lebanon?« fragte sie.

»In seinem Zimmer, Mylady. Vor kurzem kam er aus dem Park zurück.«

»Sagen Sie ihm, daß ich ihn sprechen möchte.«

Kurz darauf kam Willie. Er war ein wenig verstört und schien sich vor seiner Mutter zu fürchten. Trotzdem versuchte er, selbstbewußt und zuversichtlich aufzutreten.

»Das ist doch eine ganz entsetzliche Geschichte –«, begann er.

»Willie, wohin bist du heute morgen gefahren?«

Er feuchtete die Lippen an.

»Zur Stadt.«

»Und wohin bist du dort gegangen?«

Er wollte lächeln, aber es gelang ihm nicht.

»Ich habe Scotland Yard besucht«, entgegnete er verbissen.

»Warum?«

Er konnte sie nicht ansehen, als er antwortete, und das Sprechen fiel ihm schwer.

»Es passieren Dinge in diesem Haus, die ich nicht verstehe; ich fürchte mich, und – verdammt noch mal, ich wollte eben hingehen!«

»Willie!«

Er sank in sich zusammen.

»Es tut mir leid, Mutter, aber du behandelst mich, als ob ich ein kleines Kind wäre.«

»Du bist nach Scotland Yard gegangen! Das war sehr unüberlegt und böse von dir. Wenn die Polizeibeamten etwas erfahren wollen, kannst du sicher sein, daß sie es herausbringen, ohne daß du dich darum kümmerst. Du hast mich sehr gekränkt. Hast du den Beamten etwas von Amersham erzählt?«

Das war die Frage, auf die es wirklich ankam. Sie wußte ja, daß er in Scotland Yard gewesen war, denn Gilder hatte es ihr berichtet. Aber er hatte nicht hören können, was der junge Lord den Beamten mitgeteilt hatte.

»Nein«, erwiderte er düster. »Ich habe nur gesagt, daß er ein seltsamer Mensch sei. Ich habe auch gesagt, daß hier auf dem Schloß viel vorgeht, was ich nicht begreifen kann. Ich verstehe diese verdammten amerikanischen Diener nicht, und vor allem weiß ich nicht, was Gilder hier soll.«

Ärgerlich warf er sich in einen Sessel.

»Ich wünschte, ich wäre nie von Indien zurückgekehrt.«

Sie erhob sich und trat neben ihn.

»Du wirst nicht wieder ohne meine Erlaubnis nach London gehen und mit der Polizei über Dinge sprechen, die in diesem Haus passieren – hast du verstanden?«

»Ja«, entgegnete er gereizt.

»Wenn du nur etwas mehr Anstand hättest«, fuhr sie fort. »Es ist nicht notwendig, daß ein Lebanon sich mit Polizeibeamten anfreundet.«

»Das weiß ich nicht«, sagte er mürrisch. »Sie sind doch ebensogut Menschen wie ich. All dies Gerede von der alten Familientradition ist Unsinn ... Weißt du, daß dieser Gilder mich nach Scotland Yard verfolgte?«

»Das hat er in meinem Auftrag getan. Genügt dir das?«

Er lachte hilflos.

»Ja, Mutter.«

»Geh noch nicht«, sagte sie, als er aufstehen wollte. »Du mußt erst noch einige Schecks unterschreiben.«

Sie nahm ein schmales Heft aus der Schublade und schlug es auf. Zögernd trat er an den Schreibtisch, nahm eine Feder und tauchte sie ein. Wie gewöhnlich waren es Blankoschecks.

»Ach, das ist doch Unsinn, du läßt mich niemals einen Scheck unterschreiben, in dem eine Zahl eingetragen ist. Ich kann doch wohl verlangen, daß ich sehe, was ich unterschreibe.«

»Du mußt vier Formulare unterzeichnen«, erwiderte sie ruhig, »das genügt. Lege den Löscher hin, du weißt doch, daß Unterschriften unter Schecks nicht abgetrocknet werden sollen.«

Hätte er seinem augenblicklichen Impuls folgen dürfen, so hätte er am liebsten das Tintenfaß über das Heft gegossen oder das Scheckbuch in den Kamin geworfen. Aber seine Mutter sah ihn dauernd an, und unter ihrem zwingenden Blick blieb ihm nichts anderes übrig, als ihren Willen zu erfüllen, wenn es auch in seinem Innern kochte.

Aber schließlich kam es ja nicht darauf an, damit tröstete er sich. Er besaß ein großes Vermögen, und seine Mutter war eine tüchtige und energische Frau, die es gut zu verwalten verstand. Jetzt wollte er mit Tanner sprechen, diesem merkwürdigen Detektiv, und mit Ferraby. Als sie ihn mit einer Handbewegung entließ, lief er beinahe aus dem Zimmer.

Lady Lebanon war die Treppe schon halb hinaufgegangen, als sie plötzlich erschrak. Das war wirklich sehr leichtsinnig gewesen. Sie eilte die Stufen wieder hinunter, sah sich vorsichtig nach allen Seiten um, trat dann an ihren Schreibtisch, schloß mit zitternden Händen eine Schublade auf und nahm ein kleines, rotes Paket heraus. Ihre Finger bebten, als sie den Anthrazitofen öffnete und das indische Tuch auf die Kohlen warf. Aber das genügte ihr noch nicht; sie nahm das Schüreisen und drückte den Stoff hinunter, damit er Feuer fangen sollte.

Sie sah die kleine Metallscheibe, die in der Ecke eingenäht war. Welch eine unglaubliche Sorglosigkeit, daß sie das Tuch in der Schublade aufbewahrt hatte, wo es jeder Polizeibeamte finden konnte! Erschöpft sank sie in den Sessel vor dem Schreibtisch.

Nach einigen Sekunden erhob sie sich jedoch wieder und ging nervös auf den Ofen zu. Sie überlegte es sich aber und kehrte zum Schreibtisch zurück. Es ließ sich nicht vermeiden, daß Tanner sie ausfragte, aber sie hatte sich die Antworten schon vorher überlegt. Sie wollte der Polizei möglichst wenig Anhaltspunkte geben. Das war schließlich für Lady Lebanon keine neue Erfahrung. Ihr ganzes Leben lang hatte sie Theater spielen und irgend etwas verheimlichen müssen. Aber jetzt hatte die Krise ihren Höhepunkt erreicht: Es ging um Leben und Tod.

17

Totty mochte viele Fehler haben, die eigentlich ein Sergeant nicht haben sollte, aber er hatte eine gute Spürnase. Tatsächlich fand er einen Abdruck von einem hohen Absatz direkt am Rande des Fahrwegs, einen zweiten entdeckte er dicht neben der Stelle, an der das Auto gehalten hatte.

Etwa fünfzig Meter südlich bemerkte er auch noch eine kleine Parfümflasche mit silbernem Verschluß. In der Nähe des Gebüschs, in dem man Amersham aufgefunden hatte, konnte er jedoch weder Abdrücke von Schuhen noch sonst einen Anhaltspunkt finden. Aber auf einer kahlen Stelle des Rasens sah er nicht nur die Spur eines hohen Damenabsatzes, sondern auch den Abdruck des ganzen Schuhs.

Während er an der Arbeit war, drehte er sich plötzlich um und sah, daß einer der amerikanischen Diener ihn beobachtete.

»Nun, suchen Sie nach Anhaltspunkten, Mr. Totty? Was Sie dort gefunden haben, ist der Abdruck von Myladys Schuh. Sie war heute morgen hier im Park.«

»Heute morgen ist sie überhaupt nicht aus ihrem Zimmer herausgegangen«, erklärte der Sergeant mit eiserner Ruhe.

»So? Nun, ich bin selbst nicht hiergewesen, aber ich habe es von der Dienerschaft gehört. Die Leute haben gesehen, daß sie das Zimmer verließ, ebenso Brooks. Jedenfalls wurde es mir von mehreren Seiten berichtet.«

»Warum ist sie ausgerechnet hierher gegangen?« fragte Totty. Plötzlich kam ihm ein guter Gedanke. Er suchte in allen seinen Taschen und fragte dann: »Haben Sie zufällig eine Zigarette bei sich?«

Gilder holte aus einer Tasche ein silbernes Etui hervor, öffnete es und bot es Totty an.

»Das sind Chesterfields«, sagte er ruhig. »Dieselbe Sorte, die Sie heute morgen hier fanden. Kurz bevor Sie kamen, habe ich nämlich selbst im Park geraucht – ich war ganz fassungslos über den Mord.«

»Woher wissen Sie denn, daß ich die Zigarette aufgehoben habe?«

»Nicht Sie haben es getan, Mr. Ferraby hat sie aufgehoben«, entgegnete Gilder mit einem breiten Grinsen. »Übrigens würde ich auch einen guten Detektiv abgeben, Mr. Totty. Ich finde nicht nur Anhaltspunkte, ich kann sie auch deuten!«

Totty hielt es für unter seiner Würde, darauf zu antworten. Er setzte seine Nachforschungen fort, ging quer über die große Wiese auf ein Gehölz zu, das parallel zum Fahrweg lief, und kam zu einer Stelle, von der aus er das kleine, hübsche Haus des Parkwächters Tilling sehen konnte. Als er eben wieder gehen wollte, sah er einen kleinen Klappstuhl unter einem Baum.

Ringsum sah er viele Aschenhäufchen auf dem grünen Rasen. Hier mußte jemand gesessen haben, der seine Pfeife öfters ausgeklopft hatte. Totty bemerkte auch noch einen Beutel mit Tabak neben dem Stuhl und eine ausgegangene Pfeife. Jemand hatte hier Wache gehalten; auch die Abdrücke von genagelten Schuhen verrieten das deutlich genug.

Kurz darauf machte der Sergeant einen weiteren Fund. Das Gras hinter den Bäumen war ziemlich hoch, und dort entdeckte er eine doppelläufige Jagdflinte. Sie konnte noch nicht lange dort liegen, denn die Eisenteile der Waffe waren nicht verrostet. Beide Läufe waren geladen. Er öffnete das Gewehr und nahm die Patronen heraus, die er in die Tasche steckte. Nachdem er sich überall umgesehen hatte, ging er langsam zu der Stelle zurück, wo er Gilder gelassen hatte. Der Diener war nicht mehr zu sehen, aber kurz darauf kam er aus dem Haupteingang des Schlosses und rief Totty an:

»Hallo, Sergeant!« begann er, aber im selben Augenblick fiel sein Blick auf das Gewehr, und sein Gesichtsausdruck änderte sich. »Wo haben Sie denn das gefunden?«

Totty betrachtete die Läufe eingehender. Das Gewehr war in letzter Zeit nicht abgefeuert worden. Er sah keine Pulverspuren und konnte auch nichts von Rauchgeruch wahrnehmen.

»Kennen Sie das Gewehr?« fragte er den Diener.

»Sieht aus, als ob es dem Parkwächter gehört.«

»Und die Pfeife?« Totty nahm sie aus der Tasche.

»Ich könnte mich nicht besinnen, sie schon gesehen zu haben«, erwiderte Gilder hartnäckig. »Ich selbst rauche keine Pfeife, aber wenn Sie die Asche analysieren lassen, können Sie es vielleicht erfahren.«

»Wo ist Mr. Tanner?« fragte der Sergeant kurz und ärgerlich.

Der Chefinspektor war gerade im oberen Stockwerk. Er durchsuchte das ganze Haus, hatte aber bis jetzt nichts gefunden. Unter Brooks' Führung war er von einem Raum zum anderen gegangen. Das Zimmer von Lord Lebanon war verhältnismäßig klein, aber moderner eingerichtet als alle anderen. Isla schlief in dem größten Zimmer des Schlosses. Das Innere war mit dunklen Paneelen ausgestattet, und der Raum hatte auch eine hölzerne Kassettendecke. Seit zweihundert Jahren schien hier nichts geändert worden zu sein. Ein großes Bett mit vier Pfosten und Thronhimmel, ein Frisiertisch, ein Ankleidetisch, eine Couch und ein paar Stühle bildeten das ganze Mobiliar.

»Das ist das Zimmer des alten Lords«, erklärte Brooks. »Es wird immer noch so genannt. Hier soll es auch Geistererscheinungen geben. Es ist der einzige Raum, in dem ich mich fürchte. Wenn ich hereinkomme, läuft mir stets eine Gänsehaut den Rücken hinunter.«

Tanner ging die Wand entlang und klopfte ein Paneel nach dem anderen ab, während Brooks ihn beobachtete.

»Viele Teile der Vertäfelung klingen hohl, also muß es wohl Geheimräume in diesem Haus geben. Die meisten werden allerdings nicht mehr bekannt sein«, meinte der Amerikaner.

»Sie waren doch beim Theater – habe ich recht?«

»Ja, zwei Jahre lang. Aber woher wissen Sie das?«

Der Beamte ging nicht näher darauf ein, sondern erkundigte sich, wo das Zimmer der Lady Lebanon läge.

»Ich werde es Ihnen gleich zeigen.«

Brooks wartete, bis der Inspektor das Zimmer verlassen hatte, dann schloß er die Tür zu. Der Raum befand sich an der anderen Seite des Ganges und war angenehmer und heller als die Zimmer des alten Lords. Es stand auch ein Schreibtisch darin, und der Boden war mit dicken persischen Teppichen belegt. Das Bett und die anderen Möbel waren modern.

Tanner sah sich sehr genau um, bevor er Einzelheiten untersuchte. Auf dem Schreibtisch lag ein kleiner Fahrplan.

»Reist Lady Lebanon viel?«

»Nein, aber sie sagte Gilder, daß er zur Stadt fahren sollte. Vermutlich hat sie einen Zug für ihn aufgeschlagen.«

»Das stimmt nicht. Gilder fuhr mit dem Auto zur Stadt und kam auch auf die gleiche Weise zurück. Da müssen Sie sich schon eine andere Begründung ausdenken.«

Im Papierkorb lagen ein paar Blätter. Tanner nahm sie der Reihe nach heraus und legte sie auf den Tisch. Aber sie waren belanglos bis auf ein kleines Stück Papier, auf dem ein paar Zahlen in einer Reihe standen: 630, 83, 10, 105.

Zuerst wußte er nichts damit anzufangen, aber dann kam ihm der Gedanke, daß es sich vielleicht um Daten von Zügen handelte, und er steckte den Zettel in die Tasche.

»Hier ist ein Raum, den Sie sich eigentlich ansehen sollten«, sagte Brooks, als sie wieder den Korridor entlanggingen. »Es ist das Gastzimmer, in dem Dr. Amersham gewöhnlich schlief, wenn er die Nacht im Schloß verbrachte.«

Tanner blieb plötzlich stehen.

»Was ist das für eine Tür?«

»Ach, das ist ein Abstellraum.«

»Den möchte ich gern sehen.«

»Es ist aber nichts darin, was Sie interessieren könnte«, protestierte der Diener.

»Es ist etwas darin, was ich nicht sehen soll«, entgegnete Tanner ruhig. »Um mich abzulenken, haben Sie von Dr. Amershams Zimmer gesprochen. Öffnen Sie die Tür.«

Aber Brooks stellte sich breitbeinig davor.

»Ich habe den Schlüssel nicht bei mir, und selbst wenn ich ihn hätte, wäre es zwecklos. Es stehen eine Menge alter Sachen –«

»Also gehen Sie sofort und holen Sie den Schlüssel.«

»Dann wäre es besser, wenn Sie Mylady darum fragten. Ich habe den Schlüssel nicht«, entgegnete Brooks widerwillig. »Niemand hat geglaubt, daß Sie eine Rumpelkammer besichtigen wollen.«

»Ich will alle Räume des Hauses sehen. Da Sie sich weigern, bestehe ich nur noch mehr darauf.«

Tanner klopfte an die Tür, die ihm ungewöhnlich stark erschien.

»Für einen Abstellraum ist doch eine derartig schwere Tür unnötig; oder fürchten Sie, daß die Möbel davonlaufen?«

Er senkte den Kopf und lauschte, konnte aber von drinnen nichts hören.

»Nun gut, wir wollen die Sache jetzt auf sich beruhen lassen, aber ich komme später darauf zurück.« Brooks öffnete die Tür zu dem Zimmer des Doktors.

»Vielleicht finden Sie hier etwas Interessantes.«

Tanner entdeckte nichts von Amershams persönlichem Eigentum. Als er wieder heraustrat, sah er Totty mit einem Gewehr unter dem Arm.

»Kann ich Sie einen Augenblick sprechen?« fragte der Sergeant, trat in das Gastzimmer und schloß die Tür. »Das habe ich gefunden«, fuhr er dann fort und gab einen kurzen Bericht über seine sonstigen Entdeckungen. »Es ist das Gewehr des Parkwächters, und wahrscheinlich ist das seine Pfeife.«

»Warum mag er nur die beiden Dinge im Stich gelassen haben?« meinte Tanner nachdenklich. »Ich möchte einmal die Patronen sehen.«

Nachdem er sie genau betrachtet hatte, gab er sie Totty zurück.

»Eine ziemlich grobe Schrotladung. Ungewöhnlich für einen Parkwächter. Die Sachen gehören natürlich Tilling. Vermutlich klärt es sich so auf: Er saß dort und beobachtete von der betreffenden Stelle aus sein Haus. Ich kann mir ja denken, nach wem er Ausschau hielt. Aber dann ist etwas passiert, was ihn veranlaßte, sein Gewehr und seine Pfeife wegzulegen. Was mag das nur gewesen sein?«

»Ich habe den Parkwächter holen lassen«, erklärte Totty.

Tanner nickte.

»Ich möchte wegen der Zigarette noch etwas sagen, Totty. Es ist klar, daß Gilder seine Geschichte erzählte, um Ihnen zuvorzukommen. Mit dem Mann ist nicht zu spaßen, er ist ungewöhnlich mutig und unerschrocken. Und er ist nicht allein damit zufrieden, daß er selbst ein Alibi hat, er sucht auch noch Lady Lebanon in Schutz zu nehmen. Sie muß das Haus verlassen haben, als sie von dem Mord hörte, und das war lange vor Auffindung des Toten. Aber warum ist sie nicht dort hingegangen, wo der Tote lag? Warum ging sie zu einer Stelle fünfzig Meter weiter südlich? Daraus kann man folgern, daß sie nicht wußte, wo sich die Leiche befand. Sie glaubte, sie würde den Toten weiter südlich finden.

Nun fragt sich nur noch, ob Gilder zur Stelle war. Ich glaube nicht, wenigstens hat sie ihn nicht getroffen. Vielleicht kam er später dazu, vielleicht war er auch dauernd in der Gegend, ohne daß sie etwas davon wußte. Ich bin sehr gespannt, was Tilling sagen wird.«

Es gab drei verschiedene Telefonanschlüsse in Marks Priory, während Tanner zuerst angenommen hatte, eine Zentrale mit einem Schaltbrett zu finden.

Ein Apparat stand in Kelvers Zimmer; dorthin ging Tanner, ließ sich mit Scotland Yard verbinden und sprach mit einem seiner Beamten.

»Ich brauche dringend eine Liste von allen Zügen, die um sechs Uhr dreißig abgehen und um acht Uhr drei ankommen, ferner eine List mit Zügen, die um zehn Uhr morgens abgehen und am nächsten Abend oder am nächsten Morgen um zehn Uhr fünf ankommen. Die Abgangsstationen weiß ich nicht, die müssen Sie selbst herausfinden.«

Was hatte Lady Lebanon nur vor? Wohin wollte sie fahren, als sie den Mord entdeckt hatte? Der Tote war erst kurz vor elf aufgefunden worden, aber die Tat mußte etwa zwölf Stunden vorher geschehen sein. Wollte sie Marks Priory verlassen? Das sah der Frau eigentlich nicht ähnlich.

Er war auf dem Rückweg zur Halle, um Lady Lebanon danach zu fragen, als ihm Totty etwas Erstaunliches mitteilte.

»Tilling ist nicht in Marks Thornton! Heute morgen ist er abgefahren, und niemand weiß, wohin.«

Tanner horchte auf.

»Weiß auch keiner der Dienstboten darüber Bescheid?«

»Nein. Mit dem jungen Lord habe ich gesprochen, aber der hatte ja im allgemeinen wenig mit Tilling zu tun. Ich bat ihn, seine Mutter zu fragen, aber sie kann das Verschwinden Tillings auch nicht erklären.«

Tanner überlegte.

»Wer hat Ihnen denn erzählt, daß Tilling heute morgen fortgefahren ist?«

»Seine Frau. Wirklich eine liebenswürdige junge Dame«, erwiderte Totty und rückte seine Krawatte gerade.

»Fallen Sie bloß nicht auf sie herein, wenn sie liebenswürdig wird. Ich muß sie selbst sprechen – ist sie hier?«

»Nein. Ich sagte ihr, sie möchte zum Schloß kommen, aber sie wollte nicht. Meiner Meinung nach weiß sie ziemlich viel. Sie ist genauso nervös und aufgeregt wie Miss Crane.«

»Ist die aufgeregt? Woher wissen Sie denn das?«

Totty verzog den Mund.

Ferraby tut, was er kann, um sie zu beruhigen, aber er hat nicht viel Erfolg.«

»Zeigen Sie mir den Weg zu Tillings Haus.«

Tanner konnte sich auf die Frau gut besinnen, obwohl er sie nur einmal gesehen hatte. Ihr Gesicht war bleich und eingefallen, als ob sie in der vergangenen Nacht nur wenig geschlafen hätte. Ängstlich sah sie den Chefinspektor an und zögerte einen Augenblick, aber dann bat sie ihn mit heiserer Stimme, näher zu treten. Er folgte ihr in das hübsche, kleine Wohnzimmer.

»Sie kommen wegen Johnny? Ich weiß nicht, wo er ist. Heute morgen ist er fortgegangen.«

»Wohin denn?«

»Ich habe keine Ahnung . . . Er hat mir nicht viel gesagt.«

»Wann kam er in der Nacht nach Hause?«

Sie zögerte wieder.

»Es war sehr früh am Morgen. Er kam und ging dann wieder, das ist alles, was ich weiß.«

Tanner lächelte freundlich.

»Also, Mrs. Tilling, sagen Sie ruhig, was Sie wissen, und geben Sie sich nur nicht zu große Mühe, es mir zu verheimlichen. Wenn Sie nichts erzählen, ist das nicht zum Nutzen anderer Leute, im Gegenteil, Sie lenken nur den Verdacht auf sie. Wann kam Ihr Mann heim? Hatten Sie sich schon zur Ruhe gelegt?«

Sie nickte.

»Hat er Sie aufgeweckt? Wann war das?«

»Etwa um eins. Ich hörte, daß das Wasser in der Küche lief – sie liegt direkt neben meinem Schlafzimmer –, und ich stand auf, um nachzusehen.« Plötzlich ließ sie den Kopf hängen und schluchzte heftig.

»Ach, es ist furchtbar, nun sind sie alle beide tot – Amersham auch!«

Er wartete, bis sie sich etwas beruhigt hatte.

»Mrs. Tilling, Sie tun mir einen großen Gefallen, wenn Sie mir alles genau erzählen, was in der vergangenen Nacht passiert ist. Sie wissen viel, worüber Sie noch nicht gesprochen haben. Wann wird Ihr Mann denn zurückkommen?«

»Ich weiß es nicht«, sagte sie und unterdrückte ein Schluchzen. »Hoffentlich kommt er mir nie wieder in die Quere.«

»Wohin ist er denn gegangen?«

»Das hat er nicht gesagt.«

»Also, Sie hörten, daß die Wasserleitung aufgedreht wurde. Was machte er denn in der Küche? Hat er sich gewaschen?«

»Nein – er hatte eine Schramme«, erwiderte sie und versuchte, harmlos zu sprechen. »Er hatte sich an der Weißdornhecke gerissen.«

»An der Hand?«

»Ja, aber es war nicht schlimm.«

»Hat er sich an beiden Händen verletzt?«

Sie antwortete nicht.

»Sicher haben Sie ihm beim Verbinden geholfen. Erzählen Sie doch, Mrs. Tilling. Haben Sie Verbandmull benutzt?«

»Nein, er machte es mit dem Taschentuch. Die Schnitte waren außerdem nicht tief.«

»Hatte es eine Schlägerei gegeben?«

Sie senkte den Blick.

»Ja, ich glaube«, entgegnete sie nach einer längeren Pause. »Er hat ja ständig Streit.«

»Hat er sich auch umgezogen, bevor er fortging?«

Sie sah ratlos von einer Seite zur anderen, wie jemand, der in die Enge getrieben wird.

»Ja, er hat sich umgezogen.«

»Wo sind die Kleider, die er abgelegt hat?«

Tanner hatte seine eigene Art, Menschen auszufragen. Er besaß eine gute Einfühlungsgabe, die ihn Schritt für Schritt vorwärtsbrachte. Jeden Fehler des anderen machte er sich zunutze, und auf diese Weise ergab sich zwanglos eine Frage aus der anderen. Aber es dauerte doch noch sehr lange, bis ihm Mrs. Tilling ihre Geschichte erzählte. Seine Mühe hatte sich jedoch gelohnt.

18

Etwa um halb zwei – die genaue Zeit konnte sie nicht angeben – hörte sie, daß ihr Mann nach Hause kam. Sie war wach und lag nicht im Bett, wie sie zuerst gesagt hatte. Tanner vermutete, daß sie jemand erwartet hatte, denn sie gab zu, daß sie im dunklen Wohnzimmer saß. Die Vorhänge waren zurückgezogen; sie konnte von drinnen sehen, wie Tilling ankam, und ging ihm langsam entgegen.

Er sagte ihr nicht, was geschehen war, und erzählte nur, daß es eine kleine Schlägerei gegeben hätte. Sie fragte, ob er mit Dr. Amersham aneinandergeraten wäre, aber darauf ging er nicht ein und erklärte nur, daß er Dr. Amersham nicht getroffen hätte. Sein Rock war zerrissen, der Samtkragen hing herunter, und seine beiden Hände bluteten. Sie bestrich die Wunden mit Jod und verband sie mit einem seidenen Taschentuch. Dann zog er sich um. Als er um halb vier sein Rad nahm und davonfuhr, trug er einen gesprenkelten Anzug. Sie holte die Kleider, die er abgelegt hatte, aus dem Nebenraum. Tanner fand Blutspuren an dem Rock, die aber von den Verwundungen herrührten. Zwei Knöpfe waren abgerissen, ein dritter hing lose am Stoff.

»Hatte er auch Wunden im Gesicht?«

»Ja«, gab sie schließlich zu. »Aber es waren keine offenen Wunden. Jemand mußte ihn geschlagen haben. Er war sehr aufgeregt, gab mir aber keine weiteren Erklärungen und sagte nur, daß er Wilddiebe getroffen und auch sein Gewehr verloren hätte.«

Bill Tanner verglich ihren Bericht mit den Tatsachen, die ihm bekannt waren, und plötzlich kam ihm ein Gedanke.

»Hat er Ihnen Geld gegeben, bevor er fortging?«

Sie wollte zuerst nicht antworten, aber endlich zeigte sie ihm vier neue Fünfpfundnoten.

»Ich werde mir die Nummern der Scheine notieren.«

Als er das tat, sah er, daß die Nummern aufeinander folgten.

»Hatte er noch mehr Geld?«

»Ja, er hatte einen ganzen Stoß Banknoten, von denen er diese vier nahm. In vier bis fünf Wochen wollte er wiederkommen. Ich schwöre, daß er Amersham nicht ermordet hat. Er ist wohl manchmal in schlechter Stimmung, aber er bringt keinen Menschen um. Auch Studd hat er nichts getan. Ich habe ihn noch gefragt, bevor er fortging. Er regte sich furchtbar auf und schwor mir, er habe Studd in der Mordnacht gar nicht gesehen.«

»Wie viele Tabakspfeifen hat er?«

Sie sah ihn erstaunt an.

»Nur eine. Er benützt die Pfeifen immer so lange, bis sie vollkommen ausgebrannt sind, dann kauft er eine neue. Darin ist er sehr wählerisch und nimmt nur die besten.«

»Um halb vier ist er also gegangen – stimmt das?«

Sie meinte, es könnte auch etwas später gewesen sein.

Als Tanner das Haus verließ, gab er Totty seine Notiz über die Nummern der Geldscheine.

»Gehen Sie sofort zu der Bankfiliale im Ort und fragen Sie dort nach, ob sie in Marks Thornton ausgezahlt wurden. Nehmen Sie ein Polizeiauto und kommen Sie bald wieder, denn ich brauche Sie. Und telefonieren Sie mit Scotland Yard. Die Polizei soll sich mit der Presse in Verbindung setzen. In sämtlichen Zeitungen soll eine Rundfrage an alle Tabakhändler ergehen. Wer von ihnen heute morgen zwischen acht Uhr dreißig und zehn Uhr eine Pfeife Marke Ursus verkauft hat, möchte sich melden.«

»Glauben Sie, daß Tilling eine solche Pfeife gekauft hat?«

Tanner nickte.

»Ein Mann, der seine Lieblingspfeife verliert, kauft sich unweigerlich wieder dieselbe Sorte. Prüfen Sie alle Antworten, die eintreffen, und sagen Sie auch noch, daß der Tabakhändler eine Beschreibung des Käufers geben soll.«

Tanner wußte jetzt, warum Lady Lebanon die Züge aufgeschrieben hatte. Er eilte zum Haupthaus zurück und überholte dabei Ferraby und Isla, die sich inzwischen beruhigt hatte. Ferraby schien sie sehr freundlich und liebenswürdig zu behandeln.

»Sie sagt, daß sie nichts weiß«, erklärte der Sergeant, als Tanner ihn beiseite nahm. »Ich bin aber davon überzeugt, daß das nicht stimmt.« Er war bekümmert, denn er sorgte sich um Miss Crane. –

Als Lady Lebanon in die Halle trat, saß Isla auf der Couch und hatte den Kopf in die Hände gestützt.

»Isla!«

Das junge Mädchen sprang auf.

»Wollen Sie etwas von mir, Lady Lebanon?«

Hinter ihr lachte jemand, und als sie sich umdrehte, sah sie den jungen Lord auf der Treppe stehen.

»Das ist doch alles Unsinn! Warum nennst du meine Mutter immer Lady Lebanon? Warum seid ihr überhaupt alle so steif? Könnt ihr denn nicht freundlicher miteinander verkehren?«

Als ihn ein Blick seiner Mutter traf, verstummte er.

»Wo warst du, Willie?«

»Ich habe die Polizeibeamten bei der Arbeit beobachtet«, entgegnete er gleichgültig. »Niemand scheint sich um mich zu kümmern, und dabei würde ich doch einen guten Detektiv abgeben. Sie jagen alle so eifrig hinter Schatten her –«

»Du brauchst die Leute nicht bei der Arbeit zu stören«, erwiderte Lady Lebanon scharf.

Er drehte sich halb um, änderte dann aber seine Absicht und kam zurück.

»Wegen Amersham bin ich eigentlich nicht traurig«, erklärte er rundweg. »Ich sage es dir geradeheraus, obwohl ich weiß, daß du wieder etwas daran auszusetzen hast. Er war ein Mann, der eigentlich nicht hierhergehörte, und ich bin froh, daß ich ihn nicht mehr sehen muß.«

»Willie, du kannst jetzt gehen«, sagte Lady Lebanon eisig.

Aber er blieb doch.

»Die Beamten haben mich gefragt, ob ich etwas gehört hätte. Ich sagte ja. Natürlich habe ich nichts gehört, aber ich dachte, vielleicht interessieren sie sich dann für mich. Dieser Totty hat mit ein paar Fragen alles aus mir herausgeholt.«

»Willie, du bist unausstehlich. Ich würde mich freuen, wenn du jetzt gingst. Ich will mit Isla allein sprechen.«

Gegen diese direkte Aufforderung konnte er nichts machen. Er schlich sich also aus dem Zimmer. Aber man sah ihm an, daß er sich langweilte und unzufrieden war.

Lady Lebanon trat in den großen Bogen, in den der Korridor mündete, und horchte einen Augenblick am Fuß der Treppe.

»Was ist denn mit dir?« fragte sie Isla schnell. »Sage es mir doch, bevor dieser Beamte von Scotland Yard zurückkommt.«

Isla sah sie unsicher an.

»Ach, es ist nichts – was sollte denn mit mir sein?«

Sie erhob sich von der Couch und ging zu dem Schreibtisch, an den sich Lady Lebanon gesetzt hatte.

»Ich habe nur heute morgen eine Schublade in diesem Schreibtisch geöffnet und ein rotes Tuch mit einer kleinen Metallplatte darin gesehen.«

Lady Lebanons Züge wurden hart.

»Das Tuch dürfte doch nicht in der Schublade sein! Es war – gedankenlos, daß Sie es dort aufbewahrten.«

»Warum hast du überhaupt die Schublade aufgezogen?«

»Ich wollte das Scheckbuch herausnehmen«, entgegnete Isla ungeduldig. »Aber warum liegt das Seidentuch in dem Schreibtisch?«

Lady Lebanon verzog den Mund.

»Liebes Kind, du träumst. In welcher Schublade soll es denn sein?«

Als Isla auf ein Fach zeigte, holte Lady Lebanon den Schlüssel heraus und schloß auf.

»Hier ist nichts, Isla. Du mußt dich nicht derartig unterkriegen lassen. Es steht wirklich schlimm mit deinen Nerven.«

»Wie können Sie nur so leichtfertig sprechen! Ein Mann ist ermordet worden«, sagte Isla mit zitternder Stimme. »Ich haßte ihn, er war immer so gemein zu mir –«

Lady Lebanon erhob sich.

»Was soll das heißen? Hat er versucht, sich dir zu nähern?«

Isla machte eine verzweifelte Handbewegung, ging zur Couch zurück und setzte sich wieder.

»Ich kann nicht länger im Schloß bleiben ...«

Lady Lebanon lächelte.

»Du bist nun schon so lange hier.«

Sie suchte nach einem Brief auf dem Schreibtisch.

»Ich habe deiner Mutter am Montag die vierteljährliche Rente geschickt, und sie hat mir heute morgen mit einem entzückenden Brief geantwortet. Die beiden Mädchen sind so glücklich in der Schule. Sie schreibt, es sei wunderbar, keine Sorgen mehr zu haben.«

Dieser Wink war deutlich genug. Isla hatte Lady Lebanon früher bemitleidet, aber jetzt haßte sie diese Frau. Es war gemein, sie daran zu erinnern. Außerdem lag eine Drohung in den Worten. Die Unterstützung für ihre Mutter und ihre Schwestern würde sofort aufhören, wenn Isla nicht mehr tat, was Lady Lebanon von ihr verlangte.

»Sie wissen genau, daß ich keinen Tag länger bliebe, wenn es nicht wegen meiner Mutter und meiner Schwestern wäre«, sagte Isla atemlos. »Sie ahnt ja nicht, wie schwer es mir fällt – sonst würde sie lieber hungern.«

Lady Lebanon lauschte, denn sie hörte Tanners Stimme.

»Um Himmels willen, keine Tränen! Ich will doch nur dein Bestes.« Lady Lebanon sprach jedes Wort langsam und mit besonderer Betonung. »Wenn du erst einmal Lady Lebanon bist, wirst du sehen, daß ich sehr großzügig sein kann, was dein Eheleben anbetrifft. Verstehst du, was ich damit sagen will?«

Isla sah sie verwundert an. Nicht zum erstenmal hörte sie solche Andeutungen. Was meinte die Frau nur damit?

»Ich sah dich draußen mit dem jungen Polizeibeamten. Hoffentlich warst du bei ihm etwas gefaßter als hier.«

»Er ist sehr zuvorkommend und liebenswürdig«, entgegnete Isla müde. »Wirklich viel besser, als ich –«

»Viel besser, als du es verdienst. Isla, sei doch vernünftig. Ich bin sicher, daß er sich sehr gut benehmen kann. Sein Auftreten ist einwandfrei, er muß eine gute Schule besucht haben.«

Isla nannte die Schule, und Lady Lebanon war überrascht.

»Wirklich, dort ist er gewesen? Es ist zwar nicht gerade Eton, aber doch auch sehr gut. Wie ist es nur möglich, daß er bei der Polizei dient? – Wie heißt er eigentlich?«

Isla war nicht in der Stimmung, mit Lady Lebanon über den jungen Detektiv zu sprechen, aber er beschäftigte sie doch mehr, als sie zugeben wollte.

»John Ferraby«, erwiderte sie.

Lady Lebanons Interesse wurde noch größer.

»Ferraby – ist er einer der Ferrabys in Somerset? Dann gehört er ja zur Familie von Lord Lesserfield, der die Leoparden im Wappen führt.«

»Ja, ich glaube. In Somerset ist er zu Hause.«

Lady Lebanon betrachtete Isla mit einem merkwürdigen Lächeln.

»Es liegt kein Grund vor, warum du nicht mit ihm bekannt sein solltest, nur darfst du nicht mit ihm über Amersham sprechen. Hat er dir übrigens schon eine Liebeserklärung gemacht?«

Isla wandte sich ungeduldig um.

»Amersham ist doch tot!«

»Wenn dich der junge Ferraby fragen sollte –«

»Er hat mich überhaupt nicht mit Fragen belästigt. Wir sprachen nur über gemeinsame Bekannte. Mr. Tanner wird mich eher ausfragen. Was soll ich dem sagen?«

»Nur das, was unbedingt nötig ist.«

In diesem Augenblick kam Ferraby herein.

»Ach, verzeihen Sie, Mr. Tanner wollte Sie sprechen. Ich werde ihm sagen, daß Sie hier sind.«

»Bleiben Sie hier, Mr. Ferraby«, entgegnete Lady Lebanon. »Ich werde Mr. Tanner rufen.«

Sie schob die Briefe zusammen und schloß sie in eine Schublade.

»Meine Nichte erzählte mir eben, daß Sie mit den Lesserfields verwandt sind.«

Ferraby wurde etwas verlegen.

»Ja – in gewisser Weise, aber doch nur sehr entfernt. Darum kümmert man sich heute nicht mehr.«

»Sie sollten sich aber doch darum kümmern«, erklärte Lady Lebanon energisch. »Es ist etwas Großes, Mitglied einer alten Familie zu sein. Wo ist Mr. Tanner?«

»Ich habe ihn eben in Mr. Kelvers Zimmer gesehen. Er telefonierte dort nach London.«

Sie lächelte ihm freundlich zu.

»Ich werde ihn holen, selbst wenn er sich im Zimmer meines Butlers aufhält.«

»Lieber Himmel«, sagte er halb zu sich selbst, als sie gegangen war, »die Frau gehört mit ihren Ansichten ja noch ins Mittelalter!«

»Aber sie lebt in der Jetztzeit«, antwortete Isla bitter.

»Wie merkwürdig!« Ferraby schüttelte den Kopf. »Daß ich zur Familie des Lords Lesserfield gehöre, hat großen Eindruck auf sie gemacht. Natürlich kenne ich ihn, er ist ein unintelligenter Mensch und hat Geld noch nötiger als ich.«

Es trat eine Pause ein. Isla schaute auf und bemerkte, daß er sie betrachtete.

»Darf ich Sie etwas fragen?«

Sie schüttelte den Kopf.

»Warum sind Sie so nervös?«

Isla versuchte, ihm auszuweichen.

»Ich habe Lady Lebanon eben gesagt, daß Sie mich nicht ausfragen.«

»Und nun habe ich es doch getan. Aber es geschieht nur um Ihretwillen. Warum sind Sie so unruhig?«

»Bin ich das wirklich?« fragte sie unschuldig.

»Ja, dauernd sehen Sie sich um, als ob Sie sich vor jemand fürchteten oder als ob jemand aus einer Geheimtür treten könnte. Ich bin davon überzeugt, daß es in einem so alten Haus geheime Türen und Gänge gibt – aber wovor haben Sie eigentlich Angst?«

Sie zwang sich zu einem Lächeln.

»Vor der Polizei!«

»Das glaube ich nicht.«

»Sie müssen doch wissen, was vorige Nacht passierte – davor fürchte ich mich!«

Er war mit ihrer Antwort noch nicht zufrieden.

»Sie sind aber schon lange Zeit in dieser Gemütsverfassung.«

»Woher wissen Sie das?« fragte sie schnell.

Er vergaß plötzlich, daß er Polizeibeamter war.

»Ich wünschte nur, ich könnte Ihnen helfen . . . !«

Sie sah zu ihm auf, und es lag Argwohn in ihrem Blick.

»Sie wollen, daß ich mich Ihnen anvertraue – wünschen Sie das in Ihrer Eigenschaft als Beamter?«

Er hätte mit Ja antworten müssen, denn es war seine Pflicht, alle ihre Geheimnisse zu erforschen, aber er konnte es nicht übers Herz bringen.

»Ich habe mir eigentlich unter einem Polizeibeamten etwas anderes vorgestellt«, sagte sie unerwartet.

»Das kann eine große Beleidigung, aber auch ein Kompliment sein. Sie haben doch keine Angst vor mir? Das ist unmöglich!«

»Warum?«

Auf diese Frage wußte er keine Antwort.

»Sie irren sich, ich fürchte mich vor nichts.« Sie sah sich schnell nach der Treppe um. »Dort drüben ist jemand«, fuhr sie leise fort. »Man belauscht uns.«

Er eilte sofort hin und schaute hinauf, konnte aber niemand sehen. Als er zurückkam, war er sehr nachdenklich geworden.

»Sind denn alle Leute hier im Schloß so ängstlich und fürchten immer, daß sie belauscht werden? Als Lord Lebanon heute morgen nach Scotland Yard kam, hatte er dieselbe Sorge. Es muß doch etwas in diesem Haus vorgehen, unter dem Sie alle leiden. Was ist das nur? Worin besteht das Geheimnis von Marks Priory?«

Sie lächelte gezwungen.

»Das klingt fast wie der Titel eines Sensationsromans, in dem Mr. Tanner die Hauptrolle spielt. Ist er eigentlich sehr klug?«

»Ja, er ist der bedeutendste Mann in Scotland Yard. Er hat eine Begabung dafür, die Wahrheit herauszubringen.«

»Wen hat er denn jetzt im Verdacht?«

Ferraby mußte lachen.

»Solange der Fall nicht geklärt ist, sind alle möglichen Leute verdächtig.«

Zu seinem Erstaunen trat sie plötzlich dicht zu ihm und faßte ängstlich an den Aufschlag seines Rocks. Sie war aufgeregt; er fühlte, daß sie zitterte.

»Ich möchte Sie etwas fragen – nehmen wir einmal an, jemand wüßte, wer die schrecklichen Morde begangen hat . . . Wenn er es nun nicht der Polizei sagte, wenn er es für sich behielte . . . wäre das ein Vergehen?«

»Ja, nach englischem Gesetz kann der Betreffende wegen Mittäterschaft angeklagt werden.«

Es tat ihm leid, daß er das gesagt hatte, als er sah, welchen Eindruck seine Worte auf sie machten.

»Wer etwas über ein Verbrechen weiß, muß es bekanntgeben. Vielleicht fällt es Ihnen leichter, wenn Sie es mir mitteilen?«

Aber im nächsten Augenblick hatte sie sich wieder gefaßt.

»Ich weiß nicht, wie ich darauf kam. Warum sollte ich etwas über die Morde wissen? Sie meinen, weil ich so nervös bin? Sie sind natürlich an dergleichen gewöhnt, Ihnen fällt es nicht auf die Nerven, weil Sie nur mit solchen Dingen zu tun haben.«

»Aber dieser Fall hat eine sehr große Bedeutung für mich«, entgegnete er ruhig.

»Sie behandeln diese Angelegenheit doch sicher rein geschäftsmäßig. Für Sie ist das eben Fall Nr. 6 oder 7.«

Sie machte den Versuch, das Gespräch auf ein anderes Thema zu bringen, aber er ließ sich nicht ablenken.

»Nein, für mich ist dies der Fall der verängstigten Frau.«

»Meinen Sie mich damit?« fragte sie und hielt den Atem an.

»Ja, ich meine Sie.«

Plötzlich hob er den Kopf und zog die Luft ein, dann betrachtete er den Boden unter dem Schreibtisch und dem Sofa.

»Hier ist etwas verbrannt – können Sie es nicht riechen? Vielleicht hat jemand eine Zigarette auf den Teppich fallen lassen.«

»Hoffentlich nicht. Wenn Lady Lebanon das erfährt, gibt es Unannehmlichkeiten«, erwiderte Isla.

Dann fiel ihr Blick auf den Ofen. Sie ging hinüber und hob den Deckel auf. Lady Lebanon hatte nicht, wie sie glaubte, die Lüftungsklappe geöffnet, sondern das Feuer abgedrosselt. Infolgedessen waren die Kohlen nicht durchgebrannt, und es roch im Zimmer nach Kohlengas.

»Jemand hat hier Stoff verbrannt«, sagte Ferraby und schaute in die Öffnung des Ofens. »Ja, das war ein Stück Stoff, ich kann es noch deutlich erkennen.«

Sie schloß den Ofen und ging zur Treppe, während sie die Lippen aufeinanderpreßte.

Totty kam gerade in die Halle, und auch ihm fiel der Geruch auf.

»Kommen Sie her und sehen Sie sich das an«, sagte Ferraby.

Totty trat an den Ofen. »Sieht wie ein Stück Stoff aus, das verbrannt ist.«

Als Ferraby mit dem Schüreisen hineinfahren wollte, hielt Totty ihn zurück.

»Lassen Sie das«, sagte er aufgeregt. »Sehen Sie nicht das Stück Metall, das in der Ecke eingenäht war? Es ist eine kleine Zinnplatte. Jetzt ist sie geschmolzen, aber Sie können das Metall noch auf der Kohle erkennen. Wo ist Chefinspektor Tanner?«

Er sah zu Isla hinüber. Sie wußte nur zu gut, was dieser Brandgeruch bedeutete. Im Ofen war also das rote Tuch verschwunden, das sie am Morgen noch in der Schublade gesehen hatte. Lady Lebanon mußte es bis zum letzten Augenblick vergessen haben; erst als die Polizei schon im Haus war, hatte sie daran gedacht, das verdächtige Tuch zu entfernen.

»Mr. Tanner ist im Zimmer Mr. Kelvers«, sagte sie endlich, drehte sich um und eilte die Treppe hinauf.

19

Tanner kam und schaute in den Ofen. Die Hitze hatte das Tuch versengt, aber man konnte noch gut die Stelle sehen, wo es gelegen hatte. Die Umrisse waren deutlich sichtbar, ebenso das geschmolzene Zinn. Es mußte ein Tuch gewesen sein wie das, mit dem Studd erwürgt worden war.

Lady Lebanon war dem Chefinspektor langsam gefolgt und fand ihn allein in der Halle, als sie eintrat.

»Hat etwas im Ofen gebrannt?« fragte sie leichthin. »Wahrscheinlich ist es Seide. Ich habe gestern abend noch ein Puppenkleid genäht für den Bazar unten im Dorf. Heute morgen habe ich die Reste auf meinem Tisch gefunden und ins Feuer geworfen.«

»Nein, das kann es nicht sein«, entgegnete er ruhig. »Es war ein Stück Stoff, ein indisches Tuch von roter Farbe. In der Ecke war ein kleines Metallschild eingenäht. Haben Sie so etwas noch nicht gesehen? Dr. Amersham hatte eins dieser Tücher in seinem Besitz.«

Sie warf ihm einen schnellen Blick zu.

»Ich verstehe Sie nicht.«

»Ich fand ein solches Tuch im Schreibtisch von Dr. Amersham, als ich gestern abend seine Wohnung durchsuchte.«

Er ging zur Tür. Ferraby und Totty standen in der Nähe; er rief sie zu sich und gab ihnen Instruktionen.

»Es darf niemand in dieses Zimmer kommen, während ich mit Lady Lebanon spreche.«

»Bedeutet das, daß ich hier gefangen bin?« fragte sie.

»Nein, ich möchte nur nicht gestört werden.«

Sie setzte sich.

»Wollen Sie mich etwa verhören? Ich fürchte, ich kann Ihnen nur wenig Auskunft geben.«

»Im Gegenteil, ich hoffe, Sie werden mir sehr viel sagen. Ich möchte nicht nur Fragen an Sie richten, sondern Ihnen auch ein paar Tatsachen mitteilen, deren Kenntnis Sie vielleicht nicht bei mir voraussetzen.«

»Nun, das ist wenigstens eine Zerstreuung an diesem entsetzlichen Tag.«

Er mußte sie bewundern. Selten war ihm ein Mensch begegnet, der sich so gut beherrschen konnte wie diese Frau.

»Oben im Haus gibt es ein Zimmer, Lady Lebanon, zu dem Brooks keinen Schlüssel hat. Er behauptete, es wäre ein Abstellraum.«

»Dann wird es auch so sein«, entgegnete sie leichthin.

»Das ist nicht gut möglich. Im ersten Stock, mitten unter den besten Zimmern, liegt doch keine Rumpelkammer!«

Sie zuckte die Schultern.

»Wir nennen es Abstellraum, obwohl ich dort ein paar wertvolle Gegenstände aufbewahre.«

»Haben Sie den Schlüssel dazu?«

»Ich öffne das Zimmer nie.«

Ihre Stimme klang metallisch hart.

Plötzlich wurden sie unterbrochen. Die Treppe, die in die Halle führte, war nicht bewacht; Lord Lebanon kam herunter und hörte die letzten Worte. Seine Mutter sah ihn noch nicht.

»Mr. Tanner, ich will Ihnen die Wahrheit sagen. Es ist das Zimmer, in dem mein Mann gestorben ist. Seit jenem Tag ist es nicht mehr geöffnet worden.«

»Ach, handelt es sich um das Zimmer mit der dicken Tür?« mischte sich der junge Lord ins Gespräch. »Mr. Tanner, die Tür habe ich häufig offen gesehen.«

Sie warf ihm einen drohenden Blick zu.

»Da irrst du dich aber, Willie. Das Zimmer ist nicht mehr geöffnet worden, und vor allem hast du es nicht gesehen.«

»Dann wäre es doch gut, wenn die Tür geöffnet wird«, sagte der Inspektor.

»Es tut mir leid, aber das ist unmöglich.«

»Und mir tut es ebenso leid, aber ich muß darauf bestehen.«

»Seien Sie doch vernünftig, Mr. Tanner«, sagte sie jetzt freundlich, aber ihre Unruhe war unverkennbar. »Was könnte Sie auch in dem Zimmer besonders interessieren? Es hängen nur ein paar alte Gemälde darin. Ich dachte, Sie wollten den Mord aufklären, und der ist doch außerhalb des Hauses passiert.«

»Ich führe meine Untersuchungen, wie ich es will, Lady Lebanon«, entgegnete Tanner streng.

»Aber Mutter –«

»Würden Sie uns nicht etwas allein lassen, Lord Lebanon?« sagte Tanner. »Im Korridor finden Sie Sergeant Ferraby.«

Er wartete, bis der junge Lord verschwunden war.

»Lady Lebanon, Sie wissen genau, daß ich sofort einen Durchsuchungsbefehl bekommen kann.«

Sie warf den Kopf in den Nacken.

»Es wäre eine Gemeinheit, wenn Sie das täten«, erwiderte sie hochmütig. »Kein Friedensrichter oder Beamter in unserer Gegend würde Ihnen ein solches Schriftstück ausstellen.« Plötzlich änderte sie das Thema. »Aber ich habe gedacht, Sie wollten mich noch etwas fragen?«

Im Augenblick konnte Tanner nichts dadurch erreichen, daß er noch länger über den geschlossenen Raum sprach. Es fiel ihm leicht, einen Durchsuchungsbefehl zu beschaffen, und er hatte die Ausstellung bereits in Scotland Yard beantragt.

»Ich möchte mit Ihnen über die Ermordung Dr. Amershams sprechen«, begann Tanner. »Deshalb bin ich hergekommen, aus keinem anderen Grunde. Ich will den geheimnisvollen Mord aufklären, der an Dr. Leicester Amersham begangen wurde.«

»Ich dachte doch, ich hätte Ihnen gesagt –«

»Sie haben mir gesagt, daß Sie nichts darüber wissen, aber ich bin anderer Ansicht. Lady Lebanon, wann haben Sie Dr. Amersham zum letztenmal gesehen?«

Sie schaute ihn nicht an; der schwere Augenblick war gekommen.

»Ich habe ihn heute morgen nicht gesehen –«

»Das weiß ich«, sagte Tanner geduldig. »Heute morgen lebte er nicht mehr. Nach den ärztlichen Gutachten ist er gestern abend zwischen elf Uhr und Mitternacht gestorben. Wann haben Sie ihn zuletzt lebend gesehen?«

»Gestern morgen – es kann aber auch schon einen Tag früher gewesen sein. Ich bin meiner Sache nicht sicher.«

Kaum hatte sie die Worte geäußert, so wußte sie auch schon, daß sie einen großen Fehler begangen hatte.

»Gestern abend um elf Uhr war er aber hier, wahrscheinlich bis kurz vor seinem Tode. Und er hat sich in diesem Zimmer mit Ihnen unterhalten.«

»Sie haben mit den Dienstboten darüber gesprochen?«

Tanner ließ sich durch diesen Vorwurf nicht stören.

»Das ist doch selbstverständlich.«

»Sie hätten aber besser erst mit mir gesprochen. Wenigstens hätte ich das von Ihnen erwartet«, erwiderte sie erregt.

»Nun, ich bin ja jetzt zu Ihnen gekommen.« Tanner sah sie verbindlich lächelnd an, aber das machte keinen Eindruck auf sie. Im Gegenteil, sie sammelte all ihre Kräfte, um sich gegen diesen Mann zu verteidigen. »Und Sie erzählen mir, daß Sie Dr. Amersham gestern morgen zum letztenmal gesehen haben. Dieser Mord hat doch das ganze Schloß in Aufregung versetzt.«

Sie zog die Augenbrauen hoch.

»Ich verstehe nicht recht, wie Sie das meinen.«

»Er war Ihr Freund, Sie sprachen noch mit ihm, und gleich darauf wurde er ermordet ... Meiner Meinung nach hätten Sie ganz anders auf meine Frage antworten müssen. Sie hätten sagen müssen: ›Ich hatte mich gerade vorher noch mit ihm unterhalten‹, oder so etwas Ähnliches.«

»Dr. Amersham war nicht mein Freund«, entgegnete sie leise. »Er war ein Mann mit einem eigenen Willen, nur auf seinen Vorteil bedacht.«

Tanner nickte.

»Dann scheint also die Tatsache, daß er kaum hundert Meter von hier entfernt ermordet wurde, kaum einen Eindruck auf Sie zu machen?«

Sie richtete sich auf.

»Das finde ich unverschämt ...!«

»Ich habe alles Recht, Ihnen das zu sagen. Sehen Sie denn nicht selbst, Lady Lebanon, daß Ihre Haltung auf jeden Fall sonderbar, wenn nicht sogar anmaßend ist? Sie erklären mir, daß Sie nicht mehr genau wissen, wann Sie Dr. Amersham zum letztenmal gesehen haben, obgleich er noch ein paar Minuten vor seinem Tod mit Ihnen sprach! Sie sagen, Sie können die Zeit nicht genau feststellen, weil er nicht Ihr Freund war, sondern einen selbstsüchtigen Charakter besaß. Das ist doch alles unlogisch. Wenn er nicht mit Ihnen befreundet war, was machte er dann um elf Uhr abends hier?«

»Er wollte mich dringend sprechen.«

»Als Arzt?«

Sie nickte.

»Hatten Sie ihn gerufen?«

Sie dachte einen Augenblick nach, ehe sie antwortete.

»Nein, er kam zufällig!«

»Um elf Uhr abends?« Tanner schüttelte ungläubig den Kopf.

»Ich hatte Nervenschmerzen im Arm.«

»Aber Sie haben doch nicht nach ihm geschickt! Er vermutete also, daß Sie Nervenschmerzen hatten, und kam von London, um Ihnen zu helfen? Hat er Ihnen etwas verschrieben?«

Sie erwiderte nichts darauf.

»Er fuhr gegen zwölf Uhr von hier weg, und zwar den großen Fahrweg entlang. Als er ungefähr die halbe Strecke bis zum Parktor zurückgelegt hatte, sprang von hinten jemand auf seinen Wagen und erwürgte ihn.«

»Davon weiß ich nichts.«

»Man fand das Auto, aus dem er herausgezerrt wurde, auf der anderen Seite des Dorfes verlassen auf.«

Sie hatte alle Einzelheiten dieses Falles nicht nur einmal, sondern schon oft durchdacht.

»Das interessiert mich nicht«, sagte sie unvorsichtigerweise.

Tanner war überrascht.

»Lady Lebanon, Sie haben diesen Dr. Amersham seit Jahren gekannt, er hat Sie ständig hier besucht – er war Ihr Arzt und Ihr Freund, und Sie interessieren sich nicht dafür, daß er brutal ermordet wurde?«

Sie holte tief Atem.

»Natürlich tut es mir leid. Und es war entsetzlich, daß es hier passieren mußte.«

Es dauerte ziemlich lange, bis er die nächste Frage an sie richtete.

»Was wußte Dr. Amersham?«

Sie warf ihm einen schnellen Blick zu.

»Was wußte er?« fragte Tanner aufs neue. »Die letzten Worte, die Sie an ihn richteten, als er das Zimmer verließ, waren ungefähr folgende . . .«

Er nahm ein Notizbuch aus der Tasche und las darin nach.

»Sie standen hier« – er zeigte auf eine Stelle in der Nähe ihres Platzes –, »und Sie sagten ärgerlich zu ihm: ›Niemand würde Ihnen glauben, wenn Sie es erzählten. Versuchen Sie es doch. Und vergessen Sie eins nicht: Sie sind ebensogut in die Affäre verwickelt wie jeder andere. Sie haben immer die Absicht gehabt, die Verwaltung von Willies Vermögen an sich zu reißen!‹«

Er schlug das Buch ziemlich heftig zu.

»Das mag nicht der genaue Wortlaut gewesen sein, aber jedenfalls war das der Sinn Ihrer Worte. In welche Affäre war er verwickelt?«

Sie antwortete nicht, denn sie war im Augenblick zu bestürzt und verwirrt über seine weitgehenden Informationen. Dann wurde ihr plötzlich klar, woher er diese Kenntnisse hatte, und ihre bleichen Wangen röteten sich vor Zorn.

»Das hat Ihnen natürlich diese Jackson gesagt, die Zofe, die ich entlassen habe. Sie ist absolut unzuverlässig, deshalb mußte sie gehen. Wenn Sie sich auf die Aussagen entlassener Dienstboten stützen, Mr. Tanner –«

»Ich höre alle Leute an – das ist meine Pflicht. Wie lange war der frühere Lord Lebanon krank, bevor er starb?«

Sie war auf diesen plötzlichen Wechsel des Themas nicht gefaßt und konnte nicht sofort antworten.

»Fünfzehn Jahre«, sagte sie schließlich.

»Welcher Arzt hat ihn behandelt?«

»Dr. Amersham.«

Tanner hatte wieder sein Notizbuch gezogen.

»Obwohl er so lange krank war, starb er ziemlich plötzlich. Ich habe den Wortlaut des Totenscheins hier. Das Dokument wurde von Leicester Amersham unterzeichnet.« Das Notizbuch wanderte wieder in die Tasche. »Während der Krankheit Ihres Mannes haben Sie mit Unterstützung Dr. Amershams das Vermögen verwaltet?«

Sie nickte.

»Ich habe seinen Namen unter einer ganzen Anzahl von Pachtverträgen gefunden. Er besaß wohl Generalvollmacht?«

Sie fühlte sich jetzt sicherer, und sie hatte auch den Eindruck, daß die Krisis vorüber war.

»Ja. Mein Mann schätzte ihn, und Dr. Amersham half mir bei der Verwaltung der Güter.«

Tanner machte eine Pause, bevor er mit freundlicher Stimme die nächste Frage stellte.

»Warum haben Sie ein zweites Mal geheiratet?«

Lady Lebanon erfaßte die volle Tragweite dieser Worte nicht gleich, aber dann sprang sie auf.

»Das ist nicht wahr!« stieß sie atemlos hervor.

»Warum haben Sie ein zweites Mal geheiratet? Die Trauung fand in der Kirche von Petersfield statt. Und warum wählten Sie ausgerechnet Leicester Amersham als Gatten? Pfarrer John Hastings vollzog die Trauung.«

Einen Augenblick schwankte sie, dann sank sie schwer in den Sessel.

»Wer hat Ihnen das gesagt?«

»Das habe ich in dem Ehestandsregister gefunden, das ich in Petersfield sah. Es fiel mir auf, daß Dr. Amersham auf so gutem Fuß mit dem Pfarrer John Hastings stand. Die beiden sind so verschiedene Charaktere, daß dieses Verhältnis nur durch einen großen Dienst begründet sein konnte, den der Pfarrer Amersham erwiesen hatte. Ich machte mir also die Mühe und fuhr nach Petersfield. Nun frage ich Sie noch einmal: Warum haben Sie drei Monate nach dem Tod Ihres Mannes Leicester Amersham geheiratet, und warum hielten Sie diese Eheschließung geheim?«

Sie goß sich etwas Wasser aus der Karaffe ein, die auf dem Tisch stand. Ihre Hand war ruhig und zitterte nicht, als sie das Glas zum Munde führte. Der Inspektor wartete geduldig.

»Diese Trauung wurde mir aufgezwungen. Dr. Amersham war ein Abenteurer der gewöhnlichsten Art. Er hatte kein Geld, als er in der indischen Armee diente, und zu dieser Heirat hat er mich durch Erpressung gebracht.«

»Bitte, erklären Sie das genauer.«

Sie zuckte nur die Schultern.

»Welche Gewalt hatte er denn über Sie? Man kann doch nicht jemand erpressen, wenn man nicht etwas Strafbares von ihm weiß. Haben Sie irgendwie das Gesetz übertreten?«

»Darauf verweigere ich die Antwort«, sagte sie und preßte die Lippen zusammen. »Ich wußte, daß er mit dem Gesetz in Konflikt gekommen war – er war ein Dieb und ein Fälscher. Deshalb wurde er auch aus der Armee ausgestoßen.«

Tanner nickte.

»Das mag ja alles der Wahrheit entsprechen. Aber er war gestern abend zwischen elf und zwölf hier im Hause; er hat Sie bedroht und wurde ein paar Minuten später ermordet. Und Sie sagen, daß Sie sich nicht dafür interessieren!«

»Warum sollte ich mich denn auch dafür interessieren? In gewisser Weise bin ich froh, daß er –« Plötzlich brach sie ab.

»Sie sind froh, daß er tot ist? Oder tut es Ihnen jetzt vielleicht doch leid?«

Er wartete, bis sie sich wieder gefaßt hatte.

»Was nun Ihren ersten Mann angeht, Mrs. Amersham –«

Sie richtete sich auf.

»Ich würde es lieber hören, wenn Sie mich Lady Lebanon nennen.« Sie lachte kurz auf und lehnte sich dann wieder in den Sessel zurück. »Ich glaube, ich habe jetzt Ihre Methoden durchschaut!«

»Wer hat den verstorbenen Lord Lebanon nach seinem Tod gesehen?« fuhr Tanner erbarmungslos fort.

»Dr. Amersham.«

»Sie nicht?«

»Nein. Außer Amersham nur noch Gilder und Brooks. Sie haben alles Nötige getan und ihn in den Sarg gelegt.«

»Und Dr. Amersham hat den Totenschein ausgefertigt. Wenn ich Sie also recht verstehe, starb Lord Lebanon, und nach seinem Tod haben ihn nur Amersham, Gilder und Brooks gesehen. Und dabei war Amersham sehr stark an seinem Ableben interessiert.« Er sah, daß sie zusammenfuhr. »Ich will niemand anklagen, ich stelle nur Tatsachen fest. Er hat Sie erpreßt, weil er etwas wußte. Und nun möchte ich gern hören, ob er mit diesen Erpressungen begann, bevor der Lord starb? Es wäre jedenfalls sehr interessant, das zu erfahren.«

»Ich glaube schon, daß Sie auch noch viele andere Dinge interessieren würden«, entgegnete sie hochfahrend.

»Gewiß. Warum haben Sie zum Beispiel heute morgen Ihren Parkwächter fortgeschickt? Sie haben ihm eine große Summe gegeben – ich weiß allerdings nicht genau, wieviel. Das Geld haben Sie zwei Tage vorher von der Depositenkasse in Marks Thornton abgehoben. Sie gaben ihm das Geld, damit er fortgehen sollte. Ich weiß es so genau, weil ich die Nummern der Banknoten erfuhr und weitere Nachforschungen über ihren Verbleib anstellte.«

Sie ließ ihn keinen Moment aus den Augen.

»Das ist das erste, was ich davon höre. Der Parkwächter ist fortgegangen? Ich habe ihm Geld gegeben, aber für Zwecke, die nur ihn selbst angehen. Mehr weiß ich nicht.«

»Dann kann ich Ihnen vielleicht heute abend mehr darüber sagen.« Tanner sah nach der Uhr und war erstaunt, daß es schon so spät geworden war. Die Dunkelheit brach bereits herein, und er hatte unten im Dorf noch viel zu tun.

»Heute morgen habe ich mich nur oberflächlich für diesen Fall interessiert, Lady Lebanon. Höchstens wollte ich Genaueres über Amersham erfahren. Aber jetzt hat die Affäre weitere Kreise gezogen, und auch Sie und dieses ganze Haus sind in die Sache verwickelt.«

Er ging zum Schreibtisch.

»Haben Sie den Schlüssel zu dem Zimmer, das niemals geöffnet wird, wie Sie behaupten?«

Sie schien die Frage überhört zu haben.

»Nun gut, Lady Lebanon«, sagte er plötzlich, »ich bemühe Sie wahrscheinlich unnötig, aber ich hätte doch gern das verschlossene Zimmer oben gesehen. Ich muß viele Fragen stellen, und mein Beruf bringt es mit sich, daß ich neugierig erscheine. Vielleicht täusche ich mich auch in der Annahme, daß die Macht, die Dr. Amersham über Sie ausübte, etwas mit dem verschlossenen Raum zu tun hat. Habe ich recht?«

»Die Sache hat – mit meiner Vergangenheit zu tun.«

Er schüttelte lächelnd den Kopf.

»Es hat Sie große Mühe gekostet, das zu sagen – und es entspricht nicht einmal der Wahrheit. Sie gehören zu den Leuten, von denen man manchmal in den Büchern liest: Sie sind adelsstolz.« Er runzelte nachdenklich die Stirn. »Übrigens müssen Sie doch selbst eine geborene Lebanon sein?«

Diese Worte machten einen merkwürdigen Eindruck auf sie. Plötzlich sah sie wieder imposant und glänzend aus, und etwas von ihrer früheren Schönheit zeigte sich in ihren Zügen.

»Wie merkwürdig, daß Sie das herausgefunden haben«, entgegnete sie freundlich. »Ja, ich bin eine geborene Lebanon und heiratete meinen Vetter. Ich stamme in direkter Linie von dem vierten Baron Lebanon ab.«

»Erstaunlich!«

»Die Familie ist seit den ältesten Zeiten bekannt. Bevor es noch eine Geschichte von England gab, existierte schon eine Geschichte der Lebanons, und das wird so bleiben – das muß so bleiben! Es wäre entsetzlich, wenn die Linie aussterben sollte!«

Die letzten Worte hatte sie pathetisch gesprochen.

»Für heute möchte ich mich von Ihnen verabschieden, Lady Lebanon«, erwiderte er. »Aber morgen komme ich wieder, ich kann es nicht ändern.«

Als er am Fuß der Treppe stand, sah er zufällig nach oben und bemerkte Isla Crane. Sie hatte den Finger auf die Lippen gelegt und winkte ihm dringend.

Anscheinend gleichgültig stieg er die Treppe hinauf. Isla faßte ihn am Arm.

»Mr. Tanner, Sie wollen doch nicht das Haus verlassen?« fragte sie verstört. »Um Himmels willen, bleiben Sie hier!«

Er fühlte, daß sie zitterte. Langsam machte er sich von ihr frei und ging wieder die Treppe hinunter.

»Ich werde das Auto bestellen, damit Sie nach dem Gasthaus fahren können«, sagte Lady Lebanon.

Tanner sah sie freundlich an.

»Verzeihen Sie, aber ich habe meine Absicht geändert. Ich bleibe heute nacht hier. Hoffentlich haben Sie nichts dagegen, Lady Lebanon.«

Einen Augenblick schaute sie ihn wütend an, dann drehte sie ihm plötzlich den Rücken zu und verließ die Halle.

»Was hat denn das zu bedeuten, Mr. Tanner?« fragte Totty.

»Das sage ich Ihnen besser morgen.«

Der Sergeant holte tief Atem.

»Sie glauben wohl, Sie können einen interessanten Abend in diesem Spukhaus verbringen? Ich bin anderer Ansicht!«

20

Ein Motorradfahrer der Polizei lieferte vor dem Abendessen ein flaches Paket an den Chefinspektor ab, das die gewünschten Listen enthielt. Tanner las sie sorgfältig durch, kreuzte dann eine Zeile an und wußte, daß er richtig gewählt hatte. Es war ein Zug, der von Horseham nach London Bridge fuhr, und Horseham lag nicht allzu weit von Marks Priory entfernt. Jedenfalls konnte man mit dem Rad hinkommen.

Es gab nicht viel Züge, die um zehn Uhr morgens abfuhren und am nächsten Morgen um zehn Uhr fünf ankamen, und sie fuhren nicht nach dem Kontinent. Darunter befand sich einer, der in London um zehn Uhr abging und um zehn Uhr fünf in Aberdeen eintraf. In einem Nachschlagewerk fand Tanner, daß Lady Lebanon zehn Meilen von Aberdeen entfernt ein kleines Jagdhaus besaß. Zweifellos war das Tillings Ziel.

Er telefonierte nach London, daß die Polizei in Aberdeen gewarnt werden sollte. Tilling hatte aber inzwischen schon auf einer Station in Schottland ein Telegramm erhalten und den Zug verlassen. Über Edinburgh war er nach Stirling zurückgekehrt.

Sonst erfuhr Tanner von Scotland Yard noch, daß während der fraglichen Zeit nur eine Pfeife der Marke Ursus verkauft worden war. Ein Tabakhändler, dessen Laden in der Nähe des Bahnhofs King's Cross lag, hatte gerade sein Geschäft geöffnet, als ein Mann, der nach der Beschreibung sofort als Tilling zu erkennen war, eine solche Pfeife bei ihm verlangte.

Totty verbrachte den Abend in dem Zimmer Mr. Kelvers, und das Gespräch drehte sich natürlich um die aufregenden Ereignisse der letzten Zeit.

»Ein paar merkwürdige Diener haben Sie hier«, meinte Totty.

»Ja, da mögen Sie recht haben«, erwiderte der Butler ironisch. »Ich habe allerdings nur wenig mit ihnen zu tun.«

Kelver hatte Dr. Amersham wohl oft gesehen, konnte aber dem Sergeanten über den Charakter des Mannes nur das sagen, was er von Studd gehört hatte.

»Er war nicht gerade sehr freundlich und zuvorkommend nach

allem, was mir der Chauffeur erzählte. Aber ich habe ja schon immer gesagt, auf dieser Welt gibt es die verschiedensten Leute.«

»Stimmt«, versicherte Totty. »Ist es hier eigentlich einmal zu einer Schlägerei gekommen?«

Als er das erstaunte Gesicht des Butlers sah, erklärte er ihm, wie er das meinte. Kelver sagte zwar zuerst, er wolle nicht über die Angelegenheiten seiner Herrschaft sprechen, aber dann tat er es doch.

»Eines Morgens kam ich in die Halle, und da sah es tatsächlich so aus, als ob ein Kampf stattgefunden hätte. Verschiedene der großen Spiegel waren zerbrochen, ebenso einige Stühle, und Scherben von Weingläsern lagen auf dem Boden. Außerdem hatte Gilder ein blaues Auge. Von Studd habe ich dann erfahren, daß auch Dr. Amersham etwas abbekommen hatte.«

Kelver ging zur Tür, öffnete sie und sah hinaus, dann schloß er sie wieder und fuhr mit leiser Stimme fort:

»In diesem Haus stimmt etwas nicht. Der junge Lord wird behandelt, als ob er überhaupt nichts zu sagen hätte. Wenn er einen Wunsch hat, achtet man nicht darauf, und er wird hier in seinem eigenen Hause eigentlich wie ein Gefangener gehalten.«

Nachdem er diese wichtige Äußerung getan hatte, trat er einige Schritte zurück, um den Eindruck seiner Worte zu beobachten.

Totty sah ihn überrascht an.

»Sie lassen ihn niemals aus den Augen«, fuhr Kelver fort. »Und ich kann Ihnen nur das eine sagen: Ich selbst habe Instruktionen von Mylady erhalten, die mir durchaus nicht recht sind. Auf jedes Telefongespräch muß ich achten, das der junge Lord führt, und, wenn möglich, ihn dabei belauschen. Wenn er irgendeinen Diener hat, dem er Vertrauen schenken kann, wird der schleunigst wieder entlassen. Soviel ich weiß, hatte er drei Kammerdiener hintereinander, und allen dreien wurde gekündigt. Der einzige, mit dem er auf freundschaftlichem Fuß stand, war Studd, und soweit ich den kannte, hätte er alles für seinen Herrn getan.«

Kelver machte eine Pause.

»Und dann wurde Studd eines Morgens ermordet aufgefunden«, fuhr er fort. »Ich habe noch nie vorher meine Meinung darüber geäußert, und ich verlasse mich auf Sie, Inspektor Totty – es ist doch richtig, wenn ich Inspektor sage?«

»Ja, ganz richtig«, erklärte Totty ernst.

»Sie dürfen aber nichts davon weitererzählen. Hier im Hause walten unheimliche, unsichtbare Kräfte. Die Zustände hier fallen mir auf die Nerven, und ich würde gern ein Monatsgehalt geben, wenn ich schon heute abend wegkönnte.«

Plötzlich sprang Totty auf, und auch Kelver erhob sich rasch. Beide hatten den entsetzten Schrei einer Frau gehört. Mit zwei Schritten war der Sergeant an der Tür.

Ein enger Gang führte weiter ins Haus hinein. Links davon befand sich eine Treppe, die für die Dienerschaft bestimmt war. Totty hörte jemand laufen; gleich darauf stürzte Isla die Treppe herunter und wäre gefallen, wenn Totty sie nicht aufgefangen hätte.

Sie war einem Zusammenbruch nahe.

»Was ist denn los, Miss Crane?«

Sie sah nur entsetzt die Treppe hinauf.

»Werden Sie verfolgt? Kelver, halten Sie die junge Dame.«

Der Sergeant eilte hinauf, blieb aber auf der vierten Stufe stehen. Auf dem oberen Podest zeigte sich Gilder.

»Ist etwas nicht in Ordnung?« fragte er mit seiner tiefen rauhen Stimme.

»Kommen Sie einmal her. Was ist denn mit Miss Crane?«

»Ich weiß nicht, was Sie meinen. Ich hörte jemand schreien und kam sofort aus meinem Zimmer, um nachzusehen, was es gäbe.«

Langsam stieg er die Stufen hinunter, bis er in den engen Gang kam, und starrte dann düster auf Isla, die sich inzwischen ein wenig gefaßt hatte.

»Ich brauche Sie nicht«, sagte sie verstört. »Gehen Sie nach oben – ich brauche Sie nicht . . .«

»Ist etwas passiert, Miss?« fragte der Diener.

»Nein . . . nichts. Ich . . .« Sie wandte sich an Totty. »Ich möchte in mein Zimmer zurückgehen. Bitte, begleiten Sie mich dorthin.«

Er ging vor ihr die Treppe hinauf. Auf dem Weg sprach sie

nichts, verschwand auch stumm im Zimmer des alten Lords, machte die Tür zu und drehte den Schlüssel von innen um.

Gilder beobachtete den Vorgang.

»Die junge Dame ist ein wenig nervös geworden.«

»Wissen Sie, worüber sie sich aufgeregt hat? Grinsen Sie doch nicht so, die Sache ist wirklich zu ernst.«

»Wenn ich nicht ab und zu einmal grinsen könnte«, entgegnete Gilder kühl, »würde ich in diesem Haus verrückt werden. Mir kommt es ganz natürlich vor, daß sie aufgeregt ist. Das geht uns allen so. Brauchen Sie mich noch?«

Totty antwortete nicht darauf; er ging in Kelvers Zimmer zurück. Der Butler goß sich gerade ein Glas Kognak ein, aber seine Hand zitterte so sehr, daß der Flaschenhals gegen das Glas schlug.

»Was kann sie denn nur gesehen haben?« fragte der Sergeant, der immer noch nicht wußte, was er zu dem Vorfall sagen sollte.

»Ich möchte mit der ganzen Sache nichts zu tun haben. Wollen Sie sich nicht auch einen kleinen Napoleon einschenken?«

Totty folgte der Aufforderung, obwohl er sonst um diese Zeit nicht zu trinken pflegte. Dann suchte er seinen Vorgesetzten und fand ihn in einem kleinen Wohnzimmer, in das man einen Schreibtisch gesetzt hatte. Außerdem war der Raum insofern von Vorteil, als sich einer der drei Telefonapparate darin befand.

»Die Sache kommt mir immer geheimnisvoller vor«, sagte der Sergeant. »Miss Crane muß irgend etwas gesehen haben. Natürlich kann es auch der amerikanische Diener gewesen sein, vor dem sie solche Angst hatte.«

Tanner schüttelte den Kopf.

»Übrigens will Lord Lebanon in den Ort gehen«, erwiderte er. »Ich möchte Sie bitten, ihn dorthin zu begleiten. Es wäre aber gut, wenn Sie eine Schußwaffe einsteckten. Nehmen Sie auch einen Gummiknüppel mit. Ich glaube zwar nicht, daß etwas passieren wird, aber man kann niemals etwas voraussagen.«

»Warum will er denn ins Dorf gehen?«

»Er will Mrs. Tilling aufsuchen. Sehen Sie zu, daß er den Fahrweg benützt. Der junge Lord hat eben erst gehört, daß der

Parkwächter verschwunden ist, und er möchte den Fall aufklären. Also, sorgen Sie dafür, daß er den Fahrweg entlanggeht und nicht quer durch den Park. Wenn Sie sich fürchten, gebe ich Ferraby den Auftrag, ihn zu begleiten.«

Totty fühlte sich verletzt.

»Haben Sie schon jemals gehört, daß ich mich fürchte? Und wer sollte denn im Park einen Angriff auf zwei erwachsene Männer machen? Ich glaube, Sie sehen auch schon Gespenster.«

»Nein. Aber seien Sie nicht so selbstbewußt, Totty. Der Weg durch den Park ist ziemlich gefährlich. Machen Sie sich auf alles gefaßt!«

Trotz seiner langen Erfahrung im Dienst überlief den Sergeanten doch ein kalter Schauer, als er diese Worte hörte.

»Sie machen mir allerdings wenig Mut. Gibt es denn im Park ein Versteck? Glauben Sie, daß sich der Mörder noch dort aufhält?«

Tanner nickte.

»Ja, er ist noch in der Gegend«, erwiderte er ernst. »Ferraby kann ja mit Ihnen gehen –«

»Reden Sie doch keinen Unsinn«, sagte Totty brummig.

»Vergessen Sie nicht, daß Sie Lord Lebanon zu beschützen haben«, ermahnte ihn Tanner, als er das Zimmer verließ. »Wenn ihm etwas zustößt, sind Sie verantwortlich dafür. Nehmen Sie also vor allem eine Schußwaffe mit. Aber Sie dürfen sie erst dann benützen, wenn Ihnen jemand ein Seidentuch um die Kehle schlingt. Und dann wird es wahrscheinlich zu spät sein.«

»Will denn jemand dem jungen Lord etwas tun?«

»Das weiß ich nicht. Aber es wird keinem von Ihnen beiden etwas zustoßen, wenn Sie meine Vorschriften befolgen. Ich meine es diesmal vollkommen ernst.«

Willie Lebanon wartete in der Halle auf Totty. Er war noch ganz empört über die Ermahnungen, die Tanner ihm kurz vorher gegeben hatte.

»Ich lasse es mir nicht gefallen, daß man mich wie ein kleines Kind behandelt! Wenn jetzt auch noch Scotland Yard so tut, als ob ich eine Wärterin nötig hätte, könnte man doch wirklich aus der Haut fahren.«

Trotzdem war er froh, daß er Gesellschaft hatte, denn Totty gefiel ihm. Zusammen gingen sie den dunklen Fahrweg entlang, und Totty war auf der Hut. Vorsichtig betrachtete er alle Büsche und Bäume. Er hatte seine Taschenlampe angeknipst und leuchtete damit die Sträucher und die dunklen Partien des Weges ab. In seiner Aufregung sah er überall Gestalten. Einmal glaubte er sogar, leise Schritte hinter sich zu hören, blieb stehen und wandte sich um. Er hätte einen Eid darauf leisten mögen, daß eine Gestalt in den Büschen verschwand. Aber als er hinleuchtete, war nichts zu sehen.

Als die Sträucher dünner wurden, hörte er wieder Geräusche und richtete plötzlich den Lichtstrahl auf die Stelle. Diesmal bekam er Gewißheit, denn er sah, daß sich etwas schnell fortbewegte. Jemand schlich sich also durch den Park. Sie hatten gerade den Platz erreicht, an dem Totty Tillings Jagdgewehr und den Feldstuhl gefunden hatte. Obwohl der Sergeant ein mutiger Mann war, fühlte er doch, daß kalter Schweiß auf seine Stirn trat, und er atmete erleichtert auf, als sie vor der Gartentür des Parkwächterhauses standen.

Lord Lebanon dagegen schien die Sache nur sehr interessant zu finden.

»Sind Sie wirklich davon überzeugt, daß uns jemand nachgeschlichen ist?« fragte er und machte Miene, sich in die Hecke zu stürzen.

Aber Totty zog ihn am Arm zurück.

»Bleiben Sie ruhig hier bei mir.«

»Zum Teufel, ich will aber wissen, wer es ist.«

Totty folgte Lord Lebanon durch die Gartentür.

Der Besuch brachte nichts Neues zutage. Lebanon wollte nur Mrs. Tilling seine Teilnahme aussprechen. Er erkundigte sich, ob sie auch genügend Geld besäße, und stellte noch verschiedene andere Fragen über ihren Mann. Die Frau war nervös und merkwürdig zurückhaltend; allem Anschein nach kam ihr dieser Besuch unerwartet.

»Haben Sie denn den armen Amersham gekannt?«

Sie nickte.

»Man erzählt sich die sonderbarsten Dinge über Sie«, sagte

der Lord etwas geradezu. »Ich kümmere mich natürlich wenig darum.«

Totty war überrascht, daß sie nicht dagegen protestierte.

»Wirklich eine seltsame Person«, erklärte der junge Lord, als sie nach dem Schloß zurückgingen. »Schön ist sie ja, das muß ich selbst sagen. Man hört tolle Sachen von ihr, aber ich glaube, es ist viel davon erfunden. Ich möchte nur wissen, was ihrem Mann zugestoßen ist. Es ist nicht gut, daß sie allein in dem Haus bleibt.«

Totty hatte seine eigenen Gedanken. Er ging nahe an die Hecke heran, denn er glaubte bestimmt, daß sich dieser Unsichtbare, der sie eben begleitet hatte, wieder neben ihnen auf der anderen Seite der Sträucher entlangschlich.

Einmal knackte ein trockener Zweig, auf den der Unbekannte getreten war, und Totty fuhr nervös zusammen.

»Drüben ist jemand«, sagte der Lord leise. »Wollen wir nicht über die Hecke springen und ihn fangen?«

»Nein, wir bleiben hier. Auf solche Abenteuer lassen wir uns nicht ein«, erklärte Totty prompt.

Er leuchtete mit seiner Taschenlampe bald nach links, bald nach rechts, während sie den Fahrweg entlanggingen. Zweifellos war jemand hinter ihnen her. Zweimal drehte er sich unerwartet um, konnte aber trotzdem nichts sehen. Um so mehr hörte er. Der Mann, der ihnen folgte, blieb auf dem Rasen; einmal mußte er jedoch einen kiesbestreuten Weg überqueren, und Totty hörte deutlich Schritte.

Er begleitete den jungen Lord bis zur Haustür, wartete, bis Willie verschwunden war, und ging dann den Weg zurück. Diesmal hielt er sich auch auf dem Rasen und dicht im Schatten der Bäume. Plötzlich entdeckte er eine Gestalt und zog blitzschnell seine Pistole.

»Halt! Bleiben Sie stehen, oder ich schieße!« rief er und leuchtete mit der Taschenlampe.

In dem Lichtkegel erkannte er Ferraby.

»Schießen Sie nicht, Totty«, erwiderte der junge Sergeant belustigt. »Hier gut Freund!«

»Sind Sie uns den ganzen Weg gefolgt?«

»Ja, in gewisser Hinsicht habe ich das getan, aber meistens war ich mit Ihnen auf gleicher Höhe.«

»Dann waren Sie also der unheimliche Kerl, der immer auf der anderen Seite der Hecke entlangschlich?«

»Ja. Aber ich habe noch gar nicht gewußt, daß Sie so nervös sind, Totty. Und warum hat Tanner Ihnen denn erlaubt, eine Pistole zu tragen? Hoffentlich ist sie nicht geladen.«

»Wie kommen Sie dazu, hinter mir herzuschleichen?«

»Ich habe nur einen Befehl ausgeführt«, entgegnete Ferraby und steckte sich eine Zigarette an. »Tanner gab mir den Auftrag, Sie beide zu beobachten.«

Totty war natürlich ärgerlich, aber andererseits atmete er auf, als er erfuhr, daß Ferraby der vermeintliche Verfolger gewesen war.

»Wenn Tanner mir nicht mehr traut –«

»Wem traut er überhaupt? Wenn wir der Sache weiter auf den Grund gehen, finden wir wahrscheinlich, daß ich wieder von einem anderen Beamten überwacht werde. Wie war es denn unten bei Tillings?«

»Es ist nichts passiert.«

»Ist die hübsche Frau auch so nervös? Ich möchte unter diesen Umständen allerdings nachts auch nicht allein in dem Hause sein.«

Als sie zurückgingen, ließ sich Totty herab, eine Zigarette von seinem Kameraden anzunehmen.

Der Motorradfahrer von Scotland Yard stand im Schatten der Säulenhalle. Totty sah ihn daher erst, nachdem Ferraby gegangen war.

Der Mann wartete noch, um einen eiligen Brief zur Stadt zurückzubringen.

»Es ist merkwürdig, Sergeant«, sagte er. »Wenn man in die Provinz kommt, erscheint sie einem immer vollkommen ausgestorben. Haben Sie das auch beobachtet?«

»Ich beobachte alles«, erklärte Totty.

»Wer mag nur der junge Herr gewesen sein, der mit mir sprach? Vor kurzer Zeit kamen Sie mit ihm ins Haus.«

»Das ist Lord Lebanon.«

»So? Der spricht aber sehr nett und ist gar nicht hochmütig. Ich dachte mir doch gleich, daß es jemand von Bedeutung sein müßte. Er hat mich viel gefragt über meine Tätigkeit bei der Polizei. Von Mr. Tanner scheint er allerdings nicht sehr erbaut zu sein.«

»Hat er meinen Namen auch erwähnt?« fragte Totty.

»Nein. Er war nur kurze Zeit bei mir draußen, dann ging er wieder hinein.«

Totty fand den Chefinspektor in seinem Zimmer. Tanner hatte seinen Bericht an die Polizeidirektion gerade beendet und steckte ihn in einen Briefumschlag.

»Wartet der Bote draußen? – Gut. Nun, was macht Mrs. Tilling?«

»Sie scheint Angst zu haben.«

»So?« Tanner biß sich nachdenklich auf die Lippen. »Ich möchte nur wissen ...«

»Ich wundere mich auch«, sagte Totty. »Zweifellos ist ihr Mann der Mörder. Hoffentlich fassen sie ihn heute abend noch.«

»Ihr Mann ist nicht der Mörder, aber auch ich hoffe, daß wir ihn heute abend noch fassen. In diesem Bericht hier habe ich genau erklärt, wer der Täter ist.« Er hob das versiegelte Kuvert in die Höhe. »Ich glaube, ich habe alle Tatsachen richtig gedeutet. Wenn ich nicht recht hätte, wäre ich sehr erstaunt, und ich muß Ihnen sagen, Totty, dies ist der interessanteste Fall, der mir jemals vorgekommen ist.«

21

Tanner sah nach der Tür, trat zwei Schritte vor und riß sie auf.

Gilder stand auf der Schwelle. Er trug ein kleines Silbertablett mit einer Kaffeekanne und einer Tasse.

»Ich bringe Ihnen eine Stärkung«, sagte er ruhig.

»Wie lange haben Sie schon vor der Tür gewartet?«

»Ich bin eben erst gekommen – gerade als Sie die Tür öffneten, wollte ich klopfen.«

Tanner zeigte auf den Tisch.

»Stellen Sie das Tablett dorthin.«

Er schloß die Tür hinter dem Diener, öffnete sie aber noch einmal, um sich zu überzeugen, daß der Mann auch wirklich gegangen war. Schließlich machte er sie wieder zu.

»Lord Lebanon hatte vollkommen recht. Hier in Marks Priory wird unheimlich viel gelauscht. Die Türen sind auch nicht besonders stark.«

»Warum verhaften Sie den Kerl nicht?«

»Ich habe guten Grund, das nicht zu tun. Wenn ich ihn tatsächlich hier gefangennähme, hätte ich nur eine Menge Unannehmlichkeiten. Vorläufig bleibt es besser, wie es ist. Gilder ist übrigens viel schlauer als Brooks, deshalb gibt man ihm die meisten Aufträge.«

Tanner nahm den versiegelten Brief.

»Bringen Sie dies dem Boten – nein, ich will es ihm lieber selbst übergeben.«

Totty folgte seinem Vorgesetzten in die Säulenvorhalle. Der Polizist, der neben seinem Motorrad stand, warf hastig die Zigarette fort und salutierte.

»Stecken Sie den Brief gut weg und seien Sie sehr vorsichtig damit. Um elf Uhr können Sie in London sein. Der Polizeipräsident wartet in seinem Büro auf die Nachricht.«

Der Kurier ließ den Motor an und fuhr knatternd dem Parktor zu.

Er hatte gerade die erste Kurve genommen, als plötzlich ein lautes Krachen ertönte und sein Scheinwerfer erlosch. Im nächsten Augenblick gellte ein Schrei.

Tanner und Totty liefen den Fahrweg entlang. Sie hörten Rufen und Brüllen, als ob an der Unglücksstelle ein Kampf im Gang wäre. Als sie ankamen, fanden sie den Mann auf den Knien. Das Rad lag seitlich auf dem Weg. Totty leuchtete dem Motorradfahrer mit der Taschenlampe in das bleiche Gesicht. Sie halfen ihm beim Aufstehen, und Tanner untersuchte ihn schnell. Knochen waren nicht gebrochen, und mit Ausnahme von einigen schweren Abschürfungen war der Überfallene mit dem Schrecken davongekommen.

»Es war ein Strick über den Weg gespannt«, sagte der Mann

noch ganz benommen. »Als ich mit dem Rad stürzte, sprang ein Mann auf mich zu und versuchte, mir ein Tuch um den Hals zu schlingen.«

Totty leuchtete sofort die Umgegend ab, aber sie konnten von dem Angreifer keine Spur mehr finden.

»Können Sie ihn beschreiben?«

»Ich konnte ihn nicht genau sehen ... Aber er muß sehr stark gewesen sein, denn er hob mich vom Boden auf. Ich schlug mit der Faust nach ihm, aber ich glaube kaum, daß ich ihn richtig getroffen habe.«

Totty suchte nach dem Strick und fand ihn gleich darauf. Das Seil war von einem Baum zum anderen gespannt gewesen und durch den Anprall zerrissen worden.

»Haben Sie beobachtet, nach welcher Richtung der Mann verschwand?«

»Nein.«

Der Kurier hinkte über den Weg und hob sein Motorrad auf. Mit Tottys Hilfe untersuchte er dann die Maschine. Es war nichts daran kaputt, nur das Glas des Scheinwerfers war zertrümmert. Kurz entschlossen gab Totty dem Mann seine eigene Lampe und schnallte sie mit einem kurzen Lederriemen an der Lenkstange fest.

»Mir ist nichts passiert, ich kann weiterfahren, aber den Kerl möchte ich doch erwischen!«

»Sie sagten eben, daß er versuchte, Ihnen ein Tuch um den Hals zu schlingen? Vielleicht hat er es fallen lassen.«

Totty eilte nach dem Haus zurück und brachte eine neue Taschenlampe, aber nirgends entdeckten sie ein rotes Seidentuch. Auch sonst fanden sie keine Spuren.

»Haben Sie den Brief noch?«

Der Mann fühlte nach seiner Kuriertasche. Der Lederriemen war halb durchschnitten; es mußte ein sehr scharfes Messer dazu benützt worden sein.

»Meinen Bericht wollten sie also haben – das ist allerdings schnelle Arbeit. Na, stecken Sie den Brief in Ihre Rocktasche und erklären Sie dem Polizeipräsidenten, warum Sie ihn so zusammengefaltet haben.«

Der Mann verwahrte das Schreiben in seiner Hüfttasche und knöpfte die Klappe darüber. Sie begleiteten ihn noch ein Stück den Fahrweg entlang, blieben dann stehen und beobachteten ihn, bis er in die Hauptstraße einbog.

»Jetzt ist er sicher«, sagte Tanner. »Die haben aber aufgepaßt wie Schießhunde. Man sollte es kaum für möglich halten. Wie gut war es, daß ich Ihnen Ferraby nachschickte, es hätte sonst vielleicht doch noch einen Unfall gegeben.«

Totty wollte sich eigentlich beschweren, aber unter den gegebenen Umständen hielt er es für besser, zu schweigen.

Als sie in die Halle traten, war der große Raum vollkommen leer. Aber gleich darauf erschien Gilder. Er mußte schnell gelaufen sein, denn er war ganz außer Atem. Sein dünnes Haar, das er für gewöhnlich sauber nach hinten gebürstet hatte, hing in die Stirn, und sein Gesichtsausdruck war müde und angestrengt.

»Hallo!« rief Tanner. »Was ist denn mit Ihnen passiert?«

Der Mann schluckte.

»Ich bin in meinem Zimmer eingeschlafen – das hätte eigentlich nicht vorkommen dürfen. Ein wüster Traum hat mich aufgeschreckt.«

»Ist der Boden in Ihrem Zimmer eigentlich feucht?«

Tanner betrachtete die nassen Schuhe des Mannes und bemerkte einige Grashalme an den Absätzen. Gilder sah auch auf seine Füße, dann grinste er den Beamten an.

»Vor kurzer Zeit bin ich nach draußen gegangen, um eine Zigarette zu rauchen.«

Der Diener wollte sich entfernen, aber Tanner rief ihn zurück.

»Haben Sie etwas von Motorrädern geträumt?«

Gilder schüttelte den Kopf.

»Nein, ich träumte von« – er machte eine Pause – »Erdbeben.«

»Ich muß den Kerl tatsächlich bewundern«, meinte Tanner, als der Amerikaner gegangen war. Er setzte sich an den Schreibtisch der Lady Lebanon, nahm einen Bleistift und klopfte nachdenklich damit gegen sein Kinn.

»Mrs. Tilling ist auch ein Problem. Fahren Sie mit dem Polizeiauto zu dem Haus des Parkwächters und bringen Sie die Frau ins Dorfgasthaus. Aber reden Sie nicht darüber. Zwei unserer Beamten sind dort untergebracht. Sagen Sie einem, daß er auf sie aufpassen soll.«

»Wenn sie aber das Haus nicht verlassen will?«

»Dann nehmen Sie sie in die Arme, aber vorsichtig«, fügte Tanner etwas ironisch hinzu. »Alles hat einmal ein Ende. Wir können jetzt keine Rücksicht mehr auf sie nehmen. Wenn sie nicht mitkommen will, schlagen Sie ihr eins über den Kopf, aber behutsam, und bringen sie zum Gasthaus.«

Totty ließ sich von dem Chauffeur des Dienstautos zu seinem Bestimmungsort fahren. Die Gartentür stand offen, obwohl er sich deutlich darauf besann, daß er sie zugeriegelt hatte, und die Haustür fand er nur angelehnt.

»Sergeant«, sagte der Chauffeur aufgeregt, »das Fenster dort drüben ist eingeschlagen!«

Totty leuchtete mit der Taschenlampe und bemerkte tatsächlich zwei zerbrochene Scheiben. Das Fenster selbst stand offen. Tottys Herz schlug schneller, als er sich vorwärtstastete.

Im Wohnzimmer war der Tisch umgestoßen und ein Stuhl zerbrochen. Außerdem hatte jemand alle Bilder an den Wänden beschädigt.

Der anstoßende Raum war ein Schlafzimmer. Auch hier sah Totty Zeichen eines Kampfes; die Betten lagen auf dem Fußboden, die Marmorplatte des Waschtisches war zertrümmert.

Soviel er feststellen konnte, waren nur diese beiden Zimmer in Unordnung. Aber die hintere Tür stand weit offen. Von Mrs. Tilling sahen sie im Haus keine Spur. Totty begnügte sich mit einer oberflächlichen Untersuchung. Als er gerade in den Keller gehen wollte, rief der Chauffeur:

»Dort drüben bei dem Apfelbaum liegt jemand!«

Auf der Rückseite des Hauses befand sich ein Wirtschafts- und dahinter ein kleiner Obstgarten. Totty leuchtete die Stelle ab und sah eine Gestalt auf dem Boden. Er eilte hin und beugte sich über sie. Die Frau atmete, war aber vor Schrecken halb wahnsinnig und konnte nicht sprechen. Als er sie aufhob, starrte sie ihn groß an. Ihre Lippen zitterten, aber sie brachte kein Wort heraus. Als Totty sie in den Wagen trug, stöhnte sie, aber erst kurz vor der Ankunft beim Gasthaus begann sie zusammenhanglos zu sprechen. Glücklicherweise war zu dieser Nachtstunde niemand in der Nähe. Mit Hilfe der Wirtin und eines Mädchens brachte Totty die Frau auf ein Zimmer. Gleich darauf läutete der Sergeant Tanner an.

»Ist sie irgendwie verletzt?« fragte der Vorgesetzte.

»Soweit ich sehen kann, nicht. Aber sie ist furchtbar mitgenommen. Der Überfall muß ein paar Minuten vor unserer Ankunft passiert sein.«

»Rufen Sie einen Arzt für die Frau.«

»Das habe ich bereits getan. Soweit müßten Sie mich doch kennen«, entgegnete Totty vorwurfsvoll. »Ich gehe jetzt noch einmal zu dem Haus und durchsuche alles, ob ich nicht irgendwelche Spuren finde.«

»Kommen Sie sofort nach Marks Priory zurück. In dem Haus finden Sie doch nichts Wichtiges. Ich werde mit der hiesigen Polizei telefonieren, damit man uns einige Beamte zur Verfügung stellt, die das Haus bewachen. Also, kommen Sie jetzt zurück.«

Totty setzte sich mit den Polizeibeamten von Scotland Yard in Verbindung, die im Gasthaus Quartier genommen hatten, und sagte ihnen, daß sie auf Mrs. Tilling achten sollten. Ehe er fortging, traf er Ferraby, dem er die Geschichte auch erzählte.

»Die arme, kleine Frau«, sagte er. »Es sieht so aus, als ob wir eine aufregende Nacht bekommen. Schauen Sie mich einmal an, ich bin der reinste Wildwest-Cowboy.«

Er öffnete den Rock. Von dem breiten Gürtel, den er umgeschnallt hatte, hingen zwei Pistolentaschen herunter.

»Das war Tanners Idee, Sie kennen ihn ja. Erst gibt er einem ein paar Schießeisen, und dann hält er eine Stunde lang Vortrag, daß man sie nicht benützen darf. Jedenfalls fühlt man sich großartig, wenn man eine ganze Batterie zur Verfügung hat. Aber warum und auf wen ich knallen soll, weiß ich wirklich nicht.«

»Wenn Sie überhaupt zum Schießen kommen, haben Sie Glück, mein Junge«, erwiderte Totty düster. »Sie müssen schon blitzschnell handeln, wenn Sie sich noch wehren wollen.«

»Ich habe nicht vergessen, wie mich der Kerl damals an dem Bettpfosten angebunden hat. Beinahe wäre es mit mir vorbei gewesen. Ich wünschte übrigens, sie wäre aus der ganzen Geschichte heraus.«

»Mrs. Tilling?«

»Nein – Miss Crane. Sie gehört nicht in diese Umgebung. Ich habe versucht, Tanner zu überreden, daß er sie in die Stadt schickt.«

»Und was hat er gesagt?« fragte Totty neugierig.

Ferraby mußte lachen. »Wenn alle Leute, die in Marks Priory in Gefahr schweben, nach London gehen sollten, meinte er, dann könnten wir einen großen Omnibus mieten. – Es muß doch etwas in dem Zimmer sein, das sie nicht öffnen wollen. Tanner hat bestimmt recht mit seiner Vermutung. Wenn ich an der Tür vorüberkomme, überläuft mich immer ein Schauder. Übrigens habe ich heute abend ein Licht in dem Zimmer gesehen – man konnte es deutlich von draußen beobachten. Es brannte eine Minute lang, dann ging es aus. Und ich möchte einen Eid darauf leisten, daß niemand durch die Tür hineingekommen ist.«

»Wer wohnt denn daneben?«

»Der Raum wurde immer von Amersham benutzt, es ist ein Fremdenzimmer«, erklärte Ferraby, als sie zusammen zum Schloß zurückfuhren. »Die Wände sind ganz mit Eichenpaneel bedeckt, und jede einzelne Füllung kann zu gleicher Zeit eine Geheimtür sein.«

»Und welcher Raum liegt auf der anderen Seite?« fragte Totty interessiert.

»Das Zimmer des alten Lords, in dem Miss Crane schläft. Ich habe mit Kelver über die Sache gesprochen, und der kennt das Haus. Aus reiner Neugierde hat er eines Tages die Innen- und Außenmaße in den Zimmern genommen und daraus die Stärke der Mauern berechnet. Zwischen dem Raum, den Lady Lebanon nicht öffnen will, und dem Zimmer, in dem Miss Crane schläft, muß die Wand über einen Meter stark sein. Aller Wahrscheinlichkeit nach liegt ein Geheimgang in der Mauer.«

Ferraby lehnte sich vor und sprach zum Chauffeur.

»Halten Sie einen Augenblick an. Sehen Sie, dort ist das Fenster zu dem verschlossenen Raum – das vierte von links –« Ferraby brach plötzlich ab, denn das Fenster wurde hell. Die Scheiben bestanden jedoch aus Milchglas, so daß man nicht hindurchsehen konnte.

Ferraby sprang aus dem Wagen, Totty folgte. Sie liefen quer über den Rasen, bis sie unmittelbar unterhalb des Fensters standen. Kurz darauf sahen sie oben eine Gestalt, konnten aber nicht erkennen, wer es war. Langsam bewegte sich der unheimliche, dunkle Schatten, dann erlosch das Licht wieder.

22

Die beiden sahen einander verblüfft an.

»Das scheint ja ein ganz verhextes Haus zu sein«, sagte Totty, der vor Erregung schwer atmete.

»Geben Sie mir Ihre Taschenlampe.«

Ferraby nahm sie und beleuchtete die Mauer. Kein Fenster war unter dem geheimnisvollen Raum angebracht; die Mauer schien vollkommen massiv zu sein.

»Sehen Sie einmal her!« rief Ferraby plötzlich und fuhr mit einem Bleistift die Fugen zwischen den Steinen entlang. »Das ist kein Mörtel, das ist eine Stahlplatte, die nur so bemalt ist, als ob sie Mauerwerk wäre. Hier haben wir eine Tür.«

Er zog ein Messer aus der Tasche, öffnete es und suchte nach einer Ritze. Zunächst hatte er keinen Erfolg, aber endlich fand er eine Vertiefung. Als er das Messer hineinschob, hörten sie ein feines Klicken, und ein kleiner Teil der Wand öffnete sich wie ein Kastendeckel. In der Öffnung entdeckten sie eine Türklinke. Ferraby drückte sie herunter und zog daran, aber sie mußte von innen verschlossen sein.

»Na, wollen Sie hier das Haus reparieren?«

Ferraby drehte sich um und sah Mr. Gilder, der ihnen geräuschlos nachgeschlichen war. Er hätte ihn im Dunkeln nicht erkannt, wenn der Mann nicht gesprochen hätte.

»Was haben Sie denn gefunden?« fragte Gilder interessiert und schaute Ferraby über die Schulter.

Als er im Schein der Taschenlampe die Türklinke sah, schrak er zusammen.

»Donnerwetter!« rief er, ehrlich überrascht.

Ferraby schob die eiserne Klappe wieder zu, und die Feder schnappte ein.

»Das ist ja merkwürdig«, meinte Gilder.

»Eben haben wir oben Licht gesehen«, erwiderte Totty. »Wer ist denn in dem bewußten Zimmer?«

Gilder schaute hinauf.

»Wahrscheinlich Brooks. Lady Lebanon verwahrt eine Menge Briefe dort, und zwar ihre Privatkorrespondenz, die die Polizei nicht sehen soll. Selbstverständlich will sie die beiseite schaffen, bevor Mr. Tanner das Zimmer durchsucht. Es kann eigentlich niemand anders als Brooks gewesen sein. Was passiert denn eigentlich unten im Dorf?«

»Dort ist alles ruhig. Wenn Sie etwas Neues wissen wollen, müssen Sie schon morgen die Zeitung lesen, aber die Presse erfährt auch nichts. Wo ist denn Mylady? Schon zu Bett?«

»Nein, als ich sie eben sah, spielte sie mit dem jungen Lord Mühle im Salon – den Raum haben Sie noch nicht gesehen. Er ist das einzige Zimmer, in dem sie zur Zeit ungestört sein können.«

Ferraby und Totty traten ins Haus und waren froh, als Gilder ihnen einen Whisky-Soda brachte und das Feuer anschürte, denn der Abend war ziemlich kalt und naß.

Tanner telefonierte nach Scotland Yard und gab ausführliche Auskünfte. Die Lage war so gefährlich geworden, daß er nicht warten konnte, bis der Kurier ankam. Er brauchte Hilfe von der Polizeidirektion.

Der Chefinspektor beendete seine Arbeit, drehte das Licht aus und ging zu Ferraby. Totty war inzwischen die Treppe hinaufgegangen, um die Tür zu dem geheimnisvollen Raum zu untersuchen. Gleich darauf kam er zurück und meldete, daß er nichts weiter gefunden hätte.

Er glaubte bei seinem Vorgesetzten eine Sensation hervorzurufen, als er die Geschichte mit dem Licht erzählte, und war enttäuscht, als Tanner die Nachricht sehr gelassen aufnahm.

»Ich weiß es, ich habe das Licht selbst zweimal beobachtet. Übrigens hat Ferraby mir die Sache schon gestern gemeldet. Die Tür in der Mauer ist allerdings interessant. Vermutet habe ich sie, aber ich konnte sie nicht finden. Es mußte ein Eingang in der Mauer sein, sonst wären alle meine Theorien über den Haufen geworfen worden. Totty, sehen Sie zu, daß Sie den Lord finden, und sagen Sie ihm, ich möchte mich gern etwas mit ihm unterhalten. Ich bin fest davon überzeugt, daß der junge Lord kaum die Hälfte von all dem erzählt hat, was er weiß. Und ich habe eine Ahnung, daß das, was er bisher verschwiegen hat, der interessanteste Teil ist.«

Totty fand Willie Lebanon, der mit sich selbst Mühle spielte.

»Hallo!« sagte der junge Mann, »ich dachte, Sie wären schon zu Bett gegangen. Spielen Sie eigentlich Mühle? Ich möchte Sie gern dazu einladen, aber ich sage Ihnen schon im voraus, ich spiele so gut, daß ich Sie immer schlage. Deshalb hat meine Mutter heute abend auch so frühzeitig aufgehört.«

»Ich habe seit Jahren nicht gespielt«, erwiderte Totty, obwohl er die Regeln überhaupt nicht kannte. »Aber der Chefinspektor läßt fragen, ob Sie zu ihm kommen und ein wenig mit ihm plaudern möchten.«

»Was versteht er darunter? Wenn es nur eine Privatunterhaltung sein soll, komme ich gern. Ich habe mir Gedichte hergesagt, nur um mir die Zeit zu vertreiben. Meine Mutter schreibt inzwischen Briefe.«

Er legte seinen Arm in den des Sergeanten.

»Kennen Sie Ihren Großvater, Mr. Totty? Wenn nicht, dann seien Sie von Herzen froh. Ich muß alle meine Vorfahren auswendig wissen. Mir erscheint das vollkommen überflüssig, aber meine Mutter legt größten Wert darauf, daß ich die ganze Ahnenreihe kenne. Wann wollen Sie eigentlich von hier fortfahren? Am liebsten möchte ich Sie nach Scotland Yard begleiten und mir ein Bett in Mr. Tanners Büro aufschlagen lassen. Dort würde ich mich endlich sicher fühlen.«

»Sie sind überall sicher, Mylord«, entgegnete Totty höflich. Dann fügte er bescheiden hinzu: »Wenn ich in der Nähe bin.«

»Ich glaube, daß Ihre Gegenwart auch nicht viel nützt«, sagte der Lord offen. »Persönlich würde ich mich lieber auf Tanner verlassen. Sie sind klein wie ich, daher ist die Achtung vor Ihnen nicht allzu groß. Kleine Leute respektieren Männer Ihrer Größe kaum, aber die großen, imposanten Gestalten beneiden sie im geheimen.«

Inzwischen waren sie in der Halle angekommen. Der Lord begrüßte Tanner mit einem Kopfnicken und wiederholte dann, daß er nach Scotland Yard ziehen wolle. Der Chefinspektor lachte gutmütig.

»Das könnte Ihnen so passen! Auf jeden Fall wären Sie dann in der Nähe des Oberhauses. Haben Sie übrigens schon einmal an den Sitzungen teilgenommen?«

Lebanon schüttelte den Kopf, nahm eine große Zigarre aus dem Kasten und steckte sie an.

»Nein, meine Mutter wünscht nicht, daß ich mich mit Politik beschäftige. Ich habe eine ganze Liste aufgestellt von all den Dingen, die ich nicht tun soll. Eines Tages kann man ein hübsches Buch darüber schreiben. Ich freue mich aber wirklich, daß Sie heute abend hierbleiben.« Er sah sich um und sprach leiser. »Meiner Mutter gefällt es gar nicht. Sie hat mich ausgeschimpft und mir vorgeworfen, daß ich daran schuld wäre. Aber das ist doch wirklich lächerlich.«

»Wo ist Miss Crane?« fragte Tanner.

»Soviel ich weiß, ist sie zu Bett gegangen. Sie ist nicht gerade sehr gesellig veranlagt, und es wird recht langweilig werden, wenn ich erst mit ihr verheiratet bin. Gutmütig und freundlich ist sie allerdings, aber offen gestanden haben wir eigentlich wenig gemeinsame Interessen.«

Ferraby gab ihm innerlich vollkommen recht.

Der junge Lord beugte sich vor und sprach vertraulich.

»Ich werde Ihnen noch etwas sagen. Wissen Sie, wer sich ärgert, daß Sie hier sind? Die beiden Diener!«

In dem Augenblick erschien Gilder in der Tür. Anscheinend wollte er das Feuer nachschüren, aber das war nicht notwendig, denn er hatte sich erst vor ein paar Minuten daran zu schaffen gemacht.

»Ich brauche Sie nicht, Gilder.«

»Ich wollte nur nach dem Feuer sehen, Mylord.«

»Wann legen Sie sich eigentlich schlafen?« fragte Tanner.

Der Diener antwortete nicht.

»Gilder, Mr. Tanner hat mit Ihnen gesprochen!«

Der Amerikaner tat so, als ob er die Frage überhört hätte.

»Ich bitte tausendmal um Verzeihung, ich dachte, Sie hätten sich mit Mylord unterhalten. Ich habe keine regelmäßigen Ruhestunden.«

»Schlafen Sie in diesem Teil des Hauses?«

Gilder lächelte.

»Ja, wenn ich schlafe, bin ich hier.«

Brooks kam müde die Treppe herunter.

»Das klingt ja fast, als ob Sie nur schwer schlafen könnten?«

»Im Gegenteil«, entgegnete Gilder mit ausgesuchter Höflichkeit. »Wenn ich schlafe, dann schlafe ich gesund und fest.«

Brooks blieb stehen und betrachtete die Gruppe interessiert.

»Wünschen Sie etwas?« fragte Tanner.

»Ich wollte nur sehen, ob Gilder nicht in Ungelegenheiten gekommen ist«, entgegnete Brooks leichthin.

Tanner erhob sich.

»Ich weiß nicht recht, was ich von Ihrem Benehmen halten soll. Tun Sie nur so, weil ich Ihrer Meinung nach ein unwichtiger Besuch bin, oder ist das Ihre gewöhnliche Art?«

Gilder legte sich ins Mittel.

»Mr. Brooks kommt aus Amerika, aus dem Land der Freiheit, wo die Männer noch Männer sind und sich nicht ohne weiteres verbeugen«, erklärte er etwas umständlich.

Dann wandte er sich dem Feuer zu. Mit wenigen Schritten war Tanner bei ihm und packte ihn am Arm.

»Wenn Leute frech zu mir werden, bekommt es ihnen meistens sehr schlecht! Ich setze sie dann hinter Schloß und Riegel.«

Gilder warf ihm nur einen vorwurfsvollen Blick zu.

»Wenn ich nun zu der Überzeugung käme, daß Sie beide bedeutend mehr über die Morde hier wissen, als Sie zugeben wollen, könnte ich Sie einfach verhaften und wegen Mittäterschaft zur Anzeige bringen. Ich würde Sie noch heute abend zur Wache bringen. Sehen Sie, jetzt lachen Sie nicht mehr so unverschämt.«

Das stimmte auch; die beiden sahen jetzt ungewöhnlich finster drein.

»Es würde Ihnen aber doch auch unangenehm sein, wenn Sie uns zur Polizeistation bringen müßten«, meinte Gilder.

»Das macht mir wenig aus. Es sind vierzig Polizeibeamte im Park«, sagte der Chefinspektor langsam und mit Nachdruck. »Nur ausgewählte, tüchtige Leute von Scotland Yard. Vor fünf Minuten kamen sie in Lastautos an; das Haus ist vollkommen umzingelt. In dieser Nacht soll jedenfalls kein Mord in Marks Priory passieren.«

Totty starrte ihn mit offenem Mund an.

»Es würde mir sehr leichtfallen, ein paar Beamte aus dem Park zu rufen und Sie abführen zu lassen – oder zweifeln Sie vielleicht daran?«

Tanner nahm eine Signalpfeife aus der Tasche und hielt sie an die Lippen. Ferraby, der Brooks beobachtete, glaubte jeden Augenblick, daß der Mann zusammenbrechen würde.

»Mr. Tanner, Sie haben keinen Grund, derartig drastische Maßregeln zu ergreifen«, erwiderte Gilder. »Wenn ich etwas gesagt habe, das Ihnen unangenehm war, nehme ich es zurück und bitte um Verzeihung.«

Er sah zu Lord Lebanon hinüber, der erstaunt von dem Chefinspektor auf den Diener schaute.

»Kann ich noch etwas für Sie tun, Mylord?«

»Ja, bringen Sie uns noch Whisky-Soda. Brooks, Sie können gehen.«

Die beiden Diener entfernten sich.

»Nanu«, sagte der Lord, »stimmt es wirklich, daß Sie vierzig Mann im Park haben?«

»Um ganz genau zu sein – es sind nur sechsunddreißig Beamte. Ich habe eben die Chauffeure der Transportautos mitgerechnet.«

Tanner ging um die Couch herum, stützte sich auf eine Sessellehne und betrachtete den jungen Lord.

»Als Sie mich heute morgen in Scotland Yard besuchten, machten Sie Andeutungen, daß Sie hier in Gefahr schwebten. Habe ich Sie recht verstanden? Sind Sie hier irgendwie bedroht worden, oder hat jemand versucht, Sie anzugreifen?«

Lebanon sah erstaunt auf.

»Ich weiß nicht, ob ich das angedeutet habe.« Er dachte eine Weile nach. »Es sind hier schon viele seltsame Dinge passiert, über die man kaum sprechen kann. Aber es hat wohl noch niemand einen Anschlag auf mein Leben gemacht, sonst wäre ich jetzt nicht mehr hier.«

Tanner versuchte, sich weitere Gewißheit zu verschaffen.

»Welche seltsamen Dinge sind Ihnen denn aufgefallen?«

»Sie wollen wohl etwas recht Unheimliches hören, wie es in Schauerromanen vorkommt? Gut, ich werde Ihnen etwas erzählen. Ich kann mich auf zwei Gelegenheiten besinnen, als Gilder mir einen Whisky-Soda brachte. Jedesmal, wenn ich das Glas austrank, schwanden meine Sinne. Das letztemal wachte ich in meinem Zimmer auf, und es war stockdunkel. Ich trug meinen Schlafanzug und hätte mich wahrscheinlich auch wieder zur Seite gedreht und weitergeschlafen, wenn ich nicht furchtbare Kopfschmerzen gehabt hätte. Ich klingelte, und als Gilder zu mir kam, erzählte er mir, daß ich ohnmächtig geworden wäre. Aber das ist geradezu lächerlich – ich bin noch niemals in meinem Leben ohnmächtig geworden.«

»Wie erklären Sie sich denn die Sache?«

»Ich weiß nicht recht, was ich dazu sagen soll. Aber es ist zweimal passiert, nachdem ich ein Glas Whisky-Soda getrunken hatte. Und das eine Mal ist mir besonders gut in Erinnerung geblieben. Als ich am nächsten Morgen in die Halle kam, sah es recht unordentlich hier unten aus; die Möbel waren zertrümmert, als ob eine Schlägerei im Gang gewesen wäre.«

»Ich habe davon gehört«, erklärte Sergeant Totty.

»Amersham und die beiden Diener waren daran beteiligt. Ich glaube nicht, daß meine Mutter etwas davon gesehen hat. Das könnte ich mir auch nicht vorstellen.«

Gilder brachte auf einem Tablett die Gläser, die schon eingeschenkt waren. Zuerst reichte er dem Lord ein Glas, dann bediente er die drei Beamten.

»Können Sie denn nicht eine Whiskyflasche und einen Siphon bringen?« fragte Willie ärgerlich. »Man schenkt doch nicht schon draußen ein, Gilder.«

Der Mann schien sich nichts aus dem Vorwurf zu machen, er grinste nur liebenswürdig.

»Ich dachte, Sie wollten schnell trinken, Mylord. In Zukunft werde ich die Flasche und den Siphon hereinbringen.«

Gilder nahm das Tablett mit sich hinaus und schloß die Tür.

»Ich möchte nur wissen, ob Sie schon jemals einen solchen Haushalt gesehen haben«, sagte der Lord und nippte an seinem Glas.

Bevor der Chefinspektor antworten konnte, verzog er das Gesicht.

»Versuchen Sie einmal das!«

Tanner kostete vorsichtig und bemerkte einen bitteren, unangenehmen Geschmack.

»Ist Ihr Glas auch so?«

Der Chefinspektor nahm einen kleinen Schluck und fand das Getränk vollkommen normal.

»Merkwürdig, daß wir gerade darüber sprechen, was mir früher zugestoßen ist«, meinte der Lord.

Er sah sich im Zimmer um und entdeckte auf einem Tisch eine Vase mit Rosen. Er stand auf, goß den Inhalt seines Glases hinein und setzte dann das leere Gefäß neben sich nieder.

»Es schmeckt genau wie damals, als ich später bewußtlos wurde«, erklärte er.

Gilder stand auf der anderen Seite der Tür. Er konnte kaum hören, was drinnen gesprochen wurde, denn das Holz war dick. Er hoffte aber, daß Brooks gleichzeitig von der Treppe aus das Gespräch belauschte. Die Unterhaltung war bei einem Thema angelangt, von dem er eigentlich kein Wort überhören durfte.

Plötzlich hörte er Schritte hinter sich. Lady Lebanon kam näher.

»Worüber sprechen sie?« fragte sie leise.

Gilder trat von der Tür zurück.

»Ich weiß es nicht, Mylady.«

»Glauben Sie, daß wir diese Leute bald loswerden?« meinte sie ärgerlich.

»Ich fürchte, das ist nicht so einfach. Im Park sind vierzig Polizeibeamte von Scotland Yard verteilt, die vorhin in Transportautos angekommen sind. Ich habe Brooks nichts davon gesagt, damit er nicht zu nervös wird. Er redet sowieso davon, daß er den Dienst verlassen will. Die Detektive von Scotland Yard haben ihn ganz verängstigt.«

Sie sah ihn lächelnd an.

»Haben Sie auch Furcht vor ihnen?«

»Nein, mich kann man überhaupt nicht erschrecken. Ich bin nun einmal in der Sache drin, und ich halte auch bis zum Ende durch.«

»Sagen Sie Brooks, daß ich ihm tausend Pfund Belohnung gebe, wenn wir durchkommen, ohne entdeckt zu werden.«

Gilder schüttelte zweifelnd den Kopf.

»Meinen Sie, daß uns das gelingen wird? Brooks hat kalte Füße bekommen, und ich muß offen sagen, daß ich seinetwegen beunruhigt bin. Schicken Sie ihn lieber nach Amerika zurück. Wenn der erst die Nerven verliert, haben wir mehr Mühe als Hilfe durch ihn.«

Vorsichtig schlich er sich zur Tür zurück und lauschte, aber er konnte kein Geräusch hören, nicht einmal leises Stimmengemurmel. Er sah sich nach Lady Lebanon um, aber sie war inzwischen fortgegangen. Nun drückte er die Klinke nieder und trat kühn in den Raum. Wie er vermutet hatte, fand er niemand hier, aber er hörte Stimmen von der anderen Seite des Korridors. Der junge Lord zeigte seinen Besuchern gerade ein Ahnenbild.

Gilder betrachtete die Gläser. Das eine war vollkommen leer, daher schöpfte er Verdacht. Er nahm es auf und drehte es um, bis ein Tropfen des Inhalts auf seinem Fingernagel lag. Es war Lebanons Glas. Er sah es an dem roten Strich, mit dem es markiert war, und den keiner der anderen entdeckt hatte. Dann schaute er sich um, entdeckte auch die Vase mit den Rosen und roch daran.

Gilder ging zur Treppe und zeigte Brooks, der gerade herunterkam, das Glas.

»Heute abend hat er wieder nicht getrunken.«

Brooks atmete schwer.

»Wahrscheinlich hast du den Schlaftrunk zu stark gemacht. Ich habe schon längst gesagt, daß er es merken wird.«

»Mit der Zeit hat er sich doch aber schon daran gewöhnt«, entgegnete Gilder düster. »Hat er viel dummes Zeug geredet?«

Brooks nickte. »Ja. Kelver muß über die Schlägerei neulich gesprochen haben. Tanner fragte danach. Übrigens weiß der Lord genau, daß wir ihn betäubt haben. Bist du dir auch darüber klar, was das bedeutet?«

»Natürlich«, entgegnete Gilder kühl.

»Hast du mit ihr gesprochen?« fragte Brooks ängstlich.

»Ja. Du brauchst dir nicht die geringsten Sorgen zu machen.«

Aber Brooks' Nerven waren schon zu überreizt.

»Du hast gut reden! Zum Teufel mit dieser ganzen Geschichte hier im Haus! All diese Polizisten sind im Park, und Tanner weiß, was hier gespielt wird. Wenn die Wahrheit herauskommt, sitzen wir in der Patsche – am Ende kriegen wir noch eine lange Zuchthausstrafe. Wo sind sie eigentlich geblieben?« fragte er dann und sah sich um.

»Sie gehen die Treppe hinauf, wahrscheinlich in das Zimmer von Lord Lebanon. Ich hörte, wie er von seinem Radioapparat sprach, und der steht doch in seinem Zimmer! Dort kommt jemand.«

Es war Totty. Er blieb einen Augenblick in der Tür stehen und betrachtete die beiden.

»Da sind ja wieder die zwei, genau wie Max und Moritz«, meinte er ironisch.

»Kann ich etwas für Sie tun?« fragte Gilder.

»Ja, sehr viel. Sie bleiben wahrscheinlich die ganze Nacht auf?«

Gilder lächelte. »Falls Sie das vorhaben, tun wir es auch.«

»Haben Sie sich auch schon einmal überlegt, daß es Ihnen an den Kragen gehen kann?«

Brooks schaute ängstlich zu seinem Kameraden hinüber, aber Gilder lächelte nur.

»Alle Menschen müssen das ihnen bestimmte Mißgeschick ertragen«, erwiderte er gelassen.

23

Totty konnte Gilder nicht recht verstehen; ständig entdeckte er neue Seiten an ihm. Allem Anschein nach machten die Polizeibeamten wenig Eindruck auf den Mann.

Totty interessierte sich nicht fürs Radio, aber er war auch nicht gern allein. Für diese Nacht waren die Regeln, die sonst in Marks Priory galten, teilweise aufgehoben, zum Beispiel blieb die Tür zwischen den Dienerräumen und dem Haupthaus unverschlossen. Wahrscheinlich wachte auch Mr. Kelver. Totty wollte einmal nachsehen. Aber als er an der Tür des Salons vorbeikam, rief Lady Lebanon seinen Namen.

»Wollen Sie nicht einen Augenblick näher treten, Sergeant? Ist Mr. Tanner schon zu Bett gegangen?«

»Nein, noch nicht, Mylady.«

Er fühlte sich geschmeichelt durch die Aufforderung.

»Haben Sie etwas dagegen, wenn ich rauche?«

Im allgemeinen konnte sie Zigarrenrauch durchaus nicht vertragen, und nicht einmal Willie durfte im Salon rauchen. Aber jetzt suchte sie selbst nach einem Aschenbecher und ließ Totty in dem bequemsten, weichsten Sessel Platz nehmen.

In ihrem Schoß lag ein kleiner Samtkasten.

»Das ist meine Kasse«, sagte sie lächelnd, als sie sah, daß er sie aufmerksam betrachtete. »Ich nehme sie jeden Abend in mein Zimmer mit.«

»Sehr vernünftig, Mylady. Man weiß niemals, ob nicht ein Dieb in der Nähe ist.«

»Sie sind doch Sergeant, Mr. Totty?«

»Ja, zur Zeit noch.«

»Und welchen Titel hat Mr. Tanner?«

»Der ist Chefinspektor, aber darin liegt eigentlich wenig Unterschied«, erklärte Totty von oben herab.

»Verzeihen Sie, wenn ich Sie frage, ob Sie ein großes Gehalt beziehen. Wahrscheinlich haben Sie sehr wichtige Aufträge?«

Totty war natürlich gern bereit, über die Wichtigkeit seiner Dienstaufgaben zu sprechen.

Nach einiger Zeit unterbrach sie ihn.

»Ich möchte zu gern wissen, was in Scotland Yard vorgeht, und was die Polizei über diesen Fall denkt. Meiner Meinung nach ändert sich die Lage von Stunde zu Stunde. Neue Tatsachen werden bekannt –«

»Ja, es geht unaufhaltsam weiter«, erwiderte Totty.

»Wenn Sie eine neue Entdeckung machen, teilen Sie die doch sofort Mr. Tanner mit. Was sagt er denn?«

»Gewöhnlich höre ich in diesem Fall, daß er das schon vor einer Woche gewußt hätte. Sie müssen nämlich wissen, Mylady, daß es in Scotland Yard leider viel Eifersucht und Mißgunst unter den einzelnen Beamten gibt.«

»Ich glaube aber, daß er großes Vertrauen zu Ihnen hat. Jemand hat mir erzählt, Sie wären seine rechte Hand.«

Totty grinste.

»Er war sehr neugierig«, fuhr Lady Lebanon langsam fort, während sie Totty genau beobachtete. »Er bestand darauf, das Innere eines Zimmers zu sehen, das ich ihm nicht zeigen wollte. Sie besinnen sich vielleicht auf den kleinen Zwischenfall.

Nehmen wir nun einmal an, Sie gingen zu Ihrem Vorgesetzten und sagten ihm: ›Ich habe dieses Zimmer gesehen – es ist wirklich nichts anderes drin als ein paar alte, wertlose Gemälde.‹«

Ihre Worte machten auf Totty großen Eindruck, aber er wurde plötzlich kühl und nüchtern.

»Meinen Sie nicht, daß er sich damit zufriedengäbe? Er tut doch sonst alles, was Sie ihm sagen.«

Totty antwortete nicht.

»Wenn Sie ihm erklären, daß nichts von Bedeutung in dem Raum ist, würden Sie mir damit viele Sorgen und Unannehmlichkeiten ersparen.«

»Das verstehe ich sehr gut«, stimmte Totty bei.

Sie öffnete den kleinen Kasten, und er hörte das Knistern neuer Banknoten. Vier Geldscheine nahm sie heraus, und er konnte sehen, daß es Fünfzigpfundnoten waren.

»Man fühlt sich so hilflos«, fuhr sie fort, »wenn man weiß, daß man gegen gutausgebildete, tüchtige Beamte von Scotland Yard ankämpfen muß. Die Leute sehen in den harmlosesten Handlungen verdächtige Verbrechen.«

Sie schloß den Kasten und erhob sich. Die vier Scheine ließ sie auf den Stuhl fallen, auf dem sie gesessen hatte.

»Gute Nacht, Sergeant Totty.«

»Gute Nacht, Mylady.«

Sie hatte die Tür noch nicht erreicht, als er ihr mit den Banknoten in der Hand nacheilte.

»Ach, entschuldigen Sie«, sagte er. »Sie haben Ihr Geld liegenlassen.«

»Ich kann mich nicht darauf besinnen«, erwiderte sie mit besonderer Betonung und schaute auch nicht auf die Scheine.

»Sie wissen nicht, ob Sie es nicht noch einmal dringend brauchen.«

Erst jetzt nahm sie die Banknoten ruhig aus seiner Hand. Sie zeigte sich nicht im mindesten verwirrt oder betreten.

»Ich hoffte, Sie könnten es brauchen«, meinte sie. »Sehr schade.«

Er folgte ihr nach draußen in den Gang und sah ihr triumphierend nach, bis sie außer Sicht kam. Gleich darauf eilte er in das Arbeitszimmer Tanners zurück, den er allein antraf.

»Wirklich sehr schade«, begann er.

Der Chefinspektor schaute auf.

»Was heißt das?«

»Daß ich nicht zweihundert Pfund gebrauchen konnte, die mir Mylady eben angeboten hat.«

Tanner runzelte die Stirn.

»Wie meinen Sie denn das?«

»Sie will nicht haben, daß das Zimmer geöffnet wird. Das steckt dahinter.«

»Was, sie hat Ihnen Geld angeboten?«

»Ja, sie ließ es auf dem Stuhl liegen. Das bedeutet doch ungefähr dasselbe.«

»Das Zimmer soll nicht geöffnet werden? Gut, dann werden wir es morgen tun.«

»Ich kann Ihnen auch schon sagen, was wir dort finden werden«, erklärte Totty vertraulich. »Eine Menge Alkohol, den die amerikanischen Diener dort aufgestapelt haben.«

Der Chefinspektor betrachtete ihn kopfschüttelnd.

»Sie sind der schlechteste Detektiv, der mir jemals begegnet ist. Ich werde Ihnen sagen, warum hier amerikanische Diener angestellt sind: weil sie weder eine Familie noch Freunde in England haben. Deshalb besteht wenig Gefahr, daß sie etwas ausplaudern.«

»Dieses Schloß ist die Zentrale einer Verbrecherbande –«

»Hören Sie jetzt mit dem Unsinn auf: Sie laufen viel zu oft in die Kinos, das ist Ihr Ruin. Wozu braucht man eine Verbrecherbande zu gründen, wenn es auch anders geht? Der junge Lord Lebanon hat über dreihunderttausend Pfund Erbschaftssteuer bezahlt – rechnen Sie sich aus, wie groß sein Vermögen sein muß!«

Totty räusperte sich und änderte das Thema.

»Wo ist denn Ferraby?«

»Ich weiß nicht. Er treibt sich irgendwo im Haus herum.«

»Sagen Sie mal, wie steht es denn eigentlich mit den vierzig Beamten, die Sie von Scotland Yard haben kommen lassen? Haben Sie auch schon Vorkehrungen getroffen, daß die Leute richtig verpflegt werden?«

Tanner trat nahe an ihn heran und sprach sehr leise.

»Es sind überhaupt keine vierzig Beamte im Park. Aber halten Sie den Mund. Über solche Dinge spricht man nicht.«

Der Sergeant nickte.

»Warum haben Sie dann dieses Gerücht verbreitet?« fragte er ebenfalls im Flüsterton.

»Wenn ein Mord geschieht, soll es hier im Hause sein.«

Totty lief es kalt den Rücken hinunter.

»Wieviel Leute werden wohl ermordet werden?«

»Meiner Meinung nach sind Sie der erste.«

Isla warf sich in ihrem Bett unruhig von einer Seite auf die andere, zog die Decke über die Schultern und streifte sie dann wieder ab. Schließlich begann sie zu träumen, aber nur von Wünschen und Gedanken, die sie in wachem Zustand zurückdrängte. Die Dinge, die sie vergessen wollte, kamen jetzt zum Vorschein. Wie töricht war es doch von Lady Lebanon, das indische Tuch in der Schublade liegenzulassen! Dieser Tanner konnte doch den Schreibtisch durchsuchen, dann mußte er es finden!

Das Tuch mußte verbrannt werden! Isla merkte nicht, daß sie

aufstand, und als sie ihre Tür aufschloß, fühlte sie den Schlüssel nicht in ihrer Hand. Das Tuch mußte verbrannt werden, das kleine, rote Seidentuch mit dem Metallstück in der Ecke.

Tanner hörte das Schnappen des Schlosses, als er Ferraby gerade Instruktionen erteilte, eilte an die Treppe und sah hinauf.

»Ruhe!« sagte er dann leise.

Sie rührten sich nicht, als die helle Gestalt langsam die Treppe herunterkam. Isla starrte geradeaus; die Hände hatte sie ausgestreckt, als ob sie sich an einer unsichtbaren Mauer entlangtastete.

»Es muß verbrannt werden«, sagte sie dauernd vor sich hin.

Totty wollte gerade etwas äußern, aber Tanner brachte ihn durch einen scharfen Blick zum Schweigen.

Endlich hatte sie die untersten Stufen der Treppe erreicht und ging mit unsicheren Schritten auf den Schreibtisch zu.

»Es muß verbrannt werden«, wiederholte sie in dem gleichmäßig monotonen Ton, den alle Schlafwandler haben. »Wir müssen das Tuch verbrennen.«

Sie faßte nach der Schublade. Das Fach war verschlossen, aber in ihrer Einbildung hatte sie es geöffnet.

»Das Tuch muß verbrannt werden – sie haben ihn damit umgebracht. Ich sah es in ihrer Hand, als sie ins Haus traten. Sie haben ihn damit ermordet, es muß verschwinden.«

Wieder ging sie zur Treppe. Ferraby machte einen Schritt auf sie zu, aber Tanner packte ihn bei der Hand und zog ihn zurück. Langsam stieg sie die Stufen hinauf. Der Chefinspektor folgte ihr und beobachtete, daß sie wieder in ihr Zimmer ging. Die Tür fiel leise zu, und das Schloß schnappte ein.

Tanner konnte sich denken, mit wem sie im Traum sprach.

24

Der Chefinspektor hörte, daß sich eine andere Tür öffnete. Lady Lebanon trat heraus, noch vollständig angekleidet.

»War das nicht eben Isla?«

Er nickte.

»Ist sie wieder im Schlaf umhergegangen? Das ist doch recht traurig. Wo haben Sie das junge Mädchen gesehen?«

»Sie kam in die Halle herunter.«

Lady Lebanon holte tief Atem.

»Sie ist ziemlich angegriffen. Ich schicke sie wohl am besten für einen Monat aufs Land.«

»Haben Sie die junge Dame schon einmal in diesem Zustand gesehen?«

»Schon zweimal. Das schlimmste ist, daß sie dann den größten Unsinn redet. Hat sie heute auch etwas gesagt?«

»Nichts, was ich hätte verstehen können.«

Sie schien beruhigt zu sein.

»Gute Nacht, Mr. Tanner. Ich werde später mit Isla sprechen. Es ist nicht gut, wenn man sie sofort aufweckt. Wenn man es aber unterläßt, besteht die Möglichkeit, daß sie aufs neue umherwandelt.«

Tanner kehrte nachdenklich in die Halle zurück. Auf die beiden Sergeanten hatte der Vorfall großen Eindruck gemacht.

»Fahren Sie zum Gasthaus«, wandte sich Tanner an Totty, »und sehen Sie nach, ob sich Mrs. Tilling so weit beruhigt hat, daß man mit ihr sprechen kann.«

Totty ging sofort.

»Was sagen Sie dazu, Ferraby? Allem Anschein nach weiß sie, wer den Mord begangen hat.«

»Ich fürchte, Sie haben recht. Es bleibt allerdings immer noch die Möglichkeit offen, das Miss Crane träumt. Auf jeden Fall weiß sie aber, daß das rote Seidentuch heute verbrannt worden ist, und vielleicht vermutet sie, daß es vorher in der Schublade lag. Man kann Leuten keinen Vorwurf aus dem machen, was sie im Schlaf sagen.«

»Ich will ja auch gar nichts gegen die junge Dame sagen. In dem Punkt können Sie ganz beruhigt sein.« Tanner nahm eine Zigarre aus dem Kasten, den Gilder auf dem Tisch hatte stehenlassen. »Wenn der böse Diener sie nicht vergiftet hat, müßte sie gut sein.«

»Was war denn in dem Whisky, den er Lord Lebanon brachte?«

»Er hatte ein Schlafmittel hineingemischt. Ich glaube sogar, daß ich es kenne.«

»Warum hat er das getan?«

»Lord Lebanon war davon überzeugt, daß sie für die Nacht etwas planen. Er hat mir zwar nicht gesagt, wer die ›sie‹ sein sollen, aber das können wir ja leicht ahnen. Allem Anschein nach geben sie ihm in solchen Fällen einen Schlaftrunk, damit sie nicht gestört werden. Ich wünschte nur, er hätte ihn genommen.«

Ferraby sah ihn groß an.

»Das verstehe ich nicht. Warum denn?«

»Wenn er heute abend aus dem Weg wäre, würde mir das viele Unannehmlichkeiten ersparen. Morgen früh schickt der Polizeipräsident von London drei Leute, die dieses Geheimnis viel besser aufklären können als ich. Ich habe ihn darum gebeten, und ich erwarte sie morgen früh um zehn.«

»Sind es Beamte von Scotland Yard?«

»Ich möchte es Ihnen heute abend nicht sagen – aber überlegen Sie mal, welche Leute ich wohl kommen lassen könnte, dann haben Sie für die Nacht etwas zu tun.«

Totty kam nach einer Weile zurück und meldete, daß Mrs. Tilling eingeschlafen wäre.

»Das ist ja ausgezeichnet«, erwiderte Tanner. »Haben Sie noch andere Nachrichten?«

»Ja. Man hat Tilling in Stirling festgenommen. Er stieg in Edinburgh aus dem Zug, aber die Polizei hat ihn doch gefaßt.«

»Der wäre also im Augenblick versorgt und aufgehoben. Wo sind denn eigentlich die beiden Amerikaner?«

»In ihrem Zimmer«, entgegnete Totty. »Ich habe gehört, wie sie miteinander sprachen.«

»Ich möchte nur wissen, was die jetzt noch zu reden haben«, meinte Tanner lächelnd. »Wenn sie wüßten ... Ich glaube, dies ist die letzte Nacht, die sie in Marks Priory zubringen.«

»Wollen Sie die beiden verhaften?«

»Ich weiß es noch nicht, das kommt darauf an«, sagte Tanner und suchte nach einem Spiel Karten, denn er legte gern Patience.

Gilder und sein Kollege hatten wirklich viel miteinander zu besprechen. Brooks redete am meisten. Gilder hatte sich in einen Stuhl gesetzt. Ein Glas Whisky stand vor ihm, und im Mund hatte er eine halbaufgerauchte Zigarre.

»Nun sei aber endlich ruhig«, brummte er schließlich. »Du machst mich krank und bringst mich auch noch ganz aus dem Häuschen. Heute abend ist sie wieder im Schlaf umhergewandelt und hat eine Menge Zeug geredet, das gerade nicht sehr vorteilhaft für uns ist. Ich gehe noch diese Nacht in ihr Zimmer und hole sie.«

Brooks starrte ihn entsetzt an.

»Das willst du tun, während alle diese Detektive hier im Haus sind?«

»Ja, und wenn alle Beamten von Scotland Yard hier wären! Ich will kein Risiko mehr auf mich nehmen – jedenfalls darf das nicht mehr passieren.«

Brooks schüttelte vor Staunen und Bewunderung den Kopf.

»Hast du es Lady Lebanon gesagt?«

»Ach, laß mich doch mit der Frau zufrieden!« schimpfte Gilder. »Um die kümmere ich mich heute abend überhaupt nicht.«

Er stand auf und nahm aus einer Schublade der kleinen Kommode ein flaches Lederetui, das einen Satz von Instrumenten enthielt. Daraus wählte er eine lange Flachzange, versuchte sie an einem Stück Draht und war zufrieden. Dann ging er zur Tür, nahm den Schlüssel heraus und steckte ihn von außen hinein. Vorsichtig tastete er nun mit der Spitze der Zange in das Schlüsselloch, packte das Ende des Schlüssels und drehte die Zange herum. Die Tür war abgeschlossen. Als er das Werkzeug zurückdrehte, war sie wieder geöffnet.

Mr. Gilder überlegte alles genau. Es gab kein Schloß im ganzen Haus, das er nicht wenigstens einmal jede Woche ölte.

Er schob den Schlüssel wieder von innen in die Tür und steckte die Zange in die Tasche.

»Wohin willst du sie denn bringen?« fragte Brooks.

»In mein Zimmer«, erwiderte Gilder kurz.

»Wenn aber Tanner –«

»Ach, sei doch still. Du siehst auch immer gleich alles schwarz in schwarz. Es wäre vielleicht besser, wenn du nach Hause zurückfahren würdest.«

»Ich glaube, wir fühlten uns beide wohler, wenn wir wieder nach Amerika gingen«, entgegnete Brooks düster.

»Nun hör einmal zu, mein Junge.« Gilder legte seine große Hand auf das Knie seines Kameraden. »Du hast hier eine ziemlich leichte Stellung, und du wirst gut dafür bezahlt. Du hast doch geschwindelt, als du dem Inspektor sagtest, daß du kein Geld gespart hättest. Ich will ja nicht gerade behaupten, daß du genug hast, um von den Zinsen zu leben, aber du hast immerhin ein ganz schönes Kapital zusammenbringen können. Jetzt ist es aber Zeit, daß wir vorwärtsmachen. Ich gehe noch einmal vor und sehe nach, ob sie etwas brauchen. Vielleicht legen sie sich auch hin. Selbst ein Beamter von Scotland Yard muß manchmal schlafen.«

Er hatte einen kleinen Spalt ins Wandpaneel geschnitten, und von diesem Beobachtungsposten aus schaute er in das Zimmer, in dem sich die anderen aufhielten. Tanner legte eine Patience auf dem Tisch, und Totty war an der anderen Ecke ebenfalls mit einem Pack Karten beschäftigt. Ferraby befand sich nicht in dem Raum.

Gilder ging langsam den Gang zurück und stieg die Treppe hinauf. Als er sich im Korridor umwandte, sah er, daß Lady Lebanon gerade in Islas Zimmer trat, und zog sich zurück, so daß sie ihn nicht sehen konnte.

Es hatte lange gedauert, bis Isla schlaftrunken fragte, wer an der Tür wäre, und es dauerte noch länger, bis sie von innen aufschloß. Lady Lebanon ging hinein und sah, daß Isla auf dem Bett saß und den Kopf gesenkt hatte.

»Ist etwas geschehen?« fragte das junge Mädchen halblaut.

Lady Lebanon schüttelte sie leicht an der Schulter. Dann bemerkte sie das kleine Nachtlicht, das Isla immer brennen ließ.

»Wach auf, Isla. Schläfst du immer bei dieser Beleuchtung? Das ist aber nicht gut für dich. Eigentlich hast du es hier sehr schön«, meinte Lady Lebanon und schaute sich um. »Ich bin in den letzten fünf Jahren nur zweimal durch diese Tür gegangen.«

Isla schauderte.

»Ich hasse dieses Zimmer«, erwiderte sie heftig.

Ein kalter Blick traf sie.

»Das hast du früher nie gesagt. Und ein Zimmer ist so gut wie das andere. Vor Jahren gab es hier auch Geheimtüren, aber mein

Mann hat sie alle zuschrauben lassen. Der Lebanon, der diesen Raum einst bauen ließ, war ein Sonderling und wollte niemand um sich sehen. Sie mußten ihm das Essen durch eine Öffnung in der Wand hineinreichen.« Sie tastete an dem Paneel. »Und hier ist mitten in der Wand ein Geheimgang. – Der Mann hieß übrigens Courcy Lebanon und heiratete eine Hamshaw. Ihre Mutter war mit den Monmouth verwandt.« Sie seufzte. »Der Zweig der Familie ist schon ausgestorben«, sagte sie leise, aber dann nahm sie sich zusammen und kehrte zur Gegenwart zurück. »Ich würde aber wirklich nicht bei Licht schlafen, das ist nicht gut für die Nerven.«

Islas Kopf sank wieder tiefer.

»Es tut mir leid, aber du mußt jetzt aufwachen!« Lady Lebanon rüttelte wieder behutsam an Islas Schulter. »Hörst du nicht? Du mußt aufwachen!«

»Ach, ich bin so furchtbar müde, ich bin immer halb am Schlafen!«

Trotzdem hörte sie aber, daß Lady Lebanon zur Tür ging und den Schlüssel umdrehte.

»Warum tun Sie das?«

»Es sind viele Fremde im Haus und im Park.« Lady Lebanon setzte sich auf die Kante des Bettes. »Heute abend bist du wieder im Schlaf umhergewandert. Das war recht unangenehm für uns; man konnte dein Benehmen direkt als Anklage gegen mich deuten.«

Isla starrte sie an.

»Habe ich das getan? Das tut mir leid. Es ist aber auch nicht passiert vor –« Sie brach ab.

»Was wolltest du sagen?«

»Vor dieser schrecklichen Nacht.« Islas Stimme zitterte. »Damals wurden alle Möbel zertrümmert, und Dr. Amersham ... Ich dachte, er wäre umgebracht worden.« In Erinnerung an die grausige Szene bedeckte sie das Gesicht mit den Händen.

»Wenn du nicht nach unten gekommen wärst, hättest du auch nichts gesehen«, entgegnete Lady Lebanon hart.

Plötzlich beugte sie sich über das junge Mädchen.

»Isla, es könnte in dieser Nacht etwas geschehen«, sagte sie eindringlich und erregt. »Vielleicht müßte ich –« Sie beendete den Satz nicht. »Hoffentlich kann das Schlimmste verhütet werden, aber ich muß auf alles gefaßt sein. Ich will, daß du Willie heiratest – hörst du auch, was ich sage? Du sollst Willie heiraten.«

Sie sprach verzweifelt und faßte Islas Arm so hart, daß er schmerzte.

»Ich will, daß du dich morgen früh mit ihm trauen läßt.«

Isla sah sich müde nach ihr um.

»Das ist unmöglich. Ich kann mich nicht in so kurzer Zeit entschließen, ihn zu heiraten. Ich – ich habe es mir noch nicht ernstlich überlegt.«

»Doch, du kannst ihn morgen früh heiraten«, erwiderte Lady Lebanon hartnäckig. »Schon vor einer Woche habe ich eine Heiratslizenz ausstellen lassen ...«

»Aber er will doch nicht ...«

»Darauf kommt es nicht an, ob er will.« Lady Lebanons Stimme klang jetzt ungeduldig. »Er wird das tun, was ich ihm sage. Willie ist der Letzte der Lebanons – ist das auch vollkommen klar, was das bedeutet? Das letzte Glied in der Kette. Und es ist ein schwaches Glied.

Schon einmal ist das in der Geschichte der Familie vorgekommen, und Geoffrey Lebanon war noch schwächer als Willie. Er heiratete seine Kusine Jane Secamore. Du kannst ihr Bild drunten in der großen Halle hängen sehen. Aber sie verließ ihn sofort nach der Trauung.«

Isla hörte zu und war gespannt, was folgen würde.

»Und trotzdem hatte sie Kinder.«

»Das ist aber schrecklich – entsetzlich!«

»Unter den gegebenen Umständen kann ich das nicht finden. Und Jane war eine der bedeutendsten Frauen der Lebanons. Es ist dir doch klar, daß du selbst eine Lebanon bist? Dein Urgroßvater war der Bruder des achtzehnten Grafen von Lebanon. Und was auch immer passieren mag, deine Kinder bleiben in der Familie, wenn du verheiratet bist. Sie führen den Namen Lebanon.«

Nachdem die Frau das alles gesagt hatte, schien sie sich erleichtert zu fühlen, denn sie atmete freier, und ihre Stimme klang nicht mehr so schrill.

»Wenn dir ein Leben an Willies Seite unmöglich erscheint, werde ich dir das größte Verständnis dafür entgegenbringen.«

Sie stand auf.

»Morgen um elf Uhr steht das Auto bereit.«

Nur mit Mühe konnte sich Isla zusammennehmen.

»Nein, ich kann es nicht tun. Es ist einfach unmöglich. Ich liebe Willie nicht. Ich – ich liebe einen anderen.«

Lady Lebanon warf ihr einen schnellen Blick zu.

»Ach, ist es der junge Ferraby? Das ahnte ich schon. Aber ich habe dir ja gesagt, daß ich in der Beziehung alles verstehen und verzeihen werde. Begreifst du denn nicht, was du dadurch tust? Du führst dem alten, kranken Stamm der Lebanons frisches Blut zu...«

An der Tür gab es ein Geräusch, und Lady Lebanon drehte sich schnell um.

»Was war das?« flüsterte Isla furchtsam.

»Das ist Gilder. Ein weiterer Grund, warum du bald heiraten mußt. Ich habe diese Leute nicht mehr ganz in der Hand. Nach den Vorfällen von heute abend fragt es sich, ob ich noch genügend Autorität bei ihnen besitze.« Lady Lebanon trat dicht an Isla heran. »Gilder darf nicht erfahren, daß du heiratest«, sagte sie ganz leise. »Verstehst du, was ich sage? Er darf es unter keinen Umständen wissen.«

Es klopfte. Schnell ging sie zur Tür und schloß sie auf. Draußen stand Gilder; Isla hörte seine tiefe Stimme. Dann wurde die Tür wieder geschlossen.

Der Schlaf übermannte Isla aufs neue, aber plötzlich schreckte sie auf und sah, daß Lady Lebanon die Tür offengelassen hatte. Mit größter Mühe schleppte sie sich hin und schloß sie. Dann kehrte sie zum Bett zurück, sank erschöpft darauf nieder und zog die Decke über sich.

Sie schlief, dennoch aber war ihr Geist wach, und ihre Gedanken arbeiteten.

Etwa eine Viertelstunde später versuchte jemand, von draußen die Tür zu öffnen. Sie gab nach, und Gilder trat ins Zimmer.

»Die Tür war überhaupt nicht zugeschlossen«, sagte er.
Brooks zitterte vor Furcht.
»Wo ist Mylady?«
»Ach, darauf kommt es jetzt nicht an. Gib mir die Decke.«
Gilder schlich auf Zehenspitzen zum Bett, faßte Isla an der Schulter und schüttelte sie leicht.
»Kommen Sie, Miss, kommen Sie mit mir.«
Sie rührte sich nicht, nur ihre Augenlider hoben und senkten sich mehrmals hintereinander.
»Sie ist nicht ganz bei sich«, sagte Gilder. »Brooks, lausche draußen auf dem Gang, ob jemand kommt.«
»Ach, laß sie doch liegen«, drängte Brooks.
»Das kann ich nicht. Tu, was ich dir sage.«
Inzwischen hatte sich Isla aufgerichtet und saß nun auf der Kante des Bettes. Ihre Augen waren weit geöffnet, und sie sprach leise mit sich selbst.
»Gleich steht sie auf.« Gilder hielt den Atem an. »Gib mir schnell die Decke.«
Er nahm sie und legte sie behutsam um Islas Schultern.
»Nein, ich kann nicht«, sagte Isla. »Ich muß Zeit haben, ich will noch nicht heiraten.«
Gilder warf Brooks einen bedeutsamen Blick zu.
»Zum Teufel, hast du das eben gehört?«
»Ich kann morgen nicht heiraten – ich will es auch nicht.«
Sie war aufgestanden, und Gilder leitete sie langsam zur Tür. Er wußte mit solchen Zuständen Bescheid. Sie mußte selbst nach dem Handgriff tasten, ihn finden und die Tür ohne seine Hilfe öffnen. Er war sehr vorsichtig und hütete sich, sie aufzuwecken. Nur ihre Schultern konnte er in die Richtung drehen, in der sie gehen sollte, aber das genügte ja auch.
Hinter der zweiten Treppe wurde der Gang enger, und dicht dahinter lagen die beiden Zimmer, in denen die zwei Amerikaner schliefen. Gilder öffnete die Tür zu seinem Raum, schlug die Bettdecken zurück und drückte Isla vorsichtig auf das Lager nieder. Mit einem Seufzer drehte sie sich auf die Seite, und Gilder breitete eine Daunendecke über sie.
»Jetzt wird sie wahrscheinlich schlafen. Auf jeden Fall schließe

ich aber die Tür ab. Geh in ihr Zimmer zurück und hole ihren Morgenrock und ihre Pantoffeln. Aber schnell!«

Brooks wollte gehen, blieb aber stehen und faßte nach der Hüfttasche.

»Ich habe meine Waffe verloren – hast du sie nicht gesehen?«

Gilder schaute ihn düster an.

»Wozu trägst du eine Pistole bei dir? Das ist doch der größte Unsinn! Wo hast du sie denn gelassen?«

»Noch vor einer Stunde hatte ich sie in der Tasche.«

»Das ist allerdings unangenehm. Geh in dein Zimmer und sieh nach, ob du sie finden kannst. Wozu brauchst ausgerechnet du eine Schußwaffe? Man sollte annehmen, daß du schon ganz kindisch geworden bist.«

Brooks kam bald zurück und berichtete, daß er sie nicht entdeckt hätte.

»Dann vergiß das Ding«, erwiderte Gilder ungeduldig. »Morgen bei Tageslicht wirst du schon darauf kommen, wo du es gelassen hast. Bring jetzt schnell den Morgenrock und die Pantoffeln.«

Die Tür zu dem Zimmer des alten Lords stand offen, obwohl Brooks darauf hätte schwören mögen, daß er sie kurz vorher geschlossen hatte. Er wußte auch genau, daß er das Licht hatte brennen lassen – und jetzt lag der Raum im Dunkeln. Lady Lebanon mußte inzwischen hiergewesen sein. Er ging hinein, schloß die Tür und hob gerade die Hand, um nach dem Lichtschalter zu tasten, als sich plötzlich etwas um seinen Hals legte – ein weiches, elastisches Tuch. Blitzschnell brachte er die Hand zwischen das Tuch und seine Kehle und versuchte, sich zu befreien. Aber ein Mann packte ihn mit festem Griff von hinten. Brooks zog die Hände vom Hals zurück und tastete hinter sich, konnte aber niemand fassen. Kurz darauf stürzte er zu Boden und verlor die Besinnung.

25

Nachdem Tanner in der Halle seine Patience zu Ende gelegt hatte, stand er auf und trat zu Totty.

»Ein Mann, der sich selbst bei der Patience bemogelt, ist zu allen Schandtaten fähig«, sagte er, nachdem er dem Sergeanten eine Weile zugesehen hatte.

»Aber ein Mann, der nicht sein eigenes Glück im Auge hat, ist ein Narr.«

Totty mischte die Karten, legte sie auf den Tisch und gähnte.

»Ferraby sagte vorhin, daß er nächstens anfinge, sich zu fürchten. Übrigens hat dieser Brooks eine Pistole bei sich. Als er sich bewegte, sah ich die Umrisse der Waffe in seiner Hüfttasche. Der Kerl wird uns noch zu schaffen machen.«

»Das wird ihm aber schlechter bekommen als uns«, meinte der Chefinspektor.

Im nächsten Augenblick hörten sie einen dumpfen Fall.

»Gehen Sie schnell und sehen Sie nach, was da los ist.«

Totty erhob sich langsam.

»Wo war das? Soll ich die Treppe hinaufgehen?«

»Ja! Fürchten Sie sich etwa?«

»Allerdings«, erwiderte Totty, ohne sich im mindesten zu schämen. »Sie hatten wohl nicht erwartet, daß ich das zugebe?«

Trotzdem eilte er die Treppe hinauf. Tanner blieb unten, er hörte kein Geräusch, bis sein Name gerufen wurde.

»Kommen Sie rasch her!« rief Totty aufgeregt. Tanner und Gilder, der eben in die Halle gekommen war, liefen zum Zimmer des alten Lords hinauf. Brooks lag auf dem Rücken, und Totty gab sich die größte Mühe, ein Seidentuch aufzuknoten, das um die Kehle des Mannes geschlungen war.

»Mit dem ist es wohl vorbei«, stöhnte der Sergeant.

»Lassen Sie mich das aufknoten«, sagte Gilder und kniete neben seinem Kameraden nieder. Ein paar Sekunden später hatte er das Tuch entfernt und Kragen und Hemd des Halberstickten aufgerissen. Er massierte den Hals, und vor Anstrengung und Aufregung trat Schweiß auf seine Stirn. Zum erstenmal sah Tanner, daß der Amerikaner seine Ruhe verloren hatte.

»Er ist nicht tot.« Gilder wandte sich um. »Holen Sie mir doch schnell einen Kognak.«

Totty eilte nach unten und brachte eine volle Flasche. Vorsichtig flößten sie Brooks etwas von dem Stärkungsmittel ein, und nach und nach gab er Lebenszeichen von sich. Die Augenlider hoben sich, und die Hände zuckten krampfhaft.

»Er kommt bald wieder zu sich«, sagte Gilder, immer noch atemlos. »Helfen Sie mir, wir wollen ihn in sein Zimmer tragen. Beinahe wäre es um ihn geschehen gewesen. Selbst seine Pistole hätte ihm nichts helfen können, wenn er sie bei sich gehabt hätte.«

Gilder war um das Leben seines Freundes sehr besorgt; im übrigen hatte er seine Ruhe zurückgewonnen.

Sie trugen Brooks in sein Schlafzimmer und legten ihn aufs Bett. Plötzlich fiel Tanner ein, daß der Raum, in dem sie den Mann halbtot aufgefunden hatten, doch eigentlich Islas Schlafzimmer war.

»Wo ist Miss Crane?« fragte er schnell.

Gilder sah auf, senkte den Blick aber sofort wieder.

»Ich weiß es nicht«, entgegnete er etwas gezwungen. »Sie muß irgendwo im Hause sein.« Es war ein letzter vergeblicher Versuch, die Situation zu retten.

»Und wo ist Ferraby?«

Totty traf seinen Kollegen halbwegs auf der Treppe und erklärte ihm, was geschehen war. Als Ferraby begriffen hatte, verlor er die Fassung.

»Nun hören Sie aber endlich mit den dummen Fragen auf, und reißen Sie sich zusammen«, fuhr ihn Tanner schließlich an. »Wir sind doch hier nicht in einer Kleinkinderbewahranstalt! Machen Sie sich sofort auf und durchsuchen Sie das ganze Haus, bis Sie Miss Crane finden – dann haben Sie wenigstens etwas zu tun. Totty, Sie brauchen auch nicht bei Brooks zu bleiben, der kommt schon von selbst wieder zu sich. Wo ist eigentlich Gilder?«

Der amerikanische Diener hatte sich unbemerkt davongeschlichen, als Ferraby auf der Bildfläche erschienen war.

»Soll ich ihn suchen?« fragte Totty und trat einen Schritt auf die Tür zu. Im selben Augenblick ging das Licht aus. Totty und

Tanner tasteten sich auf den Gang hinaus, wo es auch stockdunkel war.

»Jemand muß an dem Hauptschalter gedreht haben. Totty, Sie wissen doch, wo der ist?«

»Ja, das habe ich sofort nach meiner Ankunft hier festgestellt. Ich werde ihn auch wiederfinden.«

»Haben Sie eine Taschenlampe? Gut! Aber halten Sie Ihren Gummiknüppel bereit. Sie werden ihn wahrscheinlich brauchen. Ich gehe in die Halle zurück.«

Der Sergeant schlich sich vorsichtig den Gang entlang und tastete sich an der Wand die Treppe hinunter.

Der Hauptschalter lag in einem kleinen Kellerraum, zu dem man durch die Küche gelangte. Als Totty dort hinkam, fand er die Tür weit offen. Er leuchtete die Steinstufen hinunter und packte den Gummiknüppel fester. Vorsichtig und langsam stieg er dann abwärts und lauschte. Er glaubte, jemand schwer atmen zu hören, und suchte mit der Lampe, ob er nicht jemand entdecken könnte. Aber es war kein Mensch zu sehen. Allerdings bemerkte er verschiedene Nischen, in denen man sich gut verbergen konnte.

»Kommen Sie heraus aus Ihrem Versteck!« befahl er.

Niemand antwortete.

Zunächst war es seine Aufgabe, wieder Licht zu schaffen. Er konnte auch den Hauptschalter sehen, aber gerade, als er die Hand ausstreckte, um ihn zu drehen, erhielt er einen so heftigen Schlag auf den Kopf, daß er die Lampe fallen ließ. Im nächsten Augenblick fuhr er herum, um den Unbekannten zu packen, aber der Schlag hatte ihn stark mitgenommen. Er schlug mit der Faust aufs Geratewohl und traf ins Leere. Dann flog etwas an seinem Kopf vorbei und polterte gegen die Wand. Das Wurfgeschoß zerbrach und fiel in einzelnen Teilen zu Boden. Es mußte ein großes Stück Kohle gewesen sein.

Wieder stieß Totty zu, ohne zu treffen. Dann eilte jemand die Treppe hinauf, warf die Tür zu und riegelte sie von außen ab.

Mit philosophischer Ruhe ergab sich Totty in sein Schicksal. Zuerst tastete er sich bis zum Hauptschalter und drehte ihn wieder an. Sofort flammte eine Lampe in dem kleinen Raum auf, in dem er sich befand, und nun bemerkte er auf der einen Seite einen Kohlenhaufen. Bald darauf fand er auch seine Taschenlampe wieder, die glücklicherweise nicht beschädigt worden war. Dann zog er ein Stück starke Schnur aus der Tasche und befestigte damit den Griff des Hauptschalters, so daß dieser nicht so schnell wieder gedreht werden konnte. Erst dann sah er sich nach einer Möglichkeit um, die Tür zu öffnen.

Er brauchte jedoch keine Gewalt anzuwenden, denn er hörte Ferraby, der in die Küche gekommen war. Gleich darauf riegelte dieser die Tür auf, so daß Totty heraus konnte. Der Sergeant war noch etwas benommen von dem Schlag, den er erhalten hatte.

»Haben Sie Miss Crane gefunden?« fragte er schnell. Ferraby hatte sich inzwischen etwas gefaßt.

»Nein. Sie muß aber irgendwo im Haus stecken. Tanner ist auch nicht mehr so besorgt um sie.«

Er wartete nicht auf Tottys Antwort, sondern eilte wieder davon.

Bevor Totty wegging, schenkte er sich erst ein Glas kaltes Wasser ein und trank es langsam aus. Als er dann in die Halle zurückkehrte, stellte ihm Tanner viele Fragen.

»Nein, ich habe ihn nicht gesehen, aber ich habe seine Nähe zu spüren bekommen«, erwiderte der Sergeant grimmig. »Der Kerl war so schnell, daß ich ihn nicht packen konnte.«

»Mit einem Stück Kohle hat er Sie also bombardiert? Sie haben Glück gehabt, das muß ich sagen. Er hatte wohl vergessen, daß er ein Schießeisen in der Tasche hatte. Nachdem Sie gegangen waren, fiel es mir ein, und wenn ich offen sein soll – ich habe nicht erwartet, Sie noch einmal lebend wiederzusehen.«

Totty schluckte.

»Ich danke Ihnen für diese Sympathiekundgebung«, brummte er. »Woher hat der Kerl denn die Waffe?«

»Die hat er Brooks heute abend abgenommen. Das war das erste, was der Diener berichtete, als er wieder zu sich kam. Er hat alles eingestanden, aber ich wußte ja schon Bescheid.«

»Wissen Sie denn, wer es ist?«

Tanner nickte.

»Ja. Als mir Lord Lebanon erzählte, daß sie ihm ein Schlafmittel in den Whisky geschüttet hätten, lag der Fall für mich klar. Zufällig kannte ich auch das Schlafmittel, das sie benützten.«

Der Chefinspektor legte Totty die Hand auf die Schulter.

»Wenn wir heute ohne weiteren Zwischenfall durchkommen, bitte ich morgen den Polizeipräsidenten, Sie zu befördern. Es geht mir zwar gegen den Strich, daß Sie Inspektor werden sollen, aber schließlich muß es doch einmal geschehen.«

Totty lächelte bescheiden.

»Lady Lebanon ist in ihrem Zimmer«, fuhr Tanner fort, »und will nicht herunterkommen. Ich glaube, ihr Widerstand ist bald gebrochen. Früher oder später muß das ja eintreten – hallo, Ferraby, was machen Sie denn?«

Der junge Sergeant kam aufgeregt näher.

»Ich kann sie nirgends finden –«

»Geben Sie sich weiter keine Mühe. Miss Crane ist in Gilders Zimmer und schläft. Vor ein paar Minuten habe ich sie selbst dort gesehen. Hier ist der Schlüssel zu dem Raum.«

»Was, in Gilders Zimmer?« fragte Ferraby atemlos. »Und Sie haben den Schlüssel abgezogen?«

Tanner nickte.

»Sie ist nicht in unmittelbarer Gefahr, und ich hoffe, es wird ihr nichts geschehen.«

»Gott sei Dank!« erwiderte Ferraby. »Das waren die schlimmsten Augenblicke meines Lebens. Lord Lebanon wollte übrigens wissen, was das alles zu bedeuten hätte, aber ich habe es ihm nicht gesagt. Ich traf ihn vor der Tür zu dem Zimmer seiner Mutter. Nachher sagte er mir, daß sie ihn nicht hineingelassen hätte.«

»Lady Lebanon hat auch allen Grund, allein zu bleiben. Wo ist der Lord?«

Kaum hatte er diese Frage geäußert, als der junge Mann selbst mit wirren Haaren die Treppe heruntereilte. Allem Anschein nach war er aus dem Schlaf geweckt worden, denn er trug einen Morgenrock über dem Pyjama und erschien ohne Schuhe und Strümpfe.

»Sie werden sich erkälten«, meinte Tanner lächelnd. »Und das hat keinen Zweck.«

»Meine Mutter will nicht mit mir reden –«, begann Willie.

»Sie hat heute abend auch schon zuviel Aufregung gehabt«, versuchte Tanner ihn zu beruhigen. »Ich würde mir deshalb keine Sorgen machen. Totty, gehen Sie doch einmal hinauf und fragen Sie Lady Lebanon, ob sie nicht herunterkommen möchte. Sagen Sie ihr, daß ich es wünsche. Ferraby, beruhigen Sie die Dienerschaft und schicken Sie die Leute zu Bett.«

Der Chefinspektor blieb mit dem jungen Lord allein, wie er es beabsichtigt hatte.

»Wo ist denn Isla? Ich war in ihrem Zimmer, fand sie aber nicht. Um Himmels willen, die Sache wird immer schlimmer!«

»Ja, das ist wahrscheinlich der Höhepunkt.«

Tanner glaubte in Wirklichkeit aber, daß der Höhepunkt erst kommen würde, wenn sich Lady Lebanon zeigte. Welchen Ausweg würde sie suchen? Würde sie sich das Leben nehmen?

»Was hat das alles eigentlich zu bedeuten?« fragte der junge Lord ungewöhnlich entschieden. »Vergessen Sie bitte, daß ich ein ziemlich weicher, leicht zu beeinflussender Mensch war und allen Leuten erlaubte, mich zu leiten und mein Leben zu lenken. Ich habe mich jetzt endlich entschlossen, die Führung selbst in die Hand zu nehmen und von diesem abscheulichen Schloß wegzugehen. Marks Priory fällt mir tatsächlich auf die Nerven. Wissen Sie auch, wer in dem Zimmer ist, das sie nicht öffnen wollte? – Meinen Vater hält sie dort gefangen! Ich bin gar nicht Lord Lebanon.«

Tanner starrte ihn verblüfft an. Diese Enthüllung hatte er nicht erwartet. Aber dann unterdrückte er sein Erstaunen.

»Er war der Mann, der all diese Unruhe verursacht hat«, fuhr Willie Lebanon fort. »Jetzt ist er fort – ich wette, daß er viele Meilen entfernt ist. Er konnte ins Haus kommen und gehen, wann er wollte. Da staunen Sie, was?«

»Das muß ich zugeben«, entgegnete Tanner ruhig. Willie saß im Stuhl seiner Mutter und hatte die Hände gefaltet.

Tanner schob einen Sessel an die andere Seite des Tisches und setzte sich ihm gegenüber.

»Immer hat sie von der Familie geredet und von den Ahnen – ich mag kein Wort mehr davon hören!« Willie lehnte sich vor. »Meinen Sie nicht auch, daß es jetzt Zeit ist, ein Ende zu machen? Erst Studd – dann Amersham – und nun der arme Brooks!«

Tanner schüttelte den Kopf. »Sie urteilen ein wenig zu früh – Brooks ist nicht tot.«

»So? Es hat mir aber doch jemand gesagt, daß er tot wäre ... Nun, dann freue ich mich. Er ist wirklich kein schlechter Mensch. Aber denken Sie nicht auch wie ich? Diese ganze Familie sollte ausgerottet werden!«

»Ich verstehe nicht recht, wie Sie das meinen.«

Lebanon bewegte sich unruhig in seinem Sessel.

»Die Geschichte geht nun schon seit vielen Jahren. Die Lebanons waren immer so – wußten Sie das nicht?«

Er sprach leise und vertraulich weiter.

»Mein Vater war auch so ... fünfzehn Jahre hat er im Zimmer des alten Lords gelebt – er war vollständig verrückt und hatte den Verstand verloren!« Willie Lebanon lachte vor sich hin. »Und die beiden Amerikaner mußten nach ihm sehen – sie waren seine Wärter!«

»Das habe ich vermutet!«

Lord Lebanon stützte den Kopf in die Hand.

»Aber niemals hat er einen Menschen erwürgt!« Seine Stimme zitterte vor Erregung und Stolz. »Der alte Lord war immer eine Gefahr, aber heimlich hinter jemand herschleichen und ihm die Kehle zuschnüren – das konnte er nicht!«

Langsam wandte sich der Lord Tanner zu.

»Mein Vater ist tot – das wissen Sie. Er war wirklich vollkommen wahnsinnig. Habe ich Ihnen nicht vorhin erzählt, daß er oben in dem Zimmer wäre? Nun, da habe ich Sie angelogen. Ich kann nämlich sehr leicht lügen. Ich habe eine unglaubliche Erfindungsgabe und kann schnell handeln. Ich hörte doch, wie Sie sagten: ›Das war schnelle Arbeit!‹« Er lachte unheimlich auf. »In Puna habe ich das erstemal beobachtet, wie es gemacht wird. Ich sah, wie ein kleiner, schmutziger Kerl plötzlich hinter einem großen, kräftigen Mann herschlich und ihm ein Tuch um den

Hals warf. Gleich darauf war der andere tot. Es war einfach toll!«

Tanner sagte nichts.

»Ich habe es dann an einem jungen Mädchen versucht, einer Eingeborenen. Die war auch im Handumdrehen erledigt.« Er schnappte mit den Fingern, und seine Augen leuchteten auf.

Das war also das Geheimnis von Marks Priory. Tanner ahnte es seit einiger Zeit. Dieser junge Lord hatte die ganze Welt hinters Licht geführt, hatte den Polizeibeamten Sand in die Augen gestreut und alle Menschen getäuscht. Nur seine eigene Mutter wußte alles. Sie litt schwer darunter, setzte aber alles daran, ihn zu beschützen – den Letzten der Lebanons.

»Es ist merkwürdig, wie schnell Menschen sterben können.«

Willie steckte die Hand in die Tasche seines Morgenrocks, zog ein langes rotes Seidentuch heraus und lachte vor Vergnügen, als er es ansah.

»Schauen Sie einmal her. Ich habe eine ganze Menge von diesen Tüchern aus Indien mitgebracht. Amersham hat mir einmal einige fortgenommen, aber er wußte nicht, wo ich die anderen aufbewahrte. Sie sind erstaunt? Ich bin nicht gerade groß, aber ich habe unheimliche Kräfte. Fühlen Sie einmal meine Muskeln.«

Er bog den Arm, und Tanner umspannte den oberen Teil. Niemals hätte er geglaubt, daß Willie Lebanon so stark sein könnte.

»Mir hat es furchtbar viel Spaß gemacht«, fuhr Willie fort. »Die Leute sagten immer: ›Ach, seht doch mal den schwächlichen jungen Kerl!‹«

Aber dann wurde er wieder ernst und kehrte zu seiner Geschichte zurück.

»Sie machten damals viel Aufhebens von dem indischen Mädchen. Die Leute beim Regiment trauten es mir gar nicht zu; die wußten nicht, daß ich so viel Kraft besaß, und als es herauskam, war es eine Überraschung für sie.«

»Ist es dasselbe Mädchen, von dem Sie mir in Scotland Yard erzählten?«

Der junge Lord lachte.

»Ja. Amersham hätte nie den Mut gehabt, das zu tun. Ich

habe Sie damals nur aufgezogen, ich wollte Sie hinters Licht führen. Das hat mir von jeher das größte Vergnügen bereitet.«

»Die Sache wirbelte also damals viel Staub auf?« fragte Tanner.

Er sprach so ruhig, daß man hätte glauben können, die beiden unterhielten sich über ein alltägliches Thema. Auf diese Enthüllung hatte er schon den ganzen Abend gewartet und deshalb seine beiden Assistenten fortgeschickt. Er wußte, daß Lord Lebanon in ihrer Gegenwart nichts gesagt hätte. Nur unter vier Augen würde ihm der junge Mann die Wahrheit anvertrauen.

»Ja, es gab einen unheimlichen Krach. Meine Mutter schickte Amersham nach Indien, damit er mich nach Hause bringen sollte. Er war ein ganz gemeiner Kerl, ein Mensch, der eigentlich nichts mit unserer Familie zu tun hatte. Es kam ihm gar nicht darauf an, Dokumente zu fälschen und anderer Leute Namen zu mißbrauchen. Schrecklich war das! Lassen Sie sich mit dem Menschen nicht ein!« sagte er mit Nachdruck.

Für ihn schien Amersham im Augenblick noch zu leben.

»Nachdem er mich nach England zurückgebracht hatte, ließ meine Mutter die beiden Leute wiederkommen, die auch nach meinem Vater gesehen hatten . . . Gilder und Brooks. Sie sind in Wirklichkeit keine Diener, sie sollten sich nur um mich kümmern. Sie verstehen, was ich meine?«

»Ja, vollkommen.«

Plötzlich kam dem jungen Lord ein Gedanke, der ihn belustigte.

»Sie erinnern sich doch an den Raum, den meine Mutter Ihnen nicht zeigen wollte? Ich kann Ihnen sagen, was darin ist. Alle Wände sind ausgepolstert, und überall sehen Sie Gummikissen. Ich mußte immer hineingehen, wenn mir die Dinge klarwurden.«

»Sie meinen, wenn Sie den anderen unangenehm wurden?« erwiderte Tanner lächelnd.

»Nein, wenn mir die Dinge klarwurden«, entgegnete der Lord ärgerlich. »Ich weiß genau, was ich sage. Wenn ich alles deutlich sehe, wie es wirklich ist, dann ist es schrecklich, und nur wenn ich in große Erregung komme, kann ich klar denken.«

Tanner lehnte sich über den Tisch, und Lebanon wich schnell zurück.

»Rühren Sie mich nicht an!« Er legte die Hand auf die Brust.

»Ich brauche nur Feuer – seien Sie einmal der höfliche Gastgeber.«

Als Willie das hörte, wurde er wieder freundlich.

»Es tut mir leid – außerordentlich leid.«

Er steckte ein Streichholz an und hielt es Tanner mit ruhiger Hand hin, während der an seiner Zigarre zog. Dann blies er es aus und legte es sorgfältig auf den Aschenbecher.

»Sind Sie nun Freund oder Feind?« fragte er.

»Wie können Sie so etwas fragen? Ich bin doch Ihr Freund.«

»Sie haben aber nach Scotland Yard telefoniert, daß man drei Ärzte schicken soll, um mich für verrückt zu erklären. Ich habe es selbst gehört, daß Sie das am Apparat sagten.«

»Die besuchen mich doch nur«, protestierte Tanner.

»Das ist nicht wahr. Sie kommen meinetwegen.« Willies Züge verhärteten sich. »Aber ich kann ihnen schon etwas vorlügen, genau wie Ihnen und all den anderen. Meine Mutter war leider von diesem verdammten Amersham abhängig. Der hatte sie in seiner Gewalt. Ich werde Ihnen auch sagen, warum. Sie verwaltete das Vermögen meines Vaters, was eigentlich durch das Vormundschaftsgericht hätte geschehen müssen. Natürlich wäre sie in Teufels Küche gekommen, wenn man das erfahren hätte. Amersham drohte ihr immer, daß er zur Polizei gehen würde, deshalb hat sie ihm viel Schweigegeld gegeben.«

»Warum waren Sie aber so unfreundlich zu Ihrem Chauffeur?«

Der junge Lord wurde traurig.

»Das tut mir entsetzlich leid. Er war ein so guter Kerl, aber ich fürchtete mich nun einmal vor Indern. Die haben einmal versucht, mich umzubringen; sie waren damals so aufgebracht wegen des jungen Mädchens.

Ich wußte nicht, daß dieser Maskenball im Dorf abgehalten wurde, und als ich den Inder auf dem Weg durch den Park sah, bekam ich Angst vor ihm – und dann ist es eben geschehen . . .«

Tanner sah, daß Willie Lebanon die Tat aufrichtig bereute.

Tränen standen in den Augen des Lords, denn er hatte Studd wirklich gern gehabt.

»Ich habe noch eine Woche hinterher geweint. Meine Mutter und die Dienstboten werden Ihnen das bestätigen. Zu seiner Beerdigung habe ich kostbare Blumen geschickt, und seine Schwester hat zweihundert Pfund von mir bekommen. Sie war seine einzige Verwandte. Das Geld habe ich aus der Kassette meiner Mutter gestohlen. In Wirklichkeit gehört mir doch alles, aber meine Mutter war damals, wie immer, sehr ärgerlich.«

Er sah nach der Treppe, dann nach der Tür.

»Soll ich Ihnen einmal etwas zeigen?« fragte er lächelnd. »Aber Sie müssen mir vorher versprechen, niemand etwas davon zu sagen.«

»Ich gebe Ihnen mein Wort.«

Lebanon zog eine Pistole aus der Tasche.

»Die habe ich Brooks abgenommen«, sagte er befriedigt. »Und ich habe es sehr geschickt gemacht. Ich wollte schon immer eine Schußwaffe haben.«

Er sah Tanner plötzlich wieder ernst an.

»Man kann sich selbst erwürgen, aber es ist sehr schwer, und die Leute sehen auch so häßlich aus.« Schaudernd schloß er die Augen. Als er sie wieder öffnete, war sein Gesicht verzerrt und eingefallen. »Manchmal ist mir schon der Gedanke gekommen, daß diese ganze Familie aufhören muß zu existieren, mit all ihren Wappen und Wahlsprüchen. Meine Mutter sagt zwar immer, die Linie müßte fortgepflanzt werden, aber das ist doch einfach lächerlich!«

»Mein armer, lieber Junge«, sagte Tanner nach einer Weile freundlich und weich.

Lebanon kniff die Augen zusammen.

»Sie meinen doch nicht etwa mich – warum sagen Sie das?«

»Ich hatte einen jungen Bruder – etwa in Ihrem Alter.«

Der Lord schaute ihn argwöhnisch von der Seite an.

»Sie können mich nicht leiden.«

»Doch, ich habe Sie gern, ich bin doch immer Ihr Freund gewesen. In Scotland Yard war ich doch sehr nett zu Ihnen.«

Willies Gesicht hellte sich wieder auf.

»Das stimmt. Sie müssen aber zugeben, daß es sehr schlau von mir war, Sie dort zu besuchen. Das war wohl das letzte, was Sie erwartet hätten. Bedenken Sie, daß ich Amersham in der Nacht umgebracht hatte. Als der Spektakel hier im Gange war, machte ich mich auf und davon. Meine Mutter hatte dann Gilder im Auto hinter mir hergeschickt. Der wußte, wohin ich gegangen war, denn ich hatte ihm am Morgen gesagt, ich würde nach Scotland Yard fahren, um mich einmal mit Ihnen zu unterhalten.«

Tanner streifte die Asche seiner Zigarre in eine Schale, während sich Lord Lebanon zurücklehnte und die Pistole mit beiden Händen umfaßte.

»Das war allerdings ein toller Streich«, meinte Tanner.

Dann saßen sie sich eine Minute lang schweigend gegenüber.

»Ich möchte nur wissen, wo er sie hingebracht hat?« fragte Lebanon plötzlich. »Ich meine Isla.«

»Wer soll sie denn fortgebracht haben? Etwa Gilder?«

Lebanon nickte.

»Heute abend sah sie doch dem indischen Mädchen verdammt ähnlich. Ich trat hinter sie und legte meine Arme um sie. Haben Sie nicht gehört, wie sie geschrien hat? Sie lief die Treppe hinunter, und dann war Totty da, sonst wäre ich hinter ihr hergekommen. Im nächsten Augenblick sah ich auch Gilder; der ist ja immer in der Nähe. Haben Sie das nicht auch bemerkt? Wo Sie hinschauen, sehen Sie den Kerl. Am häufigsten hält er sich in der Halle auf. Ich glaube, der würde mich umbringen, wenn ich Isla etwas täte. Sie halten Gilder für einen gemeinen Menschen, aber das ist er in Wirklichkeit nicht. Im Gegenteil, er ist sehr freundlich, besonders zu Isla. Kein Mensch paßt so gut auf sie auf wie er, besonders seit sie es weiß.

Deshalb fürchtete sie sich auch so sehr. Sie kam an dem Abend die Treppe herunter, als ich hier alles kurz und klein schlug.« Er sah sich interessiert um. »Ich kann mich zwar nicht darauf besinnen, daß ich es getan habe, aber wer soll es sonst gewesen sein? An jenem Abend hätte ich Amersham beinahe geschnappt. Die beiden Amerikaner packten mich von hinten, aber sie hatten große Mühe, mich zu überwältigen. Donnerwetter, hat sich

Amersham damals gefürchtet! Isla sah den Kampf von der Treppe aus, und seit der Zeit ängstigt sie sich sehr.

Merkwürdig, als ich gestern Amersham erwischte, hat sie mich wieder gesehen. Ich trat gerade mit dem roten Tuch in der Hand in die Tür. Meine Mutter nahm es mir weg und schickte mich zu Bett. Und ich bin doch furchtbar stark – Sie glauben es wohl nicht?«

»Doch, ich habe immer angenommen, daß Sie große Kraft besitzen.«

Tanner konnte die dauernde Spannung kaum noch ertragen. Er wandte den Blick nicht von der Waffe, über die der junge Lord beide Hände gelegt hatte. Diese Lösung hatte er nicht beabsichtigt. Er hoffte jedoch, daß der Anfall nach einiger Zeit vorübergehen würde, wenn er Willie in guter Laune hielt und ihn beruhigte.

Früher hatte er schon einmal mit einem Wahnsinnigen zu tun gehabt. Er kannte die Anzeichen, und was er hier sah, war nicht gerade ermutigend. Der Höhepunkt des Anfalls war noch nicht erreicht. Das schlimmste war, daß der junge Lord die geladene Pistole unter den Händen hatte. Die Mündung war auf Chefinspektor Tanner gerichtet.

»Heute abend haben sie sich mächtig gefürchtet, als ich den Schlaftrunk nicht nahm.« Lebanon lachte vor sich hin. »Sie wußten wohl, was in dem Glas war?«

»Ja, es war Bromkali. Die Wärter dachten, Sie wären etwas erregt, und wollten Sie beruhigen. Das haben sie wahrscheinlich schon öfter getan.«

»Sehr oft. Aber heute abend habe ich ihnen doch ein Schnippchen geschlagen.«

Tanner trank das Glas Whisky-Soda aus, das vor ihm auf dem Tisch stand, und erhob sich.

»Ich gehe jetzt zu Bett.«

Er schob den Sessel zurück, gähnte und streckte sich. Als er sich umschaute, stand Lebanon hinter ihm und sah ihn seltsam an.

»Sie gehen nicht zu Bett«, sagte der Lord leise. »Dazu fürchten Sie sich viel zu sehr!«

Tanner schüttelte lächelnd den Kopf.

»Doch, Sie fürchten sich. Vor mir fürchten sich alle.«

»Aber mir können Sie keine Angst einjagen«, erwiderte Tanner freundlich. »Seien Sie jetzt vernünftig und geben Sie mir die Pistole. Warum wollen Sie eine so gefährliche Waffe bei sich tragen?«

»Oh, damit läßt sich allerhand anfangen.«

Tanner hörte einen Schreckensruf von der Treppe her. Er wandte sich nicht um, aber er wußte, daß Lady Lebanon dort stand.

»Damit könnte ich zum Beispiel die Familie der Lebanons ein für allemal auslöschen.«

»Aber Willie!«

Plötzlich änderte sich das Benehmen des jungen Lords. Er wich zurück und verbarg die Waffe.

»Was machst du da, du dummer Junge? Gib sofort die Pistole her!«

»Nein«, entgegnete er mit weinerlicher Stimme, »ich habe schon immer so etwas haben wollen. Mehr als ein dutzendmal habe ich darum gebeten.«

»Lege die Waffe dort auf den Tisch!«

Einen Augenblick wandte Willie Tanner den Rücken zu, und in dieser Sekunde warf sich der Chefinspektor auf ihn. Totty stürzte in den Raum und half seinem Vorgesetzten, aber mit einer unglaublichen Kraftanstrengung gelang es dem Lord, sich frei zu machen und die Treppe hinaufzueilen. In diesem Moment erschien Gilder. Eine Sekunde zögerte Lebanon noch, dann drückte er ab. In dem engen Raum hallte der Schuß unheimlich wider. Die Pistole entglitt Willies Fingern, und er sank auf die Stufen nieder.

Im nächsten Augenblick waren die drei Männer an seiner Seite und beugten sich über ihn, aber ein Blick sagte Tanner, daß Hilfe vergeblich war.

Lady Lebanon stand mit erhobenem Kopf steif an ihrem Schreibtisch. Sie hatte das Gesicht abgewandt, aber den Kopf in den Nacken geworfen.

»Nun, wie steht es?« fragte sie mit rauher Stimme.

»Er ist tot«, entgegnete Tanner heiser.

Sie antwortete nicht, aber ihre Hände krampften sich zusammen. Langsam ging sie zur Treppe.

Als sie an dem Toten vorüberkam, würdigte sie ihn keines Blickes. Sie blieb nur einen Augenblick stehen und stützte sich an der Wand.

»Zehn Jahrhunderte hindurch hat die Familie Lebanon bestanden, und nun ist keiner mehr übrig, um die Linie fortzusetzen«, sagte sie klagend.

Die Anwesenden hörten schweigend zu.

Mühsam stieg Lady Lebanon die letzten Stufen hinauf.

26

Chefinspektor Tanner berichtete dem Polizeipräsidenten über die Ereignisse in Marks Priory.

»Zuerst hatte ich den Eindruck, daß es sich um einen gewöhnlichen Racheakt handelte, und ich hatte zwei, vielleicht auch drei Leute in Verdacht, zunächst natürlich Amersham. Er war in der Nähe des Tatortes, als Studd ermordet wurde, und ich hatte auch ein Motiv gefunden: Beide interessierten sich für dieselbe Frau, und Amersham war entsetzlich eifersüchtig. Er stand in schlechtem Ruf, und ich muß gestehen, daß ich mich täuschen ließ, als der junge Lord Lebanon nach Scotland Yard kam und mir erzählte, Amersham hätte eine junge Inderin erwürgt. Als ich dann nach Amershams Tod ein Telegramm aus Indien erhielt, ersah ich daraus alle Einzelheiten des Verbrechens.

Lebanon war allem Anschein nach der Täter gewesen, damals aber schon für geisteskrank erklärt worden. Die indische Regierung war froh, daß er das Land schnell verließ, denn er hatte sich schon vorher merkwürdig benommen und bei der Jagd auf seine eigenen Treiber geschossen. Man beobachtete ihn gerade auf seinen Geisteszustand, als der Mord an dem Mädchen begangen wurde.

Hätte ich Lord Lebanon im Verdacht gehabt, so wäre mir auch sofort klar gewesen, daß er nur einen anderen als Täter hinstellen wollte. Aber Dr. Amersham stand in so schlechtem Ruf, und seine Beziehungen zu Lady Lebanon waren so seltsam, daß ich ihn zuerst für den Schuldigen hielt und alle meine Nachforschungen darauf richtete, ihn zu entlarven. Das änderte sich natürlich, als sein Tod bekannt wurde.

Amersham war ein Dieb und Erpresser; es war sein Glück, daß Lady Lebanon ihn während der Krankheit ihres Mannes zum Hausarzt und Vertrauten wählte. Der Familienarzt, der stets das Geheimnis gewahrt hatte, war gestorben, und sie hatte große Schwierigkeiten, einen Nachfolger zu finden. Jeder verantwortungsvolle Arzt hätte den Fall sofort der Behörde gemeldet, und dann wäre vom Gericht aus eine Vormundschaftsverwaltung über das Vermögen eingesetzt worden.

Amersham erschien in jeder Beziehung geeignet. Er war sehr klug, besaß auch genügend Kenntnisse über Geisteskrankheiten, und so erhielt er die Stelle, nachdem er sich auf eine Anzeige in der Times hin gemeldet hatte.

Sein Gehalt war sehr groß, und er hatte von der Zeit an keine Sorgen mehr. Aber er war eben ein verbrecherischer Charakter und nützte die Gelegenheit aus. Nach und nach kam die Familie Lebanon immer mehr unter seinen Einfluß, bis er sie schließlich vollkommen in der Gewalt hatte.«

Der Polizeipräsident stellte eine Frage, aber Tanner schüttelte den Kopf.

»Nein, es haben sich früher keine Krankheitssymptome bei dem Lord gezeigt. In Indien steht allerdings in seiner Krankengeschichte, daß er einmal einen leichten Sonnenstich hatte. Das wird die erbliche Veranlagung unterstützt und die Krankheit eher zum Ausbruch gebracht haben. Die ersten Anzeichen von Wahnsinn meldeten sich, als er auf seine eigenen Treiber schoß. Seine Vorgesetzten wußten nicht, daß sein Vater auch schon geisteskrank war. Und sein Urgroßvater ist in einem Irrenhaus gestorben. Ich habe übrigens feststellen können, daß Geisteskrankheit in beiden Teilen dieser Familie erblich ist.

Als der alte Lord starb, war Lady Lebanon froh, daß sie Dr. Amersham loswerden konnte, der sich immer mehr Rechte anmaßte. Drei Monate blieb er dem Schloß fern, dann kamen die traurigen Nachrichten aus Indien, und die Frau brauchte seine Hilfe aufs neue.

Er willigte ein, die Behandlung Willies zu übernehmen und den Skandal in Indien zu vertuschen, aber er verlangte dafür von ihr, daß sie sich mit ihm in Petersfield trauen ließ. Zuerst war ich erstaunt, daß die Trauung in dieser kleinen Ortschaft stattfand, aber dann brachte ich in Erfahrung, daß Lady Lebanon viele Ländereien in der Gegend besitzt.

Es ist wohl nur eine Scheinehe gewesen. Liebe hat zwischen den beiden nicht bestanden, und sie haben niemals ein gemeinsames Leben geführt. Sie forderte nur von Amersham, daß er sich nicht zu sehr gehenlassen sollte, aber er kümmerte sich nicht darum. Gilder und Brooks wurden zurückgerufen, und es ereignete sich eigentlich nichts Besonderes bis zur Ermordung Studds, die bis zu einem gewissen Grad ja einem unglücklichen Zufall zuzuschreiben ist.

Der junge Lord hatte leider einen geheimen Ausgang aus der Tobsuchtszelle entdeckt, in die er zeitweise eingesperrt werden mußte. Er fand die Treppe, die nach unten in den Park führte. Früher hatte man diesen Weg benützt, um den alten Lord abends in der Dunkelheit in den Park zu bringen. Dies muß noch vor Gilders Zeit gewesen sein, denn weder er noch Brooks wußten etwas von dem geheimen Gang.

Willie war außerordentlich geschickt und gewandt. Innerhalb einer Viertelstunde plante er zum Beispiel einen Anschlag auf den Motorradfahrer, der als Kurier nach Scotland Yard zurückgeschickt wurde. Kurz darauf hatte er sich Zugang zu Tillings Haus verschafft, wo er alles kurz und klein schlug, und wenig später war er wieder im Schloß.

Als er mich in Scotland Yard besuchte, hatte ich noch keine Ahnung, daß ich es mit einem Geisteskranken zu tun hatte. Er schien allerdings ein Schwächling zu sein, ein Muttersöhnchen, wie man es in aristokratischen Kreisen öfters findet.

Warum er damals zu mir kam, ist vollkommen klar. Er hatte Amersham in der Nacht ermordet und wollte sich bei der Polizei melden, bevor die Nachforschungen einsetzten.

Lady Lebanon schickte ihm sofort einen der Wärter nach, als

er vermißt wurde. Gilder wußte, daß der Lord nach Scotland Yard gehen wollte, folgte ihm und ließ ihn nicht eher aus den Augen, bis er wieder sicher in Marks Priory landete. Sie kehrten in dem gleichen Auto zurück. Das hat mir Gilder später erzählt.

Lebanons Zerstörungswut nahm mit der Zeit zu. Kurz vorher hatte er erst einen schweren Anfall gehabt, wobei er das Wohnzimmer vollkommen zertrümmerte.

Die Ermordung Amershams hat er mit großer Schlauheit geplant und durchgeführt. Er wartete vor der Tür, und als er sah, daß Amersham abfahren würde, lauerte er ihm bei einer scharfen Kurve auf. Der Doktor mußte dort langsamer fahren, der Lord sprang auf den Wagen und erwürgte den Mann.

Damals ging er nicht sofort ins Haus zurück. Vielleicht verlor er in der Aufregung den Weg; jedenfalls befand er sich plötzlich in einer Baumallee, die parallel zur Straße läuft, und wurde von dem Parkwächter Tilling angehalten. Der Mann muß aber sofort erkannt haben, wer sein Gegner war, denn er hat nicht seine volle Kraft angewandt. Er war stark genug, um Lebanon zu bezwingen. Später sagte er ja selbst aus, daß er sich nur darauf beschränkt hatte, sich gegen den Lord zu verteidigen. Schließlich brachte er Willie zum Haus zurück.

Lady Lebanon befand sich in einer schwierigen Lage. Zum erstenmal war ihr Geheimnis Leuten bekanntgeworden, die nicht zu dem engen Kreis gehörten, auf den sie sich verlassen konnte. Sie wußte außerdem, daß Amersham etwas zugestoßen sein mußte, ja, sie suchte schon nach dem Toten, als Tilling mit Willie Lebanon auf der Bildfläche erschien.

Trotzdem konnte sie die Leiche nicht finden. Zunächst schickte Lady Lebanon nun Gilder mit Amershams Wagen fort; er ließ ihn ein paar Kilometer vom Dorf entfernt stehen.

Darauf mußte sie mit Tilling fertig werden. Sie wußte, daß die Polizei bald erscheinen und auch den Parkwächter einem Verhör unterwerfen würde. Das konnte gefährlich werden. Deshalb faßte sie den Entschluß, ihn zu ihrem Jagdhaus in der Nähe von Aberdeen zu schicken. Sie versorgte ihn reichlich mit Geld und schrieb ihm die Züge vor, mit denen er fahren sollte.

Der junge Lord hatte eine große Abneigung gegen Miss Isla

Crane, wie ich später feststellen konnte. Sie selbst hatte keine Ahnung davon, aber er machte drei Versuche, sie zu ermorden. Den letzten an dem Abend, an dem er sich selbst das Leben nahm.

Gilder erzählte er nichts von seinem Plan, da er sehr wohl wußte, daß er seine schützende Hand über Miss Crane hielt. Trotzdem vermutete es der Diener. Er hatte den jungen Lord zu lange betreut, daß er in gewisser Weise voraussagen konnte, was dieser tun würde. Und so war es ihm möglich, Isla zur rechten Zeit in Sicherheit zu bringen.

Damit wäre ich am Ende meines Berichtes über den Fall von Marks Priory. – Im Anschluß daran möchte ich übrigens Sergeant Totty zur Beförderung vorschlagen.«

Der Polizeipräsident sah ihn erstaunt an.

»Warum denn?«

Tanner fuhr sich nachdenklich über das Kinn.

»Er ist nun schon so lange Sergeant, daß es vielleicht angebracht wäre, ihn zum Inspektor zu machen.«

EDGAR
WALLACE

GEHEIMAGENT NR. 6

Roman

Aus dem Englischen
von Ravi Ravendro

1

Nachdem man auf der internationalen Polizeikonferenz in Genua drei Tage lang die verschiedensten Probleme erörtert hatte, kam man schließlich auch auf Cäsar Valentine zu sprechen. Es lag nichts Besonderes gegen ihn vor; die Beamten tauschten nur im Anschluß an den Fall Gale ihre Meinungen über ihn aus.

»Ich verstehe eigentlich nicht, was man diesem Mann vorwirft«, sagte Lecomte von der Pariser Sûreté. »Er ist reich, sehr bekannt und sieht vorzüglich aus – aber das alles kann man doch nicht als ein Verbrechen bezeichnen.«

»Wo mag er nur das Geld herhaben?« fragte Leary, der aus Washington kam. »Fünf Jahre lang war er bei uns in den Staaten, aber er hat immer nur Geld ausgegeben.«

»Auch das ist weder in Frankreich noch in Amerika ein Verbrechen«, erwiderte Lecomte lächelnd.

»Leute, die mit ihm in Geschäftsverbindung standen, hatten das Unglück, plötzlich zu sterben.«

Es war Hallett von der Londoner Kriminalpolizei, der diese unfreundliche Bemerkung machte.

Leary nickte.

»Ja, das stimmt auch mit unseren Beobachtungen überein. Die Vorsehung meinte es sehr gut mit Mr. Valentine. Er hatte sich vor ein paar Jahren auf der Chikagoer Börse in Weizen engagiert, und die Kursentwicklung ging gegen ihn. Die Preise fielen und fielen, und an der Spitze der Baissegruppe stand Burgess. Er war ein persönlicher Gegner Valentines und hätte ihn auch ruiniert, aber eines Morgens wurde er auf dem Boden eines Liftschachtes in seinem Hotel tot aufgefunden. Er war vom neunzehnten Stockwerk in die Tiefe gestürzt.«

Lecomte zuckte die breiten Schultern.

»Kann das nicht ein Zufall gewesen sein?«

»Wenn dies der einzige Fall wäre, könnte man es annehmen«, entgegnete Hallett. »Aber hören Sie weiter. Dieser Mr. Valentine befreundete sich mit dem Bankier George Gale in England.

Gale finanzierte ihn mit Bankgeldern, obwohl das niemals bewiesen wurde. Der Mann hatte die Gewohnheit, ein Nervenstärkungsmittel zu nehmen, das er in seinem Büro stehen hatte. Eines Abends wurde er mit der kleinen Flasche in der Hand in seinem Privatkontor tot aufgefunden. Das Etikett trug die Aufschrift der Medizin, aber in Wirklichkeit enthielt die Flasche ein starkes Gift. Als später die Bücher der Bank geprüft wurden, stellte sich heraus, daß eine Summe von hunderttausend Pfund fehlte. Valentines Konto war vollkommen in Ordnung. Man nahm allgemein an, daß Gale Selbstmord verübt hätte, und Valentine schickte zu seiner Beerdigung den größten Kranz.«

»Nun, ich will Valentine nicht verteidigen«, entgegnete Lecomte, »aber ich sehe wirklich noch keinen zwingenden Grund, den Mann für einen Verbrecher zu halten. Es mag immerhin Selbstmord gewesen sein. Können Sie vielleicht das Gegenteil beweisen? Sicher ist der Fall doch mit aller Gründlichkeit von Scotland Yard untersucht worden.«

Hallett nickte.

»Und es wurde nichts Belastendes gegen Valentine gefunden?« fragte Lecomte. »Sie halten den Mann trotzdem für verdächtig? Nun, wenn das tatsächlich der Fall sein sollte, helfe ich Ihnen mit sämtlichen Beamten der Sûreté. Ich werde ihn das nächste Mal Tag und Nacht bewachen lassen, denn gewöhnlich bringt er sechs Monate des Jahres in Frankreich zu. Aber offen gestanden sähe ich es lieber, wenn Ihr Verdacht besser begründet wäre.«

»Er ist mit der Frau eines anderen durchgebrannt«, begann Hallett noch einmal. Lecomte lachte laut.

»Verzeihen Sie«, entschuldigte er sich gleich darauf, »aber das ist nach französischem Gesetz kein Verbrechen.«

Die allgemeine Unterhaltung wandte sich dann anderen Dingen zu.

*

Ein Jahr später saß Hallett in seinem Büro in Scotland Yard am Schreibtisch und las mit düsterem Gesichtsausdruck einen Bericht durch.

Eine halbe Stunde lang dachte er darüber nach, dann klingelte er. Kurz darauf trat jemand in den Raum.

»Vor etwa sechs Monaten«, begann der Chef ernst, »haben Sie mir Ihre Ansichten über Mr. Valentine auseinandergesetzt. Bitte unterbrechen Sie mich nicht, hören Sie mich erst zu Ende an. Ich habe Sie gern – das wissen Sie. Und ich vertraue Ihnen, sonst würde ich Sie nicht vor eine so schwere Aufgabe stellen. Ich bin davon überzeugt, daß Ihre Theorien in gewisser Weise begründet sind. Deshalb habe ich mich auch so viel mit Ihnen befaßt und Sie für die Lösung dieser Aufgabe geschult.

Bei solchen Fällen muß man vor allem Geduld haben. Chefinspektor Burns schickte einen Mann nach den Minenfeldern, um einen Mörder zu suchen. Als Anhaltspunkt hatte der Beamte nur eine kleine Fotografie, auf der ein Teil der rechten Gesichtshälfte des Täters zu sehen war. Es dauerte drei Jahre, bis er ihn fassen konnte.

Lecomte von der Sûreté wartete fünf Jahre, bis er Madame Serpilot verhaftete. Als ich noch ein junger Beamter war, verfolgte ich die Bande von Cully Smith drei Jahre und acht Monate lang; erst dann gelang es mir, Cully zu überführen. Vielleicht kostet es Sie ebensoviel Zeit, Cäsar Valentine schachmatt zu setzen.«

»Wann soll ich beginnen?«

»Sofort. Niemand darf Ihren Aufenthalt erfahren, nicht einmal diese Dienststelle. Ihr Gehalt wird Ihnen jeden Monat postlagernd zugesandt, und in den Akten wird hinter Ihrem Namen die Bemerkung stehen: ›Sonderauftrag im Ausland‹.«

»Manches wird sehr schwierig sein. Mein Name –«

»Sie haben keinen Namen. Von jetzt ab heißen Sie Nummer Sechs, und niemand außer uns beiden weiß, wer Sie sind. Ich werde Auftrag geben, daß Scotland Yard aufgrund Ihrer Nachrichten, Wünsche – oder auch Hilferufe handelt. Gehen Sie nun und versuchen Sie, mit Valentine fertig zu werden. Vielleicht ist er tatsächlich der gefährlichste Mensch auf der ganzen Welt; andererseits wäre es aber auch möglich, daß die Gerüchte, die wir über ihn gehört haben, nicht auf Wahrheit beruhen. Sie übernehmen eine schwere Aufgabe. Man kann einen Mann nicht ins Gefängnis werfen, weil er viel Geld ausgibt, oder weil er mit der Frau eines anderen durchbrennt. Natürlich ist er bei den Männern nicht beliebt, und Leute, die hassen, nehmen es mit der Wahrheit nicht zu genau. Sie müssen kühn, aber vollständig unauffällig vorgehen, denn ich glaube, er hat überall auf der Welt seine Verbindungen. Zu meinem größten Erstaunen entdeckte ich, daß er sogar hier in diesem Amt einen Mann bestochen hatte, der ihm Nachrichten zukommen ließ. Dadurch wurden mir die Augen geöffnet, und ich erkannte, wie schwer es sein wird, diesen Fall aufzuklären. Ein Mann bezahlt nicht Tausende von Pfund, um einen Spion hier im Polizeipräsidium zu haben, wenn er nicht etwas zu fürchten hat.«

Nummer Sechs nickte.

»Also, die Welt steht Ihnen offen, und Sie können auf eine große Belohnung rechnen, wenn Sie Erfolg haben. Suchen Sie vor allem seine Freunde – Sie können in alle Gefängnisse Englands gehen und die Verbrecher verhören, die etwas von ihm wissen. Vielleicht hilft Ihnen das weiter.«

»Es ist eine sehr große Aufgabe, vor die Sie mich stellen, aber es ist die einzige auf der Welt, die ich mir wünsche.«

»Das weiß ich«, erwiderte Hallett. »Sie werden eine sehr einsame Zeit durchmachen, aber wahrscheinlich von allerlei Leuten unterstützt werden – ich denke an die Männer und Frauen, die Valentine ruiniert hat, die Väter junger Mädchen und die Männer von Frauen, denen er nachstellte. Sie werden gute Verbündete sein. Gehen Sie jetzt.«

Er stand auf und reichte Nummer Sechs die Hand.

»Also, leben Sie wohl, und viel Glück, Nummer Sechs«, sagte er lächelnd. »Wenn ich Sie von jetzt ab irgendwo auf der Straße treffe, werde ich Sie nicht erkennen. Sie sind für mich ein Fremder, bis Sie durch Ihre Zeugenaussage vor dem Kriminalgericht in Old Bailey Mr. Valentine für immer ausschalten.«

Nummer Sechs verließ das Büro, und Hallett trug in die amtliche Geheimliste hinter dem Namen von Nummer Sechs die Bemerkung ein:

»Mit Sonderauftrag im Ausland. Dieser Agent darf in keinem Bericht erwähnt werden.«

*

Ein Jahr später ließ Hallett Sergeant Steel in sein Büro kommen und erzählte ihm über die geheime Mission von Nummer Sechs soviel, als ihm ratsam erschien.

»Ich habe seit Monaten nichts mehr von Nummer Sechs gehört«, sagte er dann. »Fahren Sie nach Paris und beobachten Sie Cäsar Valentine.«

»Sagen Sie mir doch wenigstens, ob Nummer Sechs ein Mann oder eine Frau ist?«

Hallett grinste.

»Das will Cäsar auch schon seit Monaten wissen. Ich habe drei Beamte entlassen müssen, weil sie versuchten, das Geheimnis herauszubringen. Ich warne Sie also, nicht in denselben Fehler zu verfallen, sonst bliebe mir nichts anderes übrig, als auch Ihnen den Laufpaß zu geben.«

2

Kaum hundert Meter vom Quai des Fleurs entfernt hatte Chi So ein Restaurant.

Er selbst war ein Japaner, der sich als Chinese ausgab. Sein Lokal war nicht elegant, aber sehr beliebt. Viele Leute kamen hierher, um die exotischen Speisen zu genießen, die in seiner Küche zubereitet wurden, und gewöhnlich parkte eine große Anzahl von Wagen in der Nähe.

Tre-Bong Smith aß niemals bei Chi So, aber er verkehrte häufig dort. Das Restaurant befand sich in einem Eckhaus, das schon vor langer Zeit errichtet worden war. Unter dem Gebäude lag ein sehr geräumiger Keller, ein großer, gewölbter Raum, den Chi So in ein unterirdisches Lokal für seine Stammkunden verwandelt hatte.

Seit Wochen war Tre-Bong Smith mit größter Regelmäßigkeit jede Nacht um zwölf Uhr hier erschienen, um in einer der Kojen Opium zu rauchen und bis gegen vier Uhr morgens dort zu ruhen.

Aus vielen triftigen Gründen zog er es vor, nachts nicht in Paris herumzuwandern. Es tagte eine internationale Polizeikonferenz in der Stadt, und es war unmöglich für ihn, sich auf der Straße aufzuhalten, ohne Beamte von Scotland Yard zu treffen, die ihn sicher erkannt hätten.

Ob allerdings andere Besucher in dem schlanken, wenig gepflegten jungen Menschen einen früher bedeutenden Sportsmann der Universität Cambridge erkannt hätten, ist fraglich. Aber gewisse Abteilungen der Polizei hatten tatsächlich seinen Steckbrief.

In einem kleinen Café am Montmartre, in dem er abends meistens zu treffen war, hatte man ihm den Namen Tre-Bong Smith gegeben, weil er auf alle Fragen, die man an ihn richtete, »très bon« antwortete, anstatt »très bien«, wie es richtig hieß. Selbst als man später entdeckte, daß er ein tadelloses Französisch sprach und dieses »très bon« nur eine Angewohnheit von ihm war, behielt er den Namen. Auch im Lokal von Chi So wurde er so genannt. Man hielt ihn dort für einen sehr gefährlichen Mann.

Es gab Tage, an denen er seine Sous zählte. Manchmal blieb er Tage und Nächte unsichtbar, und wenn er dann wieder auftauchte, hatte er genügend Geld und wechselte Tausendfrancnoten mit der Eleganz eines Croupiers von Monte Carlo.

Aber wenn er sich überhaupt zeigte, verkehrte er regelmäßig bei Chi So.

Ebenso regelmäßig wie Smith besuchte auch Cäsar Valentine das Lokal. Jeden Montag, Donnerstag und Sonnabend erschien er pünktlich um zwei Uhr nachts in der Privatloge, wie die Gäste Chi Sos den Platz nannten. In einer Wand befand sich ungefähr in halber Höhe vom Boden eine halbkreisförmige Öffnung, vor der ein Balkon angebracht war. Dort brannte nie Licht, und der Raum war durch schwere Vorhänge abgesperrt. Man vermutete, daß Chi So ziemlich viel verdiente, indem er hier vornehme Leute, die einmal eine Opiumhöhle in Paris sehen wollten, gegen ein Eintrittsgeld einließ. Manchmal kamen auch Journalisten, die Geschichten aus dem Chinesenviertel verfaßten und das Milieu studieren wollten.

Cäsar Valentine kam für gewöhnlich durch eine Privattür direkt in den Keller, aber manchmal ging er auch durch die »Halle«, sah sich dort nach allen Seiten mit seinem frechen, herausfordernden Blick um und verschwand dann durch eine kleine Tür, hinter der eine eiserne Wendeltreppe zu der Loge hinaufführte. Dort hielt er sich gewöhnlich eine Stunde auf, schaute auf die Opiumraucher hinunter und betrachtete das merkwürdige Lokal mit den weißgetünchten Wänden, den großen, chinesischen Laternen und den vielen Kojen, in denen die Leute dem Opiumlaster frönten.

Chi So sagte, daß Cäsar Valentine ein »schöner Mann« wäre, und diese Beschreibung war nicht übertrieben. Valentine erschien stets in einem Frack, der ihm ausgezeichnet saß und seine schlanke Gestalt vorzüglich zur Geltung brachte. Er hatte klare, regelmäßige Gesichtszüge; seine braunen Haare waren an den Schläfen leicht ergraut. Als Tre-Bong Smith ihn zum erstenmal sah, hielt er ihn für achtundzwanzig. Bei ihrer zweiten Begegnung fiel jedoch das Licht einer Laterne direkt auf Valentine und ließ ihn bedeutend älter erscheinen. In seinen mandelförmigen braunen Augen lag ein melancholischer Ausdruck. Sein Kinn war etwas zu voll und zu rund; seine Wangen zeigten eine leichte Röte.

Eines Abends betrat Tre-Bong Smith wieder das Lokal Chi Sos durch die Seitentür, die die Opiumraucher benützten. Im Vorraum hatte er seinen Mantel ausgezogen.

Chi So, der ein blaues Seidengewand trug, rieb sich die Hände. Der kleine, häßliche Mann mit den schlauen Augen war herausgekommen, um seinen Stammgast zu begrüßen.

»Regnet es draußen, Mr. Smith?« fragte er mit seiner lispelnden Stimme.

»Es gießt ganz gehörig«, brummte Tre-Bong. »Eine entsetzliche Nacht, selbst für Paris!«

Chi So grinste.

»Sie können heute viel Opium rauchen. Ich habe eine neue Sendung aus China bekommen. Es sind auch viele Leute hier heute abend.«

Smith ging die Steintreppe hinunter zu der für ihn reservierten Koje. Sie lag der »Loge« direkt gegenüber.

Der Chinese O'San, der die Raucher bediente, brachte ihm seine Pfeife, steckte sie an und eilte dann davon.

Die üblichen Stammgäste, eine merkwürdig zusammengewürfelte Gesellschaft, hielten sich auch an diesem Abend hier auf. Neben Leuten aus den vornehmsten Kreisen und einigen Frauen beobachtete Smith einen alten Bettler, der seine Lebensgeschichte hatte drucken lassen und sie für ein paar Münzen an den Straßenecken verkaufte, und einen eleganten Herrn, den Attaché irgendeiner ausländischen Gesandtschaft. Tre-Bong merkte sich ihn, um später eventuell Nutzen daraus zu ziehen.

Der alte Lefèbre sah den zufriedenen Ausdruck in Tre-Bongs Gesicht und ging zu der Koje eines Bekannten.

»Smith scheint ja einen guten Fang gemacht zu haben«, meinte er. »Er sieht so vergnügt aus ... Vor einem Monat kam er von Enghien, hatte die Taschen voll Geld, und in der Seine fand man die Leiche des berühmten Sportsmanns Tosseau ... Chi So sollte doch solche Verbrecher nicht hier verkehren lassen.«

Der andere schimpfte und fluchte, weil er in seinen angenehmen Träumen gestört worden war, und Lefèbre ging wieder fort.

Tre-Bong lag in seiner Koje, stützte sich auf die Ellenbogen und war auch in Träume versunken. Sie waren jedoch von anderer Art, als man hätte annehmen sollen.

Punkt zwei Uhr kam Cäsar Valentine mit Chi So, der ihn gewöhnlich begleitete. Der Asiate war sehr unterwürfig, aber Valentine sagte nichts. Er ging zwischen den Kojen durch und machte vor dem Platz von Tre-Bong halt, der mit offenen Augen vor sich hinstarrte.

Valentine betrachtete ihn einen Moment zerstreut, dann wandte er sich ab und ging durch die kleine Tür, die Chi So für ihn geöffnet hatte. Kurz darauf erschien er in der Loge, legte seine weißen Hände auf die rote Plüschpolsterung der Brüstung und sah auf die Opiumraucher hinunter. Und immer wieder kehrten seine Blicke zu dem unrasierten Engländer zurück.

Um halb drei entstand plötzlich eine Unruhe; aufgeregte Stimmen waren auf der Treppe zu hören, die zur Opiumhöhle hinunterführte. Gleich darauf erschien Chi So. Er war außer sich vor Schrecken, ging schnell auf Tre-Bong Smith zu und sprach mit ihm. In einer Sekunde war Smith auf den Füßen.

»Sie müssen gehen – die Polizei sucht nach Ihnen – hier, diesen Weg!« Chi So zeigte auf den kleinen Ausgang, der zur Loge hinaufführte. »Mr. Valentine wird nichts dagegen haben.«

Mit zwei großen Sätzen war Smith bei der Tür, schloß sie hinter sich und stieg geräuschlos die Treppe hinauf.

Cäsar Valentine wandte sich um, als Tre-Bong eintrat.

»Sind Sie in Gefahr?« fragte er.

»Im Augenblick noch nicht, aber in ein paar Minuten wird es wohl soweit sein«, entgegnete Smith und öffnete sein Hemd auf der Brust.

Cäsar sah die Mündung einer kleinen Pistole, die der Mann unter dem Arm versteckt hatte, und begriff nun auch, warum Tre-Bong immer auf der rechten Seite lag.

»Kennen Sie den Ausgang? Ich will Ihnen den Weg zeigen.«

Er zog den Vorhang zurück, der eine Tür in der Wand verdeckte. Smith ging hindurch und kam in einen matt erleuchteten Gang.

»Geradeaus, dann nach rechts«, sagte Cäsar hinter ihm. »Die Tür öffnet sich sehr leicht.«

Smith fand die Tür und trat auf einen kleinen Hof hinaus. Cäsar Valentine eilte an ihm vorbei über den Hof und öffnete ein Tor, das auf eine Seitenstraße führte. Es regnete heftig, und ein scharfer Südwestwind blies ihnen ins Gesicht.

»Warten Sie«, sagte Cäsar.

Er legte seinen weiten Mantel um die Schultern.

»Sie sind jünger als ich, und der Regen wird Ihnen nicht schaden.«

Smith grinste im Dunkeln und zog das Dolchmesser aus der Hüfttasche.

Valentine führte ihn durch ein Labyrinth von kleinen Gassen, und kurze Zeit später standen sie auf dem verlassenen, düsteren Quai.

Plötzlich packte Valentine seinen Begleiter am Arm.

»Einen Augenblick. Sie sind doch der Mann mit dem lächerlichen Spitznamen – nicht wahr?«

»Ich kann nichts dafür, daß die Leute ihn mir gegeben haben«, erwiderte Smith ein wenig kühl.

Valentine lachte.
»Sie sind also Tre-Bong Smith?«
Der andere nickte.
»Das dachte ich mir doch gleich. Ich wollte nur keinen Fehler machen. Das ist ja eigentlich bei mir auch ausgeschlossen«, fügte er hinzu.
Smith sah zwei Scheinwerfer und vermutete, daß sie zu Valentines Auto gehörten. Mit schnellen Schritten ging er seinem Begleiter etwas voraus auf den Wagen zu. Aber als er kaum noch dreißig Schritte davon entfernt war, tauchte plötzlich ein Mann aus dem Dunkeln auf, packte ihn am Kragen, drehte ihn um und leuchtete ihm mit einer Taschenlampe ins Gesicht.
»Hallo!« sagte der Mann. »Sie sind doch Tre-Bong Smith? Ich verhafte Sie, mein Junge.«
Valentine hielt bestürzt an, zog sich in den Schatten zurück und beobachtete von dort aus die weitere Entwicklung.
Nur einen Augenblick zögerte Smith, dann schlug er mit einer schnellen Bewegung die Taschenlampe aus der Hand des Beamten. Im nächsten Moment hatte er ihn an der Kehle gepackt und drückte ihn gegen die graue Steinbrüstung, hinter der die Seine floß.
»Was, du willst mich verhaften, du Schwein?« zischte er.
Das Dolchmesser blitzte in seiner Hand, und mit unglaublicher Schnelligkeit stieß er zu.
Der Polizist sank lautlos zu Boden.
Smith sah sich hastig nach allen Seiten um, bückte sich dann, hob den Mann auf und warf ihn über das Geländer in den Fluß.
Ein Stöhnen war zu hören, aber Tre-Bong Smith lachte nur, als er das Messer nahm und ins Wasser schleuderte.
Valentine rührte sich nicht, bis die Waffe im Strom verschwand. Dann kam er hervor.
»Sie sind etwas hitzig, mein Freund«, sagte er nur, ging mit raschen Schritten zu dem Wagen und öffnete die Tür.
Der Chauffeur hatte bei der schlechten Beleuchtung nicht sehen können, was geschehen war, aber andere Leute konnten Zeugen dieses kurzen, unheimlichen Kampfes gewesen sein.
Gleich darauf fuhr der Wagen an. Als sie an der Stelle vorbei-

kamen, wo der Zusammenstoß mit dem Polizisten stattgefunden hatte, glaubte Smith eine Gestalt an dem grauen Steingeländer zu sehen. Er ließ das vom Regen beschlagene Fenster herunter, um hinauszuschauen.

Im Lichtkegel der Scheinwerfer entdeckte er ein junges Mädchen, das vollständig in Schwarz gekleidet war und über das Geländer in den dunklen Fluß sah. Als das Auto vorbeifuhr, wandte es den Kopf, und Smith konnte einen Augenblick ihr schönes, trauriges Gesicht erkennen.

Er beugte sich weiter hinaus und schaute zurück, aber Valentine packte ihn am Arm.

»Machen Sie doch nicht solchen Unsinn«, sagte Cäsar ärgerlich. »Wen wollen Sie denn sehen?«

»Ach, niemand«, erwiderte Smith und schloß das Fenster.

3

Cäsar Valentine hatte verschiedene Häuser und Wohnungen in und bei Paris. Tre-Bong Smith wußte das genau. Zuerst glaubte er, daß die Wohnung am Boulevard Victor Hugo das Ziel sein würde, aber der Wagen fuhr geradeaus über den Place de l'Etoile und raste die Avenue de la Grande Armée entlang.

In einer solchen Nacht war es schwer, die Richtung zu erkennen, aber nach einiger Zeit merkte Smith, daß sie auf Maisons Laffitte zuhielten. Gleich darauf bog das Auto in eine Seitenstraße ein, die von hohen Hecken umgeben war, und dann ging es über einen unebenen Feldweg zu einem halbverfallenen Tor. Es war so dunkel, daß man das Gebäude dahinter nicht sehen konnte. Auch als der Wagen stand und Smith ausstieg, blieb ihm keine Zeit, sich lange umzuschauen. Er sah nur, daß es ein ziemlich großes Schloß war.

Cäsar öffnete die Tür und führte seinen Gast in die große, dunkle Halle. Dann machte er Licht, und sie gingen quer durch den Raum in einen hohen, geräumigen Salon.

»Nehmen Sie Platz!« befahl Cäsar. »Wollen Sie etwas Wein trinken?«

Er nahm ein Tablett, eine Flasche und Gläser aus einem Schrank und stellte alles auf einen kleinen Tisch in Tre-Bongs Nähe.

»Trinken Sie«, sagte er kurz.

Smith goß sich ein Glas ein.

Cäsar legte seinen nassen Mantel ab und warf ihn über eine Stuhllehne. Dann ging er zum Kamin, drehte den elektrischen Ofen an und wärmte sich. Dabei betrachtete er Smith mit eigentümlichen Blicken und lächelte spöttisch.

»Mein Freund Tre-Bong Smith«, fragte er langsam, »haben Sie schon einmal gesehen, wie jemand mit der Guillotine der Kopf abgehackt wird?«

»Schon ein halbes dutzendmal«, entgegnete Smith prompt. »Auf das Brett geschnallt, Kopf in die Vertiefung – schnack! Kopf im Korb. Vive la France!«

Valentine legte die Stirn in Falten, als ob er sich über diesen leichtfertigen Ton ärgerte. Aber dann lachte er und nickte.

»Ich glaube, Sie sind der Mann, den ich brauche. Das ist die Haltung, die man dem Leben gegenüber einnehmen muß. Aber vergessen Sie ja nicht, daß man die Behörden nicht auslachen darf. Staatsgewalt ist nicht lächerlich, sondern grausam, ungerecht und tragisch.«

Smith zog seinen nassen Rock aus, während Valentine mit ihm sprach.

»Hängen Sie ihn ans Fenster, oder besser, legen Sie ihn auf einen Stuhl vor der Tür.« Cäsar zeigte auf einen Ausgang rechts vom Kamin. »Madonna Beatrice wird sich schon darum kümmern.«

Smith kam der Aufforderung nach und wunderte sich, wer wohl Madonna Beatrice sein mochte.

Plötzlich sah ihn Cäsar scharf an.

»Haben Sie eigentlich Blut an den Händen?«

Smith schüttelte den Kopf.

»Ich habe genau zwischen die vierte und fünfte Rippe gezielt«, erwiderte er ruhig. »Es fließt nur wenig Blut an dieser Stelle.«

Valentine nickte beifällig, während Smith seine Hände betrachtete.

»Viel Opium haben Sie auch nicht geraucht«, bemerkte er, trat auf seinen Gast zu und sah ihm in die Augen.

»Ich rauche niemals Opium«, entgegnete Tre-Bong kühl. »Ich gehe nicht in Chi Sos Spelunke, um zu rauchen, sondern um zu beobachten.«

Cäsar lachte aufs neue.

»Nun, Sie können ein guter Assistent werden. Aber ich warne Sie, sich mit mir irgendwelche Tricks zu erlauben. Ich habe Ihretwegen ein großes Risiko auf mich genommen. Sie können wissen, daß auch ich Chi Sos Lokal besuche, um zu beobachten, und zwar, um Sie zu beobachten.«

Smith hatte das bereits geahnt, aber er sagte nichts.

»Ich habe Sie mir dort angesehen. Chi So hat seine Kneipe mit meinem Geld aufgemacht. Der Platz ist für mich unbezahlbar. Ich erhalte von dem Gelben viele wertvolle Nachrichten. Als ich nun erfuhr, daß sich ein englischer Verbrecher in Paris vor der Polizei versteckt, weil er in Amerika wegen eines Mordes, wegen Fälschung und verschiedener anderer ziemlich blöder Verbrechen gesucht wird, interessierte ich mich für Sie. Aber ich halte derartige Verbrechen, wie Sie sie begangen haben, für töricht und albern. Damit kommt man nicht weiter, höchstens zur Guillotine oder zum Galgen.«

Smith hätte vielleicht auch seine Ansichten über Verbrechen geäußert, wenn sich in diesem Augenblick nicht die Tür geöffnet hätte und ein Mann eingetreten wäre. Er war klein, hatte rote Haare und ziemlich rohe Gesichtszüge. Seiner äußeren Erscheinung nach paßte er weder zu seiner Umgebung noch zu Cäsar Valentine. Er war zu auffallend gekleidet und benahm sich herausfordernd. Smith vermutete, daß der Fremde getrunken hatte.

»Nun, Ernest, was wollen Sie?«

Der Mann kam mit unsicheren Schritten näher und sah von Cäsar zu Smith hinüber.

»Hallo, Sie haben Besuch?« sagte er laut.

»Wie Sie sehen«, erwiderte Cäsar freundlich.

Eine Zeitlang schwieg Ernest, dann räusperte er sich.

»Ich gehe morgen.«

»So, Sie gehen morgen?« wiederholte Valentine liebenswürdig.

»Ja, nach London. Haben Sie vielleicht etwas dagegen?«

Cäsar schüttelte den Kopf und lächelte.

»Durchaus nicht.«

»Sie wissen doch, wohin Sie mein Gehalt zu schicken haben?«

»Ihr Gehalt? Ich dachte, Sie wollten meine Dienste verlassen?«

»Sie wissen, wohin Sie mein Gehalt zu schicken haben?« sagte Ernest in drohendem Ton. »Ich nehme zehn Jahre Urlaub.« Er lachte über seinen eigenen Witz. »Das wird mir guttun, meinen Sie nicht auch?«

»Und ich soll Ihnen für zehn Jahre das Gehalt schicken?«

»Es wird Ihnen schlecht bekommen, wenn Sie es nicht tun! Ich habe nicht drei Jahre lang Ihre schmutzige Arbeit fast umsonst getan. Jetzt kann der es ja machen.« Er zeigte mit dem Kopf auf Smith. »Ich bin gespannt, wie es ihm gefällt. Ich könnte schon ein ganzes Buch über Sie schreiben, Mr. Valentine.«

Cäsar lachte.

»Das würde sicher sehr interessant werden. Sind Sie den ganzen Abend aufgeblieben, um mir das zu sagen?«

»Ja. Ich habe Ihnen eine ganze Menge zu sagen, und ich würde Ihnen noch viel mehr stecken, wenn der nicht hier wäre.«

»Dann warten Sie bis morgen früh.« Cäsar legte gutgelaunt die Hand auf Ernests Schulter. »Legen Sie sich zu Bett, mein Freund, und sagen Sie Madonna Beatrice, daß sie zu mir kommen soll.«

»Immer Madonna Beatrice!« erwiderte der Mann ärgerlich. »Die ist ja eine Schönheit!«

Cäsar schob den unangenehmen Besucher hinaus.

»Eine merkwürdige Eigenschaft von Dienern, daß sie sich einbilden, sie würden irgendwelche dunklen Geheimnisse ihrer Herren kennen und hätten sie in der Hand.«

Es klopfte, und Cäsar drehte sich schnell um.

»Kommen Sie herein, Madonna.«

Smith war auf die Frau gespannt. Cäsar stand in dem Ruf, viele Liebesabenteuer hinter sich zu haben, und Tre-Bong erwartete deshalb, eine junge, schöne Dame zu sehen. Aber die

Frau, die hereintrat, war nicht jung und schön, sondern alt und korpulent. Das grauschwarze Haar hatte sie glatt aus der Stirn gebürstet und in einen Knoten aufgesteckt. Sie erschien in einem meergrünen Kleid mit großem, viereckigem Ausschnitt; um den Hals trug sie eine goldene Kette von ziemlich kitschigem Aussehen. Ihre dicken Finger waren mit Brillantringen geschmückt.

»Madonna, unser Freund hier bleibt einige Zeit bei uns«, wandte sich Cäsar in Spanisch an die Frau. »Bitte sorgen Sie dafür, daß ein Zimmer zurechtgemacht wird.«

Sie sah zu Smith hinüber und nickte. Er hatte inzwischen etwas entdeckt, was ihn mehr interessierte als ihre ungewöhnliche Aufmachung. Dieser aufmerksame Mann schaute auf ihre Füße und bemerkte, daß ihre festen Schuhe naß und schmutzig waren, als ob sie draußen umhergewandert wäre.

»Si, Señor«, entgegnete sie.

Smith hätte gern gewußt, warum Cäsar sie Madonna nannte, was in Italien früher als Anrede gebräuchlich war, während er sich doch in spanischer Sprache mit ihr unterhielt.

Cäsar schien seine Gedanken zu lesen und beantwortete die Frage, als die Frau gegangen war.

»Madonna Beatrice ist sowohl Spanierin wie Italienerin. Ich werde Ihnen das an einem der nächsten Tage erklären.«

Er erwähnte die Ereignisse des Abends nicht weiter, sprach aber noch eine Weile mit Smith über Verbrecher und Verbrechen im allgemeinen.

»Die kleinen Leute sind wirklich zu bedauern. Nehmen wir zum Beispiel diesen Ernest, den Sie eben gesehen haben. Er ist ein ganz gemeiner Kerl, ein Falschspieler und Dieb. Ich nahm ihn in meine Dienste und brachte ihn mit mir nach Frankreich, als die Polizei gerade nach ihm fahndete. Hätte man ihn erwischt, so wäre er nicht ohne eine mehrjährige Strafe davongekommen. Ich habe ihm genug Geld gegeben, und ich habe ihm sogar Französisch beigebracht.«

»Mit Geld kann man sich keine Treue kaufen«, entgegnete Smith kurz.

»Das gebe ich zu.« Cäsar nickte. »Aber mit Geld kann man sich die meisten anderen Dinge kaufen, die in dieser Welt begehrenswert sind. Und wenn ich genügend Geld hätte, könnte ich von diesem Haus aus die ganze Zukunft Europas ändern. Mit Geld kann man Parteien und Politiker kaufen.«

Er seufzte, wandte Smith den Rücken zu und betrachtete ernst das Wappen über dem Kamin.

»Welche Bedeutung hat es eigentlich?« fragte Smith plötzlich.

Cäsar drehte sich wieder um.

»Sie meinen das Wappen? Verstehen Sie etwas von Heraldik? Nein? Eines Tages werde ich es Ihnen erklären.«

Er brach die Unterhaltung ab und führte Smith in die Halle zurück.

»Ihr Zimmer ist fertig. Morgen sprechen wir über Ihre Zukunft. Es wäre nicht klug von Ihnen, hier in Frankreich zu bleiben. Außerdem brauche ich Sie in England!«

Das Zimmer, in das er seinen Gast brachte, war einfach, aber gut möbliert.

»Natürlich trinken Sie morgens Tee – Sie sind ja Engländer. Alle notwendigen Toilettegegenstände finden Sie auf dem Frisiertisch, und Madame Beatrice hat sicher einen Schlafanzug für Sie herausgesucht – ah, dort liegt er. Also, gute Nacht.«

4

Tre-Bong Smith stand reglos und lauschte auf Cäsars Schritte, die sich immer mehr entfernten. Dann sah er sich eingehend und sorgfältig in dem Zimmer um. An der Tür fand er weder Schloß noch Riegel, aber das beunruhigte ihn weiter nicht. Cäsar hatte ihn bestimmt nicht nach Maisons Laffitte gebracht, um ihn zu betrügen.

Warum hatte Cäsar ihn wohl unter seinen Schutz genommen? Der Mann hatte doch den Zusammenstoß mit dem Polizisten am Quai des Fleurs gesehen und wußte, daß er sich selbst vor dem Gesetz schuldig machte, wenn er einen Verbrecher beherbergte.

Die Pläne Cäsars mußten sehr wichtig sein, sonst hätte er nicht ein derartiges Risiko auf sich genommen. Wenn die schwarzgekleidete junge Dame nun alles gesehen hatte! Eigentlich konnte es nicht anders sein. Warum hätte sie sich sonst über das Geländer gelehnt und in den Fluß hinuntergestarrt!

Smith rieb sein Kinn und runzelte die Stirn. Sie konnte alles verderben. Wenn sie zum Beispiel zur Polizei ging... Er fluchte, als er aus seinen nassen Kleidern schlüpfte und den Halfter abnahm, in dem er seine Pistole unter dem Arm trug. Die Waffe legte er unter das Kissen.

Der seidene Pyjama, den er fand, war etwas zu lang für ihn, aber er krempelte ihn hoch, drehte das Licht aus, zog die schweren Samtvorhänge beiseite und schaute aus dem Fenster. Man konnte von hier aus leicht in den Garten springen. Unten lag ein Blumenbeet. Eine Fluchtmöglichkeit war hier also im Notfall gegeben. Es regnete nicht mehr, und die Wolken waren zum Teil verflogen. Nur der Wind blies noch heftig.

In den kurzen Augenblicken, in denen der Vollmond hinter Wolkenfetzen sichtbar wurde, konnte sich Smith über seine unmittelbare Umgebung orientieren. Der helle Fleck am Himmel dort in der Ferne war Paris, und wenn er hier tatsächlich in der Gegend von Maisons Laffitte war, so befand er sich südwestlich von der Stadt. Er warf einen Blick auf seine Armbanduhr – Viertel nach drei. In zwei Stunden würde die Dämmerung anbrechen, aber er war nicht schläfrig. Direkt ihm gegenüber lag eine große Rasenfläche, die sich bis zu einem Gebüsch hinzog. Links sah er den gelblichen Fahrweg, der zur Landstraße führte.

Als eine Uhr in der Ferne vier schlug, war er am Einschlafen. Aber plötzlich hörte er ein Geräusch, das ihn wieder vollkommen wach machte. Es klang, als ob Wasser aus einem Hahn tropfte, aber doch wieder ganz anders.

Erst allmählich wurde ihm klar, daß es von draußen kommen mußte. Es mochte der Regen sein. Vielleicht war die Dachrinne oben schadhaft und lief über. Trotzdem stand er auf und schlich zum Fenster. Man konnte nicht vorsichtig genug sein.

Zuerst sah er nichts, obwohl der Himmel jetzt ziemlich wolkenfrei war und der Mond hell schien. Aber unerwartet bot sich ihm ein so merkwürdiges Bild, daß sein Herz schneller schlug.

Über den Rasen ging eine Frau. Sie trug ein weißes oder graues Kleid und schien etwas in der Hand zu halten. Smith konnte nicht sehen, was es war, bis sie sich umdrehte und zurückging. Der Mond schien ihr hell ins Gesicht, und Smith hörte deutlich das Klirren von Stahlketten. Er hielt die Hand vor die Augen, um nicht von dem Mondlicht geblendet zu werden, und schaute vorsichtig um die Ecke des Fensters.

Die Frau ging mit merkwürdig kurzen Schritten über den Rasen. Ihre Erscheinung wirkte zu dieser Stunde grotesk und phantastisch. Sie kam jetzt immer näher an das Fenster und plötzlich erkannte Smith, daß ihre Hände mit Ketten zusammengeschlossen waren. Auch an den Füßen trug sie Fesseln, die ihren Gang hemmten.

Während Smith noch verstört auf die Frau hinuntersah, hörte er eine leise, befehlende Stimme, die aus dem Schatten der Bäume zu kommen schien. Die Gefangene wandte sich in diese Richtung, Smith beobachtete sie, bis sie verschwand, dann ging er verwirrt zu seinem Bett zurück.

Aber die Überraschungen der Nacht waren für ihn noch nicht zu Ende. Er war gerade eingeschlafen, als er durch einen Schrei wieder aufgeweckt wurde. Im selben Augenblick taumelte jemand gegen die Tür seines Schlafzimmers. Im Nu sprang Smith auf und hielt die Pistole schußbereit in der Hand. Es dämmerte schon, und es war so hell im Zimmer, daß er sehen konnte, wie sich die Tür bewegte.

Plötzlich wurde sie aufgestoßen, und jemand fiel polternd ins Zimmer. Er stieß unartikulierte Laute aus, und seine Stimme war halb von Schluchzen erstickt, als er einen Versuch machte, sich zu erheben. Smith erkannte ihn jetzt.

Es war Ernest. Aber sein Gesicht sah nicht mehr rot und gesund aus, sondern grau und verzerrt.

»Cäsar, Cäsar!« flüsterte er, dann brach er zusammen.

Draußen waren eilige Schritte zu hören, und gleich darauf kam Valentine ins Zimmer. Er trug nur Pyjama und Schlafrock und war allem Anschein nach eben erst aufgewacht.

»Was ist denn los?« fragte er und sah auf den Boden. »Ernest! Was machen Sie denn hier?«

Er schüttelte die reglose Gestalt.

»Es tut mir leid. Der Mensch ist schon wieder betrunken«,

sagte er dann und hob ihn auf, als ob er ein Kind wäre. »Sie haben doch nichts dagegen?« Er legte den Bewußtlosen auf das Bett. »Machen Sie doch bitte Licht, Smith.«

Tre-Bong drehte den Schalter, und Cäsar neigte sich über den Mann. Als er aber die weitaufgerissenen, starren Augen sah, wandte er sich wieder ab.

»Er ist tot«, erklärte er ruhig. »Entsetzlich, daß das passieren mußte!«

5

So wurde Tre-Bong Smith in das Haus Cäsar Valentines eingeführt. Die Sache hätte für ihn gefährlich werden können, wenn die Polizei Nachforschungen über den plötzlichen Tod Ernests angestellt hätte. Aber es war bekannt, daß der Mann von Zeit zu Zeit epileptische Anfälle hatte und sich ab und zu entsetzlich betrank. Bei mehreren früheren Gelegenheiten hatte Cäsar bereits den Arzt rufen müssen, um ihn wieder zum Bewußtsein zu bringen.

Smith konnte nur vermuten, was Ernest zugestoßen war. Sicher hatte er in den frühen Morgenstunden wieder einen Anfall gehabt, war aufgestanden und zu dem Fremdenzimmer gegangen. Cäsar erklärte, daß er früher dort geschlafen hätte und daß ihn der Mann in seiner Not sicher um Hilfe bitten wollte. Die Worte »Cäsar, Cäsar!« bewiesen das ja auch.

Die üblichen Nachforschungen wurden von der Polizei angestellt, und Smith war erstaunt, wie leichtgläubig die Beamten die Erklärung Valentines hinnahmen. Solange sie im Haus waren, wurde Smith in einem kleinen Turmzimmer versteckt, das in der äußersten Ecke des Gebäudes lag. Die schweigende Madonna Beatrice brachte ihm sein Essen; andere Dienstboten sah er nicht.

Am Abend wurde er wieder in den großen Salon gerufen. Cäsar saß dort in einem bequemen Sessel, rauchte eine große Zigarre und las in einer Sammlung von Gedichten. Als Smith eintrat, sah er auf und lud ihn ein, Platz zu nehmen.

»In ein oder zwei Tagen will ich Sie aus Frankreich hinausschaffen. Hoffentlich sind Sie durch die Geschichte nicht nervös geworden? Sie ist wirklich sehr unangenehm.«

»Ja, für uns alle«, erwiderte Smith, nahm eine Zigarette vom Tisch und steckte sie an. »Sie haben gestern natürlich noch mit ihm gesprochen, nachdem wir uns getrennt haben?«

Cäsar runzelte die Stirn.

»Warum sagen Sie ›natürlich‹?«

»Weil er starb«, entgegnete Smith schroff. »Sie waren mit ihm zusammen, tranken noch ein Glas Wein mit ihm – und dann starb er.«

Valentine schwieg eine Weile.

»Wie kommen Sie darauf?« fragte er dann und sah Smith direkt in die Augen.

»Ich habe drei Jahre Medizin studiert, und im Verlauf dieser drei Jahre habe ich auch ein Gift kennengelernt, das tödlich wirkt, aber keine Spuren hinterläßt. Nur an Begleitsymptomen kann man es erkennen, und ich habe gesehen, daß Ernest daran gestorben ist.«

»So, haben Sie das gesehen?«

Smith nickte, und Cäsar lachte, als ob er sich darüber amüsierte.

»Dann benachrichtigen Sie am besten gleich die Polizei«, sagte er spöttisch.

»Ich habe allen Grund, das nicht zu tun«, erwiderte Smith kühl. »Aber ich halte es für richtig, daß zwischen uns beiden Klarheit herrscht. Legen Sie Ihre Karten auf den Tisch, wie ich es bereits getan habe.«

Cäsar erhob sich schnell und ging im Zimmer auf und ab.

»Sie sollen alle meine Karten zu gegebener Zeit sehen. Ich brauche einen Mann wie Sie, einen Mann ohne Herz und ohne Mitleid. Und eines Tages werde ich Ihnen ein großes Geheimnis verraten.«

Smith sah ihn merkwürdig an.

»Ich will Ihnen Ihr Geheimnis sofort sagen«, erklärte er langsam und zeigte auf das Wappen über dem Kamin. »Warum ist das hier angebracht? Warum sind die Bourbonlilien und das C in den Teppich gewebt, Mr. Valentine? Ich weiß allerdings nicht, ob Sie geisteskrank oder klar im Kopf sind.« Smith sprach langsam und überlegt. »Es mag auch nur eine Form von Größenwahn sein. Ich habe schon Leute gesehen, die derartig extravagante Gedanken hatten. Aber ich glaube, ich verstehe Sie.«

»Nun, was ist denn das für ein Wappen?« fragte Valentine.

»Es ist das Wappen der Borgia. Ein Stier auf goldenem Grund ist das Familienwappen der Borgia; das C unten im Teppich war die Initiale Cesare Borgias.«

Valentine wanderte nicht mehr umher. Er blieb stehen und sah Smith mit vorgeneigtem Kopf an.

»Ich bin weder verrückt, noch leide ich an Größenwahn«, sagte er ruhig. »Aber ich bin der letzte direkte Nachkomme des berühmten Cesare Borgia, Herzogs von Valentinois.«

Smith sprach lange Zeit nicht, denn er hatte genug, um darüber nachzudenken. Während seiner Studienzeit in Oxford hatte er sich mit der Renaissance beschäftigt und kannte die Geschichte der Borgias sehr gut. In seinem damaligen Zimmer hing ein alter Stich an der Wand mit der Inschrift: »Caesare Borgia von Frankreich, Herzog von Valentinois, Graf von Diois und Issaudun, päpstlicher Vicar von Imola und Forli.« Und als er jetzt Cäsar ansah, erkannte er dieselben Züge in dessen Gesicht.

Valentine freute sich über die Überraschung, die er dem anderen bereitet hatte. »Nun?« fragte er schließlich.

»Es ist merkwürdig«, erklärte Smith. »Von welchem Zweig der Familie stammen Sie denn ab?«

»Von Girolamo«, antwortete Cäsar schnell. »Er war der einzige Sohn Cesares. Nach dem Tod seines großen Vaters wurde er nach Frankreich und von dort nach Spanien gebracht, wo ihn ein Kardinal erzog. Er heiratete; sein Sohn ging nach Südamerika und focht für die Spanier in Peru. Die Familie ließ sich dann für zweihundert Jahre in Amerika nieder. Erst mein Großvater kam als Junge nach England, und auch ich wurde dort erzogen.«

Die beiden standen einander gegenüber: der Abkömmling Papst Alexanders VI. und der Abenteurer, den dieser sich als Meuchelmörder gedungen hatte.

In Cäsars Gesicht zeigte sich ein Ausdruck der Genugtuung.

Schon früher hatte er Männern und auch Frauen gegenüber seine Abstammung enthüllt, aber ihnen hatte das Wort Borgia nichts bedeutet; sie ahnten nichts von der einstigen Macht und Größe dieses Geschlechtes.

Smith aber wußte es zu schätzen und zu würdigen, und darüber freute sich Cäsar.

Madonna Beatrice eilte plötzlich in den Salon, ohne anzuklopfen. Cäsar ging sofort zu ihr, als er ihr Gesicht sah, und die beiden unterhielten sich leise miteinander. In Cäsars Zügen zeigte sich Überraschung, dann sah er unschlüssig auf Smith.

»Sie soll hereinkommen«, sagte er schließlich.

Smith hatte alles gehört und war in größter Spannung. Sollte er die geheimnisvolle Frau sehen, die er während der Nacht im Garten beobachtet hatte? Oder handelte es sich um eine Geliebte dieses letzten Borgia?

Madonna Beatrice kam wieder ins Zimmer, und eine große, schlanke junge Dame folgte ihr. Sie war so schön, daß Smith fast der Atem stockte.

Sie sah von Cäsar zu ihm herüber und wieder zu Cäsar. Dann ging sie zu ihm und berührte seine Wange leicht mit den Lippen.

In Valentines Gesicht spiegelte sich Genugtuung, aber auch ein wenig Ärger. Plötzlich wandte er sich um und zeigte mit der Hand auf seinen neuen Freund.

»Stephanie, darf ich dir Mr. Smith vorstellen? Dies ist meine Tochter, Smith.«

Seine Tochter! Tre-Bong war erstaunt und überrascht, aber er faßte sich schnell und reichte ihr die Hand, die sie etwas zögernd nahm. Sie streifte ihn mit einem seltsamen Blick und wandte sich dann ab.

»Wann bist du nach Paris gekommen?« fragte Cäsar.

»Heute abend«, erwiderte sie.

Smith war sprachlos über diese Lüge, denn er hatte in ihr die junge Dame in Schwarz erkannt, die in der vergangenen Nacht die Szene am Quai des Fleurs beobachtet hatte. Ihr Blick hatte ihm verraten, daß sie Zeugin des Vorfalls gewesen war.

6

Smith hatte einen leichten Schlaf, aber er hörte trotzdem nicht, daß Cäsar Valentine um vier Uhr morgens in sein Zimmer kam. Erst als ihn jemand an der Schulter packte, wandte er sich um und hörte Cäsar lachen.

»Sie können sich nicht so weit herumdrehen, daß Sie die Pistole unter dem Kissen erreichen. Es wäre auch zu schade, wenn ich durch so einen Zufall ums Leben kommen sollte.«

Smith setzte sich auf und rieb sich die Augen.

»Was ist denn passiert?«

»Nichts Besonderes. Ich habe Ihnen nur Ihre Kleider gebracht.« Cäsar selbst war im Schlafrock. »Ich hoffe, sie passen Ihnen. – Den dicken Mantel habe ich gestern in Paris gekauft. Den werden Sie gut brauchen können.«

»Warum wecken Sie mich denn?« fragte Smith gähnend, als er aufstand.

»Ein Freund von mir geht nach London, ein junger Pilot, der öfter zwischen Frankreich und England hin und her fliegt. Er ist so liebenswürdig, Sie in seinem Flugzeug mitzunehmen. Einen Paß habe ich für Sie besorgt, Sie finden ihn in der Tasche Ihres Mantels.«

»Nach London geht es also? Was soll ich denn dort tun?«

»Auf mich warten«, erwiderte Cäsar. »Außerdem ...«

Sein scharfes Ohr hörte Schritte auf dem Korridor. Er ging hinaus und kam mit einem Tablett zurück, auf dem das Frühstück stand.

»Madonna Beatrice hat für Sie gesorgt. Was Sie in London tun sollen? Das will ich Ihnen sagen. Ich hatte eigentlich die Absicht, es Ihnen gestern schon mitzuteilen. Aber die unerwartete Ankunft meiner Tochter machte das unmöglich.«

»Ich wußte nicht, daß Sie eine Tochter haben. Sie sehen nicht alt genug aus für so große Kinder.«

»Da haben Sie recht«, gab Cäsar zu, sprach aber nicht weiter darüber. »In London ... Haben Sie übrigens Grund, nicht nach London zu gehen?«

»Nein, durchaus nicht. In England stehe ich noch nicht in den – Akten.«

Cäsar ging mit einer leichten Handbewegung über den Punkt hinweg.

»Sie werden im Bilton-Hotel wohnen. In Ihrer Manteltasche finden Sie auch ein kleines Notizbuch. Darin steht die Adresse, unter der Sie sich mit mir in Verbindung setzen können. Aber wir werden uns nur treffen, wenn es unbedingt notwendig ist. Ihre Aufgabe besteht darin, den Geheimagent Nummer Sechs zu finden.«

»Nummer Sechs?« Smith starrte ihn erstaunt an.

»Scotland Yard ist ein großes Amt, und ich habe allen Respekt vor den Leuten, die dort tätig sind.« Er setzte sich aufs Bett, während sein Gast zu frühstücken begann. »Aus irgendeinem Grund sind sie auf mich aufmerksam geworden und verdächtigen mich. Ich war lange in England, habe viel Geld dort ausgegeben, und Scotland Yard weiß nicht genau, wie ich in den Besitz dieser Mittel gekommen bin. Außerdem haben sich ein oder zwei unglückliche Zufälle ereignet.«

Smith fragte nicht näher nach diesen unglücklichen Zufällen, und Cäsar gab keine weitere Erklärung.

»Ich gehöre zu den Menschen«, fuhr er fort, »die gern rasch Bescheid wissen, selbst wenn es sich um das Schlimmste handeln sollte. Ich bin unruhig, wenn ich nicht weiß, was meine Gegner vorhaben, und ich gebe große Summen aus, um zu erfahren, welche Schwierigkeiten mich erwarten. Lange Zeit habe ich einen Beamten bezahlt, der in der Registratur von Scotland Yard tätig war, und vor ungefähr einem Jahr erhielt ich die Nachricht, daß der Leiter der Kriminalabteilung einen besonderen Agenten ausgeschickt hat, um mich zu überwachen.«

Smith pfiff leise vor sich hin.

»Hm«, meinte er. »Und das ist wahrscheinlich Nummer Sechs?«

Cäsar nickte.

»In Scotland Yard hält man mich für eine zweifelhafte Existenz, und es ist bezeichnend, daß der Agent, den man ausgeschickt hat, kein gewöhnlicher Beamter der Polizei ist, sondern irgendein Feind von mir, jemand, der mich aus persönlichen Gründen haßt.« Er zuckte die Schultern. »Es gibt natürlich eine Reihe von Leuten, die mir nicht gewogen sind, darunter ist vor allem ein gewisser Welland. Sie finden seine Adresse auch in dem Notizbuch. In letzter Zeit habe ich den Mann nicht getroffen, aber vor zwanzig Jahren war ich mit seiner Frau bekannt.« Er machte eine Pause. »Ich glaube, sie war glücklicher mit mir als mit ihm – das heißt, für einige Zeit.«

Smith gähnte.

»Wenn Sie mir Ihre Liebesgeschichten erzählen wollen, dann verschonen Sie mich lieber.«

»Unglücklicherweise starb sie, und sein Kind, das sie mitbrachte, starb auch. Bedauerliches Schicksal.« Cäsar stützte das Kinn in die Hand und schaute eine Weile, in Gedanken versunken, auf den Teppich. Plötzlich sah er wieder auf. »Welland ist irgendwie im Regierungsdienst beschäftigt. Einem Freund hat er gesagt, daß er mich umbringen will. Aber deshalb mache ich mir natürlich keine großen Sorgen. Vielleicht ist er Nummer Sechs. Sie sind ja begabt genug, das herauszubringen.«

»Haben Sie sonst noch jemand in Verdacht?«

»Ja, die Verwandten eines gewissen Mr. Gale«, erwiderte Cäsar nachdenklich. »Ich hatte geschäftlich mit ihm zu tun. Unsere Unternehmungen schlugen fehl, und der Mann beging Selbstmord. Tragische Geschichte.«

Smith nickte wieder. Er hatte von Mr. Gale gehört.

»Ich erinnere mich an den Fall; allerdings wußte ich nicht, daß Sie auch darin verwickelt waren. Gale war doch Bankdirektor? Nach seinem Tod fehlte eine Summe von hunderttausend Pfund bei der Bank?«

»Ja. Ein unglücklicher Zufall. Man wußte, daß ich geschäftlich mit ihm zu tun hatte, und seine Frau machte mir eine heftige Szene. Es war sehr peinlich. Sie klagte mich an ...« Er zuckte die Schultern. »Bald darauf starb sie.«

»Eines natürlichen Todes?« fragte Smith brutal.

Cäsar lächelte und legte ihm die Hand auf die Schulter.

»Sie sind ein Mann nach meinem Herzen. Sie gefallen mir.«

Kurz darauf verließ er das Zimmer, um sich anzuziehen. Er

mußte Smith zu dem Privatflugplatz bringen, wo sein Freund wartete. Er brachte die Maschine so rechtzeitig nach Croydon, daß Smith zum zweitenmal frühstücken konnte. Im Grund freute er sich darüber, daß er wieder in England war.

Obwohl er keine Sentimentalität kannte, hatte es ihn doch ein wenig geschmerzt, daß er Stephanie nicht mehr zu sehen bekam. Trotz der kurzen Begegnung hatte sich ihm ihr Bild unauslöschlich eingeprägt.

Cäsars Tochter! Er lachte ironisch. Eine Borgia, und viel schöner als ihre Vorfahrin, die berühmte Lucretia!

Er nahm sich zusammen, schaltete Stephanie aus seinen Gedanken aus und konzentrierte sich auf den Auftrag, den ihm Cäsar gegeben hatte. Zu seiner Bestürzung mußte er feststellen, daß das Bilton-Hotel nicht nur elegant, sondern für seine Zwekke auch gefährlich war. Es lag in der Cork-Street und wurde von vermögenden Leuten besucht, die ihrem Vergnügen nachgingen. Deshalb war es sehr wahrscheinlich, daß er dort mit Leuten zusammenkam, die er früher in Paris und Rom getroffen hatte, als er noch in solchen Kreisen verkehrte.

Bei seiner Ankunft erfuhr er, daß nicht nur ein Zimmer für ihn bestellt war, sondern daß Cäsar auch den Geschäftsführer genau informiert hatte, welchen Raum er dem neuen Gast geben sollte.

»Ich kann leider Ihr Gepäck noch nicht auf Nr. 41 bringen lassen, weil der Herr, der dort wohnt, erst heute nachmittag abreist.«

Der Geschäftsführer nahm Smith beiseite und sagte leise:

»Hoffentlich nehmen Sie es mir nicht übel, wenn ich eine persönliche Frage an Sie richte? Sie – Sie ...« Er suchte nach dem richtigen Wort.

»Nun?« fragte Smith interessiert.

»Sie – schnarchen doch nicht etwa? Entschuldigen Sie!«

»Nein, nicht daß ich wüßte«, erwiderte Smith belustigt.

»Ich habe Sie nur gefragt, weil Mr. Ross in der Beziehung sehr empfindlich ist und seit dreißig Jahren schon in unserem Hotel verkehrt. Er schläft in dem Zimmer neben Ihnen.«

»Wer ist denn Mr. Ross?«

Der Geschäftsführer war offensichtlich erstaunt, daß es einen Menschen in London gab, der Mr. Ross nicht kannte, und erklärte ihm, daß es sich um einen amerikanischen Multimillionär und exzentrischen Junggesellen handelte. Smith schloß aus der Schilderung, daß dieser Herr nicht gerade sehr liebenswürdig und umgänglich war. Mr. Ross brachte fast den ganzen Tag im Reform-Klub zu, und obwohl er seit dreißig Jahren in England lebte, hatte er doch keine Freunde. Im Bilton-Hotel bewohnte er Zimmer Nr. 40.

»Ein Millionär ohne Freunde ist allerdings eine Seltenheit«, meinte Smith und versprach, nicht zu schnarchen.

Da er von Cäsar reichlich mit Geld versehen worden war, machte er zunächst einen Besuch bei einem Schneider in der Bond Street und bestellte sich mehrere Anzüge. Dann schlenderte er den Strand entlang.

Am Trafalgar Square traf er unglücklicherweise den Mann, den er am wenigsten zu sehen wünschte. Er bemerkte ihn schon aus einiger Entfernung, aber er war klug genug, ihm nicht aus dem Weg zu gehen.

Hallett von Scotland Yard war auch nicht zu verkennen mit seiner gesunden Gesichtsfarbe, seinen weißen Haaren und seinem grauen Schnurrbart. Smith ging an ihm vorüber, aber Hallett blieb stehen.

»Hallo!« sagte er in väterlichem Ton. »Wieder in London, Mr. Tre-Bong Smith?«

»Wie Sie sehen«, entgegnete der andere vergnügt.

»Ich habe tolle Geschichten von Ihnen gehört. Mord, Raub und andere böse Dinge.« Er zwinkerte mit den Augen, und wenn Hallett das tat, bedeutete es selten etwas Gutes. »Seien Sie bloß vorsichtig, mein Freund, sonst geht es Ihnen hier schlecht. Ich warne Sie.«

»Fabelhaft liebenswürdig von Ihnen. Aber wenn es mir schlecht gehen sollte, geht es anderen auch an den Kragen. Im übrigen – nehmen Sie es mir nicht übel – lasse ich mich nicht gern mit Ihnen sehen. Man kommt dadurch zu leicht in schlechten Ruf.«

Hallett lachte grimmig und ging weiter.

7

Smith setzte seinen Weg fort. Er wunderte sich darüber, daß er für Cäsar bei bestimmten Adressen Nachforschungen anstellen sollte. Diese Arbeit hätte jedes Detektivbüro ebensogut übernehmen können. Aber es gab auch noch andere Dinge, die Mr. Smith nicht verstand.

Er wandte sich zur John Street Nr. 104. Hier sollte nach den Angaben im Notizbuch Mr. Welland wohnen.

Smith betrachtete das altmodische Haus zunächst von der gegenüberliegenden Straßenseite, dann klingelte er bei dem Hausmeister.

Ein alter Mann zwischen sechzig und siebzig öffnete die Tür. Er war freundlich und mitteilsam; im Knopfloch trug er die Bänder einiger Medaillen aus den afrikanischen Feldzügen.

»Sie wollen Mr. Welland sprechen?« fragte er erstaunt. »Aber der wohnt doch schon längst nicht mehr hier. Seit etwa zwanzig Jahren ist er fortgezogen. Das ist aber merkwürdig, daß Sie nach ihm fragen!« –

»Warum ist es denn so merkwürdig?«

Der Alte – er hieß Cummins – zögerte einen Augenblick, dann bat er Mr. Smith, hereinzukommen, und führte ihn in seine Wohnung, die im untersten Stock lag.

»Haben Sie Mr. Welland gekannt?« fragte Smith, als er Platz genommen hatte.

»Und ob!« entgegnete Mr. Cummins fast verächtlich und vorwurfsvoll. »Ich kenne ihn ebensogut wie meine eigene Hand. Ein netter, liebenswürdiger Herr. Er bewohnte die drei oberen Stockwerke.« Er schüttelte den Kopf. »Es war wirklich zu traurig, zu traurig.«

»Ich kenne nicht die ganze Geschichte«, erwiderte Smith.

Von Cäsar hatte er zwar verschiedenes über Welland erfahren, aber er traute ihm nicht. Man konnte sich nicht auf ihn verlassen. Cäsar hatte ihn in Dienst genommen und nützte ihn aus. Damit hatte Smith auch gerechnet. Aber er wollte, soweit es anging, auch Cäsar ausnützen. Und dieser war natürlich klug genug, um das zu wissen.

Mr. Cummins erzählte gern.

»Ach, Sie kennen nicht die ganze Geschichte? Nun, alles weiß ich eigentlich auch nicht. Aber was mir bekannt ist, sage ich Ihnen gern. Mr. Welland wohnte schon in diesem Haus, bevor er heiratete. Nach seiner Hochzeitsreise kam er wieder zurück, und später wurde ihm hier auch eine Tochter geboren. Er war sehr glücklich, aber seine Frau schien sich nicht mit ihm zu verstehen. Sie hatte viele Wünsche, wollte dauernd neue Kleider und Schmuckstücke haben. Mr. Welland, dessen Hauptinteresse künstlerischen Dingen galt, war das gar nicht recht.

Acht Monate nach der Geburt des kleinen Mädchens brachte Mr. Welland einen Herrn zum Essen mit. Ich weiß es genau, weil ich damals bei Tisch bediente. Es war ein sehr hübscher junger Mann – seinen Namen habe ich im Augenblick vergessen.«

»Hieß er vielleicht Valentine?«

»Ja, ganz recht! Wie gesagt, ein wirklich eleganter junger Mann, aber ein niederträchtiger Charakter. Er hatte viel Geld, ein Auto und ein großes Haus am Belgrave Square. Mir fiel es schon immer auf, daß er zu Besuch kam, wenn Mr. Welland ausgegangen war. Manchmal kam er allerdings auch, wenn er den Hausherrn antraf, aber nur sehr selten. Eines Tages hatte Mr. Welland dann eine furchtbare Auseinandersetzung mit seiner Frau wegen eines Ringes, den Valentine ihr geschenkt hatte, und als er am Nachmittag zurückkam, war sie fort und hatte ihr Kind mitgenommen. Sie war mit Valentine nach den Vereinigten Staaten gefahren. Man hat kaum wieder etwas von ihr gehört. Mr. Welland nahm sich die Sache sehr zu Herzen. Zuerst fürchteten wir, daß er den Verstand verlieren würde. Er kam zu mir in die Wohnung und sagte: ›Cummins, früher oder später stirbt dieser Kerl unter meinen Händen‹.«

»Was ist denn aus Mrs. Welland geworden?« fragte Smith.

Cummins schüttelte den Kopf.

»Die ist gestorben. Ich habe zufällig vor zwei Jahren davon gehört. Sie und ihr Kind starben am gelben Fieber, wenn ich mich nicht sehr irre. Aber es ist merkwürdig, daß Sie gerade jetzt hierherkommen und sich nach Mr. Welland erkundigen.« Der Hausmeister stand auf und ging zu einer Kommode. »Ich habe heute morgen eine Schublade aufgeräumt, und da fand ich dieses Bild. Das schenkte er mir an seinem Hochzeitstag.«

Smith sah das Gesicht eines gebildeten Mannes. Besonders fielen ihm die hohe Stirn, die lange, gerade Nase, das feste Kinn und der energische Gesichtsausdruck auf.

»Können Sie mir das Bild leihen, damit ich einen Abzug davon machen lassen kann?«

Cummins sah unschlüssig drein.

»Ich möchte mich eigentlich nicht davon trennen. Sehen Sie, hier steht eine Widmung. Aber ich mache Ihnen einen anderen Vorschlag. Wenn Sie dafür bezahlen wollen, lasse ich beim Fotografen eine Aufnahme davon machen.«

»Damit bin ich einverstanden«, sagte Smith und reichte ihm eine Pfundnote, um das Geschäft abzuschließen.

Verwundert verließ er dann die John Street. Welche Absicht mochte Cäsar nur verfolgen, wenn er ihn in ein Haus schickte, das Welland schon längst verlassen hatte? Sicher hatte der Mann doch durch Detektive erfahren, daß Welland nicht mehr in der John Street wohnte.

Als Smith zum Hotel zurückkam, erwartete er eine Mitteilung. Cäsar hatte ihm noch gesagt, daß er Paris mit dem Mittagszug verlassen und am Abend in London eintreffen würde.

Aber es war weder ein Brief noch ein Telegramm von ihm angekommen.

Smith ging auf sein Zimmer, das jetzt von seinem Vorgänger geräumt war, setzte sich in einen Sessel und überdachte seine Lage. Er war in die Dienste eines der gefährlichsten Leute getreten, die es überhaupt auf der Welt gab, und weil er einen Polizisten in die Seine geworfen hatte, mußte er jetzt praktisch Detektivarbeit leisten!

Smith war neugierig, welche Schurkereien Cäsar von ihm verlangen würde. In Paris wäre er gern noch geblieben, um Näheres über die gefesselte Frau auszukundschaften. Er selbst hatte schon viel durchgemacht, aber der Anblick dieser Frau hatte ihn erschüttert. Zweifellos war sie Cäsars Gefangene, und die Stimme, die im Dunkeln kommandiert hatte, war die Madonna Beatrices. Was hatte diese Frau wohl getan, und warum behielt Cäsar sie bei sich? Sonst kam es ihm doch nicht darauf an, seine Feinde auf dem schnellsten Weg beiseitezuschaffen.

Wenn Cäsar zu ihm gekommen wäre und gesagt hätte: »Ermorden Sie diese Frau – ich habe nicht den Mut dazu«, so hätte er das verstanden. Aber er hätte den Befehl keineswegs kaltblütig ausgeführt, denn er tötete keine Frauen.

Smith folgte einem plötzlichen Impuls, ging zum Britischen Museum, setzte sich dort in die Bibliothek und frischte seine Kenntnisse über die Familie Borgia wieder auf.

Er ließ sich eine kleine Monographie über Alexander VI. und die Borgias geben, die ein amerikanischer Professor geschrieben hatte. Nach zwei Stunden hatte er das Buch von Anfang bis zu Ende durchgelesen.

Nach seiner Ansicht gehörten Zufälligkeiten zwar zum normalen Leben, aber er fand es doch seltsam, daß ein anderer Herr dasselbe Buch verlangte, während er eifrig darin las. Er erfuhr das, als er es zurückgab.

»Ich freue mich, daß Sie es nicht länger behalten haben«, sagte der Beamte und atmete auf. Nachdem er eine Notiz gemacht hatte, brachte er das Buch einem alten Herrn, der auf einem Stuhl in der Nähe wartete. In den alten, faltigen Händen hielt der Mann einen Schirm. Er wandte Smith sein hartes, zerfurchtes Gesicht zu und schaute ihn vorwurfsvoll an. Dann nahm er das Buch und ging zu einem der Lesetische.

»Man sollte nicht glauben, daß ein Mann mit einem Millionenvermögen sich hierhersetzt und auf ein Buch wartet, das er im Laden für ein paar Schillinge kaufen kann«, meinte der Beamte, als er zurückkam.

»Millionenvermögen?« wiederholte Smith verwundert und betrachtete den Alten genauer.

»Das ist doch Mr. Ross! Haben Sie noch nichts von ihm gehört? Er ist äußerst sparsam und geizig. Der würde lieber zehn Meilen weit laufen, als einen Schilling ausgeben.«

Smith lachte.

»Ich weiß noch etwas anderes von ihm. Er kann es nicht leiden, wenn andere Leute schnarchen.«

Smith betrachtete den alten Herrn sehr genau, bevor er die

Bibliothek verließ. Der Mann mußte etwa siebzig Jahre alt sein. Auch fiel Smith die schäbige Kleidung des Millionärs auf.

Er kehrte zum Hotel zurück, aß zu Abend und hatte eigentlich die Absicht, ins Theater zu gehen. Aber als er in die Halle trat, reichte ihm der Portier einen Brief. Die Adresse war mit Maschine geschrieben.

Er öffnete den Umschlag.

›Beobachten Sie Ross, seine Rechtsanwälte sind Baker und Sepley, 129, Great James Street. Wenn er dorthin geht oder die Leute zu sich kommen läßt, muß er sofort erledigt werden.‹

In der rechten unteren Ecke stand: »Quais Fleurs.«

Das sollte zugleich eine Mahnung und ein Erkennungszeichen sein. Auch die Mitteilung war mit Maschine geschrieben.

Das war also Cäsars Absicht! Deshalb hatte er ihn nach London geschickt und Zimmer 41 für ihn belegt.

Er steckte den Brief in die Tasche und grinste.

Zu schnell hatte sich der großzügige Cäsar ihm gegenüber in einen Tyrannen verwandelt. Smith hatte sich entweder mit der Rolle eines gedungenen Mörders abzufinden, dem bald die Londoner Polizei auf den Fersen sein würde, oder Cäsar zeigte ihn wegen eines gewissen Vorfalls in Frankreich an. Nun, auf jeden Fall ging aus dem Schreiben hervor, daß sich Cäsar in London aufhielt. Und das war eine große Neuigkeit.

8

Smith saß in der Halle des Hotels, las eine Abendzeitung und beobachtete unauffällig Mr. Ross, der aus dem Speisesaal kam und mit dem Fahrstuhl zum zweiten Stock hinauffuhr. Nach einiger Zeit folgte er ihm, ging in sein eigenes Zimmer und wartete, bis er das Knipsen des Lichtschalters hörte. Das war für ihn das Zeichen, daß sich Mr. Ross zurückgezogen hatte und daher an diesem Abend nicht mehr mit seinen Rechtsanwälten zusammenkommen würde. Smith verließ nun das Hotel und besuchte ein Theater, um sich zu zerstreuen.

Um halb zwölf kam er zurück. Ein Mann, der das Gebäude beobachtete, sah ihn und gab dem anderen Beamten ein Zeichen, der Smith den ganzen Abend gefolgt war. Die beiden verglichen ihre Aufzeichnungen. Vielleicht wußte Smith, daß er überwacht wurde, vielleicht auch nicht. Nach Halletts Warnung mußte er mit dieser Maßnahme eigentlich rechnen. Er ging auf sein Zimmer und legte sich sofort zu Bett. Als er sich gerade ausziehen wollte, hörte er ein leises Geräusch. Es war ihm, als ob die Tür im nächsten Zimmer geschlossen worden wäre. Er drehte das Licht aus, ging zur Tür und öffnete sie vorsichtig. Aber obgleich er ziemlich lange lauschte, konnte er nichts hören.

Zimmer Nr. 40, das Mr. Ross bewohnte, bestand eigentlich aus drei zusammengezogenen Räumen: einem Schlafzimmer, einem Bad und einem Wohnzimmer. An der Korridortür des Wohnzimmers stand: Nummer 40a. Smith trat in den langen Gang hinaus, ging leise zu Nummer 40 und lauschte. Er konnte aber nicht den geringsten Laut hören. Dann schlich er zu der Tür von Nummer 40a, horchte angestrengt und vernahm nach einiger Zeit Stimmengemurmel.

Er ging bis zum Ende des Korridors, um zu sehen, ob Angestellte in der Nähe wären. Aber in dem vornehmen Bilton-Hotel verkehrten meist nur ältere Ehepaare, die frühzeitig schlafen gingen. Smith schlich wieder zurück und versuchte, die Tür von Nummer 40 zu öffnen. Zu seinem Erstaunen gab sie nach, und er trat ein. Er sagte sich, daß er seine Anwesenheit leicht erklären könnte, falls man ihn überraschte. Er war ein Neuling im Hotel und hatte sich eben in der Zimmernummer geirrt.

Ein Lichtschein auf dem Boden verriet ihm die Stelle, wo sich die Verbindungstür befand. Kühn schaltete er für eine Sekunde das Licht ein und entdeckte, daß das Zimmer leer und das Bett unberührt war, wie er erwartet hatte. Geräuschlos drehte er den Schalter wieder ab, schlich auf Zehenspitzen durch das Zimmer und lauschte an der Tür zu dem zweiten Raum. Zwei Leute sprachen dort miteinander. Die eine Stimme klang rauh und hart, die andere leise und sanft – die Stimme einer Frau. Und diese Stimme kam ihm bekannt vor, obwohl er kaum ein Wort verstehen konnte.

Er bückte sich und schaute durch das Schlüsselloch, konnte aber nur die Lehne eines Sessels sehen. Wieder lauschte er angestrengt und hörte nun einige Worte, die Ross mit erhobener Stimme sprach.

»Wenn sie tatsächlich auf dieser Erde leben, dann werden wir sie auch finden. Es ist doch merkwürdig, daß ich getäuscht worden sein soll...«

Dann drückte plötzlich höchst unerwartet eine Hand die Türklinke nieder, und Smith eilte davon. Er stand draußen auf dem Gang, ehe jemand das Schlafzimmer betreten haben konnte. Es blieb ihm keine Zeit, die Tür zu schließen. Deshalb ließ er sie angelehnt und schlüpfte in sein eigenes Zimmer zurück.

Geduldig wartete er hinter der Tür und lauschte, aber er hörte kein Geräusch. Nach fünf Minuten wagte er es, die Tür wieder zu öffnen. Nahezu eine halbe Stunde stand er im Dunkeln, dann kamen die beiden heraus. Er hörte, wie der Mann sagte: »Gute Nacht, mein Liebling« und die Frau küßte. Behutsam machte er die Tür etwas weiter auf. Draußen im Korridor brannten alle Lichter, so daß ein Irrtum vollkommen ausgeschlossen war.

Die Gestalt, die gleich darauf an seiner Tür vorbeikam, war nicht eine Dame, wie er erwartet hatte, sondern Ross selbst! Der alte Mann war also ausgegangen und hatte die Frau in seinem Zimmer zurückgelassen. Smith war sekundenlang so verwirrt und bestürzt, daß er sich nicht rühren konnte. Dann nahm er hastig seinen Hut und eilte den Korridor entlang, um den alten Mann einzuholen. Aber als er an der Treppe ankam, fuhr der Fahrstuhl bereits nach unten, und als er die Stufen hinunterraste, kam er gerade noch rechtzeitig, um zu sehen, wie Mr. Ross durch die Schwingtür hinausging. Draußen wartete ein Auto auf den Millionär. Er stieg ein, und der Wagen fuhr sofort ab.

Smith rief ein vorüberfahrendes Taxi an.

»Folgen Sie dem Wagen«, sagte er schnell.

Der Chauffeur hatte keine Schwierigkeiten, den Auftrag auszuführen, denn die Straßen waren leer. Die Fahrt ging die Regent Street hinauf zum Portland Place.

Dort hielt das Auto vor einem großen Haus. Der alte Herr stieg aus und schloß die Tür auf. Smith merkte sich die Nummer

– 409. Von seinem eigenen Auto aus beobachtete er, daß der Wagen, in dem Mr. Ross gekommen war, nicht abfuhr. Er stieg aus, bezahlte den Chauffeur, trat in einen dunklen Hausflur und wartete.

Nach einer halben Stunde öffnete sich die Tür von Nr. 409, und eine junge Dame in langem, schwarzem Mantel kam heraus.

Smith schlüpfte aus seinem Versteck und eilte auf sie zu.

Sie ging schnell zu dem Wagen, aber im Licht einer Straßenlampe konnte er ihr Gesicht deutlich sehen. Es war Stephanie – Cäsars Tochter!

»Was ist mit dem alten Mr. Ross geschehen?« fragte sich Smith verwirrt, als er zum Hotel zurückkehrte. Aber er mußte sich zur Ruhe legen, ohne dieses Rätsel gelöst zu haben.

Am nächsten Morgen schickte ihm Cäsar in seinem befehlshaberischen Ton eine neue Nachricht, daß er ihn im Green-Park treffen sollte.

Es war ein heller, sonniger Tag, und Cäsar trug einen eleganten weißgrauen Anzug. Er winkte Smith, neben ihm auf einem Gartenstuhl Platz zu nehmen.

»Ich hatte eigentlich nicht die Absicht, Sie hierherkommen zu lassen, aber es ist verschiedenes passiert, und deshalb hielt ich es für ratsam, mit Ihnen zu sprechen. Ich wollte Ihnen sagen, wie Sie sich im Notfall mit mir in Verbindung setzen können.«

»Ich weiß, wie ich mit Ihnen in Verbindung kommen kann, ob es sich um einen Notfall handeln mag oder nicht«, erwiderte Smith ruhig. »Die Adresse ist Portland Place 409.«

Cäsar sah in scharf an.

»Woher wissen Sie das? Mein Name ist in keinem Adreßbuch zu finden.«

»Ich weiß es eben«, erklärte Smith leichthin.

»Sie sind mir gefolgt! Ich bin gestern abend ausgewesen«, sagte Cäsar vorwurfsvoll.

Smith lachte.

»Ich gebe Ihnen mein Wort, daß ich Ihnen niemals gefolgt bin. Ich wüßte auch gar nicht, wie ich Mr. Ross und Sie zu gleicher Zeit beobachten könnte.«

»Aber wie haben Sie es erfahren?«

»Lassen Sie mir doch auch meine kleinen Geheimnisse.«

»Sie sind mir also doch gefolgt«, entgegnete Cäsar und nickte. Dann sprach er nicht mehr über diesen Punkt. »Was halten Sie eigentlich von Ross?«

»Ein würdiger alter Herr. Er gefällt mir.«

Er erwähnte nicht, daß er gesehen hatte, wie Mr. Ross Cäsars Haustür öffnete. Das hatte noch Zeit.

»Sein Vermögen wird auf zehn bis zwanzig Millionen Pfund geschätzt«, sagte Valentine ernst. »Er hat keine Erben, und er hat auch kein Testament gemacht. Wenn er stirbt, fällt sein Eigentum an den Staat.«

Smith sah ihn erstaunt an.

»Woher wissen Sie denn das?«

»Das weiß ich eben. Es ist mein Geheimnis.«

Beide schwiegen eine Weile.

»Männer und Frauen arbeiten von morgens bis abends im Schweiß ihres Angesichts jahrein und jahraus«, fuhr Cäsar dann fort. »Und sie sind froh, wenn sie gerade soviel verdienen, daß sie leben und weiterarbeiten können. Ich strenge mich nicht an, weil ich genug Verstand besitze, und weil ich das menschliche Leben nicht unter demselben Gesichtswinkel betrachte wie die gewöhnlichen Leute. Das tun Sie auch nicht. Nun stellen Sie sich einmal vor, daß Mr. Ross ein paar Zeilen auf einen Bogen schriebe, seine Unterschrift darunter setzte und diese von einem Zimmermädchen und dem Kammerdiener beglaubigen ließe. Durch diese Zeilen könnten wir reiche Leute werden ...«

»Sie meinen, wenn Mr. Ross ein Testament zu unseren Gunsten machte und dann das Zeitliche segnete?«

»Sie sind immer so direkt und geradezu«, entgegnete Cäsar und lachte leise. »Aber haben Sie nicht schon einmal darüber nachgedacht, wie leicht man Eigentum übertragen kann, wenn eine der beiden Parteien stirbt? Wenn wir beide in die Bank von England einbrechen wollten, hätten wir auch nach jahrelangen Vorbereitungen nicht die mindeste Aussicht auf Erfolg. Aber aller Wahrscheinlichkeit nach würden wir gefaßt werden.«

Smith nickte.

»Und auch wenn wir einen kleinen Scheck fälschten, zum Beispiel auf den Namen von Mr. Ross, kämen wir nicht weit. Es wäre viel Arbeit damit verbunden, wir müßten viele tüchtige Leute täuschen, und schließlich würde es uns doch nicht ganz gelingen.«

»Das ist mir vollkommen klar.«

»Also ist es doch viel einfacher«, bemerkte Cäsar, »daß wir Mr. Ross dazu bringen, ein kurzes Testament zu schreiben.«

»Meiner Meinung nach wird das sehr schwer sein. Sie können eher seinen vorzeitigen Tod arrangieren, als ihn veranlassen, ein solches Dokument zu unterzeichnen.«

Cäsars Augen glänzten.

»Augenblicklich habe ich allerdings die Absicht, ihn daran zu hindern, ein solches Testament zugunsten von irgend jemand aufzustellen. Ich habe sogar den Wunsch, daß Mr. Ross stirbt, ohne sein Vermögen einer bestimmten Person zu vermachen.«

Smith sah ihn erstaunt an.

»Meinen Sie das wirklich? Sie sagten doch vorhin, daß sein Vermögen in diesem Fall in den Besitz des Staates übergeht?«

»Wenn er keine Erben hat. Vergessen Sie das nicht.«

»Aber hat er denn Erben? Er ist doch Junggeselle ...«

»Nein, er ist Witwer. Er hatte ein Kind, das ihn verließ und später starb. Wenn dieses Kind noch lebte, würde er wahrscheinlich sein ganzes Vermögen einem Hundeasyl vermachen oder irgendeine andere Dummheit begehen.«

Langsam begriff Smith die Zusammenhänge.

»Wie alt würde seine Tochter sein, wenn sie noch lebte?«

»Siebenundvierzig«, erwiderte Cäsar schnell. »Drei Jahre jünger als ich.«

Cäsar war also fünfzig. Es gab Tage, an denen er so alt aussah, aber an diesem Morgen hätte man ihn für nicht älter als fünfunddreißig gehalten.

»Ja, siebenundvierzig würde sie jetzt sein. Sie lief von zu Hause weg, als sie etwas über zwanzig war, und heiratete einen umherziehenden Musiker. Der alte Mann machte daraufhin ein Testament, in dem er sein Vermögen einem Waisenhaus hinterlassen wollte. Seine Tochter enterbte er vollständig. Als er dann hörte, daß sie gestorben war, vernichtete er das Testament und hatte wohl die Absicht, ein neues anzufertigen. Sie sehen, ich bin über das Privatleben von Mr. Ross sehr gut informiert.«

»Und wenn sie nun nicht gestorben ist?«

Cäsar drehte sich hastig nach ihm um.

»Zum Teufel, was soll das heißen?«

Zum erstenmal sah Smith Bestürzung in den Zügen dieses Mannes.

»Und wenn sie nun nicht tot ist?« wiederholte er.

»In dem Fall würde sie das Vermögen erben – wenn er stirbt.«

»Würden Sie die Frau dann in der Öffentlichkeit zeigen?«

Cäsar schwieg.

»Würden Sie die Frau vor einem englischen Gericht auftreten lassen, so daß sie den Leuten von ihrer jahrelangen Gefangenschaft in einem abgelegenen französischen Schloß erzählen könnte ...? Wie sie nur nachts draußen umhergehen durfte und außerdem noch an Händen und Füßen mit Ketten gefesselt war?«

Cäsars Gesicht sah plötzlich eingefallen und müde aus, aber Smith fuhr erbarmungslos fort, denn er war entschlossen, Cäsar zum Aufdecken seiner Karten zu zwingen.

»Sie haben mir eben gesagt, daß die Tochter von Mr. Ross einen umherziehenden Musiker heiratete. Das halte ich für nicht ganz richtig. Meiner Meinung nach heiratete sie einen Mann, der wahrscheinlich ein hochbegabter Amateur war, die Musik aber nicht als Beruf ausübte. Wenn ich nicht sehr irre, hieß dieser Mann Welland.«

Cäsar sank mehr und mehr in sich zusammen, und Smith hatte momentan die Oberhand.

»Sie entdeckten ihre Verwandtschaft mit Ross und überredeten sie, mit Ihnen ins Ausland zu gehen und darauf zu warten, daß Welland sich von ihr scheiden lassen würde – aber das tat er nicht. Dann wurde die Frau unruhig, vielleicht ist ihr Kind gestorben. Aber jedenfalls blieb sie am Leben.«

Cäsar hatte sich wieder gefaßt; ein zynisches Lächeln spielte jetzt um seinen Mund.

»Sie sind tatsächlich ein erstaunlicher Kerl«, sagte er spöttisch. »Sie haben mir beinahe die ganze Wahrheit gesagt. Das Kind starb, und in der Zwischenzeit wurde Stephanie geboren. Es ist meine Absicht, Stephanie als die Erbin der Ross'schen Millionen zu präsentieren. Jetzt wissen Sie alles. Sicher haben Sie viel von dem, was Sie mir erzählten, nur vermutet. Sie sind viel schlauer und gerissener, als ich dachte. Hier können Sie ein großes Vermögen erwerben, wenn Sie mit mir zusammenarbeiten. Im anderen Fall ...«

»Bringen Sie mich schnell und schmerzlos um die Ecke?« entgegnete Smith lachend. »Sehen Sie sich aber vor, daß mein Dolchmesser nicht schneller ist als Ihre Gifte.«

Er sah auf den Boden und entdeckte einen Brief.

»Haben Sie das fallen lassen?« fragte er, bückte sich und nahm das Kuvert auf. »Ihre Adresse steht darauf.«

Cäsar schüttelte den Kopf.

»Ich habe es nicht fallen lassen.« Er las die Anschrift: »Cäsar Valentine.«

Der Brief war mit Siegellack verschlossen. Cäsar riß ihn auf und runzelte die Stirn. Smith war nicht sicher, ob sich der Mann fürchtete; aber jedenfalls war Valentine aufs neue aus der Fassung gebracht.

»Woher mag der Brief nur gekommen sein?« fragte Cäsar schnell und sah sich um. Aber es war niemand in der Nähe zu entdecken.

Es waren nur ein paar Zeilen in großen Druckbuchstaben auf ein Blatt Papier geschrieben:

»Cäsar, auch Sie sind nur ein Mensch und müssen einmal sterben. Denken Sie daran.«

Die Unterschrift lautete: »Nummer Sechs.«

Smith las die Worte, aber Cäsar riß ihm das Papier aus der Hand, zerknitterte es und warf es mit einem Fluch fort.

»Wenn ich diesen Welland treffe, bevor er mich findet, dann kostet es ihn den Hals!«

»Nun, wir werden Welland wohl zuerst finden«, erwiderte Smith zuversichtlich und lachte.

9

Große Verbrecher darf man wie große Helden nicht aus unmittelbarer Nähe betrachten. Smith entdeckte Fehler an Cäsar Valentine, die er niemals vermutet hätte. Der Mann war unheimlich eitel; auf der anderen Seite reichten seine Fähigkeiten aber auch an Genialität heran. Allerdings besaß er mehr Veranlagung zum Diplomaten als zum Feldherrn. In dieser Beziehung glich er seinem berühmten Vorfahren, der größere Erfolge durch Bestechung als durch Waffengewalt erzielt hatte.

Cäsar ließ Smith am Nachmittag wieder zu sich kommen, und zwar in sein Haus am Portland Place. Ein Diener führte den jungen Mann in die Bibliothek, wo Valentine bereits ungeduldig auf ihn wartete.

»Welland muß unter allen Umständen gefunden werden!« Mit diesen Worten begrüßte Cäsar seinen Komplicen. »Ich habe die Angelegenheit Privatdetektiven übergeben. Die Leute sollen keine Ausgabe scheuen, um vorwärtszukommen. Ich bin fest davon überzeugt, daß der Mann noch lebt, denn er wurde von einem meiner Agenten vor zwei Jahren in York gesehen.«

»Verdammt, warum haben Sie mich denn dann mit den gleichen Nachforschungen beauftragt?« fragte Smith ungeduldig. »Warum mußte ich denn zu dem Haus in der John Street gehen?«

»Es bestand doch die Möglichkeit, daß er sich mit dem dortigen Hausmeister in Verbindung gesetzt hatte. Es gibt zwei Leute, die hinter dem Geheimagenten Nummer Sechs stecken könnten. Der eine ist der Sohn des Bankdirektors Gale –«

»Der ist in Argentinien«, unterbrach ihn Smith. »Er hat dort eine Farm.«

»Wie haben Sie das herausgebracht?«

»Das war nicht allzu schwer. Die Beamten der Bank, die Sie beraubt haben –«

»Die ich beraubt habe?« fragte Cäsar schnell.

»Nun, die irgend jemand beraubt hat«, entgegnete Smith mit einer gleichgültigen Handbewegung. »Es kommt jetzt nicht darauf an, wer es getan hat. Auf jeden Fall stehen die Beamten mit dem jungen Gale in Verbindung. Anscheinend will er alles Geld, das die Bank verloren hat, zurückzahlen. Den können Sie also ruhig ausschalten.«

»Dann muß es Welland sein. Meine Informationen von Scotland Yard sind über alle Zweifel erhaben. Der Mann, der sich selbst Nummer Sechs nennt –«

»Es kann ebensogut eine Frau sein.«

»Keine Frau würde das wagen. Es bleibt nur übrig, daß es Welland ist. Es ist ein Amateur, der sich mit dem Chef von Scotland Yard in Verbindung gesetzt und ihn überredet hat, ihm den Auftrag zu geben. Bedenken Sie doch, daß man hier in England nichts gegen mich hat. Beweisen können sie nichts, und sie wissen auch nichts Genaues über ein Verbrechen, das ich begangen haben könnte. Sie haben nur einen Verdacht und fühlen sich unbehaglich, wenn mein Name genannt wird. Das ist alles.«

Smith stimmte ihm bei. Es hatte im Augenblick keinen Zweck, ihm zu widersprechen.

»Gehen Sie jetzt zum Hotel zurück und beobachten Sie diesen Mr. Ross«, sagte Cäsar unvermittelt. »Ich werde Welland auf mich nehmen. Hat er Besuch gehabt?«

»Ross? Nein.«

Smith konnte ebensogut lügen wie Cäsar Valentine, der ihn vollständig in der Hand zu haben glaubte. Er liebte das Leben ebensosehr wie andere Menschen, und er wußte, wie gefährlich es war, Valentine zu hintergehen. Der rätselhafte Besuch des Millionärs im Haus Portland Place Nr. 409 während Cäsars Abwesenheit mußte doch aufgeklärt werden.

»Was hätten Sie eigentlich angefangen, wenn Sie mich nicht getroffen hätten?« fragte Smith plötzlich. »Der unglückliche Ernest hätte Ihnen doch bei der Durchführung Ihrer Pläne hier in London nicht helfen können.«

»Der hat seinen Zweck erfüllt«, entgegnete Valentine kühl. »Er hat gewisse Aufgaben gehabt, die wichtig genug waren, aber er hatte natürlich nicht den nötigen Verstand. Der arme Kerl!«

Cäsar Valentine heuchelte diesmal nicht, davon war Smith überzeugt. Sicher tat es diesem Mann aufrichtig leid, daß er diesen aufsässigen Diener hatte beseitigen müssen, dessen skrupelloser, grausamer Charakter ihm irgendwie verwandt gewesen war.

Die Beobachtung von Mr. Ross war etwas langweilig. Smith hätte sich lieber intensiver beschäftigt. Er hielt mit seiner Meinung auch nicht zurück, als er Cäsar am nächsten Morgen traf.

»Es tut mir leid, daß ich Sie nicht jeden Tag einen Mord begehen lassen kann«, erwiderte Cäsar ironisch. »Überwachen Sie ruhig Mr. Ross.«

»Er bringt die meiste Zeit im Reform-Klub zu und liest langweilige Magazine«, beklagte sich Smith. »Es wird wirklich zu blöde.«

»Sie setzen die Beobachtungen fort«, erklärte Cäsar entschieden.

Am selben Abend telefonierte er aufgeregt mit Smith.

»Er ist gefunden worden!«

»Wer?«

»Welland – ich gehe jetzt zu ihm.« Smith glaubte ein leises Zittern in Cäsars Stimme zu hören. »Die Detektive haben seine Spur in Manchester gefunden und ihn nach London verfolgt. Er wohnt in einem Vorort.«

»Ach so!« Smith wußte im Augenblick nicht, was er sonst sagen sollte. »Und dort wollen Sie ihn aufsuchen?«

Aber Cäsar hatte den Hörer bereits aufgelegt. Er war wie immer impulsiv.

Am nächsten Tag hatte Smith bei der Rückkehr ins Hotel ein unangenehmes Erlebnis.

Zwölf Monate lang hatte er sich in den Verbrecherkreisen von Paris einen gewissen Namen gemacht. Aber es war ihm doch sehr peinlich, zu entdecken, daß seine eigenen Koffer und seine Schreibmappe von anderen erbrochen und durchsucht worden waren. Nur ein Amateur und Anfänger würde das Schloß aus einer neuen Ledermappe herausschneiden. Es tat ihm leid um das gute Stück, das er erst am Tag vorher gekauft hatte. Als er in sein Zimmer trat, lagen die Schriftstücke auf dem Boden verstreut. Nur ein in solchen Dingen unerfahrener Mann konnte Kleider durchwühlen, ohne sie wieder sorgfältig zusammenzulegen und in den Schrank zu hängen.

Smith ließ den Geschäftsführer kommen und zeigte ihm die Unordnung. Dieser entschuldigte sich bestürzt. Weder er noch einer der anderen Angestellten hatten einen Fremden ins Hotel kommen sehen. Die einzige, die nicht im Hotel wohnte, war die junge Dame, die Mr. Ross öfter besuchte. Aber sie war so vornehm, daß sie eigentlich unmöglich als Täterin in Frage kommen konnte.

Als sie erwähnt wurde, beruhigte sich Mr. Smith etwas. Er hatte schon gefürchtet, daß ein Beamter von Scotland Yard ihm einen Besuch abgestattet hätte. Besonders fürchtete er verhältnismäßig junge Beamte, die erst kurze Zeit im Dienst und manchmal übereifrig waren. Nur sehr ungern hätte sich Smith bei Mr. Hallett über einen seiner Leute beschwert.

Aber schließlich sagte er sich, daß ein Polizeibeamter niemals so systemlos vorgegangen wäre. Nur ein Amateur konnte diese Verwüstung angerichtet haben. Als er auch noch einen Blutfleck auf dem Löschblatt entdeckte, zweifelte er nicht mehr daran.

10

Smith fuhr mit einem Taxi nach Portland Place Nr. 409. Mr. Valentine war nicht zu Hause, wie ihm der Diener mitteilte, und wollte auch erst spät am Abend wiederkommen. Smith ließ sich daher bei der jungen Dame melden, die zugegen war, und gab dem Mann eine Karte mit der Aufschrift »Lord Henry Jones«.

Er wurde ins Wohnzimmer geführt. Kurz darauf erschien Stephanie mit seiner Karte in der Hand. Sie blieb an der Tür stehen, als sie ihn sah. Smith verstand es, mit Frauen umzugehen, aber die Gegenwart dieses jungen Mädchens machte ihn befangen.

»Ach, Sie sind es!« rief sie.

»Ja.« Er war verlegen wie ein Schuljunge. »Ich wollte Sie in einer wichtigen Angelegenheit sprechen.« Zufällig sah er auf ihre Hand und bemerkte einen Verband an einem Finger. Nun lachte er und gewann seine Haltung wieder.

»Mein Vater ist ausgegangen«, erklärte sie abweisend, »und ich fürchte, daß ich nichts für Sie tun kann.«

»O doch, Sie können mir sogar sehr viel helfen, Miss Valentine«, entgegnete er kühl. »Zum Beispiel können Sie mir einige Informationen geben.«

»Worüber?«

»Zunächst einmal über Ihren Finger. Haben Sie sich sehr verletzt?«

»Wie meinen Sie das?« fragte sie schnell.

»Als Sie heute morgen meine Ledermappe aufschnitten, ist Ihnen wohl das Messer oder die Schere ausgeglitten; ich habe einen Tropfen Ihres kostbaren Bluts auf meiner Schreibunterlage gefunden.«

Sie wurde dunkelrot und sehr verlegen, war aber klug genug, nichts darauf zu erwidern.

»Wollen Sie mir keinen Stuhl anbieten?« fragte er.

Sie wies mit der Hand auf einen Sessel.

»Was hofften Sie denn in meiner Mappe zu finden? Etwa Beweise für meine Verbrechertätigkeit?«

»Die habe ich bereits. Sie vergessen anscheinend, daß ich in jener Nacht am Quai des Fleurs war.«

Sie sagte nicht, welche Nacht sie meinte, aber er brauchte sie um keine weitere Erklärung zu bitten. Smith wunderte sich über ihre außerordentliche Ruhe und Gelassenheit. Sie zitterte nicht, und doch mußte das, was sie gesehen hatte, für sie ein schreckliches Verbrechen bedeuten. Und nun sprach sie ganz nebenbei von »jener Nacht«, als ob sie selbst Mittäterin statt Zuschauerin gewesen wäre.

»Ja, ich erinnere mich. Merkwürdig, daß ich dergleichen nicht vergesse.«

Seine Ironie machte keinen Eindruck auf sie.

»Darf ich Ihnen eine Tasse Tee anbieten, Mr. Smith?«

Er nickte zustimmend.

Sie klingelte, ging dann zu ihrem Stuhl zurück und schaute ihn lächelnd an.

»Sie halten mich also für eine Einbrecherin, Mr. Smith?«

»Nein, so würde ich es nicht bezeichnen. Aber ich dachte, Ihr

Vater hätte Sie vielleicht gebeten, in mein Zimmer zu gehen ...« Er brach ab, weil ihm die rechten Worte fehlten.

»Ja, wir sind merkwürdige Leute«, sagte sie unvermittelt. »Mein Vater, Sie und auch ich.«

»Und Mr. Ross«, fügte er leise hinzu.

Sie sah ihn einen Augenblick bestürzt an.

»Gewiß«, entgegnete sie dann schnell. »Auch Mr. Ross. Mr. Valentine hat Sie doch im nächsten Zimmer einquartiert, damit Sie ihn überwachen sollen?«

Ihre Worte brachten ihn aufs neue in Verwirrung, aber er wußte seit langem, daß der Angriff die beste Verteidigung ist.

»Ich halte es eigentlich für unnötig, Mr. Ross im Auftrag Ihres Vaters zu beobachten«, erwiderte er etwas von oben herab, »besonders wenn er es hier in seiner Wohnung ebensogut tun kann wie ich.«

»Wie meinen Sie das?«

»Nun, Mr. Ross kommt doch zu Besuch hierher«, entgegnete er unschuldig.

»Mr. Ross?«

Sie schaute ihn scharf an, und plötzlich schien sie zu verstehen. Nur einen Augenblick gelang es ihr, sich zu beherrschen, dann lehnte sie sich im Stuhl zurück und lachte.

»Fabelhaft!« sagte sie. »Mr. Ross in diesem Haus! Haben Sie ihn denn kommen sehen?«

»Ja«, antwortete Smith kühl.

»Haben Sie auch beobachtet, wie er wieder fortging?«

»Nein.«

»Solange hätten Sie aber warten sollen«, meinte sie mit erkünsteltem Ernst. »Sie hätten doch aufpassen müssen, bis er wieder herauskam. Dann hätten Sie ihn zum Hotel begleiten und ins Bett bringen müssen. Dazu sind Sie doch angestellt?«

Smith fühlte sich unbehaglich. Er wußte nicht, ob sie zornig war, oder ob sie nur Spaß machte.

»Sie haben also gesehen, wie Mr. Ross hierherkam«, sagte sie nach einer Weile. »Haben Sie das meinem Vater erzählt?«

»Nein.«

Ihre Unterhaltung wurde unterbrochen, denn ein Diener rollte den Teewagen herein. Als er wieder gegangen war und sie eingegossen hatte, lehnte sie sich zurück. Sie hielt den Blick zu Boden gesenkt, als ob sie über ein Problem nachdächte.

»Mr. Smith, Sie halten mich wahrscheinlich für entsetzlich schlecht, weil ich so leichtfertig über die schreckliche Szene am Quai des Fleurs spreche. Aber ich habe Grund dazu.«

»Ich glaube diesen Grund zu kennen«, entgegnete er ruhig.

»Wirklich? Eigentlich sollte ich mich vor Ihnen hüten und nach der Polizei rufen, wenn Sie in meine Nähe kommen. Sie sind wirklich ein schlimmer Verbrecher, nicht wahr?«

Smith grinste verlegen. Von allen Menschen glückte es ihr allein, ihn ständig in Verwirrung zu bringen.

»Ja, vielleicht haben Sie recht, obwohl ich –«

»In England noch nicht in den Akten geführt werde – ich weiß.«

Er starrte sie betroffen an. Woher kannte sie diese Redewendung, die er selbst gebraucht hatte?

»Ich bin ein merkwürdiges junges Mädchen, weil ich ein merkwürdiges Leben hinter mir habe. Meine Jugend verbrachte ich in einer kleinen Stadt in New Jersey ...«

»Seltsam!« erwiderte Smith, während er den Tee umrührte.

»Werden Sie bitte nicht ironisch«, entgegnete sie lächelnd. »Ich war sehr, sehr glücklich in Amerika, obwohl ich keine Eltern zu haben schien. Nur mein Vater kam gelegentlich, und er ist – wie soll ich sagen – ziemlich kühl und unnahbar.«

Smith nickte.

»Ich hätte lange Zeit in New Jersey bleiben können, vielleicht mein ganzes Leben, denn ich liebe die Gegend. Aber –« sie zögerte einen Augenblick – »ich machte eine schreckliche Entdekkung.«

»Und was war das?« fragte er interessiert.

»Das will ich Ihnen nicht sagen, wenigstens im Augenblick noch nicht.«

Seine Neugierde war in hohem Maße erregt.

»Vielleicht könnten Sie mir und auch sich selbst sehr viel helfen, wenn Sie es mir sagten.«

Sie sah ihn unschlüssig an und schüttelte dann den Kopf.

»Ich will Ihnen etwas davon erzählen, und ich verlange nicht einmal von Ihnen, daß Sie darüber schweigen. Sicherlich tun Sie das ohne Aufforderung, denn ich kenne ja auch ein Geheimnis von Ihnen.«

»Ich fürchtete schon, Sie würden mich verraten –« begann er, aber sie brachte ihn durch eine Handbewegung zum Schweigen.

»Darüber wollen wir nicht sprechen. An einem der nächsten Tage werden Sie sowieso eine Überraschung erleben.«

»Was haben Sie in New Jersey entdeckt?«

»Nach dem Tod meiner Mutter fuhr mein Vater nach Europa«, entgegnete sie langsam. »Er ließ eine Anzahl von Sachen in der Obhut seines Rechtsanwalts Cramb zurück. Dieser bezahlte meine Auslagen und auch die Kosten des Haushaltes. Als ich später alt genug war, um selbst Geld zu verwalten, erhielt ich jeden Monat eine bestimmte Summe von ihm. Während Mr. Valentine nun in Europa war, starb der alte Herr plötzlich und seine Praxis ging in fremde Hände über. Der neue Inhaber sandte mir eine Kassette zurück, die Mr. Cramb aufbewahrt hatte. Mein Geld erhielt ich von da ab durch eine Bank. Die neuen Rechtsanwälte wollten in dem Büro aufräumen, in dem sich allerhand Akten und andere Dinge angesammelt hatten.

Ich hatte nicht die leiseste Idee, was ich damit machen sollte. Mrs. Temple, die damals den Haushalt führte, redete mir zu, die Sachen als eingeschriebenes Paket an meinen Vater nach Europa zu schicken. Ich suchte aber aus Neugier einen Schlüssel, um die Kassette zu öffnen, und das gelang mir auch. Sie war mit Papieren und Dokumenten gefüllt, die mit Ausnahme von ein paar losen Schriftstücken und Fotografien sorgfältig gebündelt waren. Ich nahm sie heraus und schickte sie meinem Vater. Als ich dann die losen Dokumente durchsah, fand ich eines darunter, das mich veranlaßte, nach Europa zu fahren. Vater hatte mich schon oft darum gebeten, aber ich glaubte nicht, daß er es ernst meinte. Aber nun war mein Entschluß gefaßt.«

»Wie lange ist das denn her?«

»Etwa zwei Jahre.«

»Das erklärt allerdings viel. Und was machen Sie nun hier in England?«

Er erhielt eine Antwort, auf die er nicht gefaßt war.

»Ich modelliere in Wachs. Hat Ihnen das mein Vater nicht erzählt?«

»Sie modellieren?«

»Gewiß. Ich will es Ihnen zeigen, wenn Sie sich dafür interessieren.«

Sie führte ihn zu einem kleinen Raum, der auf der Rückseite des Hauses lag und wie eine Werkstatt ausgestattet war.

Er betrachtete erstaunt die hübschen Plastiken, die zum Teil noch unvollendet waren.

»Sie sind ja eine Künstlerin, Miss Stephanie – Miss Valentine«, verbesserte er sich.

»Sie können ruhig Miss Stephanie sagen«, entgegnete sie mit einem bezaubernden Lächeln. »Halten Sie mich wirklich für eine Künstlerin?«

»Ja, selbstverständlich, wenn ich auch nicht viel von Kunst verstehe.«

»Aber Sie wissen doch vermutlich, was Ihnen gefällt? Nun haben Sie mich enttäuscht, Mr. Smith. Ich dachte, ein Mann von Ihrer Bildung würde etwas Originelleres sagen.«

Sie hatte tatsächlich Talent, das bewiesen ihre Arbeiten. Smith kam aus dem Staunen nicht heraus.

Plötzlich schrak sie leicht zusammen. Smith folgte der Richtung ihres Blicks und sah auch nach dem Schrank, der in einer Ecke stand. Rasch machte sie die Schranktür zu, schloß ab und steckte den Schlüssel in ihre Tasche. Als sie sich umdrehte, glühte ihr Gesicht.

»Was haben Sie denn da zu verstecken?«

Sie sah ihn argwöhnisch an.

»Das Familiengespenst«, versuchte sie zu scherzen. »Aber jetzt wollen wir zu unserem Tee zurückgehen.«

Smith sah ihre Verlegenheit. Was mochte der geheimnisvolle Schrank enthalten? Warum hatte sie gelacht, als er ihr erzählte, daß er Mr. Ross bis zu diesem Haus verfolgt hatte? Sie war wirklich ein merkwürdiges junges Mädchen!

»Das Familiengespenst«, wiederholte sie nach einer Weile unvermittelt. »Wir haben überhaupt viel zu verbergen, Mr. Smith.«

»Das ist wohl in allen Familien so«, entgegnete er etwas lahm.
»Aber bei uns – Borgias ist es ganz besonders schlimm.«
»Borgia? Warum erwähnen Sie diese alte Familie?«
»Wußten Sie denn das nicht? – Aber natürlich wissen Sie es«, erwiderte sie vorwurfsvoll. »Haben Sie noch niemals von dem alten, berühmten Geschlecht der Borgias gehört? Können Sie begreifen, daß mich mein Vater nicht Lucretia genannt hat?«
»O ja, das kann ich begreifen.« Er nickte bedächtig.
»Wie erklären Sie es sich denn?«
»Die Erklärung dafür lag wahrscheinlich in der Kassette, die Sie vor zwei Jahren aufräumten.«
Sie erhob sich und reichte ihm die Hand.
»Ich hoffe, es hat Ihnen hier gefallen. Aber jetzt müssen Sie wohl zum Hotel zurückgehen.«
Smith stand bereits auf der Straße, bevor ihm zum Bewußtsein kam, daß sie ihn fortgeschickt hatte.

11

Ein Wärter weckte John Welland aus einem unruhigen Schlaf. Die Beamten der Anstalt kannten ihn nicht als John Welland, aber der Name, den er sich zugelegt hatte, ist nebensächlich.
»Sechs Uhr«, sagte der Wärter kurz und ging wieder hinaus.
Welland erhob sich und kleidete sich an. Um halb zwölf passierte er das kleine, schwarze Tor und ging die Straße entlang zu einer Haltestelle.
Ein Gefangener, der am gleichen Morgen entlassen worden war und noch mit einigen Bekannten sprach, zeigte mit dem Kopf nach ihm und sagte ein paar Worte, durch die alle anderen auf ihn aufmerksam wurden.
Welland stieg in eine Straßenbahn, fuhr zur City und nahm dort ein Auto. Damit fuhr er eine Strecke zurück, entließ den Wagen, legte ein langes Stück Weg zu Fuß zurück und suchte durch möglichst unerwartete Änderungen der Richtung Leute abzuschütteln, die ihm vielleicht folgten.
Schließlich kam er in eine ruhige Straße und trat in ein kleines

Haus. Niemand begrüßte ihn, aber in der Küche brannte der Gasofen, und jemand hatte das Geschirr zurechtgestellt. Er setzte den Wasserkessel auf, stieg dann die steile Treppe zu seinem Schlafzimmer hinauf und zog sich dort um.

Als er sich im Spiegel betrachtete, sah er ein graues, von vielen Furchen durchzogenes Gesicht. Lange vor der Zeit war er gealtert. Mit einem Seufzer stieg er wieder hinunter und goß den Tee auf. Dann setzte er sich vor den Gasofen und stützte die Ellbogen auf die Knie.

Nach einer Weile hörte er, daß die Haustür aufgeschlossen wurde; er sah sich um, als eine gutmütig aussehende alte Frau mit einem Marktkorb hereinkam.

»Guten Morgen«, sagte sie in breitem Dialekt. »Ich wußte, daß Sie heute zurückkommen würden, aber ich dachte nicht, daß Sie so schnell hier wären. Haben Sie sich schon Tee gekocht?«

»Ja, das ist schon erledigt«, entgegnete Welland.

Sie sprach nicht über seine Abwesenheit; daran war sie vermutlich gewöhnt. Während sie den Korb auspackte, plauderte sie ununterbrochen, so daß es ihm mit der Zeit zuviel wurde. Er ging in das kleine Wohnzimmer und schloß die Tür.

Die Frau machte ihre Arbeit, bis sie hörte, daß er Violine spielte. Dann setzte sie sich hin, legte die Hände in den Schoß und lauschte der melancholischen Melodie. Es klang so schwermütig, daß ihr beinahe die Tränen kamen, und sie schüttelte den Kopf.

Gleich darauf kam Welland wieder in die Küche.

»Ach, das war so schön«, sagte sie. »Ich wünschte nur, Sie würden etwas Lustigeres spielen. Man wird sonst zu traurig.«

»Aber das beruhigt mich«, entgegnete er mit einem müden Lächeln.

»Sie sind wirklich ein ausgezeichneter Musiker. Und ich habe das Violinspiel so gern. Haben Sie eigentlich schon einmal öffentlich gespielt?«

Welland nickte, nahm seine kleine Pfeife vom Kamin und stopfte sie aus einem alten Tabaksbeutel.

»Das dachte ich mir doch«, sagte sie triumphierend. »Ich habe meinem Mann heute morgen gesagt –«

»Hoffentlich haben Sie dem nicht zuviel von mir erzählt, Mrs. Beck?«

»Nein, ich bin sehr vorsichtig. Einem jungen Mann, der gestern herkam, habe ich gesagt –«

Welland nahm die Pfeife aus dem Mund und runzelte die Stirn.

»Was war denn das für ein junger Mann?«

»Er wollte wissen, ob Sie zu Hause seien.«

»Hat er meinen Namen genannt?«

»Ja. Das war das Merkwürdige. Er ist der erste, der hierherkam und sich nach Ihnen unter Ihrem richtigen Namen erkundigte.«

»Was haben Sie ihm denn geantwortet?«

»Daß Sie wahrscheinlich morgen wiederkommen würden, vielleicht auch erst nächste Woche, ich wüßte es nicht genau. Sie sind ja auch ziemlich unpünktlich, Mr. Welland. Ich sagte ihm, daß Sie manchmal viele Monate fortbleiben . . .«

Welland preßte die Lippen zusammen. Er wußte ja, daß es nutzlos war, dieser Frau Vorwürfe zu machen.

»Es ist gut, Mrs. Beck«, sagte er. »Ich möchte aber nicht, daß Sie über meine Beschäftigung sprechen.«

»Das tue ich niemals, Mr. Welland«, erwiderte sie verletzt. »Ich weiß ja auch gar nichts darüber. Es geht mich schließlich nichts an, was Sie mit Ihrer Zeit machen. Sie können ebensogut ein Einbrecher wie ein Polizeibeamter sein, so oft sind Sie von zu Hause fort.«

Welland antwortete nicht. Als die Frau ihre Arbeit beendet hatte und nach Hause ging, dachte er wieder an den jungen Mann, der ihn besuchen wollte. Er legte die Kette vor die Tür und war fest entschlossen, sich nicht zu melden, wenn jemand kommen sollte.

Bis zum Abend meldete sich auch niemand. Welland saß in seinem Wohnzimmer, hatte die Vorhänge zugezogen und las. Plötzlich wurde an die Tür geklopft. Er legte das Buch hin und lauschte. Das Klopfen wiederholte sich.

Vorsichtig trat er auf den Gang hinaus. Jemand schlug mit einem Spazierstock gegen die Tür.

»Wer ist da?« fragte Welland.

»Lassen Sie mich herein«, erwiderte eine undeutliche Stimme. »Ich möchte mit Ihnen sprechen.«

»Wer sind Sie denn?«

»Lassen Sie mich ein.«

John Welland erkannte jetzt die Stimme; er wurde bleich.

Einen Augenblick glaubte er, daß sich alles um ihn drehte, und er mußte sich an der Wand festhalten, um sich zu stützen. Schließlich faßte er sich wieder, aber seine Hände zitterten noch, als er die Kette abnahm und die Tür öffnete. Draußen war es dunkel; er konnte die große Gestalt nur undeutlich sehen.

»Kommen Sie herein«, sagte er.

»Kennen Sie mich?« fragte der Fremde.

»Ja, Sie sind Cäsar Valentine.« Nur mühsam brachte Welland die Worte über die Lippen.

Er führte Cäsar ins Wohnzimmer. Nur der kleine Tisch trennte sie, während sie einander gegenüberstanden und sich mit feindseligen Blicken maßen.

»Was wollen Sie?«

»Ich möchte Sie in einer wichtigen Angelegenheit sprechen«, sagte Cäsar kühl.

»Wo ist meine Frau?« fragte Welland und atmete schwer.

Cäsar zuckte die breiten Schultern.

»Sie ist tot. Das wissen Sie doch.«

»Und wo ist mein Kind?«

»Warum sprechen Sie über Dinge, die uns beiden doch nur peinlich sind?« entgegnete Cäsar vorwurfsvoll, als ob er selbst der Beleidigte wäre. Er setzte sich, ohne aufgefordert zu sein. »Welland, Sie müssen vernünftig werden. Die Vergangenheit ist tot und erledigt. Warum nähren Sie immer noch Ihren Haß?«

»Der Haß ist das einzige, was mich noch am Leben hält, Valentine, und er wird mich aufrechthalten, bis ich Sie umgebracht habe!«

Cäsar lachte.

»Lassen Sie doch das Theater. Sie wollen mich umbringen? Schön, ich stehe vor Ihnen – warum bringen Sie mich nicht um? Haben Sie denn keinen Revolver oder Dolch? Fürchten Sie sich?

Dauernd haben Sie mich bedroht. Jetzt haben Sie die beste Gelegenheit, Ihre Drohung wahrzumachen.«

Cäsar nahm einen Browning aus der Tasche und legte ihn auf den Tisch.

»Hier, nehmen Sie diese Waffe und schießen Sie mich nieder.«

Welland warf einen Blick auf die Pistole, schaute dann wieder zu dem Mann auf, der ihm gegenüberstand, und schüttelte den Kopf.

»Nein, nicht auf diese Weise. Aber wenn die Zeit gekommen ist, werden Sie sterben, und Sie sollen mehr leiden, als ich in all den Jahren gelitten habe.«

Ein längeres Schweigen trat ein, dann sprach Welland weiter.

»Ich freue mich, daß ich Sie wiedergesehen habe«, sagte er halb zu sich selbst. »Sie haben sich nicht geändert. Sie sind noch derselbe, der Sie früher waren, Valentine. Sie sollten eigentlich glücklich sein, denn Ihr ganzes Leben haben Sie sich immer das genommen, was Sie haben wollten. Und ich habe alles verloren!« Er bedeckte das Gesicht mit den Händen, und Cäsar betrachtete ihn neugierig. Schließlich nahm er die Pistole wieder und steckte sie in die Tasche.

»Wenn also die Zeit gekommen ist, werde ich sterben« sagte er höhnisch. »Eben hatten Sie eine gute Chance. Außerdem hatten Sie schon einmal eine Möglichkeit, die ganze Sache zu erledigen. Ich habe Sie doch darum gebeten, sich von Ihrer Frau scheiden zu lassen.«

»Scheiden!« stöhnte Welland.

»Sie hätte dann wieder heiraten und glücklich werden können. Wollen Sie jetzt wenigstens vernünftig sein?«

»Haben Sie mir weiter nichts zu sagen? Dann gehen Sie. Es war eine Genugtuung für mich, Sie wiederzusehen, denn all meine Hoffnungen und Pläne sind dadurch aufs neue belebt worden, Cäsar Valentine. Sie haben mir das Leben zur Hölle gemacht. Ich habe mehr gelitten, als Sie ahnen können, aber der eine Tag wird kommen . . .!«

Trotz aller Ruhe und Selbstsicherheit überlief Cäsar ein Schauder. Er war wütend darüber, daß ein anderer Mann ihm Furcht eingeflößt hatte.

»Sie haben Ihre Chance gehabt und nicht ausgenützt, Welland. Das war Ihr Fehler. Nun will ich offen mit Ihnen sprechen. Soviel ich weiß, sind Sie irgendwie im Regierungsdienst tätig. Ich habe Grund zu der Annahme, daß Sie mich ausspionieren sollen. Aber ich sage Ihnen, daß der Mann noch nicht geboren ist, der es mit Cäsar Valentine aufnehmen kann.«

Er schlug mit der Faust auf den Tisch, daß die Lampe tanzte.

»Es war Unsinn, daß ich Sie in Ruhe ließ, daß ich mich nie um Sie kümmerte. Ich hätte das Spiel in der Hand gehabt, wenn ich selbst gehandelt hätte, statt darauf zu warten, daß Sie Ihrer Frau die Freiheit geben.«

Cäsar war um den Tisch herumgegangen und stand nun dicht neben dem Mann, dem er so schweres Unrecht zugefügt hatte. Plötzlich packte er ohne die geringste Warnung Welland an der Kehle. Welland war kein Schwächling, aber Cäsar besaß geradezu übermenschliche Kräfte und schleuderte ihn zu Boden. Welland wehrte sich verzweifelt, aber vergeblich. Cäsar drückte ihm die Arme mit den Knien nieder und würgte ihn.

»Morgen wird man Sie hier aufgehängt finden«, flüsterte er.

In dem Augenblick klopfte es an der Tür, und er sah sich um.

»Sind Sie noch auf, Mr. Welland?« fragte eine Frauenstimme. »Ich habe noch Licht gesehen. Ich bin es – Mrs. Beck.«

Cäsar ließ sein Opfer los und schlich aus dem Zimmer, während sich Welland taumelnd aufrichtete. Er war halb besinnungslos und konnte weder sprechen noch schreien. Valentine ging ins Zimmer zurück und knipste das Licht aus, dann eilte er geräuschlos zur Tür und öffnete.

»Alles finster?« fragte die Frau. »Ich hätte doch darauf schwören können, daß ich Licht sah.«

Cäsar ließ sie im Dunkeln an sich vorübergehen, dann sprang er hinaus und schlug die Tür hinter sich zu.

12

»Sie sehen aus, als ob Sie eine schlechte Nacht gehabt hätten«, sagte Smith.

»Eine schlechte Nacht?« fragte Cäsar zerstreut. »Ich ..., ach ja, ich bin erst spät in die Stadt zurückgekommen.«

»Haben Sie Mr. Welland aufgesucht?«

Cäsar antwortete nicht.

»Vermutlich waren Sie bei ihm, und ich nehme an, die Unterredung war so unangenehm, daß Sie am liebsten nicht mehr daran denken möchten.«

Cäsar nickte.

»Ich bin neugierig, was Welland tun wird«, sagte er nach einer Weile. »Wenn ich nicht unterbrochen worden wäre, wüßte ich es jetzt.«

Smith sah ihn scharf an.

»Das klingt ja, als ob Sie ein gefährliches Abenteuer gehabt hätten. Würden Sie nicht so liebenswürdig sein, mir zu erzählen, was sich zwischen Ihnen und diesem interessanten Mr. Welland abgespielt hat?«

»Ich hätte Sie hinschicken sollen«, erklärte Cäsar düster. »Wir Borgia haben eine gewisse Schwäche, eine krankhafte Sucht nach theatralischen Effekten. Sie hätten wahrscheinlich keinen Fehler gemacht.«

Er berichtete in kurzen Worten, was vorgefallen war.

Smith wurde ernst.

»Unglaublich! Sie sind doch sonst ein Künstler darin, andere Leute aus dem Weg zu schaffen, und nun schweben Sie in Gefahr, jeden Augenblick wegen dieses blödsinnigen Angriffs verhaftet zu werden! Das durfte nicht kommen.«

Cäsar schüttelte den Kopf.

»Er wird mich nicht anzeigen. Der Mann ist fanatisch. Er hofft, mich eines Tages umzubringen – mit weniger gibt er sich nicht zufrieden. Jede andere Lösung lehnt er ab.«

»Besser, er bringt Sie um als mich. Aber ich möchte Ihnen doch den Rat geben, in Zukunft vorsichtiger zu sein. In England können Sie sich derartige Dinge nicht ungestraft leisten. Und sollte

Welland tatsächlich Nummer Sechs sein, so kommen Sie in Teufels Küche.«

»Welland ist Nummer Sechs. Die Detektive haben doch Nachforschungen in meinem Auftrag angestellt. Der Mann reist im Land umher und ist oft mehrere Tage von zu Hause fort, manchmal sogar Wochen und Monate. Außerdem noch ein wichtiger Punkt – er besucht die Gefängnisse.«

»Meinen Sie, daß er dort eingesperrt wird?« fragte Smith.

Aber Cäsar war nicht in der Stimmung, zu scherzen.

»Ich habe Ihnen doch gesagt, daß ich sehr gut über alles informiert worden bin, was sich in Scotland Yard ereignete. Als Hallett diesem Agenten Nummer Sechs seine letzten Anweisungen gab, war einer meiner Leute in der Bibliothek, die direkt neben Halletts Büro liegt. Er hatte ein Loch durch die Wand gebohrt, das durch einen Bücherschrank in dem Büro und durch ein Regal in der Bibliothek verdeckt wurde. Wenn der Mann an der betreffenden Stelle einige Bücher herausnahm, konnte er alles hören, was nebenan gesprochen wurde.«

Smith nickte.

»Auf diese Weise ist es also herausgekommen? Das muß allerdings ein sehr tüchtiger Mann gewesen sein. Aber wie verhält sich nun die Sache mit den Gefängnissen?«

»Hallett sagte zu dem Agenten – oder der Agentin –, daß er oder sie freien Zutritt zu allen Gefängnissen haben würde. Das geschah natürlich unter der Voraussetzung, daß ich Freunde oder Verbündete dort hätte.«

»Das war natürlich eine verrückte Idee. Sie sind nicht der Mann, der sich Zuchthausvögel als Komplicen aussucht!«

»Sie habe ich allerdings zu meinem Gehilfen gemacht«, entgegnete Cäsar ein wenig taktlos.

Smith lachte.

»Ich war noch nie im Gefängnis – wenigstens bis jetzt. Sie sind also davon überzeugt, daß Welland Nummer Sechs ist? Und zwar nur deshalb, weil er häufig Gefängnisse aufsucht?«

»Ist nicht gerade er der Mann, der eine solche Aufgabe übernehmen würde? Hallett sagte doch, daß sein Agent ein Amateur wäre. Alles weist auf Welland hin.«

Smith war an diesem Morgen eigentlich nach Portland Place gekommen, um das junge Mädchen zu sehen, und nicht, um mit ihrem Vater zu sprechen.

»Wo ist Welland jetzt?«

»In Lancashire, wie ich...« Cäsar brach plötzlich ab und starrte auf den Schreibtisch. »Das habe ich vorher nicht gesehen.«

»Was meinen Sie denn?«

Cäsar nahm einen versiegelten Briefumschlag von der Schreibunterlage. Das Kuvert glich genau dem anderen, das er im Green-Park aufgehoben hatte. Er riß es hastig auf und las die mit Maschine geschriebene Mitteilung laut vor:

»Cäsar, auch Sie sind nur ein gewöhnlich Sterblicher! Denken Sie daran! Nummer Sechs.«

Betroffen starrte er auf das Papier, dann sank er schwer in einen Sessel.

Cäsar hatte richtig vermutet: Welland erstattete keine Anzeige, obwohl Mr. Smith es tagelang befürchtete und so nervös wurde, daß er zweimal den Millionär aus dem Auge verlor, den er doch beobachten sollte. Während dieser Zeit passierten zwei Dinge, die ihn beunruhigten.

Zunächst erwähnte Cäsar nebenbei, daß Stephanie auf ein paar Tage nach Schottland gefahren wäre. Er schien sich in ihrer Abwesenheit bedeutend wohler zu fühlen. Zweitens hielt sich Mr. Ross dauernd in seinen Räumen auf und kam nicht zum Vorschein. Infolgedessen konnte man ihn nicht beobachten.

Am Abend des zweiten Tages wurde das Geheimnis um Mr. Ross nur noch dunkler. Smith war schon während des Essens müde gewesen und zog sich frühzeitig zurück. Er lag auf seinem Bett und war schon halb eingeschlafen, als er hörte, daß die Klinke seiner Tür heruntergedrückt wurde. Gleich darauf trat jemand ein und drehte nach kurzem Zögern das Licht an. In der kurzen Sekunde, bevor es wieder ausgeschaltet wurde, erkannte Smith den alten Mr. Ross in seinem Schlafrock. Die Schritte entfernten sich leise, dann wurde die Tür des Millionärs zugeschlagen und von innen abgeschlossen.

Das war an sich merkwürdig genug. Eine erstaunliche Tatsache, daß der Mann, den er bewachen sollte, umgekehrt ihn bewachte. Allem Anschein nach hatte Ross die vermeintliche Abwesenheit seines Beobachters ausnützen und dessen Zimmer durchsuchen wollen. Smith war nun wieder vollkommen wach geworden, ging auf dem Korridor bis zur Tür des Nebenzimmers und dachte darüber nach, welche Ausrede er gebrauchen könnte, um hineinzugehen und seinen Nachbar auszufragen. Er überlegte es sich jedoch anders und ging in die große Halle hinunter. Aber dort erwartete ihn eine große Überraschung, denn vor dem Empfangspult stand Mr. Ross; er hatte einen schweren Mantel an und eine Kappe auf dem Kopf.

Smith starrte dem alten Mann ungläubig nach, als dieser zum Lift ging und zu seinem Stockwerk hinauffuhr.

»Woher kam Mr. Ross jetzt plötzlich?« fragte er.

»Das kann ich Ihnen auch nicht sagen«, entgegnete der Portier. »Ich dachte eigentlich, er wäre in seinem Zimmer. Er ist den ganzen Tag nicht herausgekommen, und ich habe ihn auch nicht fortgehen sehen.«

Smith wartete nachdenklich in der Halle. Er war unschlüssig, was er tun sollte. Kurze Zeit später erschien ein Page und ersuchte ihn, zu Mr. Ross zu kommen.

Er folgte dem Boten und wurde gleich darauf von dem Millionär empfangen. Der alte Herr trug den Schlafrock, in dem er in Smiths Zimmer erschienen war.

»Ich muß mich bei Ihnen entschuldigen«, sagte er brummig. »Nehmen Sie Platz.«

Smith folgte der Aufforderung.

»Ich war sehr unruhig und wanderte im Hotel auf und ab. Als ich vor ungefähr einer halben Stunde in mein Zimmer zurückkehren wollte, passierte mir leider ein Irrtum, und ich geriet in Ihr Zimmer.«

»Und gleich darauf standen Sie in Reisekleidung unten in der Halle!«

Mr. Ross lächelte ein wenig.

»Sie beobachten aber auch alles, Mr. Smith! Was für einen fabelhaften Detektiv hätten Sie abgegeben!«

Meinte er das ironisch? Smith hielt das für wahrscheinlich. Zuerst hatte er sich gewundert, daß der alte Mann nach ihm geschickt hatte, aber als er draußen auf dem Gang leise Schritte hörte, wunderte er sich nicht mehr. Natürlich hatte ihn Mr. Ross in sein Schlafzimmer kommen lassen, damit der Doppelgänger des Millionärs aus dem Nebenraum schlüpfen konnte.

13

Auch im Leben der größten Verbrecher gibt es Augenblicke, in denen sie sich auf sich selbst besinnen und eine gewisse Reue über ihre Taten empfinden. Solche Depressionen können sogar so stark werden, daß sie an die Grenzen des Wahnsinns führen.

Cäsar Valentine machte jedoch eine Ausnahme. Er kannte keine Gewissensbisse und fühlte keine Reue.

Als Smith ihn am Portland Place aufsuchte, entdeckte er, daß auch dieser Mann seine Liebhabereien hatte.

Cäsar saß an dem Tisch in der Bibliothek und polierte etwas. Zwei Marmorschalen standen vor ihm. In der einen lag ein kleiner, runder Gegenstand, den Cäsar von Zeit zu Zeit mit gelbbrauner Politur bestrich und dann heftig rieb.

»Was in aller Welt machen Sie denn da?«

»Nun, für was halten Sie das denn?« fragte Cäsar.

»Es sieht aus wie ein ganz gewöhnlicher Knopf.«

»Das ist es auch«, erklärte Valentine vergnügt. »Sie haben mich niemals im Verdacht gehabt, daß ich ein Knopfmacher wäre?«

Smith schaute genauer hin und entdeckte, daß der andere tatsächlich die Wahrheit gesprochen hatte. Es war ein ganz gewöhnlicher Knopf, allem Anschein nach aus Knochen gedreht. Cäsar nahm ihn aus der Schale heraus, besah ihn von allen Seiten und legte ihn dann auf ein Stück Papier auf dem Kamin.

»Eine neue Fabrikationsmethode«, sagte er leichthin. »Man könnte sogar viel Geld damit verdienen.«

»Sie sind ein ganz verteufelter Kerl«, entgegnete Smith. »Ich weiß wirklich nicht, was ich aus Ihnen machen soll.«

Cäsar lächelte, als er die Schalen und die anderen Gerätschaften in eine Schublade des Schreibtisches räumte.

»Ich kenne jemand, der nicht weiß, was er von Ihnen halten soll!«

»Wer ist denn das?« fragte Smith schnell.

»Ein Detektivsergeant von Scotland Yard namens Steele. Er hat Sie in der letzten Zeit beobachtet – wahrscheinlich ist Ihnen das auch nicht entgangen?«

»Das wußte ich noch nicht.«

Cäsar lachte, als der andere betroffen schien.

»Wenn Sie ins Wohnzimmer gehen und durchs Fenster schauen, können Sie ihn auf der gegenüberliegenden Seite der Straße sehen.«

Smith folgte der Aufforderung und kam gleich darauf zurück.

»Sie haben recht. Das wird vermutlich dieser Steele sein. Ich kannte ihn bisher nicht.«

»Nehmen Sie Platz«, sagte Cäsar. »Ich will Ihnen einen Vorschlag machen.«

»Das ist interessant. Kann man Geld dabei verdienen?«

Cäsar nickte.

»Ja, sogar sehr viel, und genug für Sie und für mich. Ich wünsche, daß Sie Stephanie heiraten.«

Smith schaute ihn verblüfft an.

»Was, ich soll Ihre Tochter Stephanie heiraten?« fragte er ungläubig.

»Ja. Zu diesem Zweck habe ich Sie doch überhaupt in meinen Dienst genommen. Sie glaubten doch nicht, daß ich mit Ihnen nur einen Mörder dingen wollte, um meine kleinen Streitigkeiten zu erledigen?«

Smith schwieg.

»Ich habe Sie lange Zeit in Paris beobachtet. Sie sind der Mann, nach dem ich ein ganzes Jahr lang Ausschau gehalten habe. Sie besitzen Bildung, Sie waren früher ein Gentleman, Sie haben gute Manieren, und zu meinem Erstaunen fand ich, daß Sie Stephanie gut gefallen. Sie sprach sehr anerkennend von Ihnen.«

»Als ihrem zukünftigen Gatten?« fragte Smith trocken.

Cäsar schüttelte den Kopf.

»Nein, darüber habe ich noch nicht mit ihr gesprochen.«

Smiths Herz schlug schnell, und er mußte sich sehr zusammennehmen, um seine Erregung nicht nach außen hin zu verraten. Stephanie! Es war unglaublich und in gewissem Sinn geradezu schrecklich.

»Sie sind doch nicht am Ende schon verheiratet?« fragte Cäsar.

Smith schüttelte den Kopf.

»Das hätte die Sache natürlich sehr kompliziert. Aber unter den gegebenen Umständen ist es eine ziemlich einfache Geschichte.«

Er zog eine Schublade auf, nahm ein Schriftstück heraus und reichte es dem anderen.

»Das ist ein Vertrag zwischen uns beiden. Falls Ihre Frau ein Vermögen erbt, zahlen Sie mir die Hälfte des Anteils aus, der auf Sie entfällt.«

Es kostete Smith große Anstrengung, mit ruhiger Stimme zu antworten.

»Aber nehmen wir einmal an, daß meine Frau nicht damit einverstanden ist?«

»Die Sache wird schon vor Ihrer Hochzeit in Ordnung gebracht werden. Sie unterzeichnet einen Vertrag, in dem sie sich verpflichtet, drei Viertel des Vermögens Ihnen auszuhändigen.«

Smith lachte nervös.

»Sie setzen allerdings ziemlich viel als sicher voraus.«

»Sie können sich darauf verlassen, daß Stephanie zustimmen wird«, erwiderte Cäsar und klingelte.

Wenige Sekunden später erschien ein Diener.

»Bitten Sie Miss Valentine, zu mir in die Bibliothek zu kommen.«

»Was haben Sie denn vor?« fragte Smith aufgeregt, als der Mann verschwunden war. »Sie wollen doch nicht jetzt in meiner Gegenwart . . .«

»Warten Sie.«

»Aber . . .«

»Warten Sie!« entgegnete Cäsar scharf.

Stephanie kam herein, nickte Smith zu und sah dann fragend auf ihren Vater.

»Stephanie, ich habe eben eine Entscheidung über deine Zukunft getroffen.«

Sie erwiderte nichts darauf, wandte aber den Blick nicht von ihm.

Cäsar lehnte sich in seinem Stuhl zurück.

»Ich habe beschlossen, daß du meinen Freund Mr. Smith heiraten sollst.«

»Ach!« sagte sie erstaunt und verwirrt und schaute dann zu dem betretenen jungen Mann hinüber, der abrupt aufgestanden war und nicht wußte, was er in dieser Situation sagen oder tun sollte.

Er erwartete einen heftigen Ausbruch von ihrer Seite. Zweifellos würde sie sich weigern, diesen Wunsch ihres Vaters zu erfüllen, sie würde in Tränen ausbrechen ...

Aber er täuschte sich. Stephanie war allerdings bleich geworden, aber sie war nur überrascht, nicht entsetzt.

»Ja, Vater«, sagte sie gehorsam.

»Die Hochzeit findet nächste Woche statt«, fuhr Cäsar fort. »Du erhältst eine große Mitgift, und im Fall meines Todes erbst du ein bedeutendes Vermögen.«

»Ja, Vater«, sagte sie wieder.

»Du wirst mit deinem zukünftigen – Gatten –«

Smith wurde immer verlegener.

»– einen Vertrag schließen, wonach du ihm drei Viertel des Geldes, das du von mir oder einem anderen erbst, übergeben wirst.«

Sie warf Smith einen langen, prüfenden Blick zu, dem er nicht standhalten konnte.

»Ist Mr. Smith damit einverstanden?« fragte sie ruhig.

»Ja, du begreifst meine Absicht, Stephanie?«

Sie nickte.

»Ist das alles?«

»Ja, für den Augenblick«, entgegnete Cäsar und entließ sie mit einer liebenswürdigen Geste.

Smith setzte sich wieder, als sie gegangen war. Er war nicht fähig, etwas zu sagen. Cäsar sah ihn neugierig und mit einem zynischen Lächeln an.

»Nun, Mr. Smith? Sie scheinen etwas aus der Fassung geraten zu sein?«

Smith befeuchtete die trockenen Lippen mit der Zunge.

»Wissen Sie auch, was Sie getan haben?«

»Ich glaube schon«, entgegnete Cäsar kühl. »Ich habe Ihnen eine sehr charmante Frau gegeben.«

»Sie haben Ihre Tochter mit einem Mann verlobt ... Sie wissen doch, wer ich bin.«

Er sagte diese Worte so sonderbar, daß Cäsar ihn überrascht und forschend ansah.

»Was ist denn mit Ihnen los? Bekommen Sie plötzlich Gewissensbisse?«

»Nein, um mein Gewissen habe ich mich nie bekümmert«, erwiderte Smith und schüttelte den Kopf. »Wenn es Sie beruhigt, kann ich Ihnen auch versichern, daß ich nicht daran denke, ein neues Leben zu beginnen. Nein, ich bin nur über Ihre Denkungsart erstaunt.«

»Die ist vollkommen normal.«

Ein leises Geräusch ertönte, und Smith sah sich um. In der Nähe des Kamins stand ein kleiner polierter Kasten mit zwei Öffnungen. Hinter einem der beiden Löcher leuchtete ein rotes Licht.

»Was ist denn das?«

»Mein Kontrollapparat«, lächelte Cäsar. »Es sind außer dem Haupttelefon zwei Nebenanschlüsse im Haus, und ich habe den Kontrollapparat anbringen lassen, damit ich weiß, ob jemand mithört, wenn ich telefoniere. Das rote Lämpchen zeigt, daß einer der beiden Nebenanschlüsse benützt wird.«

Er nahm den Hörer vom Apparat, der auf seinem Tisch stand, und bedeckte die Sprechmuschel mit der Hand.

»Es ist sehr wertvoll, zu wissen, worüber die eigenen Dienstboten sprechen«, meinte er und legte den Hörer ans Ohr.

Smith beobachtete ihn und sah, wie sich seine Züge verhärteten. Cäsar sagte kein Wort und blieb reglos sitzen, bis das kleine rote Licht verschwand. Dann legte er den Hörer zurück und stand auf. Was er gehört hatte, mußte ihn in ungewöhnliche Erregung versetzt haben.

»Kommen Sie mit«, sagte er plötzlich und verließ das Zimmer.

Smith folgte ihm.

Beide stiegen die Treppe zum oberen Stockwerk hinauf, wo Cäsar vor einer Tür stehenblieb, Smith näherwinkte und dann eintrat. Allem Anschein nach handelte es sich um Stephanies Zimmer. Smith erkannte das an den Möbeln und an der Ausstattung, noch bevor er das Mädchen selbst sah; sie hatte sich beim Eintritt ihres Vaters erschrocken erhoben.

Cäsars Gesicht war düster und verzerrt.

»Was willst du?« fragte sie.

»Mit wem hast du telefoniert?« entgegnete er schroff.

»Telefoniert?« erwiderte sie bestürzt. »Mit einer Freundin.«

»Das ist nicht wahr. Du hast mit Mr. Ross gesprochen«, fuhr er sie an. »Wann hast du Ross kennengelernt?«

Stephanie schwieg.

»Du hast ihm erzählt, daß du Smith heiraten sollst, und du hast dich für heute nachmittag mit ihm verabredet. Wie bist du überhaupt mit ihm bekannt geworden? Antworte mir!« schrie Cäsar und schüttelte sie heftig an den Schultern.

Smith faßte ihn am Arm und zog ihn sanft zurück.

»Verdammt, hindern Sie mich nicht! Ich werde die Wahrheit aus diesem Mädchen herausbekommen. Was hast du Ross gesagt? Ich bringe dich um, wenn du mir nicht antwortest.«

Stephanie sah flehend zu Smith hinüber, und dieser packte Cäsar fester am Arm.

»Sie gewinnen nichts, wenn Sie ihr drohen.«

»Lassen Sie mich los!« rief Cäsar wild.

Aber Smith griff erstaunlich hart zu, so daß Valentine das Mädchen loslassen mußte. Aber er hatte sich durchaus noch nicht beruhigt.

»Komm mit! Nach oben!« befahl er.

Sie gehorchte, und die beiden folgten ihr. Im obersten Stockwerk schob Cäsar sie in ein Zimmer, das an der Rückseite des Hauses lag.

»Du bleibst so lange hier eingeschlossen, bis du meine Fragen beantwortest«, sagte er, schlug die Tür heftig zu, schloß ab und steckte den Schlüssel in die Tasche. »Smith, Sie warten hier, bis ich zurückkomme. Ich werde mit dieser jungen Dame schon fertig werden!«

»Ich bin doch kein Gefängniswärter«, entgegnete Smith düster.

»Sind Sie ganz verrückt?« brüllte Cäsar. »Sehen Sie denn nicht, daß Ihr Leben auf dem Spiel steht? Wenn sie mit Ross Verbindung aufnimmt und ihm alles sagt, wenn sie weiß ...«

Er starrte finster auf die Tür.

»Warten Sie hier. In einer halben Stunde bin ich zurück.«

Er blieb jedoch nicht so lange fort. Wütend und ärgerlich stürmte er nach einiger Zeit wieder die Treppe herauf. Smith wartete oben auf dem Podest und rauchte eine Zigarette. Die Hände hatte er in die Taschen gesteckt.

»Ich habe es Ihnen ja gesagt – sie hat mich tatsächlich an Ross verraten. Verdammt! Sie weiß es!« keuchte er atemlos.

»Was weiß sie denn?«

»Daß sie Wellands Tochter ist! Sie Dummkopf, haben Sie das nicht schon längst vermutet?«

Smith antwortete nicht.

»Sie ist Wellands Tochter und die Erbin der Ross'schen Millionen! Es kommt nicht darauf an, daß sie noch länger lebt – verstehen Sie, Smith? Wenn diese dumme Person doch den Schnabel gehalten hätte! Wie sie entdeckt hat, daß sie Wellands Tochter ist, kann ich mir allerdings nicht erklären. Wir beide hätten reiche Leute werden können. Aber es ist noch nicht zu spät, wir können das Geld immer noch in unseren Besitz bringen. Sie stekken ebenso tief in der Sache wie ich. Unser Leben steht auf dem Spiel.«

Er sah Smith scharf an.

»Nun, welchen Auftrag haben Sie denn für mich? Wenn ich ihr die Kehle durchschneiden soll, sage ich Ihnen schon jetzt, daß ich das nicht tun werde.«

Cäsar versuchte sich zu fassen.

»Das brauchen Sie nicht zu tun«, sagte er nach einiger Zeit in ruhigerem Ton. »Aber Sie müssen mir helfen – später.«

Er zog einen Schlüssel aus der Tasche, steckte ihn ins Schloß und nahm dann ein silbernes Kästchen aus der Westentasche. »Warten Sie hier.«

»Was wollen Sie tun?« fragte Smith.

Cäsar lächelte seltsam, öffnete die Tür und trat in das Zimmer. Gleich darauf stieß er einen entsetzlichen Fluch aus.

»Sie ist fort!«

»Fort?« fragte Smith erstaunt und trat auch in den Raum.

Das Zimmer war leer, das Fenster geschlossen. Eine zweite Tür existierte nicht, aber Stephanie war verschwunden.

»Sehen Sie dort! Sehen Sie!«

Smith hätte darauf schwören können, daß Cäsars Zähne vor Furcht zusammenschlugen, während er mit zitterndem Finger auf eine Wand zeigte. Dort war ein Briefumschlag angeheftet, auf dem mit Bleistift geschrieben die Worte standen:

»Cäsar, auch Sie sind nur ein sterblicher Mensch!«

Die Zahl »6« grinste Cäsar an der rechten unteren Ecke entgegen.

Am nächsten Tag war Cäsar aus London verschwunden. Er hatte ein eiliges Schreiben für seinen Verbündeten zurückgelassen und ordnete darin an, daß Smith bis zu seiner Rückkehr in das Haus am Portland Place ziehen sollte. Smith nahm diese Einladung an, ohne zu zögern, denn er war neugierig. Er bezog Cäsars eigenes Zimmer.

Bis zu einem gewissen Grad war es unangenehm, daß Cäsar alle Dienstboten entlassen hatte, denn Smith hatte verschiedene der Leute während der kurzen Zeit seiner Anwesenheit schätzen gelernt. Vor allem den Butler und einen der Diener, der alles für ihn getan hätte.

»Nur der jungen Dame zuliebe bin ich geblieben«, erklärte der Butler. »Mr. Valentine ist ein Mann, der mir sehr unsympathisch ist. Heute ist er hier, morgen ist er dort, monatelang ist überhaupt niemand im Haus mit Ausnahme von allerhand merkwürdigen Leuten – ich bitte tausendmal um Verzeihung ...«

»Fahren Sie nur fort«, erwiderte Smith. »Ich gebe gern zu, daß ich ein sonderbarer Mensch bin.«

»Die junge Dame aber ist wirklich so liebenswürdig ... Eine Lady in jeder Beziehung. Und die wundervollen Figuren, die sie modelliert!«

»Ja, das stimmt«, Smith nickte.

»Sie hat in Wachs eine Büste von mir gemacht, die war so lebendig im Ausdruck, daß man es kaum für möglich halten sollte. Sie braucht jemand nur ein- oder zweimal anzusehen, dann kann sie ihn schon porträtieren.«

Smith verabschiedete die Leute so schnell als möglich, denn er brannte darauf, Stephanies Werkstatt zu untersuchen. Vor allem mußte er herausbringen, was in dem geheimnisvollen Schrank steckte. Er glaubte allerdings schon zu wissen, was er finden würde. Und als er mit einem Nachschlüssel die Tür aufgeschlossen hatte, setzte er sich nieder und bewunderte aufrichtig die Kunstfertigkeit des jungen Mädchens.

Eine Gesichtsmaske von Mr. Ross hing an einem Haken, daneben eine Maske von Cäsar. Die Züge waren ganz genau getroffen: die feine, gerade Nase, die vollen Lippen und das runde, weichliche Kinn. Dann entdeckte er zu seiner größten Verwirrung eine Maske von sich selbst. Er nahm sie vom Haken und hielt sie vor das Gesicht. Sie war sehr dünn, und die Augenöffnungen waren so geschnitten, daß sie nicht auffielen.

Sie paßte ihm nicht genau, denn sie war für ein kleineres Gesicht gemacht; wahrscheinlich für Stephanie Welland selbst. Lange saß er, um die Lage zu überdenken. Stephanie hatte sich also im Hotel als Mr. Ross verkleidet. Sie hatte auch sein eigenes Zimmer durchsucht und war dann durch den hinteren Dienereingang aus dem Haus geflohen. Das hatte er alles bereits vermutet, aber er hatte es doch kaum für möglich gehalten, daß sie sich so gut verkleiden konnte.

Mr. Ross wußte, daß sie seine Enkelin war. Und nun war er fortgegangen – wohin? Zwei Tage war er verreist gewesen, während Stephanie seine Rolle im Hotel spielte. Smith erinnerte sich daran, daß Cäsar ihm erzählt hatte, sie wäre nach Schottland gefahren. Mit dieser wunderbaren Maske war es ja nicht schwer, das Hotelpersonal zu täuschen. Mr. Ross war unnahbar, und die Angestellten kamen nie in seine Räume, wenn er ihnen nicht klingelte. Nun, ein kleiner Teil des Geheimnisses war jedenfalls aufgeklärt.

Der Kasten, den Stephanie von den Rechtsanwälten in Amerika erhalten hatte, enthielt vermutlich Dokumente über ihre Geburt. Cäsar hatte gelogen, als er sagte, die Tochter Mr. Wellands wäre gestorben. Wahrscheinlich lebte auch Stephanies Mutter noch. Sie mußte die Frau in Ketten sein, die er in Maisons Lafitte gesehen hatte!

Schließlich erhob er sich, wickelte die Wachsmaske in Papier und trug sie in sein Zimmer.

Rein gefühlsmäßig wußte er, daß die Tage Cäsar Valentines gezählt waren. Dann war es auch mit Tre-Bong Smith vorbei. Er zuckte die Schultern bei dem Gedanken.

14

In dem Garten des kleinen Hotels, von dem aus man die schöne Bucht von Babbacombe überschauen konnte, saßen ein alter Herr und eine junge Dame beim Frühstück. Die Rasenflächen des Parks erstreckten sich bis zum Rand der Klippen; hohe Hecken und Rosengebüsche verbargen ihn vor neugierigem Blicken. Mr. Ross las eine Zeitung, während Stephanie auf das Meer hinaussah.

»Liebling«, sagte er schließlich und legte die Zeitung nieder, »nun ist es schon drei Tage her, und wir haben noch immer keine Nachricht von Monsieur Lecomte.«

Sie streichelte seine Hand.

»Wir müssen Geduld haben. Ich bin fest davon überzeugt, daß Lecomte alles tut, was er kann. Er hat Cäsars Schloß vom Keller bis zum Dachboden durchsucht, und er glaubt bestimmt, daß meine Mutter noch am Leben ist.«

»Aber er hat sie doch nicht gefunden«, erwiderte der alte Herr kopfschüttelnd. »Das ist sehr schlimm. Dieser Cäsar Valentine ist ein Teufel, und ich sage dir –«

»Ein paar Tage vorher war sie aber noch dort. Diese Frau – ich meine Madonna Beatrice – hat das doch bei ihrer Verhaftung eingestanden.«

»Hat Cäsar davon gehört?« fragte er schnell.

Stephanie verzog das Gesicht.

»Das kann uns doch gleichgültig sein. Aber bestimmt hat er meine Mutter nach England gebracht.«

»Hätten sie doch nur das Schloß durchsucht, während ich noch in Paris war. Offenbar halten sie Cäsar für einen amerikanischen Bürger. Deshalb wandten sie sich zunächst an das Konsulat der Vereinigten Staaten. Und dieser verdammte Konsul mußte erst wieder nachforschen, ob Cäsar Amerikaner oder Engländer ist. Wer ist denn eigentlich Madonna Beatrice?«

»Eine alte Dienerin der Valentines, soviel ich weiß.«

»Wir werden ihn doch noch fassen!« entgegnete der Alte und nahm seine Zeitung wieder auf.

In diesem Augenblick erschien Smith im Garten. Er trug einen hellgrauen Anzug und ging nachlässig über den Rasen auf die beiden zu. Als Stephanie ihn erblickte, erhob sie sich rasch.

»Aber wie kommt es denn, daß ...«, sagte sie fassungslos.

»Wer ist das?« fragte Mr. Ross scharf. »Mr. Smith?«

»Es tut mir sehr leid, daß ich Sie störe«, erwiderte der junge Mann. »Ich habe nicht die geringste Absicht, Sie durch meine Gesellschaft zu belästigen, aber ich habe direkten Auftrag von meinem Freund Valentine, mich um neun Uhr hier einzufinden. Deshalb bin ich gekommen.«

Ross schaute ihn düster an.

»Es wäre mir lieb, wenn Sie wieder gingen«, sagte er barsch. »Mit Leuten Ihres Schlages will ich nichts zu tun haben.«

Vor dem Eingang zum Hotelgarten hatte inzwischen ein eleganter Wagen angehalten. Stephanie hörte es, ebenso Smith, aber sie legten beide der Sache keine Bedeutung bei. Zweifellos hätten sie das aber getan, wenn sie den Mann und die Frau gesehen hätten, die aus dem Auto stiegen.

»Gehen Sie zu Ihrem Mr. Valentine zurück«, fuhr Ross ärgerlich fort, »und bestellen Sie ihm, daß ich mich weder vor ihm noch vor seinen Meuchelmördern fürchte. Leute mit Ihrer Bildung sollten sich eigentlich nicht dazu herbeilassen, einem solchen Schurken zu dienen. Jeder anständige Mensch muß Sie mehr verachten als die armen Kerle, die in den Gefängnissen sitzen.«

Smith lächelte ironisch.

»Ihre Ansicht über meinen Charakter ist ungeheuer interessant. Ihre Enkelin wird Ihnen wahrscheinlich sagen –«

Er wurde plötzlich unterbrochen, und er allein verstand, was die kommende Szene zu bedeuten hatte. Er holte tief Atem, als eine Frau mit zögernden Schritten auf die Gruppe zukam.

Stephanie betrachtete sie erstaunt, während Mr. Ross immer noch finster zu Smith hinübersah. Die Fremde war eine hagere Frau mit eingefallenem, bleichem Gesicht. Sie streckte merkwürdigerweise die Hand aus, als ob sie halb blind wäre und ihren Weg ertasten müßte, um nicht anzustoßen. Auf ihren weißen Händen waren die blauen Adern deutlich zu sehen. Stephanie schrie plötzlich auf und eilte auf die alte Frau zu, die vor ihr zurückschrak.

»Mutter – Mutter! Kennst du mich denn nicht?« rief sie schluchzend und schloß die Fremde in die Arme ...

Ein Kellner kam mit einem schweren Tablett den engen Gang entlang, der von der Küche durch den Rosengarten zum Rasen führte. Er war erstaunt, als er einen schlanken jungen Mann auf einer Bank sitzen sah, der ihm zuwinkte.

»Könnten Sie mir vielleicht ein Glas Wasser bringen?«

»Gewiß. Ich will nur eben erst den Kaffee zu den Herrschaften dort bringen –«

»Ach, es ist doch schnell geschehen«, erwiderte der Mann schwach, faßte in die Tasche und gab dem Kellner eine Handvoll Silbergeld. »Ich leide an einem Herzanfall. Mein Leben kann davon abhängen, daß Sie mir rasch helfen.«

Der Kellner setzte das Tablett ab, eilte zur Küche zurück und kam sofort mit einem Glas Wasser wieder.

Der Fremde nahm es mit zitternder Hand und trank es aus.

»Ich danke Ihnen«, sagte er dann. »Nun fühle ich mich schon wieder besser.«

Der Kellner brachte nun den Kaffee zu der Gesellschaft auf dem Rasen. Als er zurückkam, war der Herr gegangen.

Smith fühlte sich sehr unbehaglich und überflüssig, aber es blieb ihm nichts anderes übrig, als auszuhalten. Cäsar hätte ihm nicht telegrafiert, daß er hier genau um neun Uhr erscheinen solle, wenn nicht viel auf dem Spiel gestanden hätte. Er war zur Seite getreten und hörte wenig von der Unterhaltung der anderen. Die Frau hatte er sofort wiedererkannt.

Mr. Ross winkte ihm plötzlich, und wenn seine Stimme auch noch nicht freundlich klang, so hatte sie doch den feindseligen Ton verloren.

»Mr. Smith«, fragte er, »haben Sie etwas davon gewußt?«

»Nein. Ich hatte allerdings den Verdacht, daß die Dame in Cäsars Haus in Maisons Lafitte gefangengehalten wurde.«

»Können Sie mir nicht sagen, warum er sie freigelassen und heute morgen hierhergebracht hat?«

Smith schüttelte den Kopf.

»Ich weiß nichts. Ich habe nur Anweisung erhalten, um neun Uhr vormittags hier an dieser Stelle zu sein.«

Es war für ihn ein peinlicher Augenblick, und die Situation erforderte größte Vorsicht. Als er sich eben wieder zurückziehen wollte, winkte ihm die hagere Frau. Sie sah müde von ihrer Tochter zu dem alten Mann und verstand allem Anschein nach nicht, was um sie her vorging.

»Sind Sie Smith?« fragte sie langsam wie jemand, der nicht daran gewöhnt ist, sich mit anderen zu unterhalten. »Er sagte mir, daß Sie mich erwarteten.«

»Wo ist er denn?« entgegnete Smith schnell.

»Er war hier – in dem Wagen.« Sie zeigte in die Richtung, woher sie gekommen war. »Aber ich glaube, er ist wieder gegangen. Er wollte meinen Vater nicht sehen ...«

Smith trat zu der Gruppe zurück, und auf einen Wink von Mr. Ross setzte er sich an den Tisch.

»Ich habe gestern auf dem Dampfer das Schriftstück unterschrieben, wie er es verlangte«, fuhr sie fort. »Und ein Steward hat es auch unterzeichnet.«

»Ein Schriftstück?« fragte Stephanie schnell. »Um was hat es sich denn gehandelt, Mutter?«

Die alte Frau legte die Stirn in Falten.

»Sie nennen mich Mutter?« Sie schaute das Mädchen merkwürdig an. »Früher hatte ich einmal ein kleines Kind.« Ihre Augen füllten sich mit Tränen.

Stephanie nahm ihre Hand und streichelte sie.

»Erzähle doch«, sagte Mr. Ross freundlich. »Sicher hat Mr. Smith nichts dagegen, uns dabei Gesellschaft zu leisten. Stephanie, schenke doch bitte den Kaffee ein. Auch eine Tasse für Mr. Smith.«

»Soviel ich weiß, ist es eine Woche her«, begann jetzt die alte Frau, die sich wieder etwas gefaßt hatte. »Cäsar kam ins Haus und sagte mir, daß er mich zu meinem Vater nach England zurückbringen wollte. Darüber freute ich mich natürlich sehr, denn es war furchtbar einsam auf dem Schloß. Alles war so geheimnisvoll, und manchmal war Cäsar grausam zu mir. Sie fürchteten, ich könnte fliehen, und ließen mich daher nur nachts ins Freie gehen. Auch dann legten sie mir noch Fesseln an Hände und Füße, daß ich kaum laufen konnte. Einmal habe ich versucht, zu entkommen.«

Smith beobachtete sie über den Rand seiner Tasse hinweg, während er einen winzigen Schluck nahm.

Stephanie wollte gerade die Tasse an die Lippen setzen, als Smith sie ihr aus der Hand schlug. Der heiße Kaffee floß über ihr hübsches Kleid, und sie sprang entrüstet auf.

»Entschuldigen Sie«, meinte er kühl. »Es tut mir leid, daß ich die Geschichte unterbrechen mußte, aber der Kaffee schmeckt schlecht.«

»Was meinen Sie?« fragte Ross verwundert.

»Ich habe den Eindruck, daß Cäsar Valentine uns alle auf einen Schlag beseitigen will. Aber ich habe noch keine Lust zu sterben.« Er roch an dem Kaffee und winkte dem Kellner, der gerade wieder auf dem Rasen erschien.

»Schmeckt der Kaffee nicht?« fragte der Mann überrascht. »Er ist doch sonst immer so gut?«

Er hob die Tasse, um zu kosten, aber Smith hinderte ihn daran.

»Wenn Sie nicht in kürzester Zeit ein toter Mann sein wollen, versuchen Sie den Kaffee nicht. Aber sagen Sie mir – haben Sie die Kanne direkt von der Küche hierhergebracht?«

»Jawohl.«

»Ist Ihnen unterwegs nicht jemand begegnet?«

»Nein – ach doch, jetzt besinne ich mich! Da war ein Herr, der fühlte sich sehr elend und bat mich, ihm ein Glas Wasser zu holen.«

»Das haben Sie natürlich getan? Und den Kaffee haben Sie zurückgelassen? Nun verstehe ich den Zusammenhang.«

»Soll ich den Kaffee forttragen?« fragte der Kellner.

»Nein, danke«, erwiderte Smith grimmig. »Lassen Sie ihn hier. Ich möchte mich davon überzeugen, ob Cäsar Valentine mich betrogen hat, aber es ist nicht nötig, daß deswegen Menschen umkommen. Bringen Sie mir eine Flasche – eine alte Whiskyflasche genügt vollkommen. Ich will den Kaffee hineinschütten.«

Es herrschte tiefes Schweigen, als der Kellner verschwunden war.

»Sie meinen doch nicht, daß er einen derartig teuflischen Plan gegen uns alle ausgeheckt hat?« fragte Ross schließlich.

»Ihm ist alles zuzutrauen. Ich bin sicher, daß er uns ermorden wollte, um alle Mitwisser seiner Schandtaten auf einmal loszuwerden.«

15

Cäsar Valentine erhielt einen Brief vom Bilton-Hotel und erkannte zu seinem größten Ärger die Handschrift von Smith. Das war ein teils bedrohliches, teils beruhigendes Zeichen, denn Smith erwähnte mit keiner Silbe, was sich am vergangenen Tag in Babbacombe abgespielt hatte.

Cäsar ging also zum Bilton-Hotel und begab sich direkt zu Mr. Smith. Merkwürdigerweise wohnte dieser in den früheren Räumen von Mr. Ross, aber Cäsar schien das nicht zu bemerken. Smith saß in einem hohen Armsessel und rauchte ruhig seine Pfeife.

»Hallo, warum sind Sie hier abgestiegen?« begrüßte ihn Cäsar. »Ich erwartete Sie im Portland Place.«

»Schließen Sie die Tür, und setzen Sie sich. Ich gehe nicht wieder in Ihr Haus – ich halte das Hotel für sicherer.«

»Was wollen Sie denn damit sagen?« erkundigte sich Cäsar mit einem freundlichen Lächeln.

»Damit will ich sagen, daß Sie mich betrogen haben. Es wird das erste- und letztemal gewesen sein. Ich spreche jetzt mit Ihnen von Mann zu Mann, und merken Sie sich genau, was ich Ihnen zu sagen habe. Ich habe mit Ihnen gemeinsame Sache gemacht, weil ich glaubte, daß wir einander vollkommen offen und ehrlich alles sagen würden und daß es keine Geheimnisse zwischen uns beiden gäbe. Sie kennen meine Vergangenheit, und ich kenne die Ihre, und nun möchte ich sämtliche Tatsachen über eine gewisse Angelegenheit wissen, bevor ich fortfahre.«

»Und wenn ich mich weigere, Ihnen Angaben darüber zu machen? Wollen Sie mich dann anzeigen?«

»Nein, zur Polizei gehe ich nicht. Andererseits habe ich keine Ursache, die Polizei zu fürchten. Sie können nicht das geringste gegen mich vorbringen.«

»Mit Ausnahme des Mordes in Paris.«

»Ach, die Geschichte!« Smith zuckte die Schultern. »Paris ist Paris, und London ist London. Cäsar, Sie haben gestern morgen versucht, mich beiseite zu schaffen. Leugnen Sie es nicht. Ich bin im Bild – ich habe den Kaffee chemisch untersuchen lassen.«

»Chemisch untersuchen lassen?« fragte Cäsar mit erkünsteltem Erstaunen.

»Ach, lassen Sie doch diese Mätzchen und spielen Sie nicht den Unschuldigen«, erwiderte Smith barsch. »Wir wollen uns an die Tatsachen halten. Sie wissen ganz genau, was Sie alles auf dem Kerbholz haben und was Ihnen bevorsteht, und wenn Sie nachdenken, werden Sie auch wissen, wer Ihr gefürchteter Feind ist.«

»Sie meinen Nummer Sechs?« fragte Cäsar scharf. »Es muß entweder Welland sein oder –«

»Oder?«

»Der Sohn von Gale.«

»Erzählen Sie mir einmal alles, was Sie von dem wissen. Das haben Sie bis jetzt noch nicht getan.«

Cäsar dachte einen Augenblick nach.

»Nun, das können Sie ruhig erfahren. Bankdirektor Gale hatte einen Sohn. Vermutlich ging dieser nach Argentinien, wo er wahrscheinlich im Augenblick noch ist. Soviel ich weiß, haben Sie mir das doch selbst erzählt?«

Smith nickte.

»Warum sollten Sie Gales Sohn fürchten?«

Cäsar antwortete auf die Frage nicht.

»Erzählen Sie mir bitte die Wahrheit über diesen Fall. Ich muß unbedingt alles darüber wissen, damit ich die Schwierigkeiten kenne, mit denen ich zu rechnen habe.«

»Gale starb«, entgegnete Cäsar düster.

»Sie beabsichtigten doch seinen Tod?«

»Ja, in gewisser Weise. Ich schuldete ihm viel Geld und mußte ihn ins Unrecht setzen. Hätte er gesprochen, so wäre ich wegen Betruges verhaftet worden. Und an dem Tag, an dem er starb, hatte er sich tatsächlich entschlossen, mich der Polizei anzuzeigen. Ich kannte seine Gewohnheit, gegen Mittag ein Stärkungsmittel einzunehmen, eignete mir eine seiner leeren Flaschen an und vertauschte sie gegen die in seinem Arbeitszimmer.«

»Und die leere Flasche hatten Sie mit Gift gefüllt?«

»Mit Blausäure. So, nun wissen Sie die ganze Wahrheit. Über die Art des Betruges brauche ich Ihnen nichts zu erzählen, aber es war ein sehr schwerer Fall. Der alte Gale hatte mit der ganzen Sache natürlich überhaupt nichts zu tun gehabt.«

Smith antwortete eine Weile nicht. Er saß auf seinem Stuhl und starrte auf den Teppich.

»Ich verstehe«, sagte er schließlich. »Ich dachte schon immer, daß Sie mir eines Tages alles sagen würden. Sie scheinen in großer Gefahr zu sein, Cäsar. Wollen Sie mich jetzt allein lassen, damit ich mir überlegen kann, was wir tun müssen?«

Auf dem Rückweg zu seiner Wohnung verwünschte sich Cäsar selbst, weil er so mitteilsam gewesen war. Smith unterhielt sich währenddessen mit dem Detektiv Steele, der das Nebenzimmer im Hotel bewohnte und das ganze Gespräch mitstenografiert hatte.

Cäsar hatte eigentlich Schlimmeres als nur Vorwürfe von seinem Verbündeten erwartet, und er hielt es für unbedingt notwendig, ihn zu beruhigen, selbst wenn er gezwungen war, dabei einige seiner dunklen Taten zu enthüllen.

Als Cäsar Valentine sein Haus betreten wollte, wurde er verhaftet und zur Polizeistation in der Marlborough Street gebracht. Man klagte ihn des vollendeten und des beabsichtigten Mordes an. Zu seiner Erleichterung entdeckte er, daß auch Smith mit Handschellen auf einer Bank im Amtszimmer saß.

Man stellte sie vor das Polizeigericht und klagte sie an, dann wurde der Fall vertagt. Sieben Tage lang waren die beiden in nebeneinanderliegenden Zellen im Brixton-Gefängnis untergebracht. Sie genossen das ungewöhnliche Vorrecht, auf dem Gefängnishof während der Spaziergänge miteinander reden zu dürfen. Dann verschwand Smith eines Morgens, und Cäsar sah ihn erst bei der Gerichtsverhandlung in Old Bailey wieder. Sein früherer Verbündeter trat dort als Zeuge gegen ihn auf und begann seine Aussage mit den Worten:

»Mein Name ist John Gale. Ich bin Beamter der Kriminalabteilung von Scotland Yard und werde in den offiziellen Akten als Nummer Sechs geführt . . .«

Der Prozeß endete mit der Verurteilung Cäsars zum Strang. Eine Woche später traf John Gale alias Smith alias Nummer Sechs Stephanie im Teesalon des Piccadilly-Hotels.

»Sie sind doch sicher sehr froh, daß alles vorbei ist«, sagte sie.

Er nickte.

»Etwas möchte ich noch gern von Ihnen erfahren«, erwiderte er. »Ich habe niemals die Haltung verstanden, die Sie mir gegenüber einnahmen.«

»Nein? Und ich dachte immer, ich wäre sehr nett zu Ihnen gewesen.«

»So meinte ich es nicht. Als Sie Cäsar Valentine in Paris be obachteten, waren Sie doch Zeugin eines offenbar schweren Verbrechens am Quai des Fleurs.«

»Gewiß.«

»Aber Sie haben dem Mann gegenüber, der diese Tat beging, niemals Schrecken und Abscheu gezeigt.«

Stephanie lachte.

»Als ich über das Geländer sah, glaubte ich natürlich zuerst wirklich, daß Sie einen Mord begangen hätten. Aber dann entdeckte ich, daß zwei französische Polizeiboote den Mann aus dem Wasser holten und daß er selbst ins Boot kletterte. Da mußte ich doch erkennen, daß das Verbrechen nur vorgetäuscht war, um Cäsar Valentine irrezuführen. Und wenn ich noch einen Zweifel gehabt hätte, wäre er zerstreut worden, als Sie mich in Portland Place aus dem Zimmer befreiten. Außerdem sah ich doch, was Sie auf den Briefumschlag schrieben.«

Er nickte.

»Es war der einzig mögliche Weg, mit Cäsar in Verbindung zu kommen, nachdem ich bemerkt hatte, daß er sich für mich interessierte. Ich wußte genau, daß er das tun würde, denn ich hatte durch Chi So genügend Schauergeschichten über meine frühere Verbrecherlaufbahn verbreiten lassen. Die Boote und der ›todgeweihte‹ Polizist warteten viele Nächte hintereinander am Quai des Fleurs, bis der günstige Augenblick endlich kam. Sie sehen, ich bin nur ein Amateurdetektiv, aber ich habe Ideen.«

»Ich bewundere Ihre ungewöhnliche Bescheidenheit«, erwiderte sie lächelnd. »Haben Sie meinen Vater gefunden?« fragte sie dann ernst.

»Schon vor mehreren Wochen.«

»Aber war es nicht grausam von Ihnen, ihn so lange von mir und meiner Mutter fernzuhalten? Sicherlich gibt es doch jetzt keinen Grund mehr, warum wir ihn nicht gleich sehen könnten?«

»Doch, es gibt einen sehr bedeutsamen Grund«, entgegnete er ruhig. »In drei Wochen bringe ich Sie zu ihm. Er weiß noch nicht, daß Sie und Ihre Mutter leben.«

»Warum denn erst in drei Wochen?«

»Das ist mein und sein Geheimnis.«

Stephanie fragte nicht weiter.

Cäsar Valentine sollte seinen Feind noch einmal treffen. Eines Morgens weckte man ihn aus tiefem Schlaf. Die Sträflingskleidung war aus seiner Zelle entfernt worden, und er erhielt den Anzug, den er bei dem Prozeß getragen hatte.

Er erhob sich und kleidete sich an, lehnte es aber entschieden ab, sich von einem Geistlichen trösten zu lassen. Äußerlich schien er vollkommen ruhig zu sein, und er frühstückte auch reichlich und gut. Um Viertel vor acht kam der Gefängnisdirektor, und hinter ihm zeigte sich John Gale.

»Hallo, Gale!« begrüßte ihn Cäsar. »Das wäre also das Ende. Aber mein Leben war sehr amüsant. Lassen Sie sich zum Schluß noch einen Rat geben: Betreiben Sie eine kleine Liebhaberei, dadurch halten Sie das Unheil von sich fern. Fabrizieren Sie zum Beispiel Knöpfe.«

Gale antwortete nicht, und der Direktor gab ein Zeichen.

Ein Beamter, der eine kurze Leine in der Hand trug, trat ein.

»Entschuldigen Sie«, sagte Cäsar, kniete zum größten Erstaunen aller Anwesenden vor seinem Lager nieder und bedeckte das Gesicht mit den Händen.

Dann erhob er sich, wandte sich um und starrte mit weitaufgerissenen Augen den Mann an, der zuletzt hereingekommen war.

»Mein Gott!« Er atmete schwer, und seine Sprache klang eigentümlich schleppend. »Sie – sind – der Henker?«

Welland nickte.

»Auf diesen Tag und auf diese Stunde habe ich gewartet«, erwiderte er und fesselte sachkundig Cäsars Hände auf dem Rücken.

»Aber Sie haben umsonst gewartet!«, rief Cäsar triumphierend. »Wieviel Knöpfe sind an meinem Rock?«

Welland und die anderen sahen, daß ein Knopf fehlte.

»Blausäure in fester Form und ein wenig Gummi geben – einen – ausgezeichneten Knopf«, stieß Cäsar mühsam hervor, dann brach er zusammen.

Sie legten ihn auf das Bett, aber er war schon tot.

ENDE

MARY FERRERA SPIELT SYSTEM

1

Ich weiß nicht genau, welcher Nation Billington Stabbat angehörte; er mochte Engländer, Amerikaner, Kanadier oder Australier sein. Zufällig nur erfuhr ich, daß er in Lima, der Hauptstadt von Peru, geboren wurde. Er konnte stundenlang über Peru sprechen und wußte in der Geschichte dieses Landes sehr gut Bescheid.

Über seine Eltern habe ich nie etwas gehört, und über sein früheres Leben ist mir nicht viel bekannt. Er war fast in der ganzen Welt umhergereist, als ich ihn während des Weltkriegs in Frankreich traf. Damals diente er bei der amerikanischen Armee und war im Großen Hauptquartier tätig. Es wird allgemein behauptet, daß er der beste Nachrichtenoffizier war, den Pershing, der amerikanische Oberbefehlshaber, hatte.

Verbrechen aufzuklären bedeutete für Billy nichts Neues. Schon in Toronto hatte er als Detektiv gearbeitet. Er war ein tüchtiger Mann, und gerade befördert worden, als der Krieg ausbrach.

Viele Leute haben von der Briscoe-Bande gehört, zum mindesten alle Kanadier. Die Mitglieder dieser Bande waren äußerst geschickte Verbrecher. George Briscoe und sein Bruder Tom waren die Führer. Alle Bankdirektoren von Halifax bis nach Victoria haßten die Briscoes. Jeder der beiden Brüder war ein Genie in seiner Art. Sie brachen die Safes auf, ohne Stemmeisen oder Schneidbrenner zu benützen. Sie gingen in die Banken, öffneten einfach die Geldschränke oder Stahlkammern, nahmen, was sie wollten, und verschlossen die Türen wieder. Niemals hinterließen sie Spuren; es fehlten nur später Geld oder Papiere in den Safes. Es sah jedesmal so aus, als ob Bankbeamte, die im Besitz der Schlüssel waren und die Kombinationen der Buchstabenschlösser kannten, den Raub begangen hätten. Ein Bankdirektor, den man verdächtigte, wurde so nervös, daß er sich erschoß.

Die Briscoes waren zäh, weitsichtig und ungewöhnlich begabt und gewandt. Aber Billy fing sie eines Tages trotzdem, und zwar überraschte er Tom mit vier Komplicen bei einem Einbruch. George verhaftete er in einem Hotel in Ottawa, aber das Beweismaterial genügte nicht zu einer Verurteilung. Tom dagegen erhielt zwanzig Jahre Zuchthaus und erhängte sich in seiner Zelle.

Eines Tages traf ich Leslie Jones auf der Treppe zu Billys Büro. Leslie ist nicht groß und hat unglaublich breite Schultern, so daß er noch viel kleiner und beinahe verwachsen aussieht. Er hat ein langes Gesicht mit einer großen Nase und einem breiten, unsymmetrischen Mund, und wenn er lacht, zieht er den einen Mundwinkel höher als den anderen, so daß aus dem Lachen ein Grinsen wird.

Ich war erstaunt, ihn hier zu sehen, freute mich aber, daß ich ihn traf. Vor dem Krieg hatte er einen Posten in einem Detektivbüro, und ich wußte nicht, daß er jetzt mit Billy zusammenarbeitete.

»Jones! Das ist aber eine großartige Überraschung! Ich dachte schon, Sie wären gestorben.«

»Nein, wie Sie sehen, bin ich noch sehr lebendig. Ich bin jetzt bei Mr. Billington Stabbat.«

»Wie sind Sie denn mit dem in Verbindung gekommen?«

»Wir lernten uns während des Krieges kennen. Er hat mir das Leben gerettet.«

»Bei welchem Gefecht denn? Ich wußte überhaupt nicht, daß Sie an der Front waren?«

»Ich habe doch nichts von einem Gefecht gesagt, sondern nur, daß er mir das Leben gerettet hat. Als ich eingezogen wurde, traf ich ihn, und er besorgte mir einen Posten beim Proviantamt in Plymouth. Er ist wirklich ein famoser Kerl. Er hat sich nicht geändert und wird sich auch nicht ändern. Er gibt sein Letztes für einen Freund, und für eine Frau würde er sogar zum Galgen pilgern. Diese Schwäche den Frauen gegenüber wird ihn auch noch ruinieren. Vorige Woche hatten wir einen großen Verlust. Wir haben eine Frau beobachtet, die ihren Mann hinterging, und als wir dann eindeutige Beweise in der Hand hatten, fiel Billy plötzlich um und arbeitete Tag und Nacht, um ein Alibi für die Frau zu schaffen. Sie war nämlich zu ihm gegangen und hatte ihm etwas vorgeweint. Zwei Tränen hingen an den Wimpern, und je zwei rollten die Wangen hinunter. Im ganzen vier Tränen. Die haben uns achthundert Pfund gekostet. Macht pro Tag zweihundert Pfund. Als Billy nachher zurückkam, konnte er nur mit gebrochener Stimme von ihr sprechen. Er sagte, der Mann, der uns den Auftrag gegeben hätte, wäre ein gemeiner, schrecklicher Kerl, der eine solche Frau gar nicht verdiente. Ja, so ist Billy«, meinte Leslie mit melancholischer Bewunderung und zog mich zur Seite, damit ein Arbeiter in weißem Kittel die Treppe hinaufsteigen konnte. »Passen Sie auf, Mr. Mont. Heute wird die Büroeinrichtung fertig. Das war eben einer von den Elektromonteuren.«

Ich sah gleichzeitig auf den Mann, der vorüberging. Er war bleich und hatte einen kurzen roten Bart.

»Jetzt muß ich aber gehen«, erklärte Leslie. »Wir müssen einen Auftrag in Whitechapel ausführen, eine Versicherungsgesellschaft hat uns damit beauftragt. Billy kann Ihnen Näheres darüber erzählen.«

Wir verabschiedeten uns, und ich stieg die Treppe hinauf.

Als ich ins Büro trat, saß Billington am Schreibtisch. Er war etwas über mittelgroß und sah gut aus – glattrasiertes Gesicht, eine hohe, gewölbte Stirn, blaue Augen und ein festes, eckiges Kinn. Manche Leute glaubten, daß er nicht lächeln könnte. Ich kannte ihn aber besser und wußte, wie herzlich er sich über einen Scherz freuen konnte. Er war durchaus kein Spielverderber.

Im Büro machte alles einen neuen Eindruck. Es roch überall nach Lack und frischer Farbe. Bill hatte sich bei der Ausstattung viel Mühe gegeben und alles behaglich und freundlich eingerichtet. Drei Fenster des großen, hohen Raumes führten nach der Bond Street. Früher hatte ein Fotograf sein Atelier hier gehabt. Das Haus besaß keinen Aufzug, und seine Kunden hatten sich häufig darüber beschwert, daß sie drei Treppen hinaufsteigen mußten.

Auf dem Boden lag ein blauer Teppich; auch die Tapete war auf diesen Grundton abgestimmt.

Ein großer Marmorkamin mit zwei mächtigen Löwenfiguren schmückte die eine Wand.

Als ich eintrat, erhob sich Billy und begrüßte mich freundlich. »Das freut mich aber, Mont!« rief er, als er mir die Hand drückte. »Kommen Sie doch herein. Allerdings müssen Sie auf dem Teppich Platz nehmen, da die Stühle noch nicht geliefert worden sind. Wie gefällt Ihnen mein neuer Geschäftsraum?«

Nachdem er mich begrüßt hatte, kehrte er beinahe hastig hinter seinen Schreibtisch zurück.

»Setzen Sie sich doch bitte auf das Fensterbrett. Augenblicklich stehen Sie nämlich in meiner Schußlinie.«

»In Ihrer Feuerlinie?« Ich wollte meinen Ohren nicht trauen.

»Ja«, erwiderte Billy ruhig. »Haben Sie noch nie etwas von einer Schußlinie gehört?«

Ich setzte mich also auf das Fensterbrett, betastete es aber vorher vorsichtig, denn Fensterbretter trocknen in renovierten Wohnungen gewöhnlich als letztes. Dann sah ich ein rotes Seidentaschentuch auf Bills Schreibtisch, unter dem ein Browning hervorschaute. Ich wunderte mich darüber. Er sah zur Tür, und als ich mich umdrehte, entdeckte ich, daß der Handwerker mit dem roten Bart ins Zimmer gekommen war. Der Mann betrachtete das Deckengesims, seine Finger spielten mit einem Zollstock.

»George«, sagte Billington ruhig, »kommen Sie hierher und halten Sie Ihre Hände so, daß ich sie sehen kann. Wenn Sie in die Tasche fassen, schieße ich Sie sofort mausetot.«

Der andere kam langsam zum Schreibtisch, ohne den Blick von Billy zu wenden.

»Ich möchte Sie mit Sergeant Mont von Scotland Yard bekanntmachen«, fuhr Billy fort. »Dies ist Mr. George Briscoe aus Kanada. Wie geht es Ihnen denn jetzt, George?«

Der Elektriker biß sich nur auf die Unterlippe und schwieg.

»Ich habe nämlich Georges Bruder auf zwanzig Jahre ins Zuchthaus gebracht«, erzählte Billy im Unterhaltungston, als ob er irgendeine alltägliche Sache erklärte. »Deshalb ist George natürlich ein wenig böse mit mir. Vermutlich ist er herübergekommen, um mit mir abzurechnen. Sie hatten bis jetzt noch wenig Gelegenheit dazu, was?«

Briscoe erwiderte auch jetzt noch nichts.

»Wie geht es übrigens Tom?« fragte Billington.

Nun brach der Mann endlich das Schweigen.

»Tom ist tot, das wissen Sie ganz genau«, sagte er leise, aber erregt, und ich sah deutlich, daß er zitterte.

»Ach, der arme Tom! Er war wirklich ein kluger und gescheiter Junge. Der konnte mehr als Sie, George. Nun, wir können ja nicht ewig leben. Früher oder später muß jeder von uns einmal daran glauben.«

Briscoe senkte den Blick.

»Ich führe jetzt ein anständiges Leben, Mr. Stabbat. Es ist ein reiner Zufall, daß ich gerade für diese Arbeit engagiert wurde. Vor zwei Jahren kam ich von Kanada herüber, um von neuem anzufangen.«

»Vor sechs Monaten sind Sie gekommen«, entgegnete Billy freundlich, »und Sie haben die Stelle erhalten, weil Sie dem Polier eine Zehnpfundnote in die Hand drückten. Und wenn Sie sagen, Sie führen jetzt ein anständiges Leben, so muß ich Sie doch darauf aufmerksam machen, daß Sie sich im vergangenen Dezember an dem Einbruch beim Juwelier Roberts in der Regent Street beteiligt haben. Ich zweifle aber daran, daß Mr. Mont Ihnen das nachweisen kann. Und mich geht die Sache ja nichts an.« Er zuckte die Schultern. »Ich bin jetzt mit friedlichen Nachforschungen beschäftigt und beobachte böse Frauen für ihre tugendhaften Ehegatten oder böse Männer für ihre trostlosen Frauen. Als Privatdetektiv habe ich fast nur noch mit Ehescheidungssachen zu tun.«

George fuhr mit der Hand über den Bart.

»Sie sind ein tüchtiger Kerl, Stabbat«, sagte er. Seine Stimme verriet, daß er eine gute Erziehung genossen hatte. »Aber glauben Sie mir, früher oder später erwische ich Sie doch noch.«

»Wir werden ja sehen«, entgegnete Billy.

Diese Redensart führte er dauernd im Munde. Sie gab eigentlich seine Lebensauffassung wieder. Immer wartete er auf das Morgen, ob es ihm eine neue Aufgabe, Arbeit oder Vergnügen, Belohnung oder Gefahr bringen mochte.

»Ich mache Ihnen keinen Vorwurf, George«, fuhr er fort,

»weil Sie mir das Lebenslicht ausblasen wollen. Im Gegenteil. Wenn ich an Ihrer Stelle wäre, würde ich dasselbe tun. Es ist ein Ausdruck von brüderlicher Liebe, und ich achte Sie deshalb. Es ist etwas Schönes, wenn Brüder zusammenhalten. Aber es war schließlich nicht mein Fehler, daß ich Sie nicht beide zu gleicher Zeit faßte. Aber ob Sie mich erwischen oder ich Sie, das werden wir ja sehen!«

»Sie hätten einen guten Partner abgegeben, Stabbat. Es tut mir leid, daß ich gegen Sie vorgehen muß, aber es bleibt mir nichts anderes übrig.«

Billy nickte verständnisvoll.

»Ich verstehe«, erwiderte er beinahe entschuldigend. »Nun machen Sie aber weiter.«

George schien noch etwas sagen zu wollen, änderte jedoch seine Absicht und ging langsam zur Tür. Dort stand er einige Zeit, hielt die Türklinke in der Hand und dachte nach. Als er dann sprach, blitzten seine Augen gefährlich.

»Ich bin heute mit meiner Arbeit hier fertig geworden. Sie sind also von meiner Gesellschaft befreit und brauchen sich nicht mehr zu fürchten!«

Billington Stabbat lehnte sich in seinem Sessel zurück und lachte.

»Im Ernst, George, und von Mann zu Mann gesprochen, glauben Sie wirklich, daß ich mich vor Ihnen fürchte?«

Briscoe zögerte.

»Nein, ich glaube nicht«, sagte er schließlich. »Vermutlich haben Sie, seit ich hier bin, die Pistole nur aus Gewohnheit auf den Schreibtisch gelegt?«

Billy nickte.

»Also auf Wiedersehen«, verabschiedete sich George.

»Auf Wiedersehen«, entgegnete Billy freundlich.

Die Tür schloß sich hinter diesem merkwürdigen Verbrecher. Ich war sehr erstaunt, aber Billy sah mich lachend an.

2

Von mir selbst muß ich berichten, daß ich damals gerade Erholungsurlaub hatte. Bei der Verhaftung des Mörders von Canning Town kam es nämlich zu Tätlichkeiten. Der Mann schlug mit einer kurzen, schweren Eisenstange wütend um sich, und ich erhielt mehrere Hiebe, ehe es meinem Kollegen gelang, ihn durch einen Schlag mit dem Gummiknüppel bewußtlos zu machen. Der Chefinspektor bestand darauf, daß ich den Urlaub antrat, während Inspektor Jennings, der damals mein direkter Vorgesetzter war, zuerst nichts davon hören wollte. Mein Urlaub war in mancher Beziehung sehr nützlich für mich, denn ich konnte wieder einmal alte Freunde besuchen und meine kleine Abhandlung über Lombrosos »Verbrecherische Frauen« schreiben.

Ich habe in Oxford studiert und war eigentlich für den diplomatischen Dienst bestimmt, aber der Tod meines Vaters zwang mich dazu, mir meinen Lebensunterhalt selbst zu verdienen. So kam ich schließlich nach Scotland Yard. Ein alter Freund meines Vaters machte seinen Einfluß geltend, so daß ich gleich eingestellt wurde. Ich wurde verhältnismäßig schnell befördert, und nach meinen letzten Erfolgen sollte ich zum Inspektor ernannt werden.

»Was halten Sie von George?« fragte Billy, als wir allein waren.

»Ein gefährlicher Mann. Sie sagten doch, daß er den Juwelierladen in der Regent Street ausgeplündert hat?«

Billy machte eine abwehrende Handbewegung.

»Gewiß, aber wir wollen jetzt nicht fachsimpeln. Übrigens ist alles, was Sie in diesem Büro hören, vollkommen vertraulich. Es würde Ihnen auch nicht gelingen, George zu überführen. Im Handumdrehen hat der zehn Alibis bereit. Wie geht es denn eigentlich unserem lieben Jennings?«

»Kennen Sie ihn denn auch?« fragte ich überrascht.

»Und ob! Er scheint nicht gerade Ihr Freund zu sein?«

»Wir stehen nicht besonders gut miteinander.«

Jennings gehörte zu den engherzigen Leuten der alten Schule, die nichts dazulernen und nichts vergessen.

»Vor zwei Tagen war er hier. Er ist nämlich ein großer Freund von meinem Klienten, Mr. Thomson Dawkes.«

Ich nickte. Dawkes kannte ich seinem Ruf nach, und ich wußte auch, daß Jennings stolz darauf war, einen so reichen Mann zum Bekannten zu haben. Der Inspektor war in Dawkes' Landhaus gewesen und erzählte dauernd von den vornehmen Leuten, die er dort getroffen hatte.

»Darf ich fragen, warum ausgerechnet Dawkes einer Ihrer Kunden ist? Soviel ich weiß, ist er doch verheiratet.«

Billington zwinkerte vergnügt mit den Augen.

»Vielleicht ist er nicht verheiratet. Auf jeden Fall handelt es sich hier nicht um eine Ehegeschichte, sondern nur um eine geplante Verbindung, die ihm Kummer macht.«

Er nahm das Taschentuch fort und legte den Browning in eine Schublade.

»Mont, Sie können mich in diesem Büro fragen, was sie wollen. Können Sie sich nicht einmal auf ein bis zwei Wochen frei machen und sich Urlaub geben lassen?«

»Ich habe Urlaub. Deshalb bin ich doch gerade hier.« Ich erzählte ihm, wie ich zu meinen Ferien gekommen war.

»Das ist ja großartig. Sie wären der Mann, mit dem ich zusammenarbeiten möchte. Denken Sie noch manchmal an die Nacht, als die Deutschen den Höhenzug unter Feuer nahmen und wir beide in einem kalten, nassen Unterstand saßen ...«

Nun tauschten wir allerhand alte Erinnerungen aus. Mir erschien es merkwürdig, daß wir jetzt über diese schrecklichen Tage und Nächte scherzen konnten. Aber das liegt wohl in der menschlichen Natur.

Plötzlich änderte er das Gesprächsthema so abrupt, wie er es aufgegriffen hatte.

»Sie kennen natürlich Thomson Dawkes. Er ist in der Stadt sehr bekannt – und ein Spieler. Ich halte ihn im allgemeinen für etwas gefährlich. Sir Alfred Cawley hat mich ihm empfohlen. Gegen den habe ich allerdings nicht das geringste einzuwenden, das ist ein netter Mensch!«

Billy drehte sich in seinem Sessel um, legte die Füße auf den Tisch und steckte sich eine Zigarre an, während er mir die Kiste zuschob. Vornehme Manieren hat er niemals gehabt, und er bedient sich stets zuerst.

»Als Dawkes während des letzten Frühjahrs in Monte Carlo war, spielte er Trente et Quarante«, fuhr er fort. »Nach einem Gewinn von ungefähr vierzigtausend Franc hatte er genug für den Tag, ging müßig in den großen Sälen umher und beobachtete die anderen Spieler. Besonders achtete er auf eine junge Dame, die schon vorher an seinem Tisch gesessen hatte.

Nach seiner Schilderung muß sie sehr schön sein. Sie war einfach, aber sehr elegant gekleidet und spielte höher als alle anderen an dem Tisch. Allem Anschein nach hatte sie ein bestimmtes System, denn neben ihr lag ein Blatt Papier mit vielen Figuren und Zahlen, das sie mehrfach zu Rate zog.

Sie verlor dauernd, aber mit einer Ruhe und Kaltblütigkeit, die Dawkes' Bewunderung erregte. Ständig spielte sie nachmittags von zwei bis fünf und abends von sieben bis Mitternacht. Dawkes erfuhr von anderen Leuten und von einem liebenswürdigen Croupier, daß sie bereits Millionen verloren hatte. Eine ungeheure Summe.«

»Das sind ja ganz außerordentliche Mißerfolge«, meinte ich. »Sie muß furchtbares Pech gehabt haben.«

»Anders kann ich mir das auch nicht erklären. Als die Spieler allmählich die Säle verließen, sprach Dawkes die junge Dame an. In Monte Carlo kommt man sich leichter näher, man kennt sich eben vom Spieltisch und weiß auch, in welcher finanziellen Lage die einzelnen sind. Er wollte sie über ihre Verluste trösten, aber zu seinem Erstaunen gab sie ihm eine kühle Antwort, ließ ihn stehen und ging zu ihrer Wohnung ins Hotel de Paris, direkt gegenüber dem Casino. Dawkes war das sehr unangenehm, denn er hielt sich für einen Mann, der den Damen im allgemeinen sympathisch ist. Er erkundigte sich in ihrem Hotel und hörte, daß sie sich dort als Mademoiselle Hicks eingetragen hatte. Das war natürlich nur ein angenommener Name, der Dawkes wenig sagte. Am nächsten Nachmittag wartete er lange Zeit auf sie, um sich besser über ihr System zu orientieren, aber sie erschien nicht im Spielsaal. Als er dann wieder in ihrem Hotel vorsprach, stellte sich heraus, daß sie bereits am Morgen nach Calais abgefahren war. Wie sie in Wirklichkeit hieß, konnte niemand sagen. In Monte Carlo hatte sie keine Freunde, hatte auch mit niemand gesprochen und weder einen Herrn noch eine Dame ins Vertrauen gezogen. Dawkes, der große Zähigkeit und Energie besitzt, ließ nicht locker, und schließlich fand sich noch eine Handtasche, die sie zurückgelassen hatte. Die eignete er sich an.

Die Tasche machte einen billigen Eindruck, hatte einen imitierten Schildpattrand und mußte erst in den letzten Tagen gekauft worden sein. In London zahlt man nicht mehr als sieben Schilling dafür. Damen, die spielen und vierzigtausend Pfund bei einem Besuch in Monte Carlo verlieren können, kaufen sich für gewöhnlich nicht derartig billige Sachen. In der Tasche fand Dawkes weiter nichts als etwas französisches Geld, zwei quittierte Hotelrechnungen und die Hälfte einer Fahrkarte dritter Klasse von Brixton nach Victoria. Auch dieser Fund ließ sich eigentlich nicht mit den außerordentlichen Verlusten der jungen Dame zusammenbringen, die allem Anschein nach doch sehr vermögend sein mußte.«

»Es klingt fast, als ob sie mit dem Geld anderer Leute gespielt hätte.«

Billy nickte.

»Der Gedanke ist mir auch sofort gekommen – aber wir werden ja sehen! Um wessen Geld konnte es sich handeln? Wie konnte eine junge Dame aus den Gesellschaftskreisen, zu denen Dawkes sie zählte, sich fremdes Geld aneignen, ohne Verdacht zu erregen? Und vor allem, warum erschien sie nicht nur einmal in Monte Carlo, sondern in regelmäßigen Abständen?«

»In regelmäßigen Abständen?« entgegnete ich erstaunt.

»Ich will Ihnen alles erzählen. Dawkes kam nach England zurück und machte dann eine Geschäftsreise nach New York. Bei seiner Rückkehr landete er in Cherbourg. Einen Platz im Schlafwagen von Paris nach Monte Carlo hatte er bestellt. Er erreichte den Bahnhof auch noch rechtzeitig und konnte den Riviera-Expreß benützen. Da er müde war, legte er sich sofort nieder. Als er am nächsten Morgen in den Seitengang hinaustrat, fand er auf einem Klappsessel die geheimnisvolle Miss Hicks. Sie sah so selbstbewußt und ruhig aus wie immer, erkannte ihn nicht oder wollte ihn nicht erkennen. Er machte auch nicht den Fehler, sich ihr unter allen Umständen aufzudrängen. Erst am zweiten Abend nach der Ankunft in Monte Carlo sprach er wieder mit ihr. Sie hatte wieder hoch gespielt und beinahe ebensoviel gewonnen, als sie das letztemal verloren hatte.

›Sie hatten aber wirklich Glück‹, sagte Dawkes zu ihr. Sie sah ihn erschrocken an.

›Ja‹, entgegnete sie schnell. ›Es ist mir heute sehr gut gegangen. Immerzu kam Schwarz heraus.‹

›Morgen wird es Rot sein‹, meinte Dawkes lächelnd.

›Das glaube ich nicht‹, erwiderte sie ernst. ›Übermorgen wird die Kugel am Vormittag hauptsächlich auf Rot fallen, am Nachmittag auf Schwarz.‹

Merkwürdigerweise traf ihre Voraussage ein. Dawkes versuchte, mit ihr näher bekannt zu werden, aber sie schien ihn nicht leiden zu können. Das beweist eigentlich, daß sie intelligent sein muß. Da sie sich so abweisend gegen Dawkes benahm, interessierte er sich für sie nicht nur als Problem, sondern auch als Frau. Er schickte ihr häufig Blumen und lud sie zu einer Autofahrt ein. Aber sie lehnte seine Einladung ab.

Was danach geschah, kann ich nur vermuten. Dawkes hat mir nicht genau gesagt, wie er sich ihr gegenüber verhielt. Einmal hat sie ihm jedenfalls die Tür vor der Nase zugemacht. Wie er in eine solche Situation kam, weiß ich nicht. Einige Zeit später fuhr sie dann von Monte Carlo ab, nachdem sie große Summen gewonnen hatte, und ließ Mr. Dawkes enttäuscht und sehnsüchtig zurück. Das ist die ganze Geschichte«, schloß Billy etwas abrupt.

»Und was ist nun Ihre Aufgabe?« fragte ich überrascht, denn ich hatte ein anderes Ende erwartet.

»Ich soll die unbekannte Dame entdecken, herausbringen, wer sie ist, woher sie das Geld bekommt und so weiter.«

»Und wenn nun Mr. Dawkes alles das erfahren hat, will er dann –«

In diesem Augenblick wurden wir unterbrochen.

Die Tür flog auf, und ein großer Mann stürzte herein. Er atmete schwer, denn er war die Treppe hinaufgeeilt.

»Dort ist sie, dort ist sie!« rief er keuchend und zeigte zum

Fenster. »Sehen Sie schnell hin, jetzt haben Sie eine gute Gelegenheit, Stabbat. Direkt der Haustür gegenüber steht sie auf der anderen Seite.«

Billington sprang zum Fenster und öffnete einen Flügel.

»Wo denn?«

»Die junge Dame mit dem blauen Hut, die vor dem Juwelierladen steht – können Sie sie sehen?«

Billington legte die Hand schützend vor die Augen. Es war ein warmer, sonniger Tag, und das Büro lag nach Südwesten.

»Ja«, erwiderte er bedächtig.

»Sie geht in den Laden«, sagte der große Mann aufgeregt. »Nun haben Sie sie, Stabbat!«

Bill zögerte, streckte den Arm aus, um zu klingeln, zog die Hand aber wieder zurück.

»Ich werde selbst gehen.«

3

Bill riß hastig seinen Hut vom Haken und eilte aus dem Zimmer, während wir noch am Fenster standen.

Inzwischen war noch ein anderer Herr hereingekommen und hinter Thomson Dawkes getreten. Als ich sein rotes Gesicht und seine schweren Augenlider sah, fühlte ich mich unbehaglich.

Allem Anschein nach hatte er mich zuerst nicht entdeckt, aber nun wandte er sich mir zu.

»Hallo, Mont, ich dachte, Sie wären auf Urlaub?« sagte er unfreundlich.

»Das stimmt auch. Aber heute habe ich einen alten Freund besucht.«

»Ist er Ihr Freund?« fragte er abweisend. Ich erkannte sofort, daß Billy in nicht besonders gutem Verhältnis zu Inspektor Jennings stand.

»Ja, wir waren zusammen in Frankreich an der Front.«

»Hm, persönlich mag ich Stabbat nicht leiden. Er ist viel zu oberflächlich für meinen Geschmack. Auf keinen Fall hätte ich Mr. Dawkes den Rat gegeben, sich an ihn zu wenden. Ich riet ihm, sich mit Seinbury in Verbindung zu setzen. Das ist die beste Auskunftei hier in der Stadt.«

Zufällig wußte ich, daß Seinbury Jennings' Schwager war, aber ich hielt es im Augenblick nicht für günstig, ihn daran zu erinnern.

»Aber es haben schon viele Leute Stabbat empfohlen«, fuhr der Inspektor mit einem Achselzucken fort. »Der Mann scheint direkt in Mode zu sein.«

»Dort geht sie«, sagte Thomson Dawkes eifrig, »und Stabbat ist hinter ihr her. Das war wirklich ein glücklicher Zufall!«

Er wandte sich um und sah Jennings liebenswürdig an. Der Inspektor bemühte sich auch sofort, seine Freude über diese Begegnung zu zeigen.

Dawkes war groß und stattlich. Er hatte eine Adlernase, gutmütige Augen und volle Lippen. Sein Kinn war ein wenig zu rund für einen Mann, aber er sah wirklich gut aus.

Seine Sprache klang etwas rauh und ungeschliffen, und er äußerte sich über die junge Dame, wie es ein Gentleman eigentlich nicht hätte tun sollen. Sein Vater war ein Grubenbesitzer in Staffordshire und hatte ihm ein beträchtliches Vermögen hinterlassen. Dawkes selbst interessierte sich für Ringkämpfe, besaß einen Rennstall, eine Motorjacht und zwei große Landsitze, aber nicht die nötige Lebensart und Bildung, um in guten Kreisen verkehren zu können. Dagegen mußte er stets Schmeichler um sich haben, die alles, was er tat, gut fanden. Er war daher meistens von Leuten umgeben, die Respekt vor seinem Vermögen hatten.

Jennings stellte mich Dawkes nicht vor. Er hielt es wahrscheinlich für unter seiner Würde, einen Polizeisergeanten zu kennen. Als die beiden das Zimmer verließen, hörte ich nur die Worte: »Einer von unseren Leuten.«

Ich ließ einen Zettel auf dem Tisch zurück und ging zu meiner Wohnung in Bloomsbury. Merkwürdigerweise traf ich Leslie Jones an derselben Stelle wieder, wo ich mich von ihm verabschiedet hatte.

»Sie gehen doch noch nicht, Mr. Mont?« fragte er erstaunt. »Ich dachte, Billy hätte Zeit?«

»Er ist ausgegangen«, erklärte ich.

»Ach so! Wahrscheinlich in der Sache Dawkes? Ich sah, wie Dawkes mit Inspektor Jennings die Bond Street entlanggging. Die beiden scheinen ja große Freunde zu sein.«

Als ich ihm kurz erzählte, was geschehen war, rieb er nachdenklich seine Nase.

»Hoffentlich interessiert sich Billy nicht für diese junge Dame. Wenn sie in einem Mansardenzimmer lebt und eine alte Mutter unterstützt oder einen schwindsüchtigen Bruder hat oder einen Jungen, den sie nach Eton schicken will, dann ist Billy gleich bei der Hand und tut alles für sie. Morgen bricht er in die Bank von England ein, um das nötige Geld zu beschaffen, das ihren Fehltritt wieder gutmacht. Wir werden ja sehen. Ich wette, daß Billy augenblicklich dasselbe sagt, besonders wenn sie nett ist.«

Ich lachte.

»Ich dachte nicht, daß Sie Billy so gut kennen.«

»Ich kenne ihn nur zu gut!« sagte er und lächelte grimmig.

Bevor ich mich von ihm trennte, fragte er noch, ob er mich am Abend besuchen könne, und da ich keine Verabredung hatte, lud ich ihn ein. Ich mochte Leslie ganz gern.

Pünktlich auf die Minute erschien er in meiner Wohnung. Wir spielten Karten und sprachen über Billys Heldentaten. Während Leslie gerade mitten in einer Erzählung war, trat Stabbat ins Zimmer. Meine Wirtin hatte ihn anmelden wollen, aber er hatte sie einfach beiseitegeschoben.

Er lächelte mich an und schien in angeregter Stimmung zu sein.

»Leslie ist ja auch da!« sagte er. »Großartig. Ich wollte nämlich gerade mit Ihnen sprechen.«

»Und ich mit Ihnen«, erwiderte Leslie bedeutsam. »Sie haben mir doch den Auftrag gegeben, so schnell wie möglich Informationen über den Brand bei Griddlestone einzuziehen –«

»Ach, das hat Zeit«, entgegnete Billy ungeduldig und setzte sich an den Tisch. »Hören Sie zu, Mont.«

»Was gibt es denn?« fragte ich.

»Sie begleiten mich ans schöne Mittelmeer. Miss Hicks fährt morgen früh wieder dorthin.«

»Woher wissen Sie denn das?«

»Ich habe sie gefragt«, erklärte er ruhig. »Und eben habe ich mit Dawkes gesprochen. Er kommt in ein paar Tagen nach. Die ganze Angelegenheit läßt sich wahrscheinlich auf die einfachste Art und Weise erklären. Warum sollte sie denn kein Geld haben? Und wenn sie reich ist, kann sie sich doch auch einmal eine billige Tasche kaufen. Bei wohlhabenden Leuten kommt es nicht darauf an; die können es sich leisten, auch billige Dinge zu tragen.« Er lehnte sich über den Tisch und sah mich ernst an. »Und wenn überhaupt eine Frau jemals Herz und Seele hatte, dann ist es Mary Ferrera! Sie sollten nur einmal in ihre Augen schauen, in diese klaren, tiefen Sterne –«

»Um Himmels willen!« stöhnte Leslie. »Ich habe Ihnen ja schon gesagt, was für Dummheiten er machen wird, Mr. Mont, wenn das Mädel ihn erst einmal angesprochen hat – dann ist es um ihn geschehen.«

Bill wurde nicht wütend und ärgerlich, wie ich erwartet hatte. Er lächelte nur.

»Leslie, Sie sind ein armer, phantasieloser Tropf! Passen Sie einmal auf – dieses junge Mädchen ist vollkommen unschuldig. Wir werden ja sehen! Aber sicher handelt es sich dabei um eine große Geschichte. Ich bringe schon noch alles heraus. Sie kümmern sich um das Geschäft, bis ich zurückkomme, das heißt, bis wir zurückkommen«, verbesserte er sich.

»Aber ich kann es mir doch nicht erlauben, nach Monte Carlo zu gehen! Sie glauben doch nicht etwa, daß ein Polizeisergeant –«

»Selbstverständlich vergüte ich Ihnen alle Ihre Auslagen«, unterbrach mich Billy. »Dawkes ist damit einverstanden, daß ich einen Assistenten mitnehme.«

Was mochte er Miss Hicks wohl gesagt und wie mochte er ihre Bekanntschaft gemacht haben? Leslie und ich fragten ihn eingehend danach, aber er gab nur ausweichende Antworten.

Aber daß die beiden in der kurzen Zeit bereits miteinander Freundschaft geschlossen hatten, entdeckte ich zwei Tage später, als Miss Ferrera im Speisewagen des Riviera-Expreß zum Frühstück erschien.

4

Der Zug fuhr durch das Rhonetal; soviel ich weiß, hatten wir gerade Avignon passiert, als ich Mary Ferrera zum erstenmal sah.

Ihre anmutige Erscheinung nahm auch mich sofort gefangen. Vor allem machten ihre wundervollen Augen und die Schönheit ihres Profils großen Eindruck auf mich.

Ich stellte mich vor, verschwieg aber meinen Beruf. Wahrscheinlich hatte Billy es ebenso gemacht. Aus der Unterhaltung erfuhr ich, daß sie ihn erwartet hatte.

»Ich habe Sie gestern abend in Paris nicht gesehen, obwohl ich den ganzen Zug entlanggegangen bin. Wie kommt es denn, daß ich Sie jetzt doch hier treffe?«

»Wir sind nach Dijon geflogen, ich hatte dort zu tun«, erklärte Billy.

»Sie steigen in Marseille aus, nicht wahr?«

Billy räusperte sich. »Ich habe nicht die Absicht, nach Montpellier zu fahren, wie ich Ihnen zuerst sagte. Ich gehe für einen oder zwei Tage nach Monte Carlo.«

Als sie das hörte, wurde sie ein wenig blaß.

»Ach so!« Ihr Blick konnte wirklich sehr abweisend sein. »Das tut mir leid.« Sie erhob sich und ging zu ihrem Abteil zurück, ohne ihr Frühstück angerührt zu haben.

Billy war bedrückt und bekümmert, denn er glaubte, ihre Freundschaft nun verscherzt zu haben.

Auf dem Rückweg mußten wir drei andere Wagen passieren. Im Eingang eines Abteils wartete die junge Dame auf uns.

»Würden Sie so liebenswürdig sein und einen Augenblick hereinkommen?« sagte sie und lud uns mit einer Handbewegung ein, näherzutreten.

»Ich fürchte, Sie halten mich für sehr unhöflich, aber ich erschrak, als ich hörte, daß Sie nach Monte Carlo fahren.« Sie lächelte schwach. »Ich bin nämlich eine Spielerin, und in manchen Augenblicken schäme ich mich wirklich. Ich möchte diese Schwäche vor meinen Bekannten verbergen.«

Sie sah Billy ernst an. Mich beachtete sie kaum.

»Aber Miss Ferrera...«, erwiderte er, doch sie unterbrach ihn sofort.

»In Monte Carlo wohne ich nicht unter meinem eigenen Namen. Dort nenne ich mich Miss Hicks.«

»Das dachte ich mir«, entgegnete Billy, verbesserte sich aber hastig: »Ich meine, das kann ich mir denken. Aber wirklich, Miss Ferrera –«

»Miss Hicks!«

»Also Miss Hicks, wenn Sie wünschen. Ich muß mich erst daran gewöhnen, Sie so zu nennen. Bitte glauben Sie nicht, daß ich kleinliche Ansichten über das Spiel habe. Im Gegenteil, ich spiele selbst hin und wieder.«

Sie seufzte tief auf und schien durch seine Erklärung beruhigt zu sein.

»Dann ist alles in Ordnung. Spielen Sie auch, Mr. Mont?«

»Ich habe mir bisher diesen Luxus noch nicht leisten können, aber es muß sehr interessant und anregend sein.«

»Ach, es ist die unangenehmste, langweiligste Beschäftigung, die ich kenne«, sagte sie zu meiner größten Überraschung. Dann sprach sie über andere Dinge.

Erst eine Stunde nach unserer Ankunft in Monte Carlo sah ich sie wieder, als sie aus der Lloyd-Bank herauskam.

Monte Carlo ist einer der schönsten Flecken auf unserer Erde. Welche herrlichen Spaziergänge lassen sich an der bergigen Küste machen! Das Kasino besaß keine große Anziehungskraft auf mich.

Am Abend gingen wir in die Spielsäle und fanden alle Tische stark besetzt, besonders einen am äußersten Ende des Saales, an dem Trente et quarante gespielt wurde.

»Dort sitzt sie«, sagte Bill mit leiser Stimme.

Sie hatte an der Längsseite des Tisches Platz genommen, und vor ihr lag ein großer Stoß Tausendfrancnoten. Kleine weiße Papierstreifen teilten die Scheine in Bündel zu zwölf und zwölf ab.

»Sie setzt immer den Höchstsatz«, erklärte Bill erstaunt.

Ich beobachtete sie einige Zeit, und ich hatte den Eindruck, daß sie Geld verspielte, das nicht ihr gehörte. Sie zählte die

Banknoten beinahe mit der Routine eines Croupiers, und einmal warf sie ein Bündel von zwölftausend Franc von einer Seite des Tisches zur anderen, so daß die Scheine genau auf den Platz fielen, den sie treffen wollte. Überhaupt schien sie mit allen Einrichtungen des Spiels sehr genau Bescheid zu wissen. Von Zeit zu Zeit sah sie in ein Notizbuch.

An diesem Abend gewann sie dauernd. Nur einmal schaute sie auf und begegnete Billys Blick.

Sie steckte die Banknoten in ihre große Handtasche und kam auf uns zu.

»Nun, bin ich nicht eine passionierte Spielerin?« fragte sie Billy fast herausfordernd.

»Sie scheinen heute abend viel Glück gehabt zu haben.«

»Ich habe nur hunderttausend Franc gewonnen. Das ist wohl ein ganz guter Anfang, aber ich hoffe doch, daß es morgen bedeutend mehr wird.«

Sie machte noch einige Bemerkungen über das Spiel, und wir mußten daraus entnehmen, daß sie erstaunlich gut über alle Regeln Bescheid wußte. Auch ging aus ihren Worten hervor, daß sie an ein bestimmtes Gesetz glaubte, nach dem Rot oder Schwarz gewann.

Wir begleiteten sie zu ihrem Hotel und verabschiedeten uns von ihr in der Halle. Auf dem Heimweg zu unserem eigenen Quartier erzählte mir Billy, wie er ihre Bekanntschaft gemacht hatte. Durch einen glücklichen Zufall hatte er sie vor einem Autobus retten können, der ins Rutschen gekommen war.

»Eine großartige Frau, Mont«, sagte er ernst, als wir noch ein Glas an der Bar tranken. »Zweifellos ein mathematisches Genie. Aber auch sonst ist sie sehr gebildet. Haben Sie gesehen, mit welcher Eleganz sie die Noten handhabte?«

»Wie ein Bankkassierer!« erwiderte ich mit Nachdruck.

»Sie haben Vorurteile. Nun, wir werden ja sehen!«

Wir erfuhren in Monte Carlo wenig Neues über sie. Nach vier Tagen hatten wir unsere Kenntnis noch nicht erweitern können. Nur selten hatten wir Gelegenheit, sie zu sehen. Sie erschien erst um zwei Uhr nachmittags im Spielsaal; um fünf ging sie wieder und hielt sich dann in ihrem Hotelzimmer auf. Soweit wir feststellen konnten, nahm sie alle Mahlzeiten dort ein. Vielleicht machte sie Spaziergänge, aber wir hatten bis jetzt noch nicht das Glück gehabt, sie zu treffen.

Aber eines Morgens ging Billy schon um acht Uhr zu ihrem Hotel und setzte sich dort auf eine Bank. Seine Anstrengung wurde auch belohnt, denn er sah sie, als sie von einem frühen Spaziergang zurückkam.

An demselben Tag erschien auch Mr. Thomson Dawkes auf der Bildfläche. Er logierte im Hotel de Paris und lud uns gleich am ersten Abend ein, mit ihm zu Abend zu speisen. Miss Ferrera mußte uns in seiner Gesellschaft gesehen haben, denn als Billy sie das nächstemal ansprach, verhielt sie sich kühl und ablehnend.

»Ich wußte nicht, daß Sie ein Freund von Mr. Dawkes sind«, bemerkte sie fast feindlich.

»Aber ich bin gar nicht sein Freund«, erklärte Billy. »Höchstens ein Bekannter.«

»Sie sind nicht sehr sorgfältig in der Auswahl Ihrer Bekannten.«

Als Billy Mr. Dawkes am Nachmittag auf der Terrasse traf, hätte er beinahe seinen Auftrag verloren. Er gab nämlich seiner Überzeugung Ausdruck, daß die junge Dame völlig einwandfrei sei. Etwas zu begeistert ergriff er für sie Partei, und Dawkes fühlte sich verletzt.

»Ich zahle Ihnen wöchentlich hundert Pfund, Stabbat. Wenn Sie glauben, daß es keinen Zweck hat, die Untersuchungen fortzusetzen, so sagen Sie mir das. Ich beauftrage dann einen anderen, weitere Nachforschungen anzustellen.«

Unter anderen Umständen hätte Billy Thomson Dawkes sofort hinausgeworfen und seiner Ansicht wahrscheinlich durch einen rechten Schwinger noch mehr Nachdruck verliehen. Aber nun war er überraschend ruhig und sagte mir nachher, daß er alles tun würde, die Bearbeitung dieses Falles nicht zu verlieren.

»Ich werde beweisen, daß Miss Ferrera vollkommen ehrlich handelt und daß ihr Charakter über jeden Zweifel erhaben ist.«

Ich erinnerte ihn daran, daß Mr. Dawkes ihn nicht zu diesem Zweck engagiert hatte.

»Was Dawkes haben will und was die Untersuchung ergibt,

sind zwei ganz verschiedene Dinge. Er geht doch nur darauf aus, dieses Mädchen in seine Gewalt zu bekommen – nun, wir werden ja sehen!«

Und nun entschloß sich Billy zu einem kühnen Streich. Als am fünften Abend die Spielsäle geschlossen wurden, begleitete er Miss Ferrera die Treppe des Kasinos hinunter.

»Würden Sie mir gestatten, daß ich noch etwas mit Ihnen bespreche, Miss Hicks?« fragte er, als sie ihm die Hand reichte und sich von ihm verabschieden wollte.

Sie sah ihn erstaunt und überrascht an.

»Es ist aber schon sehr spät.«

»Besser spät als überhaupt nicht«, entgegnete Billy.

Später erzählte er mir, was sich weiter zugetragen hatte.

Sie gingen zu der Terrasse, von der aus man einen so schönen Ausblick auf das Meer hat. Um diese Abendstunde lag sie verlassen, nur ein Wachmann des Kasinos war zu sehen.

»Miss Ferrera«, sagte Billy ernst, »ich möchte Sie ins Vertrauen ziehen. Wissen Sie, daß Sie beobachtet werden?«

»Meinen Sie von Mr. Dawkes?« fragte sie schnell.

»Ja, von ihm und von den Leuten, die er dazu beauftragt hat. Ich möchte Ihnen gegenüber vollkommen offen sein. Sie sollen wissen, daß ich selbst einer seiner Agenten bin.«

Sie trat einen Schritt zurück. »Es tut mir leid, das zu hören«, entgegnete sie. »Warum werde ich denn eigentlich überwacht?«

Billy setzte ihr nun auseinander, daß sie nach Mr. Thomson Dawkes' Meinung mit gestohlenem Geld spielte.

»Ginge das nicht eher die Polizei als einen Privatdetektiv an?« fragte sie kühl.

»Wie man es nimmt. Mr. Dawkes hat einen bestimmten Grund für seine Handlungsweise.«

»Das glaube ich auch.«

»Miss Ferrera, wollen Sie mir nicht Ihr Vertrauen schenken?« bat Billy.

Sie lachte.

»Nachdem Sie mir in aller Form mitgeteilt haben, daß Sie ein Agent von Mr. Dawkes sind?« erwiderte sie beinahe verächtlich und brachte Billy dadurch noch mehr aus der Fassung.

Die Unterhaltung verlief völlig ergebnislos. Miss Ferrera erklärte rundweg, daß sie tun und lassen könne was sie wolle – und daß sie sich jede Einmischung verbäte. Sie deutete sogar an, daß sie sich an den Vorstand des Kasinos wenden und sich über Mr. Dawkes' Verhalten beschweren würde.

Diese Drohung machte sie wahrscheinlich auch wahr, denn am Morgen des siebenten Tages kam Thomson Dawkes zu uns ins Hotel, während wir frühstückten. Die Leitung der Spielbank ist ängstlich darauf bedacht, daß niemand die Leute ausspioniert, die die Spielsäle besuchen.

Er war aufs höchste aufgebracht und erzählte uns, daß man ihm die Eintrittskarte zum Circle Privée entzogen hätte. Außerdem hatte man ihn benachrichtigt, daß seine Anwesenheit im Sportklub nicht erwünscht wäre.

»Ich bin sicher, daß diese verdammte Miss Hicks dahintersteckt«, sagte er. »Ich sah, wie sie gestern nachmittag um fünf Uhr aus dem Verwaltungsgebäude kam. Na, ich werde der Kröte schon beibringen, sich über mich zu beschweren!«

»Ein energisches Mädchen!« erklärte Billy begeistert, als Dawkes uns verlassen hatte. »Die hat allerdings Nerven und Mut. Ich bewundere ihre Entschlossenheit und hoffe nur, daß sie sich gegen ihn behaupten kann.«

Mr. Dawkes ging ins Hotel, um Miss Hicks zur Rede zu stellen, aber sie war nicht anwesend.

Später fanden wir heraus, daß sie noch am gleichen Morgen nach Marseille gefahren war. Und diesmal hatte sie entschieden viel Geld gewonnen.

5

Die unangenehmen Erfahrungen, die Dawkes in Monte Carlo gemacht hatte, schienen seinen Eifer nur noch zu schüren. Er wollte unbedingt hinter das Geheimnis von Miss Hicks kommen. Aber auch Billy war entschlossener denn je und ließ sich in seinem Glauben an Miss Ferrera nicht wankend machen. Ich hielt seine Überzeugung für reine Hartnäckigkeit, denn allem Anschein nach war die junge Dame wirklich eine Abenteurerin, die das Geld irgendwo entwendet hatte.

Es blieb mir allerdings unverständlich, daß sie so selbstbewußt, sicher und ruhig auftrat. Sie spielte, ohne im geringsten nervös zu werden, und schien das Resultat stets von vornherein zu wissen. Billy gegenüber äußerte ich die Ansicht, daß sie vielleicht einer internationalen Bande angehörte, die mit einem der Croupiers im Bunde stand. Aber er wurde geradezu beleidigend, als er das hörte.

»Muß denn eine junge Dame, weil sie schön und anziehend ist und außerdem Geld hat, notwendigerweise eine Diebin und Verbrecherin sein?« fragte er empört.

Ich ließ diese Annahme fallen, und auf der Rückreise nach London wurde nie wieder die Möglichkeit erwähnt, daß Miss Mary Ferrera irgendwie unehrlich sein könnte.

Leslie Jones holte uns auf dem Victoria-Bahnhof ab und beklagte sich schwer darüber, daß er so viele Kunden hatte abweisen müssen.

»Im übrigen sind inzwischen die Stühle und andere Möbel geliefert worden; unser neues Briefpapier mit dem verbesserten Firmenkopf kommt morgen früh«, erzählte er.

Am nächsten Morgen ging ich um zehn zu Billys Büro. Er war noch nicht da, und als er schließlich kam, mußte er sich in einen Fall von Versicherungsschwindel vertiefen. Aber nach einiger Zeit übergab er die Sache Leslie Jones.

Zu Billys großer Erleichterung war Mr. Dawkes in Monte Carlo geblieben. Wir verbrachten den Vormittag in der Stadt, und Billy machte den Versuch, sich mit dem Versicherungsfall zu beschäftigen. Aber es gelang ihm nicht, denn er war nicht bei der Sache.

Unvermutet trafen wir George Briscoe auf der Straße. Er war elegant und vornehm gekleidet und kaum wiederzuerkennen. Er grüßte Billy in bester Laune und winkte ihm mit der Hand zu.

»Hallo, George«, sagte Billy grinsend. »Wie stehen denn die Aktien?«

»Großartig«, erklärte Briscoe vergnügt. »Haben Sie schon mit der Arbeit begonnen, Stabbat?«

»Noch nicht.« Billy schüttelte den Kopf. »Wollen Sie mir vielleicht einen Auftrag geben?«

»O nein«, antwortete George lächelnd und zeigte seine weißen, ebenmäßigen Zähne. Aber seine Augen blitzten verdächtig auf. »Ich habe außer Ihnen keine Feinde auf der Welt. Morgen gehe ich für ein paar Tage nach Brighton.«

Billy sah ihn scharf an. Mit Briscoe war eine Veränderung vorgegangen.

»Das heißt, Sie wollen nach Kanada zurück – oder haben Sie sich vielleicht einen noch weniger zugänglichen Teil unserer schönen Erde ausgesucht?«

George lachte.

»Es ist ein guter Detektiv an Ihnen verlorengegangen«, meinte er. Dann trennten wir uns wieder.

Diese Begegnung stimmte Billy sehr nachdenklich.

»Seine frohe Laune kommt mir sehr verdächtig vor«, sagte er. »Ich möchte nur wissen, was er gegen mich im Schild führt.«

Eine Stunde später gingen wir die Northumberland Avenue entlang. Wir wollten dort zu Mittag speisen. Vor einem der großen Hotels sahen wir eine Anzahl vornehmer älterer Herren mit Zylindern, die sich lebhaft unterhielten. Anscheinend hatte irgendeine Versammlung hier stattgefunden. Plötzlich sah ich Miss Ferrera, die rasch auf uns zukam.

Auch Billy entdeckte sie sofort und hielt den Atem an. Sie hätte uns unbedingt sehen müssen, aber kurz bevor sie den Hoteleingang erreichte, wandte sie sich erstaunt um und sprach mit einem hageren, großen Mann, der den Hut nur kurz lüftete. Sie drehte sich um, so daß sie uns den Rücken kehrte. Billy und ich gingen weiter und mischten uns unter die älteren Herren, die noch eifrig über die Verhandlung redeten, die sie am Vormittag geführt hatten. Ich hörte, was Miss Ferrera sagte.

»Nein, Sir Philip, ich hatte keine Ahnung, daß Sie in London sind.« Der alte Herr brummte.

»So«, erwiderte er wenig liebenswürdig. »Nun, ich möchte Sie jedenfalls morgen in der Bank sprechen. Haben Sie Ihren Urlaub in Paris angenehm verbracht?«

»Jawohl, Sir Philip.«

»Hoffentlich!« entgegnete er. Seine Stimme klang so laut, daß wir sie auch in noch größerer Entfernung verstanden hätten. »Französisch lernt man am besten, wenn man sich im Land selbst aufhält. Also, morgen früh in der Bank.« Er lüftete wieder kurz den Hut und entließ sie.

Sie sah uns nicht, als sie vorüberging, und Billy machte auch keinen Versuch, ihr zu folgen. Wir stiegen vielmehr die Treppe hinauf und bemühten uns, den Portier in eine Unterhaltung zu ziehen.

»Was war denn hier los?« fragte Billy. »Etwa eine Kabinettssitzung?«

Der Portier lächelte.

»Nein, das war nur die Vierteljahresversammlung der Bankiersvereinigung. Die Herren treffen sich immer hier in unserem Hotel. Sie sind wohl von der Presse?«

Billy nickte.

»Wer war denn der alte Herr mit dem weißen Backenbart?«

»Welchen meinen Sie denn? Das sind doch alles alte Herren mit Backenbärten.«

»Ich meine den, der eben mit dem dicken kleinen Herrn spricht.« Verstohlen zeigte Billy auf den Mann, den Miss Ferrera mit Sir Philip angeredet hatte.

»Ach, das ist Sir Philip Frampton, der Inhaber der West-Country-Bank. Sie haben sicher schon von ihm gehört.«

Billy stellte noch einige Fragen, damit der Portier in seinem Glauben bestärkt wurde, es wirklich mit einem Journalisten zu tun zu haben. Als dann Sir Philip in der Richtung zum Trafalgar Square fortging, verabschiedete er sich, und wir folgten dem stattlichen Herrn. Sir Philip speiste im Carlton zu Mittag, und wir taten dasselbe. Nach Tisch setzte er sich in den Palmenhof, ließ sich dort den Kaffee servieren und rauchte eine Zigarre. Nun hielt Billy den Zeitpunkt für gekommen, sich ihm zu nähern, und ging unverfroren auf ihn zu.

»Sir Philip Frampton, wenn ich nicht irre?« begann er.

»Das ist mein Name«, entgegnete der alte Herr argwöhnisch.

»Wir haben uns doch in Elston kennengelernt – erinnern Sie sich nicht mehr?«

Billy hatte inzwischen verschiedene Nachschlagewerke zu Rate gezogen und darin entdeckt, daß sich das Hauptgeschäft der Bank in Elston befand.

»Ich kann mich durchaus nicht besinnen«, erwiderte Sir Philip ein wenig kühl.

Aber Billy ließ sich nicht im mindesten abschrecken, nahm neben dem Bankier Platz, holte ebenfalls sein Etui heraus und steckte sich eine Zigarre an. Ich hielt mich bescheiden im Hintergrund.

»Ich habe einen Empfehlungsbrief an Sie«, erklärte Billy. »Ich bin nämlich ein Buchmacher und beabsichtige, eine Filiale in Ihrer Stadt zu errichten. Ich möchte dann auch ein Konto bei Ihrer Bank anlegen.«

Sir Philip wurde nun direkt feindlich.

»Solche Konten führen wir nicht«, erwiderte er kurz. »Wir sind eine sehr alte, angesehene Firma, und es ließe sich mit unseren Geschäftsprinzipien nicht vereinbaren, Kunden zu haben, die zweifelhafte oder riskante Geschäfte machen.«

Er erhob sich und ging mit seiner Kaffeetasse in eine andere Ecke.

Billy verstand den Wink.

»Natürlich bin ich fest davon überzeugt, daß Miss Ferrera nichts Unrechtes getan hat«, sagte er etwas besorgt zu mir. »Aber die Sache sieht doch merkwürdig aus, nicht wahr? Und es wäre sehr schlimm für sie, wenn man entdeckte, daß sie in Monte Carlo spielt. Nur um ihretwillen wollte ich Sir Philips Ansicht über Glücksspiele hören. Morgen muß ich nach Elston fahren.«

6

Elston ist eine kleine Stadt, die aber größere Bedeutung hat, als man nach ihrem Umfang und ihrer Einwohnerzahl annehmen sollte.

Framptons Bank ist das größte Gebäude, das an dem alten, viereckigen Marktplatz liegt. Das Leben läuft in dieser etwas verschlafenen Stadt ruhig dahin, und mir erschien es seltsam genug, daß zwischen Monte Carlo und diesem Ort eine Verbindung bestand.

Wir kamen am Vormittag an und stiegen im Hotel zum Bären ab. Billy machte sich gleich nach unserer Ankunft auf den Weg und stellte Nachforschungen an. Erst um halb sechs kehrte er wieder zurück, und ich sah sofort, daß er schlechte Nachrichten brachte.

»Mary ist bei Frampton angestellt und verdient drei Pfund die Woche. Außerdem ist sie die Nichte von Sir Philip, der sie als Tochter adoptiert hat. In der Bank nimmt sie eine sehr angesehene Stellung ein und hat die Kontrolle über die Stahlkammern.«

Ich schwieg. Diese Mitteilung hatte natürlich schwerwiegende Bedeutung. Aber über eins wunderte ich mich.

»Wenn er sie adoptiert hat, warum läßt er sie dann noch in der Bank arbeiten? Er ist doch ein sehr reicher Mann?«

»Sir Philip hält es für richtig, daß alle Leute soviel als möglich arbeiten. Sie ist seit ihrem fünfzehnten Lebensjahr bei ihm beschäftigt«, entgegnete Billy düster. »Sie war die Tochter seiner Schwester. In England hat die Adoption nicht die weitgehenden Folgen wie in anderen Ländern. Und es kann ihr gleichgültig sein, ob ihr Onkel lebt oder stirbt, denn er soll sein ganzes Vermögen wohltätigen Zwecken vermacht haben. Sie bekommt nur eine verhältnismäßig kleine Rente.«

»Wie haben Sie denn das alles herausgebracht?« fragte ich erstaunt.

»Ich habe einen Mann getroffen, der auf Miss Ferrera böse ist.«

Billy brachte den Betreffenden am Abend zum Essen mit ins Hotel. Er war klein, etwas knochig und sah aus, als ob er ein Magenleiden hätte. Die Unterhaltung mit ihm war nicht gerade sehr angenehm.

Dazu kam noch, daß seine Eltern ihm den Vornamen Pontius gegeben hatten. Für uns war hauptsächlich wichtig, daß er Miss Ferrera nicht leiden konnte. Er sprach sehr abfällig von ihr. Später stellte sich heraus, daß er Kassenchef der Bank war und daß sie seinen Sohn von einem Posten verdrängt hatte.

Mir ist es von jeher schleierhaft gewesen, wie Billy die unglaublichsten Bekanntschaften schließen konnte. Aber einen großen Teil seiner Erfolge hatte er dieser Fähigkeit zu verdanken. Als wir nach dem Essen noch bei einem Glas Portwein zusammensaßen, wurde Mr. Pontius gesprächig.

»Ich verstehe überhaupt nicht, warum Miss Ferrera immer Urlaub nach Frankreich bekommt, um Französisch zu lernen. Ich bin doch auch nicht nach Paris gereist und spreche trotzdem ein gutes Französisch. Seit Jahren führe ich die Auslandskorrespondenz für die Firma, und es liegt nicht der geringste Grund vor, dem jungen Mädchen diese Arbeit zu übertragen. Aber Sir Philip bevorzugt sie in jeder Richtung, er verhätschelt sie geradezu. Und was wird das Ende davon sein? Er kann doch nicht ewig leben, und die neuen Direktoren werden sie nicht in dieser einflußreichen Stellung lassen. Ich werde Ihnen sagen, was ich mir schon immer gedacht habe.« Er lehnte sich über den Tisch und sprach ganz leise. »Meiner Meinung nach geht sie ein großes Risiko ein!«

Mr. Pontius lehnte sich in seinem Sessel zurück, als er das gesagt hatte, um zu beobachten, welchen Eindruck seine Worte auf uns machten.

»Welches Risiko?« fragte Billy und schenkte ihm noch ein Glas Wein ein.

»Wir sind doch alle Leute von Welt und verstehen sehr gut, welchen Versuchungen die menschliche Natur ausgesetzt ist. Und wenn eine junge Dame geheime Briefe erhält ...«

»Geheime Briefe?« fragte Billy schnell.

Mr. Pontius nickte bedeutungsvoll. Der Portwein hatte ihn gesprächig gemacht.

»Ihre Wirtin hat mir gesagt, daß sie öfter eingeschriebene Briefe bekommt. Die Adresse ist nicht in gewöhnlicher Handschrift geschrieben, sondern in großen Druckbuchstaben. Und wenn sie einen solchen Brief bekommen hat, bittet sie jedesmal Sir Philip um Urlaub nach Paris – wegen ihren französischen Sprachstudien! Aber meinen Sie, die lernt Französisch da drüben?«

»Wer vertritt sie denn während ihrer Abwesenheit?«

»Zum Teil muß ich einspringen; die Korrespondenz macht mein Junge – der ist ein sehr gescheiter Mensch –, und Sir Philip übernimmt den Rest ihrer Arbeit. Der ist viel zu gut zu ihr, das habe ich schon immer gesagt.«

Wir brachten ihn nachher noch nach Hause. Auf dem Rückweg zu unserem Hotel war Billy schweigsam. Die Mitteilungen von Mr. Pontius hatten tiefen Eindruck auf ihn gemacht, und doch kämpfte er hart mit sich, um den Glauben an Miss Ferrera nicht zu verlieren. Er mußte schwer unter diesem Zwiespalt leiden, denn sie bedeutete ihm bereits mehr, als ich damals ahnte.

Am nächsten Nachmittag trafen wir sie, als wir zum Bahnhof gingen, um Londoner Zeitungen zu kaufen. Der Frühzug von der Hauptstadt war vor einer halben Stunde angekommen, und wir hatten beobachtet, wir Sir Philip quer über den Marktplatz zur Bank ging. Wir schlenderten mit unseren Zeitungen die Straße zurück und zerbrachen uns den Kopf, wer wohl der geheimnisvolle schäbig gekleidete Mann sein mochte, der uns den ganzen Morgen gefolgt war. Als wir um eine Ecke bogen, kam sie uns plötzlich entgegen, blieb stehen und starrte uns an. Ich sah deutlich, daß sie bleich wurde. Zuerst glaubte ich, sie würde ohne ein Wort an uns vorübergehen, aber sie wandte sich doch an Billy.

»Sie stehen also immer noch in den Diensten von Mr. Dawkes?« fragte sie ruhig.

Billy wurde rot.

»Aber ich arbeite mehr für Sie als für ihn«, entgegnete er.

»Das wundert mich«, antwortete sie freundlich.

»Sie brauchen sich nicht darüber zu wundern. Ich sage Ihnen, daß ich ebenso besorgt bin –«

»Das weiß ich wohl – ich fühle es. Aber ich möchte gern wissen, was Sie von mir denken.«

Sie hatte so leise gesprochen, daß ich sie kaum verstand.

»Jetzt muß ich mich aber um die Koffer von Sir Philip kümmern.« Mit diesen Worten ging sie an uns vorüber.

Wir setzten unseren Weg fort, aber plötzlich rief sie uns nach und kam zu uns zurück.

»Mr. Thomson Dawkes braucht Ihre Hilfe nicht mehr, Mr. Stabbat«, sagte sie. »Er weiß bereits alles!«

»Weiß er, daß Sie hier wohnen und welche Stellung Sie haben?« fragte Billy bestürzt.

Sie nickte.

»Er kam mit demselben Zug wie Sir Philip und ist ihm bis zur Bank gefolgt. Als ich wegging, lehnte er an einem Schalter in den Geschäftsräumen.«

Sie wandte sich um und ging auf den Bahnhof zu.

Kurz darauf begegneten wir Thomson Dawkes, der vor dem Hotel auf uns wartete und uns mit einem triumphierenden Lächeln ansah.

»Nun, Mr. Stabbat, wir haben ja Erfolg gehabt.«

Der ironische Ton seiner Stimme war unmöglich zu verkennen.

»Wie haben Sie es denn entdeckt?« fragte Billy.

»Sie haben mich darauf gebracht«, erwiderte Dawkes lachend. »Ich hatte nämlich die Ahnung, daß Sie das junge Mädchen beschützen wollen, und ersuchte deshalb Ihren Konkurrenten Seinbury, Sie zu beobachten. Ich nahm an, daß Sie früher oder später den Wohnort von Miss Ferrera ausfindig machen, mir aber nichts davon mitteilen würden. Und auf diese Weise habe ich Sie auch tatsächlich gefangen.«

Billy strich mit der Hand über die Stirn.

»Nun, wir werden ja sehen«, entgegnete er in seiner gewohnten Weise. »Was wollen Sie denn nun unternehmen, nachdem Sie Miss Ferrera gefunden haben?«

Dawkes lächelte niederträchtig.

»Sie meinen wohl, was wir jetzt unternehmen werden«, verbesserte er Billy. »Vergessen Sie nicht, Mr. Stabbat, daß Sie in meinem Auftrag tätig sind. Am besten kommen wir wohl einmal mit der jungen Dame zusammen und reden mit ihr.«

»Etwa hier?« fragte Billy schnell.

»Nein, nicht hier. Es wäre mir aber lieb, wenn Sie Miss Ferrera einladen würden, uns morgen abend in Ihrem Londoner Büro aufzusuchen.«

»Aber warum denn?«

»Aus den verschiedensten Gründen«, erwiderte Dawkes kühl. »Erstens sollen Sie in der Nähe sein, falls ...« Er machte eine Pause, als ob ihm kein passender Ausdruck einfiele.

»Sie meinen, falls sie Ihren Vorschlag nicht annimmt. Ich weiß nicht, was Sie von ihr wollen, aber vermutlich haben Sie die Absicht, einen Vorteil für sich herauszuschlagen.«

Dawkes sah ihn merkwürdig an.

»Sie tun mir vielleicht unrecht«, sagte er.

Ich glaube, daß er in diesem Augenblick vollkommen ehrlich sprach.

»Ich will Miss Ferrera folgenden Vorschlag machen. Seit achtzehn Monaten reist sie öfters nach Monte Carlo und nahezu jedesmal ist sie mit Gewinn zurückgekommen. Sie spielt nach einem bisher unbekannten System. Die Direktion der Spielbank achtet, wie Sie wissen, auf die Systemspieler und sucht hinter ihre Geheimnisse zu kommen; aber es ist den Leuten nicht gelungen, die Methode ausfindig zu machen, die sie anwendet.«

»Ich verstehe«, erwiderte Billy ruhig. »Sie soll Sie in ihr System einweihen. Wenn sie das nun aber nicht tut?«

»Ich habe nicht die Absicht, ihr zu drohen, bitte, denken Sie immer daran«, erklärte Dawkes mit Nachdruck. »Soviel ich weiß, ist sie durchaus ehrlich und besitzt ein großes eigenes Vermögen. Wenn ich sie für eine Diebin hielte, die die Bank beraubt, würde ich es allerdings als meine Pflicht ansehen, die Polizei sofort zu benachrichtigen. Aber das kommt wohl nicht in Betracht. Wenn sie sich allerdings weigern sollte, meine Fragen in dieser Richtung zu beantworten, würde ich weitere Nachforschungen anstellen und Sir Philip selbst um Aufklärung bitten.«

Billy schwieg. Er sah den Mann nur an, wie etwa ein Sammler einen seltenen Käfer betrachten würde.

»Wenn Sie natürlich der Überzeugung sind, daß sie die Bank bestohlen hat«, fuhr Dawkes fort, »und wenn Sie mir das in aller Form mitteilen, werde ich mir selbst weiter keine Mühe mit ihr geben, sondern die Sache sofort der hiesigen Polizei melden.«

»Das glaube ich unter keinen Umständen«, erklärte Billy.

»Ich fahre nach London zurück«, sagte Dawkes und sah auf die Uhr, »und ich lasse Sie beide zurück, um mit Miss Ferrera eine Zusammenkunft zu verabreden. Sagen wir – um acht Uhr morgen abend. Dann kann sie um halb zehn zurückfahren und kommt noch vor Mitternacht wieder in Elston an.«

Billy traf sie am Nachmittag und sprach allein mit ihr. Bei seiner Rückkehr zum Hotel teilte er mir nur kurz mit, daß Miss Ferrera eingewilligt hätte, am nächsten Abend um acht Uhr zur Bond Street zu kommen.

Mit dem letzten Zug fuhren wir beide nach London zurück.

7

Ich habe mir oft überlegt, ob Dawkes wirklich nur das System von Miss Ferrera erfahren wollte. Er war ein reicher Mann, aber das machte natürlich kaum einen Unterschied. Es gibt nur wenig vermögende Leute, die nicht jede Gelegenheit ergreifen, um ihren Besitz noch zu vergrößern.

Am nächsten Morgen ging ich nicht direkt zu Billys Büro. Erst wollte ich mit Leslie Jones sprechen. Er war in viel besserer Stimmung, als ich erwartet hatte, weil es ihm gelungen war, den Versicherungsbetrug aufzudecken. Er hatte der Polizei bereits eine Anzahl wichtiger Tatsachen mitgeteilt, so daß die Schuldigen verhaftet werden konnten.

»Billy hat es aber ordentlich gepackt«, meinte er kopfschüttelnd. »Wir sind nun schon vierzehn Tage in diesem verdammten neuen Büro, und Billy hat bisher noch keine Ruhe gefunden, sich ein einziges Mal für längere Zeit an den Schreibtisch zu setzen und wirklich zu arbeiten.«

»Was macht er denn augenblicklich?«

»Er rennt wie ein gefangener Löwe auf dem neuen Teppich auf und ab. Der wird ja bald durchgetreten sein!« Leslie machte ein betrübtes Gesicht. »Und nach seinem wilden Gesichtsausdruck zu schließen, überlegt er sich allerhand Unangenehmes, das er Dawkes an den Kopf werfen will.«

»Hat er Ihnen etwas darüber gesagt?« fragte ich schnell.

»Er sagte mir nur soviel, als er es für gut hielt.« Leslie seufzte. »Aber daran bin ich schon gewöhnt, und ich lasse mir deshalb keine grauen Haare wachsen.« Trotzdem seufzte er wieder.

»Ich würde ja gar nichts sagen, wenn es ein anständiges Mädchen wäre«, begann er und schüttelte aufs neue den Kopf.

»Sie ist aber wirklich eine entzückende junge Dame«, verteidigte ich Miss Ferrera.

Er sah mich erstaunt an.

»Sie haben sich also auch von ihr einfangen lassen?« fragte er traurig. »Nun, die Sache wird ja bald vorüber sein. Ich habe einen feinen Fall für Billy. Hoffentlich beißt er an, und wenn er erst einmal wieder an der Arbeit ist, dann ist er in Sicherheit.«

Billington war in Verlegenheit um einen Ausweg. Das sah ich sofort, als ich in sein Büro trat. Er stand am Fenster und schaute düster hinaus. Wie es Leute tun, die zerstreut sind, beschäftigte er sich mit allerhand gleichgültigen Dingen. Zum Beispiel befand sich eine kleine Öffnung in der Täfelung am Fenster. Gerade, als ich hereinkam, sprang eine kleine Tür auf, und ich sah einen Hohlraum, der hinten von Mauerwerk begrenzt wurde.

»Was mag das nur sein?« fragte Billy.

Er schaute hinein, und es zeigte sich, daß ein Schacht nach unten führte. Schließlich fiel ihm die Erklärung ein.

»Ach, das war die frühere Zentralheizung. Die Warmwasserrohre kamen hier vom Keller herauf.« Er schloß die kleine Holztür.

Einige Zeit starrte er darauf, dann öffnete er sie wieder. Da kein Handgriff vorhanden war, steckte er sein Taschenmesser in den Spalt und zog den beweglichen Flügel auf.

»Eigentlich ein großartiges Versteck, wenn man etwas verbergen will.«

»Ja, man kann es nachher unten im Keller wiederfinden.«

Billy schlug die kleine Tür zu, legte das Messer auf den Schreibtisch und ging zum Kamin mit den zwei Löwen. Er stützte sich mit dem Ellbogen auf den Kopf des einen und vergrub das Gesicht in den Händen.

»Wenn sie nun tatsächlich das Geld bei der Bank unterschlagen hat – aber es ist ja nicht möglich!«

Ich sah ihn fragend an.

»Nehmen Sie einmal an«, fuhr er fort, »daß Miss Mary das Geld von der Bank geliehen hat, um ihrem Bruder zu helfen, der in Schwierigkeiten geraten ist –«

»Oder einem Freund oder einem Liebhaber.«

»Ach, seien Sie doch nicht so roh!« rief er laut. »Was denken Sie sich denn! Sie hat doch keinen Liebhaber!«

»Soviel wir wissen, hat sie auch keinen Bruder«, protestierte ich, nahm mir eine Zigarre und steckte sie an. »Also nehmen wir einmal an, daß sie tatsächlich das Geld von der Bank geliehen hat.«

Eine Weile schwieg er.

»Das wäre wirklich tragisch«, sagte er bedrückt.

Ich setzte mich und betrachtete ihn verwundert.

»Geht es Ihnen eigentlich immer so, wenn es sich um eine Frau handelt?«

Ich erwartete eine heftige Erwiderung, aber sie kam nicht.

»Ich habe stets großes Mitleid mit den Frauen gehabt, aber bis jetzt habe ich noch keine Frau geliebt«, entgegnete er ruhig.

Die Schlichtheit dieses Bekenntnisses brachte mich zum Schweigen. Er ging zum Schreibtisch, blieb neben mir stehen und legte eine Hand auf die Kante.

»Mont, wenn Thomson Dawkes heute abend beleidigend gegen sie wird, schieße ich ihn einfach nieder!« erklärte er sachlich und entschlossen.

»Aber das ist doch Unsinn! Erstens wird er nicht beleidigend, und zweitens schießen Sie ihn nicht nieder.«

»Er hat mich heute morgen angerufen und erklärt, daß er Mary allein sprechen will.«

»Das ist doch weiter nicht gefährlich. Wenn er mit der Drohung, sie bloßzustellen, etwas von ihr erreichen will, wünscht er doch sicher nicht, daß ich als Kriminalbeamter von Scotland Yard und Sie als Detektiv als Zeugen zugegen sind.«

»Mir gefällt die ganze Sache nicht.«

»Haben Sie denn schon Ihre Einwilligung zu dieser Privatunterhaltung gegeben?«

Er nickte.

»Darauf kommt es auch nicht so sehr an. Ich halte mich währenddessen in Leslies Raum auf, und sobald sie schreit, gehe ich hinein. Und ich sage Ihnen, Mont, wenn dieser gemeine Kerl sie beleidigt, mache ich ihn kalt.« Er schlug mit der Faust auf den Tisch. »Wollen Sie etwas von mir, Leslie?«

Jones hatte die letzten Worte gehört.

»Wen bringen Sie denn jetzt schon wieder um?« fragte er freundlich.

Billy lachte.

»Kommen Sie herein, Leslie, und bleiben Sie nicht an der Tür stehen.«

»Also, wen haben Sie eben erledigt?« fragte Leslie noch einmal, als er nähertrat.

»Dawkes.«

»Großartig!« entgegnete Leslie ironisch. »Ich werde Lilien schicken, Mont kann die Rosen besorgen. Dann machen wir beide Ihnen einen Abschiedsbesuch, bevor der Henker Sie an den Galgen knüpft.«

Er machte den Versuch, von dem neuen Fall zu erzählen, aber Billy wollte nichts hören, klopfte ihm nur gutmütig auf die Schulter und schickte ihn wieder fort.

»Erinnern Sie sich noch an die Fahrkarte dritter Klasse, die Dawkes in Miss Ferreras Tasche fand?« fragte er, als Leslie verschwunden war.

»Ach, meinen Sie das Billett nach Brixton? Ja, natürlich.«

»Sie hat eine Kusine in Brixton, die sie auf ihrem Weg von London nach Monte Carlo gelegentlich besucht. Diese Sache hat sich vollkommen harmlos aufgeklärt.«

Ich bemühte mich, über ein anderes Thema mit ihm zu sprechen, hatte aber nur wenig Erfolg. Immer wieder sprach er von Miss Ferrera und dem Geheimnis, das sie umgab.

»Sie trägt einen Revolver in ihrer Handtasche«, sagte er. »Aber auch das läßt sich erklären, denn sie hat immer so viel Geld bei sich, daß sie vorsichtig sein muß. Das habe ich in Monte Carlo an dem Abend erfahren, als ich mit ihr auf der Terrasse sprach. Die Tasche stieß zufällig an meine Hand, und ich fühlte die Waffe.«

»Ein tüchtiges junges Mädchen«, entgegnete ich geduldig.

Seine Einladung zum Mittagessen lehnte ich ab und versprach, um halb acht wiederzukommen. Ich erschien aber erst um Viertel vor acht, und Miss Ferrera war inzwischen schon eingetroffen.

Ich bemerkte, daß sich selbst der skeptische, harte Leslie ihrem

Einfluß nicht entziehen konnte. Billy war in gehobener Stimmung. Seine Wangen hatten sich gerötet, seine Augen glänzten, und er wandte keinen Blick von ihr. Wie gewöhnlich war sie selbstbewußt und beherrschte die Lage vollkommen. Sie erschien mir an diesem Abend noch schöner und begehrenswerter denn je.

»Er wird darauf bestehen, daß Sie ihm das System erklären«, sagte Billy gerade, als ich hereinkam. Nachdem sie mir die Hand gereicht hatte, setzte sie die Unterhaltung fort.

»Er soll nur darauf bestehen«, erwiderte sie ruhig.

»Können Sie ihm Ihr System erklären?«

Sie lächelte.

»Das ist ganz unmöglich. Erstens ist es nicht mein System, und selbst wenn es das wäre, könnte ich es nicht verraten. Es gehören schon gute mathematische Kenntnisse dazu, es zu begreifen.«

In diesem Augenblick kam Mr. Thomson Dawkes, so daß das Gespräch unterbrochen wurde. Zu meinem Erstaunen erschien er allein. Ich hatte erwartet, daß Inspektor Jennings ihn begleiten würde.

»Ich bin etwas zeitiger gekommen«, erklärte er mit einem freundlichen Lächeln. »Aber wir können ja sofort beginnen, da wir alle versammelt sind.« Er sah von Mary Ferrera zu Billy hinüber. »Ich sagte Ihnen schon, daß ich zunächst einmal allein mit Miss Ferrera sprechen möchte.«

Billy nickte und wandte sich an sie.

»Wenn Sie etwas brauchen sollten, zögern Sie nicht, nach mir zu rufen. Drücken Sie ruhig auf die Klingel.« Er zeigte dabei auf den elektrischen Knopf, der am Tisch angebracht war. »Ich komme dann sofort.«

Sie nickte, und wir verließen zusammen das Zimmer.

Nahm Thomson Dawkes Billingtons Drohung ernst? Ich glaube kaum. Er war ein Mann, der unbedingt an die Macht des Geldes glaubte und sich auf seinen großen Reichtum stützte. Auch Billy gegenüber vertrat er diesen Standpunkt und sah immer etwas verächtlich auf ihn herab. Aber nicht nur auf ihn, sondern auf alle seine Mitmenschen.

Ich kannte Billington Stabbat vielleicht besser als jeder andere, denn wir waren zusammen im Feld gewesen und hatten die größten Gefahren miteinander durchgemacht. Daher wußte ich auch genau, daß er wirklich das tun würde, was er sich vorgenommen hatte. Wenn Dawkes Mary irgend etwas zuleide tat, würde Billy keinen Augenblick zögern, ihn zu beseitigen.

Wir setzten uns gespannt in Leslies Zimmer nieder.

»Hoffentlich dauert die Unterredung nicht zu lange«, sagte Billy nach einiger Zeit nervös.

Ich erwiderte nichts. Schweigend saßen wir und sahen auf die Uhr. Der Minutenzeiger rückte langsam vor. Nach einer Viertelstunde stand Billy auf.

»Ich kann das nicht länger aushalten! Ich –«

Der Schuß, der im Nebenzimmer fiel, unterbrach ihn.

Billy sprang zur Tür und riß sie auf. Das Zimmer lag im Dunkeln, und hastig drehte er den Lichtschalter an. Ich werde niemals vergessen, welcher Anblick sich uns bot.

In der Nähe der Tür, die auf den Gang hinausführte, stand Mary Ferrera bleich und verstört. In der Hand hielt sie einen kleinen Revolver. Als das Licht anging, hob sie die Hand und sah erschreckt darauf.

»Wir haben einen Kunden verloren«, sagte Leslie.

Selbst in diesem schrecklichen Augenblick hatte er den Humor nicht ganz verloren. Zweifellos hatte er recht, denn über dem Schreibtisch ausgestreckt lag Thomson Dawkes mit einer gräßlichen Kopfwunde, aus der das Blut tropfte.

8

Weder Leslie noch Billy sprachen, und ich selbst zitterte heftig. Erst jetzt kam mir zum Bewußtsein, daß ich eine schwere Zeit durchgemacht hatte und den Erholungsurlaub wirklich dringend brauchte. Leslie riß das Löschpapier von der Schreibunterlage und legte es auf den Teppich, denn das Blut begann von der Tischplatte auf den Boden zu tropfen. Billington wandte sich an Mary Ferrera und nahm ihr den Revolver aus der Hand. Es war, als ob sie erst jetzt erwachte und die volle Wirklichkeit erfaßte. Zitternd klammerte sie sich an ihn.

»Er hat mich geküßt«, stöhnte sie, »er wollte mich festhalten ... ich drehte das Licht aus, um ihm auszuweichen. Schreien wollte ich nicht. Ich hoffte, ich könnte durch die Tür auf den Gang hinausschlüpfen, aber sie war verschlossen.«

»Ja, ja«, tröstete Billy sie. Er war so sorgsam mit ihr wie eine Mutter, streichelte und beruhigte sie und winkte mir dann.

»Bringen Sie Miss Mary fort. Gehen Sie mit ihr nach unten und besorgen Sie ein Taxi für sie.«

Ich zögerte nur einen Augenblick.

»Begleiten Sie sie nicht nach Hause«, warnte er mich. »Setzen Sie sie nur in ein Auto und sagen Sie dem Chauffeur, daß er sie nach Brixton fahren soll. Dann kommen Sie zurück, ich brauche Sie hier dringend. Mary, nehmen Sie sich jetzt zusammen«, sagte er fast bittend und nahm ihr Gesicht in beide Hände.

Ich dachte schon, er würde sie küssen, aber er sah sie nur liebevoll an.

»Sie dürfen unter keinen Umständen sagen, was hier geschehen ist, haben Sie das verstanden? Sie sind überhaupt nicht hier gewesen. Keinem Menschen erzählen Sie, daß Sie heute abend in mein Büro kamen.«

»Aber – aber ...«, begann sie.

»Sie müssen alles tun, was ich Ihnen sage.«

»Ist er tot?« fragte sie leise. »Ich habe ihn nicht –«

»Nein, nein«, beruhigte er sie wieder. »Er ist nicht tot.«

Er glaubte zu lügen, aber er sprach die Wahrheit.

Ich brachte Mary nach unten und wartete auf dem letzten Treppenpodest, bis sie sich gesammelt hatte. Erst dann rief ich ein Taxi und versprach ihr, sie am nächsten Morgen aufzusuchen.

Ich selbst befand mich in einer entsetzlichen Lage. Ich war doch vor allem Polizeibeamter, und nun half ich einer Frau bei der Flucht, die allem Anschein nach einen Mann niedergeschossen hatte. Das durfte ich nicht einmal tun, wenn sie in Selbstverteidigung gehandelt hatte. Aber merkwürdigerweise war es mir im Augenblick fast gleichgültig, daß ich alle Diensteide brach, die ich jemals geschworen hatte. Dagegen war ich sehr besorgt um Billy, denn ich wußte, was er vorhatte.

Als ich in das Zimmer zurückkam, war Leslie dabei, Dawkes' Kopfwunde mit einem Handtuch zu verbinden.

»Glücklicherweise ist er nicht tot«, sagte Billy, »aber sein Leben hängt an einem Haar. Ich glaube, die Kugel ist an seinem Schädel abgeglitten. Das eine Fenster ist vollständig zertrümmert.«

Mit vereinten Kräften trugen wir Dawkes zu einem Sofa und legten ihn dort nieder. Leslie hatte bereits mit einem Doktor telefoniert und einen Krankenwagen bestellt. Als wir den Verwundeten so gut als möglich gebettet hatten, trat Billy an den Schreibtisch, packte den Revolver, den er Miss Mary abgenommen hatte, sah sich um und ging zu dem Fenster, wo er am Vormittag die Öffnung in der Täfelung entdeckt hatte. Er machte die kleine Tür auf und warf die Waffe hinunter. Dann zog er seinen eigenen Browning aus einer Schreibtischschublade hervor.

»Was wollen Sie machen?« fragte ich.

»Das werden Sie gleich erfahren.«

Er ging schnell zum Kamin, richtete den Lauf der Pistole in die Feuerungsöffnung und gab einen Schuß ab. Putz und Stücke von Ziegelsteinen bröckelten herunter. Darauf trat er zu mir und reichte mir die Waffe.

»Sergeant Mont, als Sie die Treppe heraufkamen, hörten Sie, daß ein Schuß fiel, und als Sie ins Zimmer traten, fanden Sie Mr. Dawkes in sterbendem Zustand. Er war über den Schreibtisch gestürzt, und ich stand hier.« Bei den Worten ging er zur Tür. »Sie fragten mich, was geschehen sei, und ich erwiderte, daß ich einen Streit mit dem Mann hatte und ihn über den Haufen schoß.«

»Das werde ich nicht sagen!« protestierte ich heftig.

»Das wäre eine große Dummheit, ja eine Gemeinheit«, stieß er zwischen den Zähnen hervor. »Eben kommt schon jemand die Treppe herauf. Wollen Sie mich jetzt verhaften oder wollen Sie vielleicht warten, bis Jennings auf der Bildfläche erscheint? Mont, um Himmels willen, tun Sie das, was ich Ihnen sage. Wir sind erledigt, wenn Sie nicht sofort handeln. Ich bin fest entschlossen, Mary aus dieser Sache herauszuhalten. Sie tun mir den größten Dienst, wenn Sie mir folgen.«

Was sollte ich tun? Es blieben mir nur ein paar Sekunden zur Entscheidung.

»Stabbat«, sagte ich mit lauter Stimme, »ich verhafte Sie unter dem Verdacht, auf Mr. Thomson Dawkes geschossen zu haben.«

Die Worte wollten mir kaum über die Lippen, aber ich zwang mich dazu, sie auszusprechen.

In diesem Augenblick kam Jennings zur Tür herein und erfaßte die Lage mit einem Blick.

»Wo ist das Mädchen?« fragte er schnell.

»Sie ist nicht gekommen«, entgegnete Billington.

Dann sah Jennings Dawkes auf dem Sofa liegen.

»Mein Gott, Sie haben ihn ja erschossen!« schrie er.

»Hoffentlich nicht, geschossen habe ich allerdings auf ihn.«

»Mont, wie weit sind Sie an der Geschichte beteiligt? Haben Sie etwas davon gesehen?« fragte Jennings rot vor Erregung.

»Ich habe Stabbat eben verhaftet«, erwiderte ich und fühlte nun doch eine gewisse Genugtuung, als ich Jennings Gesicht sah. Durch die Verhaftung hatte ich die Bearbeitung des Falls für mich gesichert oder wenigstens für einen Beamten meiner speziellen Abteilung. Jennings, der sein Leben lang im Büro gesessen hatte, wünschte sich schon seit langem einen Fall, der ihn in der Öffentlichkeit bekannt machte. Er sank förmlich in sich zusammen, als ihm klar wurde, welch großartige Gelegenheit ihm entgangen war.

Am nächsten Morgen erhielt ich einen Bericht vom Hospital. Dawkes hatte eine unruhige Nacht zugebracht und das Bewußtsein noch nicht wiedererlangt. Die Untersuchung ergab, daß er eine schwere Gehirnerschütterung und wahrscheinlich auch einen Bruch des rechten Stirnbeins davongetragen hatte. Die Ärzte wollten ihn, wenn es notwendig sein sollte, noch am selben Vormittag operieren. Ich ging so früh wie möglich zur Bond Street und fand dort Leslie Jones, der unter Beaufsichtigung eines Polizisten das Büro aufräumte. Ich entließ den Beamten, sobald ich eintraf.

»Wir müssen das ganze Büro unter Verschluß nehmen. Niemand darf von jetzt ab hier hereingehen«, erklärte ich. »Und Sie werden als Zeuge auftreten müssen, Leslie.«

»Das weiß ich«, erwiderte er bedrückt. »Der arme Billy! Ich komme gerade von der Polizeistation in der Marlborough Street. Ich habe ihm das Frühstück hingebracht.«

»Wie geht es ihm denn?«

»Er hat glänzend geschlafen«, sagte Leslie kopfschüttelnd. »Das ist so ganz und gar Billy. Ich habe dem Gefängniswärter ein paar Schilling in die Hand gedrückt, damit ich ihn sprechen konnte. Ich erzählte, ich wäre sein Diener, und das stimmt ja auch in gewisser Weise.«

»Und wie haben Sie ihn angetroffen?«

»Ich fragte ihn, ob er gut geschlafen hätte, und darauf erwiderte er, daß er die ganze Nacht nicht aufgewacht sei. Er schimpfte sogar, weil ich ihm nicht gebratene Nieren brachte. ›Billy, das ist eine verteufelt schlimme Geschichte‹, sagte ich zu ihm. ›Wir werden ja sehen‹, war alles, was er darauf antwortete. – Glauben Sie, das Dawkes sterben wird?« fragte Leslie schließlich noch ängstlich.

Ich schüttelte den Kopf.

»Der Bericht vom Hospital klang allerdings nicht sehr ermutigend.«

»Dem geschähe es nur recht, wenn er ins Gras beißen müßte. Er ist ein ganz gemeiner Kerl! Wenn ich daran denke, daß dieses Mädchen in der Gewalt eines solchen Mannes war, ein so hübsches, nettes Ding . . .«

»Auch du, mein Sohn Brutus?« sagte ich vorwurfsvoll, und Leslie wurde rot.

Ich untersuchte das Büro genau. Vor allem wollte ich den wirklichen Hergang feststellen, da ich doch später bei der Verhandlung eine glaubhafte Geschichte erzählen mußte, ohne Billy oder Miss Mary bloßzustellen. Ich suchte mich selbst in die Lage von Miss Ferrera zu versetzen, stellte mich an den Platz, wo wir sie gefunden hatten und tat so, als ob ich die Waffe in Anschlag brächte. In Wirklichkeit hob ich nur die Hand und zeigte mit dem Finger, um die Schußrichtung anzugeben. Mir fiel dabei sofort auf, daß man von dieser Stelle aus unmöglich die untere

Fensterscheibe zertrümmern konnte. Thomson Dawkes hatte doch am Schreibtisch gestanden, als der Schuß abgefeuert wurde, und die Kugel hatte ihn am Kopf getroffen. In diesem Fall hätte der Schuß durch eins der oberen Fenster gehen müssen.

Es war wenig glaubhaft, daß die Kugel von seinem Kopf abprallte und so weit abgelenkt wurde, daß sie eine der unteren Fensterscheiben durchschlug. Die zertrümmerte Scheibe lag niedriger als der Kopf von Dawkes.

Allem Anschein nach hatte es keinen Zweck, nach dem Geschoß zu suchen, das durch das Fenster geflogen war und wahrscheinlich ein Dach auf der anderen Seite der Straße getroffen hatte. Später schickte ich einige Beamte aus, die auf dem gegenüberliegenden Dachstuhl eine genaue Untersuchung anstellten, aber auch sie entdeckten das Geschoß nicht. Wahrscheinlich war die Kugel also gegen das Gesimse geschlagen, auf die Straße gefallen und am frühen Morgen von den Straßenkehrern weggefegt worden.

Vom Hospital hatte ich Nachricht bekommen, daß Mr. Dawkes außer der Schußwunde am Kopf auch Kratzwunden im Gesicht hatte. Diese Tatsache konnte ich mir verhältnismäßig leicht erklären. Wahrscheinlich war Dawkes mit dem Kopf auf das Gestell gefallen, in dem Billington Federhalter und Bleistifte liegen hatte.

Die Tür zum Korridor war noch verschlossen wie am Abend vorher. Ich zog den Schlüssel heraus, steckte ihn in die Tasche und suchte die neugestrichene Tür nach Fingerabdrücken ab. Irgendwie im geheimen hoffte ich, daß noch eine dritte Person in dem Zimmer gewesen war, die den Schuß abgefeuert und Dawkes niedergestreckt hatte.

Dann erinnerte ich mich plötzlich an George Briscoe. Er hatte ja gedroht, Billy zu ermorden. George Briscoe! Aber Miss Ferrera hatte ja den Schuß zugegeben – und hatten wir sie nicht mit dem Revolver in der Hand überrascht? Aber angenommen, sie und Briscoe, der sich irgendwie im Raum versteckt haben konnte, hätten zu gleicher Zeit geschossen. Es war eine geradezu phantastische Vermutung, aber auf jeden Fall mußte ich feststellen, wo sich Mr. Briscoe während der fraglichen Zeit aufgehalten hatte. Dabei kam mir ein günstiger Umstand zu Hilfe, auf den ich nicht gerechnet hatte. Mr. Briscoe befand sich nämlich in einer Zelle der Polizeistation in Cannon Row, und zwar seit drei Uhr vergangenen Nachmittags. Man hatte ihn wegen des Einbruchs bei dem Juwelier in der Regent Street verhaftet.

Unverzüglich ging ich dorthin und besuchte ihn in seiner Zelle. Aber es bestand nicht der geringste Zweifel, daß er das beste Alibi hatte, das er sich nur wünschen konnte.

»Wer hat Sie denn verhaftet? Ich hatte nichts damit zu tun.« Ich hielt es für gut, Billy zu entlasten.

Er nickte.

»Das weiß ich alles ganz gut, Mr. Mont. Wenn Sie wissen wollen, wer mich angezeigt hat, dann kann ich Ihnen nur sagen: Cherchez les femmes! Warum sind Sie denn eigentlich hergekommen?« fragte er schnell. »Ist etwas geschehen?«

»Nichts Besonderes. Wir haben nur Mr. Thomson Dawkes mit einem Kopfschuß in Stabbats Büro gefunden. Jemand hat ihn niedergeknallt. Ich habe nachher Stabbat verhaften müssen, weil er in Verdacht steht, der Täter zu sein.«

»Donnerwetter, das sind ja allerhand Neuigkeiten! Habe ich recht gehört, daß Billy Stabbat verhaftet ist? Das ist ja großartig! Hat er es denn wirklich getan?«

»Leider ja. Ich war sogar Augenzeuge.«

»Ist Dawkes tot?«

»Nein, aber es geht ihm sehr schlecht.«

»Hoffentlich krepiert er«, meinte George Briscoe. »Es würde mir den größten Spaß machen, wenn ich durch die Gitter meiner Zelle sehen könnte, wie Stabbat zum Galgen geführt wird.«

»Na, Sie haben ja fromme Wünsche!«

Ich verließ ihn und suchte Mary in Brixton auf. In ihrer Gesellschaft wollte ich mich allerdings nicht sehen lassen, denn ich dachte an die unangenehme Erfahrung, die wir in Elston gemacht hatten. Jennings konnte mich ja irgendwie überwachen lassen, wie Dawkes Billy hatte beobachten lassen. Als ich zu ihr kam, fand ich, daß sie sich von dem Schrecken einigermaßen erholt hatte. Sie hatte eben die kurzen Berichte in den Zeitungen durchgelesen und war aufs höchste beunruhigt.

»Ich kann nicht zugeben, daß er dieses Opfer für mich bringt. Was hier steht, ist doch alles nicht wahr. Ich kann ja alles aufklären.«

»Deshalb bin ich doch gerade zu Ihnen gekommen. Sie müssen mir alle nötigen Angaben machen.«

»Ich versuche schon dauernd, mich genau auf alles zu besinnen.«

Sie ging erregt im Zimmer auf und ab. Diese unerschrockene Spielerin, die Tausende wagte und einem Mann wie Thomson Dawkes ruhig entgegentreten konnte, war vollständig durcheinander. Nicht weil sie selbst in einer schrecklichen Lage war, sondern weil dem Mann Gefahr drohte, den sie liebte.

»Ich versuche nachzudenken und mir alles wieder klarzumachen«, sagte sie verzweifelt und rang die Hände. »Als Sie mich mit Mr. Dawkes allein ließen, sprach er zuerst ruhig und freundlich mit mir, erklärte, daß er alles über mich herausbekommen hätte und sagte, das Geld, mit dem ich in Monte Carlo spielte, stamme aus der Bank. Eine Weile redete er dann ganz vernünftig über verschiedene Systeme, aber plötzlich kam er auf mich zu und riß mich an sich, bevor ich seine Absicht erkennen konnte.

›Sie können mein Schweigen leicht erkaufen, wenn Sie mich ein wenig liebhaben. Sie können so oft nach Monte Carlo reisen, als Sie es sich in Ihren kleinen hübschen Kopf setzen‹, sagte er.

Ich versuchte zu entkommen, aber er war stark – unheimlich stark. Ich sagte, ich würde schreien, aber er lachte mir nur ins Gesicht.

›So etwas Dummes werden Sie nicht tun‹, entgegnete er. ›Dazu kenne ich doch die jungen Mädchen zu genau. Nun, mein Liebling, was wollen Sie? Soll ich die Beamten hereinrufen, oder wollen Sie vernünftig sein?‹

Plötzlich gelang es mir, ihm auf den Fuß zu treten, und unwillkürlich ließ er mich los. Während des Kampfes war ich der Tür näher gekommen, die auf den Korridor und zur Treppe führte, und als er mich freigab, lief ich dorthin. Ich wollte sie öffnen, aber sie war verschlossen.

Er wollte mich gerade wieder packen, als ich den Schalter sah und das Licht ausdrehte. Es gelang mir, ihm zu entkommen, aber ich konnte nicht an ihm vorbei und das Büro erreichen, wo Mr. Stabbat wartete.«

»Warum haben Sie nicht um Hilfe gerufen?«

Sie schüttelte den Kopf.

»Dawkes kannte mich ganz genau. Ich dachte, ich könnte entkommen, ohne großen Lärm zu schlagen, und vor allem, ohne Mr. Stabbat zu Hilfe zu rufen. Ich wußte genau, daß er entrüstet sein und eine furchtbare Szene machen würde, und das fürchtete ich am meisten. Dawkes muß mich gesehen haben, als ich am Fenster vorbeischleichen wollte, denn plötzlich eilte er auf mich zu. Ich hatte gerade noch Zeit, unter seinen Armen durchzuschlüpfen, bevor er sich am Schreibtisch stieß.

›Bleiben Sie stehen!‹ rief ich. ›Ich kann Sie deutlich sehen. Ich habe einen Revolver!‹ Dabei legte ich den Sicherheitshebel um. Ich habe die Waffe stets bei mir, wenn ich meine Reisen nach Frankreich mache. Wenn ich sie doch nur gestern abend nicht mitgenommen hätte!«

»Was geschah dann?«

»Er wurde furchtbar wütend. Ich konnte ihn deutlich vor dem Fenster sehen ...« Sie schauderte. »Ich möchte nicht mehr an die Gemeinheiten denken, die er mir sagte. Ich hätte nie geglaubt, daß ein Mann wie er solche Dinge zu einer Frau sagen könnte. Was sich nachher ereignete, weiß ich kaum noch. Es drehte sich alles um mich, und ich hörte nur noch, wie er schrie: ›Jetzt klingle ich Stabbat, der wird dafür sorgen, daß Sie ins Gefängnis kommen.‹ Dann muß ich die klare Besinnung verloren haben. Ich kann mich nur noch darauf besinnen, daß ein Schuß fiel und Dawkes schwer auf dem Schreibtisch aufschlug. Ich hatte den Revolver in der Hand und lehnte an der Wand. Gleich darauf kamen Sie in das Zimmer.«

»Ist das alles, was Sie wissen und worauf Sie sich besinnen können? Sie haben also nicht direkt nach ihm geschossen? Es kann ja doch wohl auch ein unglücklicher Zufall gewesen sein. Vielleicht ging der Schuß von selbst los.«

»Ich weiß nicht, was geschah«, erwiderte sie einfach. »Ich haßte ihn, und ich hätte ihn am liebsten ermordet. Auf dieses

Gefühl besinne ich mich deutlich. Das ist alles, was ich weiß. – Wie geht es ihm?«

»Er hatte eine sehr unruhige Nacht, und die Ärzte werden ihn heute morgen operieren.«

Sie schaute erschreckt auf, aber dann zeigte sich ein verächtliches Lächeln auf ihrem Gesicht.

»Ich meine nicht Dawkes. Es kommt mir nicht darauf an, ob er lebt oder stirbt. Nein, wie geht es Mr. Stabbat? Was hält er von der ganzen Sache, und was soll daraus werden?«

Ich erzählte ihr alles, und ich glaubte, sie würde zusammenbrechen.

»Was, Sie haben ihn verhaftet – Sie!« Ihre Augen brannten. »Er hält Sie doch für seinen Freund, und Sie haben ihn wegen eines Verbrechens verhaftet, das er überhaupt nicht begangen hat, wie Sie genau wissen!«

»Wo wollen Sie hin?« fragte ich und faßte sie am Arm, als sie das Zimmer verlassen wollte.

»Ich gehe zur nächsten Polizeistation und berichte den wahren Sachverhalt.«

»Damit ruinieren Sie Billy nicht nur, sondern brechen ihm auch das Herz«, entgegnete ich ruhig. »Außerdem bringen Sie mich um meine Stellung! Sie dürfen nicht so planlos handeln. Billy hat das alles aus reiflicher Überlegung für Sie getan, weil es ihm leichter fällt als Ihnen, aus all den Schwierigkeiten herauszukommen. Vor allem will er Ihren Namen aus der Sache heraushalten – und auch den Ihres Onkels«, fügte ich hinzu.

Sie wurde bleich.

»Wußten Sie denn alles?« fragte sie schnell.

»Billy hat erfahren, daß Sie die Nichte von Sir Philip Frampton sind.«

Sie biß sich auf die Lippen und schien angestrengt nachzudenken.

»Wenn nun dieser Fall vor Gericht zur Verhandlung kommt, wie es ja unter allen Umständen geschehen muß, was wird dann aus Billy?«

Sie nannte ihn mit einer solchen Natürlichkeit beim Vornamen, daß es mir im Augenblick gar nicht auffiel.

»Er bekommt fünf, vielleicht auch sieben Jahre.«

»Fünf oder sieben Jahre?« wiederholte sie entsetzt. »Aber man kann ihm doch nichts anhaben. Das wäre grauenhaft, das wäre ein Verbrechen!«

Mary Ferrera zeigte sich anderen Frauen, die ich kannte, in diesem Augenblick überlegen. Die meisten hätten den Kopf verloren, aber sie faßte sich bald, wurde ruhiger und durchdachte den Fall vollkommen logisch. Und sie verstand auch mein Verhalten.

»Wenn sie ihn ins Gefängnis bringen«, erklärte sie schließlich so sachlich, als ob sie irgendeine Angelegenheit ihres Haushalts bespräche, »müssen wir ihn wieder herausholen.«

»Aber wie sollen wir das machen?« fragte ich bestürzt.

»Er muß eben entkommen. Das ist heutzutage ebenso leicht wie früher, ich möchte sagen, es ist noch einfacher ... Was soll ich denn seiner Meinung nach jetzt tun?«

Ich erklärte es ihr. Zwar hatte ich mit Billy nicht darüber gesprochen, denn er hatte keine Zeit gehabt, mir irgendwelche Instruktionen zu geben oder seine Wünsche zu äußern. Ich ließ sie jedoch in dem Glauben, daß es sein Plan wäre, weil sie unbegrenztes Vertrauen zu ihm hatte.

»Sie haben doch einen Paß mit einem Dauer-Visum?«

Sie nickte, sah mich aber fragend an.

»Soll ich ins Ausland gehen?«

»Ja. Am besten wäre es, wenn Sie nach Südfrankreich reisten, bis die ganze Sache hier vorüber ist. Später können Sie zurückkommen, und dann überlegen wir alles weitere mit Leslie Jones.«

»Aber wie komme ich nach Monte Carlo?« fragte sie betreten.

Ich sah sie erstaunt an.

»Ich dachte, Sie könnten dorthin reisen, wann es Ihnen paßt?«

»Nein, ich reise nur dorthin, wenn ich geschickt werde.«

Sie war also nicht ihre eigene Herrin, sondern hatte diese abenteuerlichen Fahrten im Auftrag eines anderen unternommen, auf dessen Rechnung sie auch spielte.

»Dann müssen Sie es eben einrichten, daß Sie wieder hingeschickt werden. Vielleicht ist es besser, wenn Sie zu Ihrem Onkel gehen und ihm die ganze Geschichte erklären.«

»Nein, nein«, wehrte sie entschieden ab. »Das könnte ich nicht, das darf ich nicht tun. Ich werde sehen, daß ich einen anderen Ausweg finde.«

Ich wunderte mich, entschloß mich aber, Billy nichts von dieser Neuigkeit zu sagen.

In einer Beziehung konnte ich ihr helfen. Leslie Jones hatte mir dreihundert Pfund übergeben, die er aus Billys Geldschrank genommen hatte. Er bat mich, das Geld aufzubewahren, und nun bot ich es ihr an. Zu meinem größten Erstaunen nahm sie an. Allem Anschein nach wurde sie für ihre Dienste nicht gerade glänzend bezahlt. Sie entschied sich dafür, abzureisen und an der Riviera zu bleiben, bis ich ihr telegrafierte. Zunächst aber mußte sie nach Elston fahren.

Am gleichen Abend besuchte ich Billy in seiner Zelle und berichtete ihm, was geschehen war. Er war mir sehr dankbar.

»Sie wissen nicht, welche Last Sie von mir genommen haben, Mont. Ich folgte einer augenblicklichen Eingebung, als ich Ihnen vorschlug, mich als den Schuldigen zu verhaften. Dadurch kam der Fall in Ihre Hand, und das macht die ganze Sache leichter. Wie geht es Dawkes?«

»Die Operation ist gut gelungen, aber es wird noch viele Wochen dauern, bis er eine Zeugenaussage machen kann.«

Tatsächlich trat er auch erst zwei Monate später vor Gericht in den Zeugenstand. Sein Kopf war noch vollkommen verbunden. Er erzählte alles, worauf er sich besinnen konnte.

Während seiner langen Genesung hatte er reichlich Zeit zum Nachdenken gehabt. Billy hatte beim Verhör vor dem Polizeigericht einen umfassenden Bericht gegeben, wie und warum er Dawkes niedergeschossen habe, und dieselbe Geschichte wiederholte nun Dawkes. Ich glaube, er schämte sich wegen der traurigen Rolle, die er bei der ganzen Sache gespielt hatte. Er war sich auch bewußt, daß er sich Miss Ferrera gegenüber unmöglich benommen hatte. Auf jeden Fall wurde ihr Name bei der Gerichtsverhandlung nicht erwähnt. Dawkes nahm sogar die Schuld auf sich und erklärte, daß er Billy herausgefordert hätte.

Ich hoffte zuerst, daß seine Aussagen sich günstig auswirken würden, aber ich wurde furchtbar enttäuscht.

»Sie erhalten eine Zuchthausstrafe von sieben Jahren«, lautete das Urteil des Richters.

Billy verbeugte sich kurz vor dem Gerichtshof und ging in seine Zelle zurück.

9

Durch einen außergewöhnlichen Zufall war George Briscoe der nächste Angeklagte, dessen Fall vor Gericht verhandelt wurde. Ich war nicht in der Stimmung, noch länger im Saal zu bleiben, las aber später in der Zeitung, daß er zu drei Jahren Zuchthaus verurteilt worden war.

Nun konnte ich Miss Ferrera den Ausgang des Prozesses telegrafieren. Ich war erstaunt, daß sie ihre Tätigkeit bei der Bank solange hatte unterbrechen können. Ich schrieb auch an Mr. Pontius, den Kassierer von Framptons Bank, und drückte mich sehr vorsichtig und diplomatisch aus.

Zwei Tage darauf hatte ich seine Antwort und erhielt die überraschende Nachricht, daß Miss Ferrera nach einem zweimonatigen Urlaub ihre Stellung bei der Bank aufgegeben hatte. Er schrieb nicht, daß irgendwelche Entdeckungen gemacht worden wären. Aber er erwähnte, daß er meinen Brief nicht hätte beantworten können, wenn ich mich eine Woche früher an ihn gewandt hätte. Er teilte mir mit, daß alle Bücher von den Revisoren geprüft worden wären. Daraus schloß ich, daß keine Veruntreuung von ihrer Seite aus vorgekommen war.

Leslie Jones war sehr deprimiert, aber er suchte Zerstreuung in der Arbeit und führte das Detektivbüro weiter. Er hatte auch verhältnismäßig gute Erfolge. Billys Büro betrachtete er als eine Art Heiligtum und vermied es, in das Zimmer zu gehen, in dem das Verbrechen begangen worden war. Er ließ alles so stehen, wie Billy es verlassen hatte.

Billy war schon etwas über drei Monate im Zuchthaus, als ich Leslie einen Besuch machte. Von Mary Ferrera hatte ich nichts gehört, und ich machte mir schon Vorwürfe darüber, daß ich sie alleingelassen und mich nicht um sie gekümmert hatte.

Ich machte eine Bemerkung über Billys Büro.

»Er soll bei seiner Rückkehr alles so finden, wie er es verlassen hat«, erklärte Leslie, aber er machte dabei ein betrübtes Gesicht. »Ich habe sehr viel zu tun, Mr. Mont, und ich wäre Ihnen sehr dankbar, wenn Sie mir ab und zu ein wenig helfen wollten. Ich habe zwar zwei Assistenten eingestellt, aber wenn man nicht alles selbst machen kann, ist es nichts Rechtes«, meinte er verzweifelt. »Die Leute arbeiten wohl, machen aber viel zuviel Umstände. Sie verkleiden sich sogar! Die Sache hat nur einen Vorteil – sie sitzen immer in derselben Kneipe, so daß ich stets weiß, wo ich sie finden kann.«

»Ich habe eine Sache, die Sie erledigen könnten«, sagte ich, als ich fortging.

»Sie meinen doch nicht einen Auftrag, Mr. Mont?« fragte er erstaunt.

Ich nickte.

»Die Sache geht auch Billy sehr an. Sie wissen doch, daß Miss Ferrera in Monte Carlo gespielt hat?«

Er lächelte schwach.

»Wie können Sie so etwas fragen!«

»Nun gut. Ich bin überzeugt, daß Miss Ferrera nur im Auftrag einer anderen Person gehandelt hat, und ich möchte herausbringen, wer das ist.«

Er schob den Stuhl zurück und steckte die Hände in die Taschen seines abgetragenen Rocks.

»Ich war inzwischen zweimal in Elston.«

»Warum denn?« fragte ich überrascht.

»Während der Prozeß gegen Billy schwebte, wollte ich natürlich keine Zeit verlieren und soviel entlastendes Material als nur möglich sammeln. Billy bedeutet für mich mehr, als Sie vielleicht ahnen.« Seine Stimme zitterte einen Augenblick.

Ich hätte niemals vermutet, daß Leslie Jones derartig gefühlvoll sein konnte. Aber ich sah, daß ihm die Tränen sehr nahe waren, und er hätte mir niemals verziehen, wenn er in meiner Gegenwart die Fassung verloren hätte.

»Was haben Sie denn in Elston gemacht?«

»Ich habe mich bei den Angestellten der Bank nach Miss Ferrera erkundigt und auch erfahren, wer ihre Freunde waren. Zunächst kam es mir merkwürdig vor, daß sie nicht im Haus ihres Onkels wohnte.«

»Das ist mir auch aufgefallen. Aber früher war sie doch bei ihm?«

»Ja, aber nur acht Monate lang. Er hat ein großes Haus direkt vor der Stadt. Seine Schwester führte ihm die Wirtschaft. Aber sie starb, und bald darauf starb auch sein Schwager. Damals adoptierte er seine Nichte.«

»Warum ist sie denn von ihm fortgezogen?«

»Weil sie ihn nicht ausstehen konnte«, lautete die überraschende Antwort. »Die Leute sagen, er hätte einen unangenehmen Charakter, und man könnte unmöglich mit ihm auskommen. Seine Angestellten hassen ihn wie die Pest.«

Das war mir neu. Der Chef einer großen Firma ist ja für gewöhnlich nicht besonders beliebt, aber geradezu verhaßt ist er wohl selten.

»Er ist ein geiziger Mensch mit beschränktem Horizont und entsetzlich altmodisch. Er hält es beinahe für ein Verbrechen, wenn Damen rauchen oder im Herrensattel reiten. Die Leute in der Stadt waren mehr als erstaunt, als er tatsächlich den Wunsch seines Schwagers erfüllte und Miss Ferrera adoptierte. Danach zog sie zu ihm, konnte es aber nicht länger als acht Monate bei ihm aushalten. Sie mietete sich dann eine eigene kleine Wohnung, behielt aber ihre Stellung in der Bank bei. Noch eine andere merkwürdige Tatsache habe ich herausbekommen: Miss Ferrera erhielt siebzig Schilling die Woche ausbezahlt, und dieselbe Summe wurde auf Sir Philips Privatkonto geschrieben.«

Ich setzte mich und starrte Leslie an.

»Dann erhielt sie also im ganzen hundertvierzig Schilling die Woche, und die Hälfte kassierte Sir Philip ein?«

Leslie nickte.

»Ich glaube, daß sie damit eine Schuld ihres Vaters abzahlte.«

»Das wäre allerdings eine gute Erklärung. Aber dieser Sir Philip muß ja wirklich ein entsetzlich gemeiner Kerl sein.«

»In den beiden letzten Wochen, die Miss Ferrera bei der Bank tätig war, hat sie die volle Summe von hundertvierzig Schilling ausgezahlt erhalten. Daraus geht klar hervor, daß die Schuld ihres Vaters abgetragen war. Deshalb hat sie wahrscheinlich auch ihre Stellung aufgegeben.«

»Ich werde Sie weiter auf dem laufenden halten«, sagte ich und stand auf.

»Aber gehen Sie doch noch nicht! Bleiben Sie hier und trinken Sie Tee bei mir.«

Er klingelte und gab dem jungen Mann, der gleich darauf erschien, den Auftrag, Tee zu holen. In verhältnismäßig kurzer Zeit war die Erfrischung zur Stelle.

Leslie erzählte mir nun noch die letzten Neuigkeiten über Billy. Zunächst war Stabbat in Wormwood Scrubbs untergebracht worden, aber noch in dieser Woche sollte er nach Dartmoor transportiert werden, da das Gefängnis in London zur Zeit mit politischen Gefangenen aus Irland überfüllt war.

»Es geht ihm persönlich sehr gut, und er ist in der besten Stimmung«, sagte Leslie ganz verzweifelt. »Er arbeitet in der Schneiderabteilung zusammen mit George Briscoe!«

»Da muß er sich aber sehr in acht nehmen.«

»Ebenso Briscoe«, erwiderte Leslie bedeutungsvoll. »Es wird ihm sicher schlecht gehen, wenn er sich in Händel mit Billy einläßt.«

»Das eine kann ich an Sir Philip Frampton nicht verstehen –« begann ich gerade, als es an der Tür klopfte. Der junge Mann kam wieder herein.

»Ein Herr möchte Sie in einer geschäftlichen Angelegenheit sprechen«, meldete er.

Leslie nahm die Karte, sah kurz darauf und reichte sie mir dann.

»Sir Philip Frampton«, stand darauf.

Leslie warf mir einen vielsagenden Blick zu.

10

Ich hatte Sir Philip vorher nur flüchtig gesehen und einen äußerlich guten Eindruck von ihm gehabt. Aber als ich ihn nun aus der Nähe betrachtete, wirkte er weniger günstig auf mich. Er war sehr groß, hatte aber eine verhältnismäßig niedrige Stirn und ein von vielen Falten durchzogenes Gesicht. Sein Blick wanderte ruhelos umher, und er rieb sich nervös die Hände, als Leslie ihm einen Stuhl hinschob.

»Guten Morgen«, begrüßte er uns mit rauher, brummiger Stimme. »Wer von Ihnen beiden ist Mr. Stabbat? Ein Bekannter hat Sie mir vor einigen Monaten empfohlen, und ich hätte einen Auftrag für Sie.«

»Mr. Stabbat ist aufs Land gefahren«, erklärte Leslie. »Aber ich führe in seiner Abwesenheit das Geschäft.«

Der alte Herr sah ihn fragend an. »Können Sie dann den Auftrag entgegennehmen?«

»Jawohl.«

Ich trank meine Tasse aus und wollte gehen, aber Leslie bat mich durch einen Blick, zu bleiben. Sir Philip schien es jedoch unangenehm zu sein, daß noch ein Dritter bei der Unterhaltung zugegen war. Der Blick, den er mir zuwarf, drückte das deutlich aus.

»Ist dieser Herr auch ein Detektiv, ich meine einer von Ihren Leuten?«

»Ja, er ist ein Detektiv«, beruhigte ihn Leslie.

»Hm«, sagte Sir Philip. »Er sieht intelligent aus.«

Ich errötete über die Taktlosigkeit, während Leslie nur mit Mühe ein Lächeln unterdrücken konnte. Sir Philip kam es gar nicht zum Bewußtsein, daß wir uns im stillen über ihn amüsierten.

»Da er wahrscheinlich später doch mit der Sache zu tun bekommt, ist es vielleicht besser, wenn er von Anfang an hört, was ich zu sagen habe«, begann er. »Sie wissen wahrscheinlich, daß ich Bankier bin. Ich leite eine der größten Banken in West-England. Vor einigen Jahren starb nun einer meiner Freunde, der mir eine größere Summe schuldete.«

Leslie stieß mich unter dem Tisch an.

»Er hinterließ eine Tochter, und ich sorgte für die Waise, obwohl mich solche Familiengeschichten nicht gerade interessieren. Ich bin auch zeitlebens Junggeselle geblieben. Damals starb auch meine Schwester, die mir die Wirtschaft geführt hatte, und ich fühlte mich vereinsamt. Es war sehr schwer, mit dem jungen Mädchen auszukommen, obgleich sie mit mir verwandt und mir in mancher Beziehung verpflichtet war. Sie war sehr energisch und eigensinnig.«

Er schüttelte vorwurfsvoll den Kopf, und es war deutlich zu erkennen, daß ihm der Charakter seines Mündels durchaus nicht gefiel.

»Nach einigen unangenehmen Zwischenfällen gab ich schließlich meine Zustimmung, daß sie eine Wohnung in der Stadt bezog. Abgesehen davon muß ich aber bemerken, daß sie einen sehr verantwortungsvollen Posten in meiner Bank hatte. Vor einem Monat bat sie nun um ihre Entlassung, obwohl ich sie immer sehr zuvorkommend und großzügig behandelt hatte. Früher fuhr sie häufiger nach Paris, um ihre französischen Sprachkenntnisse zu vervollkommnen. Ich hatte ihr auch zugesagt, später die Auslandskorrespondenz durch sie erledigen zu lassen«, erklärte er nachdrücklich. »Ich sah ihren Austritt aus dem Geschäft nur sehr ungern. Damit wäre die Sache nun eigentlich erledigt gewesen. Aber als ich vorige Woche den Inhalt meines Privatsafes prüfte, fand ich, daß zwanzigtausend Pfund fehlten.«

Leslie schrieb mechanisch die Summe auf einen Notizblock.

»Zur gleichen Zeit erfuhr ich durch einen anonymen Brief, daß Miss Ferrera öfter nach Monte Carlo reiste und dort spielte, während ich sie in Paris vermutete.«

Wir schwiegen beide.

Mir tat Billy sehr leid. Nun kam doch alles heraus – aber es war noch eine dritte Person im Spiel, jemand, für den sie das alles getan hatte. Wer mochte der anonyme Briefschreiber sein, der sie bei ihrem Onkel verraten hatte? Ich dachte unwillkürlich zuerst an Mr. Thomson Dawkes, aber das hätte sich nicht mit der Haltung vereinbaren lassen, die er in letzter Zeit gezeigt hatte.

»Und was soll ich nun für Sie tun?« fragte Leslie.

»Die Frage ist nicht so leicht zu beantworten«, entgegnete der alte Herr zögernd. »Am besten würde man sie warnen, nicht wieder nach Elston zu kommen. Ich möchte nicht haben, daß sie unnötig beunruhigt wird. Sie soll auch nicht erfahren, daß ich von ihrer Doppelrolle weiß.«

»Wenn wir nun annehmen, daß sie das Geld tatsächlich genommen hat –«, begann ich.

»Das brauchen wir gar nicht mehr anzunehmen«, unterbrach er mich. »Die Sache liegt vollkommen klar. Sie war die einzige, die den Safe öffnen konnte, und ich habe die Tatsachen, die in dem anonymen Brief standen, erst nachgeprüft, bevor ich hierherkam. Ich habe die genauen Daten ihrer Besuche in Monte Carlo, und ich weiß auch, daß sie sich dort Miss Hicks nannte. Ich werde Ihnen jetzt eine Adresse geben, unter der Sie das Mädchen meiner Meinung nach bestimmt finden können. Es ist eine kleine Villa in Brixton. Also, wollen Sie den Auftrag übernehmen und ihr ohne Erwähnung der eigentlichen Zusammenhänge beibringen, daß es nicht ratsam für sie ist, sich wieder in Elston sehen zu lassen?«

Leslie nickte.

Sir Philip nahm einen kleinen Zettel mit der Adresse aus der Brieftasche. Er hätte sich ja die Mühe sparen können, denn ich wußte die Adresse auch. Es war mir allerdings neu, daß sich Miss Ferrera in London aufhielt.

»Sie können ihr noch sagen«, fuhr Sir Philip nach einer Weile fort, »daß ich ihr nicht böse bin. Das Testament, in dem ich ihr eine jährliche Rente vermachte, habe ich allerdings vernichtet.«

Wir erfuhren später, daß es sich um eine Summe von fünfundsiebzig Pfund im Jahr gehandelt hatte.

»Bevor ich nach Elston zurückkehre, werde ich ein anderes Testament aufsetzen und sie darin mit einem Erinnerungszeichen an ihren Wohltäter bedenken.«

Leslie begleitete ihn hinaus. Als er zurückkam, sah er mich fragend an.

»Was halten Sie von der ganzen Sache?«

»Ein erstaunliches Zusammentreffen. Sie werden natürlich seinen Auftrag ausführen?«

Leslie schüttelte den Kopf.

»Ich weiß nicht, was ich tun soll. Billy steht auf dem Standpunkt, daß man das Vertrauen eines Kunden unter allen Umständen respektieren muß. Im Falle von Miss Ferrera hat er allerdings eine Ausnahme gemacht, das gebe ich zu. Und ich muß auch sagen, daß ich mich in bezug auf die Anklage, die Sir Philip gegen die junge Dame erhoben hat, eigentlich nicht zum Schweigen verpflichtet fühle. Ich werde mich jedenfalls erkundigen, ob sie die Absicht hat, nach Elston zu gehen. Warum nur hat er ihr nicht selbst geschrieben oder ihr das alles persönlich mitgeteilt... Ach so, sie soll ja nicht erfahren, daß er über die Entwendung des Geldes unterrichtet ist.«

Ich verabschiedete mich von Leslie, der sofort Miss Ferrera aufsuchen wollte, und besuchte Mr. Thomson Dawkes. Er wohnte in einem großen Haus in der Nähe von Regent's Park, und ich hatte Glück, daß ich ihn zu Hause antraf. Als ich ihm in seinem Arbeitszimmer gegenüberstand, bemerkte ich jedoch, daß er sehr gut aussah.

»Hallo, Mr. Mont, was führt Sie denn zu mir? Kann ich etwas für Sie tun? Nehmen Sie doch bitte Platz und rauchen Sie eine Zigarre.«

»Es ist nichts Besonderes geschehen, ich wollte Sie nur etwas wegen Miss Ferrera fragen.«

Er verzog das Gesicht.

»Ich hoffte, der Name dieser jungen Dame würde nicht mehr genannt werden. Die Sache ist mir unangenehm, das wissen Sie natürlich selbst sehr gut. Sie sind ja in alles eingeweiht. Ich habe übrigens Jennings von alledem nichts gesagt.«

Ich drückte meine Dankbarkeit darüber aus und erklärte ihm dann den Grund meines Besuches.

»Sie entsinnen sich doch, daß Miss Ferrera in Framptons Bank in Elston angestellt war, und ebenso ist Ihnen bekannt, daß sie in Monte Carlo sehr hoch spielte.«

Er nickte.

»Natürlich«, entgegnete er mit einem müden Lächeln.

»Nun hat Sir Philip entdeckt, daß eine Summe von zwanzigtausend Pfund aus seinem Safe entwendet wurde. Seiner Meinung nach kommt nur Miss Ferrera als Täterin in Betracht. Er weiß auch, daß sie an der Riviera hoch gespielt hat. Das hat er durch einen anonymen Brief erfahren. Ich möchte Sie nun offen fragen, ob Sie der Schreiber sind?«

»Nein, natürlich nicht! Das wäre doch eine Gemeinheit gewesen. Wenn ich Miss Ferrera irgendwie hätte schaden wollen, so hätte ich das doch viel leichter als Zeuge bei der Gerichtsverhandlung tun können. Glauben Sie mir, nach allem, was ich durchgemacht habe, würde ich mich nicht zu einer so niederträchtigen Handlungsweise herbeilassen.«

»Davon war ich auch überzeugt, Mr. Dawkes. Aber haben Sie eine Ahnung, wer den Brief geschickt haben könnte?«

»Vielleicht ist sie in Monte Carlo von jemand erkannt worden. Es kommen ja viele Engländer dorthin ...«

»Aber dann sollte man doch nicht annehmen, daß der Betreffende gleich einen anonymen Brief schriebe.«

»Da mögen Sie recht haben«, gab Dawkes zu. »Es ist eine sehr unangenehme Geschichte. Jeden Abend, wenn ich mich schlafen lege, muß ich an unseren armen Freund Billington Stabbat denken. Eigentlich sollte ich an seiner Stelle sein. Die Tatsache, daß Miss Ferrera auf mich geschossen hat, kann man allerdings nicht aus der Welt schaffen.«

»Ist das wirklich so sicher?«

»Darüber besteht doch nicht der leiseste Zweifel. Ich habe das Mündungsfeuer deutlich gesehen. Gibt sie es denn nicht zu?« fragte er überrascht.

Ich schüttelte den Kopf.

»Sie weiß nicht, ob sie es getan hat. Offenbar haben Sie etwas gesagt, was sie in größte Empörung brachte.«

Er hob abwehrend die Hand.

»Erinnern Sie mich bitte nicht daran, ich habe mich wirklich nicht sehr fair benommen. Wenn ich ihr das nächste Mal begegne, muß ich sie um Verzeihung bitten für alles, was vorgefallen ist.«

Als ich Mr. Thomson Dawkes verließ, war er mir lange nicht mehr so unsympathisch wie früher. Ich war ihm direkt wohlgesinnt. Meiner Erfahrung nach gibt es überhaupt kaum Menschen, die vollkommen unverbesserlich wären.

An diesem Abend erhielt ich die Nachricht, daß ich zum Inspektor befördert worden war, weil ich den Fall Stabbat so glatt erledigt hatte. Das war allerdings eine Ironie des Schicksals. Inspektor Jennings begegnete mir, als ich die Treppe in Scotland Yard hinunterging, und gratulierte mir mit sauerem Gesicht.

»Ich habe gehört, daß Sie eine Stufe höher gekommen sind. Nun, es ist Ihnen ja sehr leicht gefallen. Manche von uns müssen jahrelang warten und hart arbeiten, manche werden vom Schicksal bevorzugt und überspringen andere tüchtige Beamte.«

»Ich danke Ihnen für Ihre Gratulation«, erwiderte ich höflich. »Und da wir jetzt den gleichen Rang haben und unter vier Augen miteinander sprechen, möchte ich Ihnen in aller Liebenswürdigkeit sagen, daß ich mich den Teufel um Ihre Glückwünsche kümmere.«

Er machte ein böses Gesicht und drehte mir den Rücken.

Ich speiste zu Hause und hatte die Mahlzeit noch nicht beendet, als das Telefon klingelte. Mary Ferrera sprach von einer Fernsprechzelle aus; ihre Stimme klang froh und vergnügt.

»Ich habe gerade den geheimnisvollen Mr. Leslie Jones gesehen. Er hat mich gefragt, ob ich die Absicht hätte, nach Elston zurückzukehren. Selbstverständlich kommt das nicht in Frage, aber ich möchte doch gern von Ihnen erfahren, warum er das wissen wollte.«

»Das weiß ich nicht. Leslie ist ein ziemlich neugieriger Mensch«, entgegnete ich vorsichtig.

»Er muß aber doch irgendeinen Grund gehabt haben.«

»Er tut nie etwas ohne Grund. Er ist der konsequenteste Mensch, den ich kenne.«

»Ich habe ihn heute gesehen«, sagte sie nach einer kurzen Pause.

»Ich weiß, Sie haben es mir eben gesagt.«

»Ach, ich meine doch nicht Mr. Leslie Jones. Ich habe – Billington gesehen.«

»Ist das möglich?« fragte ich überrascht. »Wo denn?«

»In Wormwood Scrubbs«, erwiderte sie etwas erregt. »Heute abend wird er nach Dartmoor gebracht. Ich muß mit Ihnen sprechen, Mr. Mont.«

»Ich komme morgen zu Ihnen.«

Mein Vorschlag schien ihr jedoch nicht zu passen.

»Sie sollen nicht den weiten Weg hierher machen. Ich komme morgen nachmittag in Ihr Büro.«

»Ich habe kein eigenes Privatbüro, und die Zimmer in Scotland Yard sind alle so düster und unfreundlich. Vielleicht könnten wir uns in Billys Büro treffen? Leslie hat sicherlich nichts dagegen und wird uns eine ausgezeichnete Tasse Tee servieren.«

Ich hatte das unbestimmte Gefühl, einen Fehler zu machen, als ich das sagte, und plötzlich fiel mir auch wieder ein, daß sich der alte Frampton ebenfalls für morgen nachmittag angemeldet hatte.

»Nein, kommen Sie morgen nicht«, sagte ich hastig.

»Um vier Uhr bin ich dort. Versuchen Sie nicht, die Sache rückgängig zu machen, Mr. Mont. Anscheinend liegt Ihnen nicht sehr viel daran, mich wiederzusehen?«

»Ich versichere Ihnen, Miss Ferrera, daß mir sehr viel daran liegt, aber –«

»Ich will von keinem Aber hören. Also, guten Abend.« Damit brach sie das Gespräch ab.

Die beiden brauchten sich ja nicht unbedingt zu treffen, überlegte ich später, denn es standen drei Büroräume zur Verfügung. Allerdings würde sie nach ihrem traurigen Erlebnis wohl kaum in Billys Zimmer gehen wollen.

Am folgenden Morgen hatte ich in Scotland Yard reichlich zu tun, fand aber doch Zeit, Leslie anzurufen und ihn von der Verabredung zu verständigen, die ich mit Mary Ferrera getroffen hatte.

»Gut, das ist in Ordnung. Übrigens ist sie schon ziemlich lang in London und hat nicht die geringste Absicht, nach Elston zu fahren. Hat sie Ihnen das auch gesagt?«

»Ja.« Ich berichtete ihm, was ich am Telefon mit ihr gesprochen hatte.

»Es ist doch großartig, daß sie ihn im Gefängnis aufgesucht hat«, meinte er bewundernd. »Er muß übrigens ganz gut behandelt werden, wenn man ihm erlaubt, zu beliebigen Zeiten Besuch zu empfangen.«

An demselben Tag wurde das Parlament eröffnet, und ich mußte in Whitehall für Ruhe und Ordnung sorgen. Zum erstenmal trug ich dabei meine neue Uniform, und wurde daher weder von Sir Philip Frampton noch von Mary Ferrera erkannt, als ich ihnen in der John Street begegnete. Sie standen an der Ecke der Chandos Street und sprachen miteinander. Später erfuhr ich, daß sie sich zufällig unten am Themseufer getroffen hatten. Der alte Herr war sehr ärgerlich. Als ich vorüberging, sagte Mary Ferrera gerade:

»Ich habe nie etwas von dir erwartet, Onkel.«

Gleich darauf sprach er wieder, und ich fing noch das Wort »Testament« auf. Das alles war erstaunlich.

Ich ging nach Hause und zog Zivilkleider an. Um drei Uhr nachmittags machte ich mich dann auf den Weg zu Leslie Jones, um meine Verabredung mit ihm und Miss Ferrera einzuhalten. Ich traf Leslie auf der Treppe. Ein guter Freund hatte ihn bei Tisch aufgehalten.

»Der Alte kommt nicht. Er hat mich heute vormittag angerufen. Wir haben also viel Zeit für Miss Ferrera.«

Als wir auf dem ersten Treppenpodest ankamen, hörten wir, daß jemand eilig herunterkam. Ich schaute hinauf und sah zu meinem größten Erstaunen Mary Ferrera. Sie war bleich und verstört, antwortete nicht, als ich sie ansprach, und trachtete nur danach, an uns vorbeizukommen. Ich starrte ihr entsetzt nach.

»Was mag bloß geschehen sein?« fragte ich Leslie. Er schwieg eine Sekunde.

»Wir werden ja sehen«, sagte er dann.

Die Tür zu Billys Privatbüro lag direkt dem Treppenaufgang gegenüber. Weiter rechts befand sich Leslies Büro und ein anderer Raum, in dem die Besucher von einem Angestellten empfangen wurden. Wir traten in Leslies Zimmer, und gleich darauf erschien der Angestellte in der Tür.

»Wer war denn hier?« fragte Leslie scharf.

»Die junge Dame, die schon öfter herkam, und der alte Herr.«

»Der alte Herr?« wiederholte Leslie ungläubig.

»Ja. Sie sind beide drüben.« Er zeigte mit dem Kopf auf die Tür zu Billys Arbeitszimmer.

»Die junge Dame ist auf keinen Fall dort. Die ist uns eben auf der Treppe begegnet.«

»Nun, der alte Herr ist jedenfalls noch da. Er kam vor etwa einer halben Stunde und fragte mich, ob er einen Brief schreiben könnte. Ich führte ihn darauf in Mr. Stabbats Büro.«

»Wie kommen Sie denn dazu?« fuhr ihn Leslie an. »Wenn Sie solchen Unsinn machen, können Sie sich gleich nach einer anderen Stelle umsehen. Was ist denn geschehen?«

»Die junge Dame kam später«, entgegnete der junge Mann mürrisch. »Sie ging in Ihr Zimmer, aber ich glaube, die Tür zu dem großen Arbeitszimmer von Mr. Stabbat stand auf. Sicher hat sie den alten Herrn dort gesehen. Auf jeden Fall ging sie hinein und schloß die Tür. Sie müssen auch jetzt noch dort sein«, erklärte er hartnäckig.

Das war also der Grund für Marys Aufregung und Ärger.

»Das ist mir furchtbar unangenehm«, sagte Leslie. »Jetzt glaubt sie wohl, wir hätten ihr eine Falle gestellt. Ich möchte nur wissen, was er zu ihr gesagt hat.«

Er riß die Tür auf und trat in Billingtons Büro. Plötzlich blieb er stehen. Mitten im Zimmer lag Sir Philip Frampton auf dem Boden. Er hatte einen Einschuß über der linken Augenbraue.

11

Leslie taumelte, und ich fürchtete, er würde ohnmächtig werden.

»Um Himmels willen!« flüsterte er, wandte sich um und packte den Angestellten an der Hand, der auch hereingekommen war. »Haben Sie einen Schuß gehört?«

»Nein«, erwiderte der junge Mann bestürzt und furchtsam. »Ich hörte wohl ein Geräusch, aber ich glaubte, die Tür wäre heftig zugeschlagen worden.«

Leslie eilte zu der Tür, die auf den Korridor führte. Sie war nicht verschlossen, nur angelehnt. Wir hätten das auch bemerkt, wenn uns nicht die plötzliche Begegnung mit Mary abgelenkt hätte.

»Wie lang ist es denn her?« fragte Leslie, aber der Angestellte konnte keine genauen Angaben machen. Es mochten vor unserer Ankunft fünf Minuten verstrichen sein, oder auch zwei. Er war seiner Sache nicht sicher.

Leslie untersuchte das ganze Büro in größter Eile, während ich mich mit einem Hospital in Verbindung setzte und einen Arzt mit einem Krankenwagen bestellte.

»Sehen Sie, Mont, er hat hier am Tisch geschrieben.«

Es lag ein Briefbogen auf der Platte, daneben ein Kuvert, das an eine Rechtsanwaltsfirma adressiert war. Der Anfang des Schreibens lautete:

Sehr geehrter Mr. Tranter,

ich habe die Bestimmungen für mein neues Testament überlegt. Das frühere habe ich vernichtet. Ich möchte –

Hier endete der Brief; die Tinte war noch naß. Leider entdeckten wir nicht, daß die Feder alt und verdorben war, obgleich das ein wichtiger Anhaltspunkt für uns gewesen wäre.

Wir hatten noch einige Minuten Zeit, bevor der Arzt erschien, und wir mußten diese kurze Spanne nützen.

»Was sollen wir jetzt tun?« fragte Leslie verzweifelt.

»Ich wüßte wirklich nicht, was wir machen sollten«, erklärte ich vollkommen hoffnungslos.

»Aber wir dürfen doch nicht untätig bleiben. Billy bricht das Herz, wenn dem Mädchen etwas passiert. Überlegen Sie doch, Mont! Um Himmels willen, denken Sie sich etwas aus! Sie war mit ihm hier im Zimmer, das können wir nicht abstreiten. Und sie lief fort, nachdem er ermordet wurde. Wer weiß denn eigentlich, daß sie hier war?« fragte Leslie plötzlich.

Ich glaubte einen Augenblick, er könne infolge der Aufregung nicht mehr klar denken.

»Der junge Mann weiß es doch«, sagte ich ruhig. »Wir müssen den Tatsachen ins Gesicht sehen. Es hat keinen Zweck, daß wir uns selbst täuschen, es bleibt nur übrig, Mary Ferrera zu verhaften oder ihr zur Flucht aus dem Land zu verhelfen. Aber diesmal läßt es sich nicht umgehen, daß ihr Name in Verbindung mit dem Mord genannt wird.«

Leslie verbarg das Gesicht in den Händen, und in dieser Haltung traf ihn auch der Doktor.

Während der Arzt den Toten untersuchte, winkte mir Leslie.

»Sie gehen am besten zu ihr und sprechen mit ihr, Mont«, sagte er unsicher. »Und dann tun Sie, was Sie für das richtige halten.«

Als ich zu ihrer Wohnung in Brixton kam, war sie nicht zu Hause, und ich mußte eine halbe Stunde warten. Sie warf den Kopf in den Nacken, als sie mich sah.

»Diesen Besuch habe ich wirklich nicht erwartet«, sagte sie ablehnend. »Aber vielleicht wissen Sie nichts von Leslies Plan.«

»Ich weiß nicht, was Sie meinen«, entgegnete ich kurz.

Sie nahm ihren Hut ab und legte ihn auf die Couch.

»Ich hätte niemals geglaubt, daß Leslie Jones einen Auftrag annehmen würde, mich zu beobachten! Und ich habe es mir niemals träumen lassen, daß Sie mit Sir Philip Frampton unter einer Decke steckten –«

»Sie dürfen nicht so verächtlich von einem Toten sprechen, Miss Ferrera«, unterbrach ich sie.

»Tot?« wiederholte sie ungläubig und wurde bleich. »Sir Philip ist doch nicht tot! Ich habe ihn noch heute nachmittag gesehen.«

»Als wir in das Büro kamen, lag er auf dem Boden und hatte eine Schußwunde im Kopf.«

Sie sank in einen Sessel.

»Erklären Sie mir das. Ich kann es noch nicht fassen«, sagte sie langsam. »Sie gingen nach oben und fanden ihn tot?«

Ich nickte.

Sie sah mich bestürzt an und sprang wieder auf.

»Dann sind Sie hergekommen, um mich zu verhaften?«

»Ich bin gekommen, um Sie entweder festzunehmen oder Ihnen bei Ihrer Flucht behilflich zu sein«, erklärte ich schroff. »Das letztere bedeutet für mich natürlich, daß ich meinen Dienst bei der Polizei aufgeben muß. Ich kann unmöglich im Amt bleiben, nachdem ich Ihnen zur Flucht verholfen habe.«

»Glauben Sie, daß ich Sir Philip ermordet habe?«

Ich sagte nichts darauf.

»Glauben Sie wirklich, daß ich es getan habe?« drängte sie.

»Wenn Sie mir versichern, daß Sie unschuldig sind, will ich Ihnen glauben«, erwiderte ich.

Es kam wieder etwas Farbe in ihr Gesicht.

»Sie sind wirklich sehr gut zu mir, Mr. Mont.« Bei diesen Worten legte sie die Hand auf meine Schulter. »Ich danke Ihnen. Ich habe Sir Philip nicht umgebracht. Er hat mich sehr geärgert, aber ich habe ihn nicht erschossen.«

»Dann müssen Sie machen, daß Sie fortkommen, denn wir fahnden doch bereits nach Ihnen –«

Sie schüttelte den Kopf.

»Ich gehe nicht fort. Armer Mont, nun müssen Sie mich auch verhaften«, entgegnete sie lächelnd. »Setzen Sie sich bitte einen Augenblick«, bat sie. »Ich muß Ihnen eine sonderbare Geschichte erzählen. Als mich Sir Philip Frampton in sein Haus nahm, tat er es nur sehr widerwillig. Aber mit der Zeit erkannte er wohl, daß er in mir einen Freund und Mitarbeiter hatte. Schließlich war ich direkt mit ihm verwandt, und außerdem war ich ihm zu großem Dank verpflichtet. Er hatte meinem Vater nämlich früher sechshundert Pfund geliehen. Nun faßte er einen Plan, den er mir nach einiger Zeit mitteilte. Sir Philip war ein großer Mathematiker und hatte sich viel mit Wahrscheinlichkeitsrechnung beschäftigt. Infolgedessen interessierte er sich auch für das Glücksspiel. In der kleinen Stadt hatte er keine Gelegenheit selbst zu spielen, außerdem hätte er seines Rufes wegen davon absehen müssen. Aber theoretisch gab er sich viel damit ab und war vielleicht die größte Autorität auf dem Gebiet des Roulette und des Trente et Quarante. Wenn er abends um sieben gegessen hatte, arbeitete er gewöhnlich alle möglichen Kombinationen des Roulettespiels aus. Er besaß sogar genaue Aufzeichnungen über die Spielresultate in Monte Carlo während der letzten dreißig Jahre. Vor sechs Jahren stellte er schließlich ein System auf, das er für unfehlbar hielt.

Eines Abends zog er mich ins Vertrauen. Ich mußte ihm versprechen, niemand etwas davon zu sagen, bevor er mir das System erklärte. Er selbst war nie in Monte Carlo gewesen, aber er hätte es zu gern praktisch erprobt. Da er sehr reich war, hätte er sich über die öffentliche Meinung hinwegsetzen können. Aber es war eine persönliche Schwäche von ihm, stets auf andere Leute zuviel Rücksicht zu nehmen und ihre Kritik zu fürchten. Deshalb schlug er mir vor, daß ich mit den von ihm ausgearbeiteten Spielplänen nach Monte Carlo reisen sollte. Sooft ich nach Südfrankreich fuhr, nahm ich eine Million Franc mit. Und mit einer einzigen Ausnahme gewann ich damit eine Million fünfhunderttausend Franc. Auch dieses eine Mal hätte ich nicht verloren, wenn Sir Philip sich nicht geirrt und mir falsche Zahlen aufgeschrieben hätte. Als ich damals zurückkam und ihm von meinem Verlust erzählte, geriet er außer sich und behauptete, ich hätte nicht nach seinem System gespielt. Schon damals wohnte ich nicht mehr bei ihm, weil er sich nicht beherrschen konnte und mir dauernd Vorwürfe machte. Ich erklärte ihm dann, daß ich nicht mehr nach Monte Carlo reisen würde. Er selbst war so bestürzt über meinen Mißerfolg, daß er viele Abende mit eifrigen Kalkulationen zubrachte. Schließlich entdeckte er seinen Irrtum, war sehr beschämt und bat mich, doch wieder für ihn an die Riviera zu reisen. Ich gab seinem Drängen schließlich nach.«

»Einen Augenblick«, unterbrach ich sie. »Eins ist mir noch nicht klar. Pontius hat mir erzählt, daß Sie geheimnisvolle Briefe erhielten, und zwar immer, bevor Sie nach Monte Carlo reisten.«

Sie lächelte.

»Das waren Zahlentabellen und Instruktionen, die er mir schickte. Mir selbst war die ganze Geschichte verhaßt, und ich hatte mich fest entschlossen, meine Stellung bei der Bank aufzugeben, sobald die Schuld meines Vaters abgetragen war. Sie wissen ja, daß ich meinen Vorsatz auch ausführte. Ich schrieb ihm einen Brief und teilte ihm mit, daß ich nicht mehr für ihn in Monte Carlo spielen würde. Das muß ihn sehr verärgert haben. Vielleicht fürchtete er auch, ich könnte ihn bloßstellen, denn in seiner Antwort beschwor er mich, nichts von seinem Geheimnis zu verraten. Er drohte mir sogar, mich bei Gericht anzuzeigen und ins Gefängnis zu bringen, wenn ich mein Schweigen brechen würde. Aber ich glaube, er hätte es nie gewagt, diese Drohung auszuführen!«

»Da irren Sie sich. Er ging zu Leslie Jones und beauftragte ihn, Sie vor einer Rückkehr nach Elston zu warnen.«

»Nun verstehe ich alles«, entgegnete sie. »Ich habe Ihnen beiden unrecht getan.«

Lange saß sie am Tisch und stützte das Kinn in die Hand.

»Ich bin wirklich nicht traurig, daß er tot ist«, meinte sie dann. »Er war ein harter, ungerechter Mann. Ich erhielt zehn Pfund für jede Reise. Die beiden letzten Male verdoppelte er meine Bezüge, so daß ich jedesmal zwanzig Pfund verdiente. Aber er zahlte mir das Geld nicht aus, sondern buchte es von dem Konto meines Vaters ab.«

Sie erhob sich schnell.

»Mr. Mont, sagen Sie mir, was ich mitnehmen muß. Sie wissen ja in solchen Dingen Bescheid.«

»Wohin wollen Sie denn?«

»Ins Gefängnis.«

Eine Stunde später verließ ich in ihrer Begleitung die Wohnung. Ich trug die kleine Handtasche, in der sie das Nötigste mitnahm, brachte sie zur Polizeistation in Cannon Row und zeigte sie dort wegen vorsätzlichen Mordes an Sir Philip Frampton an, obwohl ich von ihrer Unschuld völlig überzeugt war.

12

Ich hatte bei all diesen Ereignissen gerade keine sehr heldenhafte Rolle gespielt, aber ich tat das einzig Mögliche. Wäre ich einer jener romantischen Romanhelden gewesen, so hätte ich die Geliebte meines Freundes der ganzen Welt zum Trotz in Sicherheit gebracht. Aber als prosaischer Mensch sorgte ich nur dafür, daß sie eine Zelle mit einem guten Bett bekam, und beauftragte meine Rechtsanwälte telegrafisch, den besten Vertreter für ihre Verteidigung zu engagieren.

Ich hatte zwei Beamten den Auftrag gegeben, das Büro genau nach der Waffe und anderen Anhaltspunkten zu durchsuchen. Nachdem ich Mary Ferrera zur Polizeistation gebracht hatte, fuhr ich direkt in die Bond Street und fand dort den Sergeanten Merthyr und den Polizisten Doyne. Sie aßen in Leslies Büro belegte Brote. Leslie saß bei ihnen und verfluchte den Tag, an dem die Firma Stabbat und Jones ihre behaglichen Räume in der Cork Street aufgegeben hatte.

Er schaute ängstlich auf, als ich eintrat.

»Ich habe Miss Ferrera verhaften müssen«, sagte ich.

Er nickte traurig.

»Ja. Ich wüßte auch nicht, was Sie sonst hätten tun sollen.«

»Haben Sie etwas gefunden?« wandte ich mich an Merthyr.

Der Sergeant verneinte meine Frage.

»Haben Sie denn die Waffe, mit der Sir Philip niedergeschossen wurde? Haben Sie Miss Ferreras Wohnung durchsucht?« fragte er dann.

»Die Wohnung habe ich durchsucht, aber ich habe nichts entdeckt.«

Ich hatte mir nicht die Mühe gemacht, die Zimmer Mary Ferreras einer Prüfung zu unterziehen oder das Mädchen persönlich zu kontrollieren. Es war ja auch sehr unwahrscheinlich, daß Mary einen anderen Revolver gekauft hatte oder daß sie zwei Schußwaffen besaß. Der Revolver, den sie das erstemal bei sich hatte, lag auf dem Boden des Heizungsschachts.

Plötzlich kam mir eine Idee. Die beiden Beamten hatten sich gerade entfernt, und ich war allein mit Leslie.

»Was haben Sie denn?« fragte Leslie, der mich erstaunt ansah. »Mont, diese Geschichte wird unserer Firma ungeheuer schaden.«

»Darüber reden wir jetzt nicht. Wohin führt dieser Schacht?«

»Welchen Schacht meinen Sie?«

»Waren Sie nicht im Zimmer, als Billington den Revolver in die Öffnung an der Fensterwand warf?«

»Welche Öffnung?«

Wir traten in Billingtons Büro. Leslie drehte das Licht an, und mit Hilfe eines Brieföffners gelang es mir, die kleine Tür zu öffnen. Leslie schaute hinunter.

»Ich möchte nur wissen, wohin der Schacht führt«, sagte er nachdenklich, nahm eine Kupfermünze, ließ sie fallen und lauschte.

Er sah mich überrascht an, als er sich umdrehte.

»Sie ist direkt bis in den Keller gefallen.«

Ich erklärte ihm nun, daß es sich nach Billys Meinung hier um die frühere Heizung handelte. Leslie kannte den Portier; wir gingen beide nach unten und ließen uns von Mr. Bolt den Keller aufschließen. Der Mann zeigte uns den Raum, in dem zum Teil die Kessel noch standen. Er war durch die beiden Unglücksfälle, die im Haus passiert waren, etwas nervös geworden.

»Sie glauben doch nicht etwa, daß noch jemand umgebracht worden ist, den man unten im Keller begraben hat?« fragte er ängstlich.

»Nein, das ist nicht anzunehmen.«

Er blieb aber vorsichtshalber an der Tür und begleitete uns nicht nach innen. Wir hatten den Schacht bald gefunden, und als ich mit der Taschenlampe den Fußboden ableuchtete, entdeckte ich, was ich suchte.

»Da liegt die Waffe«, sagte Leslie, bückte sich und nahm sie auf.

Der Hahn war noch gespannt. Behutsam ließ ich ihn wieder herunter und steckte die Waffe in die Tasche.

»Hier ist auch das Kupferstück!« rief Leslie.

Wir kehrten in die Büroräume zurück, und ich legte den Revolver auf den Tisch unter die Leselampe. Bei näherer Betrachtung stellte ich fest, daß noch alle sechs Patronen vorhanden waren. Daraufhin untersuchte ich die Waffe genauer und fand, daß sie überhaupt nicht abgeschossen worden war.

Billy hatte voreilig gehandelt! Als er Mary die Waffe aus der Hand nahm und sie in den Keller warf, beseitigte er damit den Beweis ihrer Schuldlosigkeit.

Mir war es ganz klar, daß der Mann, der auf Thomson Dawkes geschossen hatte, auch der Mörder Sir Philip Framptons sein mußte. Auf keinen Fall aber konnte es Mary Ferrera gewesen sein.

»Sie werden die Sache niemals ganz aufklären können, Mont«, sagte Leslie schließlich. »Es gibt nur einen Mann, der dieses Geheimnis lösen könnte, und der sitzt jetzt in Dartmoor. Wir müssen ihn unter allen Umständen herausbringen.«

Ich sah ihn verblüfft an.

»Wie meinen Sie denn das?«

»Genauso, wie ich eben sagte. Miss Mary hat ihm doch schon früher den Vorschlag gemacht, aus dem Gefängnis auszubrechen. Ich hielt das damals nicht für möglich oder notwendig. Aber jetzt ist die Sache sehr ernst geworden, und wir müssen alles daransetzen, daß er aus dem Gefängnis kommt.«

Ich hörte wohl, was Leslie dann noch sagte, konnte mir aber nicht denken, daß der Plan gelingen würde.

»Wir werden ja sehen«, erklärte er schließlich.

Einen Gefangenen aus dem Gefängnis in Dartmoor zu befreien, das mag ja noch angehen, aber es ist unendlich schwierig, ihn aus dieser großen, einsamen Heide fortzubringen.

An diesem Abend schlief ich lange nicht ein und zergrübelte mir den Kopf, wie wir unseren Plan ausführen könnten.

Das Verhör Mary Ferreras vor dem Polizeigericht war merkwürdig und unterschied sich von allen anderen, die ich bisher ererlebt hatte. Gewöhnlich werden bei dem ersten Verhör nur die notwendigsten Zeugen vernommen, aber in diesem Fall hatte man auch den Rechtsanwalt Mr. Tranter vorgeladen, an den der Ermordete kurz vor seinem Tod geschrieben hatte.

»Haben Sie den Toten wiedererkannt?« fragte der Staatsanwalt.

»Ja.«

»Wer ist es?«

»Sir Philip Frampton.«

»Besaß er ein großes Vermögen?«

»Soviel ich weiß, war er sehr reich. Er hatte ungefähr vier- bis fünfhunderttausend Pfund.«

»Hat er ein Testament hinterlassen?«

»Nein. Vor drei Jahren haben wir in seinem Auftrag ein Testament aufgesetzt. Verschiedene der Bestimmungen paßten ihm aber in letzter Zeit nicht mehr, und er wollte sie ändern. Wir gaben ihm zu Anfang den Rat, einen Nachtrag zu machen, aber das wollte er nicht. Er vernichtete das Testament und war gerade im Begriff, ein anderes aufzustellen, als er ermordet wurde.«

»Dann existierte also im Augenblick des Todes kein gültiges Testament?«

»Nein, es war keines vorhanden.«

»Wer ist unter diesen Umständen sein Erbe?«

»Miss Mary Ferrera.«

Sie erhob sich von der Anklagebank und starrte den Rechtsanwalt mit weitaufgerissenen Augen an.

»Ich – ich wußte das nicht«, stammelte sie.

Ihr Verteidiger gab ihr einen Wink, sich wieder zu setzen.

»Welche Bestimmungen des Testaments wollte Sir Philip ändern?«

»Er hatte der Gesellschaft zur Unterdrückung des Glücksspiels fünftausend Pfund vermacht; diese Schenkung wollte er zurückziehen.«

Mit dieser unerwarteten Antwort endete die Verhandlung für diesen Tag.

Mary Ferrera war also eine reiche Frau! Das war allerdings ein sehr ungünstiger Umstand für sie, denn darin würde das Gericht wahrscheinlich ein Motiv für das Verbrechen sehen. Leslie war auch zugegen gewesen, aber nicht als Zeuge vernommen worden. Die Verhandlung wurde auf eine Woche vertagt, damit die Staatsanwaltschaft weiteres Material herbeischaffen konnte.

Ich trat mit Leslie auf die Straße.

»Ich gab Ihnen doch damals dreihundert Pfund, die Billy gehörten?« sagte er.

»Ja. Hundert Pfund überließ ich Miss Ferrera.«

»Wenn es Ihnen nichts ausmacht, möchte ich Sie jetzt um den Rest bitten. Wir müssen alles Geld zusammenkratzen, das wir bekommen können. Die Sache wird mindestens viertausend Pfund kosten.«

»Was meinen Sie denn – doch nicht die Verteidigung?«

»Ich denke vor allem daran, Billy aus dem Gefängnis zu befreien. Das ist ein Teil der Verteidigung – ja, es ist sogar die einzige Verteidigung, die uns bleibt.«

13

Als ich nach Scotland Yard kam, fand ich dort eine Nachricht von Thomson Dawkes. Er fragte an, ob er mich besuchen könne, und bat um telefonischen Bescheid.

Ich läutete ihn an und bestellte ihn sofort in mein Büro.

Eine halbe Stunde später saß er mir am Schreibtisch gegenüber.

»Ich habe in den Zeitungen von der Verhaftung Miss Ferreras gelesen. Aber ich bin davon überzeugt, daß sie unschuldig ist. Hatte Stabbat einen Feind?«

»Mehr als einen.«

Allem Anschein nach wußte Dawkes nicht, wie er mir den Zweck seines Besuches erklären sollte, aber schließlich faßte er Mut.

»Mr. Mont, Sie müssen mich richtig verstehen und dürfen das, was ich Ihnen jetzt sage, nicht falsch auslegen. Ich habe keine bösen Absichten mehr, und es tut mir aufrichtig leid, daß ich Miss Ferrera so niederträchtig behandelt habe. Und nun ist viel Geld für ihre Verteidigung nötig. Ich möchte Ihnen deshalb anbieten, von meiner Bank jede Summe abzuheben, die Sie brauchen.«

Ich drückte seine Hand.

»Ich danke Ihnen, Mr. Dawkes, aber das wird nicht notwendig sein. Haben Sie den Bericht über die Verhandlung noch nicht gelesen?«

»Nein«, erwiderte er erstaunt.

Ich teilte ihm mit, daß Miss Ferrera das große Vermögen Framptons geerbt hatte.

»Donnerwetter!« rief er überrascht. »Dann sieht die Sache aber sehr böse für sie aus. Der einzige, der diese verworrene Geschichte klären könnte, ist unser Freund Billington Stabbat.«

Ich sah ihn an und lachte.

»Mit dieser Ansicht stehen Sie nicht allein.«

»Gibt es nicht eine Möglichkeit, ihn zu befreien?«

»Sie sind tatsächlich ein Mann nach meinem Herzen. Gehen Sie doch einmal zu Leslie Jones. Er ist der Assistent von Billington Stabbat.«

»Ja, ich kenne ihn.«

Später, am Nachmittag, traf ich Leslie; er war in der besten Stimmung.

»Ich habe Dawkes getroffen. Nie hätte ich gedacht, daß der Mann so nett sein könnte.«

Er lachte und schlug sich mit der flachen Hand aufs Knie.

»Es ist doch eine verrückte Welt, Mr. Mont! Ausgerechnet Dawkes will Billy helfen!«

»Haben Sie denn schon irgendeinen festen Plan gemacht?«

»Gewiß!«

Am nächsten Tag mußte ich Leslie in einer anderen Angelegenheit anrufen, erfuhr aber von dem jungen Mann im Büro, daß er die Stadt verlassen hätte und nicht vor vierzehn Tagen zurückkommen würde. Meine Neugierde war nun erwacht, und ich läutete bei Thomson Dawkes an.

Ich erhielt den Bescheid, daß er am Vormittag nach Südfrankreich abgereist wäre.

Wir hatten Anfang Juni, und zu dieser Jahreszeit fahren Leute wie Thomson Dawkes im allgemeinen nicht an die Riviera. Um ganz sicher zu gehen, telefonierte ich mit den Kontrollbeamten in Dover und Folkestone, die die Dampfer über den Kanal begleiten, und fragte an, ob Thomson Dawkes unter den Passagieren gewesen wäre. Sie kannten ihn persönlich, verneinten aber meine Frage entschieden.

Ich hatte dann eine Unterredung mit Miss Ferrera und sagte ihr, was geschehen war. Sie sah mich überrascht an.

»Was, Mr. Dawkes will mir helfen? Das ist unmöglich, einfach unmöglich!«

Ich erzählte ihr nun, wie sehr sich Dawkes wegen seines früheren Benehmens schämte.

»Hat Leslie ihn denn als Bundesgenossen angenommen?«

Ich nickte.

»Nun, dann ist ja alles in Ordnung.«

Als ich sie das nächstemal bei der Verhandlung sah, wurde der Fall ausführlich untersucht. Auch ihre Besuche in Monte Carlo kamen zur Sprache. Glücklicherweise fiel es dem Staatsanwalt nicht ein, sie mit dem früheren Vorfall in Stabbats Büro in Verbindung zu bringen. Am Ende der Verhandlung wurde die Sache wieder auf eine Woche vertagt, und ich konnte Miss Ferrera verschiedene Male im Holloway-Gefängnis besuchen. Ich war über ihre außerordentliche Ruhe und Zuversicht erstaunt, denn ich selbst war sehr besorgt um sie.

»Meiner Meinung nach unternehmen Leslie und Dawkes etwas

Unmögliches, und ich fürchte, sie bringen sich in große Gefahr. Bis jetzt ist noch kein Sträfling aus Dartmoor entkommen.«

»Wir werden ja sehen«, sagte sie vergnügt und sah mich sonderbar an.

Als ich an diesem Abend von Scotland Yard fortgehen wollte, erhielt ich ein dringendes Telegramm. Es kam aus Princetown und war um halb vier von dem Gefängnisdirektor von Dartmoor aufgegeben worden.

»Sträfling Billington Stabbat«, lautete die Nachricht, »heute morgen ausgebrochen. Wahrscheinlich mit Hilfe von Leuten außerhalb des Gefängnisses. Sendet Beamten, der ihn kennt und ihn in Zivilkleidern identifizieren kann. Beobachtet Stadtwohnung. Sehr dringend.«

Also hatten sie doch Erfolg gehabt, und er war entkommen!

»Was haben Sie da, Mr. Mont?« fragte mich plötzlich jemand.

Ich wandte mich schnell um und sah Inspektor Jennings in der Tür. Der Chefinspektor war krank, kam diese Woche nicht ins Büro und wurde ausgerechnet von Jennings vertreten.

»Das Telegramm wird auch Sie interessieren«, sagte ich ärgerlich und reichte es ihm.

Er las es schnell durch.

»Fahren Sie hin?« fragte er, nachdem er mir einen bösen Blick zugeworfen hatte.

»Ja, ich wollte den Abendzug nehmen.«

»Ich werde Sie begleiten«, erwiderte er mit einem unangenehmen Lächeln. »Zwei sehen mehr als einer, und zwei Augen, die den Entflohenen erkennen, sind sehr gut am Platz, wenn ein Paar andere Augen kurzsichtig werden und ihn entkommen lassen wollen.«

Ich musterte ihn vom Kopf bis zum Fuß.

»Ich wußte nicht, daß Stabbat Ihr Freund ist«, entgegnete ich, »oder daß Sie sich so für ihn ins Zeug legen wollen.«

Es wäre mir vielleicht gelungen, Jennings zurückzuhalten, aber gleich darauf kam ein zweites Telegramm aus Dartmoor, und darin wurde um mehrere Beamte ersucht, die Billington Stabbat persönlich kannten.

Ich reiste also mit Jennings ab, und am nächsten Morgen

waren wir im Gefängnis von Dartmoor. Es war nicht mein erster Besuch in dieser trostlosen Gegend. Es gibt wohl kaum einen deprimierenderen Anblick als die Gefangenen, die in langen Reihen durch die Gefängnistore gehen, um in den Steinbrüchen zu arbeiten.

Wir sprachen mit dem Direktor. Billington Stabbat war in den letzten Tagen für den Außendienst verwandt worden und hatte mit mehreren anderen Gefangenen in einer Scheune gearbeitet, wo sie Heu abluden. Billington war sehr geschickt und führte sich so musterhaft, daß die Gefängnisleitung nicht zögerte, ihn auf Außenarbeit zu schicken. Die üblichen Vorsichtsmaßregeln waren getroffen, und ein bewaffneter Wärter begleitete die vier Mann, die zu der Scheune abkommandiert waren.

Das Gebäude lag in der Nähe der Hauptstraße, die quer durch das Moor nach Tavistock führt. Die Straßenränder werden dort durch ein Meter zwanzig hohe Steinmauern gebildet. Die Steine sind nicht durch Mörtel verbunden, sondern nur aufeinandergelegt. Hunderte solcher Mauern durchziehen die Gegend von Dartmoor. Viele wurden von französischen Gefangenen aus den napoleonischen Kriegen errichtet.

Der Wärter hatte sich ungefähr dreißig Schritte von dem Schuppen entfernt auf die Mauer gesetzt und das geladene Gewehr über die Knie gelegt. Er wartete, bis die Leute zum Mittagessen ins Gefängnis zurückmarschieren sollten. Während er dort saß, fuhr ein grauer Wagen die Straße entlang, in dem ein Chauffeur und eine große, stattliche Dame saßen. Der Chauffeur hielt in der Nähe des Wärters, stieg aus und beobachtete die Gefangenen bei der Arbeit. Wenige Schritte von dem Beamten entfernt lehnte er sich gegen die Mauer.

Dieser handelte nach seinen Vorschriften und forderte ihn auf, den Platz zu verlassen. Einmal ist es unerwünscht, daß Gefangene, während sie ihre Strafe absitzen, von anderen Leuten erkannt werden, zweitens besteht immer die Gefahr, daß sich jemand mit den Sträflingen in Verbindung setzt und ihnen unerlaubte Dinge zusteckt.

Der Chauffeur, der eine große Sonnenbrille trug, nickte und wandte sich ab. Plötzlich zog er einen mit Ammoniak getränkten

Schwamm unter seinem Rock hervor und stieß ihn dem Wärter mit aller Gewalt vor den Mund. Betäubt von dem entsetzlichen Geruch stürzte der Beamte zu Boden und erlitt einen Erstickungsanfall. Im gleichen Augenblick sprang Billington Stabbat aus dem Schuppen und kletterte über die Mauer. Als der Wärter sich so weit erholt hatte, daß er das Gewehr gebrauchen konnte, war die Limousine schon ein gutes Stück entfernt. Trotzdem aber gelang es ihm noch, den Wagen zu treffen.

Kurz darauf dröhnte ein Kanonenschuß, der die ganze Gegend warnte, daß ein Sträfling entsprungen war. Die kleinen Ortschaften und Dörfer in der Nähe wurden telegrafisch benachrichtigt, und überall wurden die Straßen durch Polizei scharf bewacht.

So standen die Dinge, als ich in Dartmoor ankam. Allerdings war das Auto bereits gefunden. Den Einschlag des Geschosses konnte man auf der Rückseite deutlich sehen. Die Beamten hatten den Wagen verlassen auf einer Straße gefunden. Eine Fünfzigpfundnote war mit einer Stecknadel auf dem Rücksitz befestigt, und auf einem beiliegenden Zettel wurde ersucht, diese Summe der Firma auszuhändigen, die den Wagen geliehen hatte. Als wir uns später telefonisch bei dem Autoverleih erkundigten, erfuhren wir, daß der Fremde, der das Auto mietete, sich Sir Philip Frampton genannt hätte. So frech konnte nur Leslie gewesen sein.

Ich begriff alles, nur wußte ich nicht, wer die stattliche Dame in dem Wagen gewesen war. Aber plötzlich kam mir eine Idee, und ich hätte beinahe laut losgelacht. Thomson Dawkes mußte diese Rolle gespielt haben! Allerdings hatte er zu diesem Zweck wohl seinen schwarzen Bart opfern müssen.

Ich fragte den betreffenden Wärter noch genauer über die »Dame« aus.

»Ja, sie hatte allerdings sehr grobe Züge«, meinte er und beschrieb damit zutreffend die gewaltige Nase und das runde Kinn von Dawkes. Wohin mochten sie Billy nur gebracht haben? Leslie war sehr vorsichtig und überließ im allgemeinen nichts dem Zufall. Vierzehn Tage lang hatte er die Sache vorbereitet.

Die Gefängnisdirektion ließ von einem Spezialisten alle Briefe genau untersuchen, die Billy in der letzten Zeit erhalten hatte. Der Fachmann fand eine Anzahl von Schreiben, deren Unterschrift »Dein Liebling Li« lautete. Sie zeichneten sich durch bedeutende Länge aus, und dem Beamten gelang es tatsächlich, den darin versteckten Geheimcode zu entziffern. Man mußte immer das letzte Wort in der ersten, das zweitletzte Wort in der dritten, das drittletzte in der fünften Zeile und so weiter lesen. Dadurch erhielt man folgende Nachricht:

> Mary im Gefängnis unter Verdacht, Frampton erschossen zu haben. Am zwölften Mai auf graues Auto warten und zur Flucht bereithalten. Werde Außenabteilung entdecken, in der Sie arbeiten.

»Gut, daß wir das wissen«, sagte Jennings, »aber wo sind sie jetzt?«

Der Gefängnisbeamte, mit dem wir sprachen, zuckte nur die Schultern.

»Auf jeden Fall entkommt er mir nicht«, erklärte Jennings. Der Himmel mochte wissen, welchen persönlichen Groll er gegen Billy haben mochte. »Ich würde ihn auf eine Meile weit erkennen. Man kann ihn unmöglich verwechseln. Wahrscheinlich werden sie versuchen, einen Zug zu erreichen.« Er strich mit der Hand über sein dickes Kinn. »Sie können aber nur von einer Station abfahren, und das ist Tavistock. Wir müssen sofort hin, Mont.«

»So, müssen Sie das?« brummte ich, aber dann wurde mir plötzlich klar, daß es für mich besser war, bei ihm zu bleiben. Wenn Billy entkam, trug er die volle Verantwortung.

»Sie brauchen nicht mitzukommen, wenn Sie nicht wollen«, erwiderte er. »Wenn Sie –«

»Wenn ich etwas Besseres wüßte, würde ich es tun. Aber ich habe es mir überlegt, ich komme mit Ihnen.«

Am Nachmittag machten die Beamten, die die Gegend absuchten, eine Entdeckung. Sie fanden eine sorgfältig vorbereitete Erdhöhle, aber sie war leer. Ich vermutete, daß Leslie auch dafür verantwortlich war. Er war stark, so daß er solche Arbeiten leicht ausführen konnte. Aber er mußte von seinem Plan abgekommen sein, weil die Gefahr, entdeckt zu werden, zu groß war.

Nachdem ich das Gelände inspiziert und alle Möglichkeiten der Flucht erwogen hatte, fiel mein Verdacht auf einen Bauern, dessen Haus auf der Heide in der Nähe von Tavistock lag. Mein Argwohn wurde dadurch geweckt, daß nach Aussagen der Anwohner vor vierzehn Tagen ein Mann, der Leslie Jones glich, das Grundbuchamt der Gegend eingesehen hatte. Ich wußte sofort, worauf er hinauswollte. Er suchte nach Leuten, denen es schlecht ging, und dieser Bauer stand dicht vor dem Bankrott. Es waren verschiedene Zahlungsbefehle gegen ihn erlassen, aber einige Zeit darauf war er wieder zahlungsfähig und kaufte sich sogar ein Auto. Den Nachbarn und Freunden erzählte er, daß in Australien ein Onkel von ihm gestorben wäre und ihm fünftausend Pfund hinterlassen hätte. Aber niemand in Dartmoor hatte jemals davon gehört, daß er Verwandte in Australien besaß.

Jennings und ich fuhren in einem kleinen Wagen nach Tavistock und stellten uns auf dem Bahnsteig auf. Wir betrachteten mißtrauisch jeden Reisenden, der von hier abfahren wollte.

Zwei, sogar drei Tage vergingen, und wir erhielten keine neuen Nachrichten über den Flüchtling. Am vierten Tag wurde ich telegrafisch nach London abberufen. Auch Jennings bekam ein Telegramm. Jedenfalls enthielt es einen Vorwurf, denn er zeigte es mir nicht. Der Zug, der um zwei Uhr siebenundfünfzig abging, war der letzte, den wir beobachteten. Mit dem nächsten kehrten wir nach London und nach Scotland Yard zurück.

Es war ein regnerischer, feuchter Tag. Der Wind fegte über die Ebene von Dartmoor; ich fand es sehr ungemütlich auf dem Bahnsteig, und Jennings war schlecht gelaunt. Es stiegen nur drei Passagiere nach London ein, und zwar eine Dame, die der Stationsmeister kannte, ein Handlungsreisender, dessen Identität ebenfalls feststand, und eine große, verschleierte Dame.

»Das ist sie«, sagte Jennings. »Die Beschreibung stimmt genau.«

Außer diesen drei Passagieren wurden nur noch zwei Sträflinge in Ketten zu dem Zug geführt, bewacht von einem bärbeißigen alten Wärter.

»Die Gefangenen sehen ganz erbärmlich aus«, erklärte Jennings, der die Leute betrachtete.

»Ich werde die große Dame einmal etwas näher in Augenschein nehmen«, sagte Jennings. Er hoffte, zum Schluß wenigstens noch einen teilweisen Erfolg zu erringen.

»Ich gebe Ihnen den guten Rat, das bleiben zu lassen«, erwiderte ich, aber er wollte nicht auf mich hören.

»Warum soll ich nicht alles tun, um diese Sache zu klären?«

Ich zuckte nur die Schultern.

Im nächsten Augenblick ging er im Regen den Zug entlang und riß schließlich die Tür zu dem Abteil erster Klasse auf, in das die Dame eingestiegen war.

Sie saß allein darin.

»Entschuldigen Sie«, begann Jennings und lüftete den Hut, »wir suchen einen entsprungenen Sträfling.«

»Hoffentlich finden Sie ihn«, entgegnete sie. Er konnte an der Stimme deutlich hören, daß es eine Frau war, aber trotzdem gab er sich noch nicht zufrieden.

»Ich muß Sie bitten, Ihren Schleier abzulegen, Madame«, sagte er mit fester Stimme.

»Wie kommen Sie dazu, ein derartiges Verlangen an mich zu stellen? Das fällt mir gar nicht ein!«

»Dann bleibt mir nichts anderes übrig, als Sie aus dem Zug zu holen und Sie zu verhaften.«

Das war der Anfang einer recht unangenehmen Auseinandersetzung, die nachher noch eine Zeitlang schriftlich zwischen dem Polizeipräsidenten und der Herzogin von Babbacombe fortgesetzt wurde. Denn niemand anders war die verschleierte Dame in dem Abteil erster Klasse. Jennings wäre beinahe aus dem Dienst entlassen worden.

»Nun, wir haben unser Bestes getan«, meinte er, als wir zusammen in den Zug nach London einstiegen. »Und ich bin fest davon überzeugt, daß Stabbat nicht vom Bahnhof Tavistock entkommen ist.«

Ich erwiderte nichts. Billy hatte ich in seiner Verkleidung als Gefangenenwärter nicht erkannt. Der graue Schnurrbart war ein Meisterstück für sich. Aber ich hatte sehr wohl bemerkt, daß Leslie der Gefangene Nummer eins und der große Thomson Dawkes Sträfling Nummer zwei waren.

14

»Ach, ist Billy wirklich entkommen?« fragte Leslie mit gutgespielter Überraschung. »Ich möchte nur wissen, wie er aus Dartmoor herausgekommen ist.«

»Vielleicht im Flugzeug.«

»Möglich«, entgegnete Leslie und machte sich mit einer Anzahl von Akten zu schaffen. »Das halte ich sogar für durchaus möglich.«

»Ich werde Ihnen sagen, was ich von der Sache halte«, erklärte ich.

Unsere Unterhaltung fand einen Tag nach unserer Abfahrt von Tavistock statt.

»Es fällt einem Sträfling leicht, von Dartmoor zu entkommen, wenn er nur die nötigen Verbündeten hat. Seine Freunde verkleiden sich als Gefangene, die in ein anderes Gefängnis abtransportiert werden sollen, und der Sträfling selbst spielt den Gefangenenwärter. Niemand wird sie anhalten und ausfragen, denn es kommt kein Mensch auf den Gedanken, daß Sträflinge auf diese Art entfliehen könnten.«

Er sah mich mit einem rätselhaften Lächeln an.

»Das ist allerdings eine glänzende Idee, Mr. Mont. Warum schreiben Sie eigentlich keine Kriminalromane?«

»Leslie!« sagte ich leise.

»Ja, Mr. Mont, was wünschen Sie?«

»Glauben Sie, daß Billy hierher ins Büro kommen will?«

»Wir werden ja sehen, Mr. Mont.«

»Ich fürchte nur, daß das zu einer Katastrophe führen wird. Draußen stehen zwei Polizisten, die das Haus streng bewachen.«

Leslie legte seine Akten nieder und sah mir offen in die Augen.

»Mr. Mont, Sie können sich auf mich verlassen. Die beiden Polizisten waren schon hier oben und haben die Räume durchsucht. Seien Sie so gut und gehen Sie jetzt einmal in Billys Büro. Dort finden Sie Señor Tobasco aus Chile.«

Ich zögerte, aber es blieb mir nichts anderes übrig. Ich hatte mich schon zu weit in die ganze Sache eingelassen. Als ich eintrat, saß Billy Stabbat an seinem Schreibtisch und rauchte gelassen eine große Zigarre. Ich schüttelte ihm erfreut die Hand, und es kam mir nicht im geringsten der Gedanke, daß ich meinen Diensteid dadurch verletzte. Mein Gewissen hatte ich auf Ferien geschickt.

»Ich freue mich, Sie wiederzusehen, Billy. Aber ist das nicht viel zu gefährlich?«

»Die Tür ist ja verschlossen«, entgegnete er gleichgültig. »Außerdem gibt es einen Ausgang hier im Haus, den die Polizei nicht kennt. Vor allem müssen wir jetzt sehen, daß wir Mary freibekommen. Sie dürfen mir glauben, daß ich das fertigbringe, denn ich habe den Mörder Sir Philip Framptons gefunden.«

Ich sah ihn erstaunt an.

»Ich habe im Gefängnis einige Wochen in derselben Abteilung wie er gearbeitet.« Billy lachte vergnügt. »Ich wette, George ist ganz außer sich vor Wut, daß es mir gelungen ist, zu entfliehen. Aber er wird bald noch einen viel größeren Schrecken haben. Seinen Bruder habe ich ins Gefängnis gebracht, aber George kommt an den Galgen!«

Er faßte mich am Arm.

»Mont, Sie sind ein braver Kerl. Ich habe Sie in alle möglichen Gefahren und Unannehmlichkeiten gebracht, und ich hätte auch kein Wort gesagt, wenn Sie nicht mehr mitgespielt hätten. Was Sie für mich und Mary getan haben, soll Ihnen nicht vergessen werden. Heute will ich es wenigstens zum Teil wiedergutmachen. Bringen Sie Jennings heute nachmittag um zwei Uhr hierher, ebenso den Chefinspektor von Scotland Yard. Ich will mich ihm selbst stellen. Zum Glück kann ich beweisen, daß ich zu Unrecht verurteilt wurde. Mary ist vollkommen unschuldig. Es wird leicht sein, auch das klarzustellen. Bei mir ist die Sache schon schwieriger, denn ich habe zugegeben, daß ich schuldig bin. Ich muß eine sehr lange umständliche Erklärung abgeben.«

Ich hörte ihm erstaunt zu.

»Ist es tatsächlich Ihr Ernst, daß ich den Chefinspektor und Jennings hierherbringen soll?«

»Ja. Ich werde rechtzeitig da sein und Sie empfangen. Wir haben die Nacht hier zugebracht, nachdem wir in London ankamen. Die Kleider haben wir natürlich im Zug gewechselt. Und rasiert haben wir uns auch, bevor wir Exeter erreichten. Leslie hat seine Sache großartig gemacht. Ja, es ist wirklich mein Wunsch, daß Sie die beiden Beamten hierherbringen. Nachher können Sie wieder nach Dartmoor fahren und George Briscoe verhaften. Sie haben die Untersuchung des Falles in Händen.«

Ich wollte meinen Ohren kaum trauen, aber er sprach vollkommen ernst. Als ich fortging, schrieb er weiter an einem Brief, der bereits viele Seiten umfaßte. Ich vermutete, daß das Schreiben an Mary gerichtet war.

Es lag gerade keine sehr angenehme Aufgabe vor mir, aber ich faßte doch Mut und trug dem Chefinspektor mein Anliegen vor.

»Ich – ich habe Stabbat aufgespürt«, sagte ich und versuchte, möglichst ruhig zu erscheinen.

Er drehte sich sofort um und sah mich über seine Brillengläser hinweg an.

»Was? Wie haben Sie denn das gemacht? Und auf welcher Polizeistation haben Sie ihn abgeliefert?«

»Verhaftet habe ich ihn nicht«, erwiderte ich äußerlich ruhig. »Der Mann ist unschuldig und aus dem Gefängnis ausgebrochen, um seine Unschuld zu beweisen.«

»So?«

Eine peinliche Pause entstand.

»Wie will er sie denn beweisen?« fragte der Chefinspektor endlich.

Nun erzählte ich ihm, daß ich mit Billy vor ein paar Minuten eine lange telefonische Unterredung gehabt hätte und daß er uns in seinem Büro sprechen wollte.

»Mich will er sprechen!« rief der Chefinspektor und schlug mit der flachen Hand auf den Tisch.

»Ja, Sie und Inspektor Jennings. Ich weiß nicht, ob ich Jennings dazu bringen kann, daß er dorthin geht –«

»Kümmern Sie sich nicht darum. Das mache ich schon.«

Um halb drei fuhren wir in einem Dienstwagen zu Billy.

Jennings hatte ich nicht gesagt, worum es sich handelte. Als er in das Büro trat, sah er am Schreibtisch Billy, der eine Zigarre im Munde hatte. Ich dachte, Jennings würde der Schlag rühren.

»Stabbat!« rief er. »Ich verhafte Sie!«

Billy brachte ihn durch eine scharfe Handbewegung sofort zum Schweigen.

»Soweit sind wir noch nicht, Mr. Jennings. Ich bat Sie, heute hierherzukommen, um Ihnen verschiedenes zu zeigen.«

»Lassen Sie den Schwindel«, erwiderte Jennings, der vor Ärger krebsrot im Gesicht geworden war.

»Ich glaube aber, daß ich Sie von meiner Schuldlosigkeit überzeugen kann«, lächelte Billy.

»Das werden wir ja sehen!« schrie Jennings. Leslie und ich lachten laut auf, als wir Billys Lieblingsausspruch hörten.

»Was ist denn los?« fragte der Chefinspektor.

»Das erkläre ich Ihnen später«, entgegnete ich.

Jennings wandte sich in höchster Empörung an unseren Vorgesetzten.

»Ich weiß nicht, ob Sie wissen ...« begann er, aber der Chef winkte ab.

»Wir wollen erst hören, was uns Stabbat zu sagen hat«, entschied er.

»Ich bat Sie, hierherzukommen, und ich will Ihnen nun erklären, wie auf zwei Leute in diesem Raum geschossen wurde. George Briscoe ist dafür verantwortlich. Sie werden wahrscheinlich schon von ihm gehört haben.«

»Ach, meinen Sie den kanadischen Verbrecher?« fragte der Chefinspektor.

»Ja. Seinen Bruder Tom habe ich überführt, aber George entging damals der Strafe und wurde vom Gericht freigesprochen. Später kam er nach England, um mit mir abzurechnen, weil ich seinen Bruder lebenslänglich ins Gefängnis gebracht hatte. Er ist einer der klügsten und tüchtigsten Mechaniker und wie sein Bruder als Experte in Schlössern unübertroffen. Er wollte sich an mir rächen und fand eine Gelegenheit dazu, als ich diese Büroräume bezog. Er bestach den Polier, der die Arbeiten beaufsichtigte, und erhielt die Anstellung, die er haben wollte. Ich erkannte ihn sofort, ließ ihn aber ruhig hier arbeiten, weil ich glaubte, er wolle mich auf der Stelle niederschießen und dann fliehen. Wenn es sich aber um Schnelligkeit beim Schießen handelt, nehme ich es mit jedem anderen auf. George hatte jedoch ganz andere Absichten.«

Jennings hatte sich inzwischen in dem Schreibtischsessel niedergelassen, den Billy freigemacht hatte.

»Hoffentlich dauert diese Geschichte nicht zu lange«, sagte er, aber der Chef brachte ihn durch einen strengen Blick zum Schweigen.

»Erzählen Sie weiter, Stabbat.«

»Er hat einen Plan zur Ausführung gebracht, der verteufelt schlau ist. Ich weiß wirklich nicht, ob ich den Mann hassen oder bewundern soll. Ich habe mich später erkundigt und erfahren, daß er zwei Tage lang allein in diesem Büro arbeitete. In dieser Zeit baute er eine automatische Pistole hier ein. Die Auslösung des Schusses erfolgt durch elektrischen Strom, und zwar immer dann, wenn man die Klingel auf dem Tisch drückt. Natürlich nahm er an, daß ich der erste sein würde, der die Klingel benützen und dadurch den tödlichen Schuß gegen mich selbst auslösen würde.«

»Ach, das ist doch alles Unsinn! Uns können Sie doch solche Märchen nicht erzählen!« rief Jennings. »Diese Klingel . . .«

In diesem Augenblick geschah es. Ich hörte, wie Billy dem Inspektor eine Warnung zuschrie und sich selbst flach auf den Boden warf. Jennings ließ sich aber nicht abhalten – er drückte auf den Knopf . . .

Eine ohrenbetäubende Detonation folgte; ein Geschoß streifte den Inspektor, der sich weit vorgebeugt hatte, an der Schulter und zerschlug dann klirrend das Fenster.

»Glauben Sie es jetzt? Der Schuß wird durch die elektrische Klingel ausgelöst«, sagte Billy, nachdem er sich langsam wieder vom Boden erhoben hatte. »Und wenn Ihr Kopf etwas höher gewesen wäre, hätte ihn das Geschoß getroffen.«

Jennings war weiß wie ein Tischtuch und zitterte am ganzen Körper, obwohl ihn die Kugel nur an der Schulter gestreift hatte. Er hatte den Schreibtischsessel zurückgeschoben und sich deshalb weit vorbeugen müssen, um zu klingeln.

»Um Himmels willen!« rief der Chefinspektor. »Woher ist der Schuß denn gekommen?«

»Aus dem Maul des rechten Löwen am Kamin. Ich werde Ihnen alles genau zeigen.«

Billy winkte Leslie, und die beiden zogen und drehten an dem Marmorkopf. Nach einiger Zeit gab er nach, und sie legten das schwere Steinstück auf den Boden, nachdem sie vorher einen Verbindungsdraht entfernt hatten. Im Innern sah man deutlich eine Pistole, die in einer Höhlung einzementiert war. Selbst ein Laie konnte den Mechanismus der elektrischen Auslösung ohne weiteres erkennen.

»Bei dem ersten Unglück, das hier passierte, sah es so aus, als hätte jemand auf meinen Freund Thomson Dawkes geschossen. Aber Dawkes selbst hatte auf den Klingelknopf gedrückt, um jemand verhaften zu lassen.«

»Ihre letzte Bemerkung klingt etwas unklar, Stabbat, aber ich glaube, ich verstehe Sie«, erwiderte der Chefinspektor.

»Die betreffende Person hatte einen Revolver in der Hand, hat ihn aber nicht abgedrückt. Das habe ich inzwischen erfahren. Zuerst hatte ich den Eindruck, daß tatsächlich ein Schuß abgegeben worden war. Was Sir Philip Frampton geschah, ist jetzt auch geklärt. Er schrieb einen Brief und fand, daß er mit der Feder nicht schreiben konnte, weil sie alt und verdorben war. Er sah sich um, entdeckte die Klingel und drückte auf den Knopf, um den jungen Mann hereinzurufen. Das Geschoß traf ihn so unglücklich, daß er sofort tot war. Er sprang noch auf und stürzte dann auf dem Teppich nieder.«

Der Chefinspektor untersuchte die Anlage genau.

»Damit wird also die Anklage gegen Miss Ferrera hinfällig. Ich glaube doch, daß sie die betreffende Person war?« Er warf mir einen merkwürdigen Blick zu. »Ich kann mich allerdings nicht entsinnen, daß Sie in Ihrem Bericht die Anwesenheit von Miss Ferrera erwähnten!«

»Ich habe sie nicht erwähnt«, entgegnete ich.

»Nun, dann haben Sie sie vielleicht nicht bemerkt oder übersehen«, fügte er mit einem feinen Lächeln hinzu und winkte Jennings.

»Sie dürfen von Glück sagen, Inspektor. Die beiden Polizisten, die Sie vor dem Haus aufgestellt haben, können Sie abberufen.

Mr. Stabbat bleibt ja wohl noch einige Stunden hier. Der Polizeipräsident wird sich diese geniale technische Anlage sicher auch ansehen wollen.«

Ich konnte vor Freude kaum sprechen, als ich mich an diesem Nachmittag von Billy verabschiedete.

»Was wird Mary dazu sagen?« meinte ich.

Eigentlich erwartete ich die stereotype Antwort: »Wir werden ja sehen«, aber diesmal entgegnete er nichts, sondern drückte mir nur stumm die Hand.

EDGAR
WALLACE

DER DIAMANTENFLUSS

Roman

Aus dem Englischen
von Maria Christa

1

Der Weg nach dem Alebi-Land führt durch den Busch. Er windet sich durch Wälder und Sümpfe, geht quer durch dichtes Gestrüpp und über üppig bewachsene Hügel; es ist ein kaum erkennbarer Pfad. Kein Nebenfluß des großen Stroms zeigt den Weg in das Alebi-Land, wo, wie die Kunde geht, wilde und unbekannte Stämme hausen, bei denen seltsame Zauber und absonderliche Bräuche zu finden sind. Durch dieses Land fließt der Diamantenfluß.

Einst brach in dieses schlimme Land eine Expedition auf. Sie war an einem Oktobermorgen mit einem Küstendampfer angekommen und hatte Träger und schwere Lasten mit Vorräten aller Art bei sich. Vier weiße Männer waren es, von denen einer höchstes Ansehen genoß, ein Mann mittleren Alters, hochgewachsen, breitschulterig, mit heiteren, freundlichen Mienen.

Einer der vier Männer machte kein Hehl daraus, daß er an der Expedition nicht teilzunehmen beabsichtigte. Auch er war ein großer Mensch, aber von schwererem Körperbau, und er hatte ein plumpes Gesicht. Während die Karawane mit Zurüstungen für den Marsch beschäftigt war, vertrieb er sich die Zeit damit, daß er riesige Zigarren rauchte und das Klima verfluchte.

Ein paar Tage vor dem Aufbruch der Expedition nahm er den Führer beiseite:

»Nun, Sutton«, sagte er, »die Sache hat mich einen Haufen Geld gekostet, und ich wünsche nicht, es durch eine Ihrer Torheiten zu verlieren – ich sage Ihnen das ganz offen, und Sie haben keinen Grund, zornig zu werden. Wenn Sie die Mine ausfindig gemacht haben, müssen Sie mit Proben zurückkehren, aber vor allem müssen Sie an Ort und Stelle genaue Messungen vornehmen. Wo sich der Fluß befindet, weiß ich nicht genau. Sie haben ja den skizzierten Plan erhalten, den uns der Portugiese gegeben hat –«

Der andere unterbrach ihn mit einem nervösen Lachen.

»Er fließt natürlich nicht auf portugiesischem Gebiet.«

»Um Himmels willen, Sutton«, sagte der große, starke Mann in einem aufgebrachten und flehenden Ton, erzürnt und bittend zugleich, »schlagen Sie sich doch diese portugiesische Grille aus dem Kopf! Ich habe Ihnen hundertmal gesagt, daß von portugiesischem Gebiet keine Rede sein kann. Der Fluß läuft durch britischen Grund und Boden –«

»Wissen Sie, daß das Kolonialamt –«

»Ich weiß alles«, unterbrach ihn der Mann rauh, »ich weiß, daß das Kolonialamt ein Verbot erlassen hat, und ich weiß, daß es eine schlimme Gegend ist, durch die man sich mit äußerster Anstrengung hindurchkämpfen muß ... Übrigens ... hier!« Er zog aus seiner Tasche ein flaches, rundes Gehäuse und öffnete es. »Benutzen Sie diesen Kompaß, wenn Sie auf die erste Hügelkette gestoßen sind – haben Sie noch andere Kompasse?«

»Ich habe zwei«, antwortete Sutton verwundert.

»Geben Sie sie mir.«

»Aber –«

»Geben Sie sie her, mein Lieber«, sagte der Stämmige gereizt. Sutton ging mit einem gutmütigen Achselzucken weg und kehrte einige Minuten darauf mit den beiden Instrumenten wieder. Er tauschte sie gegen den Kompaß ein, den der andere in der Hand hielt, und öffnete ihn.

Es war ein schönes Instrument, das ohne Nadel arbeitete; die ganze Skala geriet in Bewegung, wenn man den Kompaß drehte.

Das überraschte den Führer, und er erwiderte mit allen Zeichen des Unbehagens:

»Merkwürdig – sind Sie sicher, daß der Kompaß richtig eingestellt ist? Norden muß genau über dem Flaggenmast auf dem Regierungsgebäude sein; erst gestern habe ich das von hier aus festgestellt –«

»Dummes Zeug!« unterbrach ihn der andere laut. »Dieser Kompaß ist auf seine Zuverlässigkeit geprüft; glauben Sie, ich wollte Sie täuschen – bei dem Geld, das ich investiert habe?«

An dem Morgen, an dem die Expedition aufbrechen wollte, gerade als die Träger ihre Lasten auf ihre Schultern genommen hatten, fand sich plötzlich ein sonnengebräunter Mann von kleinem Wuchs auf dem Sammelplatz ein. Er trug eine kurze Peitsche in der Hand. Sein Haar bedeckte ein großer weißer Helm, den er etwas zurückgeschoben hatte.

»Sanders, Regierungsamtmann«, stellte er sich lakonisch vor. »Ich komme gerade aus dem Innern; tut mir leid, daß ich nicht früher angekommen bin: Sie wollen in den Busch?«

»Ja.«

»Diamanten, nicht wahr?«

Sutton, der Führer, nickte.

»Sie werden auf Ihrem Marsch verteufelt viele Hindernisse antreffen, Hindernisse primitivster Art. Die Alebi-Männer werden mit Ihnen kämpfen, und das Otaki-Volk wird Sie in Stücke reißen.« Er stand nachdenklich da und fuchtelte mit seiner Peitsche hin und her.

»Vermeiden Sie Zusammenstöße«, fuhr er fort, »ich möchte keine bewaffneten Konflikte in meinem Gebiet haben – und halten Sie sich von der portugiesischen Grenze fern.«

Sutton, der Führer, lächelte.

»Wir werden dieser geheiligten Grenze weit aus dem Wege gehen – das Kolonialamt hat unsere Reiseroute gesehen und gebilligt.«

Der Amtmann nickte wieder und sah Sutton ernst an.

»Viel Glück«, sagte er.

Am nächsten Tage brach die Expedition in der Morgendämmerung auf und verschwand in den Wäldern jenseits des Isisi-Flusses.

Eine Woche später fuhr der Stämmige nach England.

Monate vergingen, und keiner kehrte zurück; weder durch einen Boten noch durch einen Missionsbericht traf irgendwelche Nachricht von der Expedition ein. Ein Jahr ging vorüber, und noch immer kam keine Kunde.

Jenseits der Meere regten sich die Leute auf und wurden unruhig; Kabeltelegramme, Briefe, amtliche Depeschen liefen beim Regierungsamtmann ein und drängten ihn, nach der verlorengegangenen Expedition der weißen Männer, die den Diamantenfluß hatten finden wollen, zu suchen. Sanders von Bofabi schüttelte den Kopf.

In welcher Weise sollten die Nachforschungen angestellt werden? In anderen Gegenden konnte ein flinker kleiner Dampfer in die von europäischem Einfluß unberührten Regionen eindringen, besonders, wenn ein dickes Kanonenrohr über seinen Bug hinausragte; aber das Alebi-Land gehörte zum Busch. Zur Erkundung eines solchen Landstrichs war eine bewaffnete Truppe nötig, und eine bewaffnete Truppe kostete Geld – der Regierungsamtmann schüttelte den Kopf.

Nichtsdestoweniger schickte er insgeheim zwei Späher in den Busch, zwei erfahrene und geschickte Jäger.

Sie waren drei Monate abwesend, und als sie zurückkehrten, führte der eine den andern.

»Die Wilden von Alebi fingen ihn und stachen ihm die Augen aus«, sagte der Führer ohne Erregung, »aber in der Nacht, in der sie ihn verbrennen wollten, tötete ich seinen Wächter und trug ihn in den Busch.«

Sanders stand im Mondlicht vor seinem einstöckigen Landhaus und blickte ernst von dem Sprecher zu dem geblendeten Mann, der geduldig und ohne zu klagen dastand und mit seinen Fingern spielte.

»Bringt ihr Nachricht von den weißen Männern?« fragte er schließlich, und der Sprecher, der sich auf seinen Speer stützte, wandte sich an den des Augenlichts Beraubten neben ihm.

»Was hast du gesehen, Messambi?« fragte er ihn in seiner Eingeborenensprache.

»Knochen«, jammerte der Blinde, »Knochen habe ich gesehen; Knochen, nichts als Knochen. Sie haben die weißen Männer auf einem großen Platz vor dem Haus des Häuptlings gekreuzigt, und keiner ist am Leben geblieben, so sagten die Männer.«

»Ich hatte es mir gedacht«, erwiderte Sanders und machte seinen Bericht nach England.

Monate vergingen, die Regenzeit kam und dann die grüne Jahreszeit, die auf die Regenzeit folgt. Sanders war so tätig, wie er es als Regierungsamtmann in einem Land, wo Schlafkrankheit und Stammesfehden ständig zum Prozentsatz der Sterblichkeit beitragen, zu sein hatte.

Er war in den Busch gerufen worden, um den geheimen Künsten eines Zauberdoktors ein Ende zu machen. Er legte auf den verschlungenen Pfaden, die in das Alebi-Land führen, sechzig

Meilen Wegs zurück und errichtete in einem Flecken namens M'Saga sein Tribunal. Zwanzig Haussas begleiteten ihn, sonst hätte er nicht ungestraft so weit gehen können. Er saß in dem strohgedeckten Geisterhaus zu Gericht und mußte die unglaublichsten Geschichten anhören: von Zauberkräften und Zauberformeln und allerlei bösen Krankheiten als Folge des Hokuspokus, der zwischen Monduntergang und Sonnenaufgang betrieben wurde.

Der Zauberdoktor war ein alter Mann, aber Sanders hatte keinen Respekt vor grauen Haaren.

»Es ist ganz offenbar, daß du ein böser Mensch bist«, sagte er »und –«

»Herr!« unterbrach ihn der Kläger, ein Mann, dessen Körper von Krankheit und ausgestandenen Schrecken ganz abgezehrt war; er trat in den Kreis, den die Soldaten und die abergläubische Bevölkerung des Ortes bildeten. »Herr, er ist ein böser Mensch –«

»Sei ruhig«, befahl Sanders.

»Er übt Teufelszauber aus mit dem Blut weißer Männer«, schrie der Mann, als ihn zwei Soldaten auf einen Wink des Regierungsamtmanns ergriffen. »Er hält einen weißen Mann im Wald gefangen –«

Sanders wurde munter und horchte auf. Er kannte die Eingeborenen besser als jeder andere; er konnte eine Lüge aufdecken – und er konnte, was noch schwieriger war, die Wahrheit aufdecken. Er winkte jetzt das Opfer aus der dem Zauberer feindlichen Gruppe zu sich.

»Was sprichst du da von weißen Männern?« fragte er.

Der alte Doktor sagte wütend etwas in leisem Ton, und der Kläger zögerte.

»Fahr fort«, sagte Sanders.

»Er sagt –«

»Weiter!«

Der Mann zitterte am ganzen Körper.

»Im Wald ist ein weißer Mann – er kam vom Diamantenfluß –, der Alte dort fand ihn und brachte ihn in eine Hütte, weil er sein Blut für Zaubereien braucht ...«

»Zeige uns die Hütte!«

Der Mann ging auf einem Waldpfad voran, hinter ihm schritten Sanders, und mit zusammengebundenen Händen und von sechs Soldaten begleitet, der alte Zauberdoktor.

Zwei Meilen vom Dorf entfernt war eine Hütte. Das Elefantengras stand so hoch um sie herum, daß sie kaum zu sehen war. Ihr Dach war verfault und hatte sich in der Mitte gesenkt, das Innere war ekelerregend ...

Sanders fand einen Mann auf dem Boden liegen, der mit den Beinen an einen schweren Klotz gekettet war; er lachte leise vor sich hin und redete wie ein gebildeter Mensch.

Die Soldaten trugen ihn ins Freie und legten ihn behutsam auf den Boden.

Seine Kleider waren zerfetzt, Haar und Bart lang, und an den Armen hatte er viele kleine Narben von Wunden, die ihm der Zauberdoktor beigebracht hatte, um ihm Blut zu entziehen.

»Hm«, sagte Sanders und schüttelte den Kopf.

»... der Diamantenfluß«, sagte das Menschenwrack mit einem Kichern, »hübscher Name – was? Kimberley? Ei was, Kimberley ist damit verglichen nichts ... Ich glaubte es nicht, bis ich es mit meinen eigenen Augen sah ... Das Bett des Flusses ist mit Diamanten besetzt, und du hättest es niemals gefunden, Lambaire, mit deiner Karte und deinem Höllenkompaß ... Ich habe ein Versteck mit Werkzeugen und Proviant für ein paar Jahre zurückgelassen ...« Er steckte seine Hand in sein zerlumptes Hemd und brachte ein Stück Papier zum Vorschein.

Sanders beugte sich hinab, um es an sich zu nehmen, aber der Mann steckte es mit seiner dünnen Hand wieder ein.

»Nein, nein, nein«, hauchte er. »Du nimmst mir Blut, das ist dein Geschäft – ich bin stark genug, dir standzuhalten – aber eines Tages werde ich weggehen ...«

Zehn Minuten später verfiel er in einen festen Schlaf.

Sanders fand das schmutzige Papier und steckte es in eine Tasche seiner Uniform.

Er schickte einige Männer zurück, und sie brachten zwei Zelte mit, die sie in der Nähe der Hütte in einer Lichtung aufschlugen. Der Mann war in einem so erbarmungswürdigen Zustand, daß Sanders es nicht wagte, ihn fortzubringen.

Nachts, als das ganze Lager schlief und die beiden Negerweiber, denen der Amtmann befohlen hatte, bei dem kranken Mann zu wachen, schnarchten, erwachte das Menschenwrack. Verstohlen schlich es aus dem Bett und kroch in die sternenhelle Nacht hinaus.

Sanders wachte auf und fand eine leere Hütte und eine Handvoll Lumpen, die einst die Kleidung eines weißen Mannes gewesen waren. Sie lagen am Ufer des winzigen Waldstroms, etwa hundert Meter von dem Lager entfernt.

Der Zauberdoktor, der frühmorgens zu einem Verhör geladen wurde, kam in Fesseln. Er konnte über die Strafe, die ihn erwartete, nicht im Zweifel sein, denn im nahen Wald hatten die Haussas viele Todesopfer seiner Zauberei als Schuldbeweise ausgegraben.

»Herr«, sagte der Mann, als er dem starren Blick der grauen Augen des Amtmanns begegnete, »ich lese Tod auf deinem Gesicht.«

»Das ist Gottes Wahrspruch«, sagte Sanders und ließ ihn aufhängen.

2

Amber saß in seiner Zelle im Wellboro-Gefängnis und pfiff leise ein Liedchen; mit seinen Füßen, die nur in Strümpfen staken, trommelte er auf dem Boden den Takt dazu. Er hatte seinen Stuhl so nahe an die rauhe Wand gerückt, daß er ihn nach hinten kippen und auf zweien seiner drei Beine im Gleichgewicht halten konnte.

Seine Augen wanderten kritisch in dem kleinen Raum umher. Löffel und Schüssel auf dem Brett, vorschriftsmäßig dunkelgelber Gefängnisanstrich; das Bett sauber und ordentlich gemacht . . . er nickte mehrmals langsam mit dem Kopf und pfiff immer noch.

Über dem Bett, etwas nach links, befand sich ein kleines Fenster von derbem Glas, dessen unregelmäßige Struktur wohl das

Tageslicht hereinließ, aber keinen Blick in die Außenwelt gestattete. Auf einem Brett über dem Bett lagen eine Bibel, ein Gebetbuch und ein schmutziges Bibliotheksbuch.

Er schnitt dem Buch eine Grimasse; es war eine überaus langweilige Erzählung einer ganz besonders langweiligen Missionarin, die zwanzig Jahre im Norden Borneos zugebracht hatte, ohne etwas anderes beobachtet zu haben, als daß es dort »sehr heiß« war und daß die eingeborene Dienerschaft bei Gelegenheit »sehr schwierig« sein konnte.

Amber hatte nie Glück mit seinen Bibliotheksbüchern. Vor fünf Jahren, als er zum erstenmal Seiner Majestät Gefängnisse von innen sah, hatte er vorgehabt, Staatswirtschaftslehre und das Drama der Hellenen zu studieren, und er hatte um die einschlägige Literatur gebeten, um seinen Studien obliegen zu können. Man hatte ihm ein Elementarbuch der griechischen Grammatik und einen schweizerischen Robinson, Familienlektüre, gegeben, die ihm beide nicht viel nützen konnten. Glücklicherweise endete seine Gefangenschaft früher als erwartet; aber er hatte sich damit vergnügt, die Abenteuer des tugendhaften Schweizers in lateinische Verse zu bringen, obgleich ihn die Aufgabe wenig befriedigte und er sie deshalb beiseite legte.

Während seiner vierten Gefangenschaftsperiode hatte er ein langes Gesuch aufgesetzt, Chemie studieren zu dürfen; aber auch hierin hatte er kein Glück. Er kam nicht zu seinem Studium; ebensogut hätte er sich das Darlehen eines Landedelmannes sichern können.

Amber war jetzt achtundzwanzig oder dreißig Jahre alt. Er war etwas über mittelgroß und kräftig gebaut, obgleich er sehr schlank wirkte. Sein Haar war rötlich-blond, seine Augen grau, seine Nase gerade, Mund und Kinn fest; beim Lachen zeigte er zwei Reihen weißer Zähne, und er lachte gern. Der untere Teil seines Gesichts war jetzt unrasiert, was seiner Erscheinung Abbruch tat, aber nichtsdestoweniger sah er sogar in der häßlichen Gefängniskleidung wie der gebildete feine junge Mann aus, den er nicht verleugnen konnte.

Er hörte das Geräusch eines Schlüssels an der Tür und erhob sich; nach kurzer Zeit öffnete sich die Tür nach außen.

»75«, sagte eine befehlende Stimme, und er trat aus der Zelle auf den langen Flur, wo er stehenblieb.

Der Wärter, der die Schlüssel an einer blinkenden Kette trug, deutete auf die Schuhe des Gefangenen, die sauber nebeneinander vor der Zelle standen.

»Zieh sie an!«

Amber gehorchte, der Wärter beobachtete ihn.

»Warum diese Zudringlichkeit bei einer Sache so privater Natur, mein lieber Augustus«, fragte der kniende Amber.

Der Wärter, der gar nicht Augustus hieß, erwiderte nichts. Früher würde er ihn wegen Unverschämtheit angezeigt haben, aber man kannte jetzt die Überspanntheiten dieses musterhaften Gefangenen, der außerdem auch ein wenig Anspruch auf rücksichtsvollere Behandlung erheben konnte, denn er war es gewesen, der den Hilfswärter Beit vor der Wut des Londoner Mobs gerettet hatte. Dies hatte sich seinerzeit vor dem Gefängnis von Devizes ereignet; aber die Welt der Gefängnisse ist klein, und der Ruhm Ambers lief von Exeter nach Chelmsford, von Lewes nach Strangeways.

Er schritt mit seinem Wärter durch den Flur, eine polierte Stahltreppe hinab bis zur großen Halle und einen engen, gepflasterten Gang entlang bis zum Büro des Gefängnisdirektors. Er wartete eine Weile, bis ihm das Heiligtum geöffnet wurde.

Major Bliss saß an seinem Schreibtisch; er war ein gebräunter Mann mit einem kleinen schwarzen Schnurrbart und schwarzem Haar, das an den Schläfen ergraut war.

Er entließ den Wärter mit einem Kopfnicken.

»75«, sagte er kurz, »Sie werden auf einen Befehl des Ministeriums des Innern morgen entlassen.«

»Wie Sie wünschen, Direktor«, sagte Amber.

Der Direktor saß einen Augenblick schweigend wie in Gedanken und trommelte mit seinen Fingern geräuschlos auf seiner Schreibunterlage.

»Was werden Sie anfangen?« fragte er plötzlich.

Amber lächelte. »Ich werde meine Verbrecherkarriere weiter verfolgen«, sagte er heiter, und der Direktor runzelte die Stirn und schüttelte den Kopf.

»Ich kann Sie nicht verstehen – haben Sie keine Freunde?«

Wieder das vergnügte Lächeln. »Nein, mein Herr.« Amber wurde noch heiterer als zuvor. »Niemand ist an meiner Entdekkung schuld als ich selbst.«

Der Major blätterte in den Aktenbogen, die vor ihm lagen, las darin und runzelte wieder die Stirn.

»Zehn Vergehen!« sagte er. »Ein Mann mit Ihrer Veranlagung – ich meine, mit Ihren Fähigkeiten könnten Sie –«

»O nein, ich könnte nicht«, unterbrach ihn der Verbrecher, »die Richter extemporieren gern so, aber es ist nicht wahr. Daraus, daß einer ein geistvoller Verbrecher ist, folgt nicht, daß er als Architekt Bombenerfolge haben würde oder daß er, weil er einen Scheck fälschen kann, sein Glück bei einer Gründer-Gesellschaft gemacht hätte. Ein durchschnittlich begabter junger Mann kann immer als Verbrecher vorwärtskommen, weil er mit den wirklich schwachköpfigen und unwissenden Kollegen vom Handwerk im Wettbewerb steht.«

Er machte einen Schritt vorwärts und lehnte sich an den Rand des Schreibtisches.

»Sehen Sie, mein Herr, Sie erinnern sich meiner von Sandhurst her; Sie waren in meinem Alter. Sie wissen, daß ich pekuniär von einem Onkel abhängig war, der unerwartet starb. Was sollte ich machen, als ich nach London kam? Die erste Woche schien es recht hübsch zu gehen, denn ich hatte eine Zehnpfundnote, mit der ich weiterleben konnte; aber nach einem Monat litt ich Hunger. So verfiel ich auf den Betrug spanischer Gefangener, ich spekulierte auf die Begierde der Leute, die meinen, sie könnten ein ungeheures Vermögen erwerben, wenn sie nur eine kleine Auslage machten – so kam ich leicht zu Geld.«

Der Direktor schüttelte wieder den Kopf.

»Ich habe seitdem allerhand Betrügereien verübt«, fuhr 75 zu lügen fort. »Ich habe die verschiedensten Kunststückchen fertiggebracht«, sagte er lächelnd wie jemand, der sich einer heiteren Erinnerung überläßt. »Es gibt beim Spiel keinen Kniff, den ich nicht kenne; es gibt in London keinen Bösewicht, dessen Biographie ich nicht schreiben könnte, wenn ich wollte. Ich habe keine Freunde, keine Verwandten, niemanden auf der Welt, um den ich mich auch nur einen Deut zu scheren brauchte, und ich bin ganz glücklich; und wenn Sie sagen, ich sei zehnmal im Gefängnis gewesen, so sollten Sie richtiger sagen: vierzehnmal.«

»Sie sind ein Narr«, sagte der Direktor und drückte auf eine Klingel.

»Ich bin ein abenteuernder Philosoph«, sagte 75 behaglich scherzend, als der Wärter hereinkam, um ihn zu seiner Zelle zurückzuführen ...

Gerade ehe die Gefängnisglocke den Gefangenen das Zeichen gab, zu Bett zu gehen, brachte ihm ein Wärter ein sauberes Bündel Kleider.

»Sehen Sie nach, 75, und kontrollieren Sie alles«, sagte der Beamte freundlich. Er händigte dem Gefangenen eine gedruckte Liste aus.

»Werd' mich plagen«, sagte Amber, als er die Liste nahm. »Ich traue eurer Ehrlichkeit.«

»Kontrollieren Sie's!«

Amber knotete das Bündel auf, entfaltete seine Kleider, schüttelte sie aus und legte sie auf das Bett.

»Ihr hebt den ganzen Plunder besser auf als die in Walton«, sagte er beifällig, »keine Brüche im Rock, die Hosen hübsch in die Falten gelegt – hallo, wo ist mein Monokel?«

Er fand es in der Westentasche, sorgfältig in Seidenpapier eingewickelt, und war voll des Lobes für die Gefängnisverwaltung.

»Ich werde morgen früh einen Mann hereinschicken, der Sie rasiert«, sagte der Wärter zögernd. Er erhielt keine Antwort.

»75«, setzte er nach einer Pause hinzu, »kommen Sie nicht mehr hierher zurück!«

»Warum nicht?« Amber blickte auf und zog die Augenbrauen in die Höhe.

»Weil es wie ein Possenspiel ist«, sagte der Wärter. »Ein Herr wie Sie! Sie könnten sich sicher von diesem Ort fernhalten!«

Amber betrachtete den anderen, und in seinen Augen blitzte es schelmisch.

»Sie sind undankbar, mein lieber Aufseher«, sagte er beruhigend. »Männer wie ich können dem Ort nur zur Zierde gereichen; außerdem können sich die verdorbeneren und zügelloseren unter den Kostgängern an Männern wie mir ein Beispiel nehmen.«

Es war eine der Überspanntheiten Ambers, daß er beständig das Possessivpronomen bei seiner Anrede gebrauchte.

Der Wärter zögerte noch.

»Es gibt eine Menge Beschäftigungen, die ein Mann wie Sie ergreifen könnte«, sagte er fast vorwurfsvoll, »wenn Sie nur Ihre Fähigkeiten in der richtigen Weise anwenden wollten –«

75 hob seine Hand in würdevoller Abwehr.

»Mein lieber Aufseher«, sagte er ernst, »Sie zitieren das Sonntagsblatt, und das will ich gerade bei Ihnen nicht dulden.«

Später sagte Mr. Scrutton am Speisetisch der Wärter, daß er für sein Teil 75 aufgebe, er sei unverbesserlich. Und er gestand: »So nette Kerle wie ihn trifft man nicht allzuoft.«

»Wie kam er hierher?« fragte ein Hilfswärter.

»Er war Pfarrer im Londoner West-End, geriet in Schulden und verpfändete die silbernen Kirchengefäße -- er hat es mir selbst erzählt.«

In dem Speisezimmer befanden sich mehrere Beamte. Einer, ein älterer Mann, nahm seine Pfeife aus dem Mund, ehe er sprach.

»Ich sah ihn vor zwei Jahren in Lewes; wenn ich mich recht erinnere, wurde er aus der Marine hinausgeworfen, weil er einen Zerstörer zum Stranden gebracht hatte.«

Auch in dem kleinen Speisezimmer der Wohnung des Direktors, wo dieser mit seinem Stellvertreter zu Mittag aß, war Amber das Thema der Unterhaltung.

»Ich mag noch so sehr nachdenken«, sagte der Direktor verwirrt, »ich kann mich dieses Amber in Sandhurst nicht erinnern – er sagte, er erinnere sich meiner, aber ich kann mich mit dem besten Willen nicht auf ihn besinnen . . .«

Amber, der nicht ahnte, welches Interesse er erregte, schlummerte sanft auf der dünnen Matratze und lächelte im Schlaf.

Am folgenden Morgen wartete draußen vor dem Gefängnis eine kleine Gruppe von Leuten auf die Entlassung ihrer Angehörigen; es waren in der Hauptsache ärmlich gekleidete Männer und Frauen.

Einer nach dem andern kamen sie durch das kleine Pförtchen, grinsten ihre Freunde stumpfsinnig an, duldeten gleichgültig die Umarmungen der weinenden Frauen und empfingen mit mehr Behagen die rohen Späße ihrer männlichen Bewunderer.

Amber kam lebhaft angeschritten. Mit seinem sauberen schottischen Anzug, seinem weichen Filzhut und seinem Einglas hielten ihn die Wartenden für einen Gefängnisbeamten und machten ihm respektvoll Platz. Selbst die entlassenen Gefangenen, die ihn sahen, erkannten ihn nicht, denn er war frisch rasiert und sah gegen sie vornehm aus; aber ein schwarzgekleideter junger Mann, bleich und sehr ernst aussehend, hatte auf ihn gewartet und ging mit ausgestreckter Hand auf ihn zu.

»Amber?« fragte er zögernd.

»Mr. Amber«, verbesserte ihn der andere und blickte ihn wie ein neugieriges Huhn schief an.

»Mr. Amber.« Der Missionar nahm die Zurechtweisung mit ernsthafter Miene auf. »Mein Name ist Dowles. Ich bin Helfer bei der Regenerationsliga, die sich der entlassenen Gefangenen annimmt.«

»Sehr interessant – in der Tat, sehr interessant«, murmelte Amber und schüttelte lebhaft die Hand des jungen Mannes. »Da tun Sie ein gutes Werk oder gar ein Liebeswerk, aber saure Arbeit, junger Mann.«

Er schüttelte lustig-verzweifelt den Kopf, nickte dem jungen Mann zu und wollte weitergehen.

»Einen Augenblick, Mr. Amber.« Der junge Mann hielt ihn am Arm zurück. »Ich kenne Sie und Ihr Mißgeschick – wir wollen Ihnen doch helfen.«

Amber sah freundlich auf ihn hinab, und eine Hand ruhte auf des anderen Schulter.

»Mein Junge«, sagte er sanft, »ich bin die verkehrte Welt: Sie könnten mich nicht zwingen, meinen Lebensunterhalt mit Holzhacken zu verdienen. Ehrliche Arbeit hat für mich dieselbe Anziehungskraft, wie sie die Erde für den Mond hat, ich laufe innerhalb vierundzwanzig Stunden einmal rund um sie herum, ohne ihr im geringsten näher zu kommen – hier!«

Er langte mit der Hand in seine Hosentasche und zog etwas

Geld heraus. Ein paar Banknoten – sie waren in seinem Besitz gewesen, als er verhaftet worden war – und etwas Silbergeld. Er wählte eine halbe Krone.

»Für die gute Sache«, sagte er freigebig, ließ das Geldstück in die Hand des Missionars gleiten und ging mit langen Schritten fort.

3

In Nummer 46 der Curefax Street, im westlichen Zentrum, befindet sich ein Etablissement, das nur ein paar Auserlesenen unter dem Namen ›Die Whistlers‹ (d. i. Pfeiferklub) bekannt ist. Sein offizieller Titel ist Pinnocks Klub. Dieser wurde zu Beginn des neunzehnten Jahrhunderts von einem gewissen Charles Pinnock gegründet und war seinerzeit ein berühmter Treffpunkt.

Daß er von dem Wechsel der Zeiten in Mitleidenschaft gezogen wurde, war unvermeidlich; und wie es derartigen Klubs zu gehen pflegt: sein Ruf hob sich und sank; der Klub wurde in mancherlei Beziehung verdächtigt und mehr als einmal von der Polizei heimgesucht. Doch alle derartigen Razzien verliefen ergebnislos.

Es ist unbestreitbar, daß die Stammgäste der Whistlers eine kuriose Gesellschaft bildeten und daß die Mitgliederliste nur wenige Namen von Rang aufzuweisen hatte, wenn überhaupt Leute mit gesellschaftlicher Stellung dem Klub angehörten. Der Klub genoß jedoch in einer Hinsicht eine gewisse Volkstümlichkeit, die sich aber nur schüchtern bemerkbar machte. Die vornehmen jungen Leute von London flüsterten sich zu, daß sie eine Nacht bei den Whistlers zugebracht hätten, und brüsteten sich entzückt. Einige gaben zu verstehen, daß um hohe Summen gespielt würde. Aber die vermögenden jungen Herren, die am besten wissen mußten, daß das Spiel in der Tat hoch war, schwiegen sich über die Sache aus, zweifellos weil sie wußten, daß die Welt mit einem Narren, der seine Narrheit bekennt, wenig Sympathie hat; und so kam nie das heraus, was die Polizei, wenn sie dem Klub ins Gehege kam, aufzudecken wünschte.

Eines Abends im Oktober erfreute sich der Klub eines ungewöhnlichen Zuspruchs. Autos über Autos fuhren vor dem geschmückten Portal in der Curefax Street vor, und es entstiegen ihnen gutgekleidete Herren, Herren in tadellosem Anzug; andere übertrieben vornehm gekleidet, kamen allein, zu zweien, auch zu dreien in kurzen Zwischenräumen an.

Einige verließen bald wieder das Haus und fuhren weg, aber die Mehrzahl schien sich länger aufhalten zu wollen. Kurz vor Mitternacht kam eine Taxe und setzte drei Fahrgäste ab. Sei es nun Zufall oder Absicht: außen vor dem Klublokal brannte keine Lampe. Die nächste Laterne befand sich meterweit entfernt. Ein Besucher konnte daher im Halbdunkel ankommen oder fortgehen, ohne fürchten zu müssen, erkannt zu werden.

Dem Schofför war diese Eigentümlichkeit des Klublokals offenbar nicht bekannt; er schoß an dem Portal vorbei und bremste unweit der Straßenlaterne. Einer der Fahrgäste war hochgewachsen, seine Erscheinung hatte etwas Soldatisches. Er trug einen dicken schwarzen Schnurrbart, und die Breite seiner Schultern ließ auf herkulische Kraft schließen. Im Licht der Laterne büßte er allerdings viel von seinem militärischen Schmiß ein, denn sein Gesicht war aufgedunsen, und unter seinen Augen traten kleine Säcke hervor. Ihm folgte ein kleinerer Mann, der viel älter aussah, als er war, denn sein Haar, seine Augenbrauen und der Anflug seines Schnurrbarts waren fast weiß. Nase und Kinn waren so geformt, daß man in Ermangelung einer treffenderen Kennzeichnung von einem »Nußknackergesicht« sprechen konnte, und von der Schläfe bis zum Kinn hinab lief eine lange rote Narbe über sein Gesicht.

Alphonse Lambaire war der erste dieser Männer, ein merkwürdiger und finsterer Mensch. Ob Lambaire sein wirklicher Name war oder nicht, sei dahingestellt: alles andere war englisch an ihm. Man hätte vergebens die schottische Verbrecherchronik durchsucht, um seinen Namen zu finden, ausgenommen die Abteilung, welche »verdächtigen Personen« gewidmet ist. Er war wegen seines Charakters berüchtigt.

Es sei hier etwas näher auf ihn eingegangen, weil er in dieser Geschichte eine Rolle spielt. Er war ein schöner Mann, aber seine Schönheit hatte etwas geradezu Ungesundes, und der große Diamantring an seinem kleinen Finger wollte zu seiner ganzen Erscheinung nicht recht passen.

Der zweite Mann war Whitey; seinen wirklichen Namen hatte noch niemand herausgefunden. Für jedermann war er Whitey; »Mr. Whitey« für die Klubdiener, und »George Whitey« hatte er sich auch unterschrieben, als die Polizei den erfolglosen Versuch gemacht hatte, ihn in ihr Netz zu ziehen.

Der dritte Mann war ein blühender Mensch von achtzehn Jahren mit einem schönen Gesicht, wenn auch mit etwas mädchenhaftem Ausdruck. Als er das Auto verließ, taumelte er leicht, und Lambaire hielt ihn am Arm fest.

»Standhaft, alter Junge«, sagte er. Lambaires Stimme war tief und voll und klang in ein leichtes Kichern aus. »Bezahl den alten Ratterkasten, Whitey – bezahl nur die Taxe, keinen Penny mehr – hier, Sutton, mein Junge, halt dich aufrecht.«

Der Jüngling stolperte wieder und lachte komisch.

»Wir werden ihn in einer Minute wieder in der Reihe haben, nicht wahr, Major?« Whitey hatte eine hohe, dünne Stimme und sprach rasch.

»Nimm seinen Arm, Whitey«, sagte Lambaire, »ein paar Gläser guter Schnaps werden einen neuen Menschen aus ihm machen ...«

Sie verschwanden durch die Drehtür des Klubs; das Taxi setzte sich wieder in Bewegung.

Für einige Minuten lag die Straße fast verlassen da, als ein Auto um die Ecke des St. James Square bog. Auch dieser Schofför war mit der Örtlichkeit wenig vertraut, denn er mäßigte sein Tempo, kam langsam die Straße entlang und suchte alle erkennbaren Hausnummern ab. Vor Nr. 46 hielt er mit einem Ruck an, sprang von seinem Sitz herunter und öffnete den Schlag.

»Hier ist es, mein Fräulein«, sagte er respektvoll, und eine junge Dame stieg aus. Sie war sehr mädchenhaft und sehr hübsch. Sie hatte wahrscheinlich den Abend in einem Theater verbracht, denn sie war in Abendtoilette, und ihre bloßen Schultern hatte sie in einen Theaterschal gehüllt.

Sie zögerte einen Augenblick, dann stieg sie die zwei Stufen, die zu dem Klub führten, empor und stutzte wieder. Darauf kam sie zu dem Wagen zurück.

»Soll ich fragen, mein Fräulein?«

»Bitte, John.«

Sie stand auf dem Bürgersteig und beobachtete den Schofför, wie er an die Glastür klopfte. Ein Diener kam und sah den Schofför unfreundlich an.

»Mr. Sutton? – Nein, ein solches Mitglied haben wir nicht.«

»Sagen Sie ihm, daß er als Gast hier ist«, erwiderte das Mädchen; der Diener, der über den Kopf des Schofförs wegblickte, sah sie und runzelte die Stirn.

»Er ist nicht hier, Madam«, sagte er. Sie kam näher.

»Er ist hier – ich weiß, daß er hier ist.« Ihre Stimme klang ruhig, und doch zwang sie eine gewisse Erregung nieder. »Sie müssen ihm sagen, daß ich ihn brauche – auf der Stelle.«

»Er ist nicht hier, Madam«, sagte der Mann mürrisch.

Die Szene hatte einen Zuschauer. Er war gemächlich die Straße entlanggeschlendert und im Schatten des Autos stehengeblieben.

»Er ist hier!« Sie stampfte mit dem Fuß auf. »In diesem elenden, verrufenen Klub – er ist entführt worden – es ist gottlos – gottlos!«

Der Diener machte ihr die Tür vor der Nase zu.

»Verzeihung!«

Ein junger Mann, sauber rasiert, ein Einglas im Auge, in einem hübschen schottischen Anzug, stand neben ihr und zog den Hut. Ein glückliches Lächeln umspielte seine Lippen; auf dem Pflaster lag eine halb aufgerauchte Zigarette.

»Kann ich Ihnen irgendwie helfen?«

Sein Benehmen war vollendet. Seine Haltung drückte Achtung und Ehrerbietung aus. Und das junge Mädchen vergaß in seiner Not, sich vor dem Fremden, den ihm die Vorsehung geschickt, zu fürchten.

»Mein Bruder – er ist hier.« Sie deutete mit ihrem Finger ängstlich nach der Tür, die in den Klub führte. »Er ist in schlechten Händen – ich habe versucht ...« Die Stimme versagte ihr, und ihre Augen standen voll Tränen.

Amber nickte höflich. Ohne ein Wort führte er sie zu ihrem

Wagen, und sie folgte, ohne eine Frage zu tun. Sie stieg ein, als er sie aufforderte.

»Wie ist Ihre Adresse? – Ich werde Ihren Bruder bringen.«

Mit zitternden Händen öffnete sie einen kleinen Beutel aus Goldstoff, der an ihrem Handgelenk hing, machte ein winziges Etui auf und entnahm ihm eine Karte.

Er nahm sie, las und verbeugte sich leicht.

»Nach Hause«, sagte er zu dem Schofför und blieb stehen, um zu beobachten, wie die großen Lichter des Wagens verschwanden.

Er wartete und überlegte. Das kleine Abenteuer war ganz nach seinem Herzen.

Er war an diesem Tage der glücklichste Mensch in London gewesen und hatte sich eben auf dem Heimweg zu seinem bescheidenen Wohn- und Schlafzimmer in Bloomsbury befunden, als ein glücklicher Zufall seine Schritte in die Curefax Street gelenkt hatte.

Der Wagen verschwand um eine Ecke, und er stieg langsam die Stufen zu dem Klub hinauf.

Er schritt durch die Tür, trat in die kleine Vorhalle und nickte sorglos einem dicken Pförtner zu, der nahe der Treppe in einer kleinen Loge saß. Der Mann sah ihn argwöhnisch an.

»Mitglied, Sir?« fragte er, und der Angeredete quittierte mit einem abweisenden Blick.

»Ich bitte Sie um Verzeihung, Sir«, sagte der beschämte Pförtner. »Wir haben so viele Mitglieder neu hinzubekommen, daß es schwer ist, sie alle zu kennen.«

»Ich will es annehmen«, sagte Amber kalt. Er ging mit langsamen Schritten die Treppe hinauf, auf halbem Wege drehte er sich um.

»Ist Kapitän Lawn im Klub?«

»Nein, Sir«, sagte der Mann.

»Oder Mr. Augustus Breet?«

»Nein, Sir, keiner der Herren ist drinnen.«

Amber nickte und setzte seinen Weg fort. Daß er von keinem je etwas gehört hatte und doch wußte, daß beide jetzt nicht da waren, zeugte von seiner ausgezeichneten Beobachtungsgabe. In der Halle stand nämlich ein Gestell, wo Briefe der Mitglieder zum Mitnehmen ausgelegt waren, und er hatte, als er an dem Brett vorüberging, einen kurzen Blick darauf geworfen. Er hätte, wenn es notwendig gewesen wäre, ein halbes Dutzend andere Mitgliedernamen nennen können, aber des Pförtners Verdacht war auch ohnedies entkräftet.

Im ersten Stock befanden sich die Speise- und Schreibzimmer. Amber lächelte innerlich.

»Hier«, dachte er, »zeichnen die Betrüger ihre kleinen Bankanweisungen – eine höchst sinngemäße Einrichtung.«

Er stieg noch eine Treppe höher und trat in ein Rauchzimmer, wo eine Anzahl Männer saßen, die schäbig-elegant gekleidet waren. Ihren neugierigen Blicken trat er mit unbefangenem Kopfnicken entgegen, und einer Gruppe, die in einer Ecke des Zimmers saß, lächelte er zu; er schloß die Tür und ging eine noch steilere Treppe hinauf. Er erreichte das Vorderzimmer des oberen Stocks; vor der polierten Tür des nächsten Zimmers hielt ein Klubdiener Wache.

Er war kurz und breit gebaut und hatte unverkennbar das Gesicht eines Preisboxers. Er stand auf und stellte sich Amber entgegen.

»Nun, Sir?« Der Ton war feindselig und unbedingt abweisend.

»Schon gut«, sagte Amber und wollte auf die Tür zugehen.

»Einen Augenblick, Sir, Sie sind kein Mitglied.«

Amber blickte den Mann starr an.

»Mein Lieber«, sagte er steif, »Sie haben ein schlechtes Gedächtnis für Physiognomien.«

»Ich erinnere mich der Ihrigen in keiner Weise.«

Der Mann wurde unverschämt, und Amber sah sich am Ende seines Unternehmens, bevor er es noch begonnen hatte. Er steckte die Hände in die Taschen und lachte gelassen.

»Ich werde in dieses Zimmer gehen«, sagte er.

»Sie werden es nicht tun.«

Amber streckte die Hand aus und griff nach dem Knopf der Tür, und nun packte ihn der Mann an der Schulter. Aber nur für eine Sekunde, denn der Eindringling fuhr wie der Blitz herum.

Der Pförtner sah den Schlag kommen und ließ die Schulter

des andern los, um sich schnell in Boxerstellung zur Wehr zu setzen – aber zu spät. Eine harte Faust, geführt von einem Arm aus Stahl, fuhr ihm unter den Kinnbacken, daß er zurücktaumelte, das Gleichgewicht verlor und krachend die Treppe hinabfiel – denn es war die oberste Flucht – eng und steil wie eine Leiter.

Amber drehte den Türknopf um und trat ein.

Die Spieler saßen nicht mehr, sondern waren aufgestanden und blickten mit entsetzten Gesichtern nach der Tür. Der Krach auf der Treppe, die der Pförtner heruntergefallen war, hatte sie aufgeschreckt. Sie hatten keine Zeit mehr gehabt, das Spiel wegzuräumen. Die Karten lagen zerstreut auf dem Boden und auf den Tischen, und Geld und Zahlbretter bildeten ein wirres Durcheinander . . .

Einen Augenblick starrten sie einander an – der unbefangen dreinschauende Eindringling im Türrahmen und die scheu um sich blickenden Spieler an den Tischen. Dann schloß der Neuling leise die Tür hinter sich und kam herein. Er sah sich um, als überlegte er, wo er seinen Hut aufhängen könne. Ehe er näher befragt werden konnte, kehrte der Pförtner zurück; seinen Rock hatte er abgelegt, und seine Augen blickten kampfeswütig.

»Wo ist er?« brüllte er. »Ich will ihm zeigen . . .« Seine Sprache klang bedrohlich, was man ihm jedoch nicht verdenken konnte.

Amber stand mit dem Rücken gegen die Wand gelehnt und sagte gelassen: »Meine Herren, Sie können eine wüste Schlägerei heraufbeschwören und die Polizei als Gast im Hause sehen, oder Sie können erlauben, daß ich hierbleibe!«

»Werft ihn hinaus!«

Lambaire schien hier zu befehlen. Sein Gesicht war vor Wut entstellt, und er deutete auf den Eindringling.

»Werft ihn hinaus, George –«

Amber hatte die Hände in den Taschen.

»Ich werde schießen«, sagte er seelenruhig; da wurde es still, und die Gegner wichen zurück. Sogar der boxbereite Pförtner zauderte.

»Ich bin gekommen, um hier ruhig einen amüsanten Abend zu verbringen«, fuhr Amber fort. »Ich bin ein altes Mitglied des

Klubs, und ich werde behandelt wie ein Detektiv; höchst unliebenswürdig!«

Er schüttelte mißbilligend den Kopf, und seine Augen wanderten im Kreise herum; er kannte viele von denen, die da waren, obgleich sie ihn kaum kennen konnten.

Er sah auch den jungen Mann; dieser lag mit weißem Gesicht, schlaff und schläfrig, lang ausgestreckt in einem Sessel an Lambaires Tisch.

»Sutton«, sagte er laut, »Sutton, du Schlingel, wach auf, und bezeuge, daß ich dein alter Freund bin.«

Allmählich legte sich die Erregung. Lambaire bedeutete dem Pförtner, sich zurückzuziehen; er folgte widerwillig.

»Wir wollen keinen Lärm«, sagte der robuste Mensch mürrisch; er blickte scheu nach dem unentwegt ausharrenden Fremden. »Wir kennen Sie nicht; Sie haben sich den Eintritt hier erzwungen, und wenn Sie ein Gentleman sind, so ziehen Sie sich zurück.«

»Ich bin kein Gentleman«, sagte Amber ruhig, »ich gehöre zu Ihnen.« Er ging auf den jungen Mann zu und schüttelte ihn. »Ich wollte meinen Freund treffen«, fuhr er fort, »und muß nun sehen, was ihr aus ihm gemacht habt.«

Er drehte sich um und sah die zweifelhaften Gestalten voll an.

»Pfui, welch eine Versündigung! Ich werde ihn mit mir nehmen«, sagte er plötzlich.

Seine Kraft war erstaunlich, denn mit einem Arm stellte er den Jungen auf die Füße.

»Halt!«

Lambaire trat zwischen ihn und die Tür.

»Sie lassen den Jüngling hier – und verschwinden!«

Ambers Antwort war charakteristisch: Mit seiner freien Hand hob er einen Sessel auf, schwang ihn über seinem Kopf einmal herum und schickte ihn krachend durch das Fenster.

Sie hörten, wie er unten auf der Straße zerschmetterte und das Glas klirrend auf das Pflaster fiel; und dann hörten sie die Polizei Pfiffe signalisieren.

Lambaire riß die Tür auf.

»Sie können gehen«, stieß er zwischen den Zähnen hervor. »Aber ich werde mich Ihrer erinnern.«

»Wenn Sie es nicht tun«, sagte Amber und schlang seinen Arm um den Jungen, »dann haben Sie ein verdammt schlechtes Gedächtnis.«

4

Amber besaß 86 Pfund und 10 Schilling – eine stattliche Summe.

Er war um fünf Uhr nachmittags bei Cynthia Sutton zum Tee eingeladen. Zuerst hatte er beabsichtigt, ihr das Geld für ihren Bruder auszuhändigen – dann entschied er sich dafür, dem jungen Mann sein verlorenes Geld anonym zuzusenden. Zuletzt kam er mit sich überein, die Angelegenheit im Verlaufe des näheren Bekanntwerdens zu regeln. Er hatte ein nettes Zimmer im Bloomsbury-Hotel, saß augenblicklich in einem behaglichen Lehnstuhl, rauchte eine lange, dünne, milde Zigarre und las ein unterhaltendes Buch; er war glücklich. Seine Füße ruhten auf einem Stuhl, eine Uhr tickte – es klang fast wie Musik. Die Situation war ganz dazu angetan, am hellen Tag zu träumen und schließlich einzuschlafen. Um seinen Seelenzustand konnte ihn manch nützlicheres Mitglied der menschlichen Gesellschaft beneiden, denn er drückte vollständige Gleichgültigkeit aus.

Da klopfte es an die Tür, und er rief: »Herein!«

Ein niedliches Zimmermädchen brachte auf einem Tablett eine Karte; Amber nahm sie sorglos auf und las: ›Mr. George Whitey‹.

»Führ ihn herauf.«

Whitey war sorgfältig gekleidet. Ein seidener Zylinder und glänzende Lackschuhe sollten ihm dazu verhelfen, wie ein Gentleman auszusehen. Er lächelte Amber an, stellte seinen Zylinder vorsichtig auf den Tisch und streifte seine gelben Handschuhe ab.

Amber, der die Karte an einer Ecke hielt, betrachtete ihn wohlwollend.

»Und was kann ich für Sie tun, mein lieber Whitey?« fragte er, als die Tür sich geschlossen hatte.

Whitey setzte sich, knöpfte langsam seinen Mantel auf und schob seine Manschetten vor.

»Sie sind Mr. Amber?« Er hatte eine sehr hohe Stimme, die pfeifend und schrill war.

Amber nickte.

»Die Sache ist die, lieber Freund«, sagte der andere mit einem Anflug von Vertraulichkeit, »Lambaire wünscht ein Einvernehmen, ein Mitmachen, und ein – na –«

»Und wer ist Lambaire?« fragte Amber unschuldig.

»Lassen Sie uns miteinander reden, mein Lieber.« Whitey beugte sich vor und tätschelte Ambers Knie. »Wir wollen offen und aufrichtig sein. Wir haben herausbekommen, daß Sie – daß Sie ein alter Zuchthäusler sind – daß Sie seit drei Tagen aus dem Gefängnis entlassen sind – habe ich recht?«

Er lehnte sich mit triumphierender Miene zurück, wie einer, der ein wohlgehütetes Geheimnis enthüllt hat.

»Ins Schwarze getroffen«, sagte Amber ruhig. »Wollen Sie eine Zigarre haben oder ein Butterbrot?«

»Und dann – wir haben herausbekommen, daß Sie zur letzten Zuflucht gegriffen haben ... Wir hegen keinen Groll, wir nehmen es Ihnen nicht übel, wir wollen uns auch nicht rächen. Sehen Sie, wir kennen Ihnen.«

»Sie«, verbesserte Amber. »Ja –?«

»Das ist unsere Absicht.« Whitey beugte sich vor und zeichnete mit einem Finger seiner rechten Hand seinen linken Handteller nach. »Sie kamen in den Klub der Whistlers – wie Sie sich Eingang verschafften, war verblüffend – sehr gescheit, sehr gescheit – selbst Lambaire gibt das zu – wir wollen darüber hinwegsehen; wir wollen noch weiter gehen und wollen auch über das Geld hinwegsehen.«

Er machte eine bezeichnende Pause und lächelte vielsagend.

»Sogar über das Geld«, wiederholte er, und Amber zog die Augenbrauen in die Höhe.

»Geld?« sagte er. »Ich werde davon absehen, auf diese Spitzfindigkeit einzugehen.«

»Das Geld«, betonte Whitey, langsam und nachdrücklich. »An die hundert Pfund lagen allein auf Lambaires Tisch, von den anderen Tischen ganz zu schweigen. Das Geld war da, als Sie hereinkamen – es war fort, als Sie gegangen waren.«

Ambers Lächeln war engelgleich in seiner Duldsamkeit.

»Darf ich daran erinnern, daß ich nicht der einzige schlechte Charakter unter den Anwesenden war?«

»Nun, die Sache mit dem Geld soll erledigt sein«, fuhr Whitey fort. »Lambaire will Sie nicht weiter verfolgen.«

»Ha! Ha!« lachte Amber höflich.

»Er will Sie nicht weiter verfolgen. Alles, was er von Ihnen verlangt, ist, daß Sie von dem jungen Sutton ablassen; Lambaire sagt, daß nicht daran zu denken sei, aus Sutton Geld herauszubekommen, es handle sich um etwas Größeres als das, Lambaire sagt –«

»Oh, dieser aufgeblasene Lambaire!« versetzte Amber empört. »Setz diesem Lambaire einen Dämpfer auf, lieber Whitey! Er spricht wie der Hauptmann der vierzig Räuber. Geh zu deinem Herrn zurück, mein Sklave, und sage ihm, daß der junge Ali Baba Amber nicht in der Gemütsverfassung ist, ein Arbeitsübereinkommen zu erörtern –«

Whitey sprang auf seine Füße, sein Gesicht war ungewöhnlich bleich, seine Augen schlossen sich zu einem Spalt, so daß sie kaum noch sichtbar waren, seine Hände zuckten.

»Oh, Sie – Sie wissen darum, nicht wahr?« stotterte er aufgeregt. »Ich sagte Lambaire, daß Sie darum wüßten – es ist Ihr Plan, nicht wahr? Nun, sehen Sie sich vor!«

Er erhob zum Erstaunen Ambers warnend einen Finger.

»Sehen Sie sich vor, Amber! Die vierzig Räuber und Ali Baba, ah? So wissen Sie alles – wer hat es Ihnen erzählt? Ich sagte Lambaire, daß Sie der Mann danach wären, der ein Geschäft wie dieses festhalten würde!«

Er war erregt, und Amber drehte sich schweigend und wachsam auf seinem Sitz herum, um ihn besser beobachten und jede seiner Bewegungen überwachen zu können. Whitey nahm seinen Hut auf, glättete ihn mechanisch mit dem Ärmel seines Mantels und bewegte die Lippen, als spräche er mit sich selbst. Er ging um den Tisch herum, der in der Mitte des Zimmers stand, und auf die Tür zu.

Hier blieb er einige Sekunden stehen, als überlegte er einen letzten Schachzug.

»Das eine möchte ich Ihnen nur noch raten«, sagte er schließlich, »und das ist dies: Wenn Sie aus diesem Geschäft lebendig herauskommen wollen, vereinigen Sie sich mit Lambaire – er wird redlich mit Ihnen teilen; wenn Sie die Karte kriegen, nehmen Sie sie mit zu Lambaire. Sie wird Ihnen von keinem Nutzen sein ohne den Kompaß – Sie müssen wissen, daß ein Lambaire den Kompaß erhalten hat, und Lambaire sagt –«

»Geh, und laß mich in Ruh'«, schnitt ihm Amber das Wort ab, und Whitey ging und schlug die Tür hinter sich zu.

Amber ging zum Fenster, und hinter dem Vorhang konnte er das Verschwinden des Besuchers beobachten.

Ein Auto wartete auf ihn, und er stieg ein.

»Keine Weisung für den Schofför«, bemerkte Amber. »Wie abgemacht, fährt er heim.«

Er schellte, und ein Zimmermädchen erschien.

»Jungfer«, sagte er und sah sie ungemein wohlgefällig an, »wir möchten unsere Rechnung haben – du brauchst dich nicht umzusehen, denn außer uns ist niemand da. Wenn wir sagten ›wir‹, so redeten wir nur wie Industriebarone oder Könige. Auch mußt du den Hausknecht wissen lassen«, fuhr er heiter fort, »daß er unsere Sachen packt, denn wir gehen weg.«

Das Mädchen lächelte.

»Sie sind nicht lange bei uns gewesen«, sagte sie.

»Ein Bote des Königs«, sagte Amber ernst, »bleibt niemals längere Zeit an einem Platz; immer des dringenden Rufes Seiner Majestät gewärtig, auf den Schultern die Last der Verantwortung für die Staatsklugheit; der Merkur der Diplomatie ist der Nomade der Zivilisation.«

Er gab sich sehr gern eine Pose, und so schritt er jetzt vor den Augen des Hotelmädchens mit auf dem Rücken gefalteten Händen im Zimmer auf und ab, das Haupt bis auf die Brust gesenkt.

»Eine Nacht in London, die nächste in Paris, die dritte in Albanien im Kampf mit Straßenräubern, in der nächsten wieder die angeschwollenen Fluten der Donau durchschwimmend, zwischen meinen Zähnen die Depeschen, und auf jeder Seite des dunklen Wassers schlagen die Kugeln ein –«

»Gott!« sagte das Mädchen, »führen Sie ein Leben!«

»Führ' ich auch«, gab Amber zu. »Bring die Rechnung, mein liebes Kind.«

Sie kehrte mit der Rechnung zurück, Amber bezahlte und gab ihr ein großartiges Trinkgeld und einen Kuß, denn ihre Lenze hatten die Zahl fünfundzwanzig noch nicht erreicht.

Sein kleiner Koffer war gepackt, und ein Auto wartete unten. Er stand mit einem Fuß auf der Gummimatte des Trittbretts, in Gedanken vertieft, dann wandte er sich zu dem wartenden Mädchen.

»Wenn ein Mann nach mir fragen sollte, dessen Erscheinung von vornherein Zweifel erregt, ein Mann mit weißlichem Haar und bleichem Gesicht, dessen Blässe mehr an eine übertünchte Gruft als an eine dunkelfarbene Lilie erinnert – kurz, wenn der Johnny, der vor einer Stunde da war, nach mir fragen sollte, so sag ihm, ich sei abgereist.«

Er blickte über die Schulter zurück, als er mit dem wartenden Hausmädchen sprach.

»Ja, Sir«, sagte sie ein wenig verwirrt.

»Sag ihm, ich sei abberufen worden nach – nach Teheran.«

»Ja, Sir.«

»Wegen einer diplomatischen Mission«, fügte er hinzu.

Er stieg ein und zog die Tür hinter sich zu.

Ein Laufbursche mit einem Korb am Arm stand wie angewurzelt auf der Mitte des Bürgersteigs und hörte mit offenem Munde zu.

»Ich hoffe«, fuhr er fort und überlegte mit gesenktem Kopf, »ich hoffe im August oder September zurück zu sein, 1943 – willst du das behalten?«

»Ja, Sir«, sagte das Mädchen sichtlich bedrückt, und Amber lächelte und nickte, als er sich an den Schofför wandte.

»Nach Hause«, sagte er.

»Verzeihung, Sir?«

»Borough High Street«, verbesserte sich Amber, und der Wagen schoß davon.

Er fuhr in östlicher Richtung, kreuzte die Themse an der Londoner Brücke und hielt an der St. George's Kirche, denn Amber wollte aussteigen. Er fertigte den Fahrer ab und ging, seinen kleinen Lederkoffer, der seine spärliche Garderobe enthielt, in der Hand, mit munteren Schritten eine breite Straße hinauf, bis er an eine enge Durchfahrt kam, die von einer noch engeren und niedrigeren gekreuzt wurde. Er hielt sich sofort links, wie jemand, der seinen Weg kennt, und kam zu dem allerschmutzigsten Haus in dieser unglückseligen Gasse.

Nr. 19, Redcow Court, war nicht besonders einladend. Der Tür fehlte ein Teil ihrer Füllung, der Eingang war eng und schmutzig, und eine gewundene und zerbrochene Treppenflucht führte mit ihren unebenen Stufen zu den oberen Stockwerken.

Das Haus war erfüllt von dem dauernden Lärm gellender Stimmen, den Stimmen keifender Weiber und zorniger Säuglinge. Nachts kam in das Babel eine tiefere Note: Männer mit rauhen Stimmen brummten. Mitunter schrien sie wütend, und dann setzte es Hiebe, und man hörte das Gekreisch der Weiber; und vor der Tür von Nr. 19 gab es eine kleine Ansammlung schmutzig gekleideter Leute, die auf eine blutige Szene begierig waren.

Amber nahm zwei Stufen auf einmal und pfiff dabei fröhlich vor sich hin. Auf der halben Treppe des zweiten Stocks mußte er einhalten, denn zwei Babys spielten höchst gefährlich auf der läuferlosen Treppe.

Er setzte sie auf dem sicheren Treppenabsatz ab, blieb ein paar Augenblicke bei ihnen stehen, um mit ihnen zu schwatzen, und erklomm erst dann die nächste Treppe.

Im obersten Stockwerk klopfte er an eine Tür. Es kam keine Antwort, und er klopfte noch einmal.

»Herein«, sagte eine ernste Stimme, und Amber trat ein.

Das Zimmer war viel besser ausgestattet, als ein Fremder es erwartet hätte. Es war ein Wohnzimmer, das mit einem kleinen Zimmer durch eine unscheinbare Tür in Verbindung stand.

Der Boden war weiß gescheuert, in der Mitte lag ein sauberer, heller Teppich, auf dem ein kleiner Tisch mit geschweiften Beinen und polierter Platte stand. An den Wänden hingen zwei oder drei Bilder, alte, unmoderne Drucke, die mythologische Motive darstellten. Die »Heimkehr des Odysseus« war das eine, »Perseus und die Gorgo« das andere. Das unvermeidliche dritte war ein »Gefesselter Prometheus«.

Amber hörte ein Dutzend Vögel singen, als er die Tür leise hinter sich zumachte. Ihre Käfige hingen zu beiden Seiten des offenen Fensters übereinander an der Mauer, und der Fenstersims war mit scharlachroten Geranien zum Ersticken voll besetzt.

Am Tisch saß auf einem hölzernen, polierten Stuhl ein Mann in mittleren Jahren. Er war kahlköpfig, sein Schnurrbart und Backenbart waren brennend rot, und doch hatte seine ganze Erscheinung, obgleich er buschige Augenbrauen besaß und sehr ernst blickte, etwas ungemein Wohlwollendes. Seine Beschäftigung war bemerkenswert, denn er nähte mit kleinen Stichen einen Kissenüberzug.

Als Amber eintrat, ließ er die Arbeit auf die Knie sinken.

»Hallo!« sagte er und schüttelte mißbilligend den Kopf. »Schlechtes Subjekt, schlechtes Subjekt – ah! Komm nur herein; ich mache dir eine Tasse Tee.«

Mit fast weiblicher Sorgfalt legte er seine Arbeit zusammen, tat sie in einen kleinen Arbeitskorb und ging geschäftig im Zimmer herum. Er trug Straminpantoffeln, die ihm ein bißchen zu groß waren, und plauderte die ganze Zeit.

»Wie lange bist du heraus? – Willst du wieder hinein? Laß deine Hände sauber! Was brauchst du zu klauen und zu stehlen? Und halte deinen Mund, und laß deine boshaften Reden. – Pfui, pfui!«

»Mein Sokrates«, sagte Amber vorwurfsvoll.

»Nein, nein, nein!« Der kleine Kerl zündete ein Holzfeuer an. »Niemand hat dich jemals boshafter Reden beschuldigt, wie Wild Cloud sagt – du hast die Geschichte nicht gelesen, nicht wahr? Dann hast du dich um einen Hochgenuß gebracht. ›Denver Dads Befehl an Fortuna‹ oder ›Der König der Sioux‹ – ›Su‹ ausgesprochen. Sehr lesenswert! Die vierundzwanzigste Fortsetzung kommt heute heraus.«

Er plapperte weiter, und den Inhalt seines Geschwätzes bildeten die verzweifelten und romantischen Heldentaten des Wildwest. Peter Musk, so hieß er, war ein Heldenanbeter, ein Liebhaber von Abenteuern und ein eifriger Leser jener Romane, die eine allzu voreilige Kritik mit »Schund« abtut. Hinter hellen Leinenvorhängen verborgen, lagen auf seinen Bücherregalen viele Hunderte dieser Hefte, von denen jedes dazu beigetragen hatte, die Atmosphäre zu schaffen, in der Peter lebte.

»Und was hat mein Peter die ganze Zeit über getrieben?« fragte Amber.

Peter setzte die Tassen hin und lächelte etwas geheimnisvoll.

»Das alte Leben«, sagte er, »meine Studien, meine Vögel, ein bißchen Näherei – einem gebrochenen Menschen, der das Leben bescheiden studiert, fließen die Tage ruhig dahin.« Er lächelte, als ob er einen geheimen Gedanken hegte.

Amber war durch die Geheimnistuerei des kleinen Kerls weder pikiert noch belustigt, sondern betrachtete ihn mit liebevollem Interesse.

Peter war ein Träumer. Er träumte von heroischen Taten, z. B. von der Befreiung grauäugiger Dämchen aus den Händen robuster Bösewichter im Frack. Diese Schurken rauchten Zigaretten und spotteten über die Verzweiflung ihrer Opfer, bis Peter des Wegs kam und mit einem wohlgezielten Schlag die blassen Schufte zu Boden streckte.

Peter war nur etwa ein Meter fünfzig groß, aber stämmig. Er trug große, runde, hornumränderte Brillengläser und besaß einen falschen Zahn – ein Besitztum, das gewöhnlich den, der zum Boxen neigt, nötigt, in Augenblicken, wo der Heroismus nach Taten schreit, die Vorsicht als den besseren Teil der Tapferkeit anzusehen.

Ferner führte Peter verlorene Posten zum Sieg; in undurchdringlicher Rüstung stürmte er unter einem Schwarm von Geschossen Festungen, in die schon Breschen geschlagen worden waren; er pflanzte zerfetzte, von Kugeln durchlöcherte Fahnen auf stachelige Wälle; und dazwischen, wenn sein Geist ruhiger geworden war, wurde er um seines Landes willen gemartert – auf gewissen kriegerischen Expeditionen in Zentral-Afrika.

Da er von Natur aus ordentlich veranlagt war, so brachte er etwas von seiner Lebensweise in seine Träume.

So machte er morgens an der Spitze seiner Mannen einen Angriff zwischen Redcow Court Nr. 19 und dem Fischladen, wenn er seinen Schellfisch kaufen ging. Er wurde zwischen der Borough Street und dem Marshalsea-Erholungspark gemartert, wenn er einen Spaziergang machte; oder er begab sich auf der Rückreise unter nationalen Wehklagen an ein Soldatengrab. Die meisten seiner waghalsigen Befreiungen unternahm er nach Geschäftsschluß.

Peter war vor Jahren Kontorist in einem Geschäft der City gewesen; ein ruhiger, achtbarer Mensch, der eine Vorliebe für Gartenbau hatte. Eines Tages fehlte auf dem Tisch des Kassierers Geld, und Peter wurde der Unterschlagung verdächtigt. Er war durch die Beschuldigung wie hypnotisiert, erlaubte ohne Protest, daß man ihn zur Polizei abführte, hörte wie im Traum die Beweise an, die gegen ihn sprachen – es war ein wunderschöner Indizienbeweis –, und ging von der Anklagebank herunter, ohne ganz zu begreifen, daß ihm ein grauhaariger alter Herr auf dem Richterstuhl mit ruhiger, unbewegter Stimme sechs Monate Zwangsarbeit zuerkannt hatte.

Peter hatte von seiner Strafe vier Monate abgesessen, als der wirkliche Dieb entdeckt wurde und sich zu seinem früheren Vergehen bekannte. Peters Arbeitgeber waren entsetzt; sie waren gute, aufrichtige Christen, und der Direktor der Gesellschaft war – wie er Peter später sagte – so betrübt, daß er beinahe auf seine jährlichen Ferien im Engadin verzichtet hätte.

Die Firma tat ein gutes Werk; sie setzte Peter ein Ruhegehalt aus, und Peter zog nach der Borough Street, weil er überspannte Ansichten hatte, deren eine die war, daß er den Makel seiner Verurteilung mit sich herumtrage.

Er wurde allmählich fast stolz auf die seltsamen Erfahrungen, die er gemacht hatte, brüstete sich wohl etwas stark und gewann in Verbrecherkreisen einen unverdienten Ruf. Wenn er in der sommerlichen Abendkühle ausging, deuteten sie mit Fingern auf ihn und bezeichneten ihn als den Mann, der wie der berühmte Falschmünzer, der Dingsda, nächtlicherweile in eine Bank eingebrochen sei. Sie hatten großen Respekt vor ihm.

»Wie ist es dir gegangen?«

Amber dachte gerade an die vielen liebenswerten Eigenschaften des kleinen Kerls, als die Frage an ihn gerichtet wurde.

»Ich – oh, immer dasselbe, mein Peter«, sagte er lächelnd.

Peter sah sich nach allen Seiten vorsichtig um.

»Hat sich, seit ich dort war, etwas geändert?« flüsterte er.

»Ich glaube, Saal C ist wieder gestrichen worden«, erwiderte Amber ernst.

Peter schüttelte den Kopf wie beklommen.

»Ich glaube nicht, daß ich den Ort jetzt wiedererkennen würde«, sagte er mit Bedauern. »Ist das Zimmer des Direktors noch weit weg vom Saal A?«

Amber erwiderte nichts, sondern nickte nur.

Der kleine Kerl goß den Tee ein und reichte seinem Besucher eine Tasse.

»Peter«, sagte Amber, als er den Tee langsam umrührte, »wo kann ich bleiben?«

»Hier?« Peters Gesicht leuchtete auf, und seine Stimme wurde lebhaft.

Amber nickte.

»Sie sind hinter dir her, nicht wahr?« fragte der andere erwartungsvoll. »Du bleibst hier, lieber Junge. Ich werde dich in die schönste Verkleidung stecken, die du je gesehen hast: Backenbart und Perücke; ich schmuggle dich an den Fluß hinunter, und wir werden dich an Bord bekommen –«

Amber lachte.

»Oh, mein Peter!« lächelte er. »Oh, du Unverbesserlicher! Nein, nicht der Polizei – schau nicht so traurig aus, du herzloser, kleiner Kerl – nein, nicht der Polizei gehe ich aus dem Wege, sondern Verbrechern, wirklich bösartigen Verbrechern, mein Peter, nicht unbedeutenden Dieben wie ich oder Indizienopfern wie du, sondern Männern des aufgeblasenen Pöbels, hohlsten Tollköpfen, mein Peter, schlimmer als Denver Dick oder Michigan Mike oder Settler Sam oder irgendein anderer dieser verwegenen Burschen.«

Peter streckte anklagend seinen Finger aus.

»Du verrietest sie, und sie sind hinter dir her«, sagte er feierlich. »Sie haben dir blutige Rache geschworen –«

Amber schüttelte den Kopf.

»Ich bin hinter ihnen her«, verbesserte er, »und der Racheschwur ist auf meiner Seite. Nein, mein Peter, ich bin Virtuous Mike – ich bin der große Detektiv von der Baker Street, N. W. Ich will jemand beobachten, ohne dadurch belästigt zu werden, daß er mich beobachtet.«

Peter horchte auf.

Seine Augen glänzten hinter seinen Brillengläsern, und seine Hände zitterten vor Erregung.

»Ich verstehe, ich verstehe«, nickte er nachdrücklich, »du willst ihre Pläne vereiteln.«

»›Vereiteln‹ ist wirklich das Wort, das ich hätte gebrauchen sollen«, sagte Amber.

5

Lambaire hatte in der City ein Büro, in dem er ein Geschäft leitete. Kein Mensch wußte, was für ein Geschäft das war. An der Tür blinkte ein Messingschild, das keinen anderen Aufschluß gab, als daß

J. Lambaire
(auch in Paris)

drinnen angetroffen werden könne. Er empfing Besuche, schrieb und erhielt Briefe und verschwand in willkürlichen Zeitabständen; niemand wußte wohin, obgleich der Zusatz »auch in Paris« eine einleuchtende Erklärung hätte abgeben können.

Einige sagten, er sei Agent; eine unbestimmte Bezeichnung, bei der man sich denken konnte, was man wollte. Andere hielten ihn für einen Finanzier, obgleich Leute mit himmelstürmenden Plänen, die wegen des erforderlichen Kapitals an ihn herantraten, sehr enttäuscht waren, wenn sie hörten, er habe kein Geld, um kindischen und abenteuerlichen »Gründungen« Vorschub zu leisten.

Da aber viele Fremde in der City zu keinem sichtlichen Zweck Büros unterhielten, bildete auch Lambaires Geschäft nicht den Gegenstand einer allzu genauen Untersuchung.

Es war bekannt geworden, daß er vor Zeiten eine Expedition

nach Zentral-Afrika finanziert hatte, und wenn das wahr war, so war dies Grund genug, daß er in Flair Lane Nr. 1, E. C., ein Geschäftslokal besaß. Andere Leute hatten ähnliche Expeditionen finanziert, hatten sich ähnliche Büros eingerichtet und hatten durch Jahre auf die Rückkehr des Geldes, das sie hineingesteckt, gewartet. Das war Geschäftsbrauch.

Doch Lambaire hatte ein Geschäft, und zwar ein sehr einträgliches Geschäft. Er war bei seinen Bankiers als Silbermakler bekannt, bei einem anderen jedoch als Teilhaber der Firma Flithenstein & Borris, einer Druckerei; er war an einer Dampferlinie beteiligt, die durch Rundreisen einen wenig beneidenswerten Ruf erlangt hatte; er war, wenn wahr ist, was gesagt wird, an hundertundein Geschäften interessiert, kleinen und großen, gesetzlichen und zweifelhaften.

Er war Besitzer eines oder zweier Rennpferde; Pferde, die ihm den Gefallen taten, zu gewinnen, wenn er sie bestieg, oder im Rennen zu versagen, wenn er es nicht tat.

Zwei Tage nach dem eiligen Abgang Ambers war er in seinem Büro.

Es war die Lunchstunde, und er zog langsam seine Handschuhe an. Ein Lächeln spielte um seine Mundwinkel, und in seinen Augen war ein zufriedenes Blinzeln zu erkennen.

Sein Sekretär stand wartend am Schreibtisch und sortierte mechanisch ein Bündel Banknoten.

Mr. Lambaire ging langsam auf die schwere Tür des Privatzimmers zu und blieb dann unentschlossen stehen.

»Vielleicht ist es doch besser, heute abend zu schreiben«, sagte er, noch nicht mit sich einig. Der Sekretär nickte, legte seine Papiere auf den Tisch und öffnete ein Notizbuch.

»Vielleicht auch nicht«, sagte Lambaire, als stellte er sich selbst die Frage. »Doch, es ist gut, wenn es heute abend geschieht.«

»Sehr geehrter Herr« (er begann, und der Sekretär kritzelte wütend) – »Sehr geehrter Herr, ich bestätige den Empfang Ihres Briefes, die Great-Forest-Diamant-Grube betreffend. Ich begreife Ihre – hm – Beschwerde –«

»Ungeduld?« warf der Sekretär ein.

»Ungeduld«, griff der Chef zustimmend dieses Wort auf,

»aber das Werk geht voran. Punkt. Was Ihr Anerbieten betrifft, weitere Anteilscheine aufzunehmen – Komma –, so habe ich Sie zu benachrichtigen, daß meine Aufsichtsräte –«

»– Rat«, verbesserte der Sekretär.

»Rat«, fuhr Lambaire fort, »bereit ist, Ihnen das Vorrecht zu genehmigen, vorausgesetzt, daß unsere –«

»Seine«, warf der Sekretär ein.

»Seine Makler es billigen. Hochachtungsvoll.«

»Wie ist das?« fragte er jovial.

»Sehr gut, Sir«, sagte der Sekretär und rieb sich die Hände, »ein gutes Geschäft für den Aufsichtsrat –«

»Für mich«, erwiderte Mr. Lambaire ohne Verlegenheit.

»Ich sagte Aufsichtsrat«, wiederholte der bleiche Sekretär und amüsierte sich über die Schlauheit seines Einfalls.

Lambaire war heute gut gelaunt, und der Sekretär nahm den Vorteil der guten Stimmung wahr.

»Gerade wegen dieses Briefes sind heute allerhand Leute hier gewesen«, sagte er unvermittelt, und Lambaire, der wieder auf dem Weg zur Tür war, fuhr hastig herum.

»Was, zum Teufel, meinen Sie, Grene?« fragte er, und alle Jovialität war aus seinem Gesicht verschwunden.

Der Angestellte wich unbehaglich aus; er war bei einem delikaten Thema. Lambaire vertraute ihm bis zu einem gewissen Punkte; daß er um Lambaires Geschäfte wußte, durfte er bekennen – bis zu jenem gewissen Punkt.

»Es ist diese afrikanische Sache«, sagte der Schreiber.

Lambaire stand an der Tür, den Kopf nachdenklich gesenkt. »Ich nehme an, Sie haben ihnen gesagt –?«

»Ich erzählte ihnen die gewöhnliche Geschichte – daß unser Inspektor das Besitztum besichtige und daß wir bald von ihm zu hören hofften. Ein einziger – der Schreiber von Buxteds – wurde ein bißchen unverschämt, und ich –« Er zögerte.

»Ja, und –?«

»Er sagte, er glaube, daß wir selbst nicht wüßten, wo die Diamantenmine sei.«

Lambaires Lächeln war ein wenig gezwungen.

»Lächerlich«, meinte er ohne allzu große Aufrichtigkeit. »Als ob einer wirklich eine Diamantengruben-Gesellschaft gründen könnte, ohne zu wissen, wo das Grundstück liegt – absurd, nicht wahr, Grene?«

»Absolut, Sir«, sagte der Sekretär höflich.

Lambaire stand noch an der Tür.

»Die Karte war in dem Prospekt, die Grube ist gerade an dem Rande – Etruri-Forest – ist das nicht der Name?«

Der Sekretär nickte und beobachtete ihn.

»Der Mann von Buxteds, ah?« Lambaire war beunruhigt, denn Buxteds waren die anrüchigsten und schärfsten Anwälte in London, sie liebten ihn nicht.

»Wenn Buxteds zu wissen kriegen«, er hielt inne – »was ich meine, ist, daß wenn Buxteds dächten, sie könnten von mir eine Entschädigung erpressen –«

Er ging weg, in tiefes Nachdenken versunken.

Nichts ist so närrisch, wie wenn jemand eine Gesellschaft gründet, durch plausible Anzeigen das Geld des spekulierenden Publikums an sich reißt und der Beweis für die Existenz dieser Gesellschaft alsdann von ihm nicht erbracht werden kann. Wenn etwas in der Welt zum Betrieb einer Diamantengruben-Gesellschaft notwendig ist, so ist es eine Diamantengrube, und es waren Gründe vorhanden, anzunehmen, daß eine solche in dem Vermögen der Gesellschaft nicht nachzuweisen war. Verdächtig zum Beispiel war, daß Lambaire innerhalb des Spielraums von hundert Meilen nicht wußte, wo das Grundstück gelegen war; der zweite Verdacht – und er war von besonderer Wichtigkeit –: Lambaire besaß nicht die geringste Kenntnis darüber, ob er ein Recht habe, über das Grundstück zu verfügen, selbst wenn er gewußt hätte, wo es lag.

Doch Lambaire gehörte nicht zu den Enthusiasten, die es für notwendig hielten, Diamantengruben auf einer soliden Basis zu finanzieren. Sein Optimismus genügte ihm durchaus als Basis. Um ganz aufrichtig zu sein, die Great-Forest-Diamantengruben-Gesellschaft wurde zu einer Zeit ins Leben gerufen, als es um seine Vermögensverhältnisse äußerst schlecht bestellt war. Trotz der Vielfältigkeit seiner Beteiligungen hatte er solche Perioden finanziellen Tiefstandes durchzumachen. Es darf, wie schon betont, von ihm gesagt werden, daß er so lange nicht zur Zuteilung von Aktien schritt, bis er wirklich wußte, daß über die Möglichkeit, die Mine aufzufinden, Zweifel bestanden.

Daß diese Mine ein Luftschloß war, durch nichts bestätigt als durch den Wahnsinn eines sterbenden Menschen und durch eine Karte, die er nicht besaß und sich auf keine Weise beschaffen konnte, verschwieg er. Er verschwieg es auch in dem überladenen kleinen Prospekt, der an Private verteilt wurde, und zwar durchweg an solche Leute in ganz Großbritannien, die leicht bereit waren, auf so bequeme Weise ihr Geld anzulegen. Vielmehr gab er an, daß die Mine festgestellt und die Rechte an ihr erworben wären. Der Prospekt erwähnte noch ganz unbestimmt »gewisse Schwierigkeiten des Transports, wegen welcher die Gesellschaft noch Rat schaffen müsse«, und am Ende kam ein gelehrter und technischer Bericht des »an Ort und Stelle seßhaften Ingenieurs« (kein Name), der von Edelsteinen und »Schatzgewölben« sprach und die ganze übliche Terminologie solcher Berichte enthielt.

Zwecklos wäre es, die Tatsache zu verschleiern, daß Lambaire ohne jeden Skrupel war. Wenige Menschen sind ganz schlecht, aber wenn man dieses Mannes Lebenslauf überdenkt, ist man geneigt, anzunehmen, daß der gute Same, den die Natur in ihn gepflanzt hatte, niemals aufgegangen war.

Er war in die kleine Vorhalle des Gebäudes hinabgestiegen und auf die Straße hinausgetreten, als ein Auto vorfuhr und den kleinen Whitey absetzte.

»Ich brauche dich«, pfiff er.

Lambaire runzelte die Stirn.

»Ich habe gar keine Zeit –« fing er an.

»Komm zurück«, nötigte ihn Whitey und packte ihn am Arm, »komm ins Büro zurück; ich habe dir etwas Wichtiges zu sagen.«

Widerstrebend ging der Dicke wieder zurück.

Sekretär Grene entging mit knapper Not dem Ertapptwerden. Er untersuchte gerade eine Privatschublade seines Prinzipals, als die Tritte der Männer draußen auf den Steinfliesen des Korridors erklangen.

Mit einer Behendigkeit und Gewandtheit, die Lambaire entzückt haben würde, wären diese Talente zu seinem Vorteil anstatt zu seinem Schaden ausgeübt worden, schloß und verschloß der Sekretär die Schublade mit einer einzigen Bewegung, ließ den Schlüssel in seine Tasche gleiten und war emsig mit dem Lesen seiner Notizen beschäftigt, als die beiden eintraten.

»Sie können gehen, Grene«, sagte Lambaire. »Ich habe mit Mr. Whitey ein kleines Geschäft abzuwickeln – gehen Sie essen und kommen Sie in einer halben Stunde zurück.«

Als sich die Tür hinter dem Sekretär geschlossen hatte, wandte sich Lambaire an seinen Begleiter.

»Nun?« fragte er.

Whitey hatte sich den bequemsten Sessel im Zimmer ausgesucht und seine elegant bekleideten Beine übereinander geschlagen. Er hatte die gefällige Art eines Menschen, der sich im Bewußtsein seiner geistigen Überlegenheit als Herr der Situation fühlt.

»Wenn du aufgehört hast, wie ein grinsender Esel auszusehen, so sagst du mir vielleicht endlich, warum du mich meinen Lunch hast aufschieben lassen«, murrte Lambaire.

Whitey brachte seine Beine in die natürliche Lage und setzte sich aufrecht hin.

»Es ist eine Neuigkeit, Lambaire!« Seine erhobene Hand betonte nachdrücklich die Wichtigkeit der folgenden Mitteilung.

»Es ist eine Idee und Neuigkeit zugleich«, sagte er. »Ich habe die Suttons gesehen.«

Lambaire nickte. Die Kühnheit Whiteys war eine beständige Überraschung für ihn, aber es war des Dicken Eigenart, diese Überraschung niemals zu verraten.

Whitey war sichtlich enttäuscht, daß seine große Neuigkeit so lau aufgenommen wurde.

»Du hältst solch einen Glücksfall für die selbstverständlichste Sache der Welt«, knurrte er. »Ich habe die Suttons besucht, Lambaire – sie nach dem Vorfall bei den Whistlers besucht; es wollte immerhin unternommen sein.«

»Du bist ein guter Junge, Whitey«, beschwichtigte ihn Lambaire, »ein wundervoller Junge; nun?«

»Nun«, sagte der Kleine in dem Sessel gereizt, »ich sprach mit dem Knaben – er benahm sich sehr mürrisch, sehr mürrisch, Lambaire; anmaßend, wollte mit mir durchaus nicht verhandeln; und seine Schwester – puh!«

Er erhob beide Hände, die Innenflächen nach außen, als er sich die schwierige Zusammenkunft ins Gedächtnis rief.

»Sie behandelte mich eisig«, sagte er ernst, »sie war die Kälte selbst; mit ihr sprechen, Lambaire, heißt in der Zugluft sitzen! Br-r!« Ihn fröstelte.

»Nun, was ist mit dem Knaben?«

Whitey lächelte schlau.

»Aufgeblasen, hochfahrend, geh zum – du weißt wohin – aber vernünftig. Er hat begriffen, was die Whistler zu bedeuten haben. Eine getretene Katze fangen ist leichter, als ihn zurückzugewinnen. Er kehrte den Etonschüler und Oxfordstudenten heraus – ha – ha! Du kennst den Ton. Es tue ihm schrecklich leid, aber die Bekanntschaft wäre besser unterblieben – er habe einen Fehler gemacht ... ›Aber bitte, lassen wir das Thema fallen; guten Morgen. Dort ist die Treppe!‹«

Whitey konnte nicht besonders gut nachahmen, er vermittelte nur den Sinn der Unterredung. »Aber er konnte mich nicht abschütteln – ich blieb fest, ich war der Unentwegte auf dem brennenden Deck; er öffnete die Tür, um mich hinauszulassen, und ich bewunderte seine Geranien; er klingelte nach einem Diener, und ich sagte, ich wüßte nicht, daß ich ihn darum gebeten hätte. Er schnaubte und knirschte vor Wut, ging mit den Händen in den Taschen im Zimmer auf und ab, ja genierte sich nicht einmal, auszusprechen, was er von mir und von dir hält.«

»Was denkt er von mir?« fragte Lambaire rasch.

»Ich sage es lieber nicht«, sagte Whitey. »Ich glaube kaum, daß du sehr entzückt wärst. Er glaubt, du seist ein Gentleman – nein! Nimm solche Kinderei nicht übel! Ich setzte mich und disputierte mit ihm. Er sagte, du seist offenbar ein Verschwender, und zwar einer der schlimmsten Art.«

»Was sagtest du darauf?« fragte Lambaire mit Stirnrunzeln.

»Ich leugnete es«, entgegnete Whitey tugendhaft; »nicht der schlimmsten Art, sagte ich. Immerhin endete die Zusammenkunft mit seinem festen Versprechen, heute nachmittag hierherzukommen.«

»Wozu ist das nütze?« fragte Lambaire.

Whitey erhob die Augen flehend zum Himmel.

»Man höre«, sagte er, als rede er eine unsichtbare Gottheit an.

»Man höre! Einen ganzen Morgen lang plage ich mich für ihn, und nun will er wissen, wozu das nütze ist.« Er stand langsam auf und glättete seinen Hut mit seinem Ärmel.

»Halt«, rief Lambaire, »bleib da, ich will noch viel mehr – hören. Nun, was kann er tun?«

»Sieh her, Lambaire.« Whitey ließ allen Anspruch auf Ehrerbietung und Liebenswürdigkeit fallen und wandte sich knurrend an den andern. »Dieses Kind kann sich in den Besitz der Karte setzen. Unsere Diamantengrube muß greifbarer werden, als sie jetzt ist, oder es setzt Verdruß, die Sache wird faul werden, und du weißt es.«

»Und angenommen, er will sie nicht hergeben?«

»Die Frage ist gar nicht, ob er sie hergeben will«, sagte Whitey, »er hat sie gar nicht, seine Schwester hat sie. Er ist seines Vaters Sohn, das mußt du dir ins Gedächtnis rufen. Du kannst wetten, daß irgendwo versteckt in ihm das alte Abenteurerblut rumort; diese Art Erbteile sterben nicht aus. Betrachte mich; mein Vater war –«

»Laß das Thema«, sagte Lambaire ungeduldig. »Worauf zielst du ab, Whitey? Was geht es uns an, ob er Abenteurerblut oder Somnambulenblut oder was weiß ich für Blut in den Adern hat – er hat die Karte erhalten, die sein Vater gemacht hat und die bei ihm gefunden wurde, als er starb, und die von irgend so einem Narren von Regierungsamtmann der Tochter gesandt wurde – ha? Das brauchen wir!«

Er stand mit einem Ruck auf, versenkte seine Hände in seinen Hosentaschen und streckte seinen Kopf weit nach vorn, eine Angewohnheit, die seine Erregung verriet.

Obgleich Whitey zweifellos Lambaires Bote und Mann für alles war, wirtschaftlich somit von ihm abhängig, war doch leicht zu erkennen, daß Lambaire in Furcht vor Whitey lebte und daß es Augenblicke gab, in denen Whitey die Oberhand hatte und nicht leicht ignoriert werden konnte. Eben in diesem Augenblick war er derjenige, der einschüchterte, der unterjochte, der den Verlauf der Dinge nach seinem Willen lenkte. Mit seiner hohen, dünnen Stimme, der Heftigkeit, mit der er zischte und polterte, war er ein wenig boshaft und konnte quälen. Er besaß ein merkwürdiges Vokabular und seltsame, ungewohnte Redewendungen. Um seine Meinung zu erläutern, nahm er lebhaft auch sprachwidrig angewandte Wortbilder zu Hilfe. Manchmal waren es unverhüllte Ausdrücke der Gaunersprache, die er in anderen Ländern aufgelesen – Whitey hatte etwas von einem Vielgereisten an sich und Geschmack am Weltbürgertum.

Er ging erregt auf und ab.

»Du bist ein leuchtendes rotes Licht, Lambaire«, fuhr er in einem wütenden Wortschwall fort. »Die Leute gehen dir aus dem Weg; das Diamantengeschäft muß auf der Stelle in Ordnung gebracht werden. Laß die Leute dahinterkommen, und sie werden toben, wenn sie entdecken, daß die Grube minus ist; sie werden Aufschluß haben wollen über das Silbergeschäft und das Druckereigeschäft, und sie werden sich zwei und zwei zusammentun – siehst du das nicht ein? Du warst ein Narr, jemals den Diamantenplan gestartet zu haben. Es war der einzige rechtschaffene Handel, auf den du dich eingelassen hast, aber du bist nicht rechtschaffen zu Werke gegangen. Wäre das der Fall gewesen, so hättest du Sutton lebendig zurückgebracht; aber nein, du mußtest einen komischen Kompaß haben, so daß die Wegekarte, die er gemacht hat, für niemanden als für dich von irgendwelchem Wert ist. Oh, du bist ein superkluger Narr, aber du hast den Bogen überspannt!«

Er wurde etwas ruhiger.

»Nun gib acht«, fuhr er fort, »der junge Sutton kommt heute hierher, und da hast du liebenswürdig zu sein; du hast ehrlich zu sein; du mußt ihm entgegenkommen; du mußt von deinem Sitz aufspringen und sagen: ›Ah, sieh da, Sutton, alter Freund, laß uns alle unsere Karten auf dem Tisch ausbreiten –‹«

»Ich will zur Hölle fahren, wenn ich das tue«, fuhr ihn Lambaire an. »Bist du verrückt, Whitey? Was denkst du, ich soll –«

»Alle Karten auf den Tisch«, wiederholte Whitey langsam und

schlug bei jedem Wort mit den Fingerknöcheln auf den Tisch, »deine eigenen Karten, Lambaire; du mußt sagen: ›Sieh her, mein Sohn, wir wollen uns verständigen; die Sache ist die, usw. usw.‹«

Welche »usw. usw.« das waren, setzte Whitey in fünf Minuten hitzig und lärmend auseinander.

Am Ende dieser fünf Minuten erschien Grene auf der Bildfläche, und die Unterhaltung kam zu einem plötzlichen Abbruch.

»Um drei Uhr«, sagte Whitey unten an der Treppe, »spiel deine Karten gut aus, und du reißt dich aus einer schmutzigen Geschichte heraus.«

Lambaire grunzte ungnädig, und sie trennten sich.

Es war ein anderer Whitey, der zur festgesetzten Stunde erschien. Ein höflicher, ehrerbietiger, stiller Mensch, der einen Jüngling nach dem Büro von J. Lambaire führte.

Francis Sutton war ein hübscher Junge, obgleich das saure Gesicht, das zur Schau zu tragen er bei dieser Gelegenheit für nötig hielt, ihn entstellte. Er fühlte sich bedrückt, denn er hatte das unbehagliche Gefühl, überlistet, zum Narren gehalten und im allgemeinen schlecht behandelt worden zu sein.

Es war ihm klar gemacht worden, daß, wenn dieser Allerweltsmann Lambaire eine Vorliebe für seine Gesellschaft gezeigt, ihn zum Mittagessen eingeladen und ihn mehr als einmal zu den Whistlers mitgenommen hatte, es nicht deshalb geschehen sei, weil der »Finanzier« plötzlich Gefallen an ihm gefunden – auch nicht, weil Lambaire seinen Vater in etwas fernen Zeiten gekannt hätte –, sondern deshalb, weil Lambaire etwas von ihm haben wollte.

Auf welche Weise ihm das beigebracht worden war, braucht nicht erörtert zu werden. Mag sein, daß die liebste, süßeste, zärtlichste Frau, die bei all ihrer Feenhaftigkeit doch ein Mensch ist, in privaten Augenblicken menschlich genug gewesen war, um in hinreichend überzeugender Sprache einen törichten jungen Mann zur Vernunft zu bringen.

Mit mißmutigem Gesicht betrat er Lambaires Privatbüro. Lambaire saß an seinem großen Schreibtisch, auf dem Geschäftsbücher und Briefschaften sich stark angehäuft hatten, und sein Sekretär saß mit offenem Notizblock neben ihm.

Ein imponierendes Scheckbuch lag auffällig da, und Lambaire war in der Tat sehr beschäftigt, als Whitey seinen Schützling in diesem Bienenstock von Betriebsamkeit anmeldete.

»Ah, Mr. Sutton!« sagte er und erwiderte das kurze Nicken Suttons mit einem heiteren Lächeln. »Es freut mich, Sie zu sehen. Whitey, mach es Mr. Sutton bequem – ich habe noch ein oder zwei Dinge zu erledigen.«

»Vielleicht«, sagte der junge Mann etwas erleichtert, »wenn ich etwas später käme –«

»Durchaus nicht, durchaus nicht.«

Lambaire verscheuchte den Verdacht, daß er zu sehr beschäftigt sei, um sich ihm sogleich widmen zu können, mit einer bezeichnenden Handbewegung.

»Nur einen Augenblick«, entschuldigte er sich, »nehmen Sie, bitte, Platz. Grene, sind Sie bereit?«

»Ja, Sir.«

»Sehr geehrter Herr«, diktierte Lambaire und lehnte sich in seinem Polstersessel zurück, »wir übersenden Ihnen hiermit einen Scheck über viertausendsechshundertfünfundzwanzig Pfund sieben Schilling vier Pence zum Ausgleich der halbjährlichen Dividende. Punkt. Wir bedauern, daß wir Ihnen keine Aktien unserer neuen Ausgabe zuteilen können; das Unternehmen war zwanzigmal überzeichnet. Hochachtungsvoll, usw. Haben Sie das?«

»Ja, Sir«, sagte der unbewegliche Grene.

War es möglich, daß dies der Abenteurer war, den ihm seine Schwester geschildert hatte? dachte der junge Mann. Sollte sich dieser Mann herabgelassen haben, ihn für eine Spielhölle zu ködern, um seine paar Hunderter zu gewinnen?

»Sende Cautts einen Scheck – wie hoch?« fragte Lambaire.

»Etwa sechstausend«, erwiderte Grene aufs Geratewohl.

»Und bezahl' diese kleine Rechnung für mich bei Fells – so etwa vierhundert – diese elenden kleinen Weinrechnungen steigen.«

Der letzte Teil des Satzes war an Sutton gerichtet, der sich dabei entdeckte, daß er teilnehmend lächelte. Was Whitey betrifft, so war er ein einziges gütiges Grinsen.

»Nun, denke ich, ist alles erledigt«, sagte Lambaire und kramte in den Papieren. »Oh, hier ist noch ein Brief von S–.«

Was er in der Hand hielt, war aber in Wirklichkeit eine dringende Aufforderung, die Weinrechnung endlich zu bezahlen, auf die er Grene gegenüber Bezug genommen hatte.

»Sag ihm, es tue mir leid, daß ich nicht mit ihm nach Cowes gehen könnte – ich hasse fremde Jachten, und unglücklicherweise« – er wandte sich mit einem beteuernden Lächeln an den jungen Mann –, »kann ich mir nicht mehr, wie vor einigen Jahren, eine eigene Jacht leisten. Nun ...« Er warf sich auf seinem Sitz herum, als sich die Tür hinter Grene geschlossen hatte.

»Nun, Mr. Sutton, ich möchte aufrichtig mit Ihnen sprechen; Sie nehmen es nicht übel, daß Whitey anwesend ist, nicht wahr? Er ist in den meisten Angelegenheiten mein Vertrauter.«

»Ich nehme niemandes Anwesenheit übel«, sagte der junge Mann, obgleich ihm offenbar unbehaglich zumute war, weil er nicht genau wußte, welchen Zweck die Unterredung verfolgen sollte.

Lambaire spielte mit einem Zelluloidlineal, ehe er anfing.

»Mr. Sutton«, sagte er langsam, »ich glaube, Sie waren auf der Schule, als Ihr Vater nach West-Afrika ging?«

»Ich stellte mich in Oxford zum Examen«, sagte der Jüngling rasch.

»Sie wissen, daß ich die Expedition ausrüstete, die ein so unglückliches Ende nahm?« sagte Lambaire nickend.

»Ich hörte, Sie hätten irgend etwas mit ihr zu tun.«

»Ja«, sagte Lambaire, »es kostete mich – aber das hat mit der Sache nichts zu tun. Nun, Mr. Sutton, ich will offen zu Ihnen sein. Sie stehen unter dem Eindruck, ich hätte Ihre Bekanntschaft gesucht, weil ich einen anderweitigen Zweck verfolgte. Sie brauchen es nicht zu leugnen; es gab mir ein – einen –«

»Stoß«, sagte der schweigsame Whitey plötzlich.

»Es gab mir das, was Mr. Whitey einen ›Stoß‹ nennt. Ich kenne die menschliche Natur sehr genau, Mr. Sutton; und wenn ein Mensch schlecht von mir denkt, so wittere ich das instinktiv.«

Es muß hierzu erwähnt werden, daß diese Wahrnehmung Mr. Lambaires weniger auf seiner eigenen Beobachtung beruhte, als auf Informationen, die Whitey ihm zu verschaffen gewußt hatte.

»Mr. Sutton, ich will nicht leugnen, daß ich einen anderweitigen Zweck verfolgte, als ich Ihre Gesellschaft suchte.« Lambaire beugte sich vor, die Hände auf den Knien, und war sehr ernst. »Als Ihr Vater –«

»Armer Vater«, murmelte Whitey.

»Als Ihr armer Vater starb, wurde eine Karte, die den Reiseweg, den er eingeschlagen hatte, zeigt, an Sie oder vielmehr an Ihre Schwester, da sie die ältere war, geschickt. Vergangenes Jahr hörte ich durch Zufall von der Existenz dieser Karte, und ich schrieb deswegen an Ihre Schwester.«

»Wie ich es verstehe, Mr. Lambaire«, sagte Sutton, »haben Sie keinen Versuch gemacht, uns nach dem Tode meines Vaters aufzusuchen. Natürlich waren Sie in keiner Hinsicht für sein Schicksal verantwortlich. Trotzdem hätten Sie sich darum kümmern müssen, wie es mit der Versorgung derjenigen bestellt war, die durch die Expedition Waisen geworden waren.«

Dieser schlanke Jüngling mit seinem scharfgeschnittenen, weibischen Gesicht hatte einen Mund, der etwas schlaff herabhing. Er sprach jetzt mit einer Sicherheit, als ob er seit Jahren mit allen Tatsachen bekannt wäre, über die er sprach. Und doch hatte er bis zu dem Morgen, an dem ihn seine Schwester über den Charakter dieses von ihr mit Argwohn verfolgten Menschen so gründlich aufgeklärt hatte, nichts von den näheren Umständen gewußt, die seines Vaters Tod herbeigeführt hatten.

Solange er sprach, schüttelte Lambaire wie in melancholischer Abwehr gegen die Ungerechtigkeit langsam seinen Kopf.

»Nein, nein, nein«, sagte er, als der andere zu Ende war, »Sie haben Unrecht, Mr. Sutton, ich war damals krank; ich wußte, daß Sie alle in guten Verhältnissen lebten –«

»Ahem!« hustete Whitey, und Lambaire begriff, daß er einen Fehler gemacht hatte.

»Ganz im Gegenteil; erst letztes Jahr beerbten wir einen Onkel – aber ob reich oder arm, das ist gar nicht die Frage.«

»In der Tat«, sagte Lambaire herzlich. Er wünschte sehnlich, sich von dem Boden zu entfernen, der ihm so fühlbar heiß unter den Füßen wurde. »Ich möchte mit dem, was ich zu sagen habe, zu Ende kommen. Ihre Schwester verweigert uns die Karte, nun gut, wir streiten nicht mit ihr, wir wollen auch nicht gerichtlich vorgehen, wir sagen: ›Gut – wir wollen die Sache aufgeben‹, obgleich« – er bewegte seinen Finger feierlich vor dem jungen Menschen –, »obgleich es für mich eine sehr ernste Angelegenheit ist, da ich eine Gesellschaft gegründet habe –«

». . . gründen wolltest«, sagte Whitey leise.

»Ich wollte sagen, da ich vermöge der Karte eine Gesellschaft gründen wollte; dennoch sage ich, wenn die junge Dame so denkt, dann tut es mir leid – ich will ihr nicht lästig fallen. Aber da kommt mir ein Gedanke!« Er hielt dramatisch inne. »Ein Gedanke kommt mir – die Grube, die Ihr Vater suchen ging, ist noch nicht entdeckt; sogar mit Ihrer Karte, der ich keine große Wichtigkeit beimesse –«

»Sie ist praktisch nur für den Eigentümer von Wert«, unterbrach Whitey.

»Anderen Wert hat sie nicht«, gab Lambaire zu. »Selbst mit der Karte in der Hand würde man meine Grube nicht finden, wenn man sich aufmachte, sie zu suchen. Was erforderlich ist – ist –«

»Der Forschergeist«, warf Whitey ein.

»Der Forschergeist, der angeboren sein und demjenigen, der sich aufmacht, die Grube zu suchen, im Blute liegen muß. Mr. Sutton«, Lambaire stand schwerfällig auf, denn er war ein starker Mensch, »wenn ich sagte, ich hätte aus anderen Gründen Fühlung mit Ihnen nehmen wollen, so sprach ich die Wahrheit. Ich wollte sehen, ob Sie der Mann wären, Ihres Vaters Werk fortzusetzen – Mr. Sutton, Sie sind es!«

Er sagte es wirkungsvoll, dramatisch, und der junge Mann errötete vor Freude.

Er müßte kein Mensch gewesen sein, wenn nicht die Aussicht auf eine Forschungsreise, wie sie Lambaires Worte eröffneten, ihn gepackt hätte. Körperlich und geistig hatte er keine Ähnlichkeit mit Sutton, dem Forscher, dem Mann der vielen Expeditionen, aber in seiner Veranlagung hatte er etwas von dem unendlichen Wissensdrang seines Vaters, dem Wissensdrang, der allen derartigen Unternehmungen zugrunde liegt.

In diesem Augenblick waren alle Warnungen seiner Schwester verpufft, vergessen. Das Bild, das sie von jenem Mann entworfen, war seinem Gedächtnis entschwunden, und das, was er in Lambaire jetzt sah, war der Wohltäter, der Schutzherr, der weitdenkende Geschäftsmann. Er sah die Dinge klarer (so sagte er sich), ohne Vorurteile (so konnte er seiner Schwester sagen); und zweifellos, die Dinge mußten gerecht und mit Gelassenheit beurteilt werden. Die Vergangenheit mit den Entbehrungen, die er dank der fast mütterlichen Fürsorge und Selbstaufopferung seiner Schwester weder gekannt noch empfunden hatte, war mit einem Schlage vergessen.

»Ich – ich weiß kaum, was ich dazu sagen soll«, stotterte er, »natürlich würde ich gern das Werk meines Vaters fortführen, schrecklich gern – ich war immer auf derlei Dinge erpicht, auf Forschungsabenteuer und was damit zusammenhängt ...«

Die Aussicht, die ihm so unerwartet eröffnet worden war, versetzte ihm den Atem. Als Lambaire seine große, weiße Hand ausstreckte, ergriff und schüttelte er sie dankbar – er, der mit dem festen Entschluß hergekommen war, der Bekanntschaft ein für allemal ein Ende zu machen.

»Er ist wie Butter«, sagte Whitey nachher, »halt ihn von dem ›Eis‹ fern, und du bist seiner todsicher ... Das ›Eis‹, das ist die Schwierigkeit.«

Er schüttelte zweifelnd den Kopf.

6

Francis Sutton hatte seinen Bericht beendet und versuchte jetzt, seine Schwester mit ungeheurer Ruhe eines Besseren zu belehren.

Sie stand am Fenster und zeichnete mit den Fingerspitzen Figuren auf die polierte Oberfläche eines kleinen Tisches; sie sah unverwandt auf die Straße hinaus.

Francis war bei seinen Überzeugungsversuchen unlogisch und

unnötig laut gewesen, und sie war durch die hochgehenden und übersprudelnden Wogen seiner Beredsamkeit überwältigt worden. Sie hatte sich bis jetzt völlig ruhig verhalten, und als er zum fünften Male mit Reden fertig war, machte er ihr grollend Vorhaltungen über ihr trotziges Schweigen.

»Du hast mir ja gar keine Gelegenheit zum Sprechen gegeben, Francis, und ich bin vollständig verwirrt, weil du deine Ansichten geändert hast –«

»Sieh, Cynthia«, unterbrach er sie ungeduldig, »es hat gar keinen Zweck, daß du dieses Thema wieder aufrollst – Lambaire ist ein Mann von Welt, wir können ihn nicht mit dem Maßstab, den Nonnenklöster oder Schulmädchen anlegen, messen; und wenn du stundenlang mit mir strittest, du würdest mich doch nicht herumkriegen. Ich setze es durch. Es ist eine Gelegenheit, die niemals wiederkehrt. Vater hätte sicher seine Einwilligung gegeben.«

Er machte vorwurfsvoll eine Pause, aber sie betrachtete sie nicht als Gelegenheit, etwas zu erwidern.

»Nun, um Gottes willen, Cynthia, tu mir das nicht an, daß du schmollst.«

Sie wandte ihren Blick von der Straße ab und richtete ihn ins Zimmer.

»Erinnerst du dich, wie du neulich nachts nach Hause kamst?« fragte sie plötzlich, und der Jüngling errötete.

»Das ist häßlich«, sagte er hastig, »ein Mann kann einmal eine Torheit begehen –«

»Davon wollte ich nicht sprechen«, sagte sie. »Ich wollte dich nur daran erinnern, daß dich ein Herr nach Hause brachte – er kannte Lambaire besser, als du und ich ihn kennen – ja? – Du wolltest etwas sagen?«

»Fahr fort«, sagte der Jüngling; es war etwas Triumphierendes in seiner Stimme. »Ich habe dazu etwas zu sagen.«

»Er sagte, daß Lambaire noch etwas Schlimmeres sei als ein Lebemann – daß er ein Verbrecher sei, ein Mann ohne Skrupel und ohne Mitleid.«

Über Suttons Gesicht glitt ein Lächeln, als sie zu Ende gekommen war.

»Und weißt du, wer dieser Herr war?« fragte er und freute sich. »Ein gewisser Amber – hast du von Amber gehört?«

Sie schüttelte den Kopf.

»Er ist ein Dieb, ein ganz gemeiner Dieb – du magst noch so sehr den Kopf schütteln, Cynthia, aber er ist ein Bursche, der von seiner Schlauheit lebt; er ist gerade eine Woche aus dem Gefängnis heraus – das ist dein Mr. Amber.«

»Mr. Amber«, wiederholte eine Stimme an der Tür, als ein Mädchen diesen Herrn, der eben den unerschütterlichen Gegenstand der Unterhaltung bildete, auch schon hereinließ.

Amber war wie ein zivilisierter Mensch nach den herkömmlichen Vorschriften gekleidet. Sein fest zugeknöpfter Mantel war nach dem neuesten Schnitt gearbeitet, seine Wäsche blendend weiß. Der Hut, den er in der Hand hielt, glänzte, wie nur ein neuer Zylinderhut glänzen kann, und so fleckenlos weiß, wie die Gamaschen über seinen blanken Schuhen leuchteten, war die Farbe seiner tadellos sitzenden Glacéhandschuhe.

Er sah so elegant aus, als wäre er aus dem Modejournal herausgeschnitten worden.

Er lächelte den durchaus nicht erfreuten Jüngling an und streckte dem Mädchen seine Hand hin.

»Eingeladen«, sagte er lässig, »kam des Wegs: Autobusse fahren an der Tür vorüber – sehr gelegen; was mir an London so gefällt, ist die Leichtigkeit, mit der man von einem Ende zum anderen kommt – darf ich meinen Hut ablegen? – Danke sehr. Wenn ich einmal Geld in Hülle und Fülle habe, werde ich in Park Lane wohnen; es ist so schön dicht am Kanal. Und wie geht es Ihnen?«

Sutton murmelte irgend etwas Ungnädiges und begab sich zur Tür.

»Einen Augenblick, Francis.«

Das Mädchen war abwechselnd rot und blaß geworden; ihre Hand, die Figuren auf den Tisch gezeichnet hatte, zitterte, als Amber hereinkam; aber nun hatte sie sich wieder ganz in der Gewalt, obwohl sie bleicher als gewöhnlich war.

Der Jüngling blieb stehen, die Hand auf der Türklinke, und sah seine Schwester warnend und drohend zugleich an.

»Mr. Amber«, sagte sie und ignorierte Francis' Signal, »ich glaube, es ist nur aufrichtig an Ihnen gehandelt, wenn ich wiederhole, was ich soeben gehört habe.«

»Cynthia, ich bitte dich!« sagte Sutton zornig.

»Es ist gesagt worden«, fuhr sie fort, »daß Sie – daß Sie in einem schlechten Rufe stünden.«

»Meine Gnädige«, sagte Amber mit ernstem Antlitz, »ich stehe in einem schlechten Rufe.«

»Und – und Sie sind erst unlängst aus dem Gefängnis entlassen worden?« stammelte sie und vermied, seinen Augen zu begegnen.

»Wenn Sie«, sagte Amber mit Bedacht, »mit ›erst unlängst‹ vor beinahe einer Woche meinen – auch das ist wahr.«

»Was habe ich dir gesagt«, rief Sutton und lachte frohlockend.

Amber fuhr herum.

»Mein Demokrit, mein Abderite«, sagte er vorwurfsvoll, »wozu der Spaß? Es ist nicht so spaßig, dieses Gefängnis – was lachst du, mein Sutton?« Er zog die Augenbrauen fragend in die Höhe.

Irgend etwas veranlaßte das Mädchen, nach ihm hinzusehen. Sie mochte erwartet haben, daß er sich schäme; statt dessen bemerkte sie nur, daß es ihm mit seinem Vorwurf wirklich ernst war.

»Mein vergangenes Mißgeschick kann Sie wenig interessieren, meine Gnädigste«, sagte er ein bißchen traurig. »Als ich in einer denkwürdigen Nacht auf Ihren Wunsch Janus ins Gesicht sah, nämlich durch die Tür eines gewissen Lokals ging, in das ich nicht einmal Leute von untergeordneter Stellung, falls sie etwas Selbstachtung haben, einladen würde – zum Beispiel das uniformierte Werkzeug des Strafvollzugs, den Gefangenenwärter –, da erinnerte ich mich nicht, daß Sie von mir verlangten, mich auszuweisen, oder daß Sie mich aufforderten, Ihnen einen Beweis für meinen guten Ruf zu erbringen.«

Dann wandte er sich wieder an den Jüngling.

»Mr. Sutton«, sagte er sanft, »mich dünkt, Sie sind ein wenig ungnädig, ein wenig vorschnell: ich kam hierher, um mit der Schonung, die die Angelegenheit erfordert, die notwendige

Beichte früherer Verbrechen, Kniffe, Listen, Bestechungsakte, Schuldigerklärungen, Verhaftungen zusammen mit einer Appendix abzulegen, die ein Licht darauf wirft, mit welcher Leichtigkeit ein junger, eigensinniger Subalternoffizier der Kavallerie in den Abgrund geraten kann – in den Abgrund, der den Tollkühnen erwartet, wenn er auf wenig leistungsfähige Pferde ungleiche Wetten einging.«

Das alles sagte er, ohne Atem zu holen, und er war sichtlich zufrieden mit sich und der Skizze, die er von seinem früheren Leben entworfen hatte. Er reckte seinen Körper in die Höhe, straffte seine Schultern und klemmte sein Monokel fester ins Auge. Darauf wandte er sich mit einer Verbeugung gegen das junge Mädchen und warf einen belustigten Blick auf den jungen Mann an der Tür.

»Einen Augenblick, Mr. Amber.« Sie hatte die Sprache wiedergefunden. »Ich kann nicht zugeben, daß Sie so weggehen, wir sind doch in Ihrer Schuld, Francis und ich . . .«

»Gedenken Sie meiner«, sagte Amber mit leiser Stimme, »das würde ein schöner Lohn sein, Miss Sutton.«

Impulsiv ging sie auf ihn zu und hielt ihm ihre Hand hin, und er nahm sie.

»Es tut mir so leid«, war alles, was sie sagte, aber sie merkte am Druck seiner Hand, daß er sie verstand.

In dem kurzen Augenblick, während sie Hand in Hand voreinander standen, war Sutton aus dem Zimmer geschlüpft, denn er erwartete Besuch und hatte das ferne Schrillen einer Klingel gehört. Sie merkten nicht, daß sie allein waren. Das Mädchen sah zu Amber auf, und ihre Augen blickten unendlich mitleidsvoll.

»Sie sind zu gut – zu gut für dieses Leben«, sagte sie.

Amber schüttelte den Kopf, und sie sah in seinen Augen ein Lächeln.

»Sie wissen nicht«, sagte er höflich, »ob Sie nicht vielleicht Ihr Mitleid verschwenden – ich komme mir wie ein Schurke vor, wenn Sie mich bemitleiden.«

Ehe sie antworten konnte, wurde die Tür aufgerissen, und Sutton platzte ins Zimmer; hinter ihm kam Lambaire, ehrbar gekleidet, geschniegelt und gestriegelt, und nicht weniger geziemend in der Erscheinung war der unvermeidliche Whitey, der den Nachtrab bildete.

Cynthia Sutton sah bestürzt auf die Neuankömmlinge. Diese Männer in ihr Haus zu bringen, war von ihrem Bruder wirklich verwegen. Sie hätte sie ohnedies nur gezwungen empfangen; nun sie aber erriet, daß sie nur deshalb hierherbugsiert worden waren, um Ambers Verwirrung vollständig zu machen, bemächtigte sich ihrer eine verhaltene Wut.

Die ersten Worte des jungen Sutton lieferten den Beweis.

»Cynthia«, sagte er mit einer Genugtuung, die er nicht zu verbergen suchte, »dies sind die Herren, die Mr. Amber verdächtigt hat – vielleicht hat er Lust, seine Aussagen zu wiederholen –«

»Jung, sehr jung«, sagte Amber duldsam. Er nahm dem Mädchen die Regie in der nun folgenden Auseinandersetzung ab, und für die ganze übrige Zeit blieb sie Zuschauerin. »Ne puero gladium ... (Daß nicht dem Knaben das Schwert ...) – wie?«

Er war der vortreffliche Schulmeister, der der Jugend zum Vorwurf macht, daß sie jung ist.

»Und hier haben wir den Beweis«, er deutete mit einer kühnen Handbewegung auf Lambaire und seinen Genossen, diesen Männern gegenüberstehend, die er so tief gekränkt hatte. »Und nun, mein Lambaire, was haben Sie noch über uns zu sagen?«

»Ich weiß, daß Sie ein Dieb sind«, sagte Lambaire.

»Wahr, o König!« gab Amber heiter zu.

»Ich weiß, daß Sie drei- oder viermal verschiedener Verbrechen überführt worden sind.«

»Klingt wie ein Kinderlied«, sagte Amber bewundernd. »Fahre fort, mein Lambaire.«

»Ich denke, das genügt, Sie von anständiger Gesellschaft fernzuhalten.«

»Das ist genug – mehr als genug«, bekannte der unbeschämte junge Mann mit einem melancholischen Lächeln, »und was sagt mein Whitey, was? Was sagt mein bleicher Whitey?«

»Sie, Amber«, begann Whitey.

»Ich hatte schon einmal Gelegenheit«, unterbrach ihn Amber streng, »Sie zu belehren, daß Sie sich unter keinen Umständen mit meinem Namen Freiheiten herausnehmen sollen; ich bin für Sie Mr. Amber, mein Whitey.«

»Mr. oder nicht Mr., Sie sind ein Gauner«, sagte der andere.

»Ein was?«

Der entsetzte Ausdruck auf Ambers Gesicht führte sogar einen so erfahrenen Mann wie Whitey irre.

»Ich meine, Sie sind ein ganz bekannter Dieb«, sagte er.

»Das ist besser«, sagte Amber, »das andere ist ein gemeiner Ausdruck, dessen ein Gentleman mit gesellschaftlichen Formen sich niemals bedienen sollte; und was sind wir noch?«

»Das ist genug, denke ich«, sagte der Mann.

»Nun, da Sie die Tatsache erwähnen, glaube ich, daß ›genug‹ das Wort ist.« Er sah sich im Kreise um und betrachtete jeden der Männer mit dem spöttischen Lächeln, das man selten an ihm vermißte. »Mehr als genug«, wiederholte er. »Wir sind entdeckt, zu Schanden gemacht, ver-nich-tet, wie ein lieber Freund von mir sagen würde.«

Er knöpfte langsam seinen elegant sitzenden Mantel auf und steckte seine Hände in eine der inneren Taschen. Mit einem Anschein von reiflicher Überlegung brachte er eine auffallend geschmacklose Brieftasche aus rotem Saffianleder zum Vorschein. Mit ihrer silbernen Ausstaffierung zog sie genugsam die Aufmerksamkeit auf sich, sogar derjenigen, die sie niemals zuvor gesehen hatten. Aber einer war da, der sie kannte, und Lambaire machte einen schnellen Schritt vorwärts und schnappte nach ihr.

»Die gehört mir!« schrie er, aber Amber war schneller.

»Nein, nein, mein Lambie«, sagte er, »es ist eine Dame anwesend; laß uns unsere derben Späße bis auf eine andere Gelegenheit verschieben.«

»Die gehört mir«, schrie Lambaire zornig, »sie wurde mir in der Nacht gestohlen, als Sie bei den Whistlers gewaltsam eindrangen. Mr. Sutton, ich werde mit diesem Burschen ein Beispiel statuieren. Er hat letzte Woche das Gefängnis verlassen, er kehrt heute dahin zurück; wollen Sie nach einem Schutzmann schicken?«

Der Jüngling zögerte.

»Sparen Sie sich die Mühe – sparen Sie sich den Skandal –

eine Klub-Razzia und noch andere derartige Dinge«, sagte Amber lässig. »Hier ist Ihre Tasche – Sie werden das Geld intakt finden.« Er überreichte ihm die Brieftasche mit einem spaßhaften kurzen Kopfnicken.

»Ich habe mir«, fuhr er fort, »sei es als Belohnung für meine Ehrlichkeit, sei es als Andenken an einen Gelegenheitsscherz, einen kleinen Fünfer zurückbehalten – Provision – wie?«

Er hielt zwischen seinen Fingern eine Banknote und ließ sie munter knistern, und Cynthia, die in ihrer Verwirrung von einem zum andern blickte, sah, wie Lambaires Gesicht aschfahl wurde vor Furcht.

7

Kein Wort wurde zwischen Lambaire und Whitey gewechselt, als ein Auto sie durch die City nach dem Büro des Dicken brachte. Sie hatten sich schnell und unvermittelt von Sutton verabschiedet und waren gleich nach Amber gegangen.

Es war nach Geschäftsschluß, und Grene war nicht mehr da, als Lambaire seine Privatzimmer hinter sich abschloß und sich in seinen weichen, hohen Sessel fallen ließ.

»Nun, was denkst du?« Whitey sah durchdringend auf ihn hinab, als er die Frage stellte.

»Puh!« Lambaire wischte sich die Stirn ab.

»Nun?« fragte Whitey scharf.

»Whitey, dieser Bursche hat uns erwischt.«

Ein verächtliches Lächeln kräuselte Whiteys dünne Lippen.

»Du bist mit Leichtigkeit zu schlagen, Lambaire«, sagte er in seiner schrillen Weise, »du bist ein Waschlappen! Du bist schleimig wie eine Qualle!«

Er redete sich in einen seiner Wutanfälle hinein, und Lambaire fürchtete Whitey in solchen Gemütszuständen mehr als alles andere auf der Welt.

»Sieh, Whitey, sei verständig; wir müssen uns auf Dinge gefaßt machen; wir müssen mit ihm ein Abkommen treffen; bestich ihn!«

»Bestich ihn!« In Whiteys pfeifendem Lachen war Verachtung und Hohn. »Amber bestechen – du Narr! Siehst du denn nicht, daß er ehrlich ist! Er ist ehrlich, dieser Bursche, und das vergiß nicht!«

»Ehrlich – wieso –«

»Ehrlich, ehrlich, ehrlich!« Whitey schlug bei jedem Wort mit seiner geballten Faust auf den Tisch. »Kannst du denn nicht sehen, Lambaire, bist du denn blind? Siehst du nicht, daß dieser Bursche ein Zuchthäusler und doch ehrlich sein kann – daß er ein Dieb sein und doch rechtschaffen handeln kann –, er ist von der Art.«

Ein langes Stillschweigen folgte, als er geendigt hatte.

Whitey ging zu dem Fenster hinüber und sah hinaus; Lambaire saß und schnitt an seinen Nägeln.

Nach einer Weile drehte sich Whitey um.

»Wie stehen die Dinge?« fragte er.

Der andere zuckte die Schultern.

»Die Dinge stehen sehr schlecht; wir müssen dieses Diamantengeschäft durchsetzen: du bist ein Genie, Whitey, den Knaben beredet zu haben; wenn wir ihn hinschicken, das Werk zu vollbringen, wird uns das retten.«

»Nichts kann uns retten«, fuhr ihn Whitey an. »Wir stecken in der Klemme, Lambaire; das Beschwätzen der Aktionäre und das Vergehen mit der Gründungsurkunde ist nichts, das kommt gar nicht in Frage – es handelt sich um ein Kriminalverbrechen, Lambaire.«

Er sah, wie der starke Mann zitterte, und er nickte.

»Wir wollen uns nichts vormachen« – Whitey nickte immer weiter mit dem Kopf und erinnerte dadurch an ein groteskes chinesisches Spielzeug –, »es handelt sich um zwanzig Jahre für dich und um zwanzig Jahre für mich; die Polizei hat die Welt abgesucht nach dem Mann, der solche Banknoten machen kann – und Amber kann sie auf die Fährte bringen.«

Wieder ein langes Stillschweigen. Ein Schweigen, über dem eine geraume Weile verstrich; die beiden Männer saßen in der zunehmenden Dunkelheit, jeder mit seinen eigenen Gedanken beschäftigt.

Eine halbe Stunde mochten die beiden Schuldbewußten so zugebracht haben, wobei der eine den andern beargwöhnte. In ihrem Brüten folterte sie weder die Gewissensangst, noch störte sie die Reue. Pläne, wie sie sich retten könnten um jeden Preis – auf wessen Kosten, das kümmerte sie nicht –, gingen ihnen unfertig und willkürlich einer nach dem anderen durch den Kopf.

»Du hast hier nichts davon da, nehme ich an?« brach Whitey endlich das lange Schweigen.

Lambaire antwortete nicht sogleich, und sein Gefährte wiederholte die Frage gereizter.

»Nein – ja«, zögerte Lambaire, »ich habe ein paar Platten –«

»Du Narr!« zischte der andere. »Du einfältige Kreatur! Hier! Hier, wo sie zuallererst suchen –«

»In meinem Safe, Whitey«, sagte der andere, wie sich verteidigend, »in meinem persönlichen Safe; niemand außer mir hat einen Schlüssel.«

Wieder ein langes Stillschweigen, nur von zusammenhanglosen Zischlauten Whiteys unterbrochen.

»Morgen – schaffen wir sie fort, hörst du, Lambaire; ich will lieber in der Gewalt eines Amber sein, als mein Leben in den Händen eines Narren wissen, wie du einer bist. Und wie hast du die Platten aufbewahrt? Eingewickelt in eine mit vollem Namenszug unterzeichnete Beichte – ich will einen Eid darauf schwören! Kleine Leckerbissen von dem Silbergeschäft, wie? Und die Druckerei in Hookley, was? Genaue Anweisungen und ein Plan, um den Detektiven zu helfen – oh, du possierlicher Narr!«

Lambaire war bei dem Wortschwall still. Es war beinahe dunkel, als Whitey sich herbeiließ, wieder zu sprechen.

»Hier zu sitzen hat keinen Zweck«, sagte er barsch. »Komm, wir wollen essen gehen; am Ende ist es gar nicht so schlimm.«

Er glitt wieder in seine alte, untergeordnete Stellung zurück, seine Stimme verriet es. Nur in den Augenblicken seiner Wut erhob er sich zur Herrschaft über seinen Herrn. In all den Jahren ihrer Geschäftsgemeinschaft war dieser seltsame Wechsel für ihr Verhältnis charakteristisch gewesen.

Lambaire gewann jetzt wieder seine alte Stellung als Führer zurück.

»Du schimpfst zuviel, Whitey«, sagte er, als er die Tür abschloß und die dunkle Treppe hinabstieg. »Du glaubst alles zu leicht, und überdies bist du, wenn du schimpfst, unangenehm.«

»Vielleicht bin ich es«, sagte Whitey kraftlos. »Ich bin eine brennende Jutefabrik, wenn ich aufgebracht bin.«

»So will ich in Zukunft mehr zur Rettungsmannschaft gehören«, sagte Lambaire humorvoll.

Sie speisten in einem kleinen Gasthaus in der Fleet Street, das ihnen auf ihrem Weg in westlicher Richtung zuerst in den Weg kam.

»Einerlei«, sagte Whitey, als sie sich zum Essen niedersetzten, »wir müssen diese Platten loswerden – wegen der Banknote können wir uns herausreden; die Tatsache, daß Amber sie in seinem Besitz hat, gereicht ihm viel mehr zum Nachteil als uns – er ist eine ›verdächtige Person‹, und er steht in den Akten.«

»Das ist wahr«, gab Lambaire zu. »Wir wollen die Platten morgen fortschaffen; ich kenne einen Ort –«

»Heute abend!« sagte Whitey bestimmt. »Es hat keinen Zweck, bis morgen zu warten; wir können morgen verhaftet werden – wir können morgen im Zuchthaus sein. Ich liebe Amber nicht. Er ist kein Polizist, Lambaire – er ist ein Kopf – er hat Erziehung – wenn er sich den Hauptspaß leistet, wollen wir einander aus den Zellen SOS-Botschaften schicken.«

»Heute abend also«, stimmte Lambaire hastig zu; er merkte, daß Whiteys Zorn, der so leicht zu erregen war, wieder erwachte, »wenn wir gegessen haben. Und was weißt du von Amber – wer ist er? Ein aufgeblasener Kerl in Geldklemme oder was sonst?«

Im Laufe dieser Erzählung mögen viele Ansichten über das Auf und Ab in Ambers Leben hervorgetreten sein, die meisten aber, tatsächlich alle außer einer einzigen, stammen aus Ambers Mund. Ob Whiteys Geschichte der Wahrheit näher kommt als irgendeine andere, wird sich mit der Zeit herausstellen.

»Amber? Er ist ein närrischer Kauz. Er ist alles gewesen vom Cowboy bis zum Schauspieler. Ich habe früher von ihm gehört. Er ist ein Gauner, weil er gern lange Finger macht. Das ist das Wesentliche an ihm. Er hat die Schule besucht.«

»Schule«, das war für Whitey ein unbestimmter Begriff, der eine finstere Tätigkeit bezeichnete, durch die dem menschlichen Geist Wissen aufgezwungen wird. »Schule«, das war ein Ort, wo Kenntnisse erworben wurden, die nirgendwo verwertet werden konnten. Er hatte vor der Erziehung den Respekt des halberzogenen Menschen.

»Er wurde wegen einer Spekulation, die er zum Spaß anfing, gerichtlich belangt; etwa von der Sorte: ›Du schickst mir fünf Schilling, und ich werde das übrige erledigen.‹ Es wurde Brauch bei ihm, daß er, wenn er das Gefängnis verließ, dieselbe Sache auf etwas andere Art von neuem betrieb. Er verlegte sich auf die Gaunerei gerade so, wie sich ein anderer aufs Briefmarkensammeln stürzt.«

Sie verweilten bei Tisch, und die Zeiger der vielen Uhren der Fleet Street zeigten auf halb zehn, noch bevor sie fertig waren.

»Wir wollen zurückgehen«, sagte Lambaire. »Glücklicherweise ist in Flair Court kein Pförtner anzutreffen.«

»Du hast den Schlüssel zum Haustor?« fragte Whitey, und Lambaire nickte.

Sie gingen langsam den Ludgate Hill hinauf, Arm in Arm, zwei eminent achtbare Bürger der Stadt in Zylinderhut und kurzem Überrock und anscheinend mit der ganzen Welt und sich selbst zufrieden.

Die Flair Court Street läuft mit der Lothbury Street parallel und ist zu dieser nächtlichen Stunde verödet. Sie kamen an einem einsamen Schutzmann vorüber, der die Türen der Gebäude untersuchte, und er wünschte ihnen höflich einen guten Abend.

Als sie vor der geschlossenen Tür des Hauses standen, in dem sich das Büro befand, ließ Whitey seinen Genossen aus seinen Ansichten über die geplante Expedition Vorteil ziehen.

»Es ist unser Glück, Lambaire«, sagte er, »und je mehr ich darüber nachdenke, um so größer erscheint das Glück: Ei, wenn es dahin käme, daß wir geradewegs hingehen könnten, um das Geld zu holen – wir könnten die ganzen Betrügereien zudecken – sie vergessen, Lambaire.«

»Das dachte ich auch«, sagte der andere, »das war mein Gedanke seinerzeit – ich wollte nur zu gescheit sein, sonst hätte ich es durchgesetzt.« Er blies in den Schlüssel.

»Was ist los?« fragte Whitey, der plötzlich eine Schwierigkeit bemerkte.

»Dieses Schloß da – ich bin nicht an die Haustür gewöhnt – oh, jetzt geht es.«

Der Hausschlüssel drehte sich im Schloß, und die Tür ging auf. Sie schlossen sie hinter sich ab, und Lambaire steckte ein Streichholz an, um den Weg über die dunkle Treppe zu beleuchten. Auf dem ersten Treppenabsatz zündete er noch eins an, und so fanden sie ihren Weg bis in das oberste Stockwerk.

Hier blieben sie stehen.

»Steck ein Streichholz an, Whitey«, sagte Lambaire und nahm einen Schlüssel aus seiner Tasche.

Aus irgendeinem Grund wollte sich der Schlüssel nicht drehen lassen.

»Das ist seltsam«, murmelte Lambaire und wollte es mit Drükken zustande bringen. Aber immer noch drehte sich der Schlüssel nicht.

Whitey tastete an der Streichholzschachtel herum und strich ein neues Hölzchen an.

»Komm, laß mich versuchen«, sagte er.

Er drückte mit Gewalt an dem Schlüssel, aber ohne Erfolg; dann probierte er die Klinke.

»Es ist nicht zugeschlossen«, bemerkte er, und Lambaire fluchte.

»Verwünscht«, sagte er, »dieser Dummkopf, der Grene! Ich habe ihm schon hundertmal gesagt, daß er sich vergewissern soll, wenn er abends fortgeht, daß die Tür zugeschnappt und verschlossen ist.«

Er trat in das äußere Büro. In dem Zimmer war kein elektrisches Licht, und er gebrauchte noch mehr Streichhölzer, als er auf sein Privatzimmer zuschritt.

Er nahm einen anderen Schlüssel und ließ das Patentschloß aufschnappen.

»Komm herein, Whitey«, sagte er, »wir wollen die Sachen aus dem Safe nehmen – wer ist da?«

Es war jemand im Zimmer. Er fühlte die Anwesenheit mehr, als daß er jemand sehen konnte. Es war pechfinster in dem Raum; von der Laterne draußen auf der Straße fiel nur ein ganz schwacher Schimmer herein.

»Halt die Tür, Whitey«, schrie Lambaire, und ein Streichholz flammte in seiner Hand auf. Für die Dauer eines Augenblicks sah er nichts; dann, als er in das Dunkel stierte und seine Augen sich an die Schatten gewöhnt hatten, stieß er einen Fluch aus.

Der Safe – sein Privat-Safe stand weit offen.

Dann erblickte er am Schreibtisch die geduckte Gestalt eines Mannes; er stürzte auf ihn zu, und das Streichholz entfiel ihm.

In dem verlöschenden Flackern des Zündhölzchens sah er, wie die Gestalt sich aufrichtete, und in diesem Augenblick schlug ihm auch schon eine Faust, so hart wie Eichenholz und geführt von einem Arm von Stahl, ins Gesicht, daß er mit einem Krachen hintenüberfiel.

Whitey, der in der Tür stand, kam gesprungen, aber eine Hand packte ihn an der Kehle, hob ihn wie eine hilflose Katze auf und schleuderte ihn mit einem dumpfen Schlag gegen die Wand ...

»Steck ein Streichholz an, wird's bald!« Lambaire erholte sich zuerst, und er brüllte wie ein toller Stier. »Licht – mach doch Licht!«

Whiteys Hand war unsicher, als er die Schachtel suchte.

»Dicht beim Feuer ist ein Gasarm – zum Teufel mit ihm! – er hätte mich beinahe abgetan.«

Der Schein eines weißglühenden Lichtes beleuchtete Lambaire; seine Kleider waren in Unordnung, und über sein todbleiches Gesicht strömte Blut. Er war mit dem Kopf auf die scharfe Kante des Schreibtisches aufgeschlagen.

Er lief zum Safe. Es war keine auffallende Unordnung zu sehen, kein Zeichen, daß er gewaltsam geöffnet worden war; er stöberte in den Papieren, warf sie mit fiebernder Hast auf den Boden, um in seiner Angst etwas zu finden.

Er wandte sich, krank vor Angst, an Whitey.

»Fort!« keuchte er. »Die Platten – sind fort!«

Whitey stand bewegungslos an der Tür.

»Sie sind fort, nicht wahr?« Er sagte es kaum hörbar. »Das macht Amber den Garaus! Ich habe ihn gesehen – du weißt, was das bedeutet, nicht wahr?«

»Amber«, wiederholte der andere wie betäubt.

»Amber – Amber!« Whitey schrie den Namen fast. »Hörst du nicht, was ich sage – es ist Amber, der Gauner.«

»Was sollen wir tun?«

Der schwerfällige Mensch war wie ein Kind in seinem jämmerlichen Schrecken.

»Tun!« Whitey lachte; es war ein seltsames kurzes Lachen, und es offenbarte den glühenden Haß, den er im Herzen hegte. »Wir müssen Amber finden, wir müssen Amber stellen, und wir müssen Amber töten; in die Hölle mit ihm!«

8

Peter Musk hatte den obersten Stock im Hause Nr. 19 der Redcow Court Street inne und wurde von seinem Hauswirt für einen Idealmieter gehalten, denn er bezahlte regelmäßig seine Miete. Von den drei Zimmern beanspruchte Peter das eine, Amber (›Mein Neffe vom Lande‹, pflegte Peter zu sagen) das andere, und das dritte war Peters Wohnzimmer.

Peter war bis zu dem aufregendsten Kapitel in der bunten Laufbahn des »Schönen Hike, des Schreckens von Texas« gekommen, als Amber eintrat.

Er stürzte hastig, nach Atem ringend, herein und lachte laut, als er die Tür hinter sich schloß.

Peter sah über seine Brille hinweg und ließ den Roman auf seinen Schoß sinken.

»In Schwulitäten?« fragte er begierig, und als Amber lächelnd den Kopf schüttelte, verzog der alte Mann enttäuscht sein Gesicht.

»Nein, mein Peter«, sagte Amber und hängte seinen Hut auf, »ich bin nicht in Schwulitäten – nicht im geringsten.« Er zog aus seiner Tasche zwei flache Pakete heraus und legte sie behutsam auf den Tisch. Sie waren in Zeitungspapier eingewickelt, und der Inhalt schien nicht leicht zu sein. Amber ging zum Kaminsims hinüber und untersuchte seinen Anzug aufs genaueste.

»Was ist los, Amber? Was suchst du?«

»Blut, mein Peter«, sagte Amber, »geronnenes Blut – Menschenblut. Ich war gezwungen, einen Gentleman hart anzufassen mit der Waffe des Unbewaffneten – nämlich mit der Faust.«

»Hei!« Peter sprang auf seine Füße, ganz Eifer, aber Amber lächelte immer noch.

»Lies weiter«, sagte er, »es gibt für dich nichts weiter zu hören.«

Das war schroff und abweisend gesprochen, und Peter war wie erstarrt, aber Ambers Lächeln milderte die scharfen Worte.

Amber setzte seine Unterhaltung fort, zog seinen Rock aus und besichtigte das Kleidungsstück sorgfältig.

»Es sind keine verräterischen Flecken da«, ergänzte er flüchtig und ging an den Tisch, wo seine Pakete lagen. Er hatte seinen Rock wieder angezogen, griff in eine der Taschen und brachte ein flaches, rundes ledernes Gehäuse zum Vorschein. Er drückte auf eine Feder, und der Deckel schnappte zurück wie der Sprungdeckel einer Uhr.

Peter schaute interessiert zu. »Das ist ein Kompaß«, sagte er.

»Richtig, mein Peter, es ist ein Kompaß – aber er hat den Nachteil, daß er kein verläßlicher Wegweiser ist: mit anderen Worten, es ist ein Kompaß, der auf die schamloseste Weise lügt, der die Menschen irreführt, mein Peter; es ist ein teuflisches Ding, ein Instrument, das den Fuß auf falsche Fährte lockt; kurz und gut, ein ganz unglaublicher Plunder.«

Er schüttelte ihn ein wenig, drehte ihn einigemal hin und her und wiegte mit ernster Miene den Kopf. Dann ließ er ihn zuschnappen und stellte ihn neben sich auf den Tisch, um seine Aufmerksamkeit den anderen Paketen zuzuwenden. Er wickelte sie behutsam aus. Zwei flache Stahlplatten mit seltsamer Gravierung kamen zum Vorschein. Er beugte sich über sie und lächelte, und sein Lächeln schlug schließlich in ein triumphierendes Hallo um. Er blickte auf, begegnete Peters beunruhigtem und verwirrtem Blick und lachte laut auf.

»Amber, da geht etwas vor«, sagte Peter düster, »du heckst etwas aus, und ich weiß es nicht; sonst wußte ich alles!«

Das war nicht ganz richtig, aber Peter gefiel sich in dem Gedanken, er habe an Ambers schändlichen Ränken Anteil.

»Ja, es geht etwas vor, und ich führe etwas im Schilde, Peter«, sagte Amber und wickelte die Platten sorgfältig ein. »Was ich aushecke, ist sogar ziemlich brenzlig; wenn die Polizei plötzlich erschiene und dies hier in meinem Besitz fände, käme ich sieben lange Jahre hinter Schloß und Riegel, und du würdest kaum glimpflicher davonkommen.«

Es mag sein, daß die Beleuchtung des Zimmers schlecht war, aber es schien, als ob Peter, dieser »gewiegte Verbrecher«, ein wenig blaß wurde angesichts einer so grauenhaften Perspektive.

»Es ist ein bißchen gefährlich, nicht wahr?« fragte er unbehaglich. »Wenn so viel auf dem Spiele steht – was ist es?«

»Fälschung«, sagte Amber ruhig, »Fälschung von Banknoten, von Noten der Bank von England.«

»Gut, vergraben«, stammelte Peter, nach Atem ringend; er mußte sich stützen und klammerte sich an die Kante des Tisches.

»Es ist mir geradeso«, bemerkte Amber und stand auf. »Ich werde diese kostbaren Beweise von Tugend und Frömmigkeit an einen sicheren Platz bringen.«

»Wohin? – Gib acht, mein Junge – bring dich nicht in Schwierigkeiten und mich auch nicht, nachdem ich mich all die Jahre vom Gefängnis ferngehalten habe. Wirf sie in den Fluß; leih dir ein Boot, unten am Waterloo-Platz.«

Er erteilte seine Ratschläge heiser und im Flüsterton, während Amber das Zimmer schon verließ, und nickte dabei, und er nickte immer noch, als er, sich über das gebrechliche Treppengeländer beugend, Amber flink die Treppe hinuntereilen sah.

Amber bog in die Borough Street ein und eilte in Richtung London Bridge weiter. Er kam an einem Schutzmann vorüber, und das Unglück wollte es, daß ihn dieser kannte; der Mann sah scharf nach ihm hin und winkte ihn zu sich heran.

Amber wünschte sich manches; was er sich aber um alles in der Welt nicht wünschte, war ein Zusammentreffen mit einem neugierigen Schutzmann.

Weitergehen und so tun, als habe er die Aufforderung nicht bemerkt, würde den Mann ärgern; so blieb Amber stehen und lächelte.

»Nun, Mr. Amber«, neckte der Konstabler, »ich sehe, Sie sind wieder draußen – werden wir jetzt ehrlich werden?«

»So ehrlich, mein Konstabler«, sagte Amber ernst, »daß Ihnen mein unsträflicher Wandel als Richtschnur dienen könnte.«

Er bemerkte das schnelle Zeichen »Vorgesehen!«, das der Mann ihm gab. Er wußte, daß die Platten aus seiner Tasche heraussahen; die nächste Bemerkung würde wahrscheinlich eine erkundigende Frage nach dem Inhalt des flachen Pakets sein. Sein Auge schweifte umher, wie um zu sehen, ob ein Entkommen möglich sei, und er erblickte ein langsam daherfahrendes Auto. Er erhob seine Hand und pfiff.

»Sie wollen mit etwas Schwierigem beginnen, nicht wahr?« fragte der Konstabler mißbilligend.

»Das habe ich gerade vor«, erwiderte Amber, und ohne den Hut zu rücken, redete er den Schofför an, der seinen Wagen zum Stehen gebracht hatte.

»Nach Scotland Yard«, bestimmte er; dann wandte er sich an den Polizisten und fragte ihn: »Glauben Sie, daß Inspektor Fells Dienst hat?«

»Inspektor Fells?« Des Konstablers Stimme klang plötzlich respektvoll. »Ich kann es nicht sagen, wir wissen um die Yard-Leute nicht Bescheid – warum wollen Sie zu ihm?«

»Es tut mir leid, daß ich Ihre Neugierde nicht befriedigen kann, Sergeant«, sagte Amber beim Einsteigen, »aber ich werde den Inspektor wissen lassen, daß Sie sehr begierig wären, es zu erfahren.«

»Hören Sie, Amber, lassen Sie das«, fiel ihm der bestürzte Schutzmann ins Wort, trat an den Rand des Bürgersteiges und legte seine Hand auf die Tür des Autos. »Sie werden das nicht sagen, nicht wahr?«

»Ganz und gar nicht«, grinste Amber, »ein kleiner Scherz von mir; Ehrensache unter Polizisten, was?«

Der Wagen beschrieb einen weiten Bogen, und Amber, der durch das kleine Fenster hinten im Wagen zurückblickte, sah, wie der Schutzmann ihm nachschaute und sein Gesicht halb Zweifel, halb Argwohn ausdrückte.

Amber war mit knapper Not entkommen und stieß einen Seufzer der Erleichterung aus; diese Gefahr war also vorüber! Es blieben ihm zehn Minuten, um sich seinen Plan zu überlegen. Überraschend schnell war sein Entschluß gefaßt, schon ehe der Wagen über die Westminster-Brücke glitt und nach Scotland Yard einbog.

Hinter einem Schreibtisch saß ein Inspektor; er blickte von den Akten, in denen er schrieb, auf.

»Ich möchte Mr. Fells sprechen«, sagte Amber.

»Name?«

»Amber.«

»Glaube ihn zu kennen. In welcher Angelegenheit?«

Statt aller Antwort legte Amber eine Hand auf den polierten Tisch, der ihn von dem Beamten trennte, und hielt zwei Finger diagonal übereinander.

Der Inspektor knurrte etwas, was wie Bereitwilligkeit klang, und langte nach dem Telefon.

»Einer von draußen – will Mr. Fells sprechen ... Ja.«

Er legte den Hörer auf.

»Siebenundvierzig«, sagte er. »Sie kennen wohl den Weg nach oben.«

Zufällig besaß Amber diese Kenntnis nicht, aber er fand keine Schwierigkeit darin, Nummer siebenundvierzig ausfindig zu machen; es war ein Wartezimmer.

Er mußte einige Minuten warten, ehe ein Bote kam und ihn in ein einfach möbliertes Büro führte.

Josiah Fells war dafür bekannt, daß er in jedem schwierigen Kriminalfall der letzten zwanzig Jahre eine Rolle gespielt hatte. Er war von kurzer, untersetzter Gestalt und trug einen braunen Spitzbart. Darüber sah man eine kurze Stülpnase, eine hohe, kahle Stirn, und – um die sanften, blauen Augen – eine Menge Fältchen vom vielen Lächeln. Der Uneingeweihte würde nicht im mindesten erraten haben, daß er einen Detektiv vor sich hatte.

»Amber, beim Himmel!« sagte der Detektiv. Es war seine Gewohnheit, sich einer starken und schwülstigen Ausdrucksweise zu bedienen. »Mein Junge, komm herein und schließ die Tür. Nun –?«

Er schloß eine Schublade auf und nahm eine Kiste Zigarren heraus. Er freute sich immer, seinen »Klienten« zu begegnen, und Amber war sein besonderer Liebling. Obschon er ihm – seiner Überzeugung nach – beruflich noch nicht begegnet war!

»Wollen Sie eine Zigarre?«

Amber wählte vorsichtig eine Sumatra und steckte sie an.

»Was wünschen Sie? Beichte? Frischer Anlauf ins Leben – oh! Natürlich, Sie wollen jemand ins Kittchen bringen. Man telefonierte herauf, daß Sie draußen arbeiteten.«

Amber schüttelte den Kopf.

»Ich habe das nur gesagt, weil ich wußte, daß ich dann ohne weiteres vorgelassen würde – ein alter Verbrecher, den ich im Gefängnis traf, machte mich mit dem Zeichen bekannt.«

Er nahm die Pakete und legte sie auf den Tisch.

»Für mich?« fragte der Beamte etwas zweifelnd.

»Für Sie, mein Habichtsauge«, sagte Amber.

Der Detektiv streifte das Papier ab, und ein Ausruf der Verwunderung entfuhr ihm, als er sah, was die Pakete enthielten.

»Ja – mein Gott!« Er pfiff leise vor sich hin. »Nicht Ihre Arbeit, Amber? Schlägt schwerlich in Ihr Fach, was?«

»Schwerlich.«

»Wo haben Sie die Dinger her?« Fells blickte rasch auf, als er die Frage stellte.

»Das ist das einzige, was ich Ihnen nicht sagen werde«, sagte Amber ruhig, »aber wenn Sie wissen wollen, wie ich zu ihnen gekommen bin: ich verübte einen Hauseinbruch und fand sie in dem Kassenschrank eines Büros.«

»Wann?«

»Heute nacht.«

Der Inspektor drückte auf eine Klingel, und ein Polizist kam in das Zimmer.

»An alle Stationen durchgeben: Falls von einem Einbruch in ein Büro berichtet wird, den Kläger unter Beobachtung stellen.«

Der Mann kritzelte den Auftrag in sein Notizbuch und verließ das Zimmer.

»Ich habe diese Anweisung nur für den Fall gegeben, daß Sie Ihre Meinung nicht ändern und mir die gewünschte Auskunft tatsächlich nicht geben wollen.«

»Ich werde es Ihnen nicht sagen«, erwiderte Amber entschlossen. »Es würde Ihnen auch nicht viel helfen, zu wissen, woher die Sachen kommen, wenn Sie die Werkstatt nicht finden können.«

Der Inspektor nickte.

»Wenn eine Bande so etwas fertigbringt, besitzt sie mehr als die gewöhnlichen Hilfsquellen. Wenn Sie sie ausheben wollten, würden Sie nur das Schwanzende abbeißen, und der ganze übrige Körper der Bande würde sich schneller verflüchtigen, als Geld einem Verschwender unter den Händen wegschmilzt.«

»Ich könnte sie beobachten lassen –« begann der Inspektor.

»Bah!« sagte Amber höhnisch. »Mein Inspektor! Die Beobachtung würde verpuffen! Sie entdecken den Beobachter im Handumdrehen; sie erkennen ihn an seinen Stiefeln und an seinem Schnurrbart und an seinem rasierten Kinn. Ich kenne Ihre Beobachter. Ich kann sie unter der Menge herausfinden. Nein, das ist nicht mein Gedanke.« Amber zögerte und schaute etwas unbehaglich drein.

»Weiter! Nehmen Sie noch eine Zigarre, die wird Ihnen helfen«, ermutigte ihn Fells und öffnete den Kasten.

»Ich danke Ihnen, aber nein«, sagte Amber fest. »Ich kann wirklich ohne die Anregung des Nikotins sprechen. Was ich zu sagen habe, ist dies: Sie kennen meinen Akt?«

»Ja«, sagte Fells, »oder ich glaube ihn zu kennen, was auf dasselbe hinauskommt.«

»Mein Inspektor«, versetzte Amber ernsthaft, »ich bitte Sie, Ihren scharfen Verstand einer Sache zuzuwenden, die sowohl Sie als auch mich betrifft. Ein nur oberflächliches und nachlässiges Interesse an dem Problem, das ich zu fördern mich bemühe, könnte sehr leicht das Gegenteil der gewünschten Wirkung erzeugen. Mit anderen Worten, ich bin verwirrt.«

Er schwieg eine Weile; dann stand er von dem Platz an Fells' Schreibtisch auf, wohin er sich auf des Detektivs Einladung gesetzt hatte, und begann, im Zimmer auf und ab zu gehen.

»Es ist allgemeines Gespräch in den Gefängnissen Englands, daß eine Bande, eine wirkliche, große Bande, Banknoten in Umlauf setzt; nicht nur englische, auch fremde Noten.«

»Es ist auch das allgemeine Gespräch in weniger exklusiven Kreisen, Amber, mein teurer Junge«, sagte Fells trocken. »Wir möchten der Bande gar zu gern habhaft werden.« Er nahm eine Platte hoch und hielt sie unter das Licht. »Sie sieht gut aus, aber wenn wir sie nicht abziehen, kann ich nicht sagen, wie gut sie ist.«

»Angenommen« – Amber lehnte sich über den Tisch und sprach ernst –, »angenommen, sie ist das Werk der großen Bande – angenommen, ich kann auf ihre Spur leiten –«

»Nun?«

»Würden Sie mir hier ein Quartier hinter schwedischen Gardinen verschaffen?«

Sie sahen einige Augenblicke einander an, dann fingen die Fältchen um des Inspektors Augen an zu zittern, und er brach in ein schallendes Gelächter aus.

»Mein Oberdetektiv – Inspektor«, sagte Amber vorwurfsvoll, »Sie verletzen mich.«

Aber Ambers komischer Protest konnte den Detektiv nicht aus dem Lachen bringen. Er lachte, bis ihm die Tränen über die Wangen liefen, und Amber beobachtete ihn scharf.

»Oh, Himmel!« Der Detektiv rang nach Luft und wischte sich die Augen. »Hol Sie der Teufel, haben Sie mich lachen gemacht! – Hier!« Er stand auf, holte einen Schlüsselbund aus seiner Tasche und öffnete einen Wandschrank. Aus einer Schublade nahm er einen Bogen Propatriapapier, legte ihn auf den Schreibtisch und setzte sich.

»Ihre Missetaten!« spottete er.

Das Papier war sorgfältig liniert. Links – worauf der Detektiv deutete – waren zwei Eintragungen. Rechts war jede Linie mit steifer Handschrift beschrieben.

»Ihr Strafregister«, versetzte der Detektiv.

Amber sagte nichts, er strich sich nur gedankenvoll das Kinn.

»Nach meiner Schätzung«, fuhr der Detektiv langsam fort, »sind Sie in Ihrer kurzen, aber düsteren Laufbahn zu etwa achtzig Jahren Zuchthaus verurteilt gewesen.«

»Es scheint eine ganze Menge«, sagte Amber.

»In der Tat«, sagte der Detektiv und faltete das Papier. »Wenn Sie also kommen und mir zu verstehen geben, Sie wollten sich bessern und sich sogar der Kriminal-Untersuchungsabteilung anschließen, so muß ich lachen. Aber im Ernst, Amber«, fuhr er fort, und seine Stimme wurde leiser, »können Sie irgend etwas für uns in dieser Fälschungsangelegenheit tun? – Der Chef befaßt sich gerade sehr mit der Sache.«

Amber nickte.

»Ich glaube, ich kann es«, sagte er.

»Versuchen Sie es«, sagte Fells mit einem Lächeln.

»Ich will es versuchen«, entgegnete Amber heiter.

9

London schläft nie. Von der Totenstille, die sich über die Welt breitet, von der schweigsamen Ruhe alles Lebendigen weiß London nichts.

Wenn sich das lärmende Getöse der Arbeit längst gelegt hat, klingt das stoßweise Rumpeln der Straßenbahnen, das Schellen und Hupen noch weit in die Nacht hinein. Immer noch rattern verspätete Taxis durch die einsamen Straßen, poltern eilige Lastautos – aber dann tritt für einige Augenblicke tiefe Stille ein.

Wenige Minuten ruht das geräuschvolle Treiben, dann ertönt in der Ferne der schrille Pfiff einer Lokomotive und das Gerassel der Waggons. Irgendwo auf einem entfernten Rangierbahnhof mit seinen Lichtsignale gebenden und empfangenden Weichenstellern hat das Getriebe eines neuen Tages schon wieder begonnen.

Noch weit weg das Rattern eines fahrenden Wagens. Dann, immer näher kommend, ein Marktwagen auf seinem Weg nach Covent Garden. Gleichmäßig feste Tritte – Schutzleute beginnen ihre gleichförmige Runde. Immer mehr Räder rollen durch die Straßen. Der Lärm wird stärker und stärker, eine Turmuhr schlägt dazwischen. Auf dem Pflaster eilige Schritte.

Lambaire, der sich in seinem Bett hin und her warf, hörte das alles. Und noch mehr, es drangen Laute an sein Ohr, die ihren Ursprung nur in seiner Phantasie hatten. Tritte machten vor seiner Tür halt, Stimmen flüsterten erregt. Er hörte Stahl klirren, einen Schlüssel knarren, mit dem eine Handschelle geöffnet wurde. Zwischendurch verfiel er in Halbschlummer, um sich dann plötzlich wieder im Bett aufzurichten; der Schweiß drang ihm aus allen Poren, und sein Ohr horchte gespannt nach den Lauten, die ihn seine Einbildungskraft hören ließ. Die kleine Uhr auf dem Kaminsims tickte erbarmungslos »zehn Jahre, zehn Jahre«, bis er aus dem Bett schlüpfte und, nach dem fruchtlosen Versuch, die Uhr zum Stehen zu bringen, sie in ein Handtuch und außerdem in einen Schlafrock wickelte, um ihre ominöse Prophezeiung zum Schweigen zu bringen.

Die ganze Nacht über lag er wach und wälzte in seinem Kopf Pläne, Projekte, Fluchtmöglichkeiten, wenn die Flucht nötig würde. Sein bandagierter Kopf hämmerte unaufhörlich, und doch überlegte er; er überlegte und überlegte.

Wenn Amber die Platten hatte, was würde er mit ihnen anfangen? Es war kaum anzunehmen, daß er sie zur Polizei bringen würde. Vielleicht benutzte er sie zur Erpressung; das war ihm eher zuzutrauen. Ein wöchentliches Einkommen für die Verpflichtung, reinen Mund zu halten ... Wenn er das bezweckte, so war es eine leichte Aufgabe. Whitey würde etwas tun. Whitey war ein skrupelloser Halunke ohne Erbarmen ... Lambaire schauderte – man mußte doch nicht gleich an Mord denken!

Er hatte dieser Tage einen Artikel gelesen, in welchem nachgewiesen wurde, daß nur vier Prozent aller Mörder in England der Entdeckung entgingen ... Wenn er diesmal wie durch ein Wunder durchkam, wollte er einen ehrlichen Lebenswandel versuchen. Wollte das »Silbergeschäft« und das »Druckereigeschäft« fallenlassen und sich nur noch mit dem Diamantenfluß befassen. Das wäre einwandfrei. Wenn bei der Gründung der Gesellschaft etwas dunkel oder anrüchig gewesen war, so würde das alles vergessen sein, wenn das Geschäft glänzend zu Ende geführt würde ... De Beers würde auf der Bildfläche erscheinen und sich als Teilhaber anbieten; er würde Millionär werden ... Schon andere Leute hatten Millionen gemacht und ihre dunkle Vergangenheit dadurch in Vergessenheit geraten lassen. Zum Beispiel Jack Jarach, der einen Palast in Park Lane besaß und ursprünglich ein notorischer Verbrecher gewesen war. Ein anderer ... wie hieß er nur gleich ...?

Er fiel in einen unruhigen Schlummer, gerade als es anfangen wollte zu dämmern. Ein Klopfen an der Tür weckte ihn, und er sprang aus dem Bett. Die wildeste Furcht packte ihn, und seine Augen irrten nach dem Pult, in dem ein geladener Revolver lag.

»Mach auf, Lambaire.«

Es war Whiteys Stimme, die ungeduldig Einlaß begehrte, und mit zitternder Hand schob Lambaire den Türriegel zurück.

Whitey trat mürrisch in das Zimmer. Daß auch er eine schlaflose Nacht verbracht hatte, war ihm kaum anzumerken.

»Es ist doch gut, daß du im Hotel wohnst«, sagte er. »Ich hätte klopfen und klopfen können, ohne eingelassen zu werden. Doch was sehe ich! Du bist ein Wrack.«

Whitey schüttelte mißbilligend den Kopf.

»Sei still, Whitey!« Lambaire goß das Waschbecken voll Wasser und tauchte sein Gesicht hinein. »Ich habe eine schlechte Nacht gehabt.«

»Ich habe überhaupt keine Nacht gehabt«, sagte Whitey, »überhaupt keine Nacht«, wiederholte er schrill. »Sehe ich aus wie ein seekranker Fisch? Ich hoffe nicht. Du hübsch im Bett – ich – in den Straßen herumgewandert, um Amber zu suchen – und endlich habe ich ihn gefunden.«

Lambaire, der gerade mit dem Handtuch sein Gesicht abtrocknete, hörte auf zu reiben und starrte den Sprecher an.

»Du hast ihn doch nicht –« flüsterte er voller Angst.

»Ich habe ihn nicht umgebracht, wenn du das meinst«, sagte er kurz. »Zieh keine übereilten Schlüsse, Lambaire, denn darin bist du groß – nein, ich habe ihn nicht getötet –, er wohnt in der Borough Street«, fügte er wie nebensächlich hinzu.

»Wie hast du es denn herausbekommen?« fragte Lambaire.

»Schwätze nicht«, sagte der andere mürrisch. »Frage nicht tausendmal – zieh dich an –, wir wollen Amber in Ruhe lassen.«

»Warum?«

Whitey steckte zwei seiner langen weißen Finger in seine Westentasche und zog einen goldenen Zahnstocher hervor; er beschäftigte sich zerstreut damit und sah dabei zum Fenster hinaus, als ob seine Gedanken ganz woanders wären.

»Lambaire«, sagte er wie mit sich selbst sprechend, »laß Amber fallen – befaß dich nicht mit ihm. Befaß dich mit den Diamanten.«

»Dasselbe dachte ich«, sagte Lambaire eifrig. »Wenn wir vielleicht selbst hinausführen und uns umschauten –«

»Ausreisen, um zu – zum Kuckuck damit«, fuhr ihn Whitey an. »Wenn du mich nach Zentral-Afrika gehen siehst ... die Hitze ... das Fieber ... Unsinn! Nein, ich werde die junge Dame besuchen, ihr die Geschichte erzählen; ich werde alles so darstellen, daß sie den Glauben hat, wir seien von ihrer Barmherzigkeit abhängig – ich habe mit dem jungen Sutton eine Zusammenkunft verabredet.«

»Schon?«

»Gewiß«, sagte Whitey, »telefonisch.«

»Und was wird mit Amber und den Platten?«

»Erpressung«, sagte Whitey, und Lambaire lächelte vergnügt.

»Das dachte ich auch, natürlich ist das die Absicht – was ist mit Sutton?«

»Er kommt zum Frühstück hierher; beeile dich ruhig etwas mit dem Anziehen.«

Eine halbe Stunde später traf sich Lambaire mit Whitey in der großen Halle des Hotels. Ein Bad und ein Besuch beim Hotelfriseur hatten ihn äußerlich hergerichtet; doch die Spuren seiner nächtlichen Gewissensangst waren noch nicht ganz verwischt, und mit dem schwarzen seidenen Band um seinen Kopf sah er ungewöhnlich schlecht aus.

Schlag neun Uhr kam Francis Sutton; sein Auftreten war etwas wichtig, als fühle er sich schon als der zukünftige Forscher. Später gingen die drei in den Speisesaal.

Es gibt Charaktere, die sich nur schlecht skizzieren lassen, und ein solcher war Francis Sutton. Er war so unberechenbar, so unbestimmt und reizbar, daß die Skizze, die man heute von ihm entworfen hätte, morgen falsch sein würde. Leichter wäre es, einen Nebelfleck zu malen oder mit einem Gemisch von Schwarz und Weiß die wechselnde Gestalt des Rauches festzuhalten, als dieser gestaltlosen Seele gerecht zu werden.

Gut und Böse waren zu gleichen Teilen in ihm, so daß er recht unzuverlässig war. Es ist überhaupt schwer, jemand zu beurteilen, wenn nicht überwiegende Eigenschaften vorhanden sind. Die Waagschale muß auf der einen oder anderen Seite hinuntergehen. Wenn das Gleichgewicht von Tugend und Verderbtheit aber so auf des Messers Schneide steht, daß das Zünglein an der Waage zwischen beiden zögernd hin und her schwankt, so kann man versichert sein, daß die in Widersprüchen sich verzehrende Seele farblos, formlos und unstet ist.

Francis Sutton besaß einen sehr schwankenden Willen, und nur der Augenblick konnte ihn bestimmen. Er konnte von Hause weggehen mit der festen Absicht, einen bestimmten Plan durchzuführen, und eine Stunde darauf mit einem völlig entgegengesetzten Plan nach Hause zurückkehren, ohne sich – merkwürdig genug – der Änderung seiner Absichten bewußt zu sein.

Einst war er zu Lambaire gekommen, um eine unangenehme Erinnerung aus seinem Leben zu tilgen (für gewöhnlich erachtete er dieses Verfahren als leicht) und seine Unabhängigkeit zu sichern, über die er, wie er sich einbildete, eifersüchtig wachte. Jetzt kam er in einer völlig veränderten Seelenverfassung; er kam als der erwählte Günstling eines großmütigen Gönners.

»Wir haben allerhand zu erledigen«, sagte Lambaire, als sie sich zum Frühstück niedersetzten. »Die Unverschämtheit jenes Lumpenkerls, der sich als Ihr Freund bezeichnet, hatte die Angelegenheit gestern völlig aus meinem Gedächtnis verdrängt –«

»Ich möchte furchtbar gern wegen der Sache verhandeln«, beeilte sich Sutton mit seiner Antwort. »Es sieht Cynthia ähnlich, sich mit einem Schurken wie Amber abzugeben. Ich versichere –«

Lambaire wehrte die eifrigen Beteuerungen mit einem breiten Lächeln ab.

»Mein Junge«, sagte er großmütig, »reden Sie nicht mehr davon. Ich spreche Sie von jedem Tadel frei – nicht wahr, Whitey?«

Whitey nickte bekräftigend.

»Ich kenne Amber.« Lambaire wies auf sein bandagiertes Haupt. »Das ist Amber!«

»Großer Gott!« sagte der Jüngling mit weit aufgerissenen Augen, »Sie meinen doch nicht, daß –?«

»Doch«, sagte der andere. »Vergangene Nacht, als ich ins Hotel zurückkam, wurde ich von Amber und einem halben Dutzend Rohlingen angefallen – nicht wahr, Whitey?«

»Es war so«, beteuerte Whitey.

»Aber die Polizei?« protestierte der junge Mann energisch. »Sicherlich konnten sie ihn einsperren?«

Lambaire schüttelte mit einem schmerzhaften Lächeln den Kopf.

»Die Polizei ist nichts wert«, sagte er, »sie sind alle zusammen Mitschuldige – mein lieber Junge, Sie haben keine Ahnung von der Bestechlichkeit der Schutzmannschaft, ich könnte Ihnen Geschichten erzählen, daß Ihnen die Haare zu Berge stünden.«

Er verbreitete sich noch des weiteren über die Unzuverlässigkeit der Polizei.

»Nun laßt uns zu unserem Geschäft übergehen«, sagte er. »Haben Sie über meinen Vorschlag nachgedacht?«

»Ich habe über die Angelegenheit sehr viel nachgedacht«, erwiderte Sutton. »Ich nehme an, daß ein Vertrag oder etwas Ähnliches aufgesetzt werden muß.«

»O gewiß – ich bin froh, daß Sie fragen. Wir sprachen gerade heute morgen darüber, nicht wahr, Whitey?«

Whitey nickte und gähnte verstohlen.

»Ich fürchte, Ihre Schwester ist gegen uns voreingenommen«, fuhr Lambaire fort. »Ich bedaure das; ja, es schmerzt mich sogar ein wenig. Sie steht unter dem Eindruck, als wollten wir in den Besitz des Planes, den sie hat, gelangen. Nichts dergleichen! Wir wollten ihn gar nicht sehen. Soviel wir wissen, soll der Fluß im Nordwesten des Alebi-Landes fließen. Wir glauben deshalb auch nicht, daß der Plan Ihnen viel nützen wird – nicht wahr, Whitey?«

»Ja«, sagte Whitey zerstreut – »nein, wollte ich sagen.«

»Unser Projekt ist, Sie hinzusenden und Ihnen Gelegenheit zu geben, die Richtigkeit dieser Ansicht zu bestätigen.«

In dieser Weise besprachen sie sich nahezu eine Stunde lang, erörterten die Ausrüstung und die Kosten, und der junge Mensch, den die Flügel der Phantasie in ein anderes Leben und in eine andere Sphäre trugen, sprach so ins Blaue hinein, daß er nicht merkte, wie er mitunter falsche Schlüsse zog.

Aber noch war der Widerstand von Cynthia zu überwinden.

»Das ist eine Kleinigkeit«, meinte der Junge leichthin, und die beiden Männer bestanden nicht weiter auf diesem Punkt. Immerhin wußten sie, daß dieses junge Mädchen kein bloßer Kieselstein auf dem Wege war, den man einfach beiseite schieben konnte; sie waren sich im Gegenteil klar darüber, daß man mit einem Felsen zu rechnen hatte, besonders bei der gesunden Urteilskraft dieses Mädchens.

Als sie sich später dem Hause in Warwick Gardens näherten, teilten sie die Zuversicht des schwatzhaften jungen Mannes, der ihnen voranging und Cynthias Widerstand bereits überwunden glaubte, nicht im mindesten.

Francis Sutton hatte gerade auf den Knopf der elektrischen Klingel gedrückt, als er sich plötzlich umdrehte.

»Nebenbei«, sagte er, »wem gehört diese Mine? – Ihnen oder meinem Vater?«

Die Unbefangenheit der Frage machte Lambaire unvorsichtig.

»Ihr Vater hat sie entdeckt«, sagte er gedankenlos, und als er gleich darauf stutzte, sprang Whitey schnell für ihn ein.

»Aber wir haben sie gegründet«, fiel er Lambaire ins Wort, mit einem Ton, der merken ließ, daß wegen des Eigentumsrechtes jede weitere Unterhaltung überflüssig war.

10

Cynthia Sutton war dreiundzwanzig Jahre alt und von geradezu klassischer Schönheit. Sie hatte volles, kastanienbraunes Haar, ihre Augen waren groß und von jener Schattierung, die entweder ins Blaue oder Graue spielt, je nach der Lichtstimmung, in der sie gesehen werden. Ihre Nase war gerade, ihre Haut weich und rein.

»Sie hat die Gestalt einer Frau und die Augen eines Kindes«, sagte Amber, als er sie beschrieb, »und sie bat mich, zum Tee zu kommen.«

»Und du gingst nicht«, sagte Peter und nickte billigend mit dem Kopf. »Fühltest, daß deine Gesellschaft diese unschuldige Blume bloßstellen könnte. ›Nein‹, so sagtest du wohl zu dir selbst, ›nein, ich will fernbleiben und ihr nur ein zartes Gedenken bewahren –‹«

»Um es genau zu sagen, mein Peter«, sagte Amber, »ich vergaß die ganze Verabredung über der Hast und Unruhe, mit der ich Lambaire aus dem Wege ging.«

Sie saßen in dem kleinen Zimmer unter dem Dach des Hauses Nr. 19 der Redcow Court Street, und der liebliche Gesang der Vögel in den Käfigen erfüllte das Gemach.

»Nein«, fuhr Amber gedankenvoll fort, »ich muß dir gestehen, mein Peter, daß ich so interessante Unterhaltungen, wie sie dir deine romantische Seele eingibt, mit mir nicht führe.«

Er sah auf seine Uhr. Es war zehn Uhr vormittags, und er starrte durch das offene Fenster; sein Geist war mit einem Problem beschäftigt.

»Ich muß sie besuchen«, sagte er halb zu sich selbst; er suchte nach Entschuldigungen. »Dieses Geschäft des jungen Sutton ... Kompaß und Karte ... verborgene Schätze und derlei Dinge, wie, mein Peter?«

Peters Augen glänzten hinter seiner horngeränderten Brille hervor, und seine Hand zitterte vor Erregung, als er aufstand und nach den Regalen mit den Leinenvorhängen ging.

»Ich habe hier eine Geschichte«, sagte er und kramte eifrig in seinen literarischen Schätzen, »die wird dir zu ein paar Ideen verhelfen: Geld und Münzen mit Achtern – was ist eine Münze mit einem Achter?« Er wandte sich plötzlich um.

»Ein Sovereign«, sagte Amber prompt, »acht halbe Kronen.« Er war in der Stimmung, das erste, was ihm gerade durch den Kopf schoß, herauszusagen.

»Hm!« Peter suchte weiter, und Amber beobachtete ihn mit stiller Freude, als sähe er begeistert spielenden Kindern zu.

»Hier ist es«, sagte Peter.

Er zog aus einem Haufen von Büchern eins hervor, buntfarbig und tollkühn in der Zeichnung.

»Das ist es.« Er staubte den papierenen Deckel zärtlich ab. »Der schwarzäugige Nick oder des Tollkopfs Dukatentraum. Wie ist das?«

Amber nahm dem alten Mann das Buch ab und untersuchte es, indem er die Seiten rasch durchblätterte.

»Fein«, sagte er mit Überzeugung. »Leg es zu meinem Pyjama, ich will es lesen, um damit einzuschlafen« – er redete ein wenig zerstreut, denn seine Gedanken waren woanders.

Es war ihm eine Erleichterung, wenn Peter ihn allein ließ, um »einkaufen« zu gehen. »Einkaufen« war Peters Lebensfreude, und seinem Einkauf ging gewöhnlich ein sehr sorgfältiges Aufzählen vorauf.

»Für ein paar Pence Kanariensamen, ein Viertel Tee, zwei Viertel Zucker, vier Bündel Holz, ein Schoppen Paraffinöl, dem Krämer sagen, daß er mir einen halben Zentner Kohlen schickt, Eier, ein bißchen Speck – du mochtest heute morgen keinen Speck, nicht wahr, Amber? –, etwas gedörrten Lachs, ein Rippchen – hast du Lust auf ein Rippchen? – und ein Pfund neue Kartoffeln; ich denke, das ist alles.«

Amber lehnte sich zum Fenster hinaus und sah ihn die Straße hinaufgehen, die große Binsentasche fest in der Hand, den bejahrten Zylinderhut ins Genick geschoben. Amber wartete, bis er außer Sicht war, dann begab er sich in sein Schlafzimmer und fing an, seine Kleider zu wechseln.

Bald darauf war er auf dem Weg nach Warwick Gardens.

Das Mädchen, das ihm öffnete, sagte ihm, daß ihre Herrin augenblicklich nicht zu sprechen sei, führte ihn aber in ein kleines Lesezimmer.

»Einen Augenblick«, sagte Amber; er kritzelte in sein Notizbuch eine Mitteilung, riß das Blatt heraus und gab es dem Mädchen. »Bring ihr dies.«

Als ihr das zusammengerollte Zettelchen gebracht wurde, war Cynthia in eine fruchtlose und, soweit es Lambaire betraf, nutzlose Erörterung über die geplante Expedition ihres Bruders verwickelt. Sie öffnete den Zettel und errötete.

»Ja«, sagte sie dem Mädchen mit einem Kopfnicken und zerknüllte den Zettel in ihrer Hand.

»Ich glaube kaum, daß es Wert hat, diese Unterhaltung fortzusetzen«, sagte sie. »Nach meiner Billigung oder Mißbilligung wird nicht gefragt; wenn mein Bruder gewillt ist, das Risiko auf sich zu nehmen, so kann er gehen, gleichgültig, was meine Meinung darüber ist.«

»Aber, mein liebes gnädiges Fräulein«, sagte Lambaire eifrig. »Sie haben unrecht; es handelt sich nicht nur um die Karte, die Sie uns zur Verfügung gestellt haben –«

»– die ich meinem Bruder zur Verfügung gestellt habe«, verbesserte sie.

»Es handelt sich nicht nur darum«, fuhr er fort. »Wir hätten gern, daß Sie mit unserem großen Projekt sympathisieren. Es bedeutet unendlich viel für uns, Miss Cynthia –«

»Miss Sutton«, verbesserte sie wieder.

»Es bedeutet mehr für uns, als Sie sich vorstellen können; ich habe über meine Lage die volle Wahrheit bekannt. Gestützt auf Ihres Vaters Aussage über diese Mine, habe ich eine Gesellschaft gegründet; ich habe auf die Expedition einen Haufen Geld verwandt. Ich sandte ihn mit einer der besten Karawanen, die zusammenzubringen war, nach Afrika – und nun belästigen mich die Aktionäre. ›Wo ist Ihre Mine?‹ sagen sie. Und nun« – seine Stimme sank zu einem nachdrücklichen Flüstern herab –, »sprechen sie davon, daß sie mich verklagen wollen, nicht wahr, Whitey?«

»Tatsächlich«, antwortete sein Gefährte und log nicht.

»So mußte ich zu schönen und unschönen Mitteln greifen«, fuhr er fort. »Ich mußte den Plan haben, und Sie wollten ihn mir nicht geben. Ich konnte doch nicht so einfach bei Ihnen einbrechen!«

Er lächelte verlegen über die Abgeschmacktheit, einen solchen Gedanken auszusprechen, und sie sah ihn merkwürdig an.

»Es ist seltsam, daß Sie das sagen«, erwiderte sie langsam, »denn, merkwürdig genug, in dieses Haus wurde zweimal eingebrochen nach meiner Weigerung, mich von der kleinen Karte zu trennen.«

»Merkwürdig!« sagte Lambaire.

»Sonderbar!« sagte Whitey, nicht weniger überrascht.

Sie stand von ihrem Stuhl auf.

»Bis die Angelegenheit erledigt ist, soweit ich irgend etwas mit ihr zu tun habe«, sagte sie, »wollen Sie mich bitte entschuldigen, meine Herren!«

Sie verließ das Zimmer, und Amber, der in dem kleinen Lesezimmer saß, hörte das Rascheln ihres Kleides und erhob sich, um ihr entgegenzugehen.

Ein leichtes Rot stieg in ihre Wangen, aber sie war sehr ernst und voller Selbstbeherrschung, als sie ihn einer leichten Verbeugung würdigte und durch eine Handbewegung einlud, Platz zu nehmen.

»Sehr liebenswürdig von Ihnen, Miss Sutton, mich zu empfangen«, sagte Amber.

Es gab ihr einen Stich, daß er ein so ganz ungezwungenes Benehmen zeigte. Es konnten wenig Aussichten für einen Mann bestehen, der sich nicht schämte, sich seines zweifelhaften Vorlebens zu rühmen, anstatt Verlegenheit zu zeigen – besonders gegenüber einer Frau, die ihn kannte.

»Ich fühlte, daß ich Ihnen die Zusammenkunft schließlich schuldete«, erwiderte sie standhaft. »Ich wünsche –« Sie hielt inne.

»Ja?« Amber blickte sie forschend an. »Sie wollten sagen, Sie wünschten –?«

»Nichts von Bedeutung«, erwiderte sie. Sie fühlte, daß sie rot wurde.

»Sie wünschen, Sie könnten etwas für mich tun«, meinte er mit einem halben Lächeln. »Aber meine Gnädige, die halbe Welt versucht, etwas für mich zu tun; ich bin hoffnungslos; betrachten Sie mich als unverbesserlich.«

So leicht er auch über die Frage seiner Rehabilitierung hinwegging, beobachtete er sie nichtsdestoweniger scharf, um zu sehen, wie sie die Ablehnung ihrer Hilfe aufnehmen würde. Es erleichterte ihn und, es sei zugestanden, störte ihn auch etwas, als er erkannte, daß sie seine Selbstbewertung sehr bereitwillig annahm.

»Ich komme heute«, fuhr er fort, »im Zusammenhang mit einer

Angelegenheit, die für Sie von höchster Bedeutung ist. Wollen Sie mir ein paar Fragen beantworten?«

»Ich habe nichts dagegen«, sagte sie.

»Ihr Vater war ein Forscher, nicht wahr?«

»Ja.«

»Er kannte Zentral-Afrika sehr gut?«

»Ja – sehr gut.«

»Er entdeckte eine Mine – eine Diamantenmine oder etwas Ähnliches?«

Sie schüttelte lächelnd den Kopf.

»Das ist noch zu beweisen«, sagte sie. »Er hatte von den Eingeborenen von einem wundervollen Fluß gehört – den Diamantenfluß nannten sie ihn, weil in seinem Bett Steine waren, von denen viele durch die Tätigkeit des Wassers geschliffen worden waren, bis sie glänzten – es waren zweifellos Diamanten, denn mein Vater erwarb eine Anzahl davon von der dortigen Bevölkerung.«

Amber nickte.

»Und dann, vermute ich, kam er heim und geriet in Berührung mit Lambaire?«

»So ist es«, sagte sie und wunderte sich über den Verlauf, den die Unterredung nahm.

Amber nickte gedankenvoll.

»Den Rest der Geschichte kenne ich«, sagte er. »Ich gab mir Mühe, die Umstände, die Ihres Vaters Tod begleiteten, zu erfahren. Sie empfingen von dem Regierungsamtmann des Distrikts eine Karte?«

Sie zögerte.

»Ja.«

Er lächelte.

»Ich habe keine Absichten auf die Mine, aber ich bin begierig, die Karte zu sehen – und ehe Sie sie mir verweigern, Miss Sutton, lassen Sie mich Ihnen sagen, daß mich nicht eitle Neugierde dazu treibt.«

»Ich glaube Ihnen das, Mr. Amber«, sagte sie. »Wenn Sie warten, will ich sie Ihnen holen. Ich habe sie gleich hier im Zimmer nebenan.«

Sie blieb zehn Minuten und kehrte mit einer langen Hülle zurück. Aus dieser zog sie einen schmutzigen Bogen Papier heraus und händigte ihn dem ehemaligen Gefängnisinsassen aus.

Er nahm ihn ans Fenster, um ihn sorgfältig zu untersuchen.

»Ich sehe, die Route ist von einem Chengli genannten Punkt aus markiert – wo ist das?«

»Im Alebi-Wald«, entgegnete sie. »Bis nach Chengli ist das Land bekannt; von hier aus zeichnete mein Vater die Gegend auf, indem er sich bei den Eingeborenen, die ihm begegneten, nach dem Weg erkundigte – und dies ist der Plan, den er angefertigt hat.«

»Ich verstehe.«

Er sah sich wieder die Karte an, dann nahm er aus seiner Tasche den Kompaß, den er in Lambaires Safe gefunden hatte. Er legte ihn auf den Tisch neben die Karte, holte einen zweiten Kompaß hervor und legte die beiden Instrumente nebeneinander.

»Bemerken Sie irgendeinen Unterschied, Miss Sutton?« fragte er, und das Mädchen sah aufmerksam hin.

»Der eine ist ein Nadelkompaß, und an dem andern ist keine Nadel«, sagte sie.

»So ist es; die ganze Skala dreht sich.« Amber nickte. »Sonst nichts?« fragte er.

»Ich kann sonst keinen Unterschied entdecken«, bemerkte sie und schüttelte den Kopf.

»Wo ist Norden auf der Skala?«

Sie suchte den Buchstaben N und deutete darauf.

»Und wo ist bei der Nadel Norden?«

Sie runzelte nachdenklich die Stirn, denn die dünne, empfindliche Nadel des kleineren Kompasses zeigte bei weitem nicht so weit westlich wie die des großen.

»Was bedeutet das?« fragte sie, und ihre Blicke trafen sich über dem Tisch.

Lambaire und sein Gastgeber hatten ihr Geschäft abgeschlossen. Francis Sutton frohlockte und kam mit seinem Gönner in die Diele.

»Sie dürfen sich nicht über meine Schwester ärgern«, sagte er; »wenn noch eine Zeit vergangen ist, denkt sie wie ich – sie ist eine Frau, müssen Sie wissen«, fügte er beiläufig hinzu.

»Ich verstehe, mein Junge«, sagte der massive Lambaire. »Wir beide verstehen, nicht wahr, Whitey?« Und Whitey nickte.

»Trotz allem wird sie sich wahrscheinlich beschweren, wenn Sie weggehen, ohne ihr Lebewohl zu sagen. – Wo ist Ihre Herrin, Susanne?« wollte er von dem Mädchen wissen, das auf sein Klingeln erschienen war.

»Im Lesezimmer, Mr. Sutton.«

»Kommen Sie mit.« Er ging zum Lesezimmer voran und öffnete die Tür. »Cynthia –« fing er an.

Sie lehnten über dem Tisch; zwischen ihnen lagen die Karte und die beiden Kompasse. Was Sutton sah, sahen die beiden andern; und Lambaire, an dem Jüngling vorbeifegend, raffte schnell sein Eigentum an sich.

»So, das führen Sie im Schilde?« zischte er. Er bebte vor Zorn. »Das also sind Ihre Pläne, Amber?«

Er fühlte, wie Whiteys Hand nach seinem Arm griff, und gewann seine Selbstbeherrschung ein wenig wieder.

»Dieser Mann ist mit Erpressungsversuchen nicht zufrieden«, sagte er, »nicht damit zufrieden, in mein Büro einzubrechen und wertvolle Zeichnungen zu stehlen –«

»Was soll das heißen, Cynthia?« Suttons Stimme war streng und sein Gesicht weiß vor Zorn.

Zum zweiten Male kam Amber zu Hilfe.

»Erlauben Sie mir«, sagte er.

»Ich werde Ihnen nichts erlauben«, wütete der Jüngling. »Wenn Sie sich nicht aus dem Hause entfernen, werde ich Sie hinauswerfen. Ich dulde keine Zuchthäusler hier.«

»Es ist Geschmackssache, mein Francis«, sagte der unerschütterliche Amber. »Wenn Sie sich einen Lambaire gefallen lassen, so müssen Sie sich jedermann gefallen lassen.«

»Mit Ihnen rechne ich noch ab«, sagte Lambaire finster.

»Worauf warten Sie?« erwiderte Amber in seiner leutseligsten Weise. »Mr. Sutton, dieser Mann hat Ihren Vater getötet, und er wird Sie gleichfalls töten.«

»Ich will Ihre Lügen nicht hören«, sagte Sutton. »Hier ist die Tür.«

»Und dazu eine sehr hübsche Tür«, bemerkte Amber. »Aber ich bin nicht hierher gekommen, um Ihre Paneele zu bewundern; fordern Sie Lambaire auf, Ihnen den Kompaß zu zeigen oder einen gleichen, den er für Ihres Vaters Expedition anschaffte. Senden Sie ihn nach Greenwich und ersuchen Sie die Astronomen, Ihnen zu sagen, wieviel Striche er von der Normalskala abweicht – sie werden eine hübsche Strecke errechnen, die ein Mann irre geht, wenn er sich auf seinem Weg danach richtet und versucht, seinen Rückweg durch den Busch durch Abschneiden zu verkürzen.«

»Francis, hörst du das?« sagte das Mädchen.

»Unsinn!« sagte der Jüngling verächtlich. »Welchen Zweck konnte Lambaire gehabt haben? Er wendete nicht Tausende von Pfunden daran, meinen Vater im Busch zu verlieren! Die Geschichte ist nicht einleuchtend, denn wenn mein Vater nicht mit dem Plan zurückkehrte, war die ganze Expedition ein Mißerfolg.«

»Sehr richtig!« applaudierte Lambaire und lächelte triumphierend.

Amber beantwortete Lächeln mit Lächeln.

»Es handelte sich, wie ich die Sache verstehe, nicht um seine Rückkehr«, sagte er. »Es handelte sich darum, ob, nachdem die Mine festgestellt und die Rückkehr mit Karte und Kompaß bewerkstelligt war, sonst noch jemand imstande sein würde, den Weg zu ihr ohne Lambaires Patentkompaß zu finden.«

Die verschlungenen Fäden des Komplotts entwirrten sich vor den Augen des Mädchens, und es blickte von Amber nach dem robusten Lambaire hinüber.

»Ich begreife, ich begreife«, flüsterte sie. »Francis«, rief sie, »begreifst du nicht, was das alles bedeutet –«

»Ich begreife, daß du eine Närrin bist«, sagte er grob. »Wenn Sie mit Ihren Lügen fertig sind, können Sie gehen, Amber.«

»Ich habe nur noch ein Wort hinzuzufügen.« Amber nahm seinen Hut. »Wenn Sie nicht einsehen, daß Lambaire der größte Bösewicht außerhalb der Gefängnisse ist, möchte ich zu Ihrer

Aufklärung hinzufügen, daß er ein berüchtigtes Mitglied der Big-Five-Bande ist; ein Fälscher von Banknoten und kontinentalen Wertpapieren; er hat auch einen bedeutenden Anteil an einer spanischen Münzanstalt -- Sie dachten nicht, daß ich das wüßte, he, mein Lambie? –, wo wirkliche halbe Kronen aus Silber nutzbringend fabriziert werden, dank der Tatsache, daß Silber ein begehrter Artikel ist. Sonst weiß ich nichts gegen ihn vorzubringen.«

»Hier ist die Tür«, sagte Sutton wieder.

»Ihre Unterhaltung ist entschieden recht eintönig«, versetzte Amber, und mit einem Lächeln und einem freundlichen Nicken zu dem Mädchen hin verließ er das Zimmer.

11

Alphonse Lambaire war ein Mann, der viele Geschäftsanteile besaß. In den zweiundvierzig Jahren seines Lebens hatte er sie gesammelt, wie ein anderer alte Drucke aufstapelt. Daß er sich gleich von Anfang an damit abgegeben und auf seinem Lebensweg die dunkleren Pfade gewählt hatte, ist eine Vermutung, die nicht ernstlich bezweifelt zu werden braucht. Tatsächlich war er ein Mann, der sich mit Überlegung in Widerspruch zu den Gesetzen gebracht hatte.

Alles, was Amber von ihm gesagt hatte, war nur zu wahr.

Er war ein Falschmünzer insofern, als er zusammen mit dem berüchtigten Señor Villitissi und den nicht weniger berüchtigten Genossen dieses ehemaligen Senators mit der beunruhigenden Zunahme des Silbermünzenumlaufs zu tun hatte, unter dem die Weltmärkte litten.

Es ist eine bekannte Tatsache, daß eine einzige Anfertigung von Münzen, die in Spanien in Verkehr gebracht wurde, den Wechselkurs von achtundzwanzig Pesetas zehn Centimos innerhalb eines Monats auf einunddreißig Pesetas erhöhte.

Lambaire hatte nichts an sich, was in ihm den großsprecherischen Schurken eines Schauerdramas hätte vermuten lassen, und doch war er der nicht zu verkennende Typ eines Verbrechers.

Whitey – Cornelius J. White, um ihm den Namen zu geben, der unter denen, die er sich gab, allein Ähnlichkeit mit einem wirklichen Namen hatte – war, vom Gesichtspunkt der Originalität aus betrachtet, ein unscheinbarer Mensch, doch wenn es sich darum handelte, ihn mit abgefeimten Gaunern in Vergleich zu stellen, ein Halunke.

Ungefähr eine Woche nach der Zusammenkunft sagte Whitey eines Nachmittags:

»Was dir fehlt, Lambaire, ist der gewisse Schneid; wenn die allergeringste Schwierigkeit an dich herantritt, klappst du zusammen, anstatt den Tatsachen ins Auge zu sehen.«

Lambaire knurrte irgend etwas. Er war zu psychologischen Betrachtungen nicht aufgelegt.

Sie waren auf dem Weg nach Warwick Gardens wegen einer endgültigen Besprechung mit Sutton und seiner Schwester.

»Nach der Auseinandersetzung mit Amber«, fuhr Whitey fort, »hättest du am liebsten das ganze Geschäft aufgegeben; du hättest es getan, Lambaire! Du hättest wegen eines Gauners wie Amber aufgegeben ... deine großen Pläne, ich nenne sie gigantisch ... Stößt dir ein Bursche auf, frisch aus dem Gefängnis entlassen, ein geschulter Spitzbube, dann fängst du an, dir zu überlegen, ob du im Notfall von der Bildfläche verschwinden kannst.«

»Ich hatte Angst, Sutton würde mich beiseite schieben.«

»Unsinn!« sagte Whitey ohne Mitleid. »Er konnte dich nicht beiseite schieben, ohne sich selbst zu schaden. Weißt du nicht, daß Laffen seines Alters irgend etwas tun wollen, nur um zu beweisen, daß sie erwachsen sind?«

»Aber das Mädchen ist nicht überzeugt«, warf Lambaire ein.

»Und wird es nie werden«, sagte Whitey, »du bist für sie der Satan.«

Lambaires Gesicht wurde seltsam finster bei dieser freimütigen Äußerung, und Whitey, der von der menschlichen Natur mehr verstand, als Lambaire wahrscheinlich je gelernt hätte, war klug genug, dieses Thema nicht weiterzuspinnen.

Vor dem Hause angekommen, wurden sie hereingelassen und in Suttons Zimmer geführt.

Der junge Mann saß inmitten herumliegender Kataloge, Karten und Ausrüstungsgegenstände. Er war in Hemdsärmeln, rauchte eine Pfeife und schien, höchst absurd, sehr zufrieden mit sich selbst.

Er begrüßte seinen Besuch mit einem fröhlichen Lächeln und strahlendem Gesicht.

»Kommen Sie herein und suchen Sie sich einen Platz zum Setzen, wenn Sie können«, lud er sie ein. »Ich will es Cynthia wissen lassen, daß Sie hier sind.« Er lehnte sich zurück und drückte auf eine Klingel neben dem Kamin.

»Wir täten gut daran, die Kartenfrage zu erledigen«, fuhr er fort. »Dieser infame Amber hat uns einen üblen Streich gespielt; Sie wissen, wie argwöhnisch Frauen sind, und das gute Mädchen verdächtigt selbst so biedere Leute wie Sie, als hätten Sie allerhand böse Dinge im Sinn.« Er lachte herzlich wie über einen Spaß.

Ein Mädchen erschien in der Tür, und er gab ihr einen Auftrag für seine Schwester.

»Es ist mir gelungen, sie zu überreden«, sagte er dann, »mir die Karte zu überlassen.«

Lambaire stieß unhörbar einen Seufzer der Erleichterung aus, und die blinzelnden Augen Whiteys leuchteten vor Freude.

»Es wird Sie überraschen, das zu erfahren; ich selbst kenne sie übrigens noch nicht, von einem flüchtigen Einblick abgesehen«, sagte er, »und wirklich, nach all dem Lärm, der um das Ding gemacht worden ist, würde es mich wundern, wenn es nicht das wertvollste Dokument wäre.«

In diesem Augenblick kam Cynthia Sutton in das Zimmer. Sie beehrte Lambaire mit einer kaum merklichen Verbeugung und sah über die devote Höflichkeit Whiteys, der der einzige in der Gruppe war, welcher stand, verächtlich hinweg.

Lambaire, der Verständnis für alles Schöne hatte, bemerkte mit einem Gefühl der Überraschung, daß sie ungewöhnlich hübsch war; er hatte zum erstenmal Muße, sie zu beobachten. Sie hatte vollendet ausgeglichene Gesichtszüge, ihre Augen waren groß und grau, ihre Figur wirkte schlank und groß, und jede ihrer Bewegungen war graziös.

Zum erstenmal war sie in Lambaires Augen eine Frau und kein Widersacher, und diese Wahrnehmung machte ihm Freude.

Sie stand, die Hände auf dem Rücken, an dem Tisch, an dem ihr Bruder saß, und sah ernst auf ihn herab.

Whitey, der von seinem Platz aus beobachtete, daß sie in ihrer einen Hand eine Hülle von beträchtlicher Größe hielt, quittierte diese Tatsache mit nicht geringer Befriedigung. Er erriet, daß die Karte, die der Gegenstand so mancher Erörterung gewesen war, darin enthalten sein müsse.

Die Annahme erwies sich als richtig, denn ohne weitere Umschweife brachte sie zwei Bogen Papier zum Vorschein. Der erste stellte eine mehrfarbige kleine Karte dar, die auf rauhen, starken Karton gezeichnet war.

Sie hatte von der Hitze Blasen gezogen und wies unverkennbare Merkmale einer unsanften Behandlung auf; der zweite Bogen jedoch war sauber, und diesen breitete sie vor ihrem Bruder aus.

Er betrachtete ihn verwundert und sah dann seiner Schwester fragend ins Gesicht.

»Ja«, sagte sie, wie in Beantwortung seiner unausgesprochenen Frage, »das ist eine Kopie, aber ich habe das Original mitgebracht, damit du vergleichen kannst.« Sie legte den beschädigten Plan daneben. »Die Kopie ist genau«, sagte sie.

»Aber wozu in aller Welt brauchst du eine Kopie?«

Als Antwort ließ sie das Original wieder in die Hülle gleiten.

»Die Kopie ist für dich«, sagte sie, »das Original werde ich behalten.«

Sutton war viel zu froh, den Plan zu besitzen, als daß er viel danach gefragt hätte, ob es eine Kopie oder das Original war. Als er sich immer mehr darüber beugte, kamen die beiden Männer an den Tisch heran.

»Die Karte sieht sonderbar aus – Vater scheint in einem Halbkreis gegangen zu sein«, sagte der junge Mann. »Was ich aber gar nicht verstehen kann, das ist diese punktierte Linie«, fuhr er fort und deutete auf eine gerade Linie, die die Basis eines stumpfwinkligen Dreiecks bildete, dessen andere beiden Seiten von dem Weg des Reisenden gebildet wurden.

»Ich glaube, der Augenblick ist günstig, eine Erklärung abzugeben«, sagte Lambaire mit seiner sanftesten Stimme. Er wandte sich an das Fräulein, das sein Gesicht von dem ihres Bruders ab- und ihm voll zukehrte.

»Bei Gelegenheit meines letzten Besuchs hier«, fuhr er fort, »ereignete sich eine peinliche Szene, die ich gewiß nicht heraufbeschworen hatte. Ein Mann, ich kann ihn nur bezeichnen als einen – einen –«

»Gefährlichen Kerl«, half Whitey aus.

»Ein gefährlicher Kerl«, wiederholte Lambaire, »der wilde und tollkühne Beschuldigungen gegen meine Ehrlichkeit erhob. Jener Mann, der in jedem Gefängnis gesessen hat –«

»Ich glaube, es ist nicht nötig, auf Einzelheiten in Mr. Ambers Laufbahn einzugehen«, unterbrach ihn Miss Sutton, in deren Wangen eine feine Röte gestiegen war.

»Wie Sie wünschen.« Lambaire war aufgeregt, denn er war kein Mann, dem die Worte zuflossen, und er hatte sich für seine Erklärung vorbereitet. »Ich möchte nur dies sagen, daß der Mann, dieser Amber, die Wahrheit sprach – obgleich seine –«

»Schlüsse!« soufflierte Whitey.

»Obgleich seine Schlüsse falsch waren: der Kompaß, den Ihr Vater benutzte, war wirklich falsch.«

Des Mädchens Augen wichen nicht von seinem Gesicht.

»Er war falsch«, fuhr Lambaire fort, »und leider habe ich das erst gestern entdeckt. Vier Kompasse waren gemacht worden; zwei davon hatte Ihr Vater, und zwei verwahrte ich in meinem Safe.«

»Warum geschah das?« fragte das Mädchen.

»Das ist leicht zu erklären«, entgegnete der andere eifrig. »Ich wußte, daß, selbst wenn Mr. Sutton Glück hatte, noch eine zweite Expedition nötig sein werde, und als Geschäftsmann kaufte ich natürlich geschäftsmäßig – man kauft diese Instrumente billiger –«

»Wenn man eine größere Anzahl nimmt«, murmelte Whitey.

»Gewissermaßen«, fuhr Lambaire mit Nachdruck fort, »hat diese meine Vorsicht die Expedition Ihres Bruders möglich gemacht. Wir sind nun imstande, der Spur Ihres Vaters zu folgen

– denn wir werden uns mit dem Kompaß, den er benutzt hat, durcharbeiten.«

Er hatte das Gefühl, mit seiner Erklärung alles gesagt zu haben, was notwendig war. Mehr als das, er glaubte zur Hälfte sogar, was er hervorgebracht hatte, und empfand ein unerklärliches Gefühl der Befriedigung bei dem Gedanken, daß sich sein Plan endlich verwirklichen werde.

Cynthia sagte nichts. War sie von dem Gedanken erfüllt, sich ihres Bruders Willen zu widersetzen, oder beschäftigte sie das schon nicht mehr ausschließlich? Es konnte nicht geleugnet werden, daß ihr Bruder und sein Projekt in den Hintergrund getreten waren. Ein neues Interesse war in ihr Leben getreten, und ihre ganze Seele wandte sich diesem zu.

Sie wollte es sich nicht gestehen. Es war die schlimmste Art von Verrücktheit.

Ein Verbrecher, der noch nicht einmal durch ein großes Verbrechen zu einem romantischen Interesse herausforderte! Ein gemeiner Dieb trotz seines feinen Benehmens und des Humors seiner so ehrlichen Augen!

Ihr Bruder würde nach Afrika gehen, um sich auf die Suche nach dem Diamantenfluß zu machen. Es konnte möglich sein, daß er ihn fand; aber sie war mit den Gütern dieser Welt hinreichend gesegnet, um sich nicht sorgen zu müssen, ob er ihn fand oder nicht. Sie wünschte schon, daß ihres Vaters Behauptung gerechtfertigt würde, aber auch von diesem Wunsche war sie wiederum nicht glühend beseelt.

Ihr Vater existierte in ihrer Vorstellung nur als der unbestimmte Schatten eines Mannes, der mit seiner Familie wenig oder gar keinen Zusammenhang gehabt hatte. Seine Kinder waren bei den seltenen Gelegenheiten, die er mit ihnen zu Hause verbrachte, stets als »Störenfriede« behandelt worden, deren fröhliches Lärmen auf der Stelle verboten wurde.

Ihre ganze Liebe hatte sie an ihren Bruder verschwendet; ihre Sorge in den Tagen, ehe das glückliche Vermächtnis sie der Notwendigkeit enthob, den Lebenskampf aufnehmen zu müssen, hatte seiner Behaglichkeit, seinem Wohlergehen gegolten. Sie war gegen seine Torheiten absichtlich blind gewesen, aber unermüdlich in ihrer Anstrengung, zu verhüten, daß diese Torheiten in Laster ausarteten ... Sie erinnerte sich, daß sie bei der ersten Begegnung mit Amber nahe daran gewesen war, in Tränen auszubrechen, und mußte darüber heute beinahe lächeln. Francis würde fortgehen und lebend wiederkommen; daran zweifelte sie nicht. Wenn sie also etwas quälte, so war gewiß nicht die Ungewißheit, ob ihr Bruder heil wiederkehren würde, daran schuld.

Das alles ging ihr durch den Kopf; sie stand an dem Tisch und hörte der Unterhaltung zu, die sie in Wirklichkeit schon gar nicht mehr interessierte.

Sie wurde jedoch aufmerksam, als Lambaire zu einem heiklen Thema zurückkehrte.

»Ich weiß nicht, warum er sich eingemischt hat«, sagte er, um eine Frage, die Sutton an ihn gerichtet hatte, zu beantworten, »in jener Nacht, als er zu den Whistlers hereinkam –« Ein warnender Husten Whiteys ließ ihn abbrechen und anders fortfahren. »Nun, nun«, sagte er wohlwollend, »es ist nicht an uns, den armen Teufel zu richten; man kann ja nicht wissen, welche Versuchungen einen Mann bestürmen: er glaubte vielleicht eine günstige Gelegenheit zu finden, leicht zu Geld zu kommen.« Whitey hustete wieder, und Lambaire zog seine Uhr heraus. »Ich darf mich nicht länger aufhalten«, sagte er, »ich muß in Paddington jemand treffen; hätten Sie Lust, mitzukommen? Ich muß mit Ihnen noch ein paar andere Dinge besprechen.«

Sutton nahm die Einladung mit Freude an.

Was Cynthia Sutton veranlaßte, sich zu dem Schritt, den sie nun tat, zu entschließen, ist schwer zu sagen. Es mochte bloße weibliche Neugier gewesen sein; vielleicht hatte es sie aber auch gereizt, weiteren Auseinandersetzungen den Boden zu entziehen. Es ist indessen nicht ausgeschlossen, daß sich eventuell auch noch eine andere Erklärung für ihr Verhalten finden läßt.

Als Sutton das Zimmer verließ, um sich umzukleiden, wandte sie sich an Lambaire mit der Frage:

»Was können Sie mir über Mr. Amber berichten?«

Lambaire lächelte und blickte schnell und bedeutungsvoll zu Whitey hinüber.

»Nicht viel Erbauliches – was, Whitey?«

Whitey schüttelte den Kopf.

»Ich habe ein wenig Interesse«, erklärte Cynthia. »Würde es Sie stören, wenn ich mit nach Paddington ginge? Es ist ein so schöner Nachmittag!«

»Meine Gnädige«, sagte Lambaire erfreut, »ich werde entzückt sein. Ich fühle, wenn ich Ihr Vertrauen nur gewinnen kann – sagte ich das nicht schon heute morgen, Whitey?«

»Jawohl«, fiel der andere ein.

»Ich sagte: Wenn ich nur Miss Cynthia gewinnen könnte–«

»Miss Sutton«, sagte Cynthia.

»Verzeihung, Miss Sutton, daß ich die Sache von meinem Gesichtspunkt aus –«

»Ich will nichts versprechen«, sagte sie mit einem Lächeln, als ihr Bruder zurückkehrte.

Sutton fühlte etwas wie Eifersucht, als Cynthia mit seinem Gönner vorausging, aber Lambaire teilte durchaus nicht sein Empfinden, denn er schritt in gehobener Stimmung dahin.

»... ja, ich fürchte, Amber ist ein Schuft – ein Spitzbube, wissen Sie. Aber kein großer.«

Ihr Herz krampfte sich zusammen, als sie das Echo ihrer eigenen Gedanken vernahm. Es war absurd, daß die Mittelmäßigkeit der verbrecherischen Talente Ambers ihr Herz mit so dumpfer Verzweiflung erfüllen sollte; und doch war es so.

»Nein, er gehört nicht zu den großen –« sagte Lambaire hastig, »obgleich ich keine Sympathien für die schweren Jungen habe.«

»Für wen --« Sie war sichtlich verwirrt.

»Für die schweren Jungen – die abgefeimten Spitzbuben – Sie wissen, ich meine – die –« Er sah sich hilflos nach Whitey um.

»Ich glaube, ich verstehe«, sagte sie.

Sie gingen fünf Minuten schweigend nebeneinander her.

»Glauben Sie, daß es möglich wäre, einen guten Einfluß auf einen Mann wie Mr. Amber auszuüben –«

»Nein, absolut nein«, sagte Lambaire mit Nachdruck. »Amber gehört zu denen, die nur das Zuchthaus bessern kann. Ein Freund von mir, der Direktor des Clemstead-Zuchthauses, sagte mir, daß Amber einer der hartgesottensten Spitzbuben sei, die er je gehabt habe – es gibt keine Hoffnung für ihn.«

Cynthia seufzte. Aber sie fragte sich verwundert, wie es möglich war, daß ein Mann wie Lambaire, so wie sie ihn einschätzte, einen Freund unter den Gefängnisbeamten hatte.

»Ein schlechter Kerl«, begann Lambaire von neuem, als sie in den Bahnhof einbogen.

Am Eingang nahm Cynthia ihren Bruder beiseite, während die beiden andern sich nach der Ankunft eines Zuges erkundigten.

»Ich werde nach Hause gehen – vermutlich bist du entschlossen, diese Expedition durchzusetzen?«

»Natürlich«, antwortete er gereizt. »Um Himmels willen, Cynthia, fang nicht wieder mit der Sache an.«

Sie zuckte die Schultern und war im Begriff, eine Bemerkung zu machen, als Lambaire herbeigeeilt kam; sein ganzes Gesicht triumphierte.

»Schaut her«, sagte er und winkte.

Sie wunderte sich, was diesen tollen Menschen so lebhaft werden ließ, und folgte ihm mit ihrem Bruder.

Sie ging um die Ecke des Stationsgebäudes herum und blieb dann plötzlich stehen, weiß wie Kalk – bis in die Lippen.

Unter der Obhut zweier bewaffneter Polizisten kam ein Dutzend Sträflinge in der abstoßenden Tracht ihres Knechtsdaseins. Sie waren an den Handgelenken gefesselt, und jede Handschelle war mit einer stählernen Kette an der des Nachbarn befestigt.

In der vordersten Reihe war Amber zu sehen, strahlend, heiter, unberührt durch das Schimpfliche der Situation.

Dann sah er das Mädchen; er schlug die Augen nieder, und eine dunkle Röte stieg in seine gebräunten Wangen.

»Mein Lambaire«, murmelte er, »das zahle ich dir einmal heim.«

12

»Du sollst zum Direktor kommen, 634«, meldete der Aufseher.

»Du überraschst mich, mein Aufseher«, sagte Amber ironisch.

»Keine Unverschämtheiten«, antwortete der Mann kurz. »Sie haben sich in diesem Monat schon genug zuschulden kommen lassen und brauchen das Maß nicht voll zu machen.«

Amber erwiderte nichts. Er trat aus der Zelle und schritt dem Aufseher voran die eiserne Treppe hinab, die ins Erdgeschoß führte.

Captain Cardeen saß hinter seinem Tisch und empfing Amber unwillig.

Daß er gerade diesen Gefangenen auf dem Strich hatte, war durchaus kein Zufall.

»634«, herrschte ihn der Direktor an, »es ist mir wieder einmal gemeldet worden, daß Sie gegen einen Beamten des Gefängnisses unverschämt waren.«

Amber erwiderte immer noch nichts.

»Da Sie Ihr halbes Leben im Gefängnis zugebracht haben, sind Sie auf den Gedanken gekommen, sich hier eine Art Hausrecht anzumaßen, was?«

Amber erwiderte immer noch nichts.

»Ich bin schon mit anderen Widerspenstigen fertig geworden«, fuhr der Direktor fort, »und ich zweifle nicht, daß ich auch Sie zähmen werde.«

Amber sah ihn kritisch an.

»Mein Direktor«, sagte er, »ich bin auch so etwas wie ein Bändiger.«

Das Gesicht des Direktors wurde purpurrot, denn in dem Ton des Sträflings lag eine unbeschreibliche Frechheit.

»Sie unverschämter Kerl«, fing er an, aber Amber unterbrach ihn.

»Ich habe das Gefängnisleben satt«, fiel er ihm brüsk ins Wort. »Ich wette hundert gegen eins, Sie wissen nicht, was ich meine: Ich habe dieses Gefängnis satt, diese Hölle!«

»Führt ihn zurück in seine Zelle«, brüllte der Gefängnisdirektor; er war aufgesprungen und konnte seinen Zorn kaum meistern. »Ich werde Ihnen Respekt beibringen lassen, Mensch! Ich werde schon mit Ihnen fertig! Peitschen werde ich Sie lassen.«

Zwei Aufseher mit Knütteln in den Händen drängten Amber zur Tür hinaus. Sie stießen ihn nicht – sie schleuderten ihn in seine Zelle. Eine Viertelstunde darauf öffnete sich die Tür wieder, und zwei Aufseher kamen herein. Der vorderste trug ein Paar blanke stählerne Handschellen.

Amber war darauf vorbereitet; er drehte sich resigniert herum, die Eisen wurden ihm um die Handgelenke gelegt und die Hände auf dem Rücken zusammengeschlossen. Captain Cardeen wandte diese Strafe mit Vorliebe an.

Die Tür wurde zugeschlagen, und Amber war mit seinen Gedanken allein, doch im Gegensatz zu seinem zur Schau getragenen Gleichmut waren es höchst mißvergnügte Gedanken.

»Ich werde es ihm schon zeigen«, bemerkte der Direktor zu seinem Oberaufseher. »Ich kenne diesen Mann. Kürzlich bekam ich von einem Mitglied der Whistlers -- von einem aus meinem Klub, einem gewissen Mr. Rice – einen Brief, worin er mir einiges von diesem Mann erzählte.«

»Wenn ihn irgend jemand mürbe machen kann, so sind Sie es, Sir«, sagte sein Untergebener mit Bewunderung.

»Das glaube ich auch«, schmunzelte der Direktor geschmeichelt.

Ein Aufseher unterbrach durch sein Eintreten einen weiteren Meinungsaustausch. Er salutierte und händigte dem Oberaufseher einen Brief aus; dieser warf einen Blick auf die Anschrift und gab ihn an seinen Vorgesetzten weiter.

Captain Cardeen riß den Umschlag mit dem Finger auf und zog einen Bogen blaues Propatriapapier heraus. Der Brief mußte schwer verständlich sein, denn Cardeen las ihn dreimal.

»Die Überbringerin dieses Schreibens, Miss Cynthia Sutton, hat die Erlaubnis zu einer Zusammenkunft mit Nr. 634, John Amber. Die Zusammenkunft soll privat sein; kein Aufseher hat zugegen zu sein.«

Der Brief war von dem Minister des Innern eigenhändig unterzeichnet und trug den Stempel des Ministeriums des Innern.

Der Direktor blickte auf, sein Gesicht drückte Bestürzung aus.

»Was in aller Welt soll das heißen?« fragte er und gab das Blatt dem Oberaufseher. Dieser las es und warf den Kopf zurück.

»Es ist gegen alle Vorschrift –« fing er an, doch der Direktor unterbrach ihn ungeduldig.

»Reden Sie keinen Unsinn von Vorschriften«, fuhr er ihn an. »Es handelt sich um einen Befehl vom Ministerium des Innern;

über diese Tatsache kommen Sie nicht hinweg. Hat sie jemanden bei sich?«

Er wandte sich mit der Frage an den wartenden Aufseher.

»Ja, Sir, einen Herrn von Scotland Yard – ich habe Ihnen seine Karte gegeben.«

Die Karte war auf den Fußboden gefallen, und der Direktor hob sie auf.

»Inspektor Fells«, las er. »Er möchte zuerst hereinkommen.«

Ein paar Sekunden darauf trat Fells in das Zimmer und lächelte heiter, als er den Direktor des Gefängnisses begrüßte.

»Vielleicht können Sie uns erklären, was das bedeuten soll, Mr. Fells«, erwiderte der Direktor, der den Brief noch in der Hand hielt.

Fells schüttelte den Kopf.

»Ich erkläre nie etwas«, sagte er. »Es wäre die reinste Energievergeudung, die Handlungen von Vorgesetzten erklären zu wollen – ich habe auch nur einen Befehl erhalten.«

»Den Sträfling zu besuchen?«

»Ja, Sir.«

Er griff tief in eine seiner Taschen und brachte ein amtliches Schreiben zum Vorschein.

»Ich habe mit der jungen Dame gesprochen, und sie hat nichts dagegen, wenn ich Mr. Amber zuerst besuche«, bemerkte er.

Es war das Prädikat »Mister«, was den Direktor störte.

»Ich kann manches begreifen«, erwiderte er gereizt, »aber ich kann wirklich nicht verstehen, was Sie auf den Einfall gebracht hat, einen Verbrecher mit ›Mr. Amber‹ zu bezeichnen – ein Mann mit Ihrer Erfahrung in Kriminalsachen, Inspektor.«

»Gewohnheit, Sir, Gewohnheit«, sagte Fells obenhin, »es ist meiner Zunge entschlüpft.«

Der Direktor las den anderen Befehl, der ähnlich abgefaßt war wie der, den er schon gelesen hatte.

»Sie besuchen ihn besser zuerst.« Er gab dem Oberaufseher eine entsprechende Weisung. »Dieser Mensch ist derartig unverschämt gewesen, daß er jetzt eine ganz gelinde Strafe deswegen verbüßt.«

»M–m-ja«, zögerte der Detektiv. »Sie verzeihen die Frage,

aber ist das hier nicht das Gefängnis, in dem dieser Gallers gestorben ist?«

»Jawohl«, erwiderte der Direktor kalt. »Er bekam so was wie einen Anfall.«

»Er war bestraft worden«, fuhr Fells fort, und er sah dabei nachdenklich aus wie jemand, der sich bemüht, einen Vorgang in sein Gedächtnis zurückzurufen.

»Es ist unverantwortlicherweise so gesagt worden«, sagte der Direktor barsch. Er nahm seinen Hut von einem Haken und setzte ihn auf. »Man erzählte, er sei auf dieselbe Weise wie jetzt Amber bestraft worden – er sei krank geworden und unfähig gewesen, an die Klingel zu gelangen –, aber es ist gelogen.«

»Selbstverständlich«, erwiderte der Detektiv höflich.

Der Direktor ging voraus. Sie schritten die sauberen Korridore entlang und die eiserne Treppe hinauf bis zu dem Flur, auf dem Ambers Zelle lag. Er drehte den Schlüssel um und trat ein; der Detektiv folgte ihm. Amber saß auf einem hölzernen Stuhl, als sich die Tür der Zelle öffnete. Er gab sich erst Mühe, aufzustehen, als er Fells erkannte. Unbeholfen erhob er sich.

»Nun, Mr. Fells, wenn Sie diesem Mann etwas zu sagen haben, so können Sie dies jetzt tun«, bemerkte der Direktor.

»Ich hoffe«, Fells sprach zögernd, ehrerbietig, aber nichtsdestoweniger nachdrücklich, »ich hoffe, ich darf die Zusammenkunft mit ihm unter vier Augen haben – ja?«

Der Direktor gab ungern nach.

»Wenn Sie es vorziehen, natürlich«, sagte er widerstrebend und wandte sich zum Gehen.

»Entschuldigen Sie«, Fells legte seine Hand auf den Arm des Direktors, »aber ich hätte gern, daß man dem Mann die Handschellen abnimmt.«

»Kümmern Sie sich um das, was Ihnen von Amts wegen zusteht, und erlauben Sie, daß ich meine Befugnisse selbst ausübe, Inspektor«, erwiderte der Direktor pikiert. »Das Gesetz gestattet mir das Recht der Bestrafung.«

»Gut, Sir«, erwiderte Fells. Er wartete ab, bis die Tür ins Schloß fiel, und wandte sich dann an Amber.

»Mr. Amber«, sagte er, »ich bin vom Ministerium des Innern

mit einem sonderbaren Auftrag hierhergeschickt worden – Sie sind der Gefängnishaft doch wohl überdrüssig?«

»Mein Fells«, bekannte Amber müde, »ich habe das Kerkerleben niemals so langweilig empfunden wie gerade diesmal.«

Fells lächelte. Er zog aus seiner Tasche einen Bogen Papier, der eng beschrieben war.

»Ich habe das Geheimnis Ihrer Bestrafungen herausbekommen.« Er fuchtelte mit dem Papier vor den Augen des Sträflings herum. »Eine Liste Ihrer Missetaten, mein Amber«, spottete er, aber Amber sagte nichts.

»Niemals, soweit ich es verfolgen kann, haben Sie vor einem Richter oder vor Geschworenen gestanden.«

Er sah auf, aber der Mann vor ihm schwieg, und sein Gesicht war ohne Ausdruck.

»Und doch«, fuhr der Detektiv fort, »sind Sie meines Wissens in siebzehn Gefängnissen eingesperrt gewesen, und zwar auf siebzehn ausdrückliche und gesonderte Haftbefehle hin, von denen jeder von einem Richter unterzeichnet und vom Ministerium des Innern gegengezeichnet war ...« Er erwartete eine Erläuterung, aber Amber bemerkte nichts dazu.

»Im Jahre 19.. wurden Sie in das Chengford-Gefängnis eingeliefert, und zwar auf einen Befehl hin, der in Devizes unterzeichnet worden war. Ich kann aber keine Akten darüber finden, daß Sie vor irgendeinem Gericht in Devizes gestanden hätten.«

Amber erwiderte immer noch nichts, und der Inspektor fuhr langsam und nachdenklich fort:

»Zur Zeit Ihrer Inhaftierung in Chengford liefen allerhand Gerüchte über die Zustände in dem Gefängnis um. Die Gefangenen hatten gemeutert, und man beschuldigte den Gefängnisdirektor und die Wächter der Grausamkeit an ihren Schutzbefohlenen.«

»Ich erinnere mich so ungefähr«, sagte Amber gleichgültig.

»Am 10. Mai waren Sie eingeliefert worden. Am 1. August wurden Sie auf ministeriellen Befehl entlassen. Am 3. August wurden der Gefängnisdirektor, sein Assistent und der Oberaufseher summarisch ihrer Ämter enthoben und bis auf weiteres aus dem Gefängnisdienst entlassen.«

Er sah Amber wieder an.

»Sie überraschen mich«, sagte Amber.

»Obgleich Sie im August auf freien Fuß gesetzt und offenbar wieder Ihr eigener Herr waren, wurden Sie bereits am 9. September unter polizeilicher Bewachung in die Preston-Strafanstalt eingeliefert. In Preston war etwas nicht in Ordnung, glaube ich.«

»Ich glaube es auch«, erwiderte Amber überzeugt.

»Diesmal«, fuhr der Detektiv fort, »erging ein Befehl des Ministeriums des Innern, das Urteil zu vollziehen. Sie saßen sechs Monate im Preston-Gefängnis, und nachdem Sie entlassen waren, wurden drei Aufseher suspendiert, weil sie Botschaften zu den Gefangenen geschmuggelt hatten.«

Er trommelte mit dem Finger unter dem Papierbogen.

»Sie waren für diese Strafanstalten nicht gerade ein Stern des Glücks, Mr. Amber«, fuhr er ironisch fort, »sondern hinterließen im Gegenteil die Spuren einer rätselhaften Unglückserscheinung, und niemand scheint für Ihre Anwesenheit eine Erklärung gefunden zu haben.«

Über Ambers Gesicht huschte ein Lächeln.

»Und hat sich mein Inspektor eigens von London hierher bemüht, um mir hier diese erstaunlichen und höchst geheimnisvollen Mitteilungen zu machen?«

Der Detektiv hörte auf zu scherzen.

»Nicht gerade deshalb, Mr. Amber«, erwiderte er, und der gleiche überzeugende Tonfall, der den Direktor der Anstalt so seltsam gereizt hatte, verlieh seinen Worten Nachdruck. »Die Sache ist die, Sie sind abkommandiert worden.«

»Abkommandiert?« Amber zog die Augenbrauen in die Höhe.

»Sie sind abkommandiert worden«, wiederholte der Detektiv. »Das Ministerium des Innern hat Sie zum Kolonialamt abkommandiert, und ich bin hier, um die Überführung zu vollziehen.«

Amber drehte unaufhörlich seine gefesselten Hände.

»Ich möchte jetzt nicht von England fortgehen«, begann er.

»O ja, Sie werden es tun, Mr. Amber; es gibt irgendwo auf der Welt einen ›Diamantenfluß‹, und ein Schiff mit einer Anzahl Spitzbuben hat sich auf den Weg gemacht, ihn festzustellen.«

»Sie haben sich also tatsächlich auf den Weg gemacht?« Er war enttäuscht und gab sich keine Mühe, es zu verbergen. »Ich hoffte, daß ich beizeiten draußen sein würde, um sie zurückzuhalten, aber dieser Schurkenstreich hat doch mit dem Kolonialamt nichts zu tun.«

»Nicht?«

Fells ging an die Wand, wo sich die Zellenklingel befand und schellte. Zwei Minuten später ging die Tür auf.

»Es ist noch ein Besucher da, der Sie aufklären wird«, sagte er und verließ Amber, der ziemlich aufgebracht war und über die regierenden Ministerien im allgemeinen und das Ministerium des Innern im besonderen in verhaltenem Tonfall heftig schimpfte.

Nach zehn Minuten öffnete sich die Tür wieder.

Amber war auf diesen Besuch nicht vorbereitet, und als er polternd aufsprang, wurde er abwechselnd rot und blaß.

Das junge Mädchen, das eintrat, war bleich und sprach nicht eher, als bis sich die Tür hinter den Wärtern geschlossen hatte. Amber gewann in dieser kurzen Spanne seine Selbstbeherrschung wieder.

»Ich fürchte, daß ich nicht so zuvorkommend sein kann, wie ich müßte«, stammelte er. »Die Freiheit meiner Bewegung ist im Augenblick etwas beschränkt.«

Sie vermutete, er habe auf seine Anwesenheit im Gefängnis anspielen wollen, und lächelte über die Höflichkeit einer Redensart, die mit der schrecklichen Umgebung so gar nicht im Einklang stand.

»Sie sind wahrscheinlich überrascht, mich zu sehen, Mr. Amber«, begann sie. »Ich wandte mich in meiner Verzweiflung an das Ministerium des Innern, damit es mir behilflich sei, mir eine Zusammenkunft mit Ihnen zu ermöglichen – es kennt sich ja sonst niemand auf der Welt mit dieser Expedition und den Männern, die sie ins Werk gesetzt haben, aus.«

»Hatten Sie Schwierigkeiten, die Erlaubnis zu erlangen?« In Ambers Auge war ein seltsames Zwinkern, was sie jedoch nicht bemerkte.

»Keine – oder fast keine«, sagte sie. »Es war wirklich wundervoll.«

»Nicht so wundervoll, meine Gnädige«, sagte Amber. »Ich bin ein alter Klient: Einem regelmäßigen Kunden gegenüber fühlt man sich verpflichtet.«

Ihre Augen blickten ihn wehmütig an.

»Bitte – bitte, sprechen Sie nicht so«, sagte sie mit leiser Stimme. »Sie tun mir fast weh. Ich möchte gern, daß Sie mir – helfen, und wenn Sie so leichtsinnig reden und Ihr – Mißgeschick so leicht nehmen, so schmerzt mich das, wirklich.«

Er schlug die Augen nieder, und weil er das tat, senkte sie die ihren gleichfalls.

»Es tut mir leid«, erwiderte er in einem ruhigeren Ton, »wenn ich Ihnen weh getan habe. Aber Sie grämen sich unnötig. Nicht«, fügte er, ein klein bißchen wieder der alte Amber, hinzu, »nicht, daß man keinen Kummer haben sollte, aber Sie haben die Umstände nicht ganz begriffen. Jetzt, bitte, erzählen Sie mir, weshalb Sie mich zu sprechen wünschen; hier ist ein Stuhl – er ist nicht sehr bequem, aber er ist der einzige, den ich Ihnen anbieten kann.«

Sie lehnte den Platz lächelnd ab und begann in großen Zügen zu berichten.

Ihr Bruder war abgereist, auch Lambaire und Whitey, und sie hatten eine Kopie der Karte mitgenommen.

»Ich hatte mich um die Expedition nicht sonderlich gekümmert«, sagte sie, »weil ich dachte, meines Vaters Karte sei hinreichend genau, sie an den fabelhaften Fluß zu führen. Die Beamten des Kolonialamtes, die mein Bruder aufsuchte, waren derselben Meinung.«

»Warum suchte er sie auf?« fragte Amber.

»Um die Erlaubnis zu erlangen, auf britischem Gebiet nach Diamanten suchen zu dürfen – es ist Besitz der Krone, wie Sie vielleicht wissen. Nach der Ankunft meines Bruders in Afrika bekam ich nun eine dringende Aufforderung vom Kolonialamt, die Karte nach Downing Street zu bringen. Ich tat es, und sie untersuchten die Karte genau, maßen die Entfernungen und verglichen sie mit den Maßstäben einer anderen Karte.«

»Und?«

»Nun, sie zuckten die Schultern. Die Expedition sei unnütz, sagten sie; wenn sich der Diamantenfluß nicht noch auf portugiesischem Gebiet befinde, existiere er überhaupt nicht.«

»Ist er nicht auf britischem Gebiet?«

»Nein, er ist jenseits der Linie, die die Grenze zwischen Britisch- und Portugiesisch-Westafrika bezeichnet.«

Amber zerbrach sich den Kopf.

»Was kann ich tun?« fragte er.

»Warten Sie«, fuhr sie schnell fort, »ich habe Ihnen noch nicht alles gesagt. Wenn meines Vaters Karte richtig ist, ist der Diamantenfluß eine Fabel, denn sie haben den Fleck, der in seine Karte eingezeichnet war, genau festgestellt, und es befindet sich dort weder ein Wald noch ein Fluß, sondern nur ein großes ausgetrocknetes Plateau.«

»Sie erzählten ihnen wohl die Geschichte von dem falschen Kompaß?«

»Lambaire war, ehe Francis abreiste, sehr offen zu mir; er zeigte mir den falschen und den echten, und ich sah selbst deutlich die Abweichung; und was noch wichtiger ist, ich merkte mir sorgfältig den Unterschied, und dadurch konnte das Kolonialamt seine Berechnungen anstellen. Sie schickten meinem Bruder ein Telegramm, aber er hatte die Küste schon mit den beiden andern verlassen.«

»Haben Sie die Karte bei sich?«

Sie nahm die schmutzige Karte aus ihrer Tasche und hielt sie ihm hin. Er griff nicht danach, denn er hatte die Hände noch auf dem Rücken; plötzlich erkannte sie, warum, und errötete.

»Machen Sie sie auf und lassen Sie mich hineinsehen, bitte.« Er studierte sie aufmerksam, dann meinte er: »Nebenbei, wer hat dem Kolonialamt erzählt, daß ich um die ganze Angelegenheit wüßte – o natürlich, Sie taten es.« Sie nickte.

»Ich wußte nicht, was tun. Ich habe meinen Vater in jenem Lande verloren – zum erstenmal fange ich an, für meinen Bruder zu bangen –, ich habe niemanden, an den ich mich wegen eines Rates wenden könnte . . .«

Sie hielt plötzlich ein, denn sie erschrak vor sich selbst; dieser

Mensch mit den geschorenen Haaren und den gefesselten Händen hätte ja merken können, welch großen Raum der Gedanke an ihn in ihrer Seele beanspruchte.

»Etwas ist falsch oder rätselhaft und bedarf noch der Aufklärung. Mein Vater war ein vorsichtiger Mann und gehörte nicht zu denen, welche leichtfertig Fehler machen. Wir wußten es nicht anders, als daß sich der Fluß auf britischem Gebiet befand.«

»Die Grenze kann sich geändert haben«, meinte Amber.

»Nein, ich habe die gleiche Frage gestellt. Die Grenze wurde 1875 festgelegt und ist seitdem so geblieben.«

Amber blickte auf die Karte und sah darauf das Mädchen an.

»Ich werde Sie morgen besuchen«, sagte er.

»Aber –« Sie blickte ihn erstaunt an.

»Ich könnte für morgen Urlaub bekommen.«

Ein Schlüssel wurde in dem Schloß umgedreht, und die schwere Tür ging langsam auf. Draußen stand mit finsterem, unheildrohendem Gesicht der Direktor, der von dem Oberaufseher und Fells begleitet war.

»Die Zeit ist um«, sagte der Direktor mürrisch.

Amber sah auf den Detektiv und nickte. Dann befahl er dem Gefängnischef gebieterisch, hereinzukommen.

»Nehmen Sie mir die Handschellen ab, Cardeen«, sagte er.

»Was –!«

»Zeigen Sie ihm den Befehl, Fells«, begann Amber von neuem, und der Detektiv händigte dem bestürzten Direktor gehorsam ein Papier aus.

»Sie sind Ihres Amtes enthoben«, fuhr Amber kurz fort. »Es schwebt eine Untersuchung wegen Ihrer Amtstätigkeit in diesem Gefängnis. Ich bin Captain Ambrose Grey, einer der Gefängnis-Inspektoren Seiner Majestät.«

Die Hände des Oberaufsehers zitterten, als er mit dem Schlüssel hantierte, der das Schloß der Handschellen öffnete.

13

Amber fuhr an einem trüben Dezembertag nach Southampton. Ein schwerer grauer Nebel lag auf dem Wasser; man sehnte sich nach Gemütlichkeit, nach warmen, behaglichen Kaminecken hinter geschlossenen Vorhängen, denn das Meer hatte nichts zu bieten als Öde und Einsamkeit.

Er hatte nicht erwartet, Cynthia auf dem Waterloo-Platz zu treffen, denn er hatte sich am Abend vorher ganz unbestimmt verabschiedet. Sie war so unbeirrt ruhig und gefaßt gewesen, hatte sich so sachlich benommen, daß er die Worte, die er sich vorher zurechtgelegt hatte, einfach nicht hatte aussprechen können. Er war gerade damit beschäftigt gewesen, einen Brief an sie aufzusetzen – den er, ehe das Schiff in See stach, aufgeben wollte –, als sie plötzlich den Zug entlanggekommen war und ihn gefunden hatte.

Darauf war er nicht gefaßt gewesen – ganz verlegen pries er das herrliche Wetter und vergaß dabei, daß der Regen gegen das Wagenfenster klatschte. Er dankte ihr dann in aller Form, daß sie gekommen sei, um ihn abfahren zu sehen.

Sie mußte ihn in diesem Augenblick nicht gerade für intelligent oder sehr geistreich gehalten haben, denn er bemerkte, daß sie lächelte – aber was soll ein Mann sagen, dessen Herz so voll ist, daß er nicht reden kann, und den die Höflichkeit trotzdem zu reden zwingt.

Allzu schnell verflogen die letzten Augenblicke, und schon ertönte die Pfeife des Schaffners.

»Oh, daß Sie –!« Amber sprang auf. »Schade – ich wollte sagen – oh, zum Henker!«

Sie lächelte wieder.

»Sie werden eine Menge Zeit haben«, sagte sie ruhig. »Ich fahre nämlich bis Southampton mit.«

Überglücklich und dankbar sank Amber in seinen Sitz zurück, als der Zug aus dem Bahnhof hinausfuhr. Was er gern gesagt hätte, kann man sich leicht denken. Die Gelegenheit war da und kehrte vielleicht nie wieder.

Und was sagte er? Er meinte, es sei heute ein herrlicher Tag –

sie konnte annehmen, sein Verstand habe einen Knacks bekommen. Er vergeudete eine halbe Stunde damit, ihr zu erklären, daß die Hutmacher ihm einen Tropenhelm geschickt hätten, der zwei Nummern zu groß ausgefallen sei, und er malte ihr aus, wie er darin ausgesehen habe.

Sie war höflich interessiert ...

Nur zu schnell erreichte der Zug die Endstation Southampton. Es regnete – ein feiner, kalter Staubregen war es, dessen Tropfen sich an die Fensterscheiben setzten und die Umrisse der Gebäude verzerrten, an denen der Zug auf seinem Weg zu den Docks langsam vorbeifuhr.

Amber seufzte tief auf, und als er darauf in die schalkhaften Augen des Mädchens blickte, lächelte er auch.

»Wirklich schlechtes Wetter, meine Gnädige«, wiederholte er traurig. »Der Himmel weint, England trauert über den Verlust seines Sohnes ...«

»Es muß den Schmerz eben tragen«, spottete das Mädchen, und Amber wunderte sich, daß sie unter so traurigen Umständen so heiter sein konnte – denn Amber schien ein Egoist zu sein.

Am Kai verließen sie den Zug unter der großen, schuppenähnlichen Halle, um über die Schiffslände sogleich zum Fallreep zu gehen.

»Wir wollen einen trockenen Platz suchen«, sagte Amber. »Ich möchte Ihnen ein behagliches Eckchen verschaffen und zuvor dem Steward ein gutes Wort geben.« Er verließ sie in dem großen Salon und begab sich auf die Suche nach seiner Kabine.

Er mußte sich um andere Dinge kümmern – er mußte überlegen, unendlich Wichtiges überlegen; sein Leben, seine Zukunft, sein Glück hingen davon ab. Wenn er jetzt nur einen Anlaß finden könnte! Sie könnte ihm aber auch so etwas wie einen Anlaß geben, damit er all das, was er auf dem Herzen hatte, sagen konnte. Amber, ein junger Mann, den sonst noch so schwierige Situationen nicht aus dem Gleichgewicht bringen konnten, trieb auf einem höchst stürmischen Meer von Empfindungen umher, das Land vor Augen, die Rettungsleine zur Hand, mit deren Hilfe er wirklich sicher in den Hafen gelangen konnte, jedoch ohne den Mut, die Leine zu erfassen oder sein Boot gar aus eigener Kraft ans Ufer zu steuern.

»Denn«, so redete er sich ein, »auf dem Wege dahin könnten Felsen sein, und besser unbehaglich auf See als am Gestade stranden.«

Während er das alles in seinem Kopf höchst ernsthaft erwog, war er zweimal an seiner Kabine vorübergegangen, hatte seinen Steward verfehlt und war in die Kabinen zweiter Klasse geraten, wo sich die Zwischendeckspassagiere fröstelnd drängten. Endlich kam ihm zum Bewußtsein, daß seine Angelegenheit noch nicht erledigt war.

Er kehrte in den Salon zurück und fand ihn leer; eine wilde Angst bemächtigte sich seiner. Sie war des Wartens müde geworden – und hatte einen früheren Zug zur Rückfahrt benutzt.

Er raste auf das Deck, rannte unzählige Kajütentreppen hinauf und hinunter, lief auf dem breiten Promenadendeck zum Erstaunen der ahnungslos dreinschauenden Quartiermeister hin und her, war mit zwei Schritten das Fallreep hinuntergeeilt und stand suchend auf dem nassen Kai, war dann ebenso schnell wieder auf Deck, um seine Nachforschung auf dem Schiff von neuem aufzunehmen.

Was für ein hoffnungsloser Esel war er! Ein vollkommenes Mondkalb! Er kam zurück in den Salon, ein Bild tragischer Verzweiflung, und fand sie, sehr kühl, sehr wortkarg – was man von ihm nicht behaupten konnte.

»Ei, Sie sind ja ganz naß«, begrüßte sie ihn.

Amber lächelte dumm.

»Ja, einen Koffer verloren, wissen Sie, auf dem Kai zurückgelassen – es fiel gerade ein wenig Regen –, jetzt will ich Ihnen etwas sagen –« Er war außer Atem, aber fest entschlossen, als er sich neben sie setzte.

»Sie gehen sofort in Ihre Kabine und ziehen sich um«, befahl sie.

»Das schadet nichts, ich –«

Sie schüttelte den Kopf.

»Sie müssen«, sagte sie fest. »Sie können sich sonst etwas holen, außerdem sehen Sie komisch aus.«

Das war die Höhe; denn ein richtiger Mann trotzt den Gefahren und unterdrückt die heißesten Wünsche heroisch, aber Lächerlichkeit ist der Feind, den er flieht.

Er verbrachte eine unruhige und leidenschaftlich erregte halbe Stunde damit, Koffer aufzuschließen und die zum Umkleiden nötigen Stücke ans Tageslicht zu befördern. In der Regel ist das, was man sucht, am tiefsten verstaut und hält sich dem Auge verborgen. Er sah daher erhitzt und zerzaust aus, als er mit Fingern, die vor Erregung zitterten, den letzten Knopf zuknöpfte und die Tür hinter dem Chaos in seiner Kabine schloß.

Eine kostbare halbe Stunde war vorüber – eine weitere mußte für den Lunch zur Verfügung gehalten werden, denn das Schiff sah eine ausgezeichnete Mahlzeit für die Freunde der Passagiere vor, und seine Schutzbefohlene war ein Mensch und hatte Hunger.

Als er auf das Promenadendeck kam, wurde die Post an Bord gebracht, was bedeutete, daß in einer halben Stunde die Glocke läuten würde, um allen, die nicht mitreisten, das Zeichen zu geben, daß sie von Bord gehen müßten. Dann würde die Gelegenheit, die ihm das Schicksal geboten hatte, vorüber sein.

Cynthia selbst schien begierig zu sein, über die Möglichkeiten, ihren Bruder zu erreichen, lange Erörterungen anzubahnen – eine verzeihliche Besorgnis ihrerseits, wegen der er ihr aber unvernünftigerweise grollte. Doch bezwang er sich, hörte zu und gab mehr oder weniger geistreiche Antworten.

Er verzweifelte innerlich, als die Minuten verstrichen, und als die Schiffsglocke das bekannte Zeichen gab, stöhnte er wie ein Unglücksrabe leise vor sich hin und erhob sich, ein wenig bleich.

»Ich fürchte, wir müssen uns trennen«, bemerkte er unsicher, »und ich hätte Ihnen noch das eine und andere zu sagen.«

Sie sprang auf, etwas bestürzt, wie er meinte – oder sicherlich verwirrt, wie er aus ihrem Gesichtsausdruck schloß, denn Röte und Blässe überzogen ihre Wangen abwechselnd.

»Ich wollte sagen – Sie fragen –, ich bin nicht ganz so wie die anderen Menschen, und ich glaube, Sie denken, ich –«

Er hatte sich zu viele Einleitungen ausgedacht und versuchte, sie nun alle anzubringen.

»Vielleicht warten Sie lieber«, sagte sie sanft.

»Ich beabsichtigte, Ihnen zu schreiben«, fuhr er fort, »sobald wir anliefen – in der Tat, ich wollte Ihnen von hier schreiben.«

Ein Quartiermeister kam längs des Decks daher.

»Will noch jemand ans Ufer zurück?« Er blickte fragend nach dem Paar hin. »Das letzte Fallreep wird weggenommen, meine Dame.«

Amber blickte hoffnungslos auf sie hinab. Dann seufzte er.

»Ich fürchte, ich werde doch schreiben müssen«, sagte er kläglich und grinste.

Sie lächelte statt einer Antwort, schickte sich aber nicht an, wegzugehen. Die Glocke läutete wieder.

»Wenn Sie nicht mitgenommen werden wollen an die Alebi-Küste«, sagte er halb scherzend, »so müssen Sie jetzt von Bord gehen.«

Sie lächelte wieder.

»Ich will an die Alebi-Küste mitgenommen werden«, bemerkte sie tapfer. »Ich wüßte sonst nicht, wofür ich mein Reisegeld bezahlt hätte.«

Amber war beinahe sprachlos.

»Aber – wie können Sie denn – Ihr Gepäck?«

»Mein Gepäck ist in meiner Kabine«, meinte sie unschuldig, »wußten Sie nicht, daß ich mit Ihnen reisen würde?«

Amber sagte nichts, sein übervolles Herz fand keine Worte.

Als sie fünf Tage unterwegs waren und der Bergkegel von Teneriffa hinter ihnen versank, machte sich Amber den Ernst der Situation klar.

»Ich bin unverantwortlich selbstsüchtig gewesen«, sagte er. »Ich hätte Sie in Santa Cruz überreden sollen, das Schiff zu verlassen, aber ich hatte nicht den Mut dazu – Sie hätten nicht kommen dürfen.«

»J'y suis – j'y reste!« sagte sie lässig. »Hier bin ich, hier bleibe ich.« Sie lag in einem bequemen Rohrsessel, von der Spitze ihrer weißen Schuhe bis zum Scheitel ihres hübschen Kopfes ein reizendes Bild.

»Ich bin die Tochter eines Forschers«, fuhr sie fast ernsthaft fort. »Sie werden gut tun, sich dessen zu erinnern, Captain Grey.«

»Wollen Sie mich nicht lieber Amber nennen?« sagte er.

»Nun, Mr. Amber«, verbesserte sie sich, »obgleich es ein bißchen familiär klingt, wovon sprach ich?«

»Sie rühmten sich Ihrer Herkunft«, erwiderte er. Er zog einen Stuhl an ihre Seite. »Und wir hörten respektvoll zu.«

Eine Weile sagte sie nichts, ihre Augen folgten den tanzenden Wogen, die über das Heck des Schiffes glitten.

»Es ist wirklich eine höchst ernsthafte Angelegenheit für mich, nicht wahr?« sagte sie plötzlich. »Dieses Land tötete meinen Vater – es hat mir meinen Bruder genommen.«

»Und es soll Sie nicht nehmen«, preßte er zwischen den Zähnen hervor. »Eine derartige Torheit gebe ich nicht zu; Sie müssen zurückgehen. Wir treffen in Grand Bassam das Kongo-Schiff, das auf der Heimreise begriffen ist, und ich werde veranlassen, daß Sie –«

Sie lachte laut auf.

»Wir müssen uns auf das Schlimmste gefaßt machen«, sagte er. »Lambaire mag glauben oder nicht glauben, daß sich der Diamantenfluß auf portugiesischem Gebiet befindet. Als er den Kompaß fälschte, mag er den Zweck verfolgt haben, der britischen Regierung vorzuspiegeln, er habe in gutem Glauben gehandelt – Sie sehen, wir hätten Ihrem Vater glauben und seine Behauptung ohne weiteres annehmen sollen.«

»Glauben Sie, daß das Lambaires Absicht war?« fragte sie.

Amber schüttelte den Kopf.

»Offen gestanden, nein. Ich denke mir, daß der Kompaß deshalb gefälscht wurde, damit Ihr Vater nicht imstande sein sollte, die Mine ein zweites Mal zu finden. Ich bin überzeugt, daß Lambaire beabsichtigte, zu verhindern, daß die Pläne irgend jemand anderem als ihm von Nutzen sein könnten – wenn sie zufällig in andere Hände fallen sollten.«

»Aber warum kaperte er Francis?« fragte sie verblüfft.

»Der einzige Weg, in den Besitz des Planes zu gelangen – und irgendwie verstärkte es ihre Position, den Sohn des toten Forschers mitgenommen zu haben.«

Das war die einzige Unterhaltung, die sie über den Gegenstand führten. Bei Sierra Leone übergaben sie ihr Gepäck dem »Pinto Colo«, einem kleinen portugiesischen Küstendampfer, und dann folgte für sie ein gemächliches Dahingleiten an der Küste entlang, wobei, wie es schien, das Schiff alle paar Meilen vor Anker ging, um Fässer deutschen Rums auszuschiffen.

Und dann gingen sie eines Morgens, als ein dicker weißer Nebel über dem öligen Wasser lag, unweit einer niedrig gelegenen Küste, die vom Schiff aus nicht sichtbar war, vor Anker. Hier war der Anfang des verbotenen Gebiets.

»Da wären wir nun«, sagte Amber eine Stunde später, als das Landungsboot das Gestade anlief. Er wandte sich an einen großen, hageren Eingeborenen, der abseits von der Menge der Ruderer, die bei der Landung zugegen waren, stand.

»Dem Consul, he lib . . .?«

»Massa«, sagte der Schwarze nachdrücklich, »him lib for bush one time – dem white man him lib for bush, bat dem bush feller he chop um one time, so Consul him lib for bush to hang um bush feller.«

Dem jungen Mädchen war das Kauderwelsch vollkommen unverständlich, und sie blickte von dem Eingeborenen zu Amber hin, der wachsam, mit halbgeschlossenen Augenlidern und gespanntem Gesichtsausdruck, dastand.

»Wie nennst du um them weißen Mann, der totging?« fragte er. Ehe der Schwarze antworten konnte, wurde seine Aufmerksamkeit durch etwas in Anspruch genommen, und er blickte empor. Über ihm kreiste langsam ein Vogel.

Er streckte seine Arme aus und pfiff sanft, und der Vogel fiel wie ein Stein auf das sandige Gestade herab, stand mit Anstrengung auf, watschelte einige Schritte und fiel um.

Der Eingeborene hob ihn zärtlich auf – es war eine Taube. Um ihr eines Bein war mit einem Gummiband ein dünner Papierstreifen befestigt. Amber zog das Papier sorgfältig heraus und glättete es.

›An O. C. Haussas.
Die Herren Lambaire und White haben die Alebi-Missions-Sta-

tion erreicht. Sie berichten, daß sie ein Diamantenlager entdeckt haben, und behaupten, Sutton sei vor einem Monat am Fieber gestorben.‹ H. Sanders

Sehr langsam las er noch einmal; das Mädchen beobachtete ihn mit beunruhigtem Gesichtsausdruck.

»Was steht darin?« fragte sie.

Amber faltete das Papier sorgfältig.

»Es war nicht für uns bestimmt«, sagte er ausweichend.

14

Im K'hassi-Hinterland saßen drei Männer beim Mahl. Die Sonne war untergegangen, und ein Blockfeuer, wie es die Eingeborenen zur heißen Tageszeit zu unterhalten pflegen, sandte eine dünne, gerade Rauchsäule in die Höhe.

Der stämmige Mann in dem schmutzigen Drell war Lambaire, die blöde Gestalt mit dem gelben, unrasierten Gesicht Whitey. Er hatte seinen zweiten Fieberanfall überstanden, und die Hand, die er zum Mund erhob, zitterte noch verdächtig. Der junge Sutton war der mürrische Dritte. Sie sprachen nicht, als sie den unschmackhaften Flußfisch verzehrten, den ihr Führer für sie gefangen hatte. Erst als sie fertig und an den Rand des Flusses hinuntergegangen waren, brachen sie das Stillschweigen.

»Das ist also das Ende«, bemerkte Lambaire trübe.

Whitey sagte nichts.

»Dreitausend Pfund hat mich diese Expedition gekostet, und ich weiß nicht wieviel Jahre meines Lebens«, fuhr Lambaire fort, »und wir befinden uns tausend Meilen von der Küste.«

»Vierhundert«, unterbrach ihn Whitey ungeduldig, »aber es können ebensogut viertausend sein.«

Es trat eine lange Pause ein.

»Wohin führt dieser Fluß?« fragte Lambaire schließlich. »Er muß doch irgendwo hinfließen.«

»Er fließt durch ein schönes Kannibalenland«, sagte Whitey grimmig. »Wenn du denkst, ein Stück bis zum Meer abzuschneiden, so gib den Fluß auf.«

»Und es gibt gar keinen Diamantenfluß – keine Diamanten; ein verflucht tüchtiger Forscher, Ihr Vater, das muß man sagen, Sutton.«

Aber der Knabe, den Kopf auf den Knien, sah nachdenklich auf den Fluß und schwieg.

»Ein verflucht tüchtiger Forscher«, wiederholte Lambaire.

Sutton drehte den Kopf nach ihm hin.

»Fangen Sie keinen Streit mit mir an«, sagte er traurig, »denn wenn Sie das tun –«

»He! Wenn ich das tue?« Lambaire war in der Verfassung, mit jedermann Streit anzufangen.

»Wenn Sie es tun, schieße ich Sie tot«, sagte der Knabe und drehte seinen Kopf wieder herum, um auf den Fluß zu sehen.

In Lambaires Gesicht zuckte es, und er erhob sich halb – sie saßen am Ufer des Flusses.

»Keine solche Rede, keine solche Rede, Sutton«, knurrte er mit bebender Stimme. »Das ist nicht die Art, mit –«

»Oh, halt's Maul!« brummte Whitey. »Wir brauchen dein Gewäsch nicht, Lambaire – wir brauchen einen Ausweg!«

Ein Ausweg! Dabei war die Suche nach dem Fluß angelangt, und das war das Ergebnis der viermonatigen Wanderung, auf der jeder Tag sie nur immer tiefer in den Busch geführt, jede Woche ein Glied der Kette, die sie mit der Zivilisation verband, zerrissen hatte. Sie hatten die portugiesische Grenze nicht erreicht, denn als sie noch mehr als hundert Meilen von ihr entfernt waren, hatte sich bereits herausgestellt, daß die Karte ganz falsch war. Kleine Dörfer waren auf ihr eingezeichnet, an denen sie nie vorbeigekommen waren. Einmal, als ein Dorf eingezeichnet gewesen war, nebst Quartier eines Stammeshäuptlings, hatten sie, wie andere Afrikareisende auch, entdeckt, daß zwanzig Dörfer im Umkreis weniger Meilen denselben Namen führten.

Und immer tiefer geriet die kleine Gesellschaft in den Busch und verlor die Träger einen nach dem anderen. Sie hatten mit dem Alebi-Volk verhandelt, ein Rückzugsgefecht mit dem Buschvolk des mittleren Waldes ausgefochten, ihr Lager gegen einen dreitägigen Angriff der bemalten K'hassi behauptet und die zweifelhafte Hilfe erhalten, die das mutlose Sklavenvolk des

Innern bieten konnte. Und das Ende war, daß die Expedition zurückkehren und ihren Weg durch dieselben Gebiete nehmen mußte, die sie bereits durchdrungen hatte.

»Es gibt keinen anderen Weg«, beharrte Lambaire. Whitey schüttelte den Kopf.

Ein sonderbar ergebnisloses Ende einer großen Expedition.

Was mögen Suttons Gedanken gewesen sein, als er düster in den langsam dahinfließenden Strom stierte? In den Büchern endeten so große Expeditionen mit anderem Erfolg! Cynthia würde lachen. Ihm graute schon jetzt davor. Vielleicht würde sie weinen und überdies Ursache dazu haben.

Und jener Mann, jener Dieb, dieser Amber! Ein sonderbarer Name. Amber – Gold, Diamanten. Keine Diamanten, kein Diamantenfluß: Der Traum war dahin. Hier war ein Fluß. Er schlich träge durch ein Kannibalenland, bildete auf weite Strecken, Hunderte von Meilen lang, Katarakte, und kam endlich an das Meer ... wo Schiffe waren, die einen nach England brachten ... nach London.

Er sprang auf.

»Wann reisen wir ab?« fragte er etwas dumm.

»Abreisen?« Lambaire sah auf.

»Wir müssen den Weg zurückgehen, den wir gekommen sind«, sagte der junge Mann. »Wir brechen am besten gleich auf – die Träger laufen uns davon – zwei sind in der letzten Nacht gegangen. Wir haben keine Konserven mehr und jeder nur noch ungefähr hundert Patronen.«

»Ich schlage vor, wir brechen morgen auf«, entgegnete Lambaire verdrossen.

Vor Sonnenaufgang begann eine kleine Expedition müde ihren Marsch zur Küste.

Drei Tage blieben sie unbehelligt; am vierten Tag stießen sie auf eine Abteilung Jäger der K'hassi – ein verhängnisvolles Vorzeichen; denn sie hatten gehofft, durch das K'hassi-Land ohne irgendein ernstes Gefecht hindurchzukommen. Die Jägertruppe gab ihre Jagd auf Elefanten auf und ging zur amüsanteren Jagd auf Menschen über. Glücklicherweise erreichte die kleine Gesellschaft aber noch rechtzeitig die offene Ebene, die westlich von dem eigentlichen K'hassi-Land liegt, und in dem offenen Gelände konnte sie sich des Feindes erwehren.

Am fünften Tage brach ihr Führer, der bei der Nachhut der schweißtriefenden Jäger marschierte, in einen wilden, irrsinnigen Gesang aus. Sutton und Whitey gingen nach hinten, um die Ursache dieses Tobens zu ergründen, und der Mann erzählte ihnen kichernd, er habe mehrere Teufel gesehen. In der Nacht ergriff dieser Führer eine Keule, kroch heimlich zu einem Träger hin, mit dem er sonst auf freundschaftlichem Fuß gestanden hatte, und zerschmetterte ihm den Schädel.

»Die Schlafkrankheit«, stellte Sutton fest.

Die drei weißen Männer standen nebeneinander in der Nähe des Baumes, an den der wahnsinnig gewordene Führer gebunden worden war – wobei die Träger, die ihn überwältigt hatten, nicht ohne Verletzungen davongekommen waren.

»Was sollen wir tun?« knirschte Lambaire. »Wir können ihn nicht allein lassen – er würde verhungern, oder er würde sich losmachen, und das wäre noch schlimmer.«

Sie ließen die Frage bis zum nächsten Morgen offen und stellten während der Nacht eine Wache auf.

Am Morgen wurden die Träger unter einem neuen Führer versammelt, und die Karawane marschierte. Whitey blieb hinten. Lambaire, der in der Mitte der Kolonne marschierte, hörte plötzlich den scharfen Knall eines Revolvers, und dann nach einer Pause einen zweiten Knall. Er schauderte und wischte seine feuchte Stirn mit dem Rücken der Hand ab. Bald holte Whitey die Gesellschaft ein. Sein Gesicht war bleich, sein Mund zitterte.

Lambaire sah ihn furchtsam an.

»Was hast du getan?« flüsterte er.

»Weiter, weiter«, knurrte der andere. »Du fragst zuviel, Lambaire; du steckst deine Nase zu tief in allerhand Dinge -- weißt verdammt genau, was ich getan habe. Kann ich einen Nigger Hungers sterben lassen – he? Mußte ich nicht etwas tun?« Seine Stimme wurde zuletzt ganz heiser, und Lambaire schüttelte hilflos seinen Kopf und fragte nichts mehr.

In Romanen ist ein Schurke gemeinhin ein Schurke und nichts

sonst. Verdienstvolle Taten, die man ihm zuschrieb, würden seinem Ansehen nur schaden. Im wirklichen Leben dagegen können große Bösewichter sich manchmal durchaus heldenhaft zeigen. Lambaire war von Natur ein Feigling – aber er war insofern ein Held, als er, ohne zu klagen, die Widerwärtigkeiten des Marsches ertrug und den Gefahren, die jeder neue Tag brachte, mutig trotzte.

Sie waren im Alebi-Land angekommen und hatten sich zur letzten langen Rast niedergelassen. Da kam Lambaire ein großer Gedanke. Er vertraute ihn niemandem an, und es gehörten zwei volle Tage dazu, ihn in seinem Kopf reifen zu lassen.

Sie befanden sich in einem Eingeborenendorf, dessen Bewohner sich nicht feindselig gegen die fremden, weißen Männer verhielten, und aus diesem Grund sahen sie hier eine dreitägige Rast vor. Am Abend des zweiten Tages, als sie vor einem lodernden Feuer saßen – denn selbst in den heißesten Gegenden Afrikas sind die Nächte kühl –, eröffnete Lambaire den anderen seine Pläne.

»Habt ihr schon einmal darüber nachgedacht, Reisegenossen, auf was wir eigentlich losmarschieren?« fragte er.

Keiner antwortete ihm. Sutton beteiligte sich nur widerwillig an der Unterhaltung, aber Whitey kniff die Augen lauernd zusammen.

»Zum Teufel gehen wir«, sagte Lambaire nachdrücklich. »Ich marschiere hier zum Bankrott und du gleichfalls, Whitey. Sutton marschiert, um in London der Gegenstand allgemeinen Gelächters zu werden – und«, fügte er langsam hinzu und beobachtete die Wirkung seiner Worte, »um den Namen seines Vaters zum Gespött zu machen.«

Er sah, wie der Jüngling sich wand, und fuhr fort:

»Ich und Whitey, wir haben eine Gesellschaft gegründet – aus dem Publikum Geld herausgelockt – Diamantenmine – glänzende Prospekte und dergleichen – alles gut durchdacht -- seht!«

Er merkte, wie Whitey nachdenklich nickte und Sutton verwirrt dreinsah.

»Wir kehren zurück –«

»Wenn wir zurückkehren«, murmelte Whitey.

»Sprich nicht wie ein Narr«, fuhr ihn Lambaire an. »Mein Gott, du machst mich krank, Whitey; du verdirbst alles! Zurückkehren! Natürlich kehren wir zurück – das Schlimmste ist vorüber, wir brauchen uns ja schon nicht mehr zur Wehr zu setzen. Wir kommen in den Bereich der Zivilisation –«

»Weiter – weiter«, sagte Whitey ungeduldig, »und was geschieht, wenn wir zurück sind?«

»Ja«, sagte Lambaire, »wenn wir zurück sind, müssen wir sagen: ›Hört, ihr Leute – die Sache ist die –‹«

»Um es offen herauszusagen«, murmelte Whitey.

»Um es offen herauszusagen – es existiert nicht eine einzige Mine.«

Lambaire machte eine Pause, mehr um sich selbst als um seinen Zuhörern die Bedeutsamkeit der Situation zu Gemüte zu führen.

»Nun?« fragte Whitey.

»Nun«, wiederholte der andere, »warum sollten wir? Hört!« Er lehnte sich vor und sprach schnell und mit großem Ernst. »Was hindert uns zu sagen, wir hätten das Diamantenfeld festgestellt, wie? Wir können den Fluß erfinden – ein trockenes Flußbett aus ihm machen –, wir haben Hunderte von Stellen gesehen, die in der nassen Jahreszeit Flußläufe sind. Wenn wir heil und gesund zurückkehren, wie wär's, wenn wir unsere Taschen voll Granaten und noch nicht geschliffenen Diamanten hätten – ich kann welche in London bekommen –«

Whiteys Augen leuchteten auf; man brauchte ihn nicht zu fragen, wie ihm der geistreiche Plan gefalle.

Aber Sutton machte Einwände. Sein Gesicht hatte etwas Starres, als er barsch erwiderte:

»Sie sind toll, Lambaire. Glauben Sie, ich würde zurückkehren und lügen? Bilden Sie sich ja nicht ein, daß ich an einem solchen Betrug teilhaben will – und meines Vaters Namen und Andenken dazu opfere! Sie sind wohl vollkommen verrückt!«

Keiner von den beiden andern hatte während der Expedition und im Hinblick auf ihren Zweck den Jüngling ernst genommen. Sie hatten ihn mehr oder weniger als eine Kreatur betrachtet, um deren abweichende Ansichten man sich nicht zu kümmern brauchte. Aber einem solchen Widerspruch mußten sie entgegentreten, zumal er mit jedem Beweisgrund, den sie ins Feld führten, an Hartnäckigkeit zunahm.

Männer, die die Fühlung mit der Zivilisation verloren haben, nehmen leicht eine verderbte Moral an; ehe sie noch das freundliche Dorf verlassen hatten, mußten sie beide, Whitey sowohl wie Lambaire, sagen, daß sie grausam geworden waren.

Suttons lächerliche Skrupel standen ihrem Vorhaben im Wege; dieser Grillenfänger hinderte sie mit seinem Widerstand daran, die Früchte ihrer Anstrengungen zu ernten. Als eine Woche herum war – eine Woche, in der sich keine äußeren Gefahren gezeigt hatten, die ihre Gemüter vielleicht zur Klarheit der Gedanken aufgerüttelt hätten –, war Sutton aus ihrer geistigen Gemeinschaft ausgestoßen. Verschärft wurde die Lage noch dadurch, daß bei Sutton eine bösartige Malaria zum Ausbruch kam und die Reisegesellschaft auf einer großen Waldlichtung haltmachen mußte. In der Nähe eines ausgetrockneten Wasserlaufs schlugen sie ihr kleines Lager auf; sie wählten den Platz deshalb, weil ein paar Fuß unter der Oberfläche eine Wasserader vorhanden war.

Lambaire und Whitey gingen im Wald spazieren. Keiner von ihnen sprach ein Wort, und doch wußte jeder, was der andere dachte.

»Nun?« sagte Whitey schließlich.

Lambaire vermied es, ihn anzusehen.

»Es bedeutet für uns den Ruin – wenn er vernünftig wäre, könnten wir uns jedoch retten und unser Glück machen.«

Wieder ein langes Stillschweigen.

»Geht es ihm schlecht?« fragte Lambaire plötzlich, und der andere zuckte die Schultern.

»Nicht schlechter, als es mir ein dutzendmal gegangen ist. Es ist sein erster Fieberanfall.«

Dann wieder eine lange Pause, die Whitey unterbrach.

»Wir können ihn nicht tragen – wir haben nur zwei Träger und noch fünfzig Meilen zu gehen, ehe wir eine Missionsstation erreichen.«

Sie wanderten ziellos hin und her, jeder hing seinen eigenen

Gedanken nach. Schließlich kehrten sie zu ihrem kleinen Lager zurück, wo ein phantasierender Jüngling stöhnte und jämmerlich ächzte und in der Hauptsache mit sich selber redete.

Lambaire stand neben ihm und sah auf die ruhelose Gestalt hinab; dann ging er auf die Suche nach Whitey.

»Er muß regelrecht erledigt werden«, sagte er und zog ein Notizbuch heraus. »Ich traue dir, Whitey, und du traust mir – aber wir wollen es schwarz auf weiß besitzen.«

Die beiden Anweisungen wurden mit denselben Worten aufgesetzt. Whitey war unschlüssig, unterzeichnete dann aber doch. –

Vor der gewohnten Stunde weckte Whitey den einen der beiden übriggebliebenen Träger; es war der, der dolmetschte.

»Steh auf«, sagte er verdrießlich, »nimm die Flinten auf deinen Kopf und mach schnell.«

Der Eingeborene stand schläfrig auf. Das Feuer war am Erlöschen, und er stocherte mit seinem bloßen Fuß darin herum, um die Flamme zu entfachen.

»Laß das!« schrie Whitey zornig -- er war in ungewöhnlicher Gemütsverfassung. »Hol den anderen Mann, und dann marsch.«

Die kleine Gesellschaft ging schweigsam den dunklen Waldpfad entlang, an der Spitze der Eingeborene mit seiner Laterne zum Schutz gegen Angriffe wilder Tiere.

Plötzlich blieb er stehen und wandte sich nach Lambaire um, der die Nachhut bildete.

»Den jungen Massa, ich seh ihn nicht.«

»Weiter«, sagte Whitey ungehalten. »Der Massa, er stirbt doch bald.«

Der Schwarze knurrte und setzte seinen Weg fort. Der Tod war in diesem Lande, wo Menschen morgens heil und gesund aufstanden und am Abend beerdigt wurden, eine unbedeutende Angelegenheit.

Bei Tagesanbruch machten sie halt, um dem Mahl zuzusprechen, das sie gewöhnlich vor dem Marsch einnahmen.

Die zwei Männer aßen schweigend – keiner sah den andern an. Erst als das Licht der aufgehenden Sonne den Wald durchflutete, nahm Whitey auf die Ereignisse der Nacht Bezug.

»Wir konnten keinen Nigger zurücklassen, damit er Hungers sterbe – und ich will verflucht sein, wenn wir keinen weißen Mann zurückgelassen haben«, sagte er und fluchte schrecklich.

»Hör auf – sag so etwas nicht«, flehte Lambaire und erhob wie protestierend seine große Hand. »Wir konnten doch nicht – wir konnten doch nicht tun, was wir ... du weißt ... was wir mit dem verrückten Führer gemacht haben ... Sei vernünftig, Whitey ... er ist tot.«

Drei Tage später erreichten sie die Missionsstation an der Grenze, und eine Heliograph-Botschaft trug die Nachricht ihrer Ankunft zu einem wandernden Distrikts-Kommissar, der ein Land »regierte«, von dem aus keine heliographische Verbindung mit der Küste möglich war.

Aber er hatte einen Korb voll Brieftauben.

Drei Wochen ruhen, in weichen Betten schlafen, Missionskost zu sich nehmen und ein Rasiermesser gebrauchen dürfen, das alles machte für einen Mann wie Lambaire den ganzen Unterschied zweier Welten aus. Aber er hatte ein bequemes Gedächtnis. Er vergaß manche Dinge sehr leicht.

Ein kleiner, scharfblickender Mann in Khakiuniform kam auf die Missionsstation, der gefürchtete Regierungsamtmann Sanders; er stellte Fragen. Im Hinblick auf den geschwächten Körperzustand der Missionsgäste drängte er sie jedoch nicht zu einem ausführlichen Bericht. Er hörte ohne Überraschung, daß der Diamantenfluß entdeckt worden war, und aus der ungenauen Beschreibung, die ihm die Expeditionsteilnehmer gaben, schloß er, daß das neue Diamantenfeld auf britischem Gebiet lag.

Er war enttäuscht, zeigte es aber nicht.

Kein Mann, der über die Wohlfahrt von Eingeborenenvölkern zu wachen hat, begrüßt die Entdeckung kostbarer Minen oder Metallvorkommen auf seinem Gebiet. Solche Reichtümer bedeuten nämlich Kriege und die Bereitstellung neuer Streitkräfte. Sie bedeuteten das Ende eines ordnungsmäßigen Naturzustandes und Belastung mit einer oberflächlichen Zivilisation.

Kritische Leute haben gefragt, warum der Amtmann sich damals nicht sofort habe Proben zeigen lassen, die Lambaire und sein Genosse von der mysteriösen Mine mitgebracht hatten. Aber Sanders war, wie schon anderswo erwähnt, ein einfacher Mann, der niemals mit der Verwaltung einer Mineralien-Region beauftragt gewesen war und der, offen gesagt, gar nicht wußte, was er unter den obwaltenden Umständen zu tun hatte.

»Wann starb Sutton?« fragte er, und sie sagten es ihm.

»Wo?«

Hier irrten sie sich, denn die bezeichnete Stelle lag hundert Meilen landeinwärts.

Sanders stellte eine schnelle Berechnung an.

»Es muß näher gewesen sein«, sagte er. »Sie können in der Zeit nicht bis zur Missionsstation marschiert sein.«

Sie gaben die Möglichkeit eines Irrtums zu, und Sanders ließ die Ungenauigkeiten, in die sie sich verstrickten, gelten; hatte er doch einige Erfahrung darin, daß das Gedächtnis ausgehungerter Männer nicht ganz verläßlich war.

Er fragte die Träger aus, und sie wußten keineswegs besser Bescheid.

»Master«, sagte der Führer im Dialekt der Flußgegend, »es war an einem Platz, wo vier Bäume ganz dicht beieinander standen, zwei waren Rotholzbäume, und einer war ein Kopalgummibaum.«

Da die Wälder des Alebi-Landes hauptsächlich aus Rothölzern und Gummibäumen bestehen, war der Amtmann nicht klüger.

Vierzehn Tage nach dieser Unterhaltung erreichten Lambaire und Whitey die kleine Küstenstadt, wo Sanders sein Hauptquartier hatte.

15

Im westlichen Zentralafrika eine Enttäuschung nach der anderen erleben, dann in das Zimmer einer Europäerwohnung treten mit Gedanken im Kopf, wie sie einen Lambaire und Whitey beschäftigten, und plötzlich auf einen Mann stoßen, von dem man glaubt, daß er in einem Provinzialgefängnis Englands Werg zupft – das kann einen schon aus der Fassung bringen. Diese Erfahrung machten die beiden Forscher. Es gab eine dramatische Pause, als Amber sich aus dem bequemen Sessel im Zimmer des Regierungsamtmannes erhob.

Sie sahen einander schweigend an. In Ambers Gesichtszügen vermißten die beiden das schelmische, überlegene Lächeln, das sie so gut an ihm kannten. Er war vollkommen ernst.

»Hallo«, knurrte Lambaire. »Was bedeutet das?«

Die Frage war nicht überraschend. Amber sagte im Augenblick nichts. Die drei waren allein in dem Landhaus des Amtmanns. Amber lud seinen Besuch mit einer Handbewegung zum Sitzen ein, und wie hypnotisiert durch das unerwartete Zusammentreffen nahmen die Reisenden auch augenblicklich Platz.

»Was haben Sie mit Sutton gemacht?« fragte Amber ruhig.

Sie antworteten ihm nicht, und er wiederholte die Frage.

»Er ist tot«, sagte Whitey. Seine Stimme war unnötig laut. »Er ist tot – auf dem Marsch am Fieber gestorben. Es war sehr traurig; er starb . . . am Fieber.«

Whitey hatte zum erstenmal in seinem Leben schreckliche Angst. In Ambers Stimme lag ein sonderbarer Kommandoton, der schwer zu erklären war. Es hatte den Anschein, als habe dieser Verbrecher plötzlich die Funktionen eines Richters übernommen. Weder Whitey noch Lambaire konnten sich im Augenblick vorstellen, daß der Mann, der Aufklärung von ihnen verlangte, derselbe war, den sie auf dem Paddington-Bahnhof, durch Handschellen mit anderen Verbrechern zusammengekettet, gesehen hatten.

»Wann ist er gestorben?«

Sie gaben ihm Auskunft und sprachen beide gleichzeitig und übertrieben eifrig.

»Wer hat ihn beerdigt?«

Wieder das Zusammensprechen.

»Sie hatten doch zwei Eingeborene bei sich – und denen haben Sie nichts gesagt. Sie haben sie nicht einmal gebeten, ein Grab zu graben.« Seine Stimme war grimmig, seine Augen, die die beiden beobachteten, verengten sich, bis sie fast geschlossen erschienen.

»Wir haben ihn selbst begraben«, Lambaire hatte die Sprache

wiedergefunden, »weil er ein Weißer war und wir gleichfalls Weiße waren – verstehen Sie?«

»Ich verstehe.«

Er ging an den Tisch und holte von dort einen Bogen Papier. Sie erkannten die flüchtige Skizze eines Landes und errieten, daß sie den Schauplatz ihres Forschungsgebietes darstellte.

»Zeigt die Stelle, wo er begraben wurde.« Und Amber legte die Karte auf Whiteys Knie.

»Nichts zeigen!« Lambaire gewann seine Selbstbeherrschung langsam wieder. »Amber, was maßen Sie sich an? Wer zum Teufel sind Sie, daß Sie herumgehen und dies fragen und jenes wissen wollen – ein alter Zuchthäusler noch dazu!«

Da sein Mut erwacht war, fing er auch noch an zu fluchen.

»... Nachdem wir dies alles durchgemacht haben«, polterte er, »Hunger und Durst und Kämpfe – fehlt es gerade noch, von einem Spitzbuben ausgefragt zu werden.«

Er fühlte, wie Whitey sein Handgelenk packte, und hielt ein.

»Schweig – und sag nicht mehr, als du mußt«, murmelte Whitey. Lambaire schluckte seinen Zorn hinunter und gehorchte.

»Was ist das für ein Gerede von einem Diamantenfeld?« fuhr Amber mit derselben, sich immer gleichbleibenden, leidenschaftslosen Stimme fort. »Die Regierung weiß nichts von einem solchen Feld – oder einem solchen Fluß. Sie haben dem Regierungsamtmann gesagt, Sie hätten ein Diamantenfeld gefunden. Wo ist das?«

»Geh hin und such's, Amber«, schrie Whitey. »Sie sind gescheit – machen Sie sich auf die Suche wie wir; wir haben nicht erst die Leute danach ausgefragt – wir sind hingegangen und haben gesucht.«

Er tastete im Halbdunkel umher, um seinen Hut zu finden.

»Wir werden morgen das Land verlassen«, sagte Whitey, »und das erste, was wir tun werden, wenn wir einen zivilisierten Hafen erreicht haben, ist, daß wir Sie anzeigen – verstanden? Es haben sich keine Zuchthäusler in britischen Besitzungen herumzutreiben!«

Er nickte drohend mit dem Kopf und bekam als Antwort jenes Lächeln, das Ambers Persönlichkeit so bezaubernd machte.

»Mr. Whitey«, sagte Amber weich, »Sie werden das Land morgen nicht verlassen, das Schiff wird ohne Sie abfahren.«

»So!«

»Das Schiff wird ohne Sie abfahren«, wiederholte Amber. »Ohne Whitey, ohne Lambaire.«

Whitey schüttelte den Kopf.

»Wie meinen Sie das?«

Um antworten zu können, griff Amber nach der Karte, die ihm Whitey mit einer abweisenden Handbewegung zurückgab.

»Irgendwo hier«, er deutete auf eine Stelle, die mit einem Kreuz bezeichnet war, »in der Nähe eines ausgetrockneten Flußbettes, starb ein Mann. Ich will Aufklärung haben, daß er starb und wie er starb, ehe ich Sie fortlasse.«

Es entstand eine Pause.

»Was meinen Sie damit, Mr. Amber?« fragte Whitey, und seine Stimme war unsicher.

»Genau das, was ich sage«, erwiderte der andere ruhig.

»Glauben Sie, wir hätten ihn ermordet?«

Amber zuckte die Schultern. »Wir werden es auf die eine oder andere Weise erfahren, ehe Sie uns verlassen«, sagte er ruhig. Es war etwas in seinem Ton, was die beiden Männer vor ihm erschauern ließ.

»Ich werde es erfahren, weil ich eine Anzahl Leute auf die Suche geschickt habe, zurück nach dem Platz, wo Sie, wie Sie behaupten, Sutton verlassen haben«, fuhr er fort. »Ihrem letzten Dolmetscher wird es keine Schwierigkeiten machen, die Stelle zu finden; er ist schon unterwegs.«

Lambaire war bleich wie der Tod.

»Wir haben Sutton nichts getan«, sagte er verdrießlich.

Amber senkte den Kopf.

»Das werden wir erfahren«, erwiderte er.

Auf dem Weg vom Landhaus zur Baracke, die ihnen der Amtmann zur Verfügung gestellt hatte, blieb Lambaire plötzlich stehen und packte seinen Gefährten am Arm.

»Angenommen«, er rang nach Atem, »angenommen –«

Whitey machte seinen Arm los.

»Werd' nicht verrückt«, sagte er barsch, »was angenommen?«

»Angenommen – ein herumstreifender Eingeborener – fand ihn und durchbohrte ihn. Uns würde man dann sicher die Schuld geben.«

»Mein Gott, daran habe ich nicht gedacht!«

Sie hatten beide über manches nachzudenken in diesen ermüdenden Tagen ihres Wartens. Sie lernten, daß das Wort Ambers Gesetz geworden war. Sie sahen ihn einmal von ferne, versuchten aber nicht, mit ihm zusammenzutreffen. Sie erfuhren auch, daß Cynthia Sutton im Hauptquartier anwesend war. Das ärgerte sie nicht ohne Grund, und sie fragten sich, wieviel sie wußte.

Sie wußte alles, noch ehe ihr die Wahrheit gesagt worden war. Tränenlos und bleich hatte sie zugehört, als ihr Amber, mit der zarten Rücksichtnahme auf eine Frau, die Nachricht, die der Amtmann gesandt, beigebracht hatte.

»Ich würde Ihnen gern Hoffnung machen«, sagte er sanft, »aber das wäre grausam; die Geschichte klingt wahr, und doch ist etwas dran, was mich vermuten läßt, daß etwas dahintersteckt, was wir nicht wissen.«

Seinen Verdacht sagte er ihr nicht. Er hatte sich aber Sanders anvertraut, und dieser hatte bereits einen Trupp an den Platz entsandt, wo Sutton begraben war, um dort eine Untersuchung anzustellen.

»Weiße sterben sehr plötzlich im Alebi-Land«, bemerkte Sanders. »Es ist Grund vorhanden, an die Wahrheit der Geschichte zu glauben – doch scheinen diese beiden mir nicht die Männer zu sein, die aus einer sentimentalen Anwandlung heraus es auf sich nehmen würden, einen armen Jungen zu begraben. Das ist es, was ich nicht glauben kann.«

»Was werden Sie tun, wenn die Leute von der Suche zurückkehren?« fragte Amber.

»Ich habe es mir überlegt«, erwiderte Sanders. »Ich werde nur in Ihrer oder der Männer Gegenwart ihren Bericht verlangen; diese Untersuchung muß unparteiisch sein, sie ist schon nicht ganz ordnungsgemäß.«

Wochen vergingen – Wochen unerträglicher Unruhe für Whitey und Lambaire, die im Schatten ihrer Baracke Whist spielten.

Sanders besuchte sie pflichtschuldigst. Er hatte die höfliche Aufmerksamkeit für sie, die der Direktor eines Gefängnisses etwa für Gefangene mit guter Führung haben würde – so dünkte es Lambaire wenigstens.

Dann kam eines Morgens eine Ordonnanz mit einer Mitteilung zu ihnen – ihre Anwesenheit in der »Residenz« sei erforderlich. Niemals gingen Männer, die aus der Zelle eines Gefängnisses vorgeführt wurden, mit solcher Furcht dem Urteilsspruch entgegen wie diese beiden.

Sie fanden den Amtmann hinter einem großen Tisch, der übrigens das einzige ansehnliche Möbelstück in seinem ganzen Büro war.

Drei Eingeborene in der abgetragenen, von den Strapazen der Reise unansehnlich gewordenen blauen Polizeiuniform standen neben dem Schreibtisch. Sanders unterhielt sich lebhaft mit ihnen in dem Eingeborenendialekt, der den Weißen, die in dem Raum anwesend waren, völlig unverständlich war.

Amber und Cynthia Sutton saßen auf Stühlen zur Rechten des Schreibtisches, und zwei leere Stühle waren an die linke Seite des Tisches gestellt worden. Das Ganze machte den Eindruck eines Magistratsgerichtshofes, bei dem die Plätze für Kläger und Beklagte ordentlich voneinander getrennt sind.

Lambaire warf einen scheuen Seitenblick auf das junge Mädchen, das in seiner weißen Tropenkleidung mit der schimmernden Kopfbedeckung gelassen dasaß, und sein Gesicht verzerrte sich nervös.

Sie nahmen ihre Plätze ein, Lambaire wankte schwerfällig zu dem seinen.

Sanders hörte auf, mit den Eingeborenen zu reden und forderte sie mit einer Handbewegung auf, in die Mitte des Zimmers zu treten.

»Ich habe mir der Reihe nach alles berichten lassen«, sagte er. »Ich werde Fragen an sie richten und ihre Antworten übersetzen, wenn es Ihnen so angenehm ist?«

Whitey räusperte sich; er versuchte eine Zustimmung zu stammeln, aber da es ihm nicht gelang, nickte er nur, was auch als Zustimmung gelten konnte.

»Fandet ihr die Stelle mit den vier Bäumen?« fragte Sanders den Eingeborenen.

»Herr, wir fanden den Platz«, sagte der Mann.

Sanders übersetzte die Erzählung Satz für Satz.

»Tagelang folgten wir dem Pfad, den die weißen Männer gekommen waren; nur an einem Tag ruhten wir, es war ein bestimmter Festtag – wir gehören der Sufi-Sekte an und beten einen Gott an«, fuhr der Polizist fort. »Wir fanden Schlafstellen bei der Asche von Lagerfeuern, welche die weißen Männer angezündet hatten; auch Patronen und andere Dinge, die die weißen Männer fortgeworfen hatten, haben wir gefunden.«

»Wieviel Tagereisen hatten die weißen Männer gebraucht?« fragte Sanders.

»Zehn Tage«, sagte der Eingeborene, »denn wir zählten zehn Nachtfeuer, da wo viel Asche lag, und zehn Tagfeuer, wo nur so viel Asche lag, wie liegen zu bleiben pflegt, wenn man nur einen Topf voll kocht. Auch waren an diesen Stellen keine Betten hergerichtet gewesen. Zwei weiße Männer reisten zehn Tage lang zusammen, vorher waren es drei weiße Männer gewesen.«

»Woher weißt du dies?« fragte Sanders im Dialekt der Leute.

»Herr, das ist leicht zu sagen, denn wir fanden die Plätze, wo sie geschlafen hatten. Auch fanden wir die Stelle, wo der dritte Mann zurückgelassen worden war.«

Lambaires Lippen waren trocken; sein Mund war wie ein Kalkofen, als die Aussage des Schwarzen Satz für Satz übersetzt wurde.

»Fandet ihr den weißen Herrn, der zurückgelassen wurde?« fragte Sanders.

»Herr, wir fanden ihn nicht.«

Lambaire würgte etwas in der Kehle. Whitey blickte starr vor sich hin und sagte nichts.

»War ein Grab da?«

Der Eingeborene schüttelte den Kopf.

»Wir sahen ein offenes Grab, aber wir sahen keinen Mann darin.« Lambaire warf einen schnellen, bestürzten Blick auf den Mann an seiner Seite.

»War keine Spur des weißen Herrn zu entdecken?«

»Keine, Herr, er war verschwunden, und nur dies blieb zurück.« Er griff in eine der Taschen auf der Innenseite seines blauen, befleckten Rockes und zog etwas hervor, was anscheinend ein Taschentuch darstellte. Es war schmutzig, und eine Ecke war mehrmals zusammengeknotet.

Cynthia stand auf und nahm es in ihre Hände.

»Ja, dies gehörte meinem Bruder«, sagte sie mit leiser Stimme. Sie händigte es Sanders ein.

»Hier ist etwas hineingebunden«, betonte dieser und fing an, das Taschentuch aufzuknoten.

Im ganzen machte er drei Knoten auf, und so oft er es tat, fiel, außer bei dem letzten Mal, ein kleiner, grauer Kiesel auf den Tisch. In dem letzten Knoten waren vier kleine Kiesel, nicht größer als eine Erbse. Sanders sammelte die Steinchen in seiner hohlen Hand und betrachtete sie neugierig.

»Wissen Sie, ob diese Dinge etwas bedeuten?« fragte er Whitey, und dieser schüttelte den Kopf.

Sanders wandte sich auf arabisch an den Eingeborenen.

»Abiboo«, sagte er, »du kennst die Sitten und Gebräuche des Alebi-Volkes – was können diese Steine bedeuten?«

Aber Abiboo war in Verlegenheit.

»Herr«, meinte er, »wenn sie aus Rotholz wären, würde es eine Heirat bedeuten, wenn sie aus Gummi wären, würde es eine Reise bedeuten – aber diese Dinge bedeuten nichts, soviel ich weiß.« Sanders drehte die Kiesel mit seinem Finger um.

»Ich fürchte, meine Weisheit läßt mich hier im Stich«, begann er, als Amber herankam.

»Lassen Sie mich sehen«, bat dieser, und die Kiesel wurden auf seinen Handteller geschüttet.

Er ging mit ihnen ans Fenster und untersuchte sie sorgfältig. Er nahm ein Messer aus seiner Tasche und kratzte an der unscheinbaren Außenseite.

Er war in seine Beschäftigung so vertieft, daß er gar nicht daran zu denken schien, daß er etwa den Gang der Untersuchung aufhielt. Sie warteten geduldig – drei – fünf – zehn – Minuten. Dann kam er von dem Fenster zurück und ließ die Kiesel in seiner Hand aneinanderklirren.

»Ich denke, wir können die Steine behalten?« sagte er. »Sie haben nichts dagegen?«

Lambaire schüttelte den Kopf.

Er war jetzt ruhiger, obgleich er keinen Grund dazu hatte, wie Whitey meinte, der seine trockenen Lippen leckte. Die nächsten Worte des Amtmanns sollten Whitey rechtfertigen.

»Sie behaupten, Mr. Sutton an einer bestimmten Stelle beerdigt zu haben«, sagte der Beamte ernst. »Meine Leute finden keine Spur von einem Grab – ausgenommen ein offenes Grab –, wie erklären Sie das?«

Es fehlte nicht viel, so hätte sich Lambaires eine Panik bemächtigt – Whitey gab ihm jedoch keine Gelegenheit, seine Erregung zu verraten.

»Ich gebe keine Erklärung ab«, pfiff letzterer mit seiner dünnen Stimme. »Wir haben ihn begraben, das ist alles, was wir wissen – Ihre Leute müssen die Stelle verfehlt haben. Sie können uns nicht mehr länger gefangenhalten; es ist gegen das Gesetz – wessen klagen Sie uns an, wie? Wir haben Ihnen alles, was zu erzählen ist, berichtet; und Sie müssen sich entschließen, was Sie jetzt tun wollen.«

Er sagte dies alles in einem Atemzug und hielt ein, weil er keine Luft mehr bekam. Und was er sagte, war wahr – keiner wußte es besser als Amber.

»Lassen Sie mich eine Frage stellen«, warf dieser ein. »Haben Sie diese Diamantenmine, von der wir so wenig gehört haben, vor oder nach dem – Verschwinden von Mr. Sutton entdeckt?«

Lambaire, an den die Frage direkt gerichtet war, erwiderte nichts. Wenn es sich um eine chronologische Reihenfolge handelte, war es besser, sich auf Whitey zu verlassen.

»Vorher«, sagte Whitey nach einer kurzen Pause.

»Lange vorher?«

»Ja – eine Woche oder so ungefähr.«

Amber trommelte unruhig mit den Fingern auf den Tisch – wie jemand, der in tiefes Nachdenken versunken ist.

»Wußte Mr. Sutton von der Entdeckung?«

»Nein«, antwortete Whitey – und er hätte es dabei bewenden lassen können. »Er hatte gerade das Fieber«, fügte er hinzu.

»Und er wußte nichts?«

»Nichts.«

Amber öffnete seine Hand und ließ die vier Kiesel auf den Tisch gleiten.

»Und doch hatte er diese Steine!« sagte er.

»Was haben die mit der Sache zu tun?« fragte Whitey.

Amber lächelte.

»Nichts«, sagte er, »außer daß es Diamanten sind.«

16

Ein glücklicher Zufall fügte es, daß innerhalb dreier Tage zwei auf der Heimreise befindliche Schiffe die kleine Küstenstadt anliefen, wo der Regierungsamtmann für den Alebi-Distrikt sein Hauptquartier aufgeschlagen hatte. Ein glücklicher Zufall, denn er gestattete, daß Lambaire und Whitey mit dem einen und Cynthia Sutton mit dem anderen Schiff nach Hause fuhren. Amber ging an den Strand, wo das schwere Landungsboot wartete – um sie abfahren zu sehen.

»Ich hätte mir auch eine Fahrkarte lösen«, meinte er, »oder besser noch Ihnen heimlich folgen sollen, so daß, wenn Sie sich heute abend zu Tisch setzen – – – Eintritt Ambers in voller Seemannskleidung, Überraschung der Dame – Tableau.«

Sie hörte ihm ernst zu und sah ihn an. Infolge der Hitze an der Küste erschien ihr Gesicht blasser und feiner modelliert. Sie war in Ambers Augen die schönste Frau, die er je gesehen hatte. Obgleich er scherzen konnte, waren ihm die Tränen nahe.

»Ich wünschte, Sie kämen mit«, sagte sie einfach, und in diesem Augenblick hatte er ihr Herz erkannt.

»Ich werde bleiben.« Er nahm ihre Hand in seine beiden Hände. »Es ist immerhin möglich, wenn auch nicht sehr wahrscheinlich, daß Ihr Bruder am Leben ist. Sanders vermutet, daß ihn die beiden Männer verließen, um ihn sterben zu lassen – das ist aber kein Beweis, daß er tot ist. Ich werde so lange bleiben, bis ich mich auf die eine oder andere Weise selbst überzeugt habe.«

Das Boot lag jetzt bereit, und Sanders beobachtete insgeheim den Dampfer, der eine Meile von der Küste entfernt vor Anker lag.

»Auf Wiedersehen«, sagte sie mit bebendem Munde.

Amber breitete die Arme aus, und sie schmiegte sich ohne Furcht an ihn. Er hielt sie einige Sekunden fest umschlungen, und sie sah zu ihm auf.

»Auf Wiedersehen«, flüsterte er und küßte sie beherzt auf den Mund.

Amber brach am nächsten Morgen nach dem Alebi-Land auf; Abiboo, ein schweigsamer Haussa-Sergeant, der Sanders' Vertrauen genoß, ging mit ihm.

Es war eine regelrechte afrikanische Safari durch Busch und Steppe – die Eintönigkeit anstrengender Märsche in der Tageshitze, das atemlose Summen der Nächte, das Geschwätz in den Dörfern, plötzliche tropische Gewitter, in deren Verlauf tiefziehende gelbe Wolken sich wirbelnd auf die schwankenden Baumwipfel entluden und heftige, helleuchtende Blitze unaufhörlich durch die bläuliche Finsternis des Waldes zuckten.

Der Trupp folgte der gebahnten Spur, die von Dorf zu Dorf führte, und bei jeder kleinen Gemeinde wurden Erkundigungen eingezogen, ob seit dem Durchmarsch Lambaires und Whiteys nicht ein weißer Mann gesehen worden sei.

Am achtundzwanzigsten Marschtage erreichte die Expedition den Platz, wo nach Lambaires Aussage Sutton gestorben sein sollte. Hier errichtete Amber in Übereinstimmung mit seinen Plänen so etwas wie ein Standquartier.

Von Abiboo begleitet, besichtigte er die Stelle, wo das Taschentuch mit den Diamanten gefunden, und die Niederung, in der das »Grab« festgestellt worden war.

»Herr«, sagte Abiboo, »hier war das Loch.«

»Ich sehe kein Loch«, sagte Amber. Er sprach arabisch. Captain Ambrose Grey, genannt Amber, war seinerzeit Legationssekretär gewesen und hatte sich dabei seine Sprachkenntnisse erworben.

Die nähere Untersuchung des Bodens ergab, daß die Vertiefung das ausgetrocknete Bett eines Wasserlaufes war. Amber durchforschte es eine Meile weit nach jeder Richtung, ohne auch nur eine Spur von einer Ausschachtung, wie sie nach Abiboos Bericht hier erwartet werden mußte, zu entdecken. An einigen Stellen war das Flußbett mit einem dichten Gestrüpp von Elefantengras und einer Art wilder Brombeeren, wie sie in den afrikanischen Wäldern vorkommt, überwuchert. »Hier ist Wasser gewesen«, sagte Abiboo, »aber cala cala«, das heißt: vor langer Zeit.

Die Tatsache, daß das Grab verschwunden war, bewies nichts. Die schweren Regengüsse, die inzwischen niedergegangen waren, hätten genügt, das lose Erdreich und den Schutt, der um das Loch herum aufgehäuft war, wegzuwaschen.

Drei Wochen betrieb Amber seine Nachforschungen. Er sandte in einem Umkreis von fünfzig Meilen in jedes Dorf Boten, ohne aber eine Spur von Sutton zu entdecken.

Ungern entschloß er sich, die Suche aufzugeben; zwei seiner Träger waren aber schon der Schlafkrankheit erlegen, und die Regenzeit rückte näher und näher. Schlimmer noch war, daß die Isisi – das Alebi-Volk – unruhig wurden. Die Kunde von den Kreuzigungen und Aufknüpfungen war zu ihm gedrungen, und Sanders hatte ihm noch sechs Soldaten geschickt, um seine Eskorte zu verstärken.

Auf die örtlichen Gewitter waren vorzeitige Platzregen gefolgt, und er selbst hatte einen Fieberanfall gehabt.

»Ich will noch zwei Tage warten«, sagte er zu Abiboo. »Wenn ich bis dahin nichts finde, brechen wir das Lager ab.«

In dieser Nacht, als er in seinem Zelt saß und gerade einen Brief an Cynthia schrieb, rief ihn Abiboo heraus.

»Master«, sagte der Haussa, »einer meiner Leute hat einen Schuß gehört.«

Amber schlüpfte in seine Jacke und trat aus dem Zelt heraus.

»Wo – in welcher Richtung?« fragte er. Es war stockfinster, und ein feiner Staubregen fiel.

»Nach Osten zu«, erwiderte der Eingeborene.

Amber holte aus seinem Zelt eine elektrische Lampe, und nun standen sie beide und lauschten.

In der Ferne hörten sie Laute, die wie das Geheul einer verwundeten Katze klangen; es drang schwach und anhaltend aus jener Richtung.

»Das ist ein verwundeter Leopard«, sagte Abiboo. Amber überlegte schnell. Außer dem sanften Gemurmel des Regens war kein Ton im Wald zu hören. Es war gewiß nicht eine Nacht, die einen Leoparden ermutigen konnte, seine Gegenwart kundzutun.

»Wenn sich ein weißer Mann im Wald befindet«, sagte Amber, »dürfte er sich jetzt bemerkbar machen.« Dabei zog er seinen Revolver aus der Tasche und gab zwei Schüsse ab.

Er wartete, aber es kam keine Antwort. Er verfeuerte in Zwischenräumen von einer halben Minute nacheinander die noch im Magazin befindlichen Patronen, ohne jedoch ein Echo zu finden.

Amber blieb noch über eine halbe Stunde draußen, um zu horchen. Das Brüllen des Leoparden war in ein Winseln übergegangen und hatte endlich aufgehört. In einer solchen Nacht auf die Suche zu gehen, würde aussichtslos sein, aber gleich bei Tagesanbruch machte sich Amber mit Abiboo und zwei Haussa-Soldaten auf den Weg.

Es war keine leichte Aufgabe, die sich die Männer gestellt hatten. Es handelte sich um nicht weniger als darum, einen Weg durch den sechs Quadratmeilen großen, fast undurchdringlichen Wald zu bahnen, in dem dünne und dicke Baumstämme durch tauendenstarke Schlingpflanzen kreuz und quer miteinander verknüpft waren.

Es war schon Nachmittag, als Abiboo auf die Spur eines wilden Tieres stieß.

Sie verfolgten die Spur und stießen auf Lachen getrockneten Blutes. Es konnte – so meinte Abiboo – von einem Tier herrühren, das von einem anderen angegriffen worden war. Nach einer halben Stunde führte sie die Spur auf eine kleine Lichtung, wo am Fuße eines Baumes der verendete Leopard steif dalag.

»Hm«, sagte Amber, als er davorstand. Es waren keine Bißwunden zu sehen, aus denen man hätte schließen können, daß die Bestie vorher mit einer anderen gekämpft hätte.

»Dreht sie herum.«

Die Männer gehorchten, und Amber pfiff. Hinter der linken Schulter war unstreitig eine Schußwunde.

Amber kniete nieder und machte mit seinem Jagdmesser in den Körper des Leoparden Schnitte, um die Kugel zu suchen. Es dauerte lange, bis er sie gefunden und ans Licht befördert hatte. Es war eine platte Kugel aus einem Webley-Revolver. Er kehrte diese Nacht nachdenklich ins Lager zurück.

Wenn es Suttons Revolver war, wo war dann Sutton? Warum verbarg er sich im Wald? Amber hatte noch andere Probleme zu lösen, aber diese beiden beschäftigten ihn am meisten.

Der Tag war schön gewesen, und das gewohnte Gewitter hatte sich nicht entladen. Eine prachtvolle, mondhelle Nacht folgte auf einen wirklich großartigen Sonnenuntergang. Es war eine der afrikanischen Nächte, in der alle Gegenstände von einem silbernen Licht zart übergossen und verschönert werden. Amber hatte solche Nächte in anderen Gegenden des großen Kontinents kennengelernt, aber diese Nacht ließ sich mit keiner vergleichen.

Er saß auf einem Feldstuhl am Eingang seines Zeltes und stellte über die Ereignisse des Tages Betrachtungen an. Wer war dieser geheimnisvolle Fremde, der nachts draußen umherstreifte? Vielmehr, was hatte der Leopard auf dem Kerbholz gehabt, um getötet zu werden? Er rief Abiboo zu sich, der mit den anderen Haussas an dem lodernden Feuer kauerte.

»Es kommt mir sonderbar vor, Abiboo«, sagte er, »daß der weiße Mann den Leoparden geschossen haben soll.«

»Lord, das habe ich auch zu meinen Leuten gesagt«, bemerkte Abiboo, »und sie meinen wie ich, daß der Leopard an einen Ort gekrochen ist, der den weißen Herrn verbirgt.«

Amber rauchte nachdenklich seine Pfeife. Es fiel ihm ein, daß die Stelle, wo sie die ersten Blutspuren wahrgenommen hatten, in der Nähe eines ähnlich ausgetrockneten Wasserlaufs gelegen hatte. Je länger er über die Sache nachdachte, um so überzeugter war er, daß jener Wasserlauf eine Fortsetzung des Flußbettes war, neben dem sie ihr Lager aufgeschlagen hatten. Wenn er diesem Lauf folgte, konnte er in weniger als einer Stunde die Stelle erreichen. Die Nacht war wie geschaffen zur Nachforschung. Auf jeden Fall beschloß er, einen Versuch zu machen.

Er nahm vier Soldaten mit sich, einschließlich des Sergeanten, der mit der Lampe voranging. Die Soldaten waren notwendig, denn ein Späher hatte im Laufe des Tages die Nachricht gebracht, daß das kriegerische Volk der »Kleinen Alebi« in der Richtung auf ihr Lager marschiere.

Obwohl das Flußbett einen genau begrenzten Pfad für die Kolonne abgab, war es doch schwer zu begehen. An Stellen, wo die Vegetation eine undurchdringliche Schranke errichtet hatte, mußten sie die steilen Ufer hinaufklettern und einen Umweg durch den Wald machen.

Einmal begegnete ihnen ein Leopard, der auf Raub ausging; er fauchte wütend das glänzend weiße Licht der elektrischen Lampe an, drehte sich herum und ergriff die Flucht. Ein andermal überraschten sie ein unförmiges Lebewesen; es trompetete laut und suchte sein Heil in der Flucht, indem es plump durch den Wald stolperte. Nachdem sie wieder zwangsläufig einen Umweg gemacht hatten, traten sie auf eine lichte Ebene.

»Es muß irgendwo in der Nähe sein«, begann Amber, als Abiboo plötzlich seine Hand aufhob.

»Horcht!« flüsterte er.

Sie standen regungslos mit gesenkten Köpfen. Durch die Stille des Waldes drang ein neues Geräusch.

»Klick – klick!« Es war schwach, aber nicht mißzuverstehen. Amber schlich vorwärts.

Das Flußbett machte hier plötzlich eine Wendung nach rechts, und indem er sich dicht an das rechte Ufer preßte, ließ er sich auf die Knie nieder und kroch vorsichtig nach der Biegung hin. Ein Busch versperrte ihm die Aussicht, er bog ihn zurück und war erstaunt, was er sah.

In der Mitte des Flusses, im Mondlicht deutlich erkennbar, stand ein Mann, mit Hemd und Hose bekleidet, der mit Graben beschäftigt war. Dann und wann bückte er sich, hob die Erde mit beiden Händen auf und lachte; es war ein leises, glucksendes Lachen, und Amber lief es, als er es vernahm, heiß und kalt durch die Adern.

Amber beobachtete ihn fünf Minuten lang, dann trat er aus seinem Versteck hervor.

»Rums!«

Eine Kugel pfiff an ihm vorbei und traf die Uferböschung an seiner Seite mit einem dumpfen Aufprall.

Blitzschnell warf er sich nieder und suchte bestürzt Deckung. Der Mann, der im Flußbett grub, stand mit dem Rücken gegen ihn – irgend sonst jemand mußte also den Schuß abgefeuert haben! Er sah sich suchend nach dem Sergeanten um.

»Abiboo«, rief er grimmig, »dies ist ein schlechter Scherz: Wir sind gekommen, einen Mann zu retten, der uns töten will.«

Er kroch wieder vor und sah sich um: Der Mann war verschwunden.

Obwohl er sich der Gefahr eines zweiten Schusses aussetzte, trat Amber frei heraus.

»Sutton!« rief er laut und deutlich.

Keine Antwort.

»Sutton!« schrie er – nur das Echo kam zurück. Seine Leute folgten ihm, als er vorwärts ging.

In der Mitte des Wasserlaufs war ein Loch, und ein weggeworfener Spaten lag daneben. Er hob ihn auf und betrachtete ihn. Die Metallteile waren vom Gebrauch blank, der Stiel vom ständigen Anfassen glatt poliert. Er legte ihn wieder hin und hielt auf dem Platz schnell Umschau.

Befand er sich nicht in einem Graben, der wie ein Eisenbahndurchstich aussah? Der tote Fluß hatte hier seinen tiefsten Kanal ausgehöhlt. Auf der vom Mond beschienenen Seite des »Durchstichs« konnte er nichts entdecken, was nach einem Unterschlupf aussah. Er ging an dem Ufer, das im Schatten lag, entlang und ließ das weiße Licht seiner Lampe über den schroffen Abhang gleiten.

Da war es ihm, als sähe er etwas weiter oben eine Öffnung. Ein großer abgestorbener Busch verbarg sie teilweise – und dieser welke Busch war so kunstvoll hingesetzt worden, daß nach Ambers Überzeugung nur Menschenhand im Spiel sein konnte.

Vorsichtig begann er emporzuklimmen, bis er unter der Öffnung lag. Dann riß er schnell den abgestorbenen Strauch hinweg.

»Rums!«

Er fühlte, wie das Pulver sein Gesicht verbrannte, und preßte sich dichter an die Erde. Abiboo, der unten in dem Bett des Flusses stand, kam mit einem Satz das steile Ufer hinaufgesprungen. »Ba – lek!« schrie Amber warnend.

Eine Hand, die einen schweren Armeerevolver umfaßte, wurde aus der Öffnung herausgestreckt; die lange schwarze Mündung war auf den herannahenden Haussa gerichtet. Amber packte das Handgelenk und drehte es mit einem Ruck nach oben.

»Verdammt!« rief eine Stimme, und die Pistole fiel zur Erde.

Amber, der das Handgelenk noch festhielt, rief sanft: »Sutton!«

»Wer sind Sie?« fragte die Stimme erstaunt nach einer Pause.

»Sie werden sich meiner als Amber erinnern.«

Wieder eine kleine Pause.

»Teufel noch mal!« erwiderte die Stimme. »Lassen Sie mein Handgelenk los, und ich werde herauskommen – ich dachte, Sie seien das Alebi-Volk auf dem Kriegspfad.«

Amber gab das Handgelenk frei, und ein schmutziger, zerlumpter Jüngling arbeitete sich nach und nach heraus; es war unstreitig Sutton. Er richtete sich im Mondlicht auf und schüttelte sich.

»Ich fürchte, ich bin ziemlich unhöflich gewesen«, sagte er unsicher, »aber ich bin froh, daß Sie gekommen sind – zum ›Diamantenfluß‹.« Er deutete mit der Hand auf das trockene Flußbett und lächelte traurig.

Amber sagte nichts.

»Ich sollte schon Monate von hier weg sein«, fuhr Sutton fort. »Wir haben mehr Diamanten in dieser Höhle, als – in die Hölle mit den vermaledeiten Dingern!« rief er unvermittelt. Er bückte sich zur Mündung der Höhle hinab.

»Vater«, rief er, »komm heraus – ich will dich einem Sportsmann vorstellen.«

Amber stand sprachlos und wie betäubt da, als sich der andere nach ihm umdrehte.

»Meinem Vater geht es nicht gut«, sagte er, und seine Stimme stockte. »Sie werden mir helfen müssen, ihn von hier fortzuschaffen.«

17

›Der Diamantenfluß‹ G. m. b. H.
Aktienkapital 800 000 Pfund.
(100 000 Stammaktien zu je 5 Pfund, 30 000 Prioritätsaktien zu 10 Pfund.)

Direktoren:
Augustus Lambaire, Esquire (Vorsitzender),
Felix Whitey, Esquire,
Baron Griffin Pullerger,
Lord Corsington.‹

So lautete der Kopf des Prospektes, der seinen Weg in die Briefkästen all der Leute fand, die kluger- oder unklugerweise mit Börsenpapieren spekuliert hatten.

Lambaire und Whitey vermieden es beide, sich direkt an die Öffentlichkeit zu wenden, wie es in der Geschäftswelt üblich ist. Hätten diese beiden Männer bei der Abwicklung ihrer Geschäfte die Wahl gehabt, den ehrlichen oder den unehrlichen Weg einzuschlagen, sie würden sich instinktiv für die zweifelhaftere Geschäftsmethode entschieden haben.

Als sie England erreicht hatten, waren sie zu der Kampagne entschlossen; sie kamen mit größerem Ansehen zurück, als sie zu hoffen gewagt hatten, denn die Entdeckung der Diamanten in Suttons Taschentuch – so erstaunlich sie ihnen im Augenblick gewesen war – mußte ihren Plänen förderlich sein, und es war gut, daß der Feind die Existenz der Mine bewiesen hatte.

Auf der Reise nach England hatten sie sich bis zur Ermüdung immer wieder gefragt, durch welchen geheimnisvollen Vorgang, durch welche neckische Laune des Glücks die Steine gefunden worden waren, und da sie sich keine Antwort geben konnten, ließen sie die Sache auf sich beruhen. Die Abfassung des Prospektes hatte ihnen Vergnügen gemacht. Sie begegneten auch keinerlei Schwierigkeiten bei ihren Bemühungen, sich einen oder zwei bekannte Namen als Direktoren zu sichern, denn sie hatten den unschätzbaren Vorteil einer Pressesensation gehabt. Ihr Prospekt war wirklich brauchbar.

Es fehlte nicht an kritischen Stimmen, die gern genau gewußt hätten, wo das Diamantenfeld mit den fabelhaften Reichtümern gelegen sei, aber diese Schwierigkeit hatten sie teilweise überwunden, indem sie sich durchtriebener Kniffe beim Aufbau der Gesellschaft bedienten. Ein großer Teil des Kapitals wurde für Zwecke der Erforschungen der Grube, für den weiteren Ausbau des »Gesellschafts-Eigentums« und für Anlage von Wegen nach dem Innern des Landes in Anschlag gebracht. Die Gesellschaft wurde in Jersey eingetragen; die Bedeutung dieser Tatsache mußten alle diejenigen zu schätzen wissen, die mit dem Rechtsverfahren bei Gründungen vertraut waren.

Börsenberichterstatter, die den Prospekt prüften, schüttelten verblüfft die Köpfe. Einige verdammten ihn sofort, andere sahen seine romantische Seite und berichteten entsprechend. Nicht wenige ließen ihn unbeachtet und folgten der goldenen Regel: »Kein Bericht: kein Schwindel.«

Für manche Aktieninhaber ist es typisch, daß sie das Geheimnisvolle lieben, und zwar außerordentlich lieben. Sie leben in den Wolken und denken an Millionen. Ihr Hochmut verachtet die sicheren $4^1/_2$ Prozent. Sie träumen von Vermögen, die über Nacht kommen, und von einem Erwachen, wo ihnen eines Morgens gesagt wird, daß die Anteile, die sie 3 Schilling 9 Pence kosteten, auf 99 Pfund 2 Schilling 6 Pence gestiegen seien. Sie können den Gewinn, der ihnen aus dem Besitz von Tausenden solcher Aktien zuwächst, augenblicklich im Kopf ausrechnen. Von dieser Klasse von Aktionären erwartete Lambaire viel, und er wurde nicht enttäuscht.

Was der Diamantenfluß verhieß, war nicht ganz deutlich zu ersehen; das Risiko war nicht außer Frage gestellt – es wurde dies ganz freimütig bekannt – aber es wurde zwischen den Zeilen auf einen ungeheuerlichen möglichen Gewinn hingewiesen.

»Ging – ging!« klingelte es an fünfzigtausend Türen, als der gewichtige Prospekt auf die vorstädtischen Matten prasselte ... Ein paar Tage vergingen, und dann lief eine Antwort ein, dann noch eine und so fort, bis alles zu einem wahrhaften Strom anwuchs.

Lambaire, so mannigfaltig beschäftigt, hatte die Adressen gesammelt, wie Knaben Briefmarken sammeln. In einem der vielen Bücher, die er führte – Bücher, in die niemand anders als er selbst Einblick hatte –, hätte man Seite auf Seite, so eng, wie es seine gespreizte Handschrift zuließ, mit den Namen der »Möglichen« beschrieben und hinter jedem Opfer eine kleine Anmerkung finden können.

»In mancher Hinsicht, Lambaire«, sagte Whitey, »bist du ein Wunder.«

Der schwerfällige Mensch, den Anerkennung wie Odem belebte, lächelte vergnügt.

Sie saßen beim Lunch im teuersten Hotel Londons, und durch die offenen Fenster des luxuriösen Speisesaals drang der Lärm der verkehrsreichen Piccadilly Street.

»Unser Prospekt ist gut«, bemerkte Lambaire beiläufig und rieb sich behaglich die Hände, »wirklich gut. Wir haben alle möglichen Hintertüren offen, wenn die Diamanten keinen Trumpf bringen. Wenn ich mir nur Suttons Steine aus dem Kopf schlagen könnte!«

»Fang nicht wieder an, davon zu reden – du kannst froh sein, daß die Sache so ausgegangen ist. Ich sah gestern den Kerl, den Amber.«

Als sie in die Zivilisation zurückgekehrt waren, war Amber als Faktor in den Hintergrund getreten. Sie hatten jene gutmütige Geringschätzung für ihn, die die vom Glück Begünstigten für ihre weniger glücklichen Mitmenschen haben.

Es gab eine gewisse Entschuldigung für ihren plötzlichen Dünkel. Die erste Ausgabe der Prospekte hatte sich ungeheuer rentiert. Schon begann das Geld in die Banken der »Diamanten« zu strömen.

»Wenn das Geschäft sich macht und zu einem guten Abschluß kommt«, sagte Whitey, »dann will ich auch abschließen, Lam! Die Unehrlichkeit taugt nichts.«

Sie besprachen ihre Pläne. Es war drei Uhr nachmittags, als Lambaire die Rechnung bezahlte und Arm in Arm mit Whitey auf die Piccadilly Street hinaustrat.

Sie gingen langsam durch die belebte Verkehrsstraße nach dem Piccadilly Circus. Lambaire wünschte über eine Sache zu reden.

»Nebenbei, Whitey«, sagte er, als sie zögernd an der Ecke des Haymarket standen, »erinnerst du dich der kleinen Abmachung, die wir unterzeichnet haben?«

»Abmachung?«

»Ja – in dem Alebi-Wald. Ich habe vergessen, wie sie lautete, aber du hattest eine Ausfertigung und ich hatte eine.«

»Worum handelte sich's denn?«

Hätte Lambaire Whitey nicht gekannt, so hätte er denken können, die Abmachung sei seinem Gedächtnis entschlüpft – aber Lambaire war kein Narr.

Er ging nicht näher auf die Sache ein und äußerte auch nicht seine Meinung, daß es für alle Beteiligten besser wäre, wenn die zwei Dokumente vernichtet würden. Er wechselte lieber das Thema.

»Amber ist in London«, sagte er, »er kam letzten Samstag an.«

»Und das Mädchen?«

»Sie ist schon seit Monaten zurück.« Lambaire schnitt eine komische Grimasse, denn er hatte in Pembroke Gardens einen Besuch gemacht und war dort äußerst kühl empfangen worden.

»Man solle nicht meinen, daß sie einen Bruder verloren hat«, fuhr er fort, »kein Schwarz, keine Trauer, jeden Abend Theater und Konzerte – ein herzloser kleiner Teufel.«

Whitey blickte ihn scharf an.

»Wer sagt dir das?« fragte er.

»Einer meiner Freunde«, erwiderte Lambaire sorglos.

»Oh!« meinte Whitey.

Er zog seine Uhr heraus. »Ich habe eine Verabredung«, bemerkte er und winkte mit dem Kopf ein herankommendes Auto herbei. »Ich sehe dich bei den Whistlers.«

Whitey war ein Mann ohne jede Illusion. Man muß sich wundern, daß er in Geschäften, die rechtlicher und zuverlässiger waren als die, welche er eben betrieb, nicht ein Vermögen angehäuft hatte. Da nur wenige Menschen sich selbst genau kennen und kein Mensch den andern überhaupt kennt, soll jedoch nicht versucht werden, den Charakter Whiteys zu erklären.

Er hatte den Schofför aufgefordert, ihn zu einem Hotel zu bringen – dem ersten besten, das ihm gerade einfiel.

Als er so weit weg war, daß Lambaire ihn nicht mehr beobachten konnte, lehnte er sich aus dem Wagenfenster hinaus und gab andere Instruktionen.

Er wollte Cynthia Sutton besuchen. Der Unterschied zwischen Lambaire und Whitey war nie so unverkennbar, wie wenn sie einer gemeinsamen Gefahr gegenüberstanden. Lambaire bebte vor ihr zurück und stellte sich taub und blind gegen Warnungen und Möglichkeiten. Er bemühte sich, sie zu vergessen, und es gelang ihm meistens. Whitey dagegen faßte die Gefahr genauer ins Auge und prüfte sie mehr oder weniger unbefangen, bis er wußte, wie weit er sie zu fürchten hatte.

Er kam vor dem Hause in Pembroke Gardens an, hieß den Schofför warten und klingelte an der Tür. Ein Mädchen kam heraus.

»Miss Sutton da?« fragte er.

»Nein, Sir.« Das Mädchen antwortete so prompt, daß Whitey Verdacht schöpfte.

»Ich komme in einer sehr wichtigen Angelegenheit, mein Fräulein«, sagte er. »Sache auf Leben und Tod.«

»Sie ist nicht zu Hause, Sir – es tut mir leid«, wiederholte das Mädchen.

»Ich weiß«, sagte Whitey mit einem einschmeichelnden Lächeln, »aber sagen Sie es ihr.«

»Wirklich, Sir, Miss Sutton ist nicht zu Hause. Sie hat London letzten Freitag verlassen«, protestierte das Mädchen. »Wenn Sie schreiben, will ich den Brief besorgen.«

»Letzten Freitag, wie? « Whitey wurde sehr nachdenklich. »Freitag?« Er erinnerte sich, daß Amber am Samstag zurückgekehrt war.

»Wenn Sie mir ihre Adresse geben könnten«, sagte er, »so könnte ich schreiben – da die Sache sehr wichtig ist.«

Das Mädchen schüttelte heftig den Kopf.

»Ich weiß sie nicht, Sir«, sagte sie. »Ich schicke alle Briefe auf die Bank, und von da aus werden sie besorgt.«

Whitey nahm die Aussage für wahr an, wie es auch der Fall war.

Als er langsam zu seiner Taxe zurückging, beschloß er, Amber aufzusuchen. Er war zu begierig zu wissen, ob dieser den Prospekt gelesen hatte.

Viele Exemplare des Prospektes waren tatsächlich in Ambers Hände gekommen.

Peter, der Träumer, stümperte in Aktien von fragwürdigem Charakter. Amber besuchte eines Morgens bald nach seiner Ankunft in England den kleinen Kerl und fand ihn, wie er mühsam, mit der Brille auf der Nasenspitze, den Abenteuern der Forscher folgte, von denen der Prospekt erzählte.

Amber klopfte ihm auf die Schulter, als er zu seinem Lieblingsplatz am Fenster schritt.

»Mein Peter«, sagte er, »was ist das für eine Literatur?«

Peter setzte seine Brille ab und lächelte liebenswürdig.

»Ein kleines Geschäft«, sagte er – für Peter bestand das Leben aus einer Reihe von Geschäften. »Ein kleines Geschäft, Amber. Ich spekuliere dann und wann ein bißchen. Ich habe Aktien der größten Gaunerbande, von der du je gehört hast!«

Amber schüttelte den Kopf.

»Gauner zahlen keine Dividenden, mein Krösus«, sagte er vorwurfsvoll.

»Man kann es nie wissen«, protestierte Peter stolz. »Ich habe fünfzig Anteile an dem Treasure Hill der Aztec Company.«

Amber lächelte freundlich.

»Was sonst noch?« fragte er.

»Ich habe einen Gründeranteil an dem El Mandeseg Syndicate«, sagte Peter nachdrucksvoll.

Amber lächelte wieder.

»Gesunkenes spanisches Schatzschiff, nicht wahr? Ich dachte mir's, und ich wette, du hast zwei, auch drei Papiere der Aktiengesellschaften, die dem rastlosen Ozean das Geld wieder abgewinnen wollen.«

Peter nickte und grinste verlegen.

»Laß mich deinen Prospekt sehen.«

Der romantische Peter reichte das kostbare Dokument über den Tisch hinüber. Amber las es sorgfältig – nicht zum erstenmal.

»Es ist sonderbar«, sagte er, »sehr, sehr sonderbar.«

»Was soll das heißen, sonderbar, Amber?«

Der andere zog ein Zigarettenetui aus der Tasche, nahm eine Zigarette und zündete sie an.

»Alles ist sonderbar, mein eingefleischter Optimist«, sagte er. »War es nicht sonderbar, einen Brief von mir aus dem wilden und dunklen Innern des Negerlandes zu erhalten?«

»Das war sonderbar«, gab Peter ernsthaft zu. »Ich habe mir allerlei dabei gedacht. Es gibt eine Geschichte, die ich gelesen habe, von einem, der vollkommen unschuldig wegen eines Verbrechens verhaftet worden war.« Amber grinste. »Er wurde zu Zuchthaus verurteilt, und eines Tages ereignete sich etwas Wunderbares –«

»Ich weiß, ich weiß«, sagte Amber, »ein dicker Nebel stieg über dem Meer auf, er floh aus dem Steinbruch, wo er gearbeitet hatte, die vornehme Jacht der Freundin wartete auf offener See – ›bums! bums!‹ – die Aufseher schießen, Glocken läuten, und ein kleines Boot wird für den umherirrenden Bruder bereitgehalten – ja?«

Peter war gerührt.

»Du bist eine Leseratte, Amber«, sagte er, und etwas wie Respekt war in seiner Stimme. »Ich sehe jetzt, daß du die Geschichte gelesen hast ›Vom Schicksal verfolgt‹ oder ›Die Braut des Verbrechers‹. Ich möchte sie ein Meisterwerk nennen. Sie ist –«

»Ich weiß – sie gehört auch zu den sonderbaren Dingen dieses Lebens. Peter, würdest du ein Ämtchen übernehmen?«

Peter sah über seine Brillengläser hinweg.

»Was für ein Ämtchen?« Seine Stimme zitterte ein wenig. »Ich bin nicht mehr so jung wie einst, und mein Herz ist nicht mehr so stark, wie es war. Ich bin keiner von deinen verwegenen Tollköpfen!«

Amber lachte.

»Nichts Schlimmes, mein Tollkopf – möchtest du der Gesellschafter eines Herrn werden, der sich von einer sehr schweren Krankheit erholt: einer Krankheit, unter der sein Gedächtnis gelitten und die ihn an den Rand des Wahnsinns gebracht hat –«

Er sah ein plötzliches Entsetzen in Peters Augen.

»Nein, nein, er ist jetzt wieder wohlauf, obgleich es eine Zeit gab –« Er brach plötzlich ab.

»Ich verlasse mich darauf, daß du auch nicht mit einem Wörtchen die Angelegenheit verrätst«, sagte er. »Es ist mir so, als ob du wirklich der Mann für das Pöstchen wärst – es ist kein Falsch in dir, mein Peter.«

Ein Klopfen an der Tür unterbrach ihn.

»Herein.«

Die Türklinke bewegte sich, und Whitey trat herein. »Oh, hier sind Sie , sagte Whitey.

Er stand an der Tür, seinen glänzenden Seidenhut in der Hand und lächelte vergnügt.

»Treten Sie näher«, forderte ihn Amber auf. »Du hast nichts dagegen?« Er sah Peter an.

Der alte Mann schüttelte den Kopf.

»Ich habe Sie gesucht«, sagte Whitey. Er nahm den Stuhl, auf den Amber gedeutet hatte.

»Ich dachte, Sie müßten hier sein«, fuhr er fort, »denn ich weiß, daß Sie hier Besuche machen.«

»Mit andern Worten«, sagte Amber, »Ihr Wagen fuhr an meinem in der Strand Street vorüber, und da sagten Sie dem Schofför, er solle mir in angemessener Entfernung folgen. – Ich habe Sie gesehen.«

Whitey war nicht verlegen.

»Es muß einer schon ein geriebener Kerl sein, wenn er Sie übertrumpfen will, Captain«, sagte er bewundernd. »Ich komme, um mit Ihnen über –« Er sah den Prospekt auf dem Tisch. »Ah, Sie haben ihn gesehen?«

»Ich habe ihn gesehen«, sagte Amber grimmig. »Ein schönes Machwerk! Wie geht das Geld ein?«

»Langsam, allzu langsam«, log Whitey und schüttelte melancholisch den Kopf. »Die Leute scheinen nicht anzubeißen. Der alte Abenteurergeist ist tot. Ein paar Zeitungen –« Er zuckte geringschätzig die Schultern.

»Sehr ungläubig, diese Organe der öffentlichen Meinung«, sagte Amber teilnehmend. »Leute mit wenig Vertrauen, diese Journalisten.«

»Wir haben keine Anzeigen aufgegeben«, erklärte Whitey. »Das ist das ganze Geheimnis.«

»Sie haben dem ›Börsenherold‹ eine Anzeige geschickt«, überlegte Amber; »dessenungeachtet hat er sauer reagiert. – Sie haben dem ›Gold- und Silbergruben-Anzeiger‹ einen Inseratenauftrag erteilt, aber er hat ihn ebenfalls nicht angenommen.«

Whitey lenkte ab.

»Was ich wissen wollte«, sagte er, »ist das: Wir haben Ihnen den überzeugenden Beweis geliefert, daß wir die Mine festgestellt haben – möchten Sie nicht in die Gesellschaft eintreten?«

Die Kühnheit des Anerbietens verblüffte selbst Amber.

»Whitey«, sagte er bewundernd, »Ihre letzten Worte zeugen wirklich von Unverfrorenheit! In das Erdgeschoß eintreten! Nicht in das Kellergeschoß, mein Whitey.«

»Kann ich Sie allein sprechen?« Whitey blickte fragend auf Peter, aber Amber schüttelte den Kopf.

»Was Sie mir zu sagen haben, können Sie hier sagen«, antwortete Amber, »Peter darf alles wissen.«

»Gut«, sagte Whitey, »von Mann zu Mann und unter Ehrenmännern, was sagen Sie dazu: Sie werden Mitglied des Aufsichtsrates, und wir geben Ihnen 4000 Pfund in bar und 10 000 Pfund in Aktien?«

Amber trommelte nachdenklich mit den Fingern auf den Tisch.

»Nein«, sagte er nach einer Weile, »mein Anteil an der Gesellschaft ist groß genug.«

»An was für einer Gesellschaft?« fragte Whitey.

»An der Diamantenfluß G. m. b. H.«, erwiderte Amber.

Whitey lehnte sich über den Tisch und sah ihn mit zugekniffenen Augen an.

»Sie haben keinen Anteil an unserer Gesellschaft«, versetzte er kurz.

Amber lachte.

»Im Gegenteil«, sagte er, »ich habe einen Anteil an der Diamantenfeld G. m. b. H.«

»Das ist nicht meine Gesellschaft«, sagte Whitey.

»Auch nicht Ihr Diamantenfeld«, erwiderte Amber.

18

Whitey traf Lambaire, wie verabredet, bei den Whistlers. Lambaire war als einziger im Spielzimmer, als der andere eintrat. Er saß im schwarzen Frack an einem der grün überzogenen Spieltische und vertrieb sich die Zeit mit einem chinesischen Patiencespiel. Er blickte auf.

»Hallo, Whitey«, sagte er träge, »ziehst du dich nicht um zu Tisch?«

Whitey machte die Tür sorgfältig zu.

»Es kann uns doch niemand hören?« sagte er kurz.

Lambaire runzelte die Stirn.

»Was klappt denn nicht?« erwiderte er.

»Alles klappt nicht.« Whitey war ungewöhnlich heftig. »Ich habe Amber gesehen.«

»Und deshalb kann doch alles klappen, meine ich?« Es war für Lambaire charakteristisch, daß er auffuhr, wenn ihm ein Schrekken eingejagt wurde.

»Schweig, Lambaire«, sagte Whitey, »die Sache ist ernst. Ich sage dir, Amber weiß es.«

»Was weiß er?«

»Daß wir die Mine nicht gefunden haben.«

Lambaire lachte verächtlich.

»Das kann jeder Narr behaupten – wie will er es aber beweisen?«

»Es gibt einen einzigen Beweis«, erwiderte Whitey grimmig, »und er hat ihn gefunden.«

»Nun?« fragte Lambaire, als sein Freund eine Pause machte.

»Er hat die wirkliche Mine festgestellt. Lambaire, ich weiß es. Höre!«

Er zog sich einen Stuhl an den Tisch.

»Du weißt, warum Amber fortging?«

»Wegen des Mädchens, nehme ich an«, sagte Lambaire mit einem Achselzucken.

»Nichts da, Mädchen –« sagte Whitey. »Er ging fort, weil die Regierung glaubte, die Mine liege auf portugiesischem Gebiet – dein infamer Kompaß hat sie irregemacht, Lambaire; all deine verdammten Vorsichtsmaßregeln waren für nichts und wieder nichts. Dein ganzes Trachten, in den Besitz des Planes zu gelangen, war Zeitverschwendung. Es war ein gefälschter Plan.«

»Gefälscht! Gefälscht! Gefälscht!«

Whitey schlug mit der Faust auf den Tisch.

»Ich gebe mir gar keine Mühe, das zu erklären – ich weiß nicht, ob der alte Sutton ... es absichtlich tat, aber er tat es. Du gabst ihm den Kompaß, mit dem er den Rückweg nicht finden konnte, nachdem er die Mine festgestellt hatte. Lambaire – er wußte, daß dieser Kompaß falsch war. Es war Wurst wider Wurst. Du gabst ihm einen falschen Kompaß – er gab dir einen gefälschten Plan.«

»Du bist verrückt«, sagte Lambaire, »und was liegt daran?«

»Liegt daran! Liegt daran!« sprudelte Whitey hervor. »Du großer, alter Esel! Du blöder Tropf! Amber kann uns kaputtmachen. Er braucht nur seinen Finger auf die Karte zu setzen und zu sagen: ›Unsere Mine ist hier‹, um unsere Gesellschaft zu ruinieren. Er wird morgen den ersten Schritt in der Sache tun. Das Kolonialamt wird uns dann auffordern, den Diamantenfluß auf der Karte zu zeigen – und wir müssen ihm innerhalb einer Woche Rede und Antwort stehen.«

Lambaire ließ sich in seinen Sessel fallen; er senkte den Kopf und überlegte. Er war langsam im Denken.

»Wir können alles Geld, das eingegangen ist, nehmen und ausreißen«, bemerkte er, und Whitey brach in ein schallendes Hohngelächter aus.

»Du bist der Napoleon der Finanzen, du«, pfiff er, »dein Verstand ist bankrott! Du hast Einfälle, die einen bei einem vierzehnjährigen Kind anwiderten. Ausreißen? Warum nicht? Wenn du nur im geringsten merken ließest, daß du ausreißen wolltest, hättest du die Hälfte aller Direktoren auf den Fersen! Du bist –«

»Oh, sei still, Whitey«, knurrte der schwerfällige Mensch. »Ich bin müde von deinem Gerede!«

»Du wirst noch müderer werden«, sagte Whitey, und seine Aufregung entschuldigte das Sprachversehen.

»Du wirst müderer werden in Wornwood Scrubbs, wenn du die ersten Jahre deiner Verurteilung absitzest – dort gibt's kein

Ausreißen, keine Bank! Nein, nichts Derartiges kann uns retten, wir müssen sagen, wo die Mine ist.«

»Aber wie?«

»Irgend jemand weiß es, wo sie ist – das Mädchen weiß es, darauf will ich einen Eid schwören. Amber weiß es – es gibt noch jemand, der es weiß – aber das Mädchen weiß es bestimmt.«

Er beugte seinen Kopf hinunter, bis seine Lippen nahe an Lambaires Ohr waren.

»Es ist noch eine Diamantenfluß-Gesellschaft gegründet worden«, flüsterte er, »und diesmal ist es der wirkliche Fluß. Lambaire, wenn du der Mann danach wärst, wir hätten das Ganze in der Hand.« Whitey fuhr langsam fort, und um dem, was er zu sagen hatte, Nachdruck zu verleihen, tupfte er mit dem Finger auf Lambaires schneeweißen Hemdausschnitt, der schließlich mit lauter kleinen grauen Schmutzflecken bedeckt war.

»Wenn wir auf das Kolonialamt gehen und sagen könnten: ›Da haben wir die Mine entdeckt‹, und es wäre zufällig dieselbe Stelle, wo Ambers Leute behaupten, sie gefunden zu haben, würden wir uns etablieren und Ambers Gesellschaft ruinieren.«

»Wir haben verkündet, daß wir die Mine festgestellt haben«, fuhr Whitey fort. »Amber wird dieselbe Ankündigung machen. Wir kommen ihm zuvor – verstehst du?«

»Ich kann dir nicht ganz folgen«, antwortete Lambaire.

»Natürlich nicht«, fuhr ihn Whitey an. »Hör zu – wenn wir einen bestimmten Platz nennen, wo wir die Mine entdeckt haben, so wird das Kolonialamt Amber fragen, ob dort eine Diamantenmine ist, und Amber wird genötigt sein zu sagen: ›Ja – das ist die Stelle, wo meine Mine ist.‹ Aber welchen Vorteil hat Amber erlangt? Wir haben schon lange verkündet, daß wir eine Mine gefunden haben. Bei Amber ist es ein Gedanke, der ihm in elfter Stunde kam; sein Wort steht gegen das unsere – und wir haben die Mine zuerst angezeigt!«

Lambaire verstand jetzt; er begann langsam die Möglichkeiten des Planes abzuschätzen.

»Wie hast du das alles herausbekommen?« fragte er.

»Pah, Amber ließ eine Bemerkung fallen. Ich packte den

Stier bei den Hörnern und ging auf das Kolonialamt. Ich kenne dort einen jungen Mann – der gab mir den heimlichen Wink. Wir würden morgen einen Brief vom Kolonialamt bekommen, der uns auffordert, genau zu erklären, wo die Mine liegt. Anscheinend existiert ein blödsinniges Gesetz, wonach die Regierung jedes Minenvorkommen öffentlich bekanntgeben muß.«

»Ich vergaß das«, gab Lambaire zu.

»Du kannst es nicht vergessen haben, denn du wußtest es gar nicht«, sagte Whitey grob. »Zieh die Staatskleider, die du anhast, aus und such mich in etwa einer Stunde in meinem Hotel auf.«

»Ich tue alles, was vernünftig ist«, sagte Lambaire.

Eine Stunde später erschien er in dem kleinen Hotel, das Whitey als sein Londoner Hauptquartier benutzte. Es lag in einer engen Straße, die von dem Strand nach der Northumberland Avenue läuft – einer Straße, die mehr Hotels aufweist als irgendeine andere Verkehrsader Londons. Whiteys Zimmerflucht nahm den ganzen dritten Stock ein; er hatte drei kleine Zimmer.

Lambaire hatte das Hotel wieder verlassen, nachdem zwei Stunden verstrichen waren. Die Konferenz mußte für beide Männer höchst befriedigend verlaufen sein.

»Wir werden ein bißchen vorsichtig sein müssen«, waren Lambaires Worte beim Weggehen.

Whitey brummte etwas, was Einverständnis ausdrücken sollte.

»Ich werde mit dir gehen bis – welchen Weg nimmst du?« fragte er.

»Am Themsekai entlang nach Westminster«, bemerkte Lambaire.

Sie gingen nach der Northumberland Avenue und kreuzten die breite Straße gegenüber dem National-Liberalen Klub. Die Turmuhr im Parlamentsgebäude von Westminster schlug elf, als sie den Themsekai erreichten. Von Zeit zu Zeit sauste ein Auto vorüber. Die Wagen der Straßenbahn waren hell erleuchtet und fuhren, mit Theaterbesuchern voll besetzt, in westlicher und östlicher Richtung.

Sie teilten den Fußsteig mit ein paar torkelnden Nachtwandlern. Einer kam von der Seite auf sie zugewankt.

»... ein paar Pence ... für ein Nachtquartier, Sir ... nichts im Magen ...!«

Sie hörten es, nahmen aber keine Notiz. Der Mann folgte ihnen und hielt mit ihnen Schritt. Er war Whitey am nächsten, und als sie bei einer Laterne anlangten, drehte dieser sich plötzlich um und packte den Mann am Rock.

»Laß dich einmal betrachten«, sagte er.

Der Bettler zeigte für jemand, der vom Hunger entkräftet sein will, eine erstaunliche Kraft, als er sich loswand. Whitey erhaschte für einen Augenblick sein Gesicht, ein strenges, entschlossenes, unrasiertes Gesicht.

»Das ist nicht recht«, knurrte der Mann, »behalten Sie Ihre Hände fest in den Taschen.«

Whitey griff in seine Tasche und zog eine halbe Krone heraus.

»Hier«, sagte er, »trink und such dir ein Bett, mein Sohn.«

Mit gestammelten Dankesworten nahm der Bettler die Münze und drehte sich auf dem Absatz herum, ohne noch einmal zurückzuschauen.

»Du hast dich erweichen lassen«, sagte Lambaire sarkastisch, als sie ihren Weg weiter verfolgten.

»Kann sein«, sagte der andere nachlässig, »daß ich Anwandlungen von Freigebigkeit habe. – Hast du seine Visage gesehen?«

»Nein.«

Whitey lachte.

»Nun?«

»Ein Detektiv«, sagte Whitey kurz. »Das ist alles -- ein Mann namens Mardock von Scotland Yard.«

Lambaire wurde blaß.

»Was führt er im Schilde?« fragte er aufgeregt. »Was soll das bedeuten, Whitey – es ist schändlich, zwei Männer von unserer Stellung zu beobachten!«

»Sei kein Schaf!« fuhr ihn Whitey an. »Meinst du, Amber böte nicht alles auf, uns zu haschen, was? Ein Grund mehr, daß schnell etwas geschieht.«

In Westminster verließ er seinen Gefährten und ging den Weg, den er gekommen war, zurück. Ein langsam fahrendes Auto überholte ihn, und er rief es an.

Niemand war in der Nähe, der seine Weisungen hätte hören können, aber er sah sich trotzdem vor.

»Fahren Sie mich nach der Victoria Street«, bestimmte er.

»Halbwegs herunter die Straße«, rief er dann und streckte den Kopf aus dem Fenster.

»Nach Kennington zu«, ergänzte er schließlich und nannte eine Adresse.

Er änderte seine Absicht jedoch noch einmal und stieg am Kennington-Tor aus. Von da aus nahm er eine Straßenbahn, die ihn am Ende der East-Lane Street absetzte; von hier bis zu seinem Bestimmungsort war es nur noch eine ganz kurze Strecke.

Whitey suchte einen Mann namens Coals auf. Möglich, daß der Name in früheren Zeiten Cole gewesen war; ebenso wäre es möglich, daß der Name von dem Beruf herrührte, den der Träger desselben aber längst aufgegeben hatte – dem Beruf eines Kohlenladers nämlich.

Coals hatte Whitey und Lambaire früher Dienste geleistet und würde sie ihnen wieder leisten, vorausgesetzt, daß ihn nicht eine von zwei Katastrophen ereilt hatte. Denn wenn er nicht tot oder im Gefängnis war, so würde er in einer gewissen Animierkneipe zu finden sein, aus der ihn seine Freundinnen der Reihe nach holten, an fünf Tagen in der Woche um 12.30 mittags und an Samstagen und Sonntagen um 12 Uhr nachts und 11 Uhr vormittags.

Dieser Miniaturverbrecher war ein Gewohnheitsmensch – ein glücklicher Umstand für die Polizei dieser Gegend.

Whitey hatte Glück, denn er fand den Mann sofort.

Er stand in seiner gewohnten Ecke in einer öffentlichen Stehbierhalle, merkwürdigerweise nicht betrunken, und folgte dem Jungen, der hineingeschickt worden war, um ihn herauszurufen, unverzüglich.

Whitey wartete in einiger Entfernung von dem Wirtshaus, und Coals kam furchtsam auf ihn zu, denn vor Whitey hatte er einen unheimlichen Respekt.

»Dachte erst, Sie wären ein Detektiv, Sir«, sagte Coals, als Whitey sich zu erkennen gegeben hatte, »obgleich ich, soviel ich weiß, nichts angestellt habe.«

Er war ein großer, breitschulteriger Mann mit einem dicken, unförmigen Kopf und einem gemeinen, abstoßenden Gesicht. Für sein Vorleben durfte er als außerordentlich redselig gelten.

»Wie gehen die Geschäfte bei Ihnen, Sir«, schwatzte er mit klangloser, eintöniger Stimme drauflos, ohne einmal eine Pause zu machen oder ein Wort hervorzuheben. »Mir ist es die ganze Zeit über schlecht gegangen. Keine Arbeit. Das Leben ist furchtbar hart, wenn die Arbeit so rar ist. Hab' niemals solche Armut in meinem Leben durchgemacht; soll mich wundern, wohin das führen wird, wenn nicht irgend etwas geschieht.«

Whitey schnitt ihm das Wort ab. Sie waren die ganze Zeit über in der Richtung der alten Kent Street gegangen. Die Straße war leer, denn es war gleich halb eins, und schon standen die Gäste, die sich von ihrem Stammlokal nicht trennen konnten, in Gruppen vor den geschlossenen Türen.

»Coals«, sagte Whitey, »ich habe einen Auftrag für dich.«

Coals warf ihm einen argwöhnischen Blick zu.

»Ich danke Ihnen vielmals, Mr. White, werter Mr. White«, erwiderte er ganz außer Atem. »Ich würde gern annehmen, wenn mein Bein besser wäre; aber was ich bei dem nassen Wetter für Schmerzen auszuhalten habe ...«

»Es ist eine Arbeit, die dir zusagen wird«, meinte Whitey, »nicht viel Risiko und hundert Pfund.«

»Oh«, sagte Coals nachdenklich, »es wird mich doch nicht ins Zuchthaus bringen?«

»Das ist deine Sache.« Whitey war, wenn es darauf ankam, roh und unbarmherzig. »Du hast für weniger gesessen.«

»Das ist wahr«, gab der Mann zu. Whitey suchte in seinen Taschen und fand einen Sovereign.

»Morgen oder übermorgen«, sagte er, »werde ich nach dir schicken – du kannst doch lesen, ja?«

»Ja, Sir, Gott sei Dank«, entgegnete Coals etwas lebhafter, »ich bin doch in die Schule gegangen und habe gut aufgepaßt; ich habe mich drinnen immer gut geführt und habe immer ein gutes Zeugnis gehabt.«

»In der Tat«, sagte Whitey gleichgültig. Er liebte es nicht, wenn Leute sich ihrer guten Führung im Gefängnis rühmten.

Sie trennten sich am Ende der Straße, und Whitey benutzte die Straßenbahn bis zum Themsekai. Er ging in sein Hotel, aber nur um seinen Mantel zu holen, denn die Nacht war frostig. In einigen Minuten war er wieder am Themsekai und ging in östlicher Richtung weiter. Er hoffte, in der Borough-Gegend etwas zu erfahren.

Beinahe am Ende der Straße, in der Peter wohnte, war ein Café. Das Leben der Leute, die in Red Cow Court wohnten, spielte sich nicht regelmäßig ab; sie standen auf, wann es ihnen beliebte, und suchten den Schlaf, wo und wann sie ihn nötig hatten. In Red Cow Court ging man auch nicht regelmäßig zu Tisch; aber eine Gewohnheit hatten die Bewohner der Gegend, und diese gab ihnen den Anschein einer regelmäßigen Lebensweise. Das besagte Café, ziemlich am Ende von Red Cow Court gelegen, öffnete um Mitternacht und schloß um sieben Uhr früh. In dieser Schenke konnte man gegen ein Uhr nachts die meisten Müßiggänger und Nachtschwärmer der Gegend antreffen.

Whitey – er wußte in London überraschend gut Bescheid, denn die Umstände drängten ihm oft die Kenntnisse auf – kam voller Hoffnung in die Schenke, und er wurde nicht enttäuscht.

Er knöpfte seinen Rock bis unters Kinn zu und bestellte bescheiden eine Tasse Kaffee, wobei er sich mitten unter die Leute stellte, die in respektvoller Entfernung vom Kohlenbecken, in dem glühender Koks brannte, standen. Er belauschte ihre Klatschereien; es war ein ganz harmloses Geplauder, denn obgleich mancher darunter war, der sehr gut wußte, wie Seiner Majestät Gefängnisse inwendig aussehen, redeten sie nicht vom »Geschäft«.

Für die ärmeren Verbrecher war es typisch, daß sie ihre Verbrechen zufällig begingen; solche Leute brachten es niemals so weit, an planmäßig überlegten Schurkereien beteiligt zu sein. Sie begingen ihre Delikte, weil die Gelegenheit günstig war, eine Gelegenheit, die nur ein geringes Risiko in sich schloß.

So sprachen sie davon, was der Soundso tun müsse, um seine Erkältung loszuwerden, und wie man es anstellen könne, um es mit der und der nicht zu verderben.

»Der alte Jim hat Arbeit bekommen.«

»Unmöglich.«

»Unglaublich, aber doch wahr – er arbeitet . . .«
»Heute abend die Feuerwehr gesehen?«
»Nein – wo?«
»Fuhr die High Street hinauf, zwei Spritzen.«
»Wohin?«
»New Cut – wahrscheinlich.«
»Um wieviel Uhr?«
»Um – wann war es Charley?«
»Ich weiß nicht. Der alte Mr. Musk ging gerade fort.«
»Er ist fortgegangen?«
»Vierräderig – Tom hat er einen Schilling gegeben, der hat ihm seine Vögel getragen.«
»Herrje! Der alte Musk fort – in einem Wagen –, ich hätte gewettet, daß er ein alter Geizkragen ist.«
»Ich auch . . . alles zu . . . aber er ist nicht für immer fortgegangen.«
»Wohin ist er gegangen?«
Whitey, der seinen Kaffee schlürfte, rückte näher an den Sprecher heran.
»Nach einem Ort in der Grafschaft Kent – nach Maidstone ist er gefahren – wo es soviel Hopfen gibt.«
(Oh, Peter, wie unbesonnen! Du konntest es nicht für dich behalten!)
»Nein, es ist nicht Maidstone – der Ort heißt Were.«
»Nun, das ist Maidstone – Maidstone heißt die Station.«
Whitey trank seinen Kaffee aus und ging ins Hotel zurück, um sich schlafen zu legen.

19

Amber erschien die Landstraße von Maidstone nach Rochester ein höchst angenehmer Weg. Möglich, daß sich manche im Vorfrühling beklagten, sie ziehe sich allzu monoton hin – diese sich mühsam windende Straße, die bald bergauf, bald bergab führte, auf der einen Seite den armseligen Kentischen Landrücken, der sich zu einer bescheidenen Anhöhe erhob, und auf der anderen das Tal des Medway, das nur mühsam gerade noch durch den dichten Nebel zu erkennen war.

Doch Amber ging den Weg gern und fand den Spaziergang kräftigend; weder die grauen Wolken droben noch die scharfe, stürmische Brise, die von der See her wehte und einen bis ins Mark auskühlte, konnte ihm die Straße verleiden.

»Wir hätten ausfahren können«, sagte das junge Mädchen, das bei ihm war – ihre Gegenwart erklärte seine Vergeßlichkeit für alles andere. »Ich habe Sorge, daß das Wetter --«

»– Gesundheitsstörungen bei dem armen Afrika-Reisenden hervorruft«, spöttelte er und lachte. »Peter hielt mir ein langes Privatissimum über denselben Gegenstand. Es liege auf der Hand, daß bei einem Helden wie ihm eine Gehirnentzündung als Ergebnis des plötzlichen Klimawechsels zum Ausbruch kommen müsse – aber das kann nicht wahr sein, denn Helden unterliegen nicht dem Wetter.«

»Ich habe deinen Peter gern«, bekannte sie nach einer Pause.

»Er ist ein sonderbarer Vogel«, gab Amber zu.

»Vater hat ihn auch gern«, fuhr sie fort und seufzte. »Glaubst du, daß Vater wieder gesund wird?«

Amber brauchte lange zu seiner Antwort, so daß sie erwartungsvoll stehenblieb.

»Ich wünschte, du würdest es mir sagen«, meinte sie ruhig.

»Ich will es dir sagen«, erwiderte er. »Ich versuche, meine verborgenen Gedanken in Worte zu kleiden. Ja«, er überlegte wieder. »Ja, ich glaube, daß mit der Zeit eine Besserung eintritt.«

»Er ist doch nicht –« Sie vollendete den Satz nicht.

»Nein, er ist nicht – verrückt, was man gewöhnlich unter Verrücktheit versteht. Er leidet an Zwangsvorstellungen – ein einziges Ereignis füllt ihn so ganz aus, daß sein Verstand stillsteht.«

»Er hat sein Gedächtnis verloren – und doch erinnert er sich meiner und des Diamantenflusses.«

Sie gingen schweigend weiter; beide waren zu sehr mit ihren eigenen Gedanken beschäftigt, um sich unterhalten zu können. Wie ein Problem nahm Sutton, der Forscher, ihr Denken gefangen. Das Haus, das Cynthia gekauft hatte, stand abseits vom

Wege. Es war ursprünglich eine Meierei gewesen, aber seine verschiedenen Besitzer hatten es nach und nach zu einem behaglichen Landhaus umgewandelt, so daß es mit seinen vier Morgen bewaldeten Bodens jetzt ein wundervoller Landsitz war.

Francis Sutton saß vor einem knisternden Holzfeuer, ein Buch auf den Knien. Er blickte lächelnd auf, als sie eintraten. Die Erfahrung hatte einen Mann aus ihm gemacht – diese Tatsache war Amber nie so sehr aufgefallen wie eben in diesem Augenblick. Sein Gesicht war gebräunt und schmal, die knabenhafte Rundung seiner Wangen war verschwunden, und auch seine Ungeduld hatte er abgelegt. »Was gibt's Neues?« fragte er.

Amber hielt seine Hand an das lodernde Feuer.

»Morgen wird das Kolonialamt Lambaire auffordern, die Stelle, wo seine Mine liegt, zu bezeichnen«, sagte er. »Ich fürchte, mein Lambaire wird auf Schwierigkeiten stoßen.«

»Ich glaube, das wird er«, bestätigte der andere trocken. »Wieviel Zeit wird man ihm lassen?«

»Eine Woche, und wenn bis dahin keine Erklärung erfolgt ist, wird das Kolonialamt ein Protokoll aufnehmen, das in Lambaires Treu und Glauben Zweifel setzen wird.«

»Ein ungewöhnliches Verfahren«, wandte Sutton ein.

»Ein ungewöhnlicher Fall, mein unerschrockener Forscher«, erwiderte Amber.

Sutton grinste.

»Spotten Sie nicht«, verteidigte er sich. »Ich weiß jetzt, daß ich noch ein Grünschnabel bin.«

Amber sah väterlich auf ihn hinab.

»Wir müssen alle an die Kandare genommen werden«, bemerkte er. »Wirklich, ich glaube eher, daß Sie ein wundervoller Junge sind.«

Der junge Mann errötete, denn er fühlte die Aufrichtigkeit in des andern Worten.

»Wo ist Ihr Vater?« fragte Amber plötzlich.

»Im Park mit Ihrem Freund; es war wirklich ein glücklicher Einfall, unseren Freund herzusenden – wie ist noch sein Name – Musk?«

»Peter – Sie müssen ihn Peter nennen«, sagte Amber. Er stand auf und ging auf die Flügeltür zu, die auf den großen Rasen vor der Villa führte.

»Peter kann gar kein Ende finden mit seinem Interesse für Vater«, fuhr Sutton fort. »Er ist eine vollkommene Romanbibliothek.«

»Wir wollen sie aufsuchen«, schlug Amber vor.

Sie gingen in den kleinen, mit einer Mauer umgebenen Park, wo der Forscher zu seiner Erholung weilte, und kamen den beiden unerwartet.

Peter illustrierte mit einem Spazierstock eine Geschichte, die er erzählte, und der vom Schicksal gebeugte Mann mit dem wilden, struppigen Bart und dem gefurchten Antlitz stand daneben und nickte ernsthaft mit dem Kopf, als höre er genau zu.

»Sir Claude«, so plauderte Peter gerade, »hielt die Brücke hier, wollen wir annehmen, und Sir Reginald setzte dort über den Festungsgraben; die Bewaffneten warfen Steine von den Zinnen herab, und Lady Gwendoline, das Schwert in der Hand, verteidigte den weißen Turm. In dem Augenblick, als der heldenhafte Jüngling seine Bogenschützen vorwärtsdrängte, erhob sich ein lautes Geschrei: ›St. Georg und England!‹ – Sie verstehen mich, Mr. Sutton? Sie hatten keine Ahnung, daß des Königs Armee so nahe war.«

»Vollkommen«, erwiderte der Forscher, »vollkommen – ja – vollkommen. Ich erinnere mich, etwas Ähnliches erlebt zu haben, als wir die Mashangonibis vor vielen Jahren angriffen – ich – ich glaube, ich erinnere mich.«

Er strich mit der Hand müde über seine Augen.

»Vater«, sagte Francis zärtlich, »hier ist unser Freund, Captain Grey.«

Der Forscher drehte sich heftig herum.

»Captain Grey?« sagte er halb fragend und hielt ihm seine Hand entgegen. In seinem Kopf flackerte eine flüchtige Erinnerung an Amber auf.

»Captain Grey, ich fürchte, mein Sohn hat auf Sie geschossen!«

»Das ist ganz belanglos, Mr. Sutton«, betonte Amber.

Der Kranke hatte die einzige Gedankenverbindung mit Amber im Zusammenhang mit jener dramatischen Begegnung, und obgleich sie sich fast täglich sahen, hatte der ältere Sutton keine andere Bemerkung zu machen als immer wieder diese.

Tag für Tag, ob er ihn morgens beim Frühstück begrüßte oder sich abends von ihm verabschiedete, war der Anfang und das Ende jeder Unterhaltung die Bemerkung des Forschers: »Ich fürchte, mein Sohn hat auf Sie geschossen.«

Sie gingen langsam in das Haus zurück. Amber und Peter folgten den anderen.

»Er ist vernünftiger, Mr. Amber«, sagte Peter. »Sein Zustand scheint sich in den letzten zwei Tagen gebessert zu haben.«

»Wie lange hat er die Wohltat deiner Gesellschaft genossen, mein Peter?« fragte der andere.

»Zwei Tage«, erwiderte Mr. Musk ahnungslos.

Amber hatte Gelegenheit, den alten Herrn zu studieren, als sie beim Tee saßen – die Mahlzeiten in dem ›weißen Haus‹ hatten einen demokratischen Charakter.

Alt war er nicht, wenn man seine Jahre in Betracht zog, aber der Urwald hatte sein Haar gebleicht und in sein Gesicht tiefe Furchen gegraben. Amber schätzte ihn mit Lambaire gleichaltrig.

Er sprach nur, wenn er angeredet wurde. Die meiste Zeit über saß er wie in Gedanken verloren da, den Kopf tief auf die Brust gesenkt, und seine Finger spielten nervös auf seinem Knie.

Bei einem Thema war sein Geist klar, und das war das Thema, das jeder sich scheute mit ihm zu erörtern – der Diamantenfluß.

Mitten in eine allgemeine Unterhaltung platzte er zuweilen mit hastigen Reden hinein und stockte nicht dabei, wie es sonst seine Gewohnheit war; und zum Schluß jeder Rede brach immer wieder die fixe Idee mit den Diamanten durch.

Amber berichtete von seinem Besuch in London, als ihn der Alte plötzlich unterbrach. Zuerst war seine Stimme kaum stärker als ein Flüstern, aber sie gewann an Kraft – je länger er sprach, desto mehr.

». . . es lagen eine Anzahl Granaten auf dem Boden«, sagte er leise, als ob er mit sich selbst spräche. »Es waren auch noch andere Anzeichen vorhanden, daß eine Diamantengrube existieren müsse . . . Die Erde war ähnlich beschaffen wie die in Kimberley und in der Nähe des Vaal-Flusses ... blaue Erde, unzweifelhaft diamanthaltige Erde ... Natürlich war es überraschend, diese Anzeichen in einer Gegend zu finden, die so weit entfernt war von der Stelle, wo, wie wir nach unseren Nachforschungen glauben mußten, die Mine festgestellt werden würde.«

Alles schwieg, als er eine Pause machte. Später fuhr er wieder fort:

»Die Gerüchte von einer Mine und die Proben, die ich gesehen hatte, brachten mich zu der Vermutung, daß die Mine im Nordwesten des großen Waldes liege; daß sie wirklich eher an der Schwelle des Landes sein sollte als an der äußersten Grenze, das illustriert die Ungenauigkeit der Forschung ... Ungenauigkeit ... Ungenauigkeit? Das ist schwerlich das Wort. Ich glaube ...«

Er bedeckte seine Augen mit der Hand.

Obgleich alles schwieg, sagte er nichts mehr. Es war das gewöhnliche Ende, wenn er so erzählte; irgendein Wort wollte ihm nicht einfallen, er stockte, suchte resigniert nach dem genauen Ausdruck, um eine bestimmte Schattierung wiederzugeben, und fiel wieder in seine Schweigsamkeit zurück.

Die Unterhaltung wandte sich wieder allgemeinen Fragen zu, und bald darauf ging Mr. Sutton auf sein Zimmer.

»Es ist besser mit ihm«, bemerkte Amber freudig, als sich die Tür hinter der gebeugten Gestalt geschlossen hatte. »Wir kommen der Wahrheit immer näher, wie er damals zu der Entdekkung kam.«

Francis nickte.

»Man könnte denken, daß ich während der Monate, die er und ich allein im Walde waren, die Wahrheit hätte erfahren müssen«, warf er ein. »Doch von dem Augenblick an, wo er mich da fand, wo mich das saubere Gaunerpaar liegengelassen hatte, bis zu jener Nacht, wo Sie uns beide entdeckten, sprach er nicht ein Wort darüber.«

Amber wartete, bis Peter geschäftig weggehastet war – er hatte sich wirklich an sein Krankenwärteramt gewöhnt – und sie nur noch zu dritt dasaßen.

»Wann wurde Ihnen zum ersten Male klar, daß er den Diamantenfluß entdeckt hatte?«

Francis Sutton stopfte langsam seine Pfeife.

»Ich weiß nicht, wann es war«, sagte er. »Die erste Erinnerung, die ich habe, ist die, daß sich jemand über mich beugte und mir zu trinken gab. Ich glaube, er muß mir auch zu essen gegeben haben. Ich war damals schrecklich schwach. Als mir besser wurde, lag ich da und beobachtete, wie er im Bett des Flusses umherschürfte.«

»Er war ganz vernünftig?«

»Ganz vernünftig, obgleich es mich ein bißchen beunruhigte, als er mir ein paar Kieselsteine brachte und mich bat, sie gut aufzuheben. Um ihm zu willfahren, behielt ich sie, ließ ihn zusehen, wie ich sie sorgfältig in mein Taschentuch einknüpfte, und dachte dabei keinen Augenblick daran, daß es Diamanten sein könnten.«

»Und die ganze Zeit, Francis, wußtest du, daß es Vater war?« Das Mädchen fragte es, und Francis nickte wieder.

»Ich weiß nicht, woher ich es wußte, aber ich wußte es«, sagte er schlicht. »Ich war noch ein Kind, als er fortgegangen war, und er sah nicht aus wie der Mann, dessen ich mich erinnerte. Ich versuchte, ihn zu überreden, mit nach der Küste zu kommen, aber er wollte sich nicht bewegen lassen, und da blieb mir nichts anderes übrig, als abzuwarten und auf den Zufall zu hoffen, daß ein Eingeborener vorüberkäme, den man mit einer Botschaft nach der Küste schicken könnte. Aber die Eingeborenen betrachteten den Ort als nicht geheuer, und keiner kam uns zu nahe, nicht einmal die Jägerabteilungen. Und das Merkwürdige dabei war«, fuhr er nachdenklich fort, »daß ich selbst auf den Gedanken kam, die Steine könnten etwas anderes als Kiesel sein.«

Er erhob sich von dem tiefen Stuhl, auf dem er gesessen hatte.

»Ich lasse euch eine Weile allein – ich bin in der Bibliothek.«

»Ich werde einen Augenblick mit Ihnen gehen, wenn du mich entschuldigst«, sagte Amber, und Cynthia willigte lächelnd ein.

»Sutton«, sagte Amber, als die Tür des Bibliothekzimmers sich hinter ihnen geschlossen hatte, »ich wünsche, daß Sie mit dem Prospekt äußerst vorsichtig sind – Sie haben meine Depesche bekommen?«

»Ja, Sie depeschierten, ich möchte die Kopie nicht in die Druckerei schicken. Warum?«

»Sie enthält zuviel, was für Lambaire von Wert sein würde«, erklärte der andere. »Sie enthält gerade das, wofür er seinen Kopf hergeben würde.«

»Daran hätte ich nie gedacht«, versetzte Sutton. »Aber wie sollte er sie von einer kleinen Provinzdruckerei erhalten?«

»Ich glaube auch nicht, daß er sie sich verschaffen könnte, aber Whitey würde es gelingen. Morgen oder schon heute fordert das Kolonialamt Lambaire auf, zu sagen, wo seine Mine liegt – wir müssen sichergehen, daß er sich nicht von uns Aufklärung verschafft.«

»Ich verstehe«, beteuerte der junge Mann mit einem fröhlichen Kopfnicken. »Ich mache eine Kopie der Karte, die Sie vorbereitet haben, und werde sie morgen dem Kolonialamt senden.«

Amber kehrte zu dem jungen Mädchen zurück. Sie saß in der Ecke des Sofas, das im rechten Winkel zum Kamin aufgestellt war.

Sie schützte ihr Gesicht mit einem seidenen Tuch gegen die lodernden Flammen, und er konnte nur das von ihr sehen, was eine vorwitzige Flamme, die höher als die anderen emporzüngelte, ihm enthüllte.

»Ich möchte einmal ernst mit dir reden«, begann er und setzte sich in die andere Ecke des Sofas.

»Bitte, sprich nicht zu ernst; ich möchte heiter unterhalten sein«, neckte sie. Ein paar Minuten herrschte Stillschweigen, dann floß die Unterhaltung weiter.

»Ich nehme an, du weißt«, sagte er, »daß du in etwa einer Woche die Tochter eines sehr reichen Mannes sein wirst?«

Er konnte ihr Gesicht in dem Halbdunkel nicht genau erkennen, aber er glaubte zu sehen, daß sie lächelte.

»Ich habe es nicht gewußt«, erwiderte sie ruhig, »aber ich nehme an, daß du recht hast. Warum?«

»Warum? – Oh, nichts – außer, daß ich selbst nicht ungeheuer reich bin.«

Sie wartete darauf, daß er fortfahre.

»Du siehst das ein?« warf er nach einer Weile hin.

Sie lachte hell auf.

»Ich sehe alles ein, was einzusehen ist, nämlich, daß Vater sehr reich sein wird und daß du nicht so reich sein wirst. Was wünschst du sonst noch, daß ich einsehe?«

Er wünschte, daß sie einsehe, was er sich auszusprechen hütete. Aber sie war entzückend eigensinnig und kam ihm in nichts entgegen.

»Ich hasse es, konventionell zu sein«, sagte er, »mehr, als ich es hasse, heroisch zu sein. Ich fühle, daß der erste beste von Peters Helden sich genauso benehmen würde wie ich – und das ist demütigend. Aber ich – ich möchte dich heiraten, Cynthia, und du bist auf einmal so entsetzlich reich geworden.«

Sie lachte laut und herzlich.

»Komm, setz dich zu mir«, befahl sie. »Näher ...«

»Gehst du nicht schlafen, liebe Cynthia?« fragte Francis Sutton in der Tür. »Es ist schon elf Uhr vorbei, und Peter und ich langweilen uns gegenseitig.«

Er ging durch das Zimmer und rüttelte am Feuer.

»Und ihr habt das Feuer ausgehen lassen, ihr Missetäter.«

Cynthia erhob sich schuldbewußt.

»Ich fürchte«, stammelte sie verwirrt, »Captain Grey – wir –«

»Ich fürchte, du warst es«, sagte ihr Bruder lächelnd. »Sag Amber gute Nacht; Vater schläft schon.«

Sie hörten das Rascheln ihres Kleides, als sie durch die Diele nach der Treppe ging.

»Mit Peter geplaudert?« fragte Amber. »Ich dachte, Sie arbeiteten emsig in der Bibliothek.«

Sutton stocherte lebhaft im Feuer herum.

»Bin schon seit einer Stunde fertig; wie lange glauben denn die Herrschaften, daß sie geschwatzt haben?«

Amber schwieg sich diskret aus.

»Ich finde Peter interessant«, sagte Sutton und mußte lachen. »Das kleine Zimmer, das wir ihm gegeben haben, sieht aus wie das Büro eines Neuigkeitskrämers, dessen Spezialgebiet die verpönte Räuberliteratur ist, die Lieblingslektüre eines Teils der Jugend.«

»Schnell fertig ist die Jugend mit dem Wort«, sagte Amber ernst, »diese verpönte –«

Sie hörten hastige Schritte auf der Diele, die Tür öffnete sich, und Cynthia kam, etwas bleich im Gesicht, herein.

Amber ging ihr schnell entgegen.

»Was gibt's?« fragte er.

»Vater ist nicht in seinem Zimmer«, sagte sie atemlos. »Ich wollte ihm gute Nacht sagen – er ist noch nicht zu Bett gewesen –«

Die drei sahen einander an.

»Er wird sicher im Garten sein«, erwiderte Francis unbehaglich. »Er ist vorhin hinausgegangen, obschon ich ihn bat, es nicht zu tun.«

Er trat auf die Diele hinaus und nahm eine elektrische Taschenlampe, die auf einem Tischchen lag. Amber zog die Vorhänge auf, öffnete das Flügelfenster und folgte dann.

Das junge Mädchen warf ein Tuch um die Schultern und folgte ihm.

»Im Studierzimmer brennt noch eine Lampe, Amber«, bemerkte Sutton; Amber nickte, eilte durch das Zimmer und den Gang entlang, der nach der Bibliothek führte.

Er fand die Lampe, drehte das Licht aus und holte die andern wieder ein.

Ein feiner, aufsprühender Nebel hüllte den Park ein, aber er war doch nicht so dicht, daß er als Hindernis in Betracht kam.

Der Rundgang durch den Park nahm wenig Zeit in Anspruch. Doch von dem Forscher war nichts zu entdecken.

An der äußersten Ecke des kleinen Besitztums war ein Pförtchen, das in eine enge Gasse mündete, die von der Hauptstraße nach der Nigerhill Street führte. Die Suchenden gingen darauf zu. Als sie näher kamen, unterdrückte Amber einen Fluch. Das Gatter stand weit offen.

Der Lichtkreis ihrer Lampen, der auf die verwitterte Tür fiel, beleuchtete ein flatterndes, weißes Papier, das ihre Aufmerksamkeit auf sich zog.

Es war ein Blatt aus einem Notizbuch und mit einem Reißstift befestigt; Amber hielt seine Lampe hoch und las:

›Sie haben ihn in den Steinbruch mitgenommen. Seid schnell hinterher. Haltet euch rechts, wenn ihr aus dem Pförtchen heraus seid, und folgt der Straße, die auf den Hügel führt. Eilt Euch, dann könnt Ihr alles retten.

Ein Freund‹

»Einen Augenblick!«

Amber hielt den andern, der auf die Gasse hinaustrat, am Arm fest.

»Keinen Aufschub, Amber, um Gottes willen!« rief Sutton ungeduldig. »Wir haben keine Zeit zu verlieren.«

»Warten Sie!« befahl Amber streng.

Er ließ den Lichtschein seiner Lampe auf den Boden fallen. Der Grund bestand aus Lehm und war weich. Es waren Fußspuren vorhanden – wie viele, konnte er nicht sagen. Er trat auf die Straße. Der Boden war hier an den Stellen, wo Gras wuchs, weich. Wer auch durch das Pförtchen gegangen war, er hatte auf jeden Fall, ob mit oder ohne Absicht, die weichen Lehmstellen vermieden, denn es waren keine frischen Fußspuren da.

»Vorwärts!« Sutton rannte ungeduldig davon, und Amber und das junge Mädchen folgten.

»Haben Sie einen Revolver bei sich?« fragte Amber vorsichtshalber.

Als Antwort zog Sutton einen Smith-Wesson aus seiner Tasche.

»Hast du das erwartet?« fragte das junge Mädchen an seiner Seite.

»Etwas Ähnliches, ja«, antwortete er ruhig. »Bis dieses Geschäft erledigt wäre, bestand ich darauf, daß wir alle bewaffnet sein müßten – ich kenne Whitey.«

Sutton kam zurück, und als er wieder bei ihnen war, bemerkte er: »Ich kann keine Fußstapfen sehen; doch regt mich der Inhalt des Zettels auf.«

»Ein paar Fußstapfen sind da«, sagte Amber kurz. Er hatte mit der Lampe die ganze Zeit über den Weg abgesucht. »Der Inhalt des Zettels gibt mir mehr zu denken, als daß er mich aufregt. Hallo, was ist das?«

In der Mitte der Straße lag ein schwarzer Gegenstand, und Sutton lief hin und hob ihn auf.

»Es ist ein Hut«, stellte er fest. »Beim Himmel, Amber, er gehört meinem Vater!«

»Oh«, rief Amber erstaunt und blieb stehen.

Ein paar Sekunden lang standen sie still.

»Ich gehe zurück«, entschloß sich Amber plötzlich.

Sie starrten ihn an.

»Aber –« meinte das Mädchen bestürzt, »aber – du gibst doch das Suchen nicht auf?«

»Vertrau mir, bitte«, sagte er sanft. »Sutton, gehen Sie in der Richtung weiter; Sie treffen bald auf ein paar Arbeiterhütten. Klopfen Sie die Leute heraus und erbitten Sie sich ihren Beistand. Ich hoffe, daß Sie auf der richtigen Spur sind – aber ich glaube noch mehr, daß ich es bin. Auf jeden Fall wird es für Cynthia weniger gefährlich sein, wenn sie mit dir geht, als wenn sie mit mir zurückkehrt.«

Ohne noch ein Wort zu verlieren, drehte er sich um und rannte in langen Sätzen den Weg wieder zurück.

Sie standen noch und sahen ihm nach, bis er in der Dunkelheit verschwunden war. »Ich versteh' das nicht«, murmelte Francis.

Das Mädchen sagte nichts; sie war verwirrt, betäubt. Mechanisch schritt sie neben ihrem Bruder her. Seine Hand umklammerte noch den Hut.

Sie hatten noch fast zehn Minuten zu gehen, ehe sie die Hütten erreichten, aber sie waren noch nicht halb so weit vorgedrungen, als sie eine dunkle Gestalt vor sich sahen, die in der Mitte des Weges stand, dort, wo die Gasse eine scharfe Biegung machte.

Francis hatte im Augenblick seinen Revolver in der Hand und ließ das Licht seiner Lampe voll auf die Gestalt vor sich fallen.

Das junge Mädchen, dem das Herz vor Aufregung bis zum Halse schlug, seufzte erleichtert auf, denn der Mann auf dem Wege war ein Schutzmann, und seine uniformierte, unromantische Gestalt hatte etwas ungemein Beruhigendes.

»Nein, Sir«, gab der Konstabler Auskunft, »es ist niemand hier vorübergekommen.«

»Vor einer Viertelstunde?« forschte Sutton weiter.

»Nicht während der letzten drei Stunden«, erwiderte der Polizist. »Es war mir vor ungefähr einer halben Stunde, als hätte ich Schritte unten auf der Gasse gehört, aber hier ist niemand vorübergekommen.« Er sei beauftragt worden, hier Posten zu stehen, um Wilddiebe abzufassen, und er habe sich, so erklärte er, seit sieben Uhr nicht von der Stelle gerührt.

Francis erklärte kurz die Situation.

»Nein«, erwiderte der Beamte langsam, »sie können ihn nicht dorthin geschleppt haben – dies hier ist der einzige Weg nach dem Steinbruch. Mir scheint eher, Sie sollten irregeführt werden. Wenn Sie warten wollen, bis ich mein Rad geholt habe, es steht dort hinter der Hecke, so will ich mit Ihnen zurückgehen.«

Auf dem Rückweg ließ sich Francis so weit in Einzelheiten ein, wie er es für nötig hielt.

»Es ist eine Täuschung«, behauptete der Schutzmann nachdrücklich. »Warum sollten sie sich die Mühe machen, Ihnen zu sagen, welchen Weg sie nehmen? Sie glauben doch nicht, daß Sie unter den Tätern einen Freund haben?«

Francis schwieg. Er verstand jetzt Ambers plötzlichen Entschluß, umzukehren.

Die Straße führte bergab, und in zehn Minuten tauchte das Haus vor ihnen auf.

»Ich nehme an, daß Peter –« fing Francis an.

Krach! – Krach!

Zwei Pistolenschüsse verhallten in der nächtlichen Stille.

Krach – krach – krach!

Die Schüsse waren rasch aufeinander gefolgt, und der Polizist schwang sich auf sein Rad.

»Nehmen Sie das mit!«

Francis drückte dem Konstabler seinen Revolver in die Hand. Mit größter Eile radelte der Schutzmann den Abhang hinunter, und die beiden folgten ihm, so rasch sie konnten.

Sie hörten keine Schüsse mehr, und ganz außer Atem kamen sie an dem Pförtchen an; sie fanden Amber und den Konstabler, die in großer Hast miteinander verhandelten.

»Es ist alles in Ordnung!«

Amber sagte es sichtlich erleichtert.

»Was ist mit Vater?« hauchte das junge Mädchen.

»Er ist drinnen im Haus«, versicherte Amber. »Ich fand ihn geknebelt und gebunden in der Hütte des Gärtners am anderen Ende des Gartens.«

Er nahm das zitternde junge Mädchen beim Arm und führte es nach Hause.

»Er war ein bißchen in den Park gegangen«, erklärte Amber, »und da haben sie ihn gepackt. Nein, sie haben ihn nicht verletzt. Es waren drei Schurken.«

»Wo sind sie?« erkundigte sich Francis.

»Fort – ein Auto wartete auf sie am Ende der Gasse. Der Polizist ist hinter ihnen her in der Hoffnung, daß sie eine Panne haben werden.«

Er ging voraus in das Wohnzimmer.

»Peter ist bei deinem Vater. Setz dich hin, du mußt ein bißchen Wein trinken, ja.« Ihr Gesicht war sehr blaß. »Ich werde dir alles erzählen. Der menschenfreundlichen Mitteilung an dem Gatter traute ich gleich nicht recht. Ich wurde noch argwöhnischer, als ich keine Fußspuren auf dem Weg entdeckte, die den Verdacht einer Entführung bekräftigt hätten. Da kam mir plötzlich der Gedanke, daß das Ganze eine Finte wäre, uns aus dem Hause zu locken, damit sie Zeit gewännen, deinen Vater fortzuschaffen. Als ich wieder am Pförtchen angelangt war, suchte ich eilends den Garten ab und geriet zufällig in den Geräteschuppen. Das erste, was ich sah, war dein Vater, wie er mit einem Knebel im Mund auf einem Holzstoß festgebunden war. Ich hatte ihn kaum befreit, als ich draußen eine Stimme hörte. Drei Männer gingen über den Rasenplatz auf das Pförtchen zu. Es war zu dunkel, um sie zu erkennen, aber ich rannte hinaus und forderte sie auf, stehenzubleiben.«

»Wir hörten schießen«, warf das junge Mädchen ein.

Amber lächelte grimmig.

»Das war ihre Antwort«, bestätigte er. »Ich folgte ihnen bis auf die Straße. Sie feuerten wieder auf mich, und ich erwiderte die Schüsse. Ich glaube, ich habe einen getroffen.«

»Du bist doch nicht verletzt?« fragte sie ängstlich.

»Mein gnädiges Fräulein«, beruhigte Amber sie erheitert, »ich bin heil und ganz.«

»Aber ich verstehe eines nicht«, wunderte sich Francis. »Warum haben die Kerle meinen Vater fortschleppen wollen?«

Amber schüttelte den Kopf.

»Das geht über meinen Horizont –« Er hielt plötzlich ein. »Wir wollen einmal in der Bibliothek nachsehen«, schlug er vor und ging den beiden voran nach dem Zimmer.

»Hallo, ich dächte, ich hätte das Licht hier ausgedreht!«

Das Licht brannte, und das Fenster war geöffnet. Aber auch die Tür des Safes stand offen; sie hing nur noch in einer Angel.

Amber sagte nichts – er pfiff nur.

»Also deshalb haben sie uns vom Hause weggelockt«, begann er zu verstehen. »Das ist Whiteys Werk und obendrein ein sauberes Meisterstück.«

20

»Darf ich nicht mit Ihnen gehen?« bat der junge Mann, aber Amber schüttelte den Kopf.

»Sie bleiben hier«, beschied er ihn.

Er trug einen dicken Automantel und eine Mütze, die er bis über die Stirn gezogen hatte. Das junge Mädchen hatte ihm Tee und einen kleinen Imbiß bereitet.

Er sah auf seine Uhr.

»Ein Uhr«, sagte er, »und da ist auch der Wagen.«

Sie hörten das leise Summen eines Autos, das in einem Bogen vor der Tür des Hauses vorfuhr.

»Ich fürchte, Sir, ich komme recht spät.« Es war der Konstabler, der sein Fahrrad heraushob, während er sprach. »Aber es hielt etwas schwer, die Leute zusammenzubekommen, und mein Bericht auf der Polizeistation hielt mich länger auf, als ich glaubte. Wir haben an die Hauptquartiere telefoniert; und die Straßen, die nach London führen, werden bewacht.«

»Es wird wahrscheinlich zu spät sein«, erwiderte Amber, »obgleich sie für die Fahrt kaum weniger als anderthalb Stunden brauchten.«

Er verabschiedete sich rasch von dem jungen Mädchen, sprang in den Wagen und setzte sich neben den Schofför. In wenigen Minuten sauste er auf der Maidstone-Landstraße dahin.

»Der Weg ist näher«, erklärte der Fahrer, »wenn wir uns auf der Hauptstraße halten. Der Weg durch Rochester nach London ist überall sehr schlecht und dazu auch noch sehr viel weiter.«

Der Wagen lief wie ein Rennauto, und die Fahrt war nichts weniger als interessant. Erst als sie die Vorstädte Londons erreichten, fuhren sie langsamer.

Sie bogen in die Lewisham High Road ein, eine rote Lampe wurde vor ihnen geschwenkt, und sie bremsten; zwei Polizisten standen da. Für Amber war es nicht schwer, sich auszuweisen.

»Ist der andere Wagen gesehen worden?«

»Nein, Sir«, gab der Sergeant Auskunft. »Ein Wagen mit vier Männern fuhr um halb eins durch den Blackwall-Tunnel – das war aber, noch ehe die Sonderwache ihren Posten dort bezogen hatte. Unsere Leute glauben nach der Beschreibung, die Sie geschickt haben, daß es die Bande war, die Sie suchen.« Amber hatte für die Verfolgung den Vorteil ausgenützt, daß er eine getreue Beschreibung Whiteys in Umlauf gesetzt hatte.

Er dankte dem Sergeanten, und der Wagen fuhr nach London weiter. Da Amber schon vorher in Erfahrung gebracht hatte, wo Lambaire und Whitey wohnten, hielt der Wagen um halb vier am Ende der Straße, in der Whiteys Hotel lag.

»Sie werden am Ende der Northumberland Avenue ein Café finden«, sagte er dem Fahrer. »Essen Sie dort und seien Sie in einer Viertelstunde wieder hier.«

Die Straße war leer und das Hotel so still wie das Grab. In London hatte es weder diese Nacht noch am vorhergehenden Tag geregnet, und das Pflaster war völlig trocken. Amber untersuchte, ehe er klingelte, mit seiner kleinen Lampe die Fliesen der Stufen, die zu der Haustür hinanführten. Er konnte jedoch keine Fußspuren entdecken, die darauf hingewiesen hätten, daß kurz vorher einer mit lehmbeschmierten Schuhen angekommen wäre.

Er drückte auf den Knopf der Nachtklingel, und zu seiner Überraschung wurde die Tür fast augenblicklich geöffnet. Der

Nachtpförtner, sonst das schläfrigste Individuum, war wach und auf dem Posten.

Augenscheinlich war Amber nicht derjenige, auf den er gewartet hatte, denn er sperrte plötzlich die Türöffnung zu.

»Bitte?« fragte er mißtrauisch.

»Ich möchte ein Zimmer für die Nacht haben«, begehrte Amber. »Ich komme soeben vom Kontinent.«

»Da kommen Sie aber spät, Sir«, erwiderte der Pförtner, »der Kontinental-Expreß ist pünktlich um elf Uhr eingelaufen.«

»Oh, ich komme über Newhaven«, antwortete er unbekümmert. Er verließ sich darauf, daß der Pförtner diese ungewöhnliche Route nicht kenne.

»Ich weiß nicht, ob wir noch ein Zimmer haben«, lenkte der Mann langsam ein. »Ihr Gepäck?«

»Ich habe es am Bahnhof gelassen.«

Amber griff in seine Brusttasche und zog ein Bündel Banknoten hervor. Eine davon hielt er dem Mann hin.

»Lassen Sie mich nicht in der Nacht so lange unterhandeln, mein Lieber«, sagte er gut gelaunt. »Nehmen Sie diese Fünfpfundnote im voraus und bringen Sie sich einen Sovereign in Abzug für die Mühe, die ich Ihnen gemacht habe.«

Der Pförtner gab seine feindselige Haltung auf.

»Sie verstehen mich doch, Sir«, sagte er, als er die etwas engen Treppen voraufging, »daß ich so –«

»Oh, vollkommen«, unterbrach ihn Amber. »Wo bringen Sie mich unter – im zweiten Stock?«

»Der zweite Stock ist besetzt, Sir«, erwiderte der Pförtner. »Gerade als Sie klingelten, glaubte ich, es sei der Herr mit seinem Freund.«

»Nachtvögel, was?« warf Amber ein.

»Er ist heute abend schon einmal dagewesen – vor einer Stunde etwa –, ist aber wieder fortgegangen – geschäftlich.«

Im dritten Stock wurde er in ein großes Vorderzimmer geführt, zu seiner vollen Zufriedenheit – denn die Tatsache, daß ein solches Zimmer zur Verfügung stand, bewies ihm, daß er den ganzen Stock für sich hatte.

Der Pförtner zündete das Holz an, das auf dem Rost lag.

»Wünschen Sie sonst noch etwas, Sir?«

»Nichts, danke.«

Amber folgte dem Pförtner auf den Treppenflur und wartete, während der Mann hinunterstieg.

Der Pförtner blieb auf halber Treppe stehen; die offenbare Unentschlossenheit seines Gastes hatte seinen Schritt gehemmt.

»Haben Sie nicht doch noch Wünsche, Sir – vielleicht eine Tasse Tee?«

»Nein, danke«, lehnte Amber ab und zog langsam seinen Rock aus.

Ein bißchen verständnislos ging der Mann hinunter.

Amber hatte aber doch einen Wunsch, nur nannte er ihn dem Pförtner nicht. Er wollte nämlich wissen, ob die Treppe knarrte, und er nahm mit Befriedigung wahr, daß sie es nicht tat.

Er wartete so lange, bis er die schlürfenden Schritte unten auf den Steinfliesen des Flurs hörte.

Es war keine Zeit zu verlieren. Er zog seine Schuhe aus und stieg geräuschlos in den zweiten Stock hinunter.

Hier befanden sich drei Zimmer, von denen er annahm, daß sie zusammenhingen. Eines dieser Zimmer war verschlossen. Die andern betrat er der Reihe nach. Das erste war, der Einrichtung nach, ein Wohnzimmer, und durch eine Flügeltür gelangte man in ein kleines Schlafzimmer.

Aus dem Rasierapparat und den Kleidungsstücken, die in dem Schrank hingen, schloß Amber, daß dies Whiteys Schlafzimmer war. Eine Tür führte in das vordere Zimmer, aber sie war verschlossen.

Er schlich auf den Treppenflur hinaus und horchte.

Kein Laut war zu hören; nur ganz entfernt pfiff jemand in einem entlegenen Teil des Hauses – wahrscheinlich hatte der Pförtner sich ins Kellergeschoß begeben.

Wenn er die Tür, die auf den Treppenflur führte, öffnete, setzte er sich der Gefahr aus, entdeckt zu werden; er beschloß, es mit der Verbindungstür zwischen den beiden Zimmern zu versuchen.

In dem Schloß stak ein Schlüssel, dessen Ende auf der Schlafzimmerseite ein klein wenig herausragte.

Amber zog aus der Tasche ein flaches Etui und öffnete es. Es war mit kleinen Werkzeugen angefüllt. Er nahm eine starke Zange heraus und packte damit das Ende des Schlüssels. Das Werkzeug war seltsam konstruiert, denn Backen und Handgriff standen in einem bestimmten Winkel zueinander. Eine außergewöhnliche Hebelwirkung sollte damit bezweckt werden.

Er drehte den Schlüssel vorsichtig herum.

Schnapp!

Das Schloß hatte nachgegeben.

Er machte wieder einen Abstecher zum Treppenflur und horchte. Kein Laut war zu hören.

Er raffte sein Werkzeug zusammen, öffnete die Tür und trat in das Zimmer. Es mußte ursprünglich ein Schlafzimmer gewesen sein. Er schloß dies aus den zwei altmodischen Klingelzügen, die an der einen Wand herunterhingen. In der Mitte des Zimmers stand ein Tisch, und ein paar Zeitungen lagen darauf. Er sah nach dem Datum und lächelte – sie waren zwei Tage alt. Whitey hatte demnach seit zwei Tagen das Zimmer nicht betreten. Amber kannte ihn nämlich als passionierten Zeitungsleser. Ein halbes Dutzend Briefe lag da, und er untersuchte die Poststempel – auch dadurch wurde seine Annahme bestärkt, denn drei der Briefe waren offensichtlich schon vor zwei Tagen gekommen, was ihn noch sicherer machte.

Eine schnelle Untersuchung des Zimmers ließ ihn keine Anhaltspunkte dafür entdecken, daß die gestohlenen Papiere hier irgendwo untergebracht sein könnten. Er fuhr mit der Hand zwischen Bett und Matratze und sah den Inhalt einer Reiseschreibmappe durch, die seltsamerweise unverschlossen gelassen worden war.

Obgleich das Zimmer hinreichend möbliert war, enthielt es wenig Schlupfwinkel, in denen die Papiere hätten versteckt sein können.

Whitey mußte sie bei sich haben. Amber hatte auch kaum gehofft, sie mit so wenig Mühe zu entdecken. Er hatte den Teppich vor dem Kamin umgewendet und war gerade dabei, einen Haufen alter Zeitungen, der auf einem Stuhl in der Ecke des Zimmers lag, zu untersuchen, als er auf der Straße Schritte hörte.

Die Schritte kamen näher – und nun machten sie vor dem Hotel halt. Er hörte das entfernte Klingeln einer Glocke und war in einer Sekunde aus dem Zimmer heraus. Er machte gar keinen Versuch, die Tür hinter sich abzuschließen – es genügte ihm, sie zugemacht zu haben.

Im Flur unten erklangen leise Stimmen, und zwischen dem Pförtner und den neu Angekommenen wurden Worte gewechselt; Amber erklomm leichtfüßig das obere Stockwerk, als er Schritte die Treppe heraufkommen hörte.

Es waren Whitey und Lambaire. Er konnte das zischende Flüstern des einen und das Geknurr des anderen unterscheiden.

Whitey trat in sein Zimmer, und Lambaire folgte ihm. Amber hörte, wie Whitey die Tür fest hinter sich schloß.

Er beobachtete alles vom obersten Treppenflur aus, und als wieder Stille herrschte, stieg er hinab.

Geräuschlos machte er die Schlafzimmertür auf und schloß sie wieder hinter sich.

Da die Verbindungstür aus dünnem Tannenholz bestand, konnte man mit Leichtigkeit hören, worüber sich die beiden unterhielten.

Whitey sprach.

»... es überraschte mich ... alter Mann ... dachte, er wäre tot ...«

Dann brummte Lambaire etwas, um sein Erstaunen auszudrücken.

»... die Vorsehung ... ihn in dem Garten gesehen ... zu Tode erschreckt ...«

Amber legte sein Ohr dichter an die Tür. Es war ihm nicht gleich gelungen, jedes Wort zu verstehen; glücklicherweise hatten sie gerade keine dringend wichtigen Dinge besprochen.

»Und jetzt«, sagte Whiteys Stimme, »haben wir allerhand zu tun.«

»Das mit Coals ist doch nicht gefährlich?« fragte Lambaire.

»Nein – eine kleine Wunde im Bein ... das Schwein, der Amber ...«

Amber schmunzelte im Dunkeln.

»Hier ist der Prospekt, den sie aufgesetzt haben.«

Der Horcher hörte Papier rascheln, und dann herrschte Schweigen. Die Männer waren offenbar mit Lesen beschäftigt.

»M-m!« Er hörte Lambaire befriedigt grunzen. »Ich glaube, wir haben alles, was wir wissen müssen – wir kopieren es gleich. Jetzt ist es nicht so schwer, die Mine anzugeben ... Oh, da ist ja sogar die Karte dazu ...«

Erneut eine lange Pause.

Amber mußte handeln, mußte schnell handeln. Sie waren eben im Begriff, sich die Informationen zu verschaffen, die es ihnen ermöglichen würden, die Lage der Mine anzugeben, selbst wenn es ihnen nicht gelingen sollte, die kleine Karte, die dem Prospekt beigegeben war, zu kopieren.

Er nahm an, daß sie mit dem Rücken gegen die Tür saßen, hinter der er stand; er schloß das aus dem undeutlichen Ton ihrer Stimmen.

Es war tatsächlich so.

Sie saßen dicht nebeneinander unter der einzigen elektrischen Lampe des Zimmers und verschlangen gierig die Einzelheiten des Prospekts und der Karte.

»Wir werden die Karte mit einer größeren vergleichen müssen«, empfahl Whitey. »Einige Orte kann ich nicht erkennen – man hat die Namen eingetragen, die ihnen die Eingeborenen gegeben haben.«

»Ich habe eine gute Karte auf meiner Bude«, bemerkte Lambaire. »Ich schlage vor, wir nehmen alles mit dorthin. Wir dürfen ja keine genaue Kopie von diesem Plan vorlegen – wir müssen nur selbst genau wissen, wo sich die ›Minenkammer‹ befindet.«

»Nun denn«, versetzte der andere unwillig. »Es müßte aber sofort geschehen. Amber wird uns verdächtigen, und bis morgen haben wir bestimmt die Detektive auf dem Hals.«

Er legte die Dokumente zusammen, schob sie in einen großen Umschlag und stand nachdenklich da.

»Lammie, hast du gehört, wie der Pförtner erzählte, daß vorhin noch ein Gast gekommen sei?«

»Ja, aber das ist doch nichts Außergewöhnliches, meine ich.«

Whitey schüttelte den Kopf.

»Es ist außergewöhnlich, sage ich, verdammt außergewöhnlich.«

»Du glaubst doch nicht –«

»Ich weiß nicht. Ich bin vielleicht etwas nervös«, meinte der andere, »aber der Gast ist mir, solange ich hier bin, nicht aus dem Kopf gekommen. Ich gehe mal hinauf und sehe mich nach seinen Stiefeln um.«

»Warum?«

»Frag nicht wie ein Narr«, fuhr ihn Whitey an. »Gäste stellen ihre Stiefel doch vor die Tür, nicht wahr? Und Stiefel können dir eine Menge erzählen!«

Er händigte seinem Begleiter den Umschlag mit dem gestohlenen Prospekt ein.

»Nimm«, sagte er, »und warte, bis ich wieder herunterkomme.«

Er machte die Tür auf und stieg vorsichtig die Treppe hinauf.

Lambaire wartete.

»Lambaire!« zischte eine Stimme an der offenen Tür.

»Ja.«

»Gib mir den Umschlag, schnell.«

Eine Hand streckte sich heftig fordernd durch den Spalt.

»Bleib, wo du bist – und gib mir den Umschlag!«

Lambaire gehorchte schnell. Die Hand packte den Umschlag, die andere machte die Tür schnell zu, und dann herrschte Stille.

»Was, zum Teufel, ist denn nun los«, murmelte entsetzt Lambaire. Er fühlte, wie er bleich wurde. Die Stimme war so dringend gewesen, als ob eine schwere Gefahr im Anzug wäre. Er wartete gespannt, wie auf der Hut vor etwas Schrecklichem; dann hörte er schnelle Tritte auf der Treppe, und Whitey stürzte ins Zimmer.

»Niemand da«, sagte er atemlos. »Ein Paar ganz schmutzige Schuhe und ein Paar Handschuhe – Amber . . .«

»Amber!«

»Er ist uns gefolgt – wir müssen schleunigst machen, daß wir fortkommen. Gib mir den Umschlag.«

Lambaire wurde weiß.

»Ich – ich habe ihn dir doch gegeben«, stammelte er.

»Du Lügner!« Whitey schäumte vor Wut. »Du hast mir nichts gegeben! Gib mir den Umschlag!«

»Ich habe ihn dir doch gegeben, Whitey.« Lambaire wimmerte fast wie ein kleines Kind. »Du warst kaum draußen, da kamst du auch schon wieder zurück und wolltest die Hülle haben.«

»Bin ich hereingekommen? Schnell!«

»Nein, nein.« Der schwerfällige Mensch war in seiner Aufregung erbärmlich anzusehen. »Du hast deine Hand hereingestreckt und geflüstert –«

»Amber!« heulte der andere und erging sich in einer Flut von Schimpfwörtern. »Mach vorwärts, du Narr, daß wir ihn einholen, er kann noch nicht weit sein.«

Er stürzte die Treppe hinunter, Lambaire hinterdrein.

Der Flur war leer, die Tür stand halb offen.

»Dort ist er!«

Beim Licht der Straßenlaterne sahen sie die fliehende Gestalt und nahmen die Verfolgung auf.

Ein paar Leute waren auf der Straße, die den Mann, der auf Strümpfen von der Northumberland Avenue zum Themsekai lief, sehen konnten.

»Haltet den Dieb!« schrie Whitey.

Der Wagen hielt weiter nach dem Themsekai zu, als Amber lieb war, doch konnte er ihn zweifellos noch rechtzeitig erreichen, wenn er die ganze Strecke im Galopp zurücklegte.

»Haltet den Dieb!« schrie Whitey noch einmal.

Amber war gerade an dem Wagen angelangt, als plötzlich ein Schutzmann auftauchte.

»Halt, halt!« sagte der Mann und packte Amber am Arm.

Die beiden Verfolger waren gleichfalls zur Stelle.

»Dieser Mann hat etwas gestohlen, was mir gehört«, sagte Whitey, seine Stimme flackerte von der Anstrengung.

»Sie irren sich gewaltig.«

Amber war beträchtlich höflicher und weniger verwirrt, als es andere in seiner Lage gewesen wären.

»Durchsuchen Sie ihn, Konstabler – durchsuchen Sie ihn!« drängte Whitey.

Amber lachte.

»Mein lieber Mann, die Polizei kann mich nicht auf der Straße durchsuchen. Haben Sie nicht die elementarsten Rechtskenntnisse?«

Eine kleine nächtliche Zuschauermenge hatte sich eingefunden. Wichtiger war aber, daß noch zwei Schutzleute auf die Gruppe zueilten. Amber sah alles und amüsierte sich innerlich, denn es kam so, wie er es gewollt hatte.

»Sie beschuldigen diesen Mann«, sagte der Konstabler.

»Ich will mein Eigentum zurück haben«, wütete Whitey. »Er ist ein Dieb: Sehen Sie ihn sich doch an! Er läuft auf Strümpfen! Geben Sie mir den Umschlag, den Sie gestohlen haben ...«

Die beiden Schutzleute, die herbeigekommen waren, bahnten sich mit den Ellbogen ihren Weg durch die Herumstehenden, und plötzlich wurde es Whitey übel.

»Ich bin bereit, mit auf den Polizeibezirk zu gehen«, betonte Amber mit Ruhe. »Im übrigen klage ich meinerseits diese Männer an, einen nächtlichen Einbruch verübt zu haben.«

»Nehmen Sie ihn mit«, sagte Whitey, »mein Freund und ich werden nachkommen und ihn des Diebstahls überführen.«

»Wir wollen den Wagen nehmen«, schlug Amber vor, »aber ich bestehe darauf, daß diese beiden Männer uns begleiten.«

Diese Wendung der Dinge hatte Whitey nicht vorausgesehen. Sie waren in eine Falle geraten, wenn sie nicht noch wie durch ein Wunder davonkamen.

»Wir wollen in unser Hotel zurückkehren und unsere Mäntel holen«, bemerkte Whitey scheinbar gleichgültig.

Der Schutzmann zögerte, denn man konnte schlecht etwas dagegen einwenden.

»Einer von euch geht mit diesen Herren zurück«, bestimmte er, »und Sie«, zu Amber gewandt, »gehen mit mir. Es kommt mir so vor, als kenne ich Sie.«

»Kann sein«, gab Amber zu, während er in den Wagen stieg, »und wenn Ihre Freunde eine Eselei begehen, d. h. wenn ihnen die beiden Männer entschlüpfen, so werden Sie mich besser kennenlernen, als Ihnen lieb ist.«

»Lassen Sie Ihre Unverschämtheiten«, wehrte der Konstabler ab und setzte sich neben ihn.

21

».. . Und«, schalt der Inspektor wütend, »wenn Sie nur das Abc Ihrer Pflicht gekannt hätten, so würden Sie die beiden Verfolger hierher gebracht haben.«

Amber wärmte sich vor dem großen Feuer, das in der Polizeistube brannte; dem jungen Polizisten wurde es vor dem Schreibtisch des Inspektors unbehaglich zumute.

»Daran läßt sich nun nichts mehr ändern, Inspektor«, bemerkte Amber in heiterer Laune. »Ich weiß auch nicht, ob ich mich an des Konstablers Stelle anders benommen hätte. Ein nächtlicher Einbrecher, der auf Strümpfen entflieht, und ehrenwerte Herren, die sich's blutsauer werden lassen, ihn einzuholen – was würden Sie getan haben?«

Der Inspektor lächelte.

»Nun«, gab er zu, »die Strümpfe hätten mir als Beweis gegolten.«

Amber nickte und begegnete dem dankbaren Blick des Polizisten, als er ihm flüchtig zulächelte.

»Ich glaube, das Warten hat gar keinen Zweck«, sagte Amber. »Unsere Freunde sind dem Schutzmann ausgekniffen. Zweifellos haben sie die Rückkehr in das Hotel auf ihre Weise ausgenutzt. Ihre Leute hätten sie nicht kurzerhand verhaften dürfen?«

Der Inspektor schüttelte den Kopf.

»Die Anklage lautet auf Verschwörung und Einbruch, nicht wahr?« fragte er. »Dazu wäre eine Vollmacht erforderlich gewesen. Ein Polizist könnte zwar die Verantwortung auf sich nehmen, kurzerhand zu verhaften, aber nur sehr wenige würden dieses Risiko eingehen.«

Ein Bote hatte Ambers Schuhe und Mantel gebracht, und er war nun zum Fortgehen bereit.

»Ich werde dem Gerichtshof die nötigen eidlichen Aussagen zugänglich machen; es ist an der Zeit, reinen Tisch zu machen. Ich weiß genug von ihnen, um sie zu henken, ohne mich auf ihre letzte Eskapade zu berufen – ihre weitverästelten Betrügereien, die sie seit Jahren betreiben, sind nachgerade Unrecht genug; sie geben nämlich falsches Papiergeld aus, wenn sie nicht sogar selbst

Falschmünzer sind – und das ist, vom juristischen Standpunkt aus gesehen, einwandfrei ein Verbrechen . . .«

Er hatte den Wagen nach Maidstone zurückgeschickt, damit er Sutton herbringe. Als er zum Frühstück ins Hotel kam, war er nicht überrascht zu hören, daß nicht nur Francis Sutton, sondern auch seine Schwester gekommen war. Er erzählte ihnen kurz seine nächtlichen Abenteuer.

»Wir werden Schluß mit ihnen machen«, sagte er entschlossen. »Sie reizen mich nicht mehr. Ein Steckbrief wird heute erlassen werden, und vielleicht werden wir sie heute abend schon haben.«

Lambaire und Whitey hatten inzwischen den einstweiligen Hafen erreicht; sie hatten sich ins Bloomsbury-Hotel begeben, wo Lambaire wohnte. In kritischen Augenblicken war immer Whitey der führende Kopf gewesen, und so nahm er auch jetzt die Sache in die Hand.

Er fand in der City einen Laden, der früh aufgemacht hatte, und kaufte Koffer für die bevorstehende Reise. In einem anderen Laden versah er sich mit den Garderobestücken, die er schlechterdings nicht entbehren konnte. Er wagte nämlich nicht, in sein Hotel zurückzukehren, um sein Gepäck, das er dort gelassen hatte, zu holen.

Lambaire war zunächst nicht zu gebrauchen. Er saß in dem Wohnzimmer, das Whitey gemietet hatte, schnitt seine Fingernägel und fluchte hilflos.

»Es hat gar keinen Zweck zu fluchen, Lambaire«, belehrte ihn Whitey. »Es ist eben vorbei damit – vorbei mit der Aussicht, ehrlich zu werden. Wir sind peleli, wie die Kaffern sagen – fertig. Hol dein Scheckbuch heraus!«

»Könnten wir uns nicht hinausschwindeln?« fragte der Dicke kläglich. »Könnten wir nicht einen Bluff ins Werk setzen –?«

»Schwindel, Bluff!« höhnte Whitey, »dazu bist du verdammt gut zu gebrauchen! Versuch's, eine Jury anzuschwindeln! Wo ist das kleine Kontobuch?«

Widerstrebend brachte Lambaire es zum Vorschein, und Whitey nahm eine kurze Prüfung der gemeinsamen Finanzen vor.

»Sechstausenddreihundert – das ist die Bilanz«, sagte er beifällig, »und obendrein eine sehr gute Bilanz. Wir wollen alles bis auf hundert Pfund abheben. Das Löschen des Kontos hält uns zu lange auf.«

Er nahm das Scheckbuch und schrieb mit seiner eckigen Handschrift eine Anweisung, sechstausendzweihundert Pfund an den Überbringer zu zahlen. Über das Wort Direktor setzte er seinen Namen und schob das Scheckbuch Lambaire hin. Der andere zögerte, unterzeichnete dann aber.

»Warte mal«, brummte Lambaire, als sein Freund nach dem Scheckbuch griff, »wer geht hin und hebt das Geld ab?«

»Ich«, sagte Whitey, aber Lambaire blickte ihn argwöhnisch an.

»Warum nicht ich?« fragte er. »Die Bank kennt mich.«

»Du – du Dieb!« sprudelte Whitey hervor. »Du Schofelinski! Habe ich dir nicht getraut?«

»Das ist eine heikle Sache«, bemerkte Lambaire übel gelaunt.

Whitey brachte es fertig, seinen Groll hinunterzuschlucken.

»Geh und hol das Geld«, polterte er. »Ich habe keine Angst, daß du damit durchbrennst. Aber beeil dich – die Banken machen im Augenblick auf.«

»Ich wollte nicht – ich habe keinen Verdacht gegen dich, Whitey«, lenkte Lambaire ein, freundlich, wenn es ihm auch schwerfiel, »aber Geschäft ist und bleibt nun einmal Geschäft.«

»Geh – schwätze nicht«, fuhr ihn sein Kompagnon an.

Um die Wahrheit zu sagen: Whitey hatte erkannt, daß es gefährlich geworden war, zur Bank zu gehen. Es bestand die Möglichkeit, daß schon ein Steckbrief ergangen war und die Bank beobachtet wurde. Es bestand aber auch die Möglichkeit, daß die Sache sich noch etwas verzögert hatte, und in seiner alten ritterlichen Weise hatte er das Risiko auf sich nehmen wollen.

Lambaire suchte sein Zimmer auf, ehe er zur Bank ging, und blieb eine halbe Stunde aus. Als er zurückkam, stand Whitey nachdenklich mit dem Rücken gegen das Feuer gelehnt.

»Hier bin ich wieder, wie du siehst.« In Lambaires Ton lag ein leichter Spott. »Ich bin nicht durchgebrannt.«

»Nein«, gab Whitey zu. »Ich traue dir mehr als du mir – obschon du halb entschlossen warst, dich mit der Beute davonzumachen, als du aus der Bank herauskamst.«

Lambaires Gesicht wurde rot.

»Wie – wie kannst du wissen – was meinst du?« fragte er lärmend.

»Ich bin dir einfach nachgefahren«, bekannte Whitey, »in einem Auto.«

»Und das nennst du mir trauen?« fragte Lambaire bitter.

»Nein«, sagte Whitey, ohne sich zu schämen, »ich nenne das vernünftig auf der Hut sein.«

Lambaire lachte, was er sehr selten tat. Er zog aus seinen Brusttaschen zwei dicke Bündel Banknoten.

»Hier ist dein Anteil, und hier ist der meine«, entschied er. »Es sind lauter Fünfziger – ich will sie dir vorzählen.«

Er blätterte die Noten so gewandt und schnell hin, wie ein Buchhalter die Blätter seines Hauptbuches umdreht. Es waren zweiundsechzig.

Whitey faltete sie und steckte sie in seine Tasche.

»Was hast du nun vor?« fragte Whitey.

»Ich gehe nach dem Kontinent«, erwiderte Lambaire. »Ich benutze die Harwich-Route nach Holland – es ist besser, wenn wir uns trennen.«

Whitey nickte.

»Ich nehme den Weg nach Irland«, log er.

Er sah auf seine Uhr. Es war gleich zehn.

»Ich werde dich – vielleicht – einmal aufsuchen«, sagte er, als er das Zimmer verließ, und drehte sich dabei um; Lambaire nickte. Als er zurückkam, war der schwerfällige Lambaire verschwunden.

Vom Victoria-Bahnhof ging um elf Uhr ein Zug nach dem Kontinent – ein sehr gefährlicher Zug, wie Whitey wußte, denn er wurde streng überwacht. Um dieselbe Zeit ging ein anderer von Holborn ab – und dieser hielt in Herne Hill.

Whitey beschloß, auf einem Büro in Ludgate Hill ein Rundreisebillett zu nehmen und per Taxi nach Herne Hill zu fahren.

Er kaufte die Fahrkarte, und beim Verlassen des Büros kam ihm plötzlich ein Gedanke.

Er ging zu dem Schalter hinüber, an dem der Geldwechsler saß.

»Wechseln Sie mir hundert Pfund in französisches Geld um.«

Er nahm zwei Fünfzig-Pfundnoten und reichte sie hinein.

Der Beamte betrachtete sie, befühlte sie und sah dann Whitey an.

»Kommen sie Ihnen nicht komisch vor?« fragte er trocken.

»Nein.«

Eine schreckliche Ahnung stieg in Whitey auf.

»Sie tragen beide die gleiche Nummer«, stellte der Beamte fest, »und sie sind gefälscht.«

Mechanisch nahm Whitey das Bündel Noten aus seiner Tasche und untersuchte sie. Sie hatten alle dieselbe Nummer.

Seine Bestürzung, die er nicht verbergen konnte, rettete ihn vor Fragen, die ihn in Verlegenheit gebracht hätten.

»Sie sind betrogen worden?«

»Ich bin betrogen worden«, murmelte der überlistete Spießgeselle. Er nahm die Noten, die ihm der Beamte hinhielt, und ging hinaus.

Ein vorüberfahrendes Auto, das er herangewinkt hatte, hielt. Er ließ sich nach Lambaires Wohnung fahren.

Lambaire war nicht mehr zu Hause, als er ankam; er hatte wahrscheinlich kurz vor Whiteys Ankunft die Wohnung verlassen. Die Sache mit Harwich war natürlich eine Finte – Whitey wußte das.

Er ging in Lambaires Zimmer. Lambaire hatte bei seiner Flucht viele Dinge zurückgelassen. In einen der Koffer, die dageblieben waren, steckte Whitey die gefälschten Banknoten. Wenn er verhaftet werden sollte, würde man wenigstens nicht diese unleugbaren Beweise eines Schurkenstreichs in seinem Besitz finden.

Die Durchsuchung des Zimmers ergab zunächst keinen Anhaltspunkt für das Reiseziel Lambaires; da stieß Whitey zufällig auf einen Reiseführer. Da eine Seite darin öfter als alle anderen aufgeschlagen worden war, öffnete sich der Führer an dieser Stelle von selbst.

»Winterausflüge nach den Niederlanden!« schmunzelte Whitey. »Kein schlechtes Reiseziel, Lammie: Keine Detektive überwachen solche Sonderzüge.«

Der Zug verließ Holborn um drei Viertel elf. Whitey sah auf seine Uhr: Es fehlten nur noch fünf Minuten. Den Zug noch zu erreichen, war also unmöglich. Da kam ihm ein Gedanke. In der Diele des Hotels befand sich ein Telefon, das allerdings gewöhnlich stark in Anspruch genommen wurde. Er hatte Glück; als er in die Diele kam, war es zufällig gerade nicht besetzt. Ein noch größeres Glück aber war es, daß er das Auskunftsbüro der Eisenbahn sofort bekam.

»Ich möchte gerne wissen«, fragte er rasch, »ob der Zug zehn Uhr fünfundvierzig ab Holborn noch auf einem anderen Londoner Bahnhof hält?«

»Auf jedem«, war die prompte Erwiderung, »bis Penge. Wir nehmen alle Vorstädte mit.«

»Wann fährt er in Penge ab?«

Er verging vor Ungeduld, bis der Beamte in dem Fahrplan nachgesehen hatte.

»Elf Uhr achtzehn«, war die Antwort.

Das bedeutete immerhin noch genügend Zeit. Gerade etwas über eine halbe Stunde. Er flog aus dem Haus. Kein Auto war in Sicht; aber er wußte, in der Nähe war ein Taxi-Standplatz. Er war jedoch noch nicht weit gegangen, als ihn ein leerer Wagen überholte.

»Penge-Bahnhof«, rief er. »Ich gebe Ihnen einen Sovereign extra, wenn Sie in einer halben Stunde dort sind.«

Das Gesicht des Schofförs ließ Zweifel erkennen.

»Ich will es versuchen«, erwiderte er.

An diesem Tage raste durch London ein Auto, dessen Geschwindigkeit die erlaubte Kilometerzahl erheblich überschritt. Als er das von Verkehr wimmelnde West-End hinter sich hatte, war die Straße so gut wie frei, und doch war es bereits siebzehn Minuten nach elf, als der Wagen vor dem Penge-Bahnhof hielt.

Der Zug stand schon in der Halle, als Whitey, immer zwei Stufen auf einmal nehmend, die Treppe hinaufraste.

»Fahrkarte?« fragte der Beamte an der Sperre.

»Ich habe keine – ich löse sie im Zug nach.«

»Ohne Fahrkarte können Sie nicht durch, Sir«, bremste der Mann.

Der Zug, der kaum ein paar Schritte von ihm entfernt stand, setzte sich langsam in Bewegung. Whitey machte einen Satz, aber plötzlich packte ihn eine kräftige Hand und drängte ihn zurück. Das Gatter wurde ihm vor der Nase zugeschlagen.

Er lehnte sich gegen die Mauer, seine Finger zuckten krampfartig, und sein Gesicht wurde kreideweiß.

Etwas in seiner Erscheinung rührte den Schaffner.

»Es ist nichts dran zu ändern, Sir«, bemerkte er. »Ich hatte –«

Er hielt inne und blickte nach dem Zug, der eben abgefahren war.

Schnell bückte er sich und schloß die Tür auf.

»Da – rasch«, feuerte er ihn an, »die Maschine hat vor der Halle gebremst – das Signal steht auf Halt. Sie können den Zug noch gerade erreichen.«

Die letzten Wagen waren noch nicht ganz aus der Halle heraus. Whitey, der jetzt den Bahnsteig entlangraste, erklomm den Wagen des Zugführers gerade in dem Augenblick, als sich der Zug wieder in Bewegung setzte. Er sank auf den Sitz des Beamten nieder.

Whitey war ein Mann von beträchtlicher Vitalität. Die außergewöhnliche Anstrengung, die er sich zugemutet hatte, hätte ihm daher an sich kaum geschadet, aber jetzt peinigte ihn etwas, was mehr als physische Qual war.

»Auf mich!« murmelte er wieder und immer wieder. »Ausgerechnet auf mich sie abzuladen!«

Nicht der Verlust des Geldes schmerzte ihn, auch nicht Lambaires Treulosigkeit – er kannte Lambaire durch und durch. Was ihn so furchtbar kränkte, war die Unterschiebung der Noten und die furchtbare Gefahr, die sein ehrenwerter Freund für ihn heraufbeschworen hatte.

Whitey hatte sich in seiner gemütskalten Art entschieden. Er hatte sein eigenes Gesetzbuch. Gegen Amber hegte er keinen Groll. Soweit Gedanken an ihn in seinem Kopf Raum fanden, waren sie sogar schmeichelhafter Natur, denn er konnte der Überlegenheit eines Mannes, der ihn auf seinem eigensten Interessengebiet geschlagen hatte, den schuldigen Tribut der Anerkennung nicht versagen.

Auch dem Gesetz, das ihn verfolgte, grollte er nicht, obwohl sein Instinkt ihm sagte, daß er keine Schonung mehr zu erwarten habe.

Seine ganze Wut konzentrierte sich auf Lambaire, dessen rechte Hand er in mehr denn zwanzig schändlichen Unternehmungen gewesen war. Sie waren zusammen an Falschmünzergesellschaften beteiligt gewesen; sie hatten Großhandel mit »spanischem Silber« betrieben; sie waren in ihren Falschmünzer- und Falschspielsystemen höchst großzügige gegenseitige Beteiligungen eingegangen.

Die Banknoten, mit denen Lambaire ihn zum besten gehalten hatte, hatten zu einem alten Vorrat gehört. Der Drucker hatte den Schnitzer begangen, allen Noten die gleiche Nummer zu geben.

»Sie waren für die Öffentlichkeit nicht gut genug – aber gut genug für mich«, murmelte Whitey finster und stützte seinen Kopf nachdenklich auf.

Der Zugführer versuchte, sich mit seinem Fahrgast zu unterhalten, aber dieser sagte nichts als »ja« oder »nein«.

Es regnete stark, als der Zug in Chantam einlief, und Whitey, der den Mantelkragen hochschlug, den Hut tief in die Stirn drückte und ein Taschentuch vor den Mund hielt, verließ den Wagen des Zugführers und ging rasch am Zug entlang.

Die Wagen dritter Klasse waren nur spärlich besetzt. Derartige »Winterausflüge« schienen beim Publikum wenig Anklang zu finden.

Whitey beachtete die dritte Klasse kaum – er hatte nur ein Auge für die Wagen erster Klasse, die in der Hauptsache leer waren.

Er fand seinen Mann in der Mitte des Zuges – allein. Er erkannte ihn auf den ersten Blick und ging weiter.

Das Signal zur Abfahrt ertönte, und als der Zug sich in Bewegung setzte, machte er kehrt, öffnete die Tür des Wagens und stieg ein.

Es gab noch andere Leute, die wußten, daß Lambaire in dem Zuge war. Amber jagte, so schnell ihn sein 90-PS-Wagen fortbewegen konnte, durch Kent. Er hätte den Zug schon in Penge erreichen können, hätte er nur darum gewußt. Es würde für zwei gewisse Leute besser gewesen sein, wenn er es getan hätte.

Mit ihm fuhr ein Inspektor von Scotland Yard, ein ruhiger, gelassener Herr namens Fells.

»Wir wollen es jetzt tun, denke ich«, schlug Amber vor und sah auf seine Uhr. »Sie haben doch für alle Fälle Leute zur Hand?«

Der Inspektor nickte. Sprechen war eine Anstrengung bei dem Tempo, mit dem der Wagen dahinfuhr.

Er schwang sich nur dazu auf, seiner Überraschung darüber Ausdruck zu geben, daß Amber die Mühe der Reise auf sich genommen habe.

Aber Amber, der den Anfang des Abenteuers selber miterlebt hatte, war nicht der Mann danach, sich das Ende von einem anderen erzählen zu lassen. Er hatte sich auf den Weg gemacht, um die Sache selbst zu Ende zu führen, komme, was wolle.

Sie erreichten den Kaibahnhof, als der Sonderzug einlief, und eilten das schlüpfrige Ufer entlang. Die ersten Passagiere schifften sich bereits ein. An jedem Fallreep standen zwei Kriminalbeamte.

Der letzte Passagier war an Bord.

»Sie sind nicht dabei«, sagte Amber enttäuscht. »Wenn –«

In diesem Augenblick kam ein Eisenbahnbeamter auf sie zugerast.

»Sind die Herren von der Polizei?« fragte er. »In einem der Wagen muß sich etwas Furchtbares zugetragen haben ...« – er ging voran und berichtete zusammenhanglos – »... ein Herr will nicht aussteigen.«

Sie kamen zu dem Wagen, und Amber öffnete die Tür ...

»Komm her, Whitey«, forderte er diesen ruhig auf.

Aber der Mann, der in der Ecke des Wagens saß und langsam zwei dicke Bündel Banknoten zählte, sah und hörte nichts.

»Das ist eine gute«, murmelte er, »und das ist eine gute – wie, Lammie? Diese sind alle gut – aber die anderen waren falsch. Was für ein Narr – Narr – Narr! O mein Gott, was für ein Narr bist du immer gewesen!«

Er stöhnte bei seinen Worten, und sein Körper wand sich in Qualen.

»Komm heraus«, befahl Amber scharf.

Whitey sah ihn und stand von seinem Sitz auf.

»Hallo, Amber«, rief er und lächelte. »Ich komme schon ... was macht unser Diamantenfluß, he? Hier gibt's ein schönes Geschäft – hier ist Geld –, schauen Sie her!«

Er warf eine Handvoll Banknoten heraus, und Amber schreckte zurück, denn sie waren mit Blut besudelt.

»Diese hier sind gut«, fuhr Whitey fort. Seine Lippen zitterten, und in seinen farblosen Augen flackerte ein Licht, wie es keiner je gesehen hatte. »Die anderen waren falsch. Ich mußte Freund Lammie töten – er hat mich schnöde betrogen.«

Und er lachte fürchterlich.

Unter dem Sitz fanden sie Lambaire. Ein Schuß war ihm mitten durchs Herz gegangen.